FRANZ KAFKA

卡夫卡
作品选

Die
Verwandlung

变形记

[奥地利] 弗兰茨·卡夫卡/著
叶廷芳 等/译

人民文学出版社

Franz Kafka
DIE VERWANDLUNG

图书在版编目(CIP)数据

变形记/(奥)弗兰茨·卡夫卡著;叶廷芳等译. — 北京:人民文学出版社,2021(2025.7重印)
(卡夫卡作品选)
ISBN 978-7-02-015889-8

Ⅰ.①变… Ⅱ.①弗…②叶… Ⅲ.①中篇小说—小说集—奥地利—现代②短篇小说—小说集—奥地利—现代 Ⅳ.①I521.45

中国版本图书馆 CIP 数据核字(2019)第 277650 号

责任编辑　欧阳韬
装帧设计　李思安
责任印制　张　娜

出版发行　人民文学出版社
社　　址　北京市朝内大街 166 号
邮政编码　100705

印　　刷　三河市鑫金马印装有限公司
经　　销　全国新华书店等

字　　数　412 千字
开　　本　850 毫米×1168 毫米　1/32
印　　张　16　插页 3
印　　数　23001—26000
版　　次　2015 年 5 月北京第 1 版
印　　次　2025 年 7 月第 8 次印刷

书　　号　978-7-02-015889-8
定　　价　65.00 元

如有印装质量问题,请与本社图书销售中心调换。电话:010-65233595

编者前言

弗兰茨·卡夫卡(Franz Kafka,1883—1924)在西方现代文学中有着特殊的地位。他生前在德语文坛上鲜为人知,但死后却引起了世人广泛的注意,成为美学上、哲学上、宗教和社会观念上激烈争论的焦点,被誉为西方现代派文学的主要奠基人之一。

论年龄和创作年代,卡夫卡属于表现主义派一代,但他并没有认同于表现主义。他生活在布拉格德语文学的孤岛上,对歌德、克莱斯特、福楼拜、陀思妥耶夫斯基、易卜生、托马斯·曼等名家的作品怀有浓厚的兴趣。在特殊的文学氛围里,卡夫卡不断吸收,不断融化,形成了独特的"卡夫卡风格"。他作品中别具一格甚至捉摸不透的东西就是那深深地蕴含于简单平淡的语言之中的、多层交织的艺术结构。他的一生、他的环境和他的文学偏爱全都网织进那"永恒的谜"里。他几乎用一个精神病患者的眼睛去看世界,在观察自我,在怀疑自身的价值,因此他的现实观和艺术观显得更加复杂,更加深邃,甚至神秘莫测。

布拉格是卡夫卡的诞生地,他在这里几乎度过了一生。到了生命最后的日子,他移居到柏林,试图摆脱不再属于卡夫卡的布拉格。不管怎样,跟他的同胞里尔克和韦尔弗相比,卡夫卡与布拉格保持着更长时间和更密切的联系。在这个融汇着捷克、德意志、奥地利和犹太文化的布拉格,卡夫卡发现了他终身无法脱身的迷宫,同时也造就了他永远无法摆脱的命运。

实际上,随着卡夫卡命运的终结,一个融汇了捷克—德意志—奥地利—犹太文化的布拉格精神也宣告结束。像所有的艺术家一样,卡夫卡也是他那个时代的产物；社会现实、家庭环境、个人身体状况以及其他具体的因素，决定了他的命运和创作。他处在一个历史发展的末期：随着哈布斯堡王朝日薄西山的挣扎，布拉格的德语文化走向衰败，但作为艺术家的卡夫卡并没有去猎取当时时髦的风格，借以表现现实的经历与感受，而是赋予表现那种末日现象以卡夫卡式的形式，一种并未使他生前发表的为数不多的作品能够产生广泛影响的形式。如果卡夫卡在他绝大多数作品和札记里表现了绝望和徒劳的寻求的话，那么这无疑不只是犹太人命运的写照，而更多溯源于哈布斯堡王朝面临衰亡和自我身心的绝望，也就是处于社会精神和文化危机中的现代人的困惑。

卡夫卡的一生是平淡无奇的。他出生在奥匈帝国统治的布拉格，犹太血统，父亲是一个百货批发商。卡夫卡从小受德语文化教育，1901年中学毕业后入布拉格大学攻读德国文学，后迫于父亲的意志转修法学，1906年获得法学博士学位。大学毕业后，先后在法律事务所和法院见习，1908年以后一直在一家半官方的工伤事故保险公司供职。1922年因肺病严重离职，几度辗转疗养，1924年病情恶化，死于维也纳近郊的基尔林疗养院。

卡夫卡自幼爱好文学。早在中学时代，他就开始大量阅读世界文学名著，尤其对歌德的作品、福楼拜的小说和易卜生的戏剧钻研颇深。与此同时，他还涉猎斯宾诺莎和达尔文的学说。大学时期开始创作，经常和密友马克斯·布罗德一起参加布拉格的文学活动，并发表一些短小作品。供职以后，文学成为他惟一的业余爱好。1908年发表了题为《观察》的七篇速写，此后又陆续出版了《司炉》（长篇小说《失踪的人》第一章，1913），以及《变形记》（1915）、《在流放地》（1919）、《乡村医生》（1919）和《饥饿艺术家》（1924）四部中短篇小说集。此外，他还写了三部长篇小说：《失踪的人》（1912—1914）、《审判》（1914—1918）和《城堡》（1921—1922），但生前均未出版。对于自己的作品，作者很少表示满意，认为大都是涂鸦之作，因此在给布罗德的遗言中，要求将其"毫无例外地付之一炬"。但是，布罗德违背了作者的遗愿，陆续整理出版了卡夫卡的全部著作（包括手稿、片断、日记和书信）。1935 至 1937 年出了六卷集，1950 至 1958 年又扩充为九卷集。这些作品发表后，在世界文坛引起了巨大的反响。从上世纪四十年代以来，现代文学史上形成了特有的一章："卡夫卡学"。

无论对卡夫卡的接受模式多么千差万别，无论有多少现代主义文学流派和卡夫卡攀亲结缘，卡夫卡不是一个思想家，不是一个哲学家，更不是一个宗教寓言家，他只是一个风格独具的奥地利作家，一个开拓创新的小说家。原因有二：其一，在卡夫卡的艺术世界里没有了传统的和谐，贯穿始终的美学模式是悖谬。一个乡下人来到法的门前（《在法的门前》），守门人却不让他进去，于是他长年累月地等着通往法的门开启，直到生命最后一息，最终却得知那扇即将关闭的门只是为他而开的。与表现主义作家相比，卡夫卡着意描写的不是令人心醉神迷的情景，而是平淡无奇的现象：在他的笔下，神秘怪诞的世界更多是精心观察体验来的生活细节的组合；那朴实无华、深层隐喻的表现所产生的震撼作用则来自那近乎无诗意的，然而却扣人心弦的冷静。卡夫卡叙述的素材几乎毫无例外地取自普普通通的生存经历，但这些经历的一点一滴却汇聚成与常理相悖的艺术整体，既催人寻味，也令人费解。卡夫卡对他的朋友雅鲁赫说过："那平淡无奇的东西本身是不可思议的。我不过是把它写下来而已。"其二，卡夫卡的小说以其新颖别致的形式开拓了艺术表现的新视角，以陌生化的手段，表现了具体的生活情景。毫无疑问，卡夫卡的作品往往会让人看出作者自身经历的蛛丝马迹，尤其是那令人窒息的现代官僚世界的影子。然而，卡夫卡的艺术感觉绝非传统意义上的模仿。他所叙述的故事既无贯穿始终的发展主线，也无个性冲突的发展和升华，传统的时空概念解体，描写景物、安排故事的束缚被打破。强烈的社会情绪、深深的内心体验和复杂的变态心理蕴含于矛盾层面的表现中:一方面是自然主义地描写人间烟火、七情六欲、人情世态,清楚、真切、明晰;另一方面是所描写的事件与过程不协调,整体却往往让人无所适从,甚至让人觉得荒诞不经。这就是典型的卡夫卡。卡夫卡正是以这种离经叛道的悖谬法和多层含义的隐喻表现了那梦幻般的内心生活——无法逃脱的精神苦痛和所面临的困惑。恐怕很少有作家在他们的作品中把握和再现世界的时候,能把世界上从未出现过的事物的奇异,像他的作品那样表现得如此强烈。卡夫卡的美学成就就是独创性和不可模仿性的完美结合。

卡夫卡的世界是荒诞的、非理性的;困惑于矛盾危机中的人物,是人的生存中普遍存在的陌生、孤独、苦闷、分裂、异化或者绝望的象征。他的全部作品所描写的真正对象就是人性的不协调,生活的不协调,现实的不协调。从第一篇作品《一场斗争的描述》(1903)开始,他那"笼子寻鸟"的悖论思维就几乎无处不在。在早期短篇小说《乡村婚礼筹备》(1907)中已经得到充分体现。主人公拉班去看望未婚妻,可心理上却抗拒这种联系,且又不愿意公开承认。他沉陷于梦幻里,想象自己作为甲虫留在床上,而他那装扮得衣冠楚楚的躯体则踏上了旅程。他无所适从,自我分裂,自我异化,因为他面对的是一个昏暗的世界。梦幻里的自我分裂实际上是拉班无法摆脱生存危机的自我感受;人生与现实的冲突是不可克服的。

在卡夫卡的文学创作中,中短篇小说占有十分重要的地位,尤其他那寓言式的短篇之作是世界现代派文学中独一无二的经典(比如《在法的门前》《在马戏场顶层楼座》《小寓言》等)。许多中短篇小说,无论从主题还是表现手法上都为他的长篇小说创作提供了深厚的铺垫。短篇成名作《判决》(1912)是卡夫卡对自我分裂和自我异化在理解中的判决,是对自身命运的可能抗拒。许多批评家把《判决》与其后来写的著名长信《致父亲的信》相提并论,视之为卡夫卡审父情结的自白。实际上,《判决》是作者心理矛盾感受的必然,并不是现实的模仿。小说中的人物更多则表现为主人公格奥尔格·本德曼内心分裂的象征。在一个春光明媚的星期天上午,本德曼写信给一个远在俄罗斯的朋友,告诉他自己跟一个富家闺秀订婚的消息。这个朋友是个光棍汉,流落他乡,与世格格不入,一事无成。订婚标志着本德曼的幸福和成就,也就是这个世界令人尊敬的人生价值。而这位朋友的存在则成为幸福和成就的障碍。小说中,父亲象征着某种无比强大的力量,由于他的介入,本德曼被从辉煌的成就世界里分离出来,父亲称他既是一个"纯真无邪的孩子",又是一个"卑劣的人"。本来的命运就决定他是一个与现实世界格格不入的、捉弄生活的故事叙述者,因此父亲判他去"死",本德曼欣然接受。接受良知赐予的、与现实世界不相融的生存,便意味着随遇而安的本德曼的死亡。他怀着对父母的爱投河自杀,告别了追求功利的现实世界,存在的是一个漂流他乡的陌生人。

1915年发表的《变形记》是其中篇小说的代表作。小说主要从主人公的视角出发,描写了在家庭与社会的压迫下人的异化现象。如果《判决》中的本德曼是在自我分裂中寻求自身归宿的话,那么,《变形记》的主人公在自我异化中感受到的只是灾难和孤独。一天早晨,推销员格雷戈尔从不安的睡梦中醒来,发现自己变成了一只甲虫。他挣扎着想从床上起来,但是,变形的身体和四肢无论如何也不听使唤。他担心失去工作,不能再挣钱养家,感到十分恐惧。格雷戈尔变成甲虫之后,他厌恶人类的食物而喜欢吃腐败的东西;他总是躲在阴暗的角落里或倒挂在天花板上。然而,他仍然保持着人的心理,能够感觉、观察、思考和判断,能够体会到他的变形使自己陷入无法摆脱的灾难与孤独中,生理和精神上的双重痛苦日夜折磨着他。格雷戈尔被视为"一切不幸的根源",连怜悯他的妹妹也要无情地"把他弄走"。自此,他不再进食,被反锁在堆满家具的房间里,在孤独中变成了一具干瘪的僵尸。格雷戈尔死后,全家人如释重负,永远离开了那座给他们带来不幸的公寓。在郊外春意盎然的阳光下，父母亲突然发现，自己的女儿已经长成一个身材丰满的美丽少女，他们的心中充满了梦想和美好的打算。

卡夫卡在这篇小说中用写实的手法描写荒诞不经的事物，把现实荒诞化，把所描写的事物虚妄化。人变甲虫，从生理现象看，是反常的、虚妄的、荒诞的；而从社会现象上讲，又是正常的、可能的、现实的。卡夫卡在这里追求的不是形似而是神似。他以荒诞的想象、真实的细节描写、冷漠而简洁的语言表述、深奥莫测的内涵，寓言式地显示出荒诞的真实、平淡的可怕，使作品的结尾渗透辛辣的讽刺。

《在流放地》(1919)是卡夫卡的第二部中短篇小说集，其中的同名短篇小说是备受读者青睐的名篇。它在主题上与长篇小说《审判》紧密相连。在这篇小说里，作者以近乎自然主义的写实手法，描写了杀人机器执行死刑那惨无人道的过程，而不容改变的执行与被判刑人莫名其妙的罪行在读者的接受中自然而然地形成了怪诞的对立。小说叙述者通过对杀人机器身临其境的观察而成为"不公正的审判和非人道的执行"的见证者，通过荒诞的细节描写使读者自始至终感到难以摆脱的难堪：不仅是这篇小说"令人难堪，而更多是我们共同的时代和我这个特别的时代十分难堪，过去是，现在依然如此"(卡夫卡)。时代的罪责问题构成了这篇小说表现的主题。

继《在流放地》之后，卡夫卡又发表了短篇小说集《乡村医生》。其中的同名短篇和《一份致某科学院的报告》属于卡夫卡最受关注和最晦涩的作品之一。《乡村医生》的主人公夜里听到求诊的门铃，要冒雪去好远的村子抢救病人，可是检查的结果却是病人没有病。小说层次多样，情节怪诞，隐喻丰富，在似真似幻的梦境里，乡村医生经历了许多离奇古怪的事情；他"承受着这个最不幸的时代的冰冻，坐着尘世的马车，驾着非尘世的马，迷途难返"，结果只有上当受骗的感觉。这里更多表现的是在人的内心深处产生作用而又不可名状的力量。它们驱使乡村医生遵循治病救人的目的，可他却常常感到无能为力。主人公最终停滞在孤独无助的境地,他在现实中的孤独感变成了各种各样的幻觉和梦境的映像。学界对这篇小说有多种多样的阐释,当然读者也有各种各样的解读。

像《乡村医生》一样,《一份致某科学院的报告》也是卡夫卡最有争议的作品。小说主人公是猴子红彼得。它应一个科学院的要求,要它对其当猴子的历史做出回答。这就是红彼得致科学院的报告。它被从非洲捉来以后就关在笼子里,并且在其中"只有这样一个感觉:没有出路"。于是,它下定决心要通过模仿人而发展成人。这是它惟一可能的出路。它时刻有意回避"自由"这个概念。红彼得最终成为一个受到广泛青睐的杂耍艺术家。它始终把孜孜不倦地学习当作最重要的事情,并且在此期间已经达到了一个欧洲人的平均教育水平。红彼得穿着像人一样,住在豪华宾馆里,远近闻名,有社会地位,收入丰厚,过上了一种小市民的生活,最终实现了从笼子里找到出路的目的。《一份致某科学院的报告》是一个充满寓意也令人费解的譬喻,作者以离经叛道的怪诞方式暗示出失去自由的现代人的生存问题。

《饥饿艺术家》是卡夫卡在其生命末期发表的一部短篇小说集。值得一提的是两篇以艺术家为题材的作品,即《饥饿艺术家》和《女歌手约瑟芬或耗子民族》。前者是卡夫卡十分钟爱的一篇作品,其主题是不安、绝望和徒劳地寻找"可吃的食物"和"可呼吸的空气"。饥饿艺术家之所以在马戏团的铁笼里把饥饿当成"艺术",是因为他在这个世界上无法找到适合他的食物,也就是他厌恶一切通常的食物。所以,饥饿对他来说是"这个世界上再简单不过的事情"。他要把自己的饥饿艺术表现到极致,可是他却被追求刺激的大众和马戏团的监督人员彻底忘记了。最终他像《变形记》中的格雷戈尔一样,尸体如同废物似的被弄出了铁笼子。取而代之的是一头小豹子,它在里面立刻觉得很惬意,因为适合它胃口的食物很丰富。这里展现的是一个对立的象征,它既是对艺术家,也是对普通人生存危机意蕴深邃的写照。而卡夫卡弥留之际发表的《女歌手约瑟芬或耗子民族》与《饥饿艺术家》在许多方面有相似之处。这篇小说似乎更多是作者命运多舛的艺术生涯的譬喻。

在作者生前未发表的众多中短篇小说中,值得一提的是《中国长城建造时》和《地洞》。短篇小说《中国长城建造时》具有深刻的象征寓意和讽喻韵味。卡夫卡借用对中国长城分段建造过程的描写,象征性地展现了现代人在一种捉摸不透、不可企及的权力机制统治下一切努力的徒劳。作为参加长城建造的叙述者在叙述的第二部分插入了一个脍炙人口的传说"皇帝的圣旨",从一个非同凡响的叙事视角凝练和拓宽了小说所表现的主题。

中篇小说《地洞》写于作者逝世的前一年,可谓是《变形记》的姊妹篇,其构思更加抽象和怪诞,情节更加离奇和阴郁。小说的主人公是一个人化的动物,为了保存食物和维持生命,它精心营造了一个地洞,然而对于这个地洞的安全性却始终表示怀疑。它被一种"神经质似的恐惧"折磨得寝食难安。无论它在地洞哪儿,始终忧心忡忡,总觉得已经陷入一种巨大的危险之中。与此同时,敌人却从某个地方悄悄地往里钻穿洞壁,咄咄逼近。于是,它惶惶不可终日,忽而蹿到地面上,忽而又钻进地洞里,似乎什么地方都不安全,它"能够信赖的,只有我自己和我的地洞"。它一会儿把食物集中在一起,一会儿又将食物分藏在各处,但无论怎样都不能使它放心。有一天,它在洞里突然隐约听到有挖掘的声音,而那声音越来越像出自一头大动物。从此,它陷入了更加恐惧和不安的境地,好像末日即将来临,每时每刻都在准备着应对紧急情况的发生。可以说,《地洞》借用对人化的动物的描写,以象征的手法,淋漓尽致地表现了现代人无所适从的精神危机。

本书收录了卡夫卡生前发表和未发表的全部中短篇小说,意在向我国读者展现卡夫卡中短篇小说创作的全貌,使读者进一步欣赏和认识这位独具风格和魅力的世界文坛大师,并从中得到新的阅读感受。但由于我们水平有限,疏漏难免,敬请批评指正。

编者　韩瑞祥　仝保民
2014 年 6 月 8 日

目　次

作家生前发表的作品

乡村大道上的孩子们　003
揭穿一个骗子　007
突然的散步　009
决心　010
山间远足　011
单身汉的不幸　012
商人　013
凭窗闲眺　015
回家的路　016
擦肩而过的人　017
男乘客　018
衣服　019
拒绝　020
为骑手先生所想　021
临街的窗户　022
盼望成为印第安人　023
树　024
不幸状态　025
判决　029

在流放地	039
新来的律师	061
乡村医生	062
在马戏场顶层楼座	068
在法的门前	070
一页陈旧的手稿	072
豺与阿拉伯人	074
在矿井的一次视察	078
邻村	081
家父的忧虑	082
十一个儿子	084
杀兄	089
一个梦	091
一份致某科学院的报告	093
第一场痛苦	102
小妇人	105
饥饿艺术家	111
女歌手约瑟芬或耗子民族	121
与祷告者的谈话	136
与醉汉的谈话	142
喧嚣	146
煤桶骑士	147
司炉	150
变形记	175

作家生前未发表的作品

乡村婚礼筹备	221

一场斗争的描述	244
乡村教师	308
布鲁姆费尔德,一个上了年纪的单身汉	320
〔桥〕	340
〔猎人格拉胡斯〕	341
中国长城建造时	345
〔敲门〕	356
〔邻居〕	358
〔一只杂交动物〕	360
〔一样每天都发生的事〕	362
〔桑丘·潘沙〕	363
〔塞壬的沉默〕	364
〔普罗米修斯〕	366
〔夜〕	367
〔拒绝〕	368
关于法律的问题	373
〔征兵〕	375
〔海神波塞冬〕	378
〔集体〕	380
〔城徽〕	381
〔舵手〕	383
〔考验〕	384
〔兀鹰〕	386
〔小寓言〕	387
〔陀螺〕	388
〔出发〕	389
〔辩护人〕	390
〔荆棘丛〕	392

〔一条狗的研究〕 393
一个评语〔算了吧!〕 422
〔论比喻〕 423
夫妻 424
〔回家〕 429
地洞 430

附录: 致父亲的信 460

注:篇目中加六角括号者,原本没有标题,标题为后人所加。

作家生前发表的作品

乡村大道上的孩子们

我听见马车从花园篱笆旁驶过,有时还看见它们出现在树叶轻微摆动的空隙里。在这盛夏,木制轮辐和车辕吱吱嘎嘎地响个不停!从田里干活归来的人们扬起阵阵笑声,这是件丑事。

我坐在我们的小秋千上,正在父母花园的大树之间休憩。

篱笆前人来人往,络绎不绝。孩子们飞快地跑过;运粮的马车满载着麦捆,麦捆上以及麦捆周围坐着男男女女,马车经过的阴影扫过花坛;黄昏时分,我看见一位先生拿着手杖慢悠悠地散步,几个女孩手挽手朝他走来,跟他打招呼时脚踏进了路旁的草地。

继而,鸟儿直蹿向空中,我不眨眼地看着它们,看它们一个劲儿地往上飞,简直觉得不是它们在上升,而是我在坠落,我感到一阵虚弱,抓牢秋千绳子,开始轻轻荡悠。没多久,风已吹得凉爽些了,眼前不再是飞翔的鸟儿,而是颤动的星星,我荡得猛烈了。

我在烛光下吃晚饭。我常把双臂放在木板上,已经很累了,嚼着我的黄油面包。暖风把网眼密布的窗帘吹得鼓起,有时,过路人如果想看清楚我,跟我说话,就用手抓紧窗帘。蜡烛多半一会儿就灭了,在昏暗的烛烟中,聚在一起的蚊子还要转着圈飞一阵。假若有人从窗外问我话,我就盯着他看,仿佛凝视一座山或往空气里瞧,而他也不大在乎我的回答。

如果有人跳过窗户栏杆,告诉我,大伙已经在门口了,我当然就会叹着气站起身来。

"不,你干吗这样叹气?究竟怎么了?发生了一场无法补救的大不幸吗?我们永远也缓不过来吗?真的全完了?"

什么也没有完。我们跑到房门前。"谢天谢地,你们终于来了!"——"你总是迟到!"——"怎么是我?"——"就是你。如果你不想来,就待在家里吧。"——"绝不原谅!"——"什么? 绝不原谅? 你怎么这样说?"

我们一头扎进暮色里。哪管白天与黑夜。不一会儿,我们的背心纽扣就像牙齿一样互相磕碰;不一会儿,我们保持着相同的距离跑着,像热带动物一样吐着热气。我们仿佛古战场上身穿甲胄的骑兵,高高地坐在马上,蹄声嘚嘚,你追我赶,冲下短短的巷子,就这样跑着冲上了乡村大道。个别人踩进街沟里了,别的人刚一消失在黑暗的斜坡前,就已像陌生人一样,站在田间小路上俯视着。

"你们下来!"——"你们先上来!"——"这样你们就好把我们扔下来了,我们才不呢,这点聪明我们还有。"——"这就是说,你们是胆小鬼。来吧,来!"——"什么? 怕你们? 不就是你们要把我们往下扔吗? 你们能有多了不起?"

我们进攻了,胸口被推了一把,我们躺倒在街沟的草丛里,心甘情愿地倒下了。一切都均匀地变暖了,我们感觉不到草里的温暖和凉意,只是有些困了。

如果向右转过身,把手枕到耳朵下面,就昏昏欲睡了。虽然很想抬起下巴重新站起来,却反而掉进一个更深的沟里。接着,横伸出胳膊,斜叉着腿,想顶着风一跃而起,肯定又会掉进一个更深的沟里。如此继续,根本不愿罢休。

在最后一个沟里,就会好好睡一觉,完全舒展四肢,特别是把膝盖伸直,——还没想到这一点,就仰面躺着哭起来了,像生了病似的。如果有男孩肘抵着腰,脚板脏兮兮的,在我们上面从斜坡往大道上跳,我们就眨眼示意。

月亮已经升起老高,一辆邮车在融融月光下驶过。一股微风缓缓吹起,待在沟里也感觉得到。近处的树林开始沙沙作响。这时,就不再那么想独自待着了。

"你们在哪儿?"——"过来!"——"一起过来!"——"你干吗藏起来?别胡闹了!"——"你们不知道邮车已经过去了吗?"——"哦,知道!已经过去了吗?"——"当然,你睡觉的时候,它就过去了。"——"我睡觉了?不可能!"——"闭嘴吧,一眼就能看出你睡觉了。"——"可别这样说。"——"过来!"

我们一块儿跑着,挨得更近了,有些人还手拉手,头不能抬得很高,因为是下坡路。有人喊出一声印第安人打仗时的号令,我们就以前所未有的速度飞奔起来,跳跃时,风托起我们的胯。什么也不能阻挡我们;我们跑得如此投入,以至互相追赶时还能抱臂环顾四周。

在山涧小桥上,我们站住了;跑在前面的人转身回来。桥下的水拍击着石头和树根,似乎还没到深夜。干吗不跳到桥栏杆上呢?

从远处的灌木丛后面,驶出了一列火车。所有的车厢都亮着灯,玻璃窗肯定都放下来了。我们中有人唱起了一曲流行小调,其实我们都想唱。我们唱得比火车跑得还要快,我们晃着胳膊,因为光是声音还不够,我们的声音汇成洪流,这使我们感到很惬意。将自己的声音融入其他人的声音时,就像鱼儿被鱼钩勾住了。

我们就这样唱着歌,身后是树林,歌声一直传到远方旅行者的耳中。村子里的大人们还没有睡,母亲们在铺床。

是时候了。我吻了吻身旁的那位,对另外三个站得最近的只握手告别,我开始往回跑,他们谁也没喊我。在第一个十字路口——从这儿起他们就再也看不见我了——我转弯跑向田间小路,重又跑进了树林。我奔向南方的那个城市,我们村子里这样说:

"那个城市的人们!你们想想,他们不睡觉!"

"到底为什么不呢?"

"因为他们不会困。"

"到底为什么不呢?"

"因为他们是傻子。"

"傻子就不会困吗?"
"傻子怎么会困呢!"

杨劲 译

揭穿一个骗子

  一个以前与我只有泛泛之交的男人这次很意外地又和我结伴同行了,他拉着我在巷子里转悠了两个钟头之后,我们终于在晚上十点左右,来到了这所体面的房子前。

  "好了!"我说道,双手一拍,表示无论如何要告别了。这种不十分明确的告别尝试我已做了好几次。我已经很累了。

  "您马上就要上去吗?"他问道。我听见他嘴里有响动,像是牙齿的磕碰声。

  "是的。"

  我是应邀而来的,这我一开始就对他讲了。但我是被邀请走上去——我早就想进去了——而不是站在下面的大门前,看我面前这人的耳廓边,现在还和他一起保持沉默,仿佛我们决心久久地待在这里,一动不动。这时,周围的房屋随即加入了这场沉默,还有笼罩其上、耸入星空的黑暗,看不见的散步者的脚步声——我没有兴致去猜测他们在往哪儿走——。风总是往街对面刮,某间屋子里的留声机对着紧闭的窗户唱着,这一切是我从沉默中聆听到的,仿佛沉默是这些声响的永久财富。

  我的陪伴者——一个微笑之后——以他的以及我的名义,默认了这一切,顺着墙向上伸出右臂,闭上双眼,将脸靠在右臂上。

  我没有看到他的微笑完全消失,因为羞耻感使我突然背转身去。从这个微笑我才认识到,这是个骗子,仅此而已。我在这个城市里已待了好几个月,原以为一眼就能看穿这些骗子,他们像店主一样在夜里从侧街伸出手向我们迎来。我们站在广告柱旁,他们就围着柱子闲荡,像在玩着捉迷藏,从圆柱子后面探出头来,至少用一只眼窥伺着。他们逗留在十字路口,如果我们害怕了,他们就会冷不丁地出现在我们面前,出现在人行道边缘!我太了解他们了,他们就是我在小客栈认识的第一批城里人,我感谢他们让我头一次目睹了什么叫寸步不让,我现在很难想象世上怎么能没有这种寸步不让,以至于我觉得自己心里已开始有这种寸步不让了。即便你早已逃离他们,即便从你这儿早已没什么可攫取的,他们仍旧站在你面前!他们居然不坐下,居然不倒下,而是盯着你,即使离你很远,依然目光灼灼!他们的手段总是老一套:大摇大摆地挡在我们面前;试图阻拦我们去我们想要去的地方;代之以他们心仪的一所住宅,假若我们内心积聚的情感终于奋起反抗,他们就认为他们将被拥抱,一头扑过来。

而这次,我和他在一起这么久,才看出了这些老把戏。我把指尖对着指尖揉,试图抹去这桩耻辱。

我面前的这个人却还和先前一样靠在那儿,仍旧自认为是个骗子,对自己的命运颇为满意,露在外面的脸颊变红了。

"认出来了!"我说,还轻轻地拍了拍他的肩膀。然后,我匆匆走上台阶,上面门厅里的仆人脸上显出无端的忠诚,这像个意外的惊喜,我十分高兴。当仆人们为我脱大衣,替我擦拭靴子时,我把他们依次看了看。接着,我舒了口气,伸展了一下四肢,步入大厅。

杨劲 译

突然的散步

　　晚上，如果一个人晚饭后似乎已经打定了主意留在家里不出门了，他穿上家居便服，坐在灯光明亮的桌旁，找点儿什么睡前的活儿或消遣做做，如果外面天气很差，叫人根本兴不起出门的念头，如果他在桌旁已经静静地坐了那么久，以至于他的突然离去肯定会惹人侧目，如果楼道已经黑了，楼门也已经锁上，如果他现在毫不顾虑这一切，心中带着突然的不安站了起来，换下便服，很快穿戴整齐，声称自己得出去，随便说声再见就真的走了，并且明知随着关门的快慢家中肯定会有或多或少的怒气，如果这人到了巷子里重新精神大振，四肢因为这不期而至的自由而显得特别灵活，如果他感到在这一决定中聚集了所有的决定的能力，如果他饶有深意地看出，他具有的力量原来比他需要的更多，能够轻易而快速地改变事态，并且有能力承受这种改变，如果他就这样沿着巷子走下去，——那么，这一晚上，他就真的完全走出了家，家变得模糊不清，逐渐消失，而这个人自己则稳固坚实，轮廓分明，他拍拍大腿，起而找回了他自己的本来面目。

　　这一切还会更加有力量，如果这个人在这么晚的时候去找个朋友，看看他过得怎么样。

谢莹莹　译

决　心

从一种悲惨的状况中脱身,即便很想劳神费力,也是轻而易举的。我从椅子里站起身来,围着桌子转,活动着头颈,绷紧眼睛周围的肌肉,让眼睛炯炯有神。迎合每一份情感,甲如果现在要来,我就万分热情地欢迎他,乙要是在我的屋子里,我就和气地包涵他,和丙聊天时,不管有多痛苦和艰难,都将他所说的一切囫囵咽进肚子里。

然而,即便我做到了这些,任何一个无法避免的闪失都会使所有事情,容易做的和难做的,陷入僵局,我也就不得不恢复原状。

因此,最好的办法仍是忍受一切,显得很难对付,随波逐流,不要因受诱惑做出不必要的举动,而是直愣愣地注视别人,不要感到懊悔,简言之,将生活中残余的幽灵亲手压住,也就是说,增加最后的坟墓般的安宁,除此之外,什么也不让存留。

这种状态的一个典型动作就是用小手指掠过眉毛。

杨劲　译

山间远足

"我不知道,"我无声地喊道,"我不知道,如果没有人来,那就没有人来好了。我没有对谁做过坏事,没有谁对我做过坏事,但没有人愿意帮助我。全然没有人。可是,情形不是这样的。只是没有人帮助我,要不然,全然没有人倒是挺好的。我会很乐意——为什么不呢——和一群全然没有人一起去远足。自然是到山中去,要不然去哪儿?看这些没有人是如何在人挤人的,看他们是如何臂挽着臂,看这许多脚,只由一些小步子分开着!大家当然全穿着燕尾服。我们就这么无所事事地走着,风从我们和我们四肢之间的空隙吹过。喉咙在山中将得到自由!我们不唱歌,那可真怪。"

谢莹莹 译

单身汉的不幸

　　单身汉的生活看来很糟糕,如果想与众人共度夜晚,就要艰难地维持着尊严,请求众人接纳他;卧病在床时,一连几星期从床角瞧着空荡荡的屋子;总是在住房大门前与客人告别,从未与夫人并肩挤上楼梯,屋子里的侧门都是通向别家的;单手把晚饭拎回家;只能盯着别人的小孩看,还不可以一个劲儿地说"我没有孩子";心里还记得年轻时见过的一两个单身汉,追随他们的打扮和举止。

　　就会是这样的,只不过,其实大家有朝一日也得独自生存,身心俱全,还有可以用手拍上去的额头。

杨劲 译

商　人

或许有些人对我心怀怜悯,可我对此毫无觉察。我的小生意使我忧心忡忡,额头和太阳穴都隐隐作痛,前景也并无可喜之处,因为我做的是小买卖。

我必须为接下来的几小时提前做决定,给杂役提个醒,警告他别犯我所担心的错,必须每季度预测下一季度的流行趋势,并非我圈子里的人们会流行什么,而是我所看不见的乡下人那儿会时兴什么。

我的钱在陌生人手里;我摸不清他们的底细;对他们会遭遇的不幸,我一无所知;我如何能扭转这不幸呢!他们可能已变得穷奢极侈,在一家酒店的花园里大宴宾客,另一些人则正要逃往美国,只在这场宴会上逗留片刻。

工作完一天,傍晚关店铺时,我突然发现接下来的这几个钟头,店铺里需要忙的事一刻也不能停,我却什么也做不了,一大早就被赶得远远的激动在我心中翻腾起来,仿佛回落的潮水,却并不滞留在我内心,而是漫无目的地将我卷走。

这样激动一场根本就无济于事,我只能回家,因为我的脸和手都脏兮兮、汗津津的,衣服上污渍斑斑,满是灰尘,工作帽还戴在头上,靴子已被木箱上的钉子划破。我仿佛走在波浪上,把手指扳得咯吱咯吱地响,摸摸迎面而来的孩子们的头发。

但是路太短。我不一会儿就到了家,打开电梯门,走了进去。

这时我意识到,我突然独自待着。别的人得爬楼梯,爬得有些累,得气喘吁吁地等着,直到有人来打开住所的门,这一等,就有理由生气和不耐烦了,然后他们走进穿堂,挂上帽子,直到穿过两侧有几扇玻璃门的过道，走进自己的房间，才成了独自待着的。

而我一进电梯就已是独自一人，我手抵膝盖，往狭窄的镜子里看。电梯开始上升时，我说：

"你们停下！往后退！你们想去树阴下、窗帘后、拱顶凉亭里吗？"

我咬牙切齿地说着，楼梯栏杆贴着毛玻璃直往下滑，仿佛倾泻的水。

"飞走吧；你们的翅膀我从未见过，但愿它们把你们带往乡间山谷或巴黎，假使你们想去的话。

"好好看看窗外吧，从三条街上拥过来的游行队伍互不相让，乱成一团，队伍最后几排之间重又出现了空地。你们挥手帕吧，惊讶吧，感动吧，赞美驱车而过的漂亮女士吧。

"走在木桥上，跨过小溪吧，朝溪中洗澡的孩子们点头吧，为成千名水手在远方战舰上发出的欢呼而惊讶吧。

"去跟踪不显眼的男人吧，如果你们把他推进了大门通道，就动手抢他吧，然后你们个个把手插在衣兜里，目送他忧伤地走进左边的小街。

"警察四处散开，纵马疾驰，这时勒住了马，把你们赶回去。随他们去吧，我知道，这些空荡荡的巷子会让他们难受的。天哪，他们已经成双成对地骑马离去，慢慢地转过街角，飞驰过广场。"

接着，我就得走出电梯，让它降下去，按响门铃，女仆打开门，我向她问好。

杨劲 译

凭窗闲眺

  在这些匆匆来到的春日里,我们做什么呢?今天清早,天灰蒙蒙的,但是,现在走到窗前,就会大吃一惊,把脸颊贴在窗户的把手上。
  窗户下面,显然已在下沉的太阳的光辉照在纯真的女孩脸上,她一边走,一边左顾右盼;还看见后面的男人的影子,他从她身后匆匆走来。
  接着,男人走了过去,女孩脸上无比明亮。

杨劲 译

回家的路

　　看看雷雨之后空气的震撼力吧！我的功绩历历在目，令我心折，尽管我没有抵触心理。
　　我迈步向前，我的速度是小街这一侧的速度，这条小街的速度，这片街区的速度。我有权治理所有敲门，对桌面的捶击，一切祝酒词，还有对对情人，不管他们是在床上，新建筑物的脚手架上，紧贴着黑暗巷子里的房墙，或是在妓院的长沙发上。
　　我拿我的过去掂量我的未来，却发现两者都很出色，难分轩轾，我所不得不抱怨的，只是十分惠顾于我的天意不公正。
　　只有当我走进自己的房间时，才有些心事重重，而我刚才上楼梯时，并没觉得有什么可寻思的。即便我把窗户全打开，听到某个花园里还在演奏音乐，也无济于事。

杨劲 译

擦肩而过的人

  深夜里,散步穿过一条小街时,老远就看见——因为我们面前是上坡,而且满月当空——一个男人迎面跑来,我们不会抓住他,即便他十分虚弱、衣衫褴褛,即便他身后有人喊叫着追来,我们也让他跑过身旁。

  因为这是深夜,我们有什么办法,月光下的小街在我们面前是上坡,而且,这两个人可能是在追着玩,可能是在跟踪另一个人,也许第一个人是无辜的,被跟踪了,也许第二个人想杀人,那我们就成了帮凶,也许他俩互不相识,只是各自跑向自己的床,也许他们是梦游者,也许第一个人带着武器。

  说到底,我们难道就不可以犯困吗?我们不是喝了很多葡萄酒吗?第二个人也跑得没了踪影,我们感到欣慰。

杨劲 译

男 乘 客

我站在电车尾部的踏脚台上,对我在这个世界、这个城市、我的家庭里的地位没有一点把握。我也无法随口说出自己在哪方面可以有权提出要求。我根本无法解释,我为什么站在这个踏脚台上,抓着这个拉环,让这辆电车把我载走,我也无法辩护,为什么人们为电车让道或默默走着,或伫立在橱窗前。——没有人要求我这样做,可这无关紧要。

电车快到站了,一个女孩站到了踏板旁,准备下车。她无比清晰地呈现在我眼前,仿佛我已触摸到了她。她一身着黑,裙褶几乎纹丝不动,衬衣很短小,领子镶着白色细网眼的花边,她把左手平靠在车壁上,右手的雨伞搁在第二级踏板上。她的脸呈棕色,她的鼻翼微扁,肥肥的鼻尖圆鼓鼓的。她有着一头浓密的棕发,右鬓角上的茸毛都被吹散开了。她的小耳朵紧贴着脸,由于站得很近,我看见了她右耳廓的整个背面以及耳根的阴影。

我当时问自己:她怎么会不为自己感到惊奇呢?她怎么会紧闭双唇,一句这样的话都不说呢?

杨劲 译

衣　服

　　当我看见满是皱褶、花边和流苏的衣服套在美丽的身体上,十分漂亮,我就常想,这些衣服好看不了多久,然后就会起皱,再也熨不平,就会沾上灰尘,灰尘厚厚地积在褶子里,再也除不去,我想,每天把同一件珍贵的衣服清早穿上,晚上脱掉,谁也不愿使自己显得这样悲哀可笑。

　　但我看见一些女孩,她们长得相当漂亮,显露出风情万种的肌肉和骨节、富于弹性的皮肤和如云的秀发,她们日复一日,总是穿着这套天生的面具服,总是把同一张脸放进同一双手掌中,在镜子里映照同一张面孔。

　　只是偶尔在晚上,当她们从宴会很晚归来时,镜子里的脸看上去憔悴、浮肿,布满灰尘,已被所有人看见,这套面具服就很难再穿了。

杨劲　译

拒　绝

当我遇见一位漂亮女孩,求她"行行好,跟我走吧",她却一言不发地走过去时,她的意思是:

"你并非名闻遐迩的公爵,并非宽肩阔背的美国人,他们有着印第安人的身材,平视的双眼,皮肤散发着草地和穿过草地的河流的气息,你从未去过大洋,我不知道它们在什么地方。请问,我,一个漂亮的女孩,为什么应该跟你走呢?"

"你忘了,没有轿车载着你晃悠悠地穿过这条小街;没有西装革履的男士们追随在你身后,围成一个半圆,喃喃低语着对你的祝福;你的酥胸箍在紧身胸衣里,规规矩矩,可你的大腿和臀部补偿了这种矜持;你穿着打细褶的塔夫绸连衣裙,这种裙子去年秋天大受青睐,你有时还微笑——这是身体的致命危险。"

"是的,我俩都说得对,好吧,为了免得明确意识到这一点,我们还是各回各的家吧。"

杨劲 译

为骑手先生所想

骑手如果寻思一下，就不会为任何诱惑所动而希望在一场赛马中夺魁。

在鼓乐齐鸣中获得"全国最佳骑手"的桂冠，骑手为这份荣誉乐陶陶，第二天早上则后悔不迭。

对手奸诈而且颇有影响，他们的妒忌对我们来说一定如芒刺在背，我们正骑马穿过狭窄的夹道欢迎的行列，骑向那块平地，平地随即展现在我们面前，空荡荡的，只有几位败下阵来的骑手，他们身影渺小地骑向遥远的无际。

我们的许多朋友忙着去取赢钱，只是从远远的各领钱窗口扭过头来向我们欢呼；最好的朋友却根本没把赌压在我们的马上，因为他们担心我们如果输了，他们准保会对我们发火，而现在，我们的马夺了魁，他们却什么好处也没得到，因此，当我们骑马经过时，他们便会转过脸，宁愿沿着看台望过去。

落在后面的竞争者稳稳地坐在马鞍里，试图将他们所遭受的不幸以及降临到他们头上的不公平尽收眼底；他们看起来很精神，似乎一场新的赛马即将开始，而且是这场儿戏之后的一场正规比赛。

很多女士觉得胜利者很可笑，因为他自鸣得意，却不知如何应付无休止的握手、敬礼、鞠躬和飞吻，失败者则紧闭双唇，漫不经心地拍拍嘶鸣着的马的脖子。

终于，早已阴沉沉的天空落起了雨点。

杨劲 译

临街的窗户

  孤独生活着而又想跟外界有点接触的人,因着昼夜、气候、工作环境等等的变化而很想看见任何一个他可以依靠其手臂的人,——这样的人没有一扇对着巷子的窗户是不行的。即使他并不想寻找什么,只不过疲惫地靠在窗台上,目光随便在天上和地上的行人之间游移着,即使他不想怎么样而把头转了回去,他仍然会随着底下马车的喧闹声被拉入人类整体之中。

谢莹莹 译

盼望成为印第安人

  假若真是印第安人了,马上准备好,骑上飞奔的骏马,在空中斜着身子,不断为马蹄下颤抖的地面而战栗片刻,直至放弃马刺,因为没有马刺,直至扔掉缰绳,因为没有缰绳,刚一看出眼前是一片割得很平整的原野,马已身首异处。

杨劲 译

树

  因为我们仿佛雪中的树干。一眼看去,树干横卧在光滑的雪上,稍一用力就能推动。不,推不动,因为它们已与大地牢牢相连。可是你瞧,甚至这也只是看上去而已。

杨劲 译

不幸状态

当一切已变得难以忍受——在十一月的一个黄昏——,我在我房间狭窄的地毯上一个劲儿地跑着,像在赛马场的跑道上一样,看见亮起灯的小街,吓了一跳,又转过身来,以房间的深处、镜子的底部为新目标,放声大叫,只是为了听到这声喊叫,周围没有任何回应,没有任何事物削弱这声喊叫的力量,于是,这喊叫直往上升,没有遇到任何阻力,即便不再喊叫,仍余音不断,这时,墙上敞开了一扇门,如此急促,因为必须急促,就连下面石板路上拉车的马也像受惊的战马一样,引颈奋起。

一个孩子,小幽灵,从尚未点灯的漆黑走廊里钻出来,踮着脚站在轻微摇晃的地板棱上。房间里朦胧的光亮顿时使他目眩,他想赶快用手捂住脸,却平静了下来,因为他不经意地向窗户一瞥,看见十字窗棂前,街灯袅袅上升的雾气最终隐没在黑暗中。他用右肘抵着房间的墙,笔直地站在敞开的门前,任外面吹进来的穿堂风摩挲着脚脖子、项颈和太阳穴。

我瞟了他一眼,说了声"你好",从炉前挡板上取下外套,因为我不想半光着上身站在那儿。我把嘴张了一会儿,以便内心的激动从口而出。嘴里的唾沫很不舒服,脸上的眼睫毛颤动着,总之,我所缺少的恰恰是这个在我期待之中的拜访。

孩子仍旧靠墙站在原地,将右手按在墙上,脸颊通红,津津有味地看着雪白的粗质墙壁,在上面磨着指尖。我说:"您真的是要找我?您没有弄错?在这所大房子里太容易找错人了。我叫某某,住在四层。我就是您想找的人吗?"

"安静,安静!"孩子回过头说,"全都没错。"

"那您就进屋来吧,我想关上门。"

"我刚刚已经关上了门。您别费心了。您就放心吧。"

"说不上费心。只是这层楼上住着很多人,他们当然都认识我;现在他们大多正下班回家;如果他们听到有人在房间里说话,就认为完全有权打开门看个究竟。向来如此。这些人干完了一天的活;在这短暂的黄昏闲暇里,他们才不理会别人呢!而且,您也知道这一点。您让我关上门吧。"

"喂,到底怎么啦?您是什么意思?对我来说,全楼的人进来也没关系。我再说一遍:我已经关上了门,难道您以为只有您能关门吗?我还用钥匙锁上了呢。"

"那好。这就行了。您根本不必用钥匙锁上。您既然来了,就别客气。您是我的客人。请您完全信赖我。千万别拘束,用不着害怕,我既不会强迫您待在这儿,也不会把您赶走。非得我说出这话不可吗?难道您这么不了解我?"

"不。您确实不必说这话。您甚至根本不该说这话。我是个孩子;干吗跟我这么客气?"

"没那么严重。当然了,一个孩子。不过您并不是那么小,您已经完全是个大人了。您如果是个女孩儿,就不会这样和我锁在一间屋子里了。"

"我们不必为此担心。我的意思只是:我很了解您,可我并不能以此来保护自己,这只是免得您对我撒谎,然而您恭维我,别这样,我求您别这样。而且,我又不是随时随地都了解您,在这昏暗之中就更难了解您了,您要是把灯打开,可能就好多了。不,最好不要开灯。反正我会记住的,您已经威胁我了。"

"什么?我威胁您了?可别说这话。我真高兴您终于来了,我说'终于',因为天色已晚。我不明白您为什么这么晚才来。我一时高兴,胡言乱语,您可能偏偏这样理解我的话了。我承认十遍,我说过那些话,是的,我威胁了您,您想怎么说就怎么说吧。——只要别吵架就行,天哪!——但您怎么能这样认为呢?您怎么能这样伤我的心呢?您为什么非要将我们的短暂相处弄糟呢?一个陌生人恐怕也比您友好些。"

"这我相信;这并非什么高见。陌生人可能跟您很亲近,可我天生对您就是这么亲近。这您也知道,何必还要伤心?您要是说您想演一出闹剧,那我马上就走。"

"是吗?您连这话也敢对我说?您未免太放肆了。您毕竟还在我的房间里,您发疯一样地在我的墙上磨着您的手指。我的房间,我的墙!您的话不仅放肆,而且可笑。您说,您的天性使您不得不以这种方式和我说话。真的吗?您的天性使您不得不如此吗?您的天性可真不错。您的天性就是我的天性,既然我出于天性对您很友好,您也就不可以用另一种态度对我。"

"这叫友好吗?"

"我说的是以前。"

"您知道我以后会是什么样子吗?"

"我一无所知。"

我走向床头柜,点燃了柜子上的蜡烛。我的房间里当时没有汽灯,也没有电灯。然后我在床头柜旁坐了一会儿,直到坐烦了,就穿上大衣,从长沙发上拿起帽子,吹灭了蜡烛。往门口走时,我被沙发腿绊了一下。

我在楼梯上碰见了住在同一层的一个房客。

"您又要出去,您这家伙?"他问道,双腿叉开,站在两级楼梯上。

"我该做什么呢?"我说,"我的房间里有个幽灵。"

"您说起这就像在汤里发现了一根头发。"

"您在开玩笑。不过您记住,幽灵就是幽灵。"

"很对。但是,如果我根本不信幽灵呢?"

"喂,难道您以为我相信幽灵吗?不相信又有什么用?"

"很简单,如果幽灵真的来您这儿了,那您就不必害怕。"

"是的,可这是次要的恐惧。真正的恐惧是对幽灵出现的缘由感到害怕。而且这种恐惧不会消失。现在我心里正充满了这种恐惧。"由于紧张不安,我开始翻所有的衣兜。

"您既然对幽灵本身并不害怕,当然可以向它询问缘由嘛!"

"您显然还从未跟幽灵说过话。从它们那儿,我们永远无法获得明确的答复。这是在兜圈子。幽灵似乎比我们更怀疑它们自己的存在,就它们的虚弱而言,这也不足为奇。"

"可我听说可以喂养它们。"

"您真是消息灵通。确实可以这样。但谁会这样做呢?"

"为什么不呢?比如说,假如这是个女幽灵。"他一边说,一边跨在了上面那级楼梯上。

"原来如此,"我说,"即使这样也不值得。"

我想了想。这位熟人已经爬得很高了,得从楼梯的拱顶下探出身子才能看见我。"尽管如此,"我喊道,"如果您带走我楼上的幽灵,那我俩的交情就算完了,永远完了。"

"我只是开个玩笑而已。"他说,把头缩了回去。

"那就好。"我说道。其实可以放心地去散步了,可我感到十分孤单,宁愿上楼去睡觉。

杨劲 译

判　决

献给费莉策·B.小姐的一个故事

春光最明媚的时节,一个星期天的上午。格奥尔格·本德曼,一位年轻的商人,坐在他自己二层的房间里,这所房子是沿河一长串构造简易的低矮房屋之一,这些房屋只是在高度与颜色上有所区别。他刚写完了一封信,寄给一位在国外的少年时代的朋友,他悠然自得地封上信,然后将双肘支在书桌上,凝视着窗外的河水、桥和对岸绿色初绽的小山坡。

他寻思着,这位朋友对自己在家乡的发展十分不满,几年前就真的逃往了俄国。他现在在彼得堡经营着一家店铺,店铺生意刚开始时挺红火,但很长一段时间以来似乎毫无进展,他返乡的次数越来越少了,每次见面时都要诉一番苦。他就这样在异国他乡徒劳地苦撑硬拼,外国式的络腮胡子也难以遮掩他那张本德曼自小就很熟稔的脸,他的脸色发黄,像是得了什么病,而且病情还在发展。据他说,他与当地的本国侨民没有真正的联系,与俄国家庭也没什么社交往来,已安下心来一辈子过单身生活了。

给这样一个人写信,该说什么呢,他显然已误入歧途,本德曼只能为他惋惜,却爱莫能助。或许应当劝他重返家乡,在这儿谋营生,重新拾起所有的老交情——这不会有任何障碍——并信赖朋友们的帮助?可这无非是对他说,他迄今为止的尝试都失败了,他终于应当放弃这些努力,他不得不回到家乡,让大家瞪大眼睛瞧他这个迷途知返的人,只有他的朋友们理解他一些;无非是对他说,他是个老天真,现在该追随这些在家乡干得很成功的朋友们了。这话说得越委婉,就越会伤害他,说出来必定会使他痛苦,但能保证这样做有任何意义吗?可能连说服他回来都做不到——他自己都说,他已经不理解家乡的情形了——,这样,他无论如何都会留在异国他乡,这些规劝会伤他的心,他与朋友们就又疏远了一层。而他若是真的听从了劝告,在这儿却——当然不是大家有意为之,而是现实造成的——会感到沮丧,与朋友相处不得其所,没有朋友也不行,总觉得丢脸,这才真的再也没有了家乡,没有了朋友;与其如此,他就这样继续待在异国他乡,不是还好得多吗?鉴于这种情形,难道还能认为他在这儿真会东山再起?

由于这些原因,如果还想保持通信,就不能真正告诉他什么消息,即便这些消息讲给交情最浅的人也无妨。这位朋友已经三年多没回国了,说是因为俄国的政局不稳,这个解释很牵强,政局再不稳定,也不会不容许一个小商人的短期出境吧,而与此同时,成千上万的俄国人还在世界各地游逛呢。就在这三年中,格奥尔格的生活发生了许多变化。格奥尔格的母亲大约两年前去世,从那时起,格奥尔格就同他的老父亲一起过,这位朋友后来获悉伯母的过世,在一封信中干巴巴地表示了哀悼,他的语气那么干巴,原因只可能是,为这种事而悲痛在异国他乡是不可思议的。从那时起,格奥尔格更果决地处理各方面的事,在生意上也是如此。或许母亲在世时,父亲在生意上独断专行,一直阻碍儿子真正有所作为。或许母亲去世后,父亲虽然仍在店铺里工作,却有所收敛,或许——甚至很可能就是这样——最重要的原因是碰上了好运气,不管怎样,他的生意这两年有了长足的发展。人员扩充了一倍,营业额翻了五番,今后无疑还会更兴旺。

这位朋友却并不知晓这些变化。以前,最后一次可能是在那封哀悼信里,他还试图劝说格奥尔格移居俄国,并向他描绘,如果格奥尔格在彼得堡开一家分店,前景将会如何。他所设想的数目与格奥尔格的商行现在所具的规模相比,简直微不足道。然而,格奥尔格一直没想写信告诉这位朋友自己在生意上的成功,而现在,已经过了这么久才提这事,真会显得奇怪了。

因此,格奥尔格给这位朋友写信时,就只讲些无关紧要的事,就像在一个安宁的星期天独自遐想时,回忆中纷乱涌现的琐事。他只是不想破坏这位朋友在这么长一段时间里对家乡已经形成并乐于接受的看法。于是,格奥尔格在三封相隔时间很长的信中,都向朋友报告了一个无关紧要的男人与一个同样无关紧要的女人订婚的事,结果完全与格奥尔格的初衷相悖,这位朋友开始对这件怪事产生了兴趣。

格奥尔格却宁可给他写这种事,也不愿坦白,他自己一个月前与一位富家之女弗丽达·勃兰顿菲尔德小姐订婚了。他经常向未婚妻说起这位朋友以及与他通信的特别情形。"那他绝对不会来参加我们的婚礼了,"她说,"可我有权利认识你的所有朋友。""我不想打搅他,"格奥尔格回答道,"你别误会,他多半会来的,至少我相信这一点,但他会觉得很勉强,受伤害,他可能会羡慕我,肯定就会不满,却又无法消除这种不满,就这样孤零零地踏上归程。孤零零地——你知道这是什么感觉吗?""知道,难道他不会通过其他途径,获悉我们结婚的消息?""这我当然阻止不了,不过,就他的生活方式而言不大可能。""你有这样的朋友,格奥尔格,那你原本就不该订婚。""是呀,这是我俩的错;但我现在也还会这样做的。"她在他的亲吻中急促地喘着气,还是说道:"这其实伤了我的心。"他一听这话,就确实认为写信把一切都告诉朋友,倒也干脆明了。"我就是这样,他爱怎么看随他的便,"他寻思着,"我总不能为了这份友谊,为了可能更合他的心意,削足适履。"

这个星期天的上午,他在这封长信里的确告诉了这位朋友已经发生的订婚之事:"最好的消息留在最后头。我与一位弗丽达·勃兰顿菲尔德小姐订婚了,她出身富家,你走了很久以后,她家才搬到这儿来,所以你肯定不认识她。关于我的未婚妻,我日后还会有机会讲得更详细些,而今天,告诉你我很幸福就够了,这对于我俩的关系,惟一的改变就在于,我现在不再是你的一位普通朋友,而是一位幸福的朋友。另外,我的未婚妻向你致以诚挚的问候,她不久就会亲自给你写信,她会成为你的一位真诚的女友,对于一个单身汉来说,这不会是无所谓的吧。我知道,你百事缠身,难以成行。那么,借我的婚礼之机,你能把所有阻碍一股脑儿地抛开吗?不管怎样,别有任何顾虑,按你的心愿做。"

格奥尔格手拿这封信,久久地坐在书桌旁,面向窗户。一位过路的熟人从街上跟他打招呼,他也只是心不在焉地微微一笑。

他终于把信放进衣兜,走出房间,横穿过一段短短的过道,来到父亲的房间,他已经好几个月没来这儿了。平时没有必要过来,因为他与父亲在商行里抬头不见低头见。他们在同一家餐馆里吃午饭,晚饭自便,各吃各的;晚饭后,他们还在共用的起居室里坐一会儿,常常是各拿一张报纸,如果格奥尔格不是——最常出现的情况是——和朋友们在一起,或者最近一段时间去看他的未婚妻。

格奥尔格吃了一惊,在这个阳光灿烂的早晨,父亲房间里竟如此昏暗。大片的阴影是狭窄庭院对面的一堵高墙投下的。父亲坐在靠窗的一个角落里,那儿摆着格奥尔格亡母的纪念物,他正在看报,将报纸举到一侧,以弥补某种视力缺陷。吃剩的早餐还摆在桌上,看上去没吃多少。

"啊,格奥尔格!"父亲说道,朝他走来。他走路时,沉重的睡衣敞开了,睡衣下摆在身体四周飘动着。——"我的父亲仍然是个巨人。"格奥尔格想着。

"这儿太暗了。"他说道。

"是的,是很暗。"父亲回答道。

"你把窗户也关上了?"

"我情愿关上。"

"外面真暖和呢。"格奥尔格说,像是继续刚才的话题,他坐了下来。

父亲收拾起早餐的杯盘,把它们搁到一个柜子上。

"我其实只是想跟你说,"格奥尔格继续说道,心绪茫然地注视着老人的一举一动,"我还是往彼得堡写信讲了我订婚的事。"他将信稍稍抽出衣兜,又放了回去。

"往彼得堡?"父亲问道。

"就是写给我的那位朋友。"格奥尔格说道,搜寻着父亲的眼睛。——"他在店铺里完全是另一副样子,"他想着,"瞧他现在舒舒服服地坐在这儿,双臂交叉在胸前。"

"对。你的朋友。"父亲加重了语气。

"你知道的,父亲,我起先并不想告诉他我订婚的事。这完全是为他着想,没有任何别的原因。你也知道,他是个很难相处的人。我寻思着,他可能会从旁人那儿得知我订婚了——这我可阻止不了——,即便就他孤独的生活方式而言,这几乎不可能,反正他至少不该从我这儿知道这事。"

"那你现在又改变主意了?"父亲问道,将大报纸搁到窗台上,把眼镜放在报纸上,一只手捂着眼镜。

"是的,我又考虑过了。他既然是我的好朋友,我想,我的幸福的订婚对他来说也是一件喜事。因此,我毫不犹豫地对他和盘托出了。不过,发信之前我想跟你说一声。"

"格奥尔格。"父亲咧开掉光了牙的嘴说,"你听着!你为这事到我这儿来,想和我商量一下。这一定让你觉得自己很光彩。但你现在如果不把实情通通说出来,就全等于零,而且比这更气人。我不想提与此无关的事。自从你亲爱的母亲去世后,发生了一些不大体面的事。可能会有时间说这些事的,可能比我们预想的要早。生意上的一些事我不知道了,也许并没有瞒着我什么——我现在根本不想认为对我有所隐瞒——,我精力不济,记性也不行了。我无法再眼观八方了。这首先是年岁不饶人,其次,你母亲的过世给我的打击远比给你的大。——不过,既然我们正好说到这事儿,说到这封信,格奥尔格,你可别骗我。这是件小事儿,不足挂齿的小事儿,你就别骗我了。你在彼得堡真有这样一位朋友吗?"

格奥尔格尴尬地站起身来。"我们别提我的朋友们了。一千个朋友也代替不了我的父亲。你知道我的想法吗?你不够保重自己。年岁可不饶人。我在生意上不能没有你,这你也十分清楚;可是,如果生意会损害你的健康,那我明天就永远关闭商行。这样可不行。我们必须为你安排另外一种生活方式。一种截然不同的生活方式。你坐在这阴暗的地方,而客厅里阳光充足。你早饭只抿一小口,不好好保养身体。你坐在紧闭的窗边,新鲜空气会对你大有好处的。不,父亲!我要请医生来,我们要遵照医嘱行事。我们要换房间,你搬到前屋去,我到这儿来。你不会觉得不习惯,屋里的东西都会搬过去的。但这需要时间,现在你到床上躺一会儿,你需要休息。来吧,我帮你脱衣服,你会看到,我能做得很好。或者,如果你愿意现在就去前屋,就先躺在我的床上。这也不失为明智之举。"

格奥尔格紧挨着父亲站着,父亲白发蓬乱的头低垂在胸前。

"格奥尔格,"父亲低声说道,身子纹丝不动。

格奥尔格立即跪在父亲身边,他看见父亲疲惫的脸上,眼珠子瞪得特别大,正从眼角盯着自己。

"你在彼得堡没有朋友。你一直就爱开玩笑,连我也想捉弄。你怎么会偏偏在那儿有个朋友呢?我压根儿就不信。"

"你再想想,父亲,"格奥尔格说道,将父亲从沙发上扶起,父亲十分虚弱地站在那儿,他就替父亲脱掉了睡衣,"从我的朋友上次来拜访我们到现在,已经将近三年了。我还记得,你不是特别喜欢他。至少有两次,他正在我的房间里坐着,我却对你矢口否认。你不喜欢他,这我完全能理解,我的朋友很怪僻。可是后来,你却又和他聊得很投机了。你听他说话,不时地点点头,提一些问题,我当时还引以为豪呢。你要是想想,一定记得起来。他当时讲着俄国革命的耸人听闻的故事。比如,有一次他出差到基辅,正逢暴乱,他看见一个牧师站在阳台上,正用刀往自己手心里画出一个粗粗的血十字,然后举起这只手,向群众高声喊着。你自己有几次还讲起这故事呢。"

格奥尔格一边说着话,一边让父亲重新坐下,小心翼翼地帮他脱下亚麻内裤外面的紧身裤,还有袜子。他看见父亲的衣服不很干净,不禁责备自己疏忽了对父亲的照顾。提醒父亲换衣服当然也应当是他的义务。他还没有同未婚妻明说过,将来如何安排父亲,但他们已经达成了默契,认为父亲理所当然应当继续住在这老房子里。而此刻,他匆匆下定决心,要把父亲接进他的新家去。他的心情之急迫,就像是到那时再照顾父亲,可能为时已晚。

他把父亲抱到床上。就在迈向床的这几步中,他突然发现父亲在摸他胸前的表链,不禁大为惊骇。他一时无法将父亲放到床上,因为他紧紧地抓着表链。

父亲刚一上床,一切却仿佛又恢复了正常。他自己盖上被子,还特意把被子远远地拉过肩膀。他望着格奥尔格,目光没什么不友好。

"对吧,你已经想起他了吧?"格奥尔格问道,鼓励地朝他点点头。

"我现在盖好了吗?"父亲问道,似乎他自己看不见,不知道双脚是否盖好了。

"你躺在床上就舒服了。"格奥尔格一边说,一边将被子盖得更好些。

"我盖好了吗?"父亲又问了一遍,像是特别留心回答。

"放心吧,你已经盖好了。"

"没有!"儿子的话音未落,父亲就叫道,他猛地扔开被子,被子在空中完全平展开了,他笔直地站在床上,只用单手轻轻扶着天花板。"我知道,你想把我盖上,我的小孬种,可我还没被盖上呢。要对付你,我的最后一点力气就够了,而且绰绰有余!我当然认识你的朋友。他倒可能是很合我心意的儿子。正因为这样,多年来你一直在骗他。除此以外还能有什么原因?你以为我没有为他哭过?因此,你把自己锁在办公室里,经理有事,不得打扰——就为了往俄国写假话连篇的信。幸亏用不着人教,老子就能看穿小子。你以为你把他打败了,他败得一塌糊涂,你就是一屁股坐在他身上,他也动弹不得,于是我的儿子先生就决定结婚了!"

格奥尔格抬头瞧着父亲这副可怕的样子。父亲突然如此了解彼得堡的朋友,这位朋友还从未像现在这样,猛然间闯进了他心里。他看见这位朋友迷失在辽阔的俄国,看见他站在被洗劫一空的店铺门边。他正置身于货架的废墟、七零八碎的货物、倒塌的煤气管中。他干吗非得跑那么远呢!

"看着我!"父亲喊道,格奥尔格很想弄明白,神思恍惚地奔向床,跑了一半却站住了。

"因为她撩起了裙子,"父亲换了嗲声嗲气的腔调,"因为她这样撩起了裙子,那个讨厌的蠢丫头,"他为了做给儿子看,高高地撩起衬衣,露出了大腿上战争年代留下的伤疤,"因为她这样这样这样撩起了裙子,你就上了,为了随心所欲地在她身上获得满足,你玷污了对母亲的怀念,背叛了这个朋友,把父亲塞到床上,使他动弹不了。但他究竟能不能动呢?"

他放下扶着天花板的手,站在那儿晃着腿,怡然自得。他为自己明察秋毫而喜形于色。

格奥尔格站在一个角落里,尽量离父亲远些。好一会儿之前,他曾下定决心仔仔细细地观察一切,以免从背后或头顶迂回曲折地遭到袭击。这时他又想起了这个早已忘却的决心,随即又忘了,就像用一根短线穿针眼。

"但是,你的朋友没有被蒙蔽!"父亲一边喊,一边晃着食指表示强调,"我是他在这儿的代理人。"

"滑稽演员!"格奥尔格憋不住,一下子喊出了口,马上意识到惹祸了,赶紧咬住舌头,却已太迟,他两眼发直,直咬到舌头疼痛难忍。

"对,我当然是在演滑稽戏!滑稽戏!说得好!除了这,鳏居的老父还有什么慰藉？你说——你活着就是要回答这个问题——，我在这后屋里，受背信弃义的仆人的迫害，老得骨头都快散架了，还能做什么？我的儿子春风得意招摇过市，做成了我打好基础的一笔笔生意，高兴得直打滚，在父亲面前俨然一位三缄其口的正人君子，然后就溜了！你以为我没有爱过你这个亲生儿子吗？"

"他马上就要往前倾了，"格奥尔格想道，"让他倒下，摔得稀烂！"这个念头闪过他的脑海。

父亲的身体往前倾，但他没有倒下。由于格奥尔格没有像他期望的那样，走上前来，他又站直了。

"就待在你那儿，我不需要你！你以为，走过来的力气你还有，只是因为不想过来就没动。你可别搞错了！我始终还是比你强壮得多。我如果孤身一人，可能不得不让步，然而，你母亲把她的力量给了我，我与你的朋友已建立了友好联系，你的顾客名单现在就在我兜里！"

"他连衬衣上都有兜！"格奥尔格自言自语，以为凭这句话就能使父亲无颜见人。他只是在一刹那间想到了这一点，因为他不断地忘却一切。

"你只管挽着你的未婚妻，走到我面前来吧！我把她从你身边赶走，你还不知道是怎么回事呢！"

格奥尔格做个鬼脸，似乎不信这话。父亲只是朝格奥尔格所在的角落点点头，表示他的话千真万确。

"你今天让我多开心，你跑来问我，是否应当把你订婚的事写信告诉这位朋友。他全都知道，你这傻小子，他全都知道！我给他写信了，因为你忘了拿走我的文具。所以，他已经好几年没回来了，他全都了如指掌，比你还清楚一千倍呢。你的信他读都不读就用左手揉成一团，右手却拿着我的信在读！"

他兴奋地在头上晃着胳膊。"他全都了如指掌，比你还清楚一千倍！"他喊道。

"一万倍！"格奥尔格说这话，原本想讥笑父亲，可是这话一出他口，听起来就严肃得吓人。

"我已经留意了好几年，等着你来问这个问题！你以为我还关心别的事吗？你以为我在看报纸？你瞧！"他扔给格奥尔格一张报纸，不知他怎么把这报纸带上了床。这是张旧报纸，报纸的名称格奥尔格已经不认识了。

"你犹豫了多长时间啊，直到你终于拿定了主意！这期间母亲去世了，无法经历这喜庆日，你的朋友在俄国走投无路，三年前就面黄肌瘦不中用了，而我，就像你现在看到的，成了什么样子。你睁眼看看！"

"原来你一直在伺机攻击我！"格奥尔格叫道。

父亲同情地随口说："这话你恐怕早就想说了。现在说这话，可就太不合适了。"

他的嗓门大了些："现在你明白了，世上不光只有你，直到现在，你只知道你自己！你原本是个无辜的孩子，其实却更是个魔鬼！——所以你听着：我现在就判你溺死！"

格奥尔格觉得自己被赶出了房间，父亲在他身后扑倒在床上发出的巨响，仍在他耳边回荡。他急匆匆地下楼，仿佛滑过一块倾斜的地面，一头撞上了女仆，女仆正要上楼清扫房间。"耶稣！"她叫道，用围裙遮住脸，可他已跑得没了踪影。他跳出大门，穿过车行道，奔向河水。他已经抓牢了栏杆，就像一个饥饿的人牢牢地抓着食物。他飞身撑在栏杆上，优秀体操运动员的动作，少年时，他曾以此令父母骄傲。他的手有些撑不住了，可他仍紧握栏杆，透过栏杆间的空隙，看准了一辆公共汽车，汽车的噪音将很容易掩盖他的落水声，他轻声说道："亲爱的双亲，我一直都是爱你们的。"松开手落了下去。

这时，桥上的车辆正川流不息。

杨劲 译

在流放地

"这是一台独特的机器。"军官用欣赏的眼光瞧着这台他再熟悉不过的机器,对旅行考察者说道。旅行者似乎完全是出于礼貌才接受了指挥官的邀请,来观看对一个士兵的处决,这个士兵是因为不服从和侮辱上司而被判决的。对这次处决,就连流放地的人们也没有多大兴趣。至少在这又深又小、秃山环抱的沙地山谷里,除了军官和旅行者,就只有蓬头垢面、大嘴巴的被判决者和一个士兵,士兵手里拿着一根沉重的铁链,上面套着紧紧缚在被判决者的手腕、脚踝和脖子上的小链子,这些小链子之间都有链条相互连接起来。被判决者看上去像狗一样顺从,似乎尽可以放他在山坡上乱跑,只要处决开始时吹声口哨,他便应声而来。

旅行者对这台机器兴趣不大,他在被判决者身后踱来踱去,难以掩饰淡然的态度,军官正在做最后的准备,时而爬进深陷在地里的机器底部,时而登上梯子,检查上面的部件。这些事原本可以交给机械师做,军官却干得很起劲,不知是因为他对这台机器推崇备至,还是出于别的原因,他不能把这份工作托付给别人。"现在全都好了!"他终于喊道,走下梯子。他累极了,大张着嘴呼吸着,还把两块柔软的女用手绢塞进军服的领子后面。"在热带地区,这种军服实在太厚了。"旅行者说,他没有像军官所期待的那样,询问机器的情况。"的确,"军官一边说,一边在一个已摆好的水桶里洗着满是油污的手,"军服意味着故乡;我们不愿失去故乡。——您还是看看这台机器吧,"他随即加上这么一句,一边用毛巾擦着手,一边指着机器说,"在此之前还需要人来操作,从现在起,机器就完全自行运转了。"旅行者点点头，跟随军官走着。军官力图为可能发生的故障做好准备，接着说道："当然会出现一些故障；但愿今天不会发生，不过还是得考虑到故障有可能发生。这台机器得持续运转十二小时。即便出现故障，也只会是小毛病，马上就能排除。"

"您不想坐下吗？"他终于问道，从一堆藤椅里抽出一把递给旅行者；旅行者难以拒绝。于是，他坐在坑边上，往坑里瞟了一眼。坑不很深。在坑的一边，挖出来的土堆成了一堵墙，另一边立着机器。"我不知道，"军官说，"指挥官是否已向您介绍了这台机器？"旅行者做了一个含糊的手势；这正中军官下怀，因为这样他就可以亲自介绍这台机器了。"这台机器，"他说道，抓着一个摇杆，把身子靠在上面，"是我们前任指挥官的发明。我参与了所有的工作，从开始尝试一直到大功告成。不过，发明的功绩只属于他一个人。您听说过我们的前任指挥官吗？没有？嗯，我可以毫不夸张地说，整个流放地的设施都是他的杰作。我们，他的朋友们，在他逝世的时候就已知道，流放地的设施是自成一体的，他的继任者即便能想出上千个新规划，至少许多年内不可能对现有的设施有丝毫改变。我们的预见果真应验了；新指挥官不得不认识到这一点。您不认识前任指挥官，真遗憾！——不过，"军官止住了自己的话，"我在瞎聊了，他的机器就摆在我们面前。您看见了，它由三部分组成。年长日久，每个部分都有了通俗的名称。下面的叫床，上面的叫绘制仪，中间上下移动的部分叫耙。""耙？"旅行者问道。他没有专心听，太阳火辣辣地照在这毫无阴翳的山谷里，他很难集中注意力。他更觉得军官值得钦佩了，军官身穿紧绷绷、挂满肩章绶带、仪仗队式的军服，兴致盎然地介绍着，而且一边说着话，一边拿着一把扳手，这儿那儿地拧拧螺丝。士兵的状态看上去和旅行者差不多。他把被判决者的锁链绕在自己的两只手腕上，用一只手将身子靠着枪，耷拉着脑袋，对什么都不关心。旅行者对此并不感到惊异，因为军官说的是法语，士兵和被判决者肯定都不懂法语。引起他的注意的倒是被判决者，被判决者努力想听懂军官的介绍。军官指向哪儿,他就困倦地打起精神,把目光投向哪儿,这时,军官被旅行者的问题打断了,他也和军官一样看着旅行者。

"是的,耙,"军官说道,"这个名称很合适。针头呈耙状排列,整体的运作也像耙一样,只不过它只在一个地方动,而且技巧比较高明。您马上就会明白的。被判决者就躺在这张床上。——我想先描述一下机器,然后才让机器自行运作,这样您就比较容易看明白了。另外,绘制仪上的一个齿轮已严重磨损;机器一开动,它就嘎吱吱地响;说话都听不清;可惜这儿很难弄到配件。——这就是我刚才讲的床。床上铺了一层棉花;床的用途您就会知道的。被判决者面朝下躺在这层棉花上,当然是赤身裸体的;这是捆手的皮带,这是捆脚的,这是捆脖子的,这样就可以把他紧紧绑住。床头这儿——我说过了,他首先面朝下平躺在这儿——有一个小毛毡头,它活动自如,正好塞进他嘴里,以免他喊叫或咬烂舌头。这个人当然不得不把它衔在嘴里,否则他的脖子就会被皮带勒断。""这是棉花?"旅行者问道,探着身子。"是的,当然是棉花,"军官微笑着说,"您自己摸摸。"他抓住旅行者的手向床伸去。"这是一种特制的棉花,所以不大看得出来;我还会谈到它的用途。"旅行者已经对机器产生了一点兴趣;他把手搭在眼睛上挡住阳光,抬头仰望这台机器。这是个庞然大物。床和绘制仪一般大小,看上去仿佛两口黑箱子。绘制仪位于床上方约两米处;这两部分通过四角上的四根黄铜合金柱连接起来,柱子在阳光下熠熠生辉。在这两口箱子之间,耙顺着一根钢绳上下移动。

军官对旅行者先前的漫不经心几乎毫无察觉,这时却注意到了他开始萌发的兴趣;于是,他中断讲解,让旅行者有时间细细地观察。被判决者在模仿旅行者的动作;由于他无法把手搭在眼睛上,就眯缝着眼仰望着。

"刚才说到人躺在上面了。"旅行者说着,往椅背上一靠,跷起了腿。

"是的,"军官说,把帽子往后推了推,用手抹了一下发烫的脸,

"您听着！床和绘制仪上都有电池；床上的电池供自己用，绘制仪上的是供耙用的。人一被捆牢，床就动起来。它上下左右同时颤动，细微而迅速地抽搐着。您在精神病院里大概见过类似的机器；只不过这床的所有移动都是精确计算好的，必须与耙的移动保持一致。耙才是真正的判决执行者。"

"到底是什么判决呢？"旅行者问道。"您连这也不知道？"军官惊讶地说，咬着嘴唇，"可能我的讲解条理不清，若是这样，请您多多包涵；我对此深表歉意。以前总是指挥官来做讲解；新指挥官却没有履行这项光荣的职责；他对您这样一位贵客，"——旅行者摆着双手试图拒绝这种尊称，军官却坚持这样说——"对这样一位贵客，连我们的判决形式都不介绍一下，这又是一项革新，这项革新——"他差点骂出口，但马上抑制住自己，只是说，"事先没人通知我，这不是我的错。而且，要讲解我们的各种判决方式，我还是最能胜任的，因为我这儿有"——他拍了拍胸前的衣兜——"前任指挥官绘制的图。"

"指挥官的亲笔绘图？"旅行者问道，"难道他集一切于一身？他是军人、法官、设计师、化学家、绘图师？"

"是的。"军官点着头说，目光定定的，若有所思。然后，他察看着自己的手；似乎觉得手不够干净，不能就这样去碰绘图；于是，他走到水桶边，又洗了一遍手。接着，他抽出一个小皮夹，说："我们的判决听起来并不严厉。用耙把被判决者所触犯的戒条写在他身上。比如在这个被判决者身上，"——军官指了指被判决者——"将要写：尊敬你的上级！"

旅行者瞥了被判决者一眼；军官指着他时，他低垂着脑袋，像是竖起耳朵想听明白。他那两片紧紧撅在一起的嘴唇翕动着，这表明他显然一句也没听懂。旅行者本来想问这问那，一看见被判决者，只问了句："他知道他的判决吗？""不知道。"军官说，正想接着解释，旅行者却打断了他："他不知道对他所做的判决吗？""不知道。"军官又说道，然后停顿片刻，仿佛要求旅行者进一步说明提这个问题的缘由,接着说,"对他宣布判决毫无意义。他会在自己的身体上知晓判决的。"旅行者已经打算不说话了,可他觉得,被判决者瞪着他,像是在问他是否赞同刚刚描述的过程。旅行者已经靠在椅背上了,于是,又探身继续问:"但他被判决了,这他总知道吧?""也不知道,"军官说,对旅行者微笑着,似乎等着他发些奇怪的言论。"不知道?"旅行者说,擦擦额头,"那这个人现在还不知道他的辩护引起了怎样的反应吗?""他根本就没有辩护的机会。"军官说,往旁边看了看,像是在自言自语,不想讲这些在他眼里理所当然的事,免得旅行者难堪。"他总得有为自己辩护的机会吧。"旅行者说,从椅子上站了起来。

军官意识到这样很危险,对机器的讲解可能会被耽误许久;于是,他走到旅行者身边,挽着他的胳膊,指着被判决者——被判决者显然成了注意的焦点,马上站得笔直,士兵也拉了拉铁链——说:"事情是这样的:我被任命为流放地的法官,尽管我还年轻。因为我曾协助前任指挥官处理过所有惩罚事宜,对这台机器也最了解。我做决定所遵循的准则是:罪行总是毋庸置疑的。别的法庭可能不一定遵守这一准则,因为它们由许多人组成,而且它们之上还有别的高级法庭。这里却不是这样,至少前任指挥官在任时不是这样。当然,新任指挥官已有意介入我的法庭,不过到目前为止,我都把他顶了回去,今后也会顶得住的。——您不是想听我解释一下这桩案子吗?它和所有案子一样简单。今天早上一个少尉报告说,派给他当勤务兵的这个人在他的门口睡大觉,没有执行公务。是这样的,他必须在每个整点时立正,在少尉门前敬礼。这绝对不难,而且十分必要,因为他既是警卫又是勤务兵,应当精力充沛。昨天夜里,少尉想检查一下,看他是不是忠于职守。整两点的时候,他打开门,发现他蜷成一团在睡觉。他取来马鞭抽他的脸。这个人非但不站起来请求原谅,反而抱住主人的腿,摇着主人,喊道:'扔掉鞭子,不然我就吃了你!'这就是案情。一小时前,少尉来到我这儿,我记下了他的陈述,随即就写了判决书。然后我下令给这个人锁上镣铐。这一切很简单。假使我先把这个人叫来审问,只会产生混乱。他会撒谎的,如果我能戳穿他的谎言,他又会编出新的谎言,就这样没完没了。而现在我抓住了他,就不再放手了。——全都解释清楚了吗?时间过得很快,已经应当开始执行了,可我还没讲解完机器呢。"他催促旅行者坐回到椅子上,又走到机器前,开始说道:"您看到了,耙与人的体形是吻合的;这是对付上身的,这是对付腿的。对付头嘛,只有这个小雕刻刀。您明白了吗?"他友善地向旅行者探着身子,准备做最详尽的解释。

旅行者皱着眉头察看着耙。他对军官所讲的审判程序不满意,却只能提醒自己,这里是流放地,特殊的惩处是必要的,彻底的军事化做法是必需的。另外,他对新指挥官抱有一线希望,新指挥官显然打算引进一种新的审判程序,这个过程很缓慢,是军官的狭隘思想所无法接受的。顺着这个思路,旅行者问道:"指挥官会来观看执行吗?""不一定。"军官说,这个突兀的问题触到了他的痛处,他满脸的和颜悦色变阴沉了,"正因如此,我们必须抓紧时间。很遗憾,我甚至不得不缩短我的讲解。不过,我可以明天,等机器——它一用起来就弄得很脏,这是它惟一的缺点——打扫干净后,补做详尽的解释。现在就只讲最必要的。——当这个人躺在床上,床开始颤动时,耙便落到他的身上。耙自动调节,只有针尖刚刚触及身体;调节好后,钢绳马上绷直了。游戏就开始了。不明底细的人看不出各种惩罚之间的区别。耙的运作看起来都一样。它颤动着把针尖刺入身体,身体随着床颤动。为了使大家都能监督判决的执行,耙是用玻璃做的。要把针安进玻璃,有一定的技术难度,但我们试了很多次,终于成功了。我们不怕付出艰辛。现在大家透过玻璃看得见刺文是怎样写在身体上的。您不想走近些看看这些针吗?"

旅行者慢慢站起身,走了过去,俯身在耙上。"您瞧,"军官说,"这是两种针的多重组合。每根长针旁都有一根短针。长针是刺字的,短针喷出水冲掉血迹,使刺文始终保持清晰。然后,血水从这儿流进小槽,最终汇入这个主槽,主槽的排水管通向这个坑。"军官用手指精确地描绘着血水所必经的路线。为了演示得尽量形象些,他把双手拢在排水管的出口上,旅行者这时抬起头,用手往后摸索着,想坐回到椅子上。他惊恐地看见,被判决者和他一样,也接受了军官的邀请,从近处察看着把这一装置。被判决者把昏昏欲睡的士兵往前拽了拽,也俯身在玻璃上。他目光茫然,显然在寻找着这两位先生刚刚观察到的东西,然而,由于听不懂讲解,他怎么也看不明白。他弓着身子这儿探探,那儿探探,不停地打量着玻璃。旅行者想把他赶回去,因为他的这种举动很可能会受到惩罚。军官却用一只手拦住了旅行者,用另一只手从土堆上拿起一块土朝士兵身上扔去。士兵猛地睁开眼睛,看见被判决者胆敢如此,就放下枪,站稳脚跟,把被判决者往回拽,被判决者随即跌倒在地,然后,士兵低头看他在地上挣扎,铁链碰得铿锵作响。"把他拉起来!"军官喊道,因为他发现,被判决者太分散旅行者的注意力了。旅行者不去注意耙,竟把身子探过耙,只为了弄明白被判决者的处境。"对他当心点!"军官又喊道。他绕过装置,亲手抓住被判决者的腋下,在士兵的帮助下,把他拉了起来,他的脚还不住地打滑。

　　军官重新回到他身边时,旅行者说:"现在我已经都知道了。""还差最重要的,"军官说,他抓住旅行者的胳膊,指着上面说,"那个绘制仪里面是齿轮组,它决定耙的运转,是按判决书的图样设置的。我用的还是前任指挥官的绘图。就在这儿,"他从皮夹子里抽出几张纸来,"不过很抱歉,我不能让您拿在手里看。这是我最珍贵的财产。您坐下,我让您从这个距离看,您就能看得一清二楚。"他展开第一张图纸。旅行者本想说几句奉承话,可他只看见迷宫一般、密密麻麻的线条,横七竖八地互相交叉着,要辨认出线条之间的空白都很费劲。"您读读吧,"军官说。"我读不了。"旅行者说。"这很清晰嘛。"军官说道。"很巧妙,"旅行者含糊其辞地说,"可我无法辨认。""是的,"军官说着笑起来,把图纸又装进了皮夹子,"这不是给小学生看的字帖。得好好读才行。您最终也肯定会读明白的。这当然不是简单的文字;它不是马上处死犯人,而是平均持续十二个钟头;转折点定在第六个钟头上。文字周围必须刻上许许多多装饰性图案;文字本身只像一条细腰带一样绕身体一圈;身体的其他地方用来刻装饰性图案。您现在可以赞赏耙和整个机器的运作了吗?——您注意看吧!"他跳上梯子,转动了一个轮子,朝下面喊道:"当心,往边上站。"一切都运转起来。若不是轮子吱吱作响,这一切还挺壮观的。这个煞风景的轮子似乎使军官吃了一惊,他对它挥挥拳头,又向旅行者摊摊手,表示歉意,匆匆爬下来,从底下察看机器的运转。还有点什么毛病,这只有他觉察到了;他又爬上去,把双手伸进绘制仪里拨弄一阵,接着,为了下来得快些,他不走梯子,而是顺着一根柱子往下滑,他担心旅行者由于噪音而听不清,憋足了劲对着旅行者的耳朵喊道:"您明白过程了吗?耙开始写字;等它在犯人的背上写完第一遍后,棉花层就会转动,把身体缓缓卷到一旁,为耙腾出地方。这时,被写得伤痕累累的身体躺在棉花上,棉花是经过特别处理的,能马上止血,以便字能刺得更深。身体再被卷回来时,耙边上的这些尖齿就把棉花从伤口上拽下来,扔进坑里,耙就又开始工作了。就这样,它越写越深,整整写十二个钟头。头六个钟头,被判决者活得恍若先前,只是得忍受疼痛。两个钟头之后,衔嘴拿掉了,因为犯人再也叫不动了。床头上这个电热桶里是热粥,犯人如果想喝的话,就可以用舌头舔。没有哪个犯人会错过这个机会,就我所知一个也没有,而我的经验是很丰富的。大约到第六个钟头时,他才没有了食欲。这时,我往往跪在这儿,观察这番景象。犯人很少把最后一口粥吞下去,只是在嘴里转转,就吐进了坑里。我得弯下腰来,否则他就吐我脸上了。而第六个钟头时,他变得多安静了啊!最愚笨的脑袋也开窍了。这是从眼睛开始的,由此扩散开来。当您目睹这一切时,简直也想躺到耙底下去了。这时便不会再发生什么了,犯人开始辨认文字。他噘着嘴,仿佛在聆听。您已经看到了,用眼睛辨认文字都不容易;而我们的犯人是靠他的伤口来辨认的。这得费一番功夫,他需要六个钟头才能完成。接着,耙将他刺穿,然后扔进坑里,他就倒在血水和棉花中。处决就这样结束了,我们,我和士兵,把他埋起来。"

旅行者侧耳听完军官的解释,两手插在衣兜里,观看着机器的操作。被判决者也在观看,却一点都不明白。他微微弯着腰,目光追随着摆动的针,这时,士兵在军官的示意下,用刀子从背后划破被判决者的衬衣和裤子,衣裤随之掉落下来;他还想抓住下落的衣服遮羞,然而,士兵把他举起来,抖落了他身上仅存的碎片。军官调整好机器,在这寂然无声的片刻里,被判决者被放到了耙下面。松开了铁链,捆上了皮带;一开始,被判决者似乎感到一阵轻松。这时,耙又往下降了降,因为这人很瘦。针头触到他时,一阵寒战掠过他的皮肤;士兵正忙着拴紧他的右手,他盲目地伸出左手;却恰好指向旅行者所站之处。军官不停地从旁边瞧着旅行者,似乎想从他的脸上看出他对处决的印象,至少他已为旅行者做了粗浅的讲解。

这时,捆手腕的皮带断了;可能是士兵捆得太紧了。士兵指着断掉的皮带,请军官帮忙。军官走过去,把脸转向旅行者说道:"机器的组成复杂精密,难免会这儿坏那儿断的;可别因此影响对机器的总评价。皮带马上就可以换;我打算用铁链;这样一来,右胳膊当然就震颤得没那么柔和了。"他一边捆链条,一边又说道:"如今,机器的维修费用被大大削减了。前任指挥官在任时,我可以随意支配一笔专用于此的款项。这儿还有一个材料库,里面的配件应有尽有。我承认我当时用得有些浪费,我是说以前,不是现在,新指挥官现在却还这样指责我,无非是想找借口干掉老机构。如今,他亲自掌管着机器的费用,我要是派人去领根新皮带,还得把断了的拿去作证,新皮带十天以后才能发下来,而且质量更差,不禁用。至于我在此期间没有皮带怎样让机器运转,这就没人操心了。"

旅行者寻思着:断然干涉他人的事总是应当三思而后行的。他既非流放地的居民,也不是流放地所属国的公民。假若他想谴责甚或阻止这次处决,人们可能会对他说:你是外国人,住嘴吧。对此他将无言以对，只能补充说，他这样做，自己都觉得不可思议，因为他旅行的目的只是观看，绝非更改他人的法律制度。是这里的情形促使他跃跃欲试。审判程序不公正，处决不人道，这都是毫无疑问的。谁也不会认为旅行者有私利可图，因为他与被判决者素昧平生，又不是同胞，而且，被判决者绝非让人起怜悯之心的人。旅行者本人持有高级官员的介绍信，在这里受到了礼遇，他被邀请参观处决，这似乎意味着，人们要求他对这一法律程序做评判。更说明这一点的是，他刚才听得清清楚楚，指挥官并非这种程序的追随者，对军官抱近乎敌对的态度。

这时，旅行者听到军官一声怒吼。他费了好大力气，刚把衔嘴塞进被判决者嘴里，被判决者却禁不住一阵恶心，闭上眼睛呕吐起来。军官赶紧拎起他，想把他的头转向坑；可是太迟了，污物已顺着机器流淌下来。"都是指挥官的错！"军官喊道，疯狂地摇着面前的黄铜合金柱，"机器给弄得像猪圈一样脏了。"他双手颤抖着指给旅行者看发生了什么事。"我不是对指挥官解释过好几个钟头了吗？犯人在处决前必须饿一整天。这些新来的温和派却持另外的看法。在他被带走之前，指挥官的女眷们给犯人嘴里塞满了甜食。他一辈子以臭鱼果腹，现在却有甜食送到嘴边！这倒也罢了，我不反对，但为什么不弄一个新衔嘴呢？我已经申请了一个季度。上百个犯人临死前吸过咬过的衔嘴现在让他含在嘴里，他怎么会不恶心呢？"

被判决者低垂着头，看上去很平静，士兵忙着用被判决者的衬衣擦机器。军官走向旅行者，旅行者预感到了什么，退后一步，军官却抓住他的手，把他拉到一边去。"我想私下跟您说几句话，"他说道，"行吗？""当然可以。"旅行者说，垂目听着。

"您现在有机会欣赏的这种程序和处决如今在我们流放地已经没有公开的追随者了。我是追随者的惟一代表，同时也是老指挥官这份遗产的惟一代理人。我不再奢望进一步发展这种程序，为了保护现存的一切，我已鞠躬尽瘁。老指挥官在世时，流放地遍布着他的追随者；老指挥官的说服力我具备一些，他的权力我却一点也没有；因此，追随者都已销声匿迹，他们人数虽然还不少，但谁也不愿承认。在处决日，比如今天，您如果去茶馆听听他们的聊天，可能只会听到闪烁其词的言论。他们全都是追随者，但是，在现任指挥官的领导下，在他的新观念的统治下，他们根本不会助我一臂之力。现在我问您：这样一个毕生的杰作"——他指了指机器——"难道应当因为这个指挥官以及对他施加影响的女眷们而被毁掉吗？您虽然只是在我们岛上逗留几天的外国人，能听之任之吗？不能再耽搁了，他们正在密谋撤销我的审判权；现在指挥部商量很多事都不请我参加；甚至您今天的来访，我认为也很说明这种局面；他们是胆小鬼，把您这个外国人推到前台来。——要是在以前，处决是多么不同啊！处决前一天，山谷里已人山人海；都是为了亲眼看见处决；一大早，指挥官就和他的女眷们来了；军号声唤醒了整个营地。我向指挥官报告，一切准备就绪；全体人员——高级官员一律不准缺席——整齐地坐在机器周围；这堆藤椅就是那个时代的可怜遗迹。那时候，机器擦得锃亮，几乎每次处决时，我都使用新配件。在数百双眼睛的注视下——观众都踮着脚站着，那边的斜坡上站得满满的——指挥官亲手把被判决者放到耙下面。今天随便哪个士兵都可以做的事，那时是我这位审判长的职责，为此我深感荣幸。接着，处决开始了！没有任何杂音干扰机器的操作。有些人根本不看，闭上眼睛躺在沙地上；大家都知道：现在正义得到了伸张。在一片寂静中，只听到被判决者被衔嘴压低的呻吟声。如今，机器从被判决者嘴里已挤不出衔嘴所抑制不住的呻吟；那时，写字的针还滴出一种腐蚀性液体，如今却不许再用这种液体了。嗯，第六个钟头到了！人人都想在近处看，这哪能办得到呢？指挥官英明地指示，应当首先考虑儿童；我因公务在身，当然可以一直待在被判决者身旁；我常常蹲在那儿，一手抱一个孩子。我们是怎样全神贯注地观察着受刑人脸上焕发出幸福的光彩！我们的脸颊沐浴在这终于来临、却已在消逝的正义的光辉之中！那是多么美好的时光啊,我的同志!"军官显然忘了站在他面前的是谁;他抱住旅行者,把头搁在他肩上。旅行者十分尴尬,不耐烦地越过军官的头看过去。士兵打扫完毕,正把一罐大米粥倒进桶里。被判决者像是已经完全缓过来了,一看见粥就用舌头去舔。士兵一再把他推开,因为粥是为晚些时候准备的,可是他自己也不规矩,把一双脏手伸进桶里,当着贪吃的被判决者的面吃了起来。

军官很快就克制住了自己。"我并不是想让您动情,"他说,"我知道,如今要让人理解那个时代是不可能的。再说,机器还在运作,摄人心魄。即便它孤零零地耸立在这山谷里,仍然摄人心魄。尸体最后仍不可思议地轻飘飘地腾空掉进坑里,尽管不像从前那样,数百人苍蝇似的簇拥在土坑周围。那时我们不得不在坑边上筑起一道结实的栏杆,它早就被拆掉了。"

旅行者不想让军官看见他的脸,便漫无目的地四处看。军官以为他在观察荒凉的山谷;于是抓住他的手,转到他面前,盯住他的眼睛,问道:"您注意到耻辱了吧?"

旅行者却一言不发。军官放开他片刻;他自己叉开腿,双手叉腰,一动不动地站着,瞧着地面。接着,他朝旅行者鼓励地微微一笑,说道:"昨天指挥官邀请您时,我就在您旁边。我听到了他的邀请。我了解指挥官。我马上就明白了,他发出这个邀请意图何在。凭他的权力他完全可以对付我,但他不敢,宁可让我接受您这位有名望的外国人的评判。他考虑得很精细;您到岛上来才两天,您不了解前任指挥官及其想法,您脑子里还全是欧洲人的观念,您可能对死刑一概坚决反对,更不用说这种机械的处决方式了,您还看到,处决缺乏公众的参与,在一台已有些破损的机器上进行,凄凄凉凉——目睹如此种种(指挥官是这样盘算的),不就很可能会反对我的程序了吗?您只要认为它不对,就不会隐而不言(我还是在说指挥官的想法),因为您肯定相信自己久经考验的信念。您见识过并懂得尊重许多民族的种种奇风异俗,所以您可能不会像在家乡那样,不遗余力地反对这种程序。不过,指挥官并不需要您这样做。随口说的一句不慎之言就够了。这话不必符合您的信念,只要表面上投合他的愿望就行了。我敢打保票,他会千方百计地向您刨根问底。他的女眷们会围着您坐成一圈,竖起耳朵听;您大概会说,'我们那儿的审判程序是另外一个样子',或者'我们那儿,判决前先审问被告',或者'我们那儿,被判决者知晓对他的判决',或者'我们那儿,除了死刑还有别的刑罚',或者'我们那儿,只有在中世纪才有酷刑'。所有这些看法都没有错,而且您觉得这是自然而然说出来的,这些说者无心的话不会中伤我的程序的。但指挥官会怎样听取这些意见呢?我仿佛看见他这位好指挥官立即推开椅子,冲上阳台,我仿佛看见他的女眷们跟着他拥上来,我听到他的声音——他的女眷们称之为雷霆之声——他开始讲话了:'一位西方的大学者,他专门考察各国的审判程序,他刚才说,我们这种按照古老习俗制定的程序是不人道的。这样一位权威人士做出了这样的评判,我当然再也无法容许这种程序了。我命令,从今天起……'等等。您想插言,您并没有说过他所宣称的话;您并没有说我的程序不人道,相反,凭您的深刻见解,您认为它是最人道、最符合人的尊严的,而且您很欣赏这种机械运作,——然而为时已晚,阳台上站满了女士,您根本上不去;您想引起大家的注意;您想喊叫;一位女士的手却掩住了您的嘴,——于是,我以及老指挥官的杰作就完了。"

旅行者强忍住微笑;他还以为他的任务很艰巨呢,原来如此简单。他含糊地说:"您高估了我的影响,指挥官读过了我的介绍信,他知道我不是什么审判程序的专家。即便我说出我的看法,那也只是个人之见,并不比其他任何人的看法重要,与指挥官的意见相比,就更是无足轻重了。据我所知,他在流放地拥有非常广泛的权利。他对这种程序的看法如果真如您所认为的那么明确,那么,这种程序的末日恐怕无需我的绵薄之力就来临了。"

军官明白了吗?不,他还没有明白。他使劲摇着头,回头瞟了一眼被判决者和士兵,这两人吓了一跳,停止了吃粥,军官走到旅行者面前,不看他的脸,而是看着他上衣的某个地方,说话声比刚才低了:"您不了解指挥官;对他和我们所有人来说,您某种程度上——请原谅我这样说——是无关痛痒的;相信我,我对您的影响怎么高估都不为过。当我听说您独自来观看处决时,我高兴极了。指挥官这样安排是想打击我,我现在却将计就计。您不受那些低声耳语的无稽之谈和蔑视的目光的干扰——一大群人观看处决时,这种干扰就在所难免了——听了我的讲解,看了机器,现在就要观看处决了。您的评判肯定已经定型,即便还有些拿不准的小地方,一看处决也就全明白了。现在我向您提出一个请求:请在指挥官面前帮帮我!"

旅行者打断他的话。"这我怎么做得到呢,"他嚷道,"这根本不可能。我既害不了您,也帮不了您。"

"您能帮我。"军官说。旅行者见军官攥起拳头,心中有些担心。"您能帮我,"军官更加咄咄逼人地说,"我有一个计划,成败就在此一举了。您认为您的影响力不够。我认为够了。即使承认您说得对,为了维护这一程序,难道不应当连未必够的力量也试试吗?您听听我的计划吧。要实行这一计划,您今天在流放地必须尽可能不谈您对这一程序的看法。您如果没有被直接问到,千万别开口;即便问到,也必须回答得简短而含糊;应当让人看出,您谈这些很为难,您感到愤懑,如果要讲实话,您简直就要骂起来了。我并不要求您撒谎;绝对不;您只需做出简短的回答,比如:'是的,我看过处决了',或者'是的,我听了所有的讲解'。就这些,别的什么也不说。您有充足的理由感到愤懑,即便这不合指挥官的意。他当然会完全误解您的意思,并按他的想法来解释。这就是我的计划的基础。明天,指挥部将举行所有高级官员的大会,由指挥官主持。指挥官当然懂得把这种会议弄得沸沸扬扬。已为观众修建了顶层楼座,上面总是座无虚席。我不得不参加这个大会,但我对此极为反感。您肯定会被邀请出席这次会议;如果您今天按我的计划做,指挥官就不仅会邀请您,还会迫切地请求您出席。假使由于某个莫名其妙的原因,您没有受到邀请,那您一定要提出这个要求;这样一来,您保准会得到邀请。明天您就同女士们一起坐在指挥官的包厢里。他不时地往上瞧瞧,确信您来了。讨论完各种各样无关紧要、纯粹讲给观众听的可笑问题后——通常是港口建设,没完没了的港口建设!——也会谈到审判程序。如果指挥官不提或不马上提这个问题,我会设法使之成为议题。我会站起来,报告今天的处决执行了。十分简短,就这样报告一声。尽管这种报告在这样的会议上是不寻常的,我还是要这样做。指挥官会向我道谢,跟往常一样面带和蔼的微笑,接着他就难以抑制自己了,就会抓住这个大好时机。'我们刚刚听到了,'他大致会这样说,'关于处决的报告。我只想补充一点,这位知名学者恰好参加了这次处决,各位都知道,他的访问使我们流放地蓬荜生辉。他的光临也使我们今天的会议意义重大。我们现在不就很想问问这位著名学者,问他如何评价这种按古老习俗进行的处决以及处决之前的审判程序?'这当然会引来一片掌声,大家一致赞同,而我是鼓掌鼓得最响的。指挥官会向您鞠一躬,说道:'那么,我代表在座各位向您提这个问题。'您走到栏杆前,您必须把手放到大家都看得见的地方,不然女士们会抓住您的手,拨弄您的指头。——终于该您发言了。我真不知道我将如何熬过之前那几个焦急不安的钟头,等到这个时刻终于来临。您发言时不必有任何顾忌,把真相大叫大嚷说出来吧,把身子俯在栏杆上吼吧,可不是,朝着指挥官吼出您的看法,您的坚定不移的看法。不过,您可能不愿这样做,这种做法不符合您的性格,在您的家乡,人们在这种情况下或许会采取另外一种做法,这也无妨,这也就足够了,您站都不用站起来,只说寥寥数语,而且是轻声细语,刚好让坐在您下面的官员们听到,这就够了,您根本用不着讲观看处决的人太少、齿轮嘎吱作响、皮带扯断、衔嘴令人作呕,不必讲这些,这一切我来讲,您相信吗?我的话即使不能把指挥官赶出会场,也会让他屈服忏悔:老指挥官,我给你跪下了。——这就是我的计划；您愿意帮助我实施它吗？您当然愿意，不仅如此，您必须帮助。"军官抓住旅行者的胳膊，喘着粗气盯着他的脸。最后这几句话是大声喊出来的，引起了士兵和被判决者的注意；他们虽然一句也听不懂，却停止了吃粥，一边咀嚼着，一边瞧着旅行者。

对旅行者来说，他要给出的回答从一开始就是很明确的；他一生经历甚丰，不可能在这件事上有任何动摇；他本质上是个诚实无畏的人。尽管如此，当他看到士兵和被判决者时，还是犹豫了片刻。他最后还是只能说："不。"军官连连眨眼，目光却没有离开过他。"您愿意听我解释一下吗？"旅行者问道。军官默默地点点头。"我是这种程序的反对者，"旅行者说，"您还没有对我表示信任时——我当然绝不会滥用您的信任——我就已经在考虑：我是否有权反对这种程序，我的反对是否会有一丝成功的希望。我很清楚应当先找谁；当然是指挥官。您的话使我更明白这一点了，不过，我并不是因此才下定了决心，相反，您真诚的信念令我感动，尽管它不能使我动摇。"

军官仍然一声不吭，他转向机器，抓住一根黄铜合金柱，然后稍稍向后仰，望着绘制仪，像是在检查一切是否正常。士兵和被判决者看上去已结成了朋友；被判决者向士兵打手势，尽管他被皮带紧捆着，做这个动作非常艰难，士兵向他弯下身去，被判决者对他耳语着什么，士兵连连点头。

旅行者跟在军官身后，说道："您还不知道我想做什么呢。我会告诉指挥官我对这个程序的看法，不过不是在大会上，而是与他单独面谈；我也不会在这儿呆那么久，被拉去参加什么会议；我明天一早就走，至少要到船上去。"

军官似乎并没有在听他说话："这个程序原来并没有让您信服。"他自言自语地说，微笑着，仿佛老人在笑孩子的瞎胡闹，微笑里隐藏着他真正的思索。

"是时候了。"他终于说道，突然目光灼灼地看着旅行者，其中包含着某种要求，某种要求参与的呼吁。

"是什么时候了?"旅行者不安地问道,却没有得到回答。

"你自由了。"军官对被判决者说,说的是被判决者的语言。被判决者起初还不相信。"喂,你自由了。"军官说道。被判决者的脸上第一次有了生气。这是真的吗?会不会只是军官一时的心血来潮?还是这位外国旅行者为他争取到了豁免?怎么回事呢?他的脸上写满了这些疑问。不过并没有多久。不管怎么回事,只要允许,他就想确实体验到自由,于是,他开始在耙容许的范围内挣扎起来。

"你把我的皮带都快挣断了,"军官喊道,"安静些!我们马上就给你解开。"他向士兵做了个手势,两人一起解皮带。被判决者一言不发地暗自发笑,把脸一会儿往左转向军官,一会儿往右转向士兵,同时没有忘记看旅行者。

"把他拽出来。"军官命令士兵。由于有耙,拽的时候得小心。被判决者急不可待,背上已擦破了几处。

从这时起,军官就不再过问他了。他走到旅行者面前,又把小皮夹子掏出来翻着,终于找到了他要的那张图纸,展开来给旅行者看。"您读读吧。"他说。"我读不了,"旅行者说,"我说过了,我读不懂。""您仔细看看这张吧,"军官说着,走到旅行者身边,以便跟他一起读。但这样还是不行,于是,他用小手指在空中划着,仿佛这张纸是绝对不可触摸的,以便使旅行者好读一些。旅行者也在努力,希望至少在这件事上取悦一下军官,可他根本读不了。军官开始一个一个字母地拼读,然后连起来又念了一遍。"上面写着'要公正!'"军官说道,"您现在可以读了。"旅行者俯身在纸上,军官怕他碰到纸,把纸挪开了些;旅行者虽然什么也没说,但他显然还是读不了。"上面写着'要公正!'"军官又说了一遍。"可能是吧,"旅行者说,"我相信上面是这样写着的。""那好。"军官说,至少部分地感到了满足,拿着那张纸爬上梯子;他小心翼翼地把图纸安放在绘制仪里,像是在全部重新调整齿轮组;这个活儿很费劲,一定牵动着很小的齿轮,有时他把头全埋进绘制仪里了,他必须如此精确地检查齿轮组。

旅行者站在下面目不转睛地望着他，脖子都僵了，灼热的阳光刺痛了他的双眼。士兵和被判决者在一块儿忙着自己的事。被判决者的衬衣和裤子刚才被扔进坑里，士兵用刺刀把它们挑了出来。衬衣脏得可怕，被判决者把它放在水桶里洗了洗。等他穿上衬衣和裤子，两人不禁哈哈大笑，因为衣裤后面被割成了两片。也许被判决者觉得自己有义务逗士兵开心，便穿着被割破的衣服在士兵面前转起圈来，士兵乐不可支，蹲在地上直拍自己的膝盖。考虑到两位先生在场，他们才有所收敛。

军官在上面终于忙完了，微笑着再次通观整体及各个部分，把绘制仪一直敞着的盖子啪地关上，走下梯子，往坑里瞧了瞧，又看了看被判决者，满意地发现被判决者已经取出了他的衣服，然后，他走到水桶边去洗手，这才发现桶里的水肮脏不堪，他为现在无法洗手感到难过，最后只得把手插进沙子，他对这个替代品甚为不满，却也只有将就了，接着，他站起身，开始解军服的扣子。刚一解开，那两块塞在领子里的女用手绢就落进了他手里。"这是你的手绢，"他说，把手绢扔给被判决者，又向旅行者解释道，"女士们送的。"

他匆匆脱下军服，接着把衣服全脱光了，但他十分精心地对待每一件衣服，甚至还特意用手指抚摸军服上的银绶带，把一个流苏抖整齐。与这份精心极不协调的是，他刚刚整理完一件，立即把它忿忿地扔进坑里。他身上最后只剩短剑和挂剑的背带了。他拔剑出鞘，将剑折断，然后把断剑、鞘和背带捧到一块儿，猛地扔进坑里，坑里碰出了丁零咣啷的响声。

他一丝不挂地站着。旅行者咬着嘴唇，一言不发。他明知将要发生什么，却无权阻止军官的任何行为。如果军官所痴迷的审判程序果真就要被取缔了——或许是由于旅行者的介入，他觉得自己有义务这样做——那么，军官现在的行为就完全正确；假若旅行者处在他的位置上，也会这样做的。

士兵和被判决者起先根本没明白这是怎么回事，看都没往这边看一眼。被判决者重新得到了手绢,兴高采烈,但他没高兴多久,就被士兵猝不及防地一把夺走了。被判决者试图从士兵的皮带后面把手绢拽出来,然而士兵看得很紧。他们就这样半开玩笑地扭打着。直到军官脱光衣服,这才引起了他们的注意。特别是被判决者,仿佛预感到某种大变故即将发生,十分震惊。刚才发生在他身上的事,现在要发生在军官身上了。可能会发展到登峰造极的地步。大概是这位外来的旅行者下达了命令。这就是报应。他虽然受刑没有受到头,现在却要为自己彻底报仇了。他的脸上漾出无声的笑容,这笑容再也没有消失。

军官已转向了机器。即便之前就已知道,他对这台机器了如指掌,现在看他怎样操纵机器,机器怎样服从他的指挥,还是会大吃一惊。他刚把手伸向耙,耙就起落了几次,调整好位置,以便接受他;他刚一抓住床沿,床便颤动起来;衔嘴向他的嘴移过来,看得出,军官原本不想含衔嘴,但他只犹豫了片刻,随即顺从地把它含进了嘴里。一切就绪,只有皮带还垂在两边,可这显然没有必要,军官用不着被捆紧。被判决者注意到了松弛的皮带,他认为如果不拴紧皮带,处决就不够完满,他一个劲儿地招呼士兵过去,他俩一道去捆军官。军官已伸出一只脚想去踢手柄,以便绘制仪运作起来;他看见这两位过来了,便收回脚,任他们捆绑。这样他就够不着手柄了;士兵和被判决者是找不着它的,旅行者已决心袖手旁观;无需他帮忙;皮带刚一拴紧,机器就开始运作了;床颤动着,针头在皮肤上飞舞,耙起起落落。旅行者目不转睛地看了好一会儿,才想到绘制仪里的一个齿轮应该吱嘎作响的;可是一片寂静,连丝毫的嗡嗡声都听不到。

机器悄然无声地运作着,大家就不去注意它了。旅行者扭头看着士兵和被判决者。被判决者比较活跃,对机器中的一切饶有兴趣,时而弯下腰,时而直起身,老是伸出食指,指给士兵看什么。旅行者感到难堪。他原本决心在这儿待到处决完毕,但他受不了这两个人的样子。"你们回去吧。"他说。士兵可能倒还愿意走,被判决者却把这个命令视为惩罚。他摊着手央求让他留下,看见旅行者摇着头不肯让步,甚至跪下了。旅行者意识到命令在这儿不起作用,就想走过去把他俩赶走。正在这时,他听到上面绘制仪发出一种声响。他抬头仰望。是那个齿轮出问题了吗?但不是齿轮,是别的什么。绘制仪的盖子缓缓升起,然后啪嗒一声全敞开了。一个齿轮的尖角露了出来,逐渐升高,接着整个齿轮都露出来了,似乎某种强大的力量挤压着绘制仪,以至于这个齿轮没有位置了,齿轮旋转到绘制仪的边缘,掉了下来,在沙子上滚了一截,就躺平了。但上面已经又升起一个齿轮,紧接着升起了许多大大小小的齿轮,无从分辨,它们的运动都和第一个齿轮一样,让人总以为绘制仪里面已经空了,这时却出现了一个为数众多的新齿轮组,它升起来,跌落,在沙子中滚动,然后躺平。被判决者看见这个过程,把旅行者的命令忘得一干二净了,掉落的齿轮把他完全迷住了,他老想抓住一个,还叫士兵来帮忙,可他一次次吓得把手缩了回来,因为下一个齿轮紧接着落下,至少它一开始的滚动吓住他了。

旅行者却十分不安;机器显然快散架了;它的无声无息的运转是个假象;他觉得现在应当关心一下军官,因为军官无法再照顾自己了。然而,他全神贯注地观看齿轮的跌落,耽误了察看机器的其他部分;直到最后一个齿轮离开了绘制仪,他终于俯身在耙上,大吃一惊,发现了更糟糕的情况。耙没有写字,只是在刺扎,床没有翻转身体,只是颤动着把它送到针尖上去。旅行者想干预,尽可能让这一切停下来,这并非军官想得到的酷刑,这简直就是谋杀。他伸出双手。耙却已叉住身体升了起来,转向一边,就像往常第十二个小时里才会出现的运作。血从身体成百个孔里涌出,没有掺杂水,喷水管这次也失灵了。最后失灵的是,身体并没有脱离长针头,而是悬在坑的上空,血流如注,掉不下来。耙已经要恢复原位了,似乎觉察到尚未摆脱重负,便停在了坑的上空。"你们来帮帮忙啊!"旅行者向士兵和被判决者喊着,他自己抓住了军官的脚。

他想,他在这边压住军官的脚,那两个人在另一边抱住军官的头,这样就可以慢慢地把军官从针头上卸下来。那两个人却下不了决心过来;被判决者干脆背转身去;旅行者不得不走过去,用蛮力把他们赶到军官的头那边去。这时,他极不情愿地看了看死者的脸。面容一如生前,看不出军官所期许的解脱的痕迹;所有其他人从机器中获得的解脱,军官没有得到;他双唇紧闭,眼睛睁着,恍若生者,目光安详,充满信念,一根大铁钉穿透了他的额头。

旅行者与紧随其后的士兵和被判决者来到流放地最老的房屋前,士兵指着其中一座说:"这就是茶馆。"

房屋的底层是个又深又低、洞穴似的房间,四壁和顶棚都被烟熏黑了。朝街的这一面完全敞着。茶馆虽然与流放地的其他房屋——除了指挥部的宫殿式建筑,所有的房屋都破败不堪——无甚差别,却给旅行者留下了深刻印象,他觉得这是一种历史回忆,从中感到了过去时代的力量。他走近茶馆,身后跟着两位陪同,穿过门前街上的空桌子,呼吸着从里面散发出的阴凉而带霉味的空气。"老头子就埋在这儿,"士兵说,"神父不肯让他葬在公墓。有一段时间,人们拿不定主意,不知道该把他埋在哪儿,最后就埋在这儿了。军官保准没对您讲,因为这当然是他最丢脸的事。他好几次甚至想在深夜里把老家伙挖出来,但他每回都被赶走了。""坟墓在哪儿?"旅行者问,他觉得士兵的话难以置信。士兵和被判决者马上跑到他前面,伸出手给他指坟墓。他们领着旅行者走到后墙边,那儿的几张桌子旁坐着茶客。大概是码头工人,身强力壮,留着短短的乌黑发亮的络腮胡子。他们都没有穿外套,衬衣破破烂烂的,这是一群贫贱穷苦的民众。旅行者走过去时,有几个人站了起来,靠着墙看他。"是个外国人,"旅行者的周围一片耳语声,"他想看看坟墓。"他们推开一张桌子,下面真有一块墓碑。这是一块简陋的石碑,低得桌子一挡就看不见了。碑上的铭文字体很小,旅行者得跪下来才能看清。上面写着:"老指挥官之墓。其追随者如今隐姓埋名,为其建坟立碑。有预言曰,指挥官数载之后复活,由此屋率众追随者光复流放地。信之,静候!"读完这段文字,旅行者站起身来,看见众人围在他身边,面带微笑,仿佛同他一道读了碑文,觉得很可笑,并要求他接受这个看法。旅行者装作没看见,散给他们一些硬币,等桌子又推回到坟墓上后,他离开茶馆,走向码头。

　　士兵和被判决者在茶馆碰上了熟人,被留了下来。他们一定很快就摆脱了熟人,因为旅行者刚走到通向小船的长石阶的中央,他们就已追上来了。他们大概想在最后一刻逼迫旅行者把他们带走。旅行者正在下面跟船夫商议着摆渡到轮船去,那两个人飞快地冲下石级,一声不吭,因为他们不敢喊叫。等他们到下面时,旅行者已上了船,船夫正把小船撑离岸边。他们还可以跳上船的,但旅行者从船板上举起一根打着结的粗绳,威胁他们,不准他们往上跳。

王炳钧 译

新来的律师

我们这儿新来了一位律师,布塞法鲁斯博士。他的外表不大让人想得到,他曾是马其顿亚历山大大帝的战马。不过,如果对情况比较了解,还是会有所察觉的。我最近就看见,一个傻乎乎的法院杂役以赛马场下小赌注的常客的内行眼光,惊奇地盯着走在露天台阶上的这位律师,他正高高抬腿拾级而上,脚步声在大理石面上噔噔作响。

律师界基本赞成接纳布塞法鲁斯。大家不无惊讶地发现,布塞法鲁斯在当今的社会制度中处境艰难,再加上他在世界历史上的重要地位,他绝对值得我们善待。今天——谁也不能否认——伟大的亚历山大大帝已经不存在了。尽管有些人很会杀人;将长矛掷向宴席另一边的朋友,会这种本领的也大有人在;很多人觉得马其顿太狭小了,他们因此诅咒国父菲利普,可是没有人,没有人能带领大家去印度。虽然印度之门当时就遥不可及,但国王的宝剑划出了大门的朝向。今天,这些大门全都换了地方,修得更宽更高了;没有人指明它们的朝向;很多人手持宝剑,却只是为了将宝剑挥来舞去;想跟随他们的人,目光迷茫。

因此,或许最好就是像布塞法鲁斯这样,埋头读法典。他自由自在,肋腹两侧免受骑士大腿的挤压之苦,在静静的灯光下,远离亚历山大大帝征战的喧嚣,展卷捧读我们的古老书籍。

杨劲 译

乡村医生

我的处境十分窘迫：我必须即刻出行；一位重病人在十里开外的一个村子里等着我；猛烈的暴风雪席卷着我与他之间的广阔地带；我有一辆大轮子的轻便马车，正好适合于在我们的乡村大道上行驶；我身穿皮衣，提着手术包，已经站在院子里准备出发；却没有马，马。我自己的马在这个寒冬精疲力竭，昨天夜里死掉了；我的女仆正在村子里到处为我借马；可这毫无希望，我心里很明白，身边的雪越积越厚，我越来越举步维艰，茫然地站在那儿。女仆出现在门口，就她一个人，晃着手里的灯；当然，谁会在这种天气借出马来跑那么远的路？我在院子里来回走着；我一筹莫展；我神思恍惚，悻悻地往多年不用的猪圈的破门上踢了一脚。门开了，嘎吱嘎吱地摇来摆去。一股暖烘烘的气味扑面而来，像是马的体味。里面的一根绳子上晃动着一盏昏暗的厩灯。一个男人缩成一团，蹲在低矮的圈栏里，露出他那嵌着一双蓝眼睛的坦诚的脸。"要我套车吗？"他问道，四肢着地爬了出来。我不知该说什么，只是弯下腰，想看看猪圈里还有什么。女仆就站在我身旁，她说道："连自己家里还有什么都不知道。"我俩笑了。"喂，老兄！喂，妹子！"马夫喊道，两匹马，两头膘肥体壮的牲口，腿紧贴着身体，像模像样的脑袋骆驼一般低垂着，完全靠身体扭动的力量，才先后从那个被它们的身体塞得满满的门洞里挤了出来。它们马上站直了，腿很长，浑身冒着热气。"帮帮他吧！"我说道，听话的女仆赶紧跑过去给马夫递套车的辔具。她刚一走近，马夫就抱住了她，把脸贴到她的脸上。她尖叫一声，逃回我身边；她的脸颊上印着两排红红的齿印。"你这个畜生！"我怒吼道，"你是不是想挨鞭子了?"但我随即意识到,我根本不认识他;也不知道他来自何方,现在谁也不肯帮忙,他却主动雪中送炭。他似乎明白我的心思,对我的威胁并不介意,忙着套马,末了才转向我,说道:"您上车吧!"果真:一切准备就绪。我发现这辆车真漂亮,我还从未坐过这么好的马车呢,就高高兴兴地上了车。"不过得我来驾车,你不认识路。"我说。"这是当然,"他说道,"我根本就不跟你去,我留在这儿。""不。"罗莎喊道,跑进了房子,确实预感到自己已难逃厄运;我听见她当啷一声套上门闩链;听见门锁咂的一声撞上;我看见她飞快地穿过走廊和一个又一个房间,熄灭了所有的灯光,以防被找到。"你同我一道走,"我对马夫说,"否则我就不去了,不管这有多紧急。我从未想过走这一趟得以这个姑娘为代价,得把她给你。""驾!"他说,拍了拍手,马车应声疾驰,宛如被冲入激流的木头;我还听得见在马夫的凌厉攻势下,我的房门猛地被撞开,裂成碎片,接着,我的眼里和耳里全是穿透所有感官的风驰电掣。这也不过是一刹那的功夫,因为我已经到了,仿佛我的院门前径直就是我的病人的院子;两匹马静静地站着;雪停了;院子里洒满了月光;病人的父母急急忙忙地跑出房子;后面跟着病人的姐姐;他们几乎是把我抬下了车;他们语无伦次,我什么都没听明白;病人房间里的空气简直令人窒息;无人照管的炉灶冒着烟;我会打开窗户的;可我想先看看病人。男孩瘦骨嶙峋,没有发烧,不冷,不热,两眼无神,没有穿衬衫,盖着鸭绒被,坐起身来,搂住我的脖子,轻声耳语道:"大夫,让我死吧。"我四下里看了看;谁也没听到;他的父母默默站着,探身静候我的诊断结果;他的姐姐拿过来一把椅子让我放手提包。我打开提包,在器械中翻找着;男孩不断从床上向我摸索过来,想提醒我别忘了他的请求;我取出一把镊子,就着烛光检查了一下,又放了回去。"是啊,"我亵渎神明地思考道,"多亏神的帮助,送来了短缺的马,由于情况紧急,还多给了一匹,额外还送了一个马夫——"我这才又想起了罗莎;我怎么做,我如何救她,我离她十里之遥,拉车的马不听我使唤,我如何能把她从马夫身下拽出来？就是这两匹马吗？它们不知怎的松开了缰绳；不知怎的从外面撞开了窗户；各从一扇窗户探进头来，根本不理会家人的喊叫，注视着病人。"我马上回去。"我想道，仿佛这两匹马在催促我动身，可我还是听任病人的姐姐替我脱掉皮衣，她认为我是热迷糊了。老人为我端来一杯罗姆酒，敲了敲我的肩膀，似乎献出这心爱之物，就可以对我有这种亲昵举动。我摇摇头；如果认同老人的狭隘想法，我会觉得很难受的；完全是由于这个原因，我拒绝喝这杯酒。母亲站在床边，引诱我过去；我走过去，正当一匹马朝向屋顶高声嘶鸣时，我把头贴在男孩的胸口上，我的湿胡须使他瑟瑟发抖。我的想法得到了证实：这个男孩很健康，只是血液循环不太顺畅，无微不至的母亲给他灌了太多咖啡，他其实很健康，最好把他一脚踢下床来。我并非社会改造者，就让他继续躺着。我是区里委派的医生，恪尽职守，甚至超乎于此。我的报酬很低，但我对穷人慷慨解囊，乐善好施。我还得养活罗莎，这么一想，男孩说得对，我也想死呢。在这没有尽头的冬天，我来这儿干吗呀！我的马死了，村子里谁也不愿把自己的马借给我。我不得不从猪圈里拉出一驾车来；要不是猪圈里刚好有马，我就得靠母猪拉车了。就是这样。我向这家人点点头。他们一无所知，即便知道也不会相信的。开处方是件容易事，而除此之外，还与这些人沟通就很困难了。行，我的出诊就算结束了，又让我白跑了一趟，对此我已习以为常，全区的人都半夜三更来按门铃折磨我，这次我还不得不付出罗莎这个漂亮姑娘，她在我的房子里住了好几年了，我没怎么注意过她——这牺牲太大了，而现在已经到了这个地步，我不得不暂时绞尽脑汁想开一些，以免对这家人大发雷霆，他们反正不会把罗莎还给我。然而，正当我关上提包，挥手要我的皮衣时，全家人站在一块儿，父亲闻着手中那杯罗姆酒，母亲恐怕是对我感到失望了——是啊，这些人到底指望什么呢？——眼泪汪汪地咬着嘴唇，姐姐晃着一块血淋淋的手帕，这时不知怎的，我已准备好在一定情况下承认，男孩可能是病了。我走向他，他朝我微笑，仿佛我给他带来了灵丹妙药——哎,两匹马这时嘶鸣了起来;这叫声恐怕是上天安排的,为的是帮我诊断——,我发现了:是的,男孩有病。他的右侧臀部裂开了一个掌心大的伤口。玫瑰红色,但各处深浅不一,中间颜色深,越往边上颜色越浅,呈小颗粒状,还有东一块西一块的淤血,像露天矿一样裸露着。这是远观。近看就更严重了。谁看见了,能不倒抽一口冷气?一堆虫子,和我的小指一般长一般粗,玫瑰红的身体还沾满了血,它们待在伤口中心,白色的小脑袋,密密麻麻的小腿,正往亮处蠕动着。可怜的孩子,你没救了。我找到了你的大伤口;你就要毁在这侧身体的这朵奇葩上。家人见我在检查病人,大为高兴;姐姐告诉母亲,母亲告诉父亲,父亲告诉几位客人,他们正踮着脚,张开双臂以保持平衡,披着月光走进敞开的院门。"你会救我吗?"男孩哽咽着低声问道,完全被伤口中那蠕动的一团弄晕乎了。我这个地区的人们就是这样的。总是向医生们要求力所不及的事。他们已经失去了旧信仰;牧师坐在家中,撕着一件又一件弥撒服;医生凭他动手术的纤弱之手,却应当无所不能。好吧,随他们的便;我不是毛遂自荐来的;如果你们要我越俎代庖尽神职,我姑且听之任之吧;我,一位老乡村医生,连女仆也被抢走了,还指望什么更好的下场呢!他们来了,家人以及村子里的长老们,他们脱掉我的衣服;一位教师领着学生合唱队站在房前,唱了起来,曲调特别简单,歌词是这样的:

> 脱他的衣服,他就会治病,
> 他若不治,就把他处死!
> 他不过是个医生,不过是个医生。

接着,我的衣服被脱光了,我用手指捋着胡须,我偏过头去,静静地看着这些人。我镇定自若,胜过在场的所有人,并保持着这种从容,尽管这无济于事,因为他们正抓着我的头和脚,把我抬上了床。他们把我放在面朝墙壁、挨着伤口的那一侧。然后,人们全都走出屋子;门关上了,歌声停了下来;云朵遮住了月亮;被子温暖地盖在我身上；马脑袋在窗口忽隐忽现。"你知道吗,"我听见病人在我耳边说,"我对你的信任少得很。你也不过是碰巧被扔在这儿了,又不是自己走来的。你不帮我,反倒来挤我临终的床榻。我恨不得把你的眼睛挖出来。""不错,"我说道,"这是一种耻辱。可我是医生啊。我该做什么？相信我,我也不容易。""我应当对这样的道歉感到满意吗？咳,我恐怕只能这样。我总是不得不表示满意。我带着一个美丽的伤口来到世上；这就是我的全部装备。""年轻的朋友,"我说道,"你错就错在只盯着自己的伤口。而我,我去过远远近近的所有病房,可以告诉你：你的伤口没那么严重。是斧子的尖角砍了两下造成的。许多人不大听得见树林里的斧子声,更听不到斧子在靠近他们,就傻乎乎地等着挨砍。""真是这样吗,还是你趁我发烧哄骗我？""真是这样,你就当这是一位官方医生以名誉担保的话吧。"他听进去了,安静了下来。我现在却该考虑如何救自己了。两匹马还忠实地站在原地。我将衣服、皮衣和提包匆匆收拾起来；我不愿因为穿衣服而停留片刻；两匹马像来的时候一样急不可待,我仿佛是从这张床跳到了自己的床上。一匹马驯顺地从窗口往后退,我把收拾好的那包东西扔到车上；皮衣飞出老远,惟独一只袖子挂在了一个钩子上。这就够好了。我飞身上马。缰绳松松地拖曳着,两匹马几乎没有套在一块儿,马车乱打转,后面还拽着雪中的皮衣。"驾！"我说道,马却没有扬蹄飞奔；我们像老人一样缓缓地穿过冰雪荒原；我们身后久久回荡着孩子们的那首新歌,而歌词与实情大相径庭：

　　　　欢呼吧,病人们,
　　　　医生被抬上床来陪你们！

　　这样下去,我永远回不了家；我的生意兴隆的诊所完了；一个接班人在抢我的生意,可这没用,因为他代替不了我；那混蛋马夫在我的房子里胡作非为；罗莎成了他的牺牲品；我不愿再想下去了。驾着尘世的车,非尘世的马,我赤身裸体,遭受着这最不幸时代的冰雪肆虐,我这老头子四处飘荡。我的皮衣挂在马车后面,我却够不着它,我那手脚灵便的病人中谁也不愿动一下手指头。上当了!上当了!一次听信了深夜骗人的铃声——就永远无法挽回。

王炳钧 译

在马戏场顶层楼座

如果马戏场上有个荏弱并且患有肺痨的马术女演员骑在脚步不稳的马上,在不知疲惫的观众面前,被冷酷的团主挥鞭驱赶着,经年累月不歇息地绕圈跑,她身穿紧身衣,飞骑而过,抛着飞吻,全身颠簸着,如果这表演在乐队和通风机不停的喧闹声中,向着不断张开的灰暗的未来一直继续下去的话,伴着无异于汽锤的掌声的起落,那么,说不定有个坐在看台顶层的青年观众会沿着长长的楼梯穿过所有的席位跑下来,冲入马戏场,大喊一声:停!他的声音穿透配合着表演的乐队号角声。

然而因为事情不是这样,而是拉幕人穿着号衣,神采飞扬地拉开帷幕,一个脸色红润皮肤白皙的漂亮女孩飞奔入场,马戏团主以全心效劳的态度追随着她的目光,在她面前驯服得像只忠心的动物对她喘着气,他小心翼翼把她托上了圆斑灰白马,就好像他最亲爱的孙女将踏上危险的征途,挥鞭催马之前他迟疑不决,最终抑制自己打出一声响鞭,他张着嘴跟在马的旁边跑,密切注视着女骑手的跳跃,简直不明白她如此高超的表演艺术是怎么来的,他用英语喊叫着,要她小心,又怒气冲冲地提醒拿着圈的小厮要注意,在表演危险的腾空翻身绝技时,他对乐队高举双手,示意停止奏乐,最后把这小女孩从颤抖着的马背上扶下来,亲吻她的双颊,观众的欢呼声再热烈他都嫌不够,这时,她被他撑着,在尘土飞扬的场地上踮起脚尖,张开双手,可爱的头向后仰去,要同整个马戏场内的人分享她的快乐,——因为事情是这样,坐在看台顶层的那位观众就把脸靠在栏杆上,当表演者退场时,他犹如身陷噩梦,不知不觉地哭泣起来了。

谢莹莹 译

在法的门前

在通往法的大门前站着一个守门人。有一个从乡下来的人走到守门人跟前,求进法门。可是,守门人说,现在不能允许他进去。这人想了想后又问道,那么以后会不会准他进去呢。"这是可能的,"守门人说,"可是现在不行。"由于通往法的大门像平常一样敞开着,而且守门人也走到一边去了,这人便探头透过大门往里望去。守门人见了后笑着说:"如果你这么感兴趣,不妨不顾我的禁令,试试往里闯。不过,你要注意,我很强大,而我只不过是最低一级的守门人。里边的大厅一个接着一个,层层都站着守门人,而且一个比一个强大,甚至一看见第三道守门人连我自己都无法挺得住。"这个乡下人没有料到会遇上这样的困难;照理说,法应该永远为所有的人敞开着大门,他心里想道。但是他眼下更仔细地端详了这个身穿皮大衣的守门人,看看那个又大又尖的鼻子,又望望那把稀稀疏疏又长又黑的鞑靼胡子,便打定主意,最好还是等到许可了再进去。守门人给了他一只小凳子,让他坐在门边。他就坐在那儿等待。一天又一天,一年又一年。他磨来磨去,希望让他进去,求呀求呀,求得守门人都皮了。守门人常常也稍稍盘问他几句,问问他家乡的情况和许许多多其他的事情,但这都是些不关痛痒的问题,就像是大人物在询问似的。说到最后,守门人始终还是不放他进去。这乡下人为自己出这趟门准备了许多东西,他不管东西多么贵重,全都拿了出来,希望能买通守门人。守门人一次又一次地都收下来了,但是,他每次总是说:"我收下这礼物,只是为了使你不会觉得若有所失。"在这许多年期间,这人几乎从不间断地注视着这个守门人。他忘了还有其他守门人,而这第一个似乎成了他踏进法的门的惟一障碍。开头几年里，他大声诅咒命运的不幸。到了后来，他衰老了，便只能喃喃嘀咕了。他变得孩子气，长年累月的观察甚至使他跟守门人皮衣领子上的跳蚤也混熟了，他也求那些跳蚤帮他去说服守门人。最后，他的目光变得模糊不清了，他不知道是自己周围真的越来越黑暗了，还是他的眼睛在捉弄他。但是，就在这黑暗里，他却看到了一道光芒从法的大门里永不休止地射出来。如今，他就要走到生命的尽头了，弥留之际，这些年来积累的所有经验，凝聚成一个他从未向这个守门人提出过的问题。他挥手叫守门人到跟前来，因为他再也无法直起自己那僵硬的躯体了。守门人只好深深地俯下身子听他说话，因为躯体大小变化的差别，已经非常不利于这乡下人了。"你现在到底还想问什么呢？"守门人问道，"你真贪心。""人人不都在追求着法吗，"这人回答说，"可是，这许多年来，除了我以外，怎么就不见一个人来要求踏进法的大门呢？"守门人看到这个人已经筋疲力尽，而且听觉越来越坏，于是在他耳边大声吼道："这儿除了你，谁都不许进去，因为这道门只是为你开的。我现在要去关上它了。"

韩瑞祥 译

一页陈旧的手稿

我们似乎大大疏忽了捍卫国土。我们对此一直漠不关心,忙自己的事去了;最近一段时间发生的桩桩事却令我们忧虑。

我在皇宫前的广场上有一间鞋铺。天刚蒙蒙亮,我一打开店铺,就看见通向广场的所有街口都站满了荷枪实弹的士兵。但他们并非我们的士兵,显然是来自北方的游牧人。我不明白他们怎么就长驱直入,攻到了京城,京城离边界远得很呢。反正他们就在那儿了;人数似乎与日俱增。

他们按自己的生活习惯,露营而居,因为他们讨厌房屋。他们忙着磨剑、削箭、练习骑马。他们把这个安安静静,总是被小心翼翼地保持整洁的广场变成了一个真正的马厩。我们虽然有时试图冲出店铺,至少将最恶心的垃圾清除掉,却越来越少这样做了,因为我们的辛劳于事无补,而且我们这样做冒着很大的危险,可能会被野马踢伤或遭鞭子抽打。

与游牧人交谈是不可能的。我们的语言他们不懂,而他们几乎没有自己的语言。他们互相交谈时就像一群寒鸦。寒鸦的聒噪声不绝于耳。他们不明白也根本不在意我们的生活方式、我们的社会机构。因此,他们对任何一种手势都不屑一顾。你就是把下巴颏儿点得脱了臼,把手比划得错了位,他们还是没明白你的意思,而且永远也不会明白。他们经常扮鬼脸;接着,翻白眼,吐白沫,其实他们做这种表情,既不是要表达什么意思,也不是要吓唬人;他们这样做,完全是习惯使然。他们需要什么就拿什么。不能说他们使用暴力。还没等他们采取行动,人们就已拱手相让。

我的储存他们也拿了不少。可我没什么可抱怨的,比如我亲眼看见对面那个卖肉的是什么遭遇。他刚把肉摆出来,就被一抢而空,被游牧人狼吞虎咽地吃光了。他们的马也吃肉;屡见不鲜的是,一个骑兵躺在他的马旁,人马各咬一头,共食一块肉。卖肉的很胆小,不敢中断供肉。可我们十分理解他的苦衷,一起凑钱支援他。游牧人要是没肉可吃,谁知道他们会干出什么事来;即便他们天天有肉吃,又有谁知道他们会干出什么事来。

最近,卖肉的屠夫寻思着,他起码不必费劲屠杀了,于是,早上就牵来一头活牛。他可千万别再这样做。我在我的铺子后面躺了将近一个钟头,平躺在地上,把我所有的衣服、被单和床垫都堆在身上,只是为了堵住耳朵,免得听见那头牛不停的吼叫,游牧人将它团团围住,扑向它,用牙从它热腾腾的身上咬下一块又一块肉。这喧嚣平息了好半天,我才敢走出门去;他们疲惫地躺在那头牛的残骸四周,仿佛醉倒在酒桶周围的酒鬼。

就在那时,我觉得看见了皇帝本人就在皇宫的一扇窗户旁;平时他从不到外宫,一直只住在最里层的花园里;这时,他却站在那儿,至少我这样觉得,他就站在一扇窗户旁,低垂着头注视着就在他的宫殿前发生的喧嚣。

"这样下去怎么收场?"大家你问我,我问你,"这些负担和折磨,我们还要承受多久?皇宫招引了游牧人,却不知该如何把他们赶走。皇宫的门紧闭;皇宫的卫队以前总是迈着正步庄严地走出走进,现在却守在安了铁栅栏的窗户后面。拯救祖国的任务交给了我们这些手艺人,我们这些买卖人;我们可担当不起这个重任;我们也从来没有吹嘘过自己有这本事。这是一个误会,我们因此走向灭亡。"

杨劲 译

豺与阿拉伯人

我们在绿洲上宿营。旅伴们都睡了。一个阿拉伯人，个子高高的，穿着一身白，走过我身旁；他喂好了骆驼，走向睡觉的地方。

我仰面躺倒在草地上；我想睡觉，却睡不着；远处传来豺的哀嚎声；我重又坐起。刚才听起来还那么遥远，突然近在眼前。一大群豺将我团团围住；它们眼中闪烁着黯淡的金光；细长的身躯仿佛在受鞭笞，敏捷而有节律地扭动着。

从我背后走出一只豺，他从我的臂下钻过，紧贴着我，似乎需要从我这儿取暖，然后走到我面前，几乎与我四目相对，说道：

"我是这一带岁数最大的豺。能在这儿欢迎你，我深感荣幸。我都快不抱希望了，因为我们等你等得太久了；我的母亲等过，我母亲的母亲等过，上至各代母亲，一直到所有豺的始祖母。请相信我！"

"我感到很惊异。"我说道，忘了点燃身旁准备好的木棒，木棒的烟可以驱散豺。"听你这样说，我很惊异。我从北部高地来到这里，纯属偶然，我在做一次短期旅行。你们究竟有什么事呀，各位豺？"

我的这席话可能太友好了，似乎给它们壮了胆，它们把我围得更紧了；所有的豺都急促地喘着气，呼哧作响。

"我们知道，"那头最老的豺开腔了，"你来自北方，正因如此，我们对你寄予希望。北方是理智之地，而这儿，阿拉伯人根本没有理智。你知道，从他们冷酷的傲慢里激不出一点理智的火花。他们为了吃肉，屠杀动物，对动物的腐尸不屑一顾。"

"别那么大声，"我说，"阿拉伯人就睡在附近。"

"你真是个外地人,"这只豺说,"否则你就该知道,从古至今,从来没有豺怕过阿拉伯人。难道我们应当怕他们?我们落到与他们为伍,难道还不够惨吗?"

"可能是的,可能是的,"我说,"我对与己无关的事不愿妄加评论;看来这场争端由来已久,恐怕已根深蒂固地溶入了血液;或许也只有血流尽,才能了结。"

"你真聪明,"老豺说;众豺们喘息得更急促了;仿佛在疲于奔命,肺部拉风箱似的,其实它们站着一动不动;从它们张开的嘴里喷出一股臭味,我必须不时地咬紧牙关才能忍受,"你真聪明;你的话与我们的古老教义一个样。我们吸干他们的血,争端也就了结了。"

"哦!"我不由得粗声嚷道,"他们会反抗的;他们会用猎枪把你们全打趴下。"

"你误会了我们的意思,"它说,"你是按人的思维理解的,看来北方高地的人也难免这样想。我们不会要他们的命。否则,我们跳进尼罗河也洗不清这污秽。只要一看见他们活生生的身体,我们就跑得远远的,跑向比较纯净的空气,跑向沙漠,因此,沙漠是我们的家乡。"

这时,从远方又跑来了许多豺,加入到围成一圈的豺中,它们全都把脑袋耷拉在两条前腿之间,用爪子摩挲着;它们像是在掩饰某种憎恶,这憎恶太可怕了,我真想纵身一跃,逃出它们的包围圈。

"那你们打算做什么?"我问道,想站起身;却站不起来;两只小豺在我身后紧紧咬住了我的外套和衬衣;我只好继续坐着。"它们噙着你的后襟,"老豺一本正经地解释道,"这是表示尊重。""它们应当放开我!"我喊道,一会儿看看老豺,一会儿转向小豺。"它们当然会放开的,"老豺说,"如果你这样要求的话。不过要稍稍等一会儿,因为它们按照礼节,咬得太深了,得先慢慢松开牙齿。趁这会儿,你听听我们的请求吧。""你们的这种行为让我有些难以接受。"我说。"我们很笨拙,你别见怪,"他说道,头一次用上了他那天然嗓音里的诉苦腔,"我们是可怜的动物,我们只有牙齿;不论我们想做什么,好事和坏事,我们都只有牙齿可用。""那你想做什么呢?"我问道,口气只稍微温和了一点。

"先生,"他喊道,众豺齐声嚎叫起来;叫声飘到遥远的天边,宛如一段旋律,"先生,你应当结束这场将世界一分为二的争端。我们的祖先已经描绘出来了,你就是做这事的人。我们必须从阿拉伯人那儿获得和平;获得可以呼吸的空气;清除了他们,举目四望,一直远眺到天际;不会再听到羊儿被阿拉伯人宰杀时发出的惨叫;所有牲畜都应当老死而终;等它们死了,我们就吸其血,噬其骨,将残骸打扫得一干二净。纯净,我们想要的就是纯净,"——这时,众豺在流泪,抽泣——"你这么高贵的心,可爱的肺腑,怎么忍受得了世上有这种人?他们的白衣服脏兮兮;他们的黑衣服脏兮兮;他们的胡子脏得吓死人;他们的眼角令人作呕;他们一抬起胳膊,就露出黑乎乎的腋窝。所以,哦先生,所以,哦亲爱的先生,劳驾你无所不能的手,劳驾你无所不能的手,拿起这把剪刀,割断他们的喉咙吧!"说着,他一摆头,随即过来一只豺,它的一个牙齿上挂着一把锈迹斑斑的缝纫小剪刀。

"终于亮出剪刀了,到此为止吧!"我们旅行队的阿拉伯领队喊道,原来他顶着风悄悄溜到了我们身旁,边喊边挥舞着手中巨大的鞭子。

众豺四散奔逃,没跑多远却站住了,紧靠着蹲在一块儿,那么多的动物纹丝不动地紧挨着,看上去仿佛一道窄窄的栅栏,周围飞舞着荧荧鬼火。

"先生,这回你耳闻目睹了这出戏。"这个阿拉伯人一边说一边开怀大笑,已经有违他的民族的矜持。"那你知道这些动物想干什么了?"我问。"当然,先生,"他说,"这是众所周知的;只要有阿拉伯人,这把剪子就会在沙漠中漫游,会一直追随着我们,直至我们的生命终结。这把剪子被提供给每个欧洲人,以便他完成大业,在它们眼里,任何一个欧洲人都是来完成这项使命的。这些动物抱着多么荒唐的希望；它们是傻子，地地道道的傻子。我们因此爱它们；它们是我们的家犬；比你们的家犬更漂亮。你看，今晚死了一头骆驼，我已经让人把它拖过来了。"

四个人拖着沉重的死骆驼走了过来，将它扔在了我们面前。尸体刚一放下，众豺就嚎叫起来。每只豺都像是被绳子拽着，挣也挣不脱，它们一步一顿，肚皮贴着地，爬上前来。什么阿拉伯人，什么累世仇恨，都已忘得一干二净，面前这具散发着臭气的死尸抹去了它们的所有记忆，使它们心醉神迷。一只豺已经扑在了骆驼脖子上，第一口就咬住了动脉。骆驼的每块肌肉都在被撕扯着，都在抽搐着，就像一个急遽奔流的水泵徒劳地试图扑灭一场冲天大火。顷刻间，众豺已趴在尸体上，忙着同样的事，它们层层叠叠，垒得高高的。

这时，领队扬起鞭子，金蛇狂舞般在它们身上狠抽。它们抬起头；还沉迷其中，迷迷糊糊；看见阿拉伯人站在面前；嘴巴和鼻子上这才感觉到了鞭打的疼痛；跳着撤了回去，往后跑了一截。可是，骆驼的血已经流了好多摊，还在热腾腾地往外涌，尸体上好几处都裂开了大口子。它们抵挡不住这诱惑；它们重归原位；领队又扬起了鞭子；我一把抓住他的胳膊。

"你是对的，先生，"他说，"我们让它们干它们的本行吧；而且，我们也该上路了。你看见它们了。奇异的动物，对吧？它们多么恨我们啊！"

杨劲 译

在矿井的一次视察

今天,最高的工程师们来过我们井下。决策部门下达了某项任务,要求铺设新坑道,工程师们就来了,以便进行初步测量。他们多年轻啊,而且这么年轻就已各具特色!他们都是自由成长起来的,年纪轻轻,鲜明的个性就已无拘无束。

其中第一位,黑头发,很活泼,眼睛骨碌碌地到处瞧。

第二位拿着一个笔记本,边走边画图,东张西望,比较着,记录着。

第三位双手插在大衣口袋里,全身都显得紧绷绷的,笔挺地走路;保持着尊严;只是不停地咬着嘴唇,显露出跃跃欲试、按捺不住的朝气。

第四位向第三位做着解释,而第三位并没有要求他这样;他比第三位矮,像个有事相求的人,在第三位身旁一路跑着,食指总是伸向空中,似乎把这里所看到的一切都一一报告给第三位。

第五位,可能级别最高,不要任何陪同;时而在前,时而在后;一行人的步调都跟他保持一致;他面色苍白,身体羸弱;肩负的重任使他双目凹陷;他在沉思时,常常用手抵着额头。

第六位和第七位走路时微微弓着腰,他们头挨头,手挽手,亲密地交谈着;这儿若不明摆着是我们的煤矿,我们的工作地点若不是在这最深的坑道里,人们可能会以为,这两位瘦骨嶙峋、没有胡子、大鼻子的先生是年轻牧师。其中一位老是带着猫一样的呼噜声,暗自发笑;另一位也是笑眯眯的,也说着话,也用那只空出的手打着节拍。这两位先生对自己的地位一定有把握得很,他们想必年纪轻轻就已为我们煤矿做出了很大贡献,要不然,他们现在怎么能在如此重要的视察中,就在领导的眼皮底下,旁若无人地只谈着自己的事或至少与眼前的任务无关的事。或者,他们虽然嘻嘻哈哈,心不在焉,可能把该注意的全都注意到了?对这种先生,人们不大敢下定论。

另一方面,毫无疑问的是,比如第八位就比刚才那两位,可以说比所有其他先生都认真多了。他什么都要摸一摸,用一把小锤子敲敲,他一再把锤子从口袋里拿出来,又老把它放回去。有时,他不顾考究的衣服,一下子跪在脏兮兮的地上,敲敲地,然后又是一边走一边敲敲墙壁或头上的坑顶。有一次,他直挺挺地趴下,趴在那儿一声不响;我们都以为出事了;可他的瘦长身子稍稍一缩,一跃而起。原来他又仅仅是做了一次调查。我们自以为对我们的煤矿和矿石了如指掌,然而,这位工程师以这种方式不停地在调查着什么,这我们就弄不明白了。

第九位推着一辆童车,车里放着测量仪器。这都是极其贵重的仪器,包在十分细软的厚棉花里。这车原本应当是杂役推的,但他们信不过杂役;只好让一位工程师来推,他看上去还挺乐意干这事。他可能是最年轻的,可能还根本不懂所有这些仪器,但他的目光一直没离开这些仪器,以至于好几次险些把车推得撞到墙上。

另外还有一位工程师,他一路在车旁走着,防止车撞墙。他显然很精通这些仪器,像是真正的仪器保管员。他并不让车停下,时不时地取出仪器的一个部件,察看个遍,拧开或是拧紧螺丝,摇一摇,敲一敲,拿到耳边,侧耳细听;这时,推车的多半把车停住,他终于把这个从远处几乎看不见的小东西,小心翼翼地重又放进车子。这位工程师有点霸道,这不过只是就仪器而言。离车还有十步远,我们就应当按手指无言的示意闪开,即便有的地方根本无处避让。

走在这两位先生之后的,是无所事事的杂役。先生们那么博学,自然早已放下了架子,杂役倒像是端起了架子。一只手放在背后,另一只手在前面摸着制服的镀金纽扣或质地精细的布料,频频向左右点头,似乎我们向他问好了,他也就点头致意,或者他以为我们向他问好了,可他堂堂一杂役,怎么能去核实这种事。我们当然没有向他问好,但看他这副神气,真会以为他当煤矿决策部门的杂役,也是了不得的。他一走过去,我们自然就要笑,不管我们怎样笑,就是一个响雷也不能使他转过身来,他显得深奥难解,这使我们油然而生敬意。

今天没干多少活儿;中断的时间太长了;这样一次视察让大家根本没有心思干活。我们太喜欢目送先生们走向黑暗的试用坑道,看着他们的身影渐渐消失。一眨眼工夫,我们该换班了;我们就看不见先生们返回了。

杨劲 译

邻 村

　　我的祖父老爱说:"生命太短暂。在我现在的回忆中,生命缩成了一块儿,我简直难以理解,一个年轻人怎么能下决心骑马去邻村而不担心,要骑这样一段路——且不说路上可能发生不幸——,就连正常的、幸福度过的一生也远远达不到。"

杨劲 译

家父的忧虑

有些人说,"俄德拉代克"这个词源于斯拉夫语,因此他们试图在斯拉夫语中查明它的构成。另外一些人认为,这个词出自德语,斯拉夫语只是对它有所影响。这两种说法都不确切,由此可见,两种都不对,尤其因为靠它们发现不了这个词的任何含义。

如果不是确有其物——它叫俄德拉代克——存在,当然没有人会去搞这种研究。乍一看,它像个扁平的星形线轴,又像是缠上了线的;即便如此,也只会是扯断了、接在一块儿、乱作一团的旧线头,质地不一,颜色各异。它却不仅是个线轴,从星的中央伸出一个小横条,右上角还有一个小横条。后一个小横条在一边,星星射出的光芒在另一边,这样,整个身体就能够直立,仿佛支在两条腿上。

或许有人会认为,这个形体以前可能有实际用途,现在不过是被砸烂了。似乎又并非如此,至少找不到这种迹象;在它身上看不到任何附加或断裂的部位,暗示以前可能是另一副模样;它的身体尽管很怪诞,却也自成一体。更详细的情况我们并不了解,因为俄德拉代克特别敏捷,人们逮不住它。

它不断变换住处,阁楼上,楼梯间,走廊里,过道上。有时候,好几个月都见不到它;它多半是迁居到别的房子去了;然后它必定又会回到我们的房子。有时出门时,见它正倚在下面楼梯扶手上,就想和它聊聊。当然不会给它提很难的问题,大家对待它就像对小孩一样——因为它的身体那么一丁点儿大。"你到底叫什么?"人们问它。"俄德拉代克。"它说道。"那你住在哪儿?""居无定处。"它一边说一边笑;这种笑声,没有肺的人才发得出来。这笑声听起来恍若落叶的沙沙声。交谈多半到此为止。就连这两句回答也并非总能得到的;它常常沉默良久,仿佛一截木头,而它看上去也像木头。

  我徒劳地问自己,它将会怎样。它会死吗?所有会死的事物生前一定有个目标,有种作为,这样它才能消耗生命;俄德拉代克却不是这样。有朝一日,它不就会拖着长长的合股线滚下楼梯,滚到我的孩子和我的孩子的孩子的脚边?它显然不会伤害任何人;但一想到它可能活得比我还长久,我几乎感到痛楚。

杨劲 译

十一个儿子

我有十一个儿子。

老大其貌不扬,却稳重而聪颖;不过,我并不很器重他,尽管作为父亲,我爱他像爱所有其他孩子一样。我觉得他的头脑过于简单。他不左顾右盼,也没有远见,就在自己的狭隘想法里不停地兜圈子,甚至就在原地打转。

老二长得一表人才,身体修长,体格匀称;看他击剑,真是赏心悦目。他也很聪颖,不仅如此,还很练达世情;他见多识广,因此,就连家乡的人都宁愿和他交谈,而不是和一直待在家乡的人。这个优点不只,甚至根本上并非得益于旅游,毋宁说,它属于这个孩子的无人企及之处,比如,谁要想模仿他跳水的动作,就会承认这一点,他跳水时能翻好几个跟斗,动作疯狂而又稳健。模仿者的勇气与兴致只够走到跳水板顶端,然后他不往下跳,而是突然坐下了,抱歉地举起双臂。——尽管如此(我本应为这样一个孩子感到欣慰),我与他的关系并不是毫无阴影的。他的左眼比右眼略微小点儿,不住地眨巴着;这只是白璧微瑕,他的脸甚至因此显得更帅气了,而且,人们面对他的卓尔不群难以望其项背,谁也不会挑剔他那只眨巴着的小眼睛。而我,他的父亲,挑剔它。使我难过的当然并非这个身体缺陷,而是他在精神上与之相应的轻微失衡,在他的血液里胡碰乱撞的某种毒素,他的某种无能,使他无法将自己生命中只有我才看得出来的天资发挥得尽善尽美。另一方面,这点恰恰又使他成了我的真正的儿子,因为他的这个缺陷也是我们全家的缺陷,只不过在这个儿子身上表现得尤其明显。

老三也很漂亮,但并非我所喜欢的漂亮,而是歌手的漂亮;曲线优美的嘴唇,如梦似幻的眼睛;脑袋后面需要褶纹作衬托;高高隆起的胸脯;双手动不动就举起,动不动就放下;双腿立不稳,直颤悠。而且,他的嗓音并不圆润,能迷惑一时半会儿,引起内行的注意,但随即就底气不足了。——尽管总体上到处都是诱惑,鼓动我炫耀这个儿子,我还是宁愿将他藏在家中;他自己倒也不硬要去出风头,可这并非因为他有自知之明,而是出于单纯。他也觉得与我们的时代格格不入;仿佛他虽是我们家的成员,却还属于另一个家庭,一个他已永远失去的家庭,他经常闷闷不乐,什么也不能使他高兴起来。

我的老四可能是所有儿子里最随和的。他真正是我们时代的产儿,大家都能理解他,他和所有的人都打成一片,大家不禁对他点头称是。或许由于这种普遍的赞许,他的性格比较随便,他的举止比较无羁,他的判断比较随意。他的一些言论被人反复引用,但只是一些而已,因为总体上,过于随便又是他的弱点。他就像一位高空跳跃者,令人赞叹地一跃而起,燕子般划破天空,最后却无可挽回地落在了荒凉的尘埃中,一事无成。这些想法使我一见到这个儿子就黯然神伤。

老五可爱而善良;不轻易许诺,但许诺必定兑现;他太不起眼,大家和他在一起时,都忘了他的存在;他却因此赢得了一定的声望。如果有人问我这是怎么回事,我也答不上来。或许纯真倒最容易穿透这个世界上万事万物的喧嚣,而他很纯真。可能过于纯真了。他对任何人都很和善。可能过于和善了。我承认:如果有人在我面前称赞他,我心里很不是滋味。如果称赞一个像我儿子这样的显然值得表扬的人,简直就是没把表扬当回事儿。

我的老六看上去像是——至少第一眼给人这种印象——所有儿子中最深沉的。垂头丧气却又夸夸其谈,因此是个难相处的人。当他处于劣势时,就会消沉得无法自拔;一旦他占了上风,就会以夸夸其谈来保持优势。我并不否认他有某种忘乎所以的激情；大白天,他经常陷入沉思,恍如置身梦境,步履维艰。他没病——他的身体棒得很呢——,有时却脚步踉跄,黄昏时尤其如此,可他不需要人搀扶,也不会跌倒。这可能是他的身体发育造成的,就他的年龄而言,他的个子太高了。这使他整个身体显得不漂亮,尽管他身体的个别部位漂亮极了,比如他的手和脚。而且,他的额头也不好看;不仅皮肤起皱纹,骨头也有些干瘪了。

老七可能比其他所有儿子更贴我的心。世人不懂得赏识他;他们不懂得他那独特的幽默方式。我并不高估他;我知道他微不足道;假若世人的过失仅仅在于不知道赏识他,这真是无可厚非。我在家里可不愿缺少这个儿子。他既给家里带来不宁,也带来对传统的敬畏,并将这两者结合成——至少我觉得是这样的——无懈可击的整体。面对这个整体,他却不知所措;他不会使未来之轮转起来;不过,他的这一天赋已经很振奋人心,很有希望了;我希望他有孩子,子子孙孙,繁衍下去。可惜这个愿望恐怕难以实现了。他怡然自得——这是我不理解也不愿看到的,与周围人的观念背道而驰——,一个人东游西逛,对姑娘们根本不理会,总是好心情。

我的老八让我头疼,我还真说不上是什么原因。他看我的目光就像我是个陌生人,而我觉得自己与他有着亲密的父子亲情。光阴荏苒,许多事变得容易承受了;以前一想到他,我有时就会浑身打战。他我行我素;断绝了与我的一切联系;凭着坚硬的头颅,敦实的身体——只是他小时候双腿很虚弱,不过现在恐怕已经发育均衡了——,不管去哪儿,他都一定能闯出一条路来。我时常想叫他回来,问他到底是怎么回事,问他为什么杳无音信,他这样做究竟意图何在,但他现在已经到了这个地步,而且已经过了这么久,姑且顺其自然吧。我听说,他是我的所有儿子里惟一蓄络腮胡子的;他那么小的个子,留络腮胡子肯定不好看。

我的老九风度翩翩,他的媚眼天生就是要勾女人的魂的,他的目光太迷人了，有时甚至我都会上钩，尽管我知道，其实只需要一块湿海绵就能拭去这层神奇的光辉。这个男孩的特别之处却在于，他根本无意于引诱任何人；能在长沙发上躺一辈子，将目光浪掷于天花板上，或者干脆闭目养神，他就很满足了。他这样心满意足地躺着时，就很健谈，谈得还不赖；精练而生动；不过，话题只限于狭窄的范围；一旦越出这些范围——范围太狭窄，这也就在所难免——，他的话就变得空洞无物了。人们若是指望睡眼蒙眬的他还能看得见手势，一定会挥手叫他住口的。

我的第十个儿子被认为是表里不一的人。我既不想完全否认，也不想完全承认他的这个缺点。他的庄重远远超出他的年龄，他总是身穿扣得严严实实的小礼服，头戴虽旧却刷得一尘不染的黑礼帽，面无表情，下巴往前突出，肿眼皮沉甸甸地压在眼睛上，两个手指时不时地放到嘴边，——谁见他这样走过来，都肯定会想，这是个地地道道的伪君子。可是，听听他说话吧！明智；审慎；简洁；回答问题巧妙而生动；与整个世界保持着惊人、自然而又欢快的和谐；这种和谐必定会使人昂首挺胸，高视阔步。很多人自以为很聪明，并因此厌恶他的外表，却被他的言谈深深吸引了。另外一些人不介意他的外表，却觉得他的言谈很虚伪。我，作为父亲，不想在这里判定谁对谁错，但我必须承认，后一种判断者绝对比前一种更值得重视。

我的第十一个儿子很纤弱，恐怕是我的儿子里最弱的；可是，他的柔弱有种迷惑性；有时候，他能表现得十分强壮坚决，不过即便这时，他的柔弱终究还是根深蒂固的。这种柔弱不让人感到羞耻，惟有在我们这个地球上，才会觉得这是种柔弱。比如，鸟儿准备起飞时摇晃不定，扑扑振翅，不也很弱吗？我的儿子所表现出的就是类似情形。这当然不令做父亲的高兴；很明显，这意在毁灭这个家。有时候，他看着我，似乎想对我说："我会把你也带上，父亲。"我就想："我在这世上无依无靠了，才会依靠你。"他的目光像是又在说："但愿我至少是你最后的依靠。"

这就是我的十一个儿子。

杨劲 译

杀 兄

已经证明,谋杀是这样完成的:

施玛尔,谋杀者,在那个月光皎洁的夜晚,九点钟左右,藏在那个街角上,这是被害人韦瑟的必经之处,他得走出他的办公楼所在的小街,从这儿拐向他住的那条小街。

寒冷刺骨的夜风。施玛尔却只穿了件薄薄的蓝色上衣;短外套也没有扣上。他不觉得冷;他一直在活动。他的杀人凶器半似匕首半似菜刀,他一直将它紧紧攥在手中。对着月光瞧着刀;刀刃寒光闪闪;施玛尔还不满意;他举起刀劈向路面的石块,火花四溅;可能后悔了;为了弥补损失,他像拉小提琴一样在靴底来回拉抹刀刃,就这样单腿站着,身体前倾,一边听着刀在靴底发出的声响,一边注意着性命攸关的侧街的动静。

居民帕拉斯为什么听任这一切发生?他就在近处,从三楼的窗户观察得一清二楚。探究一下人性吧!他竖起衣领,睡衣紧紧束住臃肿的身体,他摇着头,往下看。

离他有五幢房子远,跟他斜对着,韦瑟夫人身着睡衣,披了件狐皮大衣,正朝街上张望着,她丈夫迟迟未归,今天耽搁得真久。

终于,韦瑟的办公楼前响起了门铃声,铃声太响了,响彻城市,飘向夜空,韦瑟,勤勉的上夜班的人,走出了办公楼,路上看不见他,只有门铃声宣告他出来了;石板路上随即响起了他不紧不慢的脚步声。

帕拉斯将身子探出窗户老远,他可什么也不能错过。韦瑟夫人听见门铃声,当啷一声关上了窗户。施玛尔却跪下了;他身上只有脸和手是裸露着的,于是他把脸和手紧贴在石板上;天寒地冻,施玛尔浑身滚烫。

就在两条小街的分路处,韦瑟站住了,只将身体倚着的手杖挂在对面的街上。一时兴起,夜空吸引了他,夜空中的深蓝与金黄。他一无所知地凝视夜空,一无所知地稍稍掀起帽子,把头发掠到帽下;天空中没有出现任何迹象,向他启示即将到来的厄运;夜空中的一切保持着不可理喻、不可探究的原状。韦瑟继续往前走,这本身是合情合理的,可他走到了施玛尔的刀下。

"韦瑟!"施玛尔喊道,踮起脚,伸出胳膊,尖刀直刺过去,"韦瑟!尤丽亚白等了!"施玛尔往他脖子右戳一刀,左戳一刀,第三刀深深地扎进肚子。水耗子,被开膛,发出的声音和韦瑟很像。

"干完了。"施玛尔说,将刀子——这个沾满鲜血的累赘——扔到近旁的那幢房子前。"杀人万岁!让他人流血,多么轻松,多么舒畅!韦瑟,你这老夜游神,朋友,酒伴,你的滴滴鲜血渗入黑暗的石板路。你干吗不是一个血泡,那多简单,我只需往你身上一坐,你便消失得无影无踪了。不是一切愿望都实现了,不是所有的美梦都尽善尽美,你的沉重的身躯就躺在这儿,怎么踢你都已没有反应。你又何必提出无言的质问?"

帕拉斯,心乱如麻,打开两扇房门,站在那儿。"施玛尔!施玛尔!全看见了,什么都没漏掉。"帕拉斯和施玛尔互相审视着。这让帕拉斯感到满足,施玛尔脱不了身。

韦瑟夫人夹在一大群人中,匆匆赶来,她吓得脸顿时苍老了许多。身上的皮衣敞着,她扑倒在韦瑟身上,她那睡衣里的身体是属于他的,覆盖在这对夫妻身上的皮衣就像长满坟头的青草,它属于众人。

施玛尔,努力抑制住最后的恶心,嘴唇抵在警察的肩头,让他轻松地带走了。

杨劲 译

一个梦

约瑟夫·K做了个梦：

天气很好，K想散散步。可他刚走了两步，就已到了墓地。墓地上有很多精心铺设、迂回曲折、不便行走的小径，他却平稳地飘浮着，滑过一条这样的小径，就像滑过湍急的河流。他老远就看见一座新垒起的坟堆，想在那儿停下。这个坟堆对他几乎有种诱惑，他急不可待地想走近前去。有一阵儿，他几乎看不见这坟堆，坟堆被旗帜挡住了，旗帜翻卷着，猛烈地互相拍击着；看不见执旗杆的人，却仿佛听到那儿传来一片欢呼声。

当他仍将目光投向远处时，突然发现这座坟堆就在身旁的路边上，他差点儿走过了。他赶紧跳进草丛里。他往下跳时，脚下的路仍在飞奔，他一下子没站稳，恰好跪倒在这座坟堆前。坟堆后面站着两个男人，他俩把一块墓碑举在中间；K刚一出现，他们就把墓碑插进土里，墓碑立在那儿，就像砌上去的一样牢实。随即，灌木丛里又走出来一个男人，K一眼便认出这是位艺术家。他只穿着裤子和一件潦草扣上的衬衣；头戴一顶平绒帽；手里拿着一枝普通铅笔，一边走，一边就用铅笔在空中写画着。

就用这枝铅笔，他开始在墓碑上端写字了；墓碑很高，他根本用不着弯腰，但他探身向前，因为坟堆挡在他和墓碑之间，他又不愿踩在坟堆上。于是，他踮着脚，左手撑着墓碑。他用那支普通铅笔，凭着精湛的技艺，竟写出了闪金的字母；他写道："这儿安息着——"每个字母都很圆润漂亮，深深地镌刻在墓碑上，金光闪闪。他写到这儿时，回头看了看K；K正急切地等着看下文，没有去注意写字的人，只目不转睛地盯着墓碑。这人真的又开始写了,却写不下去,心里有什么疙瘩,他放下铅笔,又转身看着 K。这次,K 也看着艺术家,发现他面带窘色,却不能说出缘由。他先前的神气活现全不见了。见他这样,K 也觉得很尴尬;他们彼此交换着无奈的目光;这是一个令人难堪的误会,他俩谁也消除不了的误会。这时,送葬乐队的小钟不合时宜地响了起来,但艺术家举起手挥了一下,钟声戛然而止。片刻之后,钟声又响起来;这次声音很轻,没有人提出特别要求,随即终止了;仿佛只是在试音。K 为艺术家的处境感到十分难过,他哭了起来,久久地掩面而泣。艺术家一直等到 K 平静下来,决心不管怎样都继续写,因为他别无他法。他写出的第一笔对 K 是一种解脱,而艺术家显然是很违心地写出来的;字体也没那么漂亮了,不再闪金光,显得苍白无力,字母倒变大了。这是一个 J[①],这个字母都快写完了,艺术家突然怒气冲冲地一脚踩进了坟堆,坟堆的土四散飞溅。K 终于明白了;已经来不及求他别写了;艺术家用十指刨土,土很松软;看来一切都已准备就绪;坟堆上只是铺了一层薄土做样子;刨开这层土,顺着陡直的坑壁,敞开了一个巨大的墓穴,K 感到身后涌来一股柔和的气流,他一头坠入了墓穴。在下面,昂着头的他已被无底的深渊吞没,而在上面,墓碑上正龙飞凤舞地写着他的名字。

他为这番景象心醉神迷,梦醒了。

杨劲 译

[①] J 是约瑟夫(Josef)的起首字母。

一份致某科学院的报告

尊敬的科学院的先生们：

我十分荣幸应你们的要求，呈交一份有关我先前的猴子生涯的报告。

很遗憾，我无法真正满足你们的要求。我脱离猴子生涯已近五年，这段光阴从日历上看或许只是弹指一挥间，可是像我这样，纵马飞驰过了一天又一天，就觉得它无比漫长了。路途中时而有杰出人士的陪伴，时而有规劝、喝彩以及乐队的伴奏，但我根本上还是孑然独行，因为所有的陪伴——说得形象些——都是远离栅栏的。我当时如果执意要坚守我的起源，抓住少年时代的回忆不放，就不可能取得今天的成就了。而放弃执著恰恰是我给自己定的最高戒律；我，一只自由的猴子，却给自己加上了这个约束。回忆因此而日渐渺茫。倘若人类愿意，我当时本可以通过天地之门返回过去，可是随着我不断被驱赶向前，这扇门也就变得日益低矮，日益狭窄；我在人类世界中感到更舒服、更安全；从我的过去刮来的那股追随着我的狂风，渐渐减弱；如今，它不过是吹拂着我脚后跟的一丝凉风；远方的那个洞口，风曾从中吹过，我曾从中钻出，但它已变得很小，即便我有足够的力量与意志跑回到这个洞口，要穿过去，也非得磨掉一层皮不可。直说了罢——虽然我讲这些事喜欢用比喻——你们先前的猴子生涯，我的先生们，只要你们曾经历过这种阶段，它距离你们不会比我的猴子生涯离我更遥远。可这段生涯抓挠着地球上每一位行走者的脚后跟：不论是小小的猩猩，还是伟大的阿喀琉斯①。

不过，在最狭窄的范围内，我或许能够回答你们的询问，而且乐意为之。我所学的第一件事是握手；握手表示坦诚；但愿今天，当我的生命轨迹达到顶峰时，除了最初学会的握手以外，我还能说几句坦诚的话。对科学院来说，我的话并无崭新之处，与你们对我的要求相差甚远，我心有余而力不足，——不管怎样，这份报告应当勾勒出一只昔日的猴子闯入人类并在其中立足所走过的路程。尽管如此，我如果没有充分的把握，如果在文明世界的所有大杂耍剧院中的地位尚未达到稳若磐石的地步，就连下面这些微不足道之事，也绝对不敢说的：

我来自黄金海岸。至于被捕获的经过，我是从他人的报道中得知的。哈根贝克公司的一个狩猎探险队——顺便提一句，打那以后，我与探险队队长已喝光了好几瓶红葡萄酒——埋伏在岸边的树丛里，我们一群猴子傍晚时分去饮水，他们开枪了；我是惟一被击中的，挨了两枪。

一枪打在脸颊上；只是轻伤；却留下了一个光秃秃的大红疤，我由此而得名"红彼得"。这个名字很讨厌，根本名不符实，只有猴子脑袋才想得出，似乎我与那只刚刚丧命、小有名气、被驯服的猴子彼得的惟一区别在于，我脸上有这块红疤。这是题外话了。

另一枪打在臀部下面。这伤很重，以至于我现在走路还有点跛。不久前，我在一篇文章——成千上万捕风捉影的家伙在报纸上大放厥词，这也是其中一位——中读到：我的猴子本性还没有被完全抑制住；证据便是，每当参观者来到时，我总爱脱裤子，让大家看子弹射入的地方。真该用子弹把这家伙写字的手指一个个打掉。我，我想在谁面前脱裤子，就在谁面前脱，谁管得着；大家看到的不过是保养良

---

① 阿喀琉斯，希腊神话中的英雄，刀枪不入，惟独脚后跟上有一处致命弱点，后导致他丧命。

好的毛皮和一块伤疤,一颗——为了特定的目的,我们选择一个特定的词吧,但愿不会引起误会——龌龊的子弹留下的伤疤。一切都明摆着;没什么好隐藏的;事关真相时,任何一位深明大义之士都会摈弃斯文的。而这位作者如果在客人面前脱裤子,那就另当别论了,他若不这样做,我愿视之为理性的表现。既然如此,这个惺惺作态的家伙就该少来对我评头论足!

我中弹后醒来——从这时起,我自己的记忆开始逐渐萌芽——,发现自己在哈根贝克轮船中舱的一个笼子里。这不是四面安铁栅栏的那种笼子;而只是三面如此,另一面钉死在一个木箱上;木箱就成了笼子的第四面墙。整个笼子太矮,我无法站直,太窄,我无法坐下。于是,我屈膝蹲着,膝盖抖个不停,我一开始大概因为不愿看见任何面孔,就面朝箱子,只想待在黑暗中,结果背后的铁条紧紧勒进肉里。人们认为,刚捕获到野兽时,把它们这样关起来很有益处,如今,以我的亲身体验来看,我不能否认,从人的角度来看也确实如此。

我当时却没这样想。我生平头一次没有了出路;至少不能往前;箱子就堵在我面前,木板一块挨一块钉得牢牢的。虽然木板之间有一条缝隙——我刚发现它时,欣喜若狂,还不可理喻地吼了起来——,可是,这条缝隙小得连尾巴都塞不进去,而且,我使尽猴子的力气也无法将它撑大。

后来人们告诉我,我当时闹腾得特别轻,人们由此推测:我要么很快就不行了,要么,如果能挺过最初这一段严峻时期,我会很容易被驯服。我挺过来了。忍气吞声,伤心地浑身找虱子,有气无力地舔椰子,用脑袋磕碰箱子,有人走近时就吐舌头——新生活刚开始时,我就在做这些事。无论我做什么,心中只有一种感觉:没有出路。当时身为猴子的感受,我现在当然只能用人类的语言来描述,因此难免走样,不过,即使我再也无法如实再现湮没已久的猴子生涯,我的描述至少没有与真相背道而驰,这是毋庸置疑的。

在此之前,我有过许多出路,现在却一条都没有。我走投无路了。即使把我钉起来,我的自由活动余地也不会比这时更小。原因何在?挠破脚趾间的肉,也找不到原因。背靠栅栏险些被勒成两半,也找不到原因。我没有出路,那我必须开辟一条,因为没有出路我就活不下去。一天到晚面对这箱子——那我肯定会完蛋。然而,哈根贝克汽船上的猴子都是面朝箱子的——行,那我不当猴子就是了。这个思路真是清晰美妙,肯定是从我肚子里孵出来的,因为猴子用肚子思考。

我担心人们没有确切理解我所指的"出路"。我用的是这个词最基本最完整的意思。我有意不用"自由"这个字眼。我并不是指这种伟大的面对四面八方的自由感。以前身为猴子时,我可能还了解这种感觉,我也认识一些渴望自由的人。至于我,我当时没有要求过,现在也不要求自由。顺便提一句:人类用自由来自欺欺人的实在太多了。正如自由属于人类最高尚的情感,与之相应的幻觉亦属此列。在杂耍剧院里,我登台演出前常常看见一对艺术家在屋顶的高秋千上忙活着。他们摆动身体,摇来晃去,飞腾跳跃,飘入对方的怀抱,互相咬着头发。"这也是人类的自由,"我想,"自鸣得意的运动。"这简直是对神圣的自然的莫大讽刺!猴子们若目睹这一幕,不把剧院笑塌才怪呢。

不,我不要自由,只要一条出路;往右,往左,随便哪边都行;我别无所求,即便出路到头来仅仅是个幻觉;要求不高,幻觉也就不很严重。我要出去,往哪儿去都行!只要不是紧贴在木箱上举起双臂站着不动就行。

我现在看得很明白:我当时若不是很平静,根本逃脱不了。或许我现在所达到的一切都归功于刚上船那几天之后我内心的平静。而这份平静的获得,我又应感谢船上的人们。

不管怎么说,他们是好人。我现在还很爱回忆他们那回荡在我半梦半醒之中的沉重的脚步声。他们有个习惯,做任何事都是慢吞吞的。要揉眼睛时,他们就会把手像千斤重担般缓缓举起。他们的玩笑粗鲁而亲切。他们的笑声中混杂着咳嗽,听起来可怕,其实并无恶意。他们嘴里总有东西要吐,至于往哪儿吐,他们是无所谓的。他们老抱怨我的跳蚤蹦到了他们身上;不过,他们从不因此真生我的气;他们知道我的长毛里跳蚤猖獗,而且跳蚤是蹦跳高手;他们也就容忍了。不值班的时候,他们有时好几个在我身旁围成半圆坐下;不大说话,只是喉咙里互相咕噜着,躺在箱子上抽烟斗;我只要稍一动弹,他们就拍拍膝盖;时不时有人拿根棍子替我搔痒。现在如果有人邀请我乘坐这艘船,我肯定会拒绝,而同样肯定的是,当我回想那段中舱时光时,并不全是凄惨的回忆。

　　我从周围人那儿获得的平静首先使我打消了逃跑的念头。现在回想起来,我当时似乎就已预感到,要想活下去,就非得找到一条出路不可,而逃跑并不能找到出路。我现在已想不起,当时是否有可能逃跑。但我相信这是可能的。对于猴子来说,逃跑总是可能的。我现在的牙咬干果都得小心,而当时,我若费一些时间,将笼子的门锁咬断绝对没问题。我没有这样做。假使真这样做了,又能赢得什么呢?刚把脑袋伸出笼门,就又会被逮住,然后被关进一个更糟糕的笼子;或者,为了不引人注意,我可能就逃到了别的动物那儿去,比如我对面的蟒蛇群,在它们的拥抱中一命呜呼;或者,就算我真溜到了甲板上,跳离了船舷,在汪洋大海上颠簸一会儿,就淹死了。全都是绝望之举。我当时并没有像人那样盘算,但在周围环境的影响下,我的行为仿佛是经过了深谋远虑的。

　　我不盘算,可我静静地观察着。我看着这些人走来走去,总是同样的面孔,同样的动作,我常常觉得他们就是一个人。这个人或这些人自由自在地走来走去。我脑中朦朦胧胧地浮现出一个远大目标。没有人对我许诺,说我如果变得和他们一样,他们就会撤走铁笼子。人们对这种看来不可能兑现的事,是不会许诺的。不过,事情若是真的兑现了,许诺事后也会显现,而且就出现在先前曾苦苦寻觅它的地方。这些人并无特别吸引我之处。倘若我追随前面讲到的那种自由,那我肯定宁愿跳进汪洋大海,而不要这些人的阴郁目光中流露的出路。反正我在想到这些事之前很久,就已经在观察他们了,日积月累的观察才促使我朝这个方向努力。

　　模仿这些人,真是轻而易举。头几天我就学会吐唾沫了。我们互相往脸上啐;区别仅在于,事后我会自己把脸舔干净,他们却不这样做。我很快就学会了抽烟斗,俨然一个老烟鬼;还用大拇指摁摁烟袋锅,逗得中舱的人哄堂大笑;只有空烟斗与装满烟丝的烟斗之间的区别,我久久不得其解。

　　最难对付的是白酒瓶子。光闻那味儿,我就直恶心;我竭力抑制自己;即便如此,还是过了好几个星期,我才克服了难受感。说也奇怪,人们对我的这些内心冲突比对我的任何其他方面都更关心。我在回忆中也分不清这些人,只记得一个人,他老来,有时独自一人来,有时和同伴们一起来,白天来,晚上来,什么时辰都来,拿着酒瓶子站在我面前,给我上课。他弄不懂我,他想解开我的生存之谜。他慢慢拔出瓶塞,然后看着我,想知道我是否懂了;我承认,我总是聚精会神地盯着他,目光中有一种疯狂与惊慌失措;人类教师走遍地球,也找不到像我这样甘拜人类为师的学生;拔出瓶塞后,他将瓶子举到嘴边;我的目光随之移到了他的喉咙;他满意地点点头,举起瓶子对着嘴唇;我为自己渐渐领悟而满心欢喜,吱吱叫着浑身乱挠;他也很高兴,举起瓶子喝了一口;我呢,急不可耐地想效仿他,绝望之余弄脏了笼子,这又使他大为满意;接着,他伸直手臂,把瓶子拿得远远的,又猛地举起来,以夸张的姿势示范性地往后一仰,一口喝干了。我呢,被极度的渴望折磨得四肢瘫软,没法再跟他做下去,虚弱地趴在栅栏上,他这时摸摸肚皮笑着,就这样结束了理论课。

　　然后才开始实践练习。我不是已经被理论部分弄得精疲力竭了吗?是的,精疲力竭了。这是我命中注定的。尽管如此,我还是尽可能地抓住递过来的酒瓶子;用颤抖的手拔出瓶塞;这个动作的成功使我渐渐积聚了新的力量;我惟妙惟肖地举起瓶子,将它放到嘴边,然后——然后厌恶地,厌恶地把它往地上一扔,因为瓶子虽是空的,酒味还在里面。这让我的老师伤心不已,我自己还更难过呢;扔掉瓶子后,我也没忘了得意洋洋地摸摸肚皮笑着,可这对他和我都已于事无补。

如此这般上了无数次课。我的老师真是值得钦佩;他没有生我的气;他有时当然也用燃着的烟斗烫我的毛皮,以致我身上不易摸到的地方烧了起来,可他接着又用他那慈爱的大手把火扑灭了;他没有生我的气,因为他认识到,我们站在同一条战线上为消灭猴子本性而斗争,而我这边的任务更艰巨。

因此,无论是对于他还是对于我,那都是一场多么辉煌的胜利啊:一天晚上,我在许多观众面前——当时可能是个节日,留声机放着音乐,一位军官在人群中穿梭——就在这天晚上,我趁大家不注意,拿起不小心放在我笼子前的一个白酒瓶子,在大家越来越关注的目光下,动作规范地拔出瓶塞,把瓶子举到嘴边,没有犹豫,没有咧嘴,活像个老酒鬼,双目圆睁,咕噜咕噜喝光了,真的一饮而尽;把瓶子一扔,这回不再是出于绝望,而是艺术家的风采;虽然忘了摸摸肚皮;却——因为我别无选择,因为我不由自主,因为我神魂颠倒——以人的声音简短而准确地喊道:"哈啰!"随着这声喊叫,我飞身进入了人类共同体的飞跃,我感到,他们的惊呼"听呀,他说话了!"仿佛吻了一下我大汗淋漓的身子。

我再说一遍:我并没有兴趣模仿人类;我模仿,因为我在寻找出路,没有别的原因。那一次胜利还没有解决很大问题。我的嗓子马上就不灵了;几个月后才又恢复了;我对白酒瓶的反感甚至更强烈了。尽管如此,有那一次胜利,我的方向就永远确定了。

当我在汉堡被交给第一位驯兽师时,我马上意识到我面前只有两种可能性:要么去动物园,要么去杂耍剧院。我没有犹豫。我对自己说:竭尽全力去杂耍剧院;这是出路;动物园不过是一个新笼子;你一进那儿,就算完了。

于是我学习,我的先生们。哎,学习是出于不得已;学习是想找条出路;我不顾一切地学。用鞭子鞭策自己学习;稍有抵触情绪,就把自己抽得血肉模糊。猴子本性连滚带爬地钻出我内心,嗖嗖地离我而去,以致我的第一位老师自己险些成了猴子,他不得不立即放弃教学,进了一家精神病院。好在他很快又出院了。

我可耗费了许多老师,甚至同时用好几个。当我对自己的能力已经比较有把握了,当公众开始关注我的进步了,当我的未来日益明朗时,我就自己聘请老师,让他们坐在五个相邻的房间里,我不停地从一个房间跳到另一个,同时接受他们的教诲。

这是何等的进步啊!知识之光怎样从四面八方涌进我那开始苏醒的大脑啊!我不否认:我因此感到幸福。可我也承认:我并没有自视过高,当时没有,现在更不会了。我以迄今为止地球上独一无二的努力,使自己达到了欧洲人的平均教育程度。这种程度本身根本不值一提,然而,由于它帮助我摆脱了笼子,为我开辟了这条特别的出路,这条人的出路,它就非同寻常了。有一句成语说得好:溜之大吉。我正是这样做的,我溜掉了。在没有自由可选择的前提下,我没有别的路可走。

当我回顾我的发展道路以及迄今为止的目标时,我既不抱怨也不志得意满。双手往裤兜里一插,桌上放着葡萄酒瓶,我半卧半坐在躺椅里,凝视着窗外。如果有客人来访,我就礼貌得体地接待。我的经纪人守在前厅,我一按铃,他就进来听候吩咐。我几乎每晚都有演出,我的成就恐怕已经登峰造极了。当我参加完宴会、科学座谈、温馨的朋友聚会,深夜回到家时,一只半驯服的小母猩猩在等着我,我便按猴子的方式与她如鱼得水一番。白天我不愿看见她;她的目光流露出半驯服野兽的迷乱的疯癫;这只有我看得出,我受不了这目光。

不管怎样,我总体上达到了我的初衷。不能说,为此费那么大劲不值得。另外,我并不想做出人的评判,我只想传播知识,我只是在陈述,向你们,尊敬的科学院的先生们,我也只是做了陈述。

王炳钧 译

第一场痛苦

一位空中飞人艺术家——众所周知，这种在大杂耍剧院高高的拱顶中进行的表演是人所能及的难度最大的艺术之一——开始只是为了追求完美，后来也由于积习难改，就养成了这样的生活方式：只要一直在某家剧院表演，他就日日夜夜地待在高秋千上。他的所有需求——他的需求很少——由轮流值班的杂役来满足，他们在下面守着，把上面所需的一切物品都用特制的容器拉上拉下。这种生活方式并没有给周围环境造成特别的麻烦；只是在其他节目上演时，这有点干扰，他也不愿回避，仍旧待在上面，尽管他这时大多很安静，还是会时不时地使观众分神，向他投来一瞥。剧团领导们还是原谅他了，因为他是一位出类拔萃、不可替代的艺术家。而且，他们当然看得出来，他这样生活并不是存心捣乱，其实，只有这样，他才能一刻不停地保持练习状态，只有这样，他的艺术才能保持完美。

在上面待着益于健康，天气暖和时，剧院拱顶的一圈窗户全都打开了，强烈的阳光伴随着清新的空气射进这个昏暗的场所，上面甚至可谓美妙。当然，他的人际交往受局限了，偶尔有位同事顺着绳梯爬上来，他俩就坐在高秋千上，一左一右靠着吊绳，聊会儿天，要不，建筑工人们修缮屋顶时，从一扇敞着的窗户和他说几句话，要不，消防人员来检查最顶层楼座的应急照明，对他喊几句充满敬意却含混不清的话。平时，他的周围一片寂静；偶尔有位职员下午时分误入这空荡荡的剧院，才会若有所思地仰望那极目高处，空中飞人艺术家并不知晓有人在观察他，正在那儿练功或休息。

空中飞人艺术家原本可以就这样安宁地生活，只是剧团不得不巡回演出，旅行让他很恼火。尽管剧团经理特意安排，尽量缩短他的不必要的痛苦：若是穿过城市，就用赛车，尽可能在深夜里或天刚蒙蒙亮时，以极速驶过阒无一人的街道，然而，与空中飞人艺术家的愿望相比，这当然还是太慢；若是乘火车，就得包下整节车厢，让空中飞人艺术家在行李网架上度过旅途时光，这虽差强人意，毕竟还能稍稍替代他惯常的生活方式；在下一个巡回演出地，早在空中飞人艺术家到来之前，剧院里就已摆好了高秋千，而且，所有通向剧院的门都大敞着，所有走廊都畅通无阻，——每当空中飞人艺术家一脚踩在绳梯上，眨眼间终于又高高地吊在了他的秋千上时，这仍然是剧团经理一生中最美好的时刻。

剧团经理已成功地安排了许多次旅行，但是，每次新的旅行仍使他很为难，因为撇开其他方面不谈，这些旅行肯定使空中飞人艺术家的神经饱受折磨。

有一次，他俩又同乘火车，空中飞人艺术家躺在行李架上，做着梦，剧团经理坐在对面的角落里，靠窗读着书，这时，空中飞人艺术家轻声叫他。剧团经理马上走过去听候吩咐。空中飞人艺术家咬着嘴唇说，迄今为止，他表演杂技时只有一个高秋千，现在他非得总有两个不可，两个相互对着的高秋千。剧团经理立即表示同意。空中飞人艺术家却似乎想要表明剧团经理的赞同或反对都无关紧要，他说，从今以后，他再也不会只在一个高秋千上表演了，无论如何也不会。他一想到这可能真会发生，似乎就不寒而栗。剧团经理小心翼翼，察言观色，再次申明，他举双手赞成，两个高秋千比一个强，而且，这种新布置还有很多好处，会使表演更加丰富多彩。一听这话，空中飞人艺术家突然哭了起来。剧团经理大为惊骇，跳起身，问到底怎么了，由于得不到回答，便站到座位上，抚摩他，将他的脸贴着自己的脸，以致他脸上也流淌着空中飞人艺术家的泪水。然后，他还提了很多问题，说了许多奉承话，空中飞人艺术家才抽噎着说："手里只有这一根吊杆——我怎么还能活下去！"于是，剧团经理已经觉得比较好安慰空中飞人艺术家了；他答应就在下一站往下一个巡回演出地拍电报，叫他们多准备一个高秋千；他连连自责，不该让空中飞人艺术家这么长时间只在一个高秋千上表演，他感激并夸奖空中飞人艺术家，是他终于提醒了这个失误。就这样，剧团经理使空中飞人艺术家渐渐平静下来，又可以回到自己的角落去了。他自己却没有平静下来，而是充满忧虑地把目光悄悄越过书本，移向空中飞人艺术家。这种想法一旦开始折磨他，还能有终结之时吗？不就必定会愈演愈烈了吗？不就会威胁生存吗？空中飞人艺术家哭着哭着就睡着了，看上去睡得很安详，剧团经理觉得确实看见了，最初的皱纹开始爬上了空中飞人艺术家孩子般平滑的额头。

杨劲 译

小 妇 人

这是一位小妇人；天生就是个细高挑，她还将腰束得紧紧的；我看到的她总是穿着同一件衣服，淡黄加灰色的料子泛点本木色，饰有少许流苏或同样颜色的纽扣状的小缀物；她从不戴帽子，毫无光泽的金黄色头发光滑而整齐，只是梳得很松散。她虽然束着腰，动作却很敏捷，她当然夸大自己的敏捷，喜欢双手叉腰，将上身猛地扭向一侧。要说她的手给我留下的印象，我只能说，我还从未见过手指之间分得这么开的手；从解剖学上看，她的手并无古怪之处，是一双完全正常的手。

这位小妇人对我很不满意，她对我总有指责，她总是被我欺负，我处处惹她生气；假如能把生活分成若干小份，拿出每部分来单独评判，那么，我的生活的任何一部分必定都会令她生气。我经常寻思，究竟怎么会使她如此生气；或许我身上处处都不符合她的美感、正义感、习惯、观念、希望，但这种相互格格不入的人多的是，她为何要这么痛苦呢？我们之间根本不存在一种使她不得不为我而痛苦的关系。她只需下定决心，视我为素不相识的陌生人，其实我就是个陌生人，而且我不会反对这样的决定，反倒会很欢迎它，她只需下定决心，忘记我的存在——我从来没有强迫她意识到我的存在，将来也不会这样——，一切痛苦就都化为乌有了。我这样说，完全撇开自己不谈，且不说她的举止当然也让我难堪，我撇开这些不谈，因为我认识到了，与她的痛苦相比，我的所有难堪都不足挂齿。我当然完全明白，这并非由爱而生的痛苦；她根本不是真正想让我变好，尤其因为她对我的所有指责并不会阻止我的进步。

但她并不关心我的进步,只关心自己的利益,也就是对我给她带来的折磨进行报复,对我将来会带给她的折磨加以阻止。我曾试图提醒她,这种持续不断的愤怒最好能有个了结,这一提醒反倒使她勃然大怒,我不会再做这种努力了。

可以说,我这方面也有一定的责任,因为无论在我眼里这位小妇人有多陌生,我俩之间惟一的关系就在于,我给她带来了愤怒,或者毋宁说,她使我给她带来了愤怒,眼见她身体也受痛苦,我不能再无动于衷。我时不时地——最近一段时间更频繁——听到一些消息,说她早上又是面色苍白,睡眠不足,头疼,几乎无法工作;这使她的家人很担心,他们猜这猜那,至今仍然原因不明。只有我知道这种状况的缘由,这就是不断翻新的老愤怒。我当然不会像她的家人那样为她担心;她很强壮很坚韧;能够如此生气的人,大概也能克服生气所产生的后果;我甚至疑心她的痛苦——至少一定程度上——是装出来的,她不过想以这种方式使大家开始怀疑我。她心气太高,不会直截了当地说出我的存在怎样折磨着她;因为我而向他人呼吁,她觉得这会有损她的尊严;完全是出于反感,出于无休无止、永远催促着她的反感,她才和我打交道;还把这件不光彩的事公之于众,她觉得太丢脸。但她时时刻刻处在这件事的压力之下,完全避而不谈也不行。因此,她以妇人的狡黠,试图走一条中间道路;她一言不发,只想将内心的痛苦溢于言表,从而把这件事交给公众评判。她可能甚至希望,公众一旦密切注视我,就会对我产生公愤,以强硬的统治手段对我做出最终判决,与她相对弱小的私愤相比,这要强有力而且迅捷得多;然后,她就会退出,舒一口气,不再理睬我。如果她真这样希望,那就是妄想了。公众不会担当她的角色;即使我成为公众最为关注的焦点,公众也永远不会没完没了地指责我。我并非像她认为的那样是个废物;我不想自吹自擂,尤其是谈这件事时;我即便不能因特殊才具而出类拔萃,也绝不会无能得引人注目;惟独在她眼里,在她的白眼里,我才是这样的,她不可能让其他任何人相信她的看法。如此说来,我就可以高枕无忧了? 不,不可以,因为如果真的众所周知,我的所作所为把她快气病了,而几位好事者,也就是最勤快的耳报神,已经快要看穿这一点或者至少装作已看穿的样子,众人就会来质问我,究竟为什么不知悔改,折磨这位可怜的小妇人,是不是存心想把她气死,什么时候才能懂事些,有点同情心,不再折磨她,——如果众人这样质问我,我将无言以对。难道我应当承认,我不大相信她的病状,这样不就会给大家造成不快的印象,觉得我为了摆脱一种罪过而怪罪别人,而且方式如此不雅?难道我可以直说,我即便相信她真有病,也没有丝毫同情心,因为我根本不认识这位小妇人,我俩的关系完全是她建立的,只有从她那方面看才存在?我不是指众人不会相信我;毋宁说,众人既不会相信,也不会不相信我;他们根本就不会考虑是否相信我;他们只会将我关于一位体弱多病的妇人所做的回答记录下来,这对我就很不利了。无论我做出这种还是任何别的回答,众人的无能都会带给我难以摆脱的烦恼,他们不可能不怀疑我俩有恋爱关系,尽管明摆着我俩并没有这种关系,假使有,更多倒会是由我而生的,我若不是因为小妇人的优点而一再受到惩罚,确实有可能始终倾慕她那说服力强的判断和不懈的推论。而她那方面对我绝对没有丝毫友好表示;在这一点上,她很真诚,表里如一;这是我最后的希望所在;即使让众人相信她对我很友好符合她的战略,她也不会这样做。在这方面感觉迟钝的公众,会坚持他们的看法,总是做出反对我的决定。

因此,其实我惟一还能做的,就是趁公众尚未干涉,及时地改变自己,即便不能消除小妇人的愤怒——这是不可想象的——,总应当让她稍稍消点气。我的确常常反躬自问,我对自己的现状究竟是否很满意,以至于不想有任何改变,或是否有可能自己做些改变,难道这不可能吗?即使我这样做并非因为出于对其必要性的认识,而只是为了安抚小妇人。我确实这样努力了,付出了辛劳和心血,这甚至符合我的愿望,简直使我开心;个别的改变出现了,而且非常明显,我不必提醒小妇人,只要是这类事,她比我还先注意到,她从我内心已察觉到了我的意图的流露;然而,我没有取得任何进展。怎么可能有进展呢?我现在已经明白,她对我的不满是根深蒂固的;无论如何也消除不了,就是把我本人除掉也消除不了;她如果听说我自杀了,恐怕会怒不可遏。难以想象,像她这样有洞察力的妇人,我所看到的,她竟看不到:她的努力毫无希望,我是无辜的,我无法达到她的要求,尽最大努力也达不到。她绝对看出了这些,可她天生是个斗士,在斗争的激情中把这些都忘得一干二净了,而我倒霉就倒霉在——我无从做别样的选择,因为这是与生俱来的——:当她已怒不可遏时,我还想对她耳语一个告诫。以这种方式我们当然永远无法沟通。每天一大清早,我幸福地走出家门,总会看见这张为我而愁苦的脸,恼怒地噘起的嘴唇,掠过我身上的审视目光——而且在审视前就已知道结果,即使只是稍稍一瞥,也一览无余——,深嵌在少女般面颊上的苦涩微笑,悲叹地仰望苍天,双手叉腰以便站稳,还有气得发白的脸和颤抖的身子。

前不久,我——说到这里,我很惊讶地承认——头一回向一位好朋友暗示了这件事,只是顺便说说,轻描淡写地讲了几句,我还把整个事情的性质——尽管对外界这其实并无严重影响——说得没那么严重。奇怪的是,这位朋友并没有一笑置之,反倒给这件事增添了严重性,不愿转换话题,揪住这件事不放。更奇怪的是,他在一个关键点上却低估了这件事,因为他郑重地劝我出门旅行一段时间。没有比这更愚蠢的建议了;事情虽然很简单,任何人只要对它稍有了解,就能看清底细,但也没这么简单,似乎我一走,一切或其中最重要的部分就摆平了。完全相反,我必须尽量避免离开;如果说我有什么应当遵从的计划,那就是无论如何也要让事情保持在现有的、外界尚未介入的狭窄范围内,也就是维持现状,安然处之,不要因这件事引起显眼的大改变,这也包括别跟任何人谈此事,不过,这并非因为这是一个危险的秘密,而是因为这是一件纯私人的也很容易承受的小事,因而不应夸大。在这一点上，朋友的看法并不是毫无用处的，虽然没有教给我任何新东西，毕竟使我更加笃信我的基本观点了。

想得仔细些就会发现，随着时间的流逝，事情似乎已发生的变化并非事情本身的变化，而只是我对它的看法有了发展，我的观点部分地变得更从容、更坚定、更接近实质，部分地也因受持续不断的震动的影响变得有些神经质了，即便这些震动十分轻微，但其影响是不可克服的。

我面对这事比先前从容，因为我想我认识到了，尽管有时一个决定似乎呼之欲出，其实还不会到来，人们——年轻时尤其如此——往往会高估决定到来的速度；只要我的小法官由于看见我而变得虚弱，歪倒在沙发上，一只手抓住靠背，另一只手摆弄着紧身胸衣，愤怒与绝望的泪水顺着脸颊滚落下来，我就总以为，决定就要出现了，我马上就会被传唤，就要出庭辩解。决定却根本没有出现，辩护根本没有出现，妇人们动不动就不舒服，众人没时间关心所有的事。这些年究竟发生了什么事呢？没什么，无非这种事一再出现，时弱时强，事件的总数增多了。人们围着这些事转来转去，只要能找到机会就很乐意插手；但他们没找到机会，他们迄今为止全凭嗅觉，嗅觉除了让他们有的可忙，别无用处。其实总是如此，总有这些百无聊赖、好管闲事的无用人，他们总是以某种极狡猾的方式——最爱用的是亲戚关系——为自己的接近辩解，他们总是窥伺着，鼻子总是灵得很，然而，这一切的结果只是，他们还站在原位。惟一的区别在于，我逐渐认出了他们，分得清他们的面孔了；我以前还以为，他们是从四面八方逐渐聚到一起的，事情的规模扩大了，自然就会要求做出决定；现在，我想我知道了，一切从来就是如此，与决定的临近不大相关或毫无关系。而决定本身，我为什么用一个这么大的字眼？如果有一天——绝对不是明天和后天，也许这一天永远也不会到来——公众真处理这件事了（我会一再重申的，公众并不管这件事），那么，我虽然不会毫毛不伤地经受审理，可是不会不考虑到，我并非默默无闻的，我一直为公众所瞩目,深受信赖而且赢得信赖,因此,这个后来才出现的痛苦的小妇人——顺便说一句,如果不是我,换一个人,可能早就把她当作无理取闹的人,不为公众所知,无声无息地一脚把她踩扁了——顶多只能在公众早就颁发给我的证书(证书宣布我是受人尊敬的成员)上添加一个丑陋的小花饰。事情的现状就是这样,我不应为此而不安。

随着年龄的增长,我变得有些不安了,这与事情本身的性质毫无关系;总让某人生气,这是难以忍受的,即便明明知道这人的生气毫无道理;我变得不安了,开始——只是身体——暗暗地期待决定,尽管理智上不大相信决定的到来。这在一定程度上也只是一个年龄现象;青春少年粉饰一切;不大悦目的细节都消失在青春少年旺盛的朝气中了;年轻时可能也有窥伺的目光,但谁也不会见怪,大家根本没有察觉到,甚至自己都没有注意到;然而,年老时剩下的就是残余,每个残余都是必要的,没有一个残余被更新了,每一个都受到注意,一个上了年纪的男人的窥伺目光就是明摆着的窥伺目光,并不难断定。只不过,这也并不意味着事情真的变糟了。

不论从哪个角度看这件事,我都始终认为并相信,只要用手轻而易举地将这件小事盖住,我仍能不受外界的干扰,长久地继续现在的安宁生活,不管小妇人怎样怒气冲天。

杨劲 译

饥饿艺术家

　　近几十年来,人们对饥饿表演的兴趣大为淡薄了。从前自行举办这类名堂的大型表演收入是相当可观的,今天则完全不可能了。那是另一种时代。当时,饥饿艺术家风靡全城;饥饿表演一天接着一天,人们的热情与日俱增;每人每天至少要观看一次;表演期临近届满时,有些买了长期票的人,成天守望在小小的铁栅笼子前;就是夜间也有人来观看,在火把照耀下,别有情趣;天气晴朗的时候,就把笼子搬到露天场地,这样做主要是让孩子们来看看饥饿艺术家,他们对此有特殊兴趣;至于成年人来看他,不过是取个乐,赶个时髦而已;可孩子们一见到饥饿艺术家,就惊讶得目瞪口呆,为了安全起见,他们互相手牵着手,惊奇地看着这位身穿黑色紧身衣、脸色异常苍白、全身瘦骨嶙峋的饥饿艺术家。这位艺术家甚至连椅子都不屑去坐,只是席地坐在铺在笼子里的干草上,时而有礼貌地向大家点头致意,时而强作笑容回答大家的问题,他还把胳臂伸出栅栏,让人亲手摸一摸,看他多么消瘦,而后却又完全陷入沉思,对谁也不去理会,连对他来说如此重要的钟鸣(笼子里的惟一陈设就是时钟)他也充耳不闻,而只是呆呆地望着前方出神,双眼几乎紧闭,有时端起一只很小的杯子,稍稍啜一点儿水,润一润嘴唇。

　　观众来来去去,川流不息,除他们以外,还有几个由公众推选出来的固定的看守人员。说来也怪,这些人一般都是屠夫。他们始终三人一班,任务是日夜看住这位饥饿艺术家,绝不让他有任何偷偷进食的机会。不过这仅仅是安慰观众的一种形式而已,因为内行的人大概都知道,饥饿艺术家在饥饿表演期间,不论在什么情况下都是点食不进的,你就是强迫他吃他都是不吃的。他的艺术的荣誉感禁止他吃东西。当然,并非每个看守的人都能明白这一点,有时就有这样的夜班看守,他们看得很松,故意远远地聚在一个角落里,专心致志地打起牌来。很明显,他们是有意要留给他一个空隙,让他得以稍稍吃点儿东西;他们以为他会从某个秘密的地方拿出贮藏的食物来。这样的看守是最使饥饿艺术家痛苦的了。他们使他变得忧郁消沉;使他的饥饿表演异常困难;有时他强打精神,尽其体力之所能,就在他们值班期间,不断地唱着歌,以便向这些人表明,他们怀疑他偷吃东西是多么冤枉。但这无济于事;他这样做反而使他们一味赞叹他的技艺高超,竟能一边唱歌,一边吃东西。另一些看守人员使饥饿艺术家甚是满意,他们紧挨着笼子坐下来,嫌厅堂里的灯光昏暗,还用演出经理发给他们使用的手电筒照射着他。刺眼的光线对他毫无影响,入睡固然不可能,稍稍打个盹儿他一向是做得到的,不管在什么光线下,在什么时候,也不管大厅里人山人海,喧闹不已。他非常愿意彻夜不睡,同这样的看守共度通宵;他愿意跟他们逗趣戏谑,给他们讲他漂泊生涯的故事,然后又悉心倾听他们的趣闻,目的只有一个:使他们保持清醒,以便让他们始终看清,他在笼子里什么吃的东西也没有,让他们知道,他们之中谁也比不上他的忍饿本领。然而他感到最幸福的是,当天亮以后,他掏腰包让人给他们送来丰盛的早餐,看着这些壮汉们在熬了一个通宵以后,以健康人的旺盛食欲狼吞虎咽。诚然,也有人对此举不以为然,他们把这种早餐当作饥饿艺术家贿赂看守以利自己偷吃的手段。这就未免太离奇了。当你问他们自己愿不愿意一心为了事业,值一通宵的夜班而不吃早饭,他们就会溜之乎也,尽管他们的怀疑并没有消除。

　　人们对饥饿艺术家的这种怀疑却也难于避免。作为看守,谁都不可能夜以继日、一刻不停地看着饥饿艺术家,因而谁也无法根据亲眼看见的事实证明他是否真的持续不断地忍着饥饿,一点漏洞也没有;这只有饥饿艺术家自己才能知道,因此只有他自己才是对他能够如此忍饥耐饿感到百分之百满意的观众。然而他本人却由于另一个原因又是从未满意过的；也许他压根儿就不是因为饥饿，而是由于对自己不满而变得如此消瘦不堪，以致有些人出于对他的怜悯，不忍心见到他那副形状而不愿来观看表演。除了他自己之外，即使行家也没有人知道，饥饿表演是一件如此容易的事，这实在是世界上最轻而易举的事了。他自己对此也从不讳言，但是没有人相信。从好的方面想，人们以为这是他出于谦虚，可人们多半认为他是在自我吹嘘，或者干脆把他当作一个江湖骗子，断绝饮食对他当然不难，因为他有一套使饥饿轻松好受的秘诀，而他又是那么厚颜无耻，居然遮遮掩掩地说出断绝饮食易如反掌的实情。这一切流言蜚语他都得忍受下去，经年累月他也已经习惯了，但在他的内心里这种不满始终折磨着他。每逢饥饿表演期满，他没有一次是自觉自愿地离开笼子的，这一点我们得为他作证。经理规定的饥饿表演的最高期限是四十天，超过这个期限他决不让他继续饿下去，即使在世界有名的大城市也不例外，其中道理是很好理解的。经验证明，大凡在四十天里，人们可以通过逐步升级的广告招徕不断激发全城人的兴趣，再往后观众就皮了，表演场就会门庭冷落。在这一点上，城市和乡村当然是略有区别的，但是四十天是最高期限，这条常规是各地都适用的。所以到了第四十天，插满鲜花的笼子的门就开了，观众兴高采烈，挤满了半圆形的露天大剧场，军乐队高奏乐曲，两位医生走进笼子，对饥饿艺术家进行必要的检查、测量，接着通过扩音器当众宣布结果。最后上来两位年轻的女士，为自己有幸被选中侍候饥饿艺术家而喜气洋洋，她们要扶着艺术家从笼子里出来，走下那几级台阶，阶前有张小桌，上面摆好了精心选做的病号饭。在这种时刻，饥饿艺术家总是加以拒绝。当两位女士欠着身子向他伸过手来准备帮忙的时候，他虽是自愿地把他皮包骨头的手臂递给了她们，但他却不肯站起来。现在刚到四十天，为什么就要停止表演呢？他本来还可以坚持得更长久，无限长久地坚持下去，为什么在他的饥饿表演正要达到最出色程度

(唉,还从来没有让他的表演达到过最出色的程度呢)的时候停止呢?只要让他继续表演下去,他不仅能成为空前伟大的饥饿艺术家——这一步看来他已经实现了——而且还要超越这一步而达到常人难以理解的高峰呢(因为他觉得自己的饥饿能力是没有止境的),为什么要剥夺他达到这一境界的荣誉呢?为什么这群看起来如此赞赏他的人,却对他如此缺乏耐心呢?他自己尚且还能继续饿下去,为什么他们却不愿忍耐着看下去呢?而且他已经很疲乏,满可以坐在草堆上好好休息休息,可现在他得支立起自己又高又细的身躯,走过去吃饭,而对于吃,他只要一想到就要恶心,只是碍于两位女士的面子,他才好不容易勉强忍住。他仰头看了看表面上如此和蔼,其实是如此残酷的两位女士的眼睛,摇了摇那过分沉重地压在他细弱的脖子上的脑袋。但接着,一如往常,演出经理出场。经理默默无言(由于音乐他无法讲话)双手举到饥饿艺术家的头上,好像他在邀请上苍看一看他这草堆上的作品,这值得怜悯的殉道者(饥饿艺术家确实是个殉道者,只是完全从另一种意义上讲罢了);演出经理两手箍住饥饿艺术家的细腰,动作小心翼翼,以便让人感到他抱住的是一件极易损坏的物品;这时,经理很可能暗中将他微微一撼,以致饥饿艺术家的双腿和上身不由自主地摆荡起来;接着就把他交给那两位此时吓得脸色煞白的女士。于是饥饿艺术家只得听任一切摆布;他的脑袋耷拉在胸前,就好像它一滚到了那个地方,就莫名其妙地停住不动了;他的身体已经掏空;双膝出于自卫的本能互相夹得很紧,但两脚却擦着地面,好像那不是真实的地面,它们似乎在寻找真正可以着落的地面;他的身子的全部重量(虽然非常轻)都落在其中一个女士的身上,她气喘吁吁,四顾求援(真想不到这件光荣差事竟是这样的),她先是尽量伸长脖子,这样至少可以使饥饿艺术家碰不到她的花容。但这点她并没有做到,而她的那位较为幸运的女伴却不来帮忙,只肯战战兢兢地执着饥饿艺术家的一只手——其实只是一小把骨头——举着往前走,在哄堂大笑声中那位倒霉的女士不禁哇的一声哭了起来，只得由一个早就站着待命的仆人接替了她。接着开始就餐，经理在饥饿艺术家近乎昏厥的半眠状态中给他灌了点流汁，同时说些开心的闲话，以便分散大家对饥饿艺术家身体状况的注意力，然后，据说饥饿艺术家对经理耳语了一下，经理就提议为观众干杯；乐队起劲地奏乐助兴。随后大家各自散去。谁能对所见到的一切不满意呢，没有一个人。只有饥饿艺术家不满意，总是他一个人不满意。

每表演一次，便稍稍休息一下，他就这样度过了许多个岁月，表面上光彩照人，扬名四海。尽管如此，他的心情通常是阴郁的，而且有增无已，因为没有一个人能够认真体察他的心情。人们该怎样安慰他呢？他还有什么可企求的呢？如果一旦有个好心肠的人对他表示怜悯，并想向他说明他的悲哀可能是由于饥饿造成的。这时，他就会——尤其是在经过了一个时期的饥饿表演之后——用暴怒来回答，那简直像只野兽似的猛烈地摇撼着栅栏，真是可怕之极。但对于这种状况，演出经理自有一种他喜欢采用的惩治办法。他当众为饥饿艺术家的反常表现开脱说：饥饿艺术家的行为可以原谅，因为他的易怒性完全是由饥饿引起的，而这对于吃饱了的人并不是一下就能理解的。接着他话锋一转就讲起饥饿艺术家的一种需要加以解释的说法，即他能够断食的时间比他现在所做的饥饿表演要长得多。经理夸奖他的勃勃雄心、善良愿望与伟大的自我克制精神，这些无疑也包括在他的说法之中；但是接着经理就用出示照片（它们也供出售）的办法，轻而易举地把艺术家的那种说法驳得体无完肤。因为在这些照片上，人们看到饥饿艺术家在第四十天的时候，躺在床上，虚弱得奄奄一息。这种对于饥饿艺术家虽然司空见惯，却不断使他伤心丧气的歪曲真相的做法，实在使他难以忍受。这明明是饥饿表演提前收场的结果，大家却把它解释为饥饿表演之所以结束的原因！反对这种愚昧行为，反对这个愚昧的世界是不可能的。在经理说话的时候，他总还能真心诚意地抓着栅栏如饥似渴地倾听着，但每当他看见相片出现的时候,他的手就松开栅栏,叹着气坐回到草堆里去,于是刚刚受到抚慰的观众重又走过来观看他。

几年后,当这一场面的目击者们回顾这件往事的时候,他们往往连自己都弄不清是怎么一回事了。因为在这期间发生了那个已被提及的剧变;它几乎是突如其来的;也许有更深刻的缘由,但有谁去管它呢;总之,有一天这位备受观众喝彩的饥饿艺术家发现他被那群爱赶热闹的人抛弃了,他们宁愿纷纷涌向别的演出场所。经理带着他又一次跑遍半个欧洲,以便看看是否还有什么地方仍然保留着昔日的爱好;一切徒然;到处都可以发现人们像根据一项默契似的形成一种厌弃饥饿表演的倾向。当然,冰冻三尺非一日之寒,现在回想起来,当时就有一些苗头,由于人们被成绩所陶醉,没有引起足够的重视,没有切实加以防止,事到如今要采取什么对策却为时已晚了。诚然,饥饿表演重新风行的时代肯定是会到来的,但这对于活着的人们却不是安慰。那么,饥饿艺术家现在该怎么办呢?这位被成千人簇拥着欢呼过的人,总不能屈尊到小集市的陋堂俗台去演出吧,而要改行干别的职业呢,则饥饿艺术家不仅显得年岁太大,而且主要是他对于饥饿表演这一行爱得发狂,岂肯放弃。于是他终于告别了经理——这位生活道路上无与伦比的同志,让一个大马戏团招聘了去;为了保护自己的自尊心,他对合同条件连看也不屑看一眼。

马戏团很庞大,它有无数的人、动物、器械,它们经常需要淘汰和补充。不论什么人才,马戏团随时都需要,连饥饿表演者也要,当然所提条件必须适当,不能太苛求。而像这位被聘用的饥饿艺术家则属于一种特殊情况,他的受聘,不仅仅在于他这个人的本身,还在于他那当年的鼎鼎大名。这项艺术的特点是表演者的技艺并不随着年龄的递增而减色。根据这一特点,人家就不能说:一个不再站在他的技艺顶峰的老朽的艺术家想躲避到一个马戏团的安静闲适的岗位上去。相反,饥饿艺术家信誓旦旦地保证,他的饥饿本领并不减当年,这是绝对可信的。他甚至断言,只要准许他独行其是(人们马上答应了他的这一要求），他要真正做到让世界为之震惊，其程度非往日所能比拟。饥饿艺术家一激动，竟忘掉了时代气氛，他的这番言辞显然不合时宜，在行的人听了只好一笑置之。

但是饥饿艺术家到底还没有失去观察现实的能力，并认为这是当然之事，即人们并没有把他及其笼子作为精彩节目安置在马戏场的中心地位，而是安插在场外一个离兽场很近的交通要道口。笼子周围是一圈琳琅满目的广告，彩色的美术体大字令人一看便知那里可以看到什么。要是观众在演出的休息时间涌向兽场去观看野兽的话，几乎都免不了要从饥饿艺术家面前经过，并在那里稍停片刻，他们庶几本来是要在那里多待一会儿，从从容容地观看一番的，只是由于通道狭窄，后面涌来的人不明究竟，奇怪前面的人为什么不赶紧去观看野兽，而要在这条通道上停留，使得大家不能从容观看他。这也就是为什么饥饿艺术家看到大家即将来参观（他以此为其生活目的，自然由衷欢迎）时，就又颤抖起来的原因。起初他急不可待地盼着演出的休息时间；后来当他看到潮水般的人群迎面滚滚而来，他欣喜若狂，但他很快就看出，那一次又一次涌来的观众，就其本意而言，大多数无例外地是专门来看兽畜的。即使是那种顽固不化、近乎自觉的自欺欺人的人也无法闭眼不看这一事实。可是看到那些从远处蜂拥而来的观众，对他来说总还是最高兴的事。因为，每当他们来到他的面前时，便立即在他周围吵嚷得震天价响，并且不断形成新的派别互相谩骂，其中一派想要悠闲自在地把他观赏一番，他们并不是出于对他有什么理解，而是出于心血来潮和对后面催他们快走的观众的赌气，这些人不久就变得使饥饿艺术家更加痛苦；而另一派呢，他们赶来的目的不过是想看看兽畜而已。等到大批人群过去，又有一些人姗姗来迟，他们只要有兴趣在饥饿艺术家跟前停留，是不会再有人妨碍他们的了，但这些人为了能及时看到兽畜，迈着大步，匆匆而过，几乎连瞥也不瞥他一眼。偶尔也有这种幸运的情形：一个家长领着他的孩子指着饥饿艺术家向孩子们详细讲解这是怎么一回事。他讲到较早的年代,那时他看过类似的,但盛况无与伦比的演出。孩子呢,由于他们缺乏足够的学历和生活阅历,总是理解不了——他们懂得什么叫饥饿吗?——然而在他们炯炯发光的探寻着的双眸里,流露出那属于未来的、更为仁慈的新时代的东西。饥饿艺术家后来有时暗自思忖:假如他所在的地点不是离兽笼这么近,说不定一切都会稍好一些。像现在这样,人们很容易就选择去看兽畜,更不用说兽场散发出的气味,牲畜们夜间的闹腾,给猛兽肩担生肉时来往脚步的响动,喂食料时牲畜的叫唤,这一切把他搅扰得多么不堪,使他老是郁郁不乐。可是他又不敢向马戏团当局去陈述意见;他得感谢这些兽类招徕了那么多的观众,其中时不时也有个把是为光顾他而来的,而如果要提醒人们注意还有他这么一个人存在,从而使人们想到,他——精确地说——不过是通往厩舍路上的一个障碍,那么谁知道人家会把他塞到哪里去呢。

自然是一个小小的障碍,一个变得越来越小的障碍。在现今的时代居然有人愿意为一个饥饿艺术家耗费注意力,对于这种怪事人们已经习以为常,而这种见怪不怪的态度也就是对饥饿艺术家的命运的宣判。让他去就其所能进行饥饿表演吧,他也已经那样做了,但是他无从得救了,人们从他身旁扬长而过,不屑一顾。试一试向谁讲讲饥饿艺术吧!一个人对饥饿没有亲身感受,别人就无法向他讲清楚饥饿艺术。笼子上漂亮的美术字变脏了,看不清楚了,它们被撕了下来,没有人想到要换上新的;记载饥饿表演日程的布告牌,起初是每天都要仔细地更换数字的,如今早已没有人更换了,每天总是那个数字,因为过了头几周以后,记的人自己对这项简单的工作也感到腻烦了;而饥饿艺术家却仍像他先前一度所梦想过的那样继续饿下去,而且像他当年预言过的那样,他长期进行饥饿表演毫不费劲。但是,没有人记天数,没有人,连饥饿艺术家自己都一点不知道他的成绩已经有多大,于是他的心变得沉重起来。假如有一天,来了一个游手好闲的家伙,他把布告牌上那个旧数字奚落一番,说这是骗人的玩意儿,那么,他这番话在这种意义上就是人们的冷漠和天生的恶意所能虚构的最愚蠢不过的谎言,因为饥饿艺术家诚恳地劳动,不是他诳骗别人,倒是世人骗取了他的工钱。

又过了许多天,表演也总算告终。一天,一个管事发现笼子,感到诧异,他问仆人们,这个里面铺着腐草的笼子好端端的还挺有用,为什么让它闲着。没有人回答得出来,直到一个人看见了记数字的牌儿,才想起了饥饿艺术家来。他们用一根竿儿挑起腐草,发现饥饿艺术家在里面。"你还一直不吃东西?"管事问,"你到底什么时候才停止呢?""请诸位原谅。"饥饿艺术家细声细气地说;管事耳朵贴着栅栏,因此只有他才能听懂对方的话。"当然,当然。"管事一边回答,一边用手指摸了摸自己的额头,以此向仆人们暗示饥饿艺术家的状况不妙,"我们原谅你。""我一直在希望你们能赞赏我的饥饿表演。"饥饿艺术家说。"我们也是赞赏的。"管事迁就地回答说。"但你们不应当赞赏。"饥饿艺术家说。"好,那我们就不赞赏,"管事说,"不过究竟为什么我们不应该赞赏呢?""因为我只能挨饿,我没有别的办法。"饥饿艺术家说。"瞧,多怪啊!"管事说,"你到底为什么没有别的办法呢?""因为我,"饥饿艺术家一边说,一边把小脑袋稍稍抬起一点,撮起嘴唇,直伸向管事的耳朵,像要去吻它似的,惟恐对方漏听了他一个字,"因为我找不到适合自己口味的食物。假如我找到这样的食物,请相信,我不会这样惊动视听,并像你和大家一样,吃得饱饱的。"这是他最后的几句话,但在他那瞳孔已经扩散的眼睛里,流露着虽然不再是骄傲,却仍然是坚定的信念:他要继续饿下去。

"好,归置归置吧!"管事说,于是人们把饥饿艺术家连同烂草一起给埋了。而笼子里换上了一只小豹,即使感觉最迟钝的人看到在弃置了如此长时间的笼子里,这只凶猛的野兽不停地蹦来跳去,他也会感到赏心悦目,心旷神怡。小豹什么也不缺。看守们用不着思考良久,就把它爱吃的食料送来,它似乎都没有因失去自由而惆怅;它那高贵的身躯,应有尽有,不仅具备着利爪,好像连自由也随身带着,它的自由好像就藏在牙齿中某个地方。它生命的欢乐是随着它喉咙发出如此强烈的吼声而产生，以致观众感到对它的欢乐很是受不了。但他们克制住自己，挤在笼子周围，舍不得离去。

叶廷芳 译

女歌手约瑟芬或耗子民族

我们的女歌手叫约瑟芬。谁没有听过她的歌唱,就不会懂得歌唱的魅力。我们无不为她的歌唱所吸引,由于我们民族总体上并不热爱音乐,这就更难能可贵了。静悄悄的安宁就是我们最热爱的音乐;我们的生活很艰辛,即使我们努力摆脱了所有的日常烦恼,也难以再提升到像音乐这样离我们的寻常生活如此渺茫的事物中。我们并不为此而长吁短叹;我们连这种程度都没到;我们认为自己最大的长处就是某种务实的精明,这当然也是我们所急需的,我们总是精明地微微一笑,就把一切都看开了,即便我们——当然,这并没有发生——有朝一日会渴求幸福,而这幸福可能源于音乐。只有约瑟芬是个例外;她热爱音乐并且懂得传播音乐;她是独一无二的;如果她谢世,音乐会随之从我们的生活中消失,谁知道会消失多久。

我常常思索,这种音乐究竟是怎么回事。我们根本没有音乐细胞;我们怎么会理解约瑟芬的歌唱,或者至少自以为——因为约瑟芬否认我们的理解——理解了。也许最简单的回答是,她的歌唱太美妙,振聋发聩。这个回答却并不圆满。假若果真如此,那我们听到这歌唱时,立即而且始终应当觉得不同凡响,觉得从她的歌喉里飘出的是我们闻所未闻也是我们根本没有能力听到的声音,只有约瑟芬——除了她谁也不行——使我们听到了。可我认为完全不是这样的,我没有这种感觉,也没有觉察到别的听众有这种感觉。我们私下里相互坦率地承认,约瑟芬的歌唱并无不同凡响之处。

这真算得上歌唱吗?我们虽然缺乏音乐细胞,却有流传下来的歌唱;我们民族的古老时期就有歌唱,传说讲述着它们,甚至歌曲也保存下来了,今天当然谁也不会唱这些歌了。因此,我们对什么是歌唱有了模糊的概念,而约瑟芬的艺术其实并不符合我们的概念。这真算得上歌唱吗?可能只是吹口哨?吹口哨我们当然都懂;这是我们民族真正的艺术本领,或者说得确切些,不是本领,而是独特的生活表达。我们全都吹口哨,自然谁也不会想到把它作为艺术来表演,我们吹口哨时漫不经心,毫无意识,许多同胞甚至根本不知道,吹口哨是我们的特征之一。假若约瑟芬真的不是在歌唱,只是在吹口哨,她可能——至少我这样觉得——并没有超出一般的吹口哨水平,甚至可能连一般的吹口哨的力气都不够,而一位普通的打地洞者能整天轻轻松松地一边干活一边吹口哨,如果真是这样,虽然驳斥了约瑟芬的所谓艺术家身份,但是,正因如此,更应解开她的深远影响之谜。

她发出的却不只是口哨声。倘若站在离她相当远的地方侧耳细听,或者更好是做一测试,让约瑟芬混在其他声音中歌唱,看能否从中辨别出她的声音,这样所听出来的,绝对只是平平常常的口哨声,充其量是由于纤细或柔弱而稍显特别。可是,如果站在她面前,就会觉得她不只是在吹口哨了;要理解她的艺术,不仅要听她唱,还要看她唱。即便这不过是我们天天都在吹的口哨,它的不同寻常之处首先就在于,郑重其事地登台表演,做的却是最寻常的事。敲开核桃确实不是艺术,因此也就没有谁敢招集一群观众,在大家面前敲开核桃以供消遣。然而,假若谁真这样做,而且如愿以偿,这就不只是单纯的敲开核桃了。就算是敲开核桃吧,可这说明正因为我们开得得心应手,而忽略了这门艺术,正是这个敲开核桃的新手才向我们展现了这门艺术的真正内涵,而且,他如果开得还不如我们中的大多数熟练,这反倒能增强他的表演效果。

约瑟芬的歌唱可能与此类似;在她身上我们所欣赏的,正是我们在自己身上根本不会欣赏的;在后一点上,她与我们的看法完全一致。有一次我也在场,不知哪个提醒她——这自然时有发生——全民族都吹口哨,语气十分谦虚,约瑟芬却已受不了了。她露出那么狂妄自大的冷笑,这还是我从未见过的呢;她看上去无比纤弱,即便在我们民族为数众多的这类女性中也算是很突出的,当时却显得很粗鲁;生性敏感的约瑟芬可能自己也马上意识到了这一点,便连忙加以克制。总之,她否认她的艺术与吹口哨之间有任何关联。对于持相反意见者,她嗤之以鼻,可能还怀恨在心。这并非一般的虚荣心,因为反对派——我也算半个——对她的欣赏绝不亚于大多数听众,但约瑟芬不仅要大家欣赏她,还要大家完全按照她所规定的方式欣赏,对她来说,欣赏本身无关紧要。大家若是坐在她面前,就会理解她;只有离她很远时,才会持反对态度;坐在她面前就会明白:她所吹的口哨并非口哨。

由于吹口哨纯属我们不假思索的习惯,大家可能会以为,约瑟芬演出时,听众里也有吹口哨的;她的艺术使我们感到惬意,而我们感到惬意时,就会吹口哨;可她演出时,没有一位听众吹口哨,全场静悄悄,仿佛我们终于拥有了渴盼已久的安宁,至少我们自己的口哨声使我们得不到这份安宁,于是我们一声不响。使我们陶醉的,是她的歌唱呢,还是她的细弱声音四周的静穆?有一次,约瑟芬演唱时,一个傻乎乎的小家伙不小心也吹起了口哨。这口哨声怎么与我们从约瑟芬那儿听到的一模一样;台上的熟练表演吹得还是怯生生的,台下听众席里在陶然忘我地信口吹着;要指出这两者的区别,简直不可能;然而,我们马上发出嘘声,打着呼哨,将小捣蛋压了下去,尽管根本没有这个必要,因为小捣蛋又羞又怕,肯定已噤若寒蝉,这时,约瑟芬吹起了胜利的口哨,忘乎所以地张开双臂,脖子伸得不能再长了。

她一贯如此,任何小动静、小意外、小干扰,比如前排座位的嘎吱一声响,磨磨牙,灯光的一次故障,她认为都能增强她的歌唱效果;她认为自己是在对牛弹琴;听众不乏热情和掌声,可要说知音,她早就不指望了。因此,种种干扰很合她的心意;与她的纯净歌唱相对立的任何外界干扰都不堪一击;或者仅仅由于这种对立,就已不战而败了,这有助于唤醒听众,虽然不能教会他们理解,却能使他们学会肃然起敬。

小事对她尚且这么有利,更不用说大事了。我们的生活动荡不安,每天都会出现意外、惊恐、希望和震悚,如果不是随时——日日夜夜——都有同胞的支持,个体根本承受不了这一切;即便如此,也常常相当艰难;原本该由某一位独自承担的重负,有时压得成千个分担者的肩膀直颤悠。这时,约瑟芬觉得是她显身手的时候了。她便站出来,这个纤弱的同胞,胸部以下抖动得尤其厉害,似乎她在竭尽全力地歌唱,似乎她身上不直接服务于歌唱的一切都已力量殆尽,没有活路了,似乎她赤条条的,被牺牲,只有祈求善神的庇护,她就这样摆脱了一切,只与歌唱融为一体,似乎一丝冷风吹过,她就会一命归天。然而,见她这副模样时,我们这些所谓的反对派偏偏还爱自言自语:"她连吹口哨都不会呢;她非得费九牛二虎之力,才能发出几声谁都会吹的口哨声,而不是在歌唱——我们就别提歌唱了——。"我们就是这种感觉,不过,前面已经讲过,这种印象虽在所难免,却转瞬即逝。我们很快就已沉浸到了大众的感觉中,他们暖乎乎地身体挨着身体,大气不出地洗耳恭听。

我们民族几乎总在奔波,常常为了不很明确的目的东奔西跑,为了将大众招集起来,约瑟芬多半只需把头往后仰,嘴半张着,眼睛朝上翻,摆出一副即将歌唱的姿势。只要愿意,她随便在哪儿都可以这样做,不一定非是很显眼的场地,随她一时的兴致,任何一个偏僻的角落都行。她要歌唱的消息不胫而走,听众随即蜂拥而至。可是,有时候也会出现麻烦,约瑟芬偏偏喜欢在动荡时期歌唱,而这时候,忧虑重重,危机四伏,我们不得不分路而行,因此心有余而力不足,无法像约瑟芬所希望的那样迅速集合,这样,她摆着伟大的姿势站了好一会儿,听众可能还是寥寥无几,她自然就会大发雷霆,使劲跺脚,破口大骂,没点姑娘的样子,甚至咬起牙来。即使这样的行径也无损于她的名声;大家非但不遏制她的苛刻要求,反而极力迎合她。派出信差去招集听众;还把这事瞒着她;然后就可以看到,四面八方的道路上岗哨林立,以便向来者示意,让他们加快步伐;这一切不断进行着,直到听众的数目终于凑合过得去了。

我们民族为什么这样为约瑟芬出力呢?要回答这个问题,难度不亚于回答关于约瑟芬的歌唱的问题,而且,这两个问题紧密相关。如果可以断言,我们无条件地顺从她,是因为她的歌唱,那就可以划掉这个问题,将它与第二个问题合而为一。事实却并非如此;我们民族从来不会无条件地顺从;我们最喜欢的是无伤大雅的精明,毫无心机的交头接耳,一点不惹是生非的饶舌,只是活动活动嘴皮子而已。这样一个民族无论如何也不会无条件地顺从,约瑟芬大概也感觉到了这一点,她竭尽自己的细弱嗓音之所能,所要反对的也正是这一点。

这种泛泛而论自然得有个限度,我们民族还是顺从约瑟芬的,只不过不是无条件罢了。比方说,我们不能取笑约瑟芬。可以承认:约瑟芬有些地方惹我们发笑;我们平时总是动不动就笑;尽管我们的生活充满悲苦,微微一笑还是比较常见的;我们却不取笑约瑟芬。我有时觉得,我们民族是这样理解自己与约瑟芬的关系的,她弱不禁风,需要庇护,在某方面——她自己认为是在歌唱方面——出类拔萃,是被托付给我们民族的,我们必须好好照顾她;至于个中缘由,谁也不清楚,可事实上明摆着就是如此。谁也不会取笑托付给自己的事物;取笑它就是在违背义务;我们中最恶毒的分子有时会说:"我们一见约瑟芬就笑不起来了。"这就是对约瑟芬最恶毒的攻击了。

我们民族照顾着约瑟芬,就像父亲对孩子一般,孩子向父亲伸出小手,谁也说不清,这是请求呢,还是要求。大家会以为,我们民族不适于履行这种父亲的义务,其实它做得很出色,至少在照顾约瑟芬上是这样的;在这方面,民族作为整体所完成的事是任何个体都无法做到的。当然,民族与个体的力量有天壤之别,民族只需将受保护者拉近身边,让他感受到温暖,他就已受到充分的保护了。我们可不敢对约瑟芬说这些事。她会说:"我才不稀罕你们的庇护呢。""对,对,你不稀罕。"我们这样想。当她闹别扭时，其实算不上反抗，不过是孩子气的做法和孩子气的感激，父亲的态度就是不把这当回事儿。

可是，随之而来的另一个问题就更难用民族与约瑟芬的这种关系来解释了，即约瑟芬的看法相反，她认为是她在保护我们民族，是她的歌唱把我们救出了恶劣的政治或经济境况，她功绩赫赫，她的歌唱即便不能消除不幸，至少给予了我们承受不幸的力量。她没有这样直说，也没有含沙射影地这样暗示，她平时就不多言语，在喋喋不休的同胞中间，她显得沉默寡言，但这话在她的双眸里闪烁，从她紧闭的双唇——我们很少有能闭嘴的，而她就能——流出。每当坏消息传来——有时候，坏消息接二连三地传来，其中混杂着假的和半真半假的——她就立即站起身来，伸长脖子，而她平时总是无精打采地躺倒在地，她想把同胞尽收眼底，就像牧羊人在暴风雨前察看羊群似的。诚然，孩子们也会凭着野性和任性提出类似的要求，不过，约瑟芬的要求并不像孩子们的那样毫无道理。当然啦，她没有挽救我们，也没有给予我们力量，以我们民族的救星自居是轻而易举的，因为我们民族吃惯了苦，不顾惜自己，当机立断，视死如归，只是由于时刻生活在好勇斗狠的气氛中，才显得很怯懦，而且，我们民族不仅勇敢，还繁衍旺盛——我的意思是说，事后以我们民族的救星自居是轻而易举的，因为我们民族总是又设法挽救了自己，即便也做出了牺牲，历史学家为这些牺牲感到触目惊心，而我们总体上根本不重视历史研究。确实如此，恰恰在危急时刻，我们比平时更专心地倾听约瑟芬的声音。迫在眉睫的威胁使我们更沉静、更谦虚，对约瑟芬更惟命是从；我们很乐意聚在一起，我们很乐意挤成一团，尤其因为这样做的缘由与折磨我们的关键问题毫无关系；我们仿佛是在战斗前夕匆匆地——是的，我们必须赶快，可惜约瑟芬老是忘了这一点——共饮一杯和平的佳酿。这与其说是一场歌唱演出，不如说是一次群众集会，在这个集会上，除了前台轻微的口哨声，鸦雀无声；这个时刻太庄严了，谁也不愿瞎聊着虚度。

这样的状况当然不能令约瑟芬满意。她由于自己的地位从不明朗,神经质地感到不快,却还是自视过高,看不到某些方面,而且,不必费大劲就能使她忽视更多的方面,从这个意义上说,也就是从有利于大家的意义上说,一群谄媚者一直在活动,——而如果仅仅是在群众集会的一个角落里歌唱,可有可无,不受重视,即使听众为数不少,她也绝不会一展歌喉。

其实她大可不必如此,因为她的艺术并非不受重视。虽然我们在心里琢磨着别的事,根本不单单是为了聆听歌唱才保持悄然无声,有的听众根本不抬头看台上,而是把脸埋进邻座的毛皮里,约瑟芬像是在台上白费力气,但她的口哨声——这是不可否认的——必定还是多多少少钻入了我们耳中。她的口哨声响起时,大家必须沉默,这口哨声仿佛民族向各成员发出的一个消息;当我们难以抉择时,约瑟芬那丝丝缕缕的口哨声宛如我们民族在敌对世界的风雨飘摇之中勉强维持的生存。约瑟芬挺住了,她的平庸嗓音和平庸歌唱挺住了,打动了我们;念及此,我们深感欣慰。在这种时期,假若我们中间出现了一位真正的歌唱艺术家,我们是绝对不能容忍的,我们会众口一词地拒绝这种荒唐的演出。但愿约瑟芬没有认识到,我们听她歌唱这个事实是对她的歌唱的反证。她对此恐怕依稀有所感,否则为什么极力否认我们在听她歌唱,尽管如此,她一次又一次歌唱,并不理会这种感觉。

不过,她总还能聊以自慰的是:我们某种程度上确实在听她歌唱,或许类似于倾听一位歌唱艺术家;她在我们这儿所取得的效果是一位歌唱艺术家无论如何也达不到的,而这种效果恰恰产生于歌唱技巧的欠缺。这恐怕主要与我们的生活方式有关。

我们民族的成员没有青少年时代,童年也微乎其微。尽管民族常常要求大家保证孩子们获得特殊自由、特殊爱护,承认孩子们有权利快活一些,东游西逛一下,玩耍一会儿,并帮助他们享受这些权利;民族提出这样的要求,大家差不多都赞成,没有比这更符合民意的事了,然而,在我们的现实生活中,也没有比这更无法兑现的事,大家赞成这些要求,努力按要求去做,随即却又一如往昔。我们的生活就是这样的,一个孩子,只要他稍稍能跑,稍稍能辨别周围环境,就必须像成年者一样照料自己;出于经济上的考虑,我们不得不分散而居,我们的地域太广,我们的敌人太多,我们的生活危机四伏,防不胜防,因此,我们不能让孩子们远离生存的斗争,否则他们会夭折。除了这些悲哀的原因,当然还有一个令我们振奋的原因:我们民族繁衍旺盛。每一代都为数众多,一代紧接着另一代,孩子们没有时间当孩子。而别的民族会精心照料孩子们,会为他们办起学校,孩子们天天拥出学校,他们是民族的未来,很长一段时间里,拥出校门的总是同一批孩子。我们没有学校,瞬息之间就从我们民族涌出成群结队的孩子,多得数不胜数,他们还不会吹口哨,便快乐地嘶嘶作声或尖叫着,他们还不会跑,便打着滚挤来挤去滚个不停,他们还什么都看不见,便一块儿笨拙地拽走一切,我们的孩子们啊!不像在那些学校里,总是同一批孩子,不,我们的孩子层出不穷,没有终结,没有间歇,一个孩子刚出世,就已不再是孩子了,他身后已挤满了新的孩子面孔,他们为数众多,难分彼此,匆匆忙忙,欢欢喜喜,浑身粉扑扑的。当然,这一切未尝不美好,别的民族可能还对我们羡慕不已呢,可是,我们无法给予孩子们一个真正的童年。这种状况的后果就在于,我们民族充满了某种无法泯灭、无法消除的孩子气;与我们的最大长处——我们可靠务实的思维方式——完全相悖,我们有时的行为愚蠢至极,像孩子干傻事一样,荒唐、挥霍、大手大脚、轻率,这样做常常只为了一时的高兴。我们自然不可能再像孩子那样心花怒放,但我们的快乐中绝对有孩子气的开心。从我们民族的孩子气中,约瑟芬一直获益匪浅。

我们民族不仅孩子气,在一定程度上还提前变老,童年和老年在我们这儿完全是另一种概念。我们没有青少年时期,一下子就变为成年者,而成年阶段又太长,因此普遍感到某种厌倦与绝望广泛侵入了我们这个总体上坚忍不拔、充满希望的民族。我们之所以缺乏音乐细胞,恐怕也与此有关;我们暮气沉沉,音乐不适合我们,音乐的激越和振奋与我们的老成持重格格不入,我们疲惫地挥手拒绝音乐;我们退而吹口哨;时不时地吹几声口哨,这就是我们所需要的。谁知道我们中间是否有音乐天才;即便有,我们这种性格的同胞也一定会把他的天才扼杀在摇篮中。约瑟芬却可以随心所欲地吹口哨或歌唱——随她怎么称——她的歌唱不干扰我们,很适合我们的需要,我们完全能受得了;其中即便有一丁点儿音乐,也是微乎其微的;这既维护了某种音乐传统,又没有使我们受任何累。

然而,约瑟芬给我们这个如此情绪的民族带来的,不止于此。在她的演唱会上,尤其是在非常时期,只有小毛孩们才对她这位女歌手感兴趣,只有他们惊讶地瞪大眼睛,瞧她怎样噘起嘴唇,从前排牙齿缝里吹出气来,在歌声中自我陶醉,当歌声逐渐消散时,她利用歌声的减弱,把歌唱推向越来越费解的新高潮,而真正的大众却——这是很明显的——只顾着忙自己的事去了。在斗争的匆促间歇里,全民族都在做梦,每位成员仿佛都瘫软了,就像一刻不停的奔波者终于能在民族的温暖大床上小憩片刻,尽情地舒展四肢。于是,约瑟芬的口哨声时不时地飘入梦中;她称之为珠落玉盘般滚入梦乡,我们称之为闯入梦乡;不管怎么说,音乐往往难逢其时,她的口哨声在这儿算是派上最好的用场。口哨声中有辛酸而短暂的童年,一去不复返的幸福,却也有当前忙忙碌碌的生活,生活中难解难述、实实在在的小小活力。这一切确实不是高声表述出来的,而是轻声耳语的,口气亲切,嗓音有时还有些沙哑。当然是在吹口哨。怎么可能不是呢?吹口哨就是我们民族的语言,只不过,有些同胞吹了一辈子也不知道这一点,而约瑟芬所吹的口哨摆脱了日常生活的桎梏,也使我们得到了片刻解脱。我们绝对不愿错过这样的表演。

然而,这与约瑟芬所说的那种程度还差得远呢,她认为她在非常时期给予了我们新的力量云云。这当然是老百姓的看法,约瑟芬的谄媚者另当别论。"怎么可能不是这样?"——谄媚者厚颜无耻地说——"除了这,还能如何解释听众云集呢?尤其是有燃眉之急时,大家光是这样跑来跑去,有时就已妨碍了我们采取充分而及时的措施来消除危险。"最后这句话不幸言中了,可这不能算是约瑟芬的功勋,特别是有时候,这种集会遭到敌人的强行驱散,我们的一些同胞不得不丧了命。这一切都应归咎于约瑟芬,甚至可能就是她的口哨声把敌人招引过来的,她却始终占据着最安全的位置,在随从的保护下,一声不响地头一个逃之夭夭。这其实是众所周知的,尽管如此,只要约瑟芬下一回随心所欲地挑个地点,挑个时间,站起身来歌唱,大家又会急急忙忙地奔向她。由此可能会产生这种看法,认为约瑟芬几乎置身法律之外,可以为所欲为,即便她的行为威胁着全民族的生存,仍会得到宽恕。倘若如此,约瑟芬的要求也就完全在情理中了,是的,在某种程度上,可以将民族给予她的这种自由,这份惟她独有、与法律相悖的特殊馈赠视为民族的坦白,民族承认自己——和约瑟芬自己的看法一样——理解不了约瑟芬,不知所措地为她的艺术而惊叹,感到自己不配欣赏她——这使她痛苦——,试图以近乎绝望的努力来补偿她的痛苦,正如她的艺术超出了民族的理解力,民族将她本人及其愿望也置于它的命令威力之外。根本不是这么回事,或许在个别情况下民族会轻易拜倒在约瑟芬的脚下,但从不无条件地对任何成员俯首帖耳,对她当然也不会这样。

很久以来,可能自从约瑟芬的艺术生涯开始,她就在斗争,希望民族考虑到她的歌唱,免去她的所有劳动;就是说,使她不必为一日三餐发愁,不必为与我们的生存斗争相关的一切而忧虑,这些恐怕应当交给全民族共同承担。易受鼓动者——确实有这样的同胞——单单从这个要求的特殊,从她能想出这种要求的精神状态,就会推断出这个要求内在的合理性。我们民族却得出了不同的结论,直截了当地拒绝了这个要求。民族也不大费力去反驳她提出这个要求的种种理由。比如,约瑟芬指出,劳动的辛苦会损害她的嗓音,虽然与歌唱时的艰辛相比,这点辛苦不值一提,可是这样的话,她在歌唱之后就不能好好休息,以便为下一次演唱养精蓄锐,等到下一次演唱时,她即便竭尽全力,仍然达不到最佳状态。民族听她陈述理由,然后置之不理。这个很容易被打动的民族,有时却心硬似铁。有时民族拒绝得斩钉截铁,就连约瑟芬也愣住了,她像是顺从了,乖乖地干着她那份活儿,尽其所能地歌唱,可这只持续了一小会儿,接着,她又抖擞起精神开始斗争了——只要是斗争,她似乎有使不完的劲儿。

显然,约瑟芬所真正谋求的并非她的要求本身。她很理智,她不怕劳动,我们民族根本就没有好逸恶劳的成员,即使她的要求被批准,她的生活与先前肯定也没什么不同,劳动一点儿不会妨碍她的歌唱,她的歌唱当然也不会更美妙——她所谋求的,不过是民族对她的艺术的承认,这个承认应当是公开、明确、恒久,远远打破一切先例的。她在别的事上几乎都能如愿以偿,惟独这个要求碰壁了。或许从一开始,她就应当把矛头指向另一个方向,或许现在她自己也意识到了这个失策,可她已骑虎难下,退却意味着背叛自己,她已不得不与这个要求共存亡。

倘若如她所说,她真有敌人的话,敌人只需袖手旁观这场斗争,就会很开心了。但她并没有敌人,即便有的同胞对她时有微辞,也不会有幸灾乐祸之感。因为在这场斗争中,民族显出严峻的法官姿态,这在平时是极其罕见的。即使有谁赞同民族在这件事上所采取的态度,一想到有朝一日,民族对他可能也会采取这种态度,也就高兴不起来了。与约瑟芬的要求类似,民族的拒绝也不在事情本身,而在于,民族竟能如此铁石心肠地拒绝一位成员,而且,民族平常越是慈父般地照顾这位成员,甚至不免低声下气,这时就越是铁石心肠。

拒绝者如果不是全民族,而是某一位同胞,大家可能会认为,这位同胞在约瑟芬接连不断的苛刻要求下一直在让步,终于必须结束他的让步了;他已超乎个体的力量,做出了许多让步,同时他也深信,让步无论如何还是会有限度的;是的,他做出不必要的让步,只是为了加快事情的进程,只是为了宠坏约瑟芬,促使她不断提出新愿望,直到她真的提出这最后一个要求;这时,他自然斩钉截铁地一口回绝,因为他早已严阵以待了。而民族绝对不会这样做,民族无需耍这种手腕,而且,民族对约瑟芬的崇拜是真心诚意、久经考验的,是约瑟芬的要求实在太高了,这个要求会有怎样的结局,任何一个机灵的小孩都能告诉她;尽管如此,这种揣测掺杂在约瑟芬对这事的看法中,给她遭到拒绝的痛楚伤口上又撒了一把盐。

她虽然这样揣测,却并不因此就偃旗息鼓了。最近一段时间,她甚至斗争得更激烈了;迄今为止,她只进行舌战,现在却开始采取了别的手段,她自以为这些手段更有效,而我们认为,这对她更危险。

有些同胞认为,约瑟芬之所以变得如此咄咄逼人,就是因为她感觉自己正在变老,她的嗓音暴露出了衰弱,因此,她觉得已经到了紧急关头,必须为了得到承认而发动最后一场战斗。我却不这样认为。假若真是这样,约瑟芬就不成其为约瑟芬了。她不可能认为自己会变老,自己的嗓音会变得衰弱。她如果提出什么要求,不会是客观原因使然,而是出于内心的逻辑。她伸手去够挂在最高处的桂冠,不是因为桂冠这时候刚好挂得低了些,而是因为这是最高处的桂冠;假使让她来管桂冠,她还会把它挂得更高。

她虽然根本不在乎外界困难,对最不光彩的手段却照用不误。在她眼里,她的权利是天经地义的;至于权利是如何得来的,又有什么关系呢;尤其因为在这个世界上,正如她亲眼所见,恰恰是光明正大的手段肯定行不通。可能就是出于这个原因,她甚至将这场争取自身权利的战斗从歌唱领域转移到了另一个对她来说不很重要的领域。她的随从四处散布她的言论,说她自认为完全能凭自己的歌唱,让各阶层的民众,包括隐藏得最深的反对派,都感到真正的赏心悦目,这种赏心悦目并非民族所指的那种——民族认为听约瑟芬的演唱时,向来就有这种感觉——而是指符合约瑟芬的要求的赏心悦目。她却又加了一句,由于她不能以次充好,迎合低级趣味,所以只能一如既往地歌唱。然而,当她为摆脱劳动而斗争时,就不一样了,尽管这也是为她的歌唱而进行的斗争,但她并没有直接以歌唱这个珍贵武器来要挟,这样说起来,她所使用的任何手段都够正当了。

比如流传着这样的谣言:如果不对约瑟芬让步,她就打算减少花腔。我对花腔一窍不通,从没听出她的歌唱里有什么花腔。约瑟芬却想减少花腔,暂时还不完全去掉,只是减少而已。据说她已经照她的威胁做了,可我没听出这与她以往的歌唱有任何区别。全民族都和往常一样听了她的歌唱,没有对花腔发表意见,也没有改变对约瑟芬的要求所持的态度。约瑟芬的念头有时就像她的身体一样不乏优雅。比如,那次演唱之后,她似乎觉得关于花腔的决定对于民族来说太严厉或太突兀了,便宣布下次又会完整地唱花腔。可是,下一次演唱之后,她又改变了主意:辉煌的花腔就这样永远消失了,除非民族做出对约瑟芬有利的决定,否则花腔一去不复返。民族把她的所有声明、决定以及出尔反尔只当耳旁风,就像陷入沉思的成年人对孩子的闲话充耳不闻,虽然态度和蔼,却一句也没听进去。

可是,约瑟芬不肯罢休。比如,她最近声称,劳动时脚受伤了,她要站着歌唱就很困难;但她非得站着才能歌唱,因此不得不缩短歌唱时间。虽然她走得一瘸一拐,让随从搀扶着,谁也不相信她真的受伤了。即便我们承认她弱不禁风,我们毕竟是个劳动的民族,约瑟芬也是其中一员;要是我们擦破点皮就一瘸一拐,那全民族都跛个没完了。她尽可以像跛子一样让随从搀扶着走,她尽可以更频繁地摆出这副可怜相,民族照样倾听她的歌唱,心存感激,和以前一样为之陶醉,并没有为演唱时间的缩短而大惊小怪。

她毕竟不能老跛着,于是想出了新花招,她提出诸如累了、心情不好、身体虚弱等借口。这样,我们在演唱会上还有一出戏可看。我们看见在约瑟芬身后,她的随从如何恳求她歌唱。她很想唱,却唱不了。随从们安慰她,围着她说奉承话,几乎是把她抬到已选好的演唱地点。她不知为何眼泪汪汪,终于让步了,当她显然下定最后的决心,就要开始歌唱时,她的身子却虚弱无力,双臂不是像往常那样前伸,而是有气无力地低垂着,看上去仿佛短了一截——她刚要开始歌唱,却又不行了,她生气地一摆头,就瘫倒在我们面前了。可她紧接着又挣扎着站起来歌唱,我认为她唱得与平时没多大不同,如果谁听觉灵敏,能分辨出最细微的差异,或许会从中听出超乎寻常的激动,而这只会使她的歌声更动听。唱到末了,她甚至没有先前那么累了,步伐稳健地——如果可以这样形容她的一溜小跑——走远了,不要随从的任何帮助,用冷冷的目光审视着对她充满崇敬、为她让道的大众。

这都是不久前的事了,最新情况是,有一次该她演唱时,她却销声匿迹了。不仅她的随从在找她,许多同胞也投入到寻觅工作中,但全都白费工夫;约瑟芬销声匿迹了,她不愿歌唱,甚至不愿大家请她歌唱,她这次是彻底离开我们了。

真奇怪,聪明的约瑟芬竟打错了算盘,错得一塌糊涂,让大家简直以为她毫无心计,只是听凭命运的摆布,而在我们的世界里,她的命运只会十分悲惨。是她自己不唱歌了,是她自己毁掉了她征服民心而赢得的权力。她如此不了解民心,居然还赢得过这份权力!她躲起来,不唱歌,民族却安之若素,无比威严,一个圆满自适的群体,其实——即使表面上不是如此——只会馈赠,从不接受任何馈赠,包括约瑟芬的,我们民族继续走自己的路。

而约瑟芬只会每况愈下。过不了多久,她将吹出最后一声口哨,然后就悄无声息了。她是我们民族的永恒历史中的一个小插曲,民族将弥补这一损失。对我们来说,这不会是件容易事;集会怎能鸦雀无声呢?当然,以前有约瑟芬的集会不也是沉默的吗?难道她那时的口哨声比回忆中的响亮得多,生动得多?在她的有生之年,这不就是一个淡淡的回忆?民族不就是因为约瑟芬的歌唱在这一点上不可或缺,才明智地把她捧得那么高?

我们可能根本不会有多大损失,而约瑟芬摆脱了尘世的烦恼——她认为,只有出类拔萃者才会承受烦恼——,跻身于我们民族的无数英雄中,将会快乐地消失,由于我们不撰写历史,她很快就会像她的所有兄弟一样,在更高的解脱中被忘却。

杨劲 译

与祷告者的谈话

有一段时间,我天天去一座教堂,因为我爱上的一个女孩傍晚在那儿跪着祷告半小时,这时,我就可以从容地观察她。

有一次,这个女孩没有来,我闷闷不乐地瞧了瞧祷告的人们,一个年轻人引起了我的注意,他那瘦削的身子扑倒在地上。他不时地使尽浑身力气揪住自己的头发,叹息着把脑袋往平放在石头上的手掌里撞得咚咚响。

教堂里只有几个老妇人,为了看这位祷告者,她们屡屡把头巾包着的头扭向那一侧。她们的注意似乎使他感到幸福,因为每次他的虔诚举动爆发前,他都要扫视一下,看看观众多不多。我对他的做法很反感,决心等他走出教堂时,叫住他,问个明白,他为什么以这种方式祷告。是的,我很恼火,因为我的女孩没有来。

可他过了一个小时才站起身,一丝不苟地画了个十字,一步一歇地走向圣水盆。我堵在从圣水盆到门之间的路上,想好了,他要是不解释清楚,我是不会让他过去的。我咧着嘴,每当我下定决心要说话时,总会这样做准备。我把右腿往前迈了一步,身体重心移到这条腿上,左腿只随随便便地踮在脚尖上;我这样也站得很稳。

可能这个人往脸上洒圣水时,瞟见了我,也可能在此之前,他就已注意到了我,有些害怕,因为他这时出其不意地跑出了门。玻璃门砰地关上了。我随即走出来,却再也看不见他的踪影,因为面前有几条狭窄的小街,人来车往,交通繁忙。

这之后的几天里,他没有出现,而我的女孩来了。她身穿黑衣,衣肩上有透明的花边——花边下露出月牙形的衬衣边——,花边底部的丝绸与裁剪得很好的领子连在一起。女孩一来,我就忘了那个年轻人,尽管他后来仍按时出现,而且照老一套祷告,我也不去理会他了。他却总是急匆匆地从我身旁走过,还转过脸去。可能是因为我印象中的他一直是活动着的,即便他站着,我也觉得他在蹑手蹑脚地走。

有一次,我在自己的房间里耽搁迟了。但我还是去了教堂。我发现女孩已经不在,就想回家。当时,这个年轻人又趴在那儿。我想起了先前的事,不禁感到好奇。

我踮着脚轻轻走向门口,给了坐在那儿的瞎乞丐一个硬币,挨着他靠在那扇敞着的门后面;我在那儿坐了一个钟头,可能显得很阴险。我待在那儿觉得很舒服,决心常来坐坐。第二个钟头里,我觉得为了那个祷告者坐在这儿很荒唐。可我还是等了第三个钟头,气恼地任蜘蛛爬上我的衣服,这时,最后几个人大声出着气,走出了昏暗的教堂。

他也走过来了。他走得小心翼翼,双脚踩地之前先稍稍碰一下地。

我站起身,径直跨上一大步,抓住这个年轻人。"晚上好。"我说,拎着他的衣领,把他推下台阶,来到有亮光的地方。

我们站在下面时,他心虚胆怯地说:"晚上好,亲爱的,亲爱的先生,您别生我的气,我是您最忠实的仆人。"

"行,"我说,"我有话想问您。先生,上次您跑掉了,今天您可休想溜走。"

"您发发慈悲,我的先生,您会让我回家的。我很可怜,这是真的。"

"不,"我喊道,喊声融进了身旁驶过的有轨电车的嘈杂声,"我不让您走。我就是爱听这种故事。抓住您是我的运气。我祝贺自己。"

他说:"天哪,您有一颗活泼的心和一个花岗岩脑袋。您说抓住我是您的运气,您一定很幸福!因为我的不幸是一种摇晃不定的不幸,在细细的顶端上摇来晃去的不幸,如果碰到它,它就落在提问者头上。晚安,我的先生。"

"好吧,"我说道,紧紧抓住他的右手,"您若是不回答我的问题,我就在这儿,在这街上大声叫喊。商店里的女孩们正下班走出来呢,她们的情人们正在商店外面等着她们呢,他们全都会聚拢来,以为一匹拉车的马摔倒了,或者类似的事发生了。到时候,我就让大家看您。"

他一边哭,一边交替吻着我的双手。"您想知道什么,我都告诉您,不过求求您,我们去那边的小街吧。"我点点头,我们就走了过去。

可他觉得小街上还不够暗,在那儿,稀疏的路灯亮着昏黄的光。他把我带到一所老房子低矮的过道里的一盏小灯下,这灯挂在木板楼梯前,滴着油。

他煞有介事地拿出手帕,一边将它铺在楼梯上,一边说:"您坐下吧,亲爱的先生,这样您更好提问,我就站着,这样我更好回答问题。可别折磨我啊。"

我坐了下来,眯缝着眼抬头看着他,说道:"您是一个古怪的疯子,这就是您!您在教堂里是什么举止!这多气人,让旁观者多不舒服!如果不得不看着您,还怎么能保持虔诚肃穆!"

他把身体紧贴着墙,只有脑袋还可以活动。"您别生气——您干吗要为与己无关的事动怒呢?若是我自己举止不得体,我会生气;假若只是别人行为不端,我倒会高兴。如果我说,我的生活目标就是被人注视,您可别生气。"

"您说什么,"我喊道,在这低矮的过道上,这喊声显得特别响亮,可我害怕声音减弱,"真的吗,您在说什么呀。是的,我已经预感到了,自从第一次见到您,我就已预感到了您的状况。我有这种体验,不是开玩笑,这就像在陆地上晕船的感觉。这种感觉的本质在于,您已忘了事物的真名实姓,现在匆忙之间将偶然想起的名字加在它们身上。要快,要快!可是,您刚一离开它们,就又忘了它们的名字。田野里的白杨,您曾称之为'巴比伦塔',因为您不知道或不想知道,这是一棵白杨,现在它重又无名无姓地摇来晃去,您就不得不称之为'喝醉酒的诺亚'。"

他说:"我很高兴没有听懂您所说的。"他这话让我有些惊愕。

我急了,匆匆说道:"您为此而高兴,这就表明您已听懂了。"

"我当然表明了这一点,尊敬的先生,可您说的话也很古怪。"

我把手支在上面一级楼梯上,身体往后靠,以这种无懈可击的姿势——这是摔跤手的最后一招——问道:"您以一种可笑的方式为自己开脱,这就是假设别人都处于您的状况。"

一听这话,他变得大胆了。他把双手合拢,使身体成为一个整体,然后略微不情愿地说:"不,我这样做并不针对任何人,比如,也不针对您,因为我做不到这样。我如果能这样,倒会很高兴,因为这样的话,我就不需要教堂里的人们注意我了。您知道我为什么需要他们的注意吗?"

这个问题使我不知所措。我肯定不明其因,而且我觉得我也不想知道它。我心想,我原本也不愿到这儿来,是这个人逼着我听他讲话的。因此,我现在只需摇摇头,向他表明我不明其因,可我的头动不了。

站在我面前的这个人微笑了。接着,他蹲下身,做着困倦的鬼脸,开始讲:"我对我的生活从来都没有坚定的信念。当我把握周围的事物时,总觉得它们已日薄西山,总认为它们曾经风华正茂,现在却趋于没落。亲爱的先生,我总想看看事物在我面前显现之前是什么样子。它们那时肯定美丽而宁静。一定是这样的,因为我经常听到人们这样谈到它们。"

他见我一言不发,只是脸上不由自主地抽搐着,表明我心中不快,就问道:"您不相信人们这样谈论?"

我想我必须点头,可我的头动不了。

"您真的不相信吗?您听好了:我小的时候,睡了会儿午觉,睡眼惺忪地听见母亲从阳台上问下面,语气十分自然:'亲爱的,您在干吗呢。天这么热。'花园里传来一个女人的回答:'我在草地上吃点心。'她们说起来不假思索,而且不太清楚,似乎这番话全在意料之中。"

我想我被问住了,于是,我掏着后面的裤兜,像是在找东西。可我什么也没找,只是想改变我的表情,以便显露出对谈话的关切。我一边掏一边说,这件事太奇怪,我简直摸不着头脑。我还加了一句,我不相信这是真的,它一定是为了某个目的——我一时还看不出是什么目的——而杜撰的。然后我闭上双眼,因为眼睛很疼。

"哦,这真不错,您同意我的看法,而且,您把我拦住,就为了对我说这话,这一点都不自私。

"对吧,我为什么应当羞愧呢——或者说,我们为什么应当羞愧呢——,难道就因为我没有笔直而吃力地走路,没有用拐杖敲着石板路面,没有擦着大声走过我身旁的人们的衣服?难道我不可以理直气壮地抱怨,我是个溜肩膀的影子,沿着房屋蹦蹦跳跳,有时消失在橱窗玻璃里?

"我过的是什么样的日子!为什么所有房屋都修得如此糟糕,高楼倒塌的事时有发生,大家连一个表面原因都找不着。于是我爬到废墟上,问我所遇见的每个人:'这怎么可能!在我们的城市里——一幢新楼——这已经是第五幢了——您想想吧。'没有人能回答我的问题。

"常常有人倒在街上,陈尸街头。这时,街上所有开店铺的商人就会打开他们用货物罩住的门,敏捷地走过来,把死者拖进一所房子,然后走出来,满面笑容地说道:'你好——天清云淡——我在卖很多头巾——是呀,战争。'我跳进这所房子,好几次胆怯地举起弯曲的手指,终于敲了敲楼房管理员的小窗户。'老兄,'我友好地说,

'有个死人被拖到您这儿来了。请您让我看看他,我求您了。'他摇摇头,似乎犹豫不决,我干脆地说:'老兄。我是秘密警察。请马上让我看看死人。''一个死人?'他问道,像受了侮辱一般。'不,我们这儿没有死人。这是一户规矩人家。'我道声别,走了。

"可是接着,当我穿过一个大广场时,就把这忘得一干二净了。穿过广场很费劲,这使我感到很困惑,我常常寻思着:'既然人们完全是出于自负,修建了偌大的广场,为什么不修一道穿越广场的石栏杆呢?今天刮着西南风。广场上风吹得呼呼响。市政厅的塔尖晃着小圈儿。为什么不让人群安静点儿呢?所有的窗玻璃喀嚓作响,路灯柱像竹子一样被风吹弯了腰。柱子上圣母马利亚的袍子卷成一团,被狂风撕扯着。难道没有人看见吗?先生们和女士们原本是走在石板路上,现在却悬浮在空中。风歇口气时,他们就站住,互相说几句,躬身致意,然而风又吹起来了,他们敌不过风,双脚同时离了地。虽然他们不得不紧紧抓住帽子,却快活地东瞧西看,如坐春风。只有我感到很害怕。'"

我苦不堪言,说道:"您先前讲的那个关于您母亲和花园里的女人的故事,我觉得一点也不奇怪。我不仅听说过和经历过许多这类故事,甚至参与过一些故事。这件事十分自然。如果是我的话,您认为我在阳台上不会说同样的话吗?在花园里不会做出同样的回答吗?一件如此简单的事。"

我说完这话,他显得很快慰。他说,我穿得很漂亮,他很喜欢我的领结。我的皮肤多么细嫩。收回坦白时,坦白就变得无比清楚了。

杨劲 译

与醉汉的谈话

我小步走出房门,那镶嵌着月亮和星星的浩渺苍穹以及环形广场上的市政厅、马利亚柱和教堂都压了过来。

我从容地从暗处走入月光中,解开外套扣子取暖;然后,我举起手,让深夜的呼啸声沉寂下来,开始寻思着:

"怎么回事,你们这样做,仿佛你们是实实在在的。莫非你们想让我相信,我——滑稽地站在长满青苔的石板路上——不是实实在在的?然而,你天空,你曾是实实在在的,这已是很久以前的事了,你环形广场,你从来就不是实实在在的。

"的确,你们一直比我优越,可这只是当我对你们不予理睬时。

"谢天谢地,月亮,你不再是月亮,不过,可能是我一时疏忽,把你这被称为月亮之物仍叫作月亮。当我称你为'被忘却的颜色奇特的纸灯笼'时,你为什么就不再那么傲慢了?当我称你为'马利亚柱'时,你为什么差点隐没?当我称你为'洒黄光的月亮'时,再也认不出你马利亚柱咄咄逼人的态度了。

"看来,自我思考对你们确实没有好处;你们勇气消退,健康耗损。

"上帝啊,思考者一定要向醉汉学习,才会大有裨益!

"怎么到处都已静悄悄?我想没风了。那些经常像在轮子上滚过广场的小房子被踩得动弹不得——安静——安静——根本看不见那条平时将房子与地面分开的细细的黑线。"

我跑了起来。我一口气绕着大广场跑了三圈,没有遇到一个醉汉,于是我跑向卡尔街,没有放慢速度,也没有觉得吃力。墙上的影子和我并排跑着,常常比我小,就像在墙与街面之间的窄路上一样。

我跑过消防队的房子时,听见小环形路那边传来喧闹声,我在那儿转弯时,看见一个醉汉站在井栅栏旁,双臂平支开,穿着木拖鞋跺着脚。

我先是站住了,以便让喘气平缓下来,然后走向他,脱下礼帽并自我介绍:"晚上好,纤弱的贵人,我二十三岁了,却仍无名无姓。而您来自巴黎这座大都市,肯定有令人惊异、悦耳动听的名字。您的周围弥漫着法国没落贵族完全非天然的气息。

"您的眼圈呈青黛色,您一定见到了那些高贵的女士,她们已经站在又高又亮的阳台上,扭动着纤细的腰肢,嘲讽地转过身来,她们的长裙铺展在台阶上,裙子的后摆还拖在花园的沙地上。——不是吗,仆人们爬上星罗棋布的长杆子,他们身穿剪裁得很不庄重的灰色燕尾服,白裤子,双腿绕在杆子上,上身却经常往一侧后仰,因为他们必须从地上拾起绳子上的巨大平纹亚麻布,把它紧绷在高处,因为这位高贵的女士想看见一个雾气氤氲的清晨。"他打着嗝儿,这使我说话都有些战战兢兢的:"的确,您来自,先生,您来自我们的巴黎,来自风云突变的巴黎,哦,来自这种热情似火的冰雹天气,对吧?"他又打起了嗝儿,我难堪地说:"我知道,这是我莫大的荣幸。"

我迅速扣上外套扣子,然后热烈而腼腆地说:

"我知道,您认为不值得回答我的问题,但我今天如果不问您,必定会日日以泪洗面,度过此生。

"我求您了,如此打扮的先生,人们对我讲的是真的吗?巴黎是不是有这样的人,他们只是装饰服,是不是有这样的房屋,它们只有堂皇的大门,夏日的天空一片蔚蓝,贴在空中的心形小白云更增添了它的妩媚,是这样的吗?那儿是不是有一个观众络绎不绝的珍奇物品陈列馆,里面全是树,每棵树上挂着一个小牌子,写着赫赫有名的英雄、罪犯和情人的名字?"

"还有这样的传闻!显然是胡编乱造!"

"巴黎的街道突然分出岔路,对吧;街道上并不安宁,对吧?并不总是秩序井然,这怎么可能呢!一旦发生事故,人们就会从邻街蜂拥而至,迈着大城市人的步伐,走路时脚只稍稍点着路面;人们虽然很好奇,却又担心会大失所望;他们呼吸急促,把小脑袋往前伸。而他们碰在一起时,就会互相深鞠躬,请求原谅:'非常抱歉,——我不是有意的——人太多太挤,请您原谅,我请求——是我不小心——我得承认。我的名字是——我的名字是叶罗姆·法罗什,我是卡柏丹大街上开调味品铺子的——请允许我邀请您明天共进午餐——我妻子也会很高兴。'他们就这样聊着,这时,小街上已混混沌沌,烟囱里冒出的烟飘散在房屋之间。就是这样的。很有可能,在优雅市区的一条热闹的林荫大道上,停着两辆马车。仆人们庄重地打开车门。八条纯种西伯利亚狼狗跳下了车,跳跃着,狂吠着,一路顺着车行道跑。这时有人说,它们就是乔装打扮的巴黎花花公子。"

他的眼睛快闭上了。我不说话时,他把双手插进嘴里,拽着下巴。他的衣服脏兮兮的,他可能是被人从酒馆赶出来的,他自己还不清楚是怎么回事。

也许在白昼与黑夜之间的这个十分安宁的小间歇里,我们不由自主地耷拉着脑袋,一切都停滞不动,——我们没有注意到,因为我们没有观察这一切——,继而消失。我们弯着身子独自待着时,顾盼四周,却再也看不见什么,也不再感到空气的阻力,但是,我们内心牢牢地抓住回忆,记得离我们不远有座带顶的房子,所幸还有方形的烟囱,黑暗顺着烟囱流进了房子,顺着阁楼流入了各种各样的房间。而明天又是一天——尽管这难以置信——人们将会看见一切,这是一桩喜事。

这时,醉汉扬起眉毛,使得眉毛与眼睛之间出现了一片光亮,他断断续续地解释道:"是这样的——我困得很,所以要去睡觉了。——我有一个妹夫在温泽尔广场附近——我就去那儿,因为我住在那儿,因为那儿有我的床。——我这就走。——我只是不知道他叫什么,他住在哪儿——我像是忘了——不过没关系,因为我连是不是有一个妹夫都不知道了。——我这就走。——您认为我会找到他吗?"

我毫不犹豫地回答道:"肯定会的。不过,您是外地人,您的仆人们恰巧不在您身边。请允许我为您带路。"

他没有回答。于是,我伸出胳膊让他挽着。

杨劲 译

喧　嚣

　　我坐在自己的房间里,这是整套住宅喧闹的大本营。我听见所有的门噼啪作响,这响声只盖住了门与门之间奔来跑去的脚步声,可我还是听到厨房里的灶门啪的一声关上。父亲撞开我的房间的门,拖曳着睡衣走过来,隔壁房间在扒炉灰,瓦丽的大声嚷嚷一字一句地从前厅传来,她问父亲的帽子是否刷过了,这嘶嘶声我听着还舒服些,可随之而来的是大喊大叫的回答。住宅门的把手发出噪音,仿佛患了黏膜炎的喉咙里发出的声音,接着,随着一个女人的歌声,门开了,最后,门被猛地撞上了,发出沉闷的巨响。父亲走了,现在开始了更轻柔、更漫不经心、更绝望的喧闹,这是两只金丝雀的叫声起的头。我早就想到过,现在听到金丝雀的叫声,重又想起了,我是否应当把门启开一条小缝,蛇一样地爬进侧屋,就这样趴在地上,请求我的妹妹们及其女仆安静下来。

杨劲　译

煤 桶 骑 士

煤全用完了，桶里空空如也，铲子毫无用处，炉子呼吸着寒冷，房间里满是寒气。窗前的树木僵在霜冻中，天空像一面银盾，挡住向它求助的人。我一定得有煤，我不能冻死。我后面是冰冷无情的炉子，前面是同样冰冷无情的天空，因为这个缘故，我必须在它们之间快快地骑着煤桶跑，在中间地带找煤炭行老板帮忙。对我一般的求助他已经无动于衷了，我必须向他证明，证明我连一粒煤灰也没有了，因而他对我而言就如同苍穹下的太阳；我到那里的时候，必须像个行将饿死在大户人家门槛上的乞丐，喉头喘着气，使得他家的厨娘肯把最后一点咖啡渣灌进他的嘴里，煤炭行老板也定会这样忿忿然，但在"你不可杀人"这戒律的光芒下，给我的桶铲上满满一铲煤。

这事结果如何就看我的升天之行了，因此我骑着煤桶去。作为煤桶骑士，我的手抓住桶把手这最简陋的辔具，很困难地转着下楼梯，到了底下，我的桶就升起来了，真是壮丽无比。趴在地上的骆驼，在主人的棍棒下战栗着站起来的样子，也没有如此壮观。它不慌不忙快步走过冰冻的巷子，我常被托到二楼那么高，从未降到大门那么低。到了煤炭行的地窖穹隆前我就飘得出奇的高，在这地窖里，他正蹲伏在小桌前书写着，屋里过热，他开着门好让热气散掉。

"煤店老板！"我用被寒冷掏空了的声音叫他，哈出的气包围着我，"老板，请给我一点煤。我的煤桶整个儿空了，我都可以骑它了。行行好吧。我一有钱立刻就还你。"

煤炭商把手搁到耳朵上，"我没听错吧？"他回头顺过肩膀问他的妻子，她坐在炉旁的长凳上织毛衣，"我没听错吧？有顾客。"

"我什么也没听见。"他的妻子说。她很舒服地背靠炉火,安安静静地打着毛线活儿。

"对呀,"我喊道,"是我呀,一个忠心的老顾客,十分忠心,只不过目前不名一文。"

"老婆,"煤炭商说,"是的,是有人,我不至于错得那么离谱的,一定是个老顾客,非常老的顾客,他知道用话打动我的心。"

"你是怎么了?老公,"妻子说,她停了一会儿,把毛线活儿搂在胸前,"没有人来,巷子是空的,我们所有的顾客都备好煤了,我们大可关几天门休息休息。"

"可我是在这儿的呀,我坐在桶上,"我喊道,寒气把我弄得泪眼模糊,"请往上看看,你们立刻就会发现我的,我想求你们给我一铲煤。如果肯给两铲,那我可就喜出望外了。所有其他顾客都已有煤了。啊!如果能听到煤劈劈啪啪倒入桶的声音该有多好啊!"

"我就来。"煤炭商说着就抬起他那短短的腿要上地窖楼梯,可是他的妻子已经到了他身旁,拉住他的手臂说:"你留在这儿,如果你一定要固执到底,那我就上去。自己想想,你昨晚咳得多厉害。可是,为了一笔生意,即使是一笔想象的生意,你就忘记老婆孩子,连自己的肺也不顾。我去。""那你就把我们有些什么存货都告诉他,我在底下把价格喊给你听。""行。"妻子说着就上到巷子里来。她自然一下子就看到我了。"煤炭嫂,"我喊道,"致以忠诚的问候,就一铲煤,直接装进这桶里,我自己送回家去,一铲最次的煤,钱我自然会照数全付的,只不过不能立刻付,不能立刻。"这两句"不能立刻"是什么样的钟声啊,和近处教堂传来的晚钟声搅在一起又是多么扰人心绪啊!

"他要的是什么呀?"煤炭商喊着问。"没要什么,"妇人喊着回答,"根本没人,我看不到什么,听不到什么,只不过是响了六点钟,我们可以关门了。天冷得要死,明天我们肯定事情少不了。"

她看不到什么,听不到什么,然而,她还是解下围裙,想用它把我赶走,要命的是她如愿了。我的煤桶具备良好坐骑的一切长处。只是它没有抵抗力,它太轻了,被一条女人的围裙一赶,它就站不住脚了。

"你这恶毒的女人,"当她一边转身回店,一边不屑而又满意地向空中挥打着时,我对她喊道,"你这恶毒的女人!我请求你给一铲最次的煤,而你就是不给我。"就此我升入冰山之域,永远消失于其中。

谢莹莹 译

司 炉

十七岁的卡尔·罗斯曼被他那可怜的父母发落去美国,因为一个女佣勾引了他,和他生了一个孩子。当他乘坐的轮船慢慢驶入纽约港时,那仰慕已久的自由女神像仿佛在骤然强烈的阳光下映入他的眼帘。女神好像刚刚才高举起那执剑的手臂,自由的空气顿然在她的四周吹拂。

"多么巍然!"他自言自语地说,一点儿也没想到该下船了。一群群行李搬运工簇拥着擦他身旁流过,他不知不觉地被推到了甲板的栏杆旁。

"喂,您还想不想下船?"一位在旅途中萍水相逢的年轻人走过他身边时喊道。"我这就下去。"卡尔微笑着对他说,随之把行李箱扛到肩上,显得满不在乎的样子,因为他还是个年轻力壮的小伙子。他目送着那位稍稍挥了挥手杖便随着人群离去的相识。这时,他突然想起自己把雨伞忘在船舱里了。他急忙上前求这位显然不大情愿的相识帮他照看一会儿箱子,匆匆地看了看眼前的情形,看好了折回去的路,便一溜烟似的跑去了。到了下面,他懊恼地发现本来可以供他走捷径的一条通道现在关闭了,这大概是因为所有的旅客都已经上了岸。于是他不得不穿过数不胜数的小舱间,沿着拐来拐去的走廊,踏着一道接一道上上下下的扶梯,艰难地寻找着那间里面仅摆着一张写字台的空房间。这条道他仅仅走过一两次,而且总是随着大流走的,他最终完全迷了路。他一筹莫展,连个人影也见不到,只听见头顶上响着成千上万咯噔咯噔的脚步声和那从远处传来的已经熄火的机器最终呵气似的转动声。他开始四处乱撞,随意停在一扇小门前,不假思索地敲起门来。"门开着。"里面有人喊道。卡尔急不可待气喘吁吁地推开门。"您干吗这么狠狠地打门?"一位彪形大汉问道,几乎看也不看卡尔一眼。一丝微弱昏暗的余光从上层船舱透过某个天窗,映进这寒酸的小舱室里。室内一张床,一个柜子,一把靠背椅连同这个人拥挤不堪地排列在一起。"我迷路了,"卡尔说,"这条船大得惊人,可我在旅途中丝毫也没有这种感觉。""是的,您说对了。"这人带有几分自豪说,依旧忙着修理一只小箱子的锁;为了听到锁舌咔哒锁上的声音,他用手把锁压来压去。"您进屋来吧!"这人接着说,"您可别老站在门外呀。""不妨碍您吗?"卡尔问道。"啊呵,您怎么会妨碍我呢!""您是德国人?"卡尔试探着要弄个明白,因为他听说过许许多多关于初到美国的人遭受无妄之灾的事,尤其是爱尔兰人作恶多端。"是,是的。"这人回答说。卡尔依然迟疑不决。这时,这人突然抓住门把手,狠力一拉,迅速关上了门,卡尔被拽进了屋里。"我无法忍受有人从走道上往里面看着我。"这人说着又修理起他的箱子,"无论谁路过这儿都往里面看看,这让人受得了吗?""可这会儿过道里一个人影也没有。"卡尔说着紧紧巴巴地挤在床腿旁,心里不是滋味。"我说的就是现在。"这人说。"事关现在,"卡尔心想,"这人可真难打交道。""您躺到床上去吧,那儿地方大些。"这人说。卡尔一边尽力往里爬,一边笑起自己刚才企图纵身鱼跃的徒劳。可是当他刚要爬到床上时,他却突然喊了起来:"天啦,我的箱子给全忘了。""箱子放在哪儿呢?""甲板上,一个熟人照看着。只是他叫什么呢?"他说着从母亲给他缝在上衣里的内兜里掏出一张名片,"布特鲍姆,弗兰茨·布特鲍姆。""这箱子你急需吗?""当然啰。""那您为什么要把它交给一个素不相识的人呢?""我把雨伞忘在船舱里了,我是跑回来取伞的,不愿随身拖着那只箱子。我哪里想到会迷了路。""就你一个人?没人陪伴?""是的,就我自己。""我也许应该求助于这个人,卡尔思考着,我一时上哪儿去找个更好的朋友呢!"现在您连箱子都丢了,我根本用不着再提那雨伞了。"这人说着坐到那把靠背椅上,似乎卡尔的事现在赢得了他的几分兴趣。"可我相信,箱子还没有丢失。""信任会带来幸运。"这人边说边使劲地在他那乌黑浓密的短发里搔来搔去。"在这艘船上,道德也在变化着;不同的码头就有不同的道德。要是在汉堡,您的那位布特鲍姆也许会守着箱子,可在这儿,只怕连人带箱子早就无影无踪了。""可是我得马上上去看看。"卡尔边说边看看怎样从床上爬起来。"您就待着吧。"这人说着用一只手顶着卡尔的胸膛,粗暴地将他推回床上。"为什么呢?"卡尔生气地问道。"您去顶什么用!"这人说,"过会儿我也走,我们一道走好吧。您的箱子要么是让人给偷走了,找也无济于事,您到头来也只能是望洋兴叹;要么是那个人始终还在照看着它,那他就是个傻瓜蛋,而且会继续看守下去,或者他是个诚实的人,把箱子放在原地。这样等船上的人都走光了,我们再去找它岂不更好。还有您的雨伞。""您很熟悉这船上的情况?"卡尔狐疑满腹地问道;他似乎不敢相信等船上的人走光后就会更方便地找到自己的东西,觉得这种本来让人心悦诚服的想法中埋藏着某种不测。"我是这船上的司炉。"这人说。"您是这船上的司炉。"卡尔情不自禁地喊了起来,仿佛这事完全超越了所有的期待。他支起双肘,凑到近前仔细打量起这个人。"恰好就在我同那些斯洛伐克人住过的那间舱室前有一个天窗,透过它就能看到机房里。""对,我就在那儿工作。"司炉说。"我向来就着迷技术工作。"卡尔固守在一成不变的思路上说,"要不是我迫不得已来美国的话,将来会成为工程师。""您干吗非得来美国呢?""啊呵,那就别提啦!"卡尔说着手一挥,抛去了那全部的故事。这时他笑嘻嘻地瞅着司炉,好像在恳求他谅解那讳莫如深的事。"这其中想必会有什么原因吧。"司炉说,可谁也说不准,司炉说这话是有意要求还是拒绝卡尔说出那原因。"现在我也可以当司炉了。"卡尔说,"现在对我父母来说,我无论干什么差事,全都无所谓了。""我这个位子要空下来了。"司炉说,他完全有意这样说,两手插进裤兜里,那两条裹在褶褶皱皱的、皮革似的铁灰色裤子里的腿往床上一甩伸了开来。卡尔不得不挪到墙边。"您要离开这条船?""是的,我们今天就离开。""究竟为什么?您不喜欢这工作?""对,事情就是这样,不总是取决于你喜欢不喜欢。另外,您说的也对,我是不喜欢这差事。您可能不是决意想当司炉,但要当非常容易。我可要劝您千万别干这事。既然您在欧洲就想读大学,干吗在这儿就不想上了呢?美国的大学无论如何要强得多。""这很可能。"卡尔说,"可我哪儿有钱上大学呢?我虽然在什么地方读到过有那么一个人,他白天给人家打工,晚上读书,最后成为博士,如果我没有记错的话,而且当上了市长。可是这得有锲而不舍的劲儿,您说不是吗?我担心自己缺少的就是这股劲儿。再说我也不曾是个成绩优秀的学生。说真的,中途辍学,我也没有把它当回事儿。而这儿的学校也许更严格。我对英语几乎一窍不通。我想,这里的人准会对外国人抱以偏见。""这等事您也听说过?那就太好了,那我就是他乡遇知己了。您看看,我们现在不是在一艘德国船上吗?它属于汉堡—美洲海运公司。为什么这船上不全都是德国人呢?为什么轮机长是个罗马尼亚人?他叫舒巴尔。这简直叫人想不通。而这条癞皮狗竟然在一艘德国船上欺负德国人。您可别以为,"——他几乎喘不过气来,打了个迟疑不决的手势——"我只是为抱怨而抱怨。我知道说给您也不顶什么用,您还是个穷小子。可这也太过分了。"随之,他一拳接一拳狠狠地敲打起桌子,边打边目不转睛地盯着拳头。"我在那么多船上干过,"——他一口气连说出二十个船名,就像念一个词似的,卡尔完全给弄糊涂了——"我向来干得都很出色,处处受到赞扬,总是船长得意的工人,而且在同一商船上一干就是好几年。"——他说着竟挺起身来,好像这是他一生中最辉煌的顶点——"而在这个囚笼里,无论干什么都受到约束,一点欢乐也没有,死气沉沉的。我在这儿是个无用的人,始终是舒巴尔的眼中钉,成了懒虫,只配被扔到外头去,靠人家的施舍过活。您懂吗?我就是弄不明白。""您可不能这样忍着。"卡尔激动地说。他几乎丝毫感觉不到,自己眼下处在一个陌生大陆的海滨旁,踩在一条船上那摇摇晃晃的舱板上。在这司炉的床上,他有了宾至如归的感觉。"您找过船长吗?您在他那儿讨要过您的权利吗?""咳,您走吧,您最好还是走开吧!我不想让您待在这儿,您把我的话当耳边风,反而还给我出主意。我怎么会去找船长呢!"他又疲惫地坐下来,双手捂住脸。"我不可能给他出更好的主意。"卡尔喃喃自语说,甚或觉得不该在这儿出些让人家看不起的主意,倒应该去取自己的箱子。当父亲把那只箱子永远交到他手里时,曾戏谑地问道:它会跟你多久呢?可现在这只珍贵的箱子也许真的失去了。惟一让他宽慰的是,无论父亲怎样去打听,也不会得到他现在一丝一毫的消息。同船的人能告诉的不过是他到了纽约。卡尔感到很遗憾,因为箱子里装的一切他还没有享用过;要说他早就该换件衬衣了,但没有合适的更衣地方也就省去了。可是现在,正当他在人生的道路上刚刚起步时,他多么需要衣冠整洁地登场,却不得不挂着这件污迹斑斑的衬衣来亮相。这下可够瞧的了。不然的话,就是丢失了箱子也不至于那么糟糕;身上穿的这套西装比箱子里的那套还要好些。那一套只不过是拿来应急用的,就在他临行前,母亲还要把它补了补。这时他也想起箱子里还有一块佛罗纳色拉米香肠。这是母亲特意给他放进去的,可他仅仅只吃去了一丁点。他在旅途中压根儿就没有胃口,统舱里配给的汤就足够享用了。此时此刻,他真盼着拿来那香肠恭奉给这位司炉。因为像这样的人,很容易被拉拢过来,只需施点什么小恩小惠就是了。这一招卡尔还是从他父亲那里学来的。他父亲就凭着给人家递烟拉拢那些跟他在生意上打交道的低级职员。卡尔现在可奉送的还有带在身上的钱,但他暂且不想动用它,即使他也许丢失了箱子也罢。他的心思又回到箱子上,他眼下真的弄不明白自己为什么在旅途中一直那么小心翼翼地守护着这箱子,多少个夜晚不敢合一眼,而现在却把这同一个箱子那么轻率地让人拿走。他回想起那五个夜晚,他始终猜疑那个矮小的斯洛伐克人在打他箱子的主意。这人就躺在他的左边,隔他两个床位,一味暗中窥视着卡尔随时会困倦得打起盹来的时刻,趁机会用那根白天总是在手上舞弄或者演练的长杆子将箱子钩到他跟前去。白天,他看来够纯真无邪,但一到天黑,就时不时地从铺上起来,垂涎欲滴地朝卡尔的箱子瞅过来。卡尔看得清清楚楚,因为这儿或那儿不时地会有人随着移民的哄哄嚷嚷,不顾船规而点起一盏小灯,借以试图去琢磨移民局那难以理解的公告。当这样的灯光在他近旁时,卡尔就会迷迷糊糊地打个朦胧。一旦这灯光离他远些或者四周昏暗暗的,他就必须睁着眼睛。这样劳累简直折腾得他精疲力竭。可是,这一切现在也许全都付之东流了。这个布特鲍姆,要是卡尔有机会在什么地方碰见他的话,非得让他瞧瞧厉害不可。

这时,外面从远处传来一阵阵短促的敲打声,好像是小孩的脚步声,一下子打破了这地地道道的宁静。响声越来越近,越来越大。原来是一群男人从容不迫地走过来。很显然,他们在这条狭窄的过道上自然列队行进,人们听到了武器相撞似的铿锵声。卡尔正想在床上舒展开身子,进入摆脱掉对箱子和斯洛伐克人的全部思虑的梦想之中,他大吃一惊,推了推司炉,提醒他注意,因为那队伍的排头似乎已经到了门前。"这是船乐队,"司炉说,"他们刚刚演奏完毕,要去收拾行李。现在一切都已就绪,我们可以走啦。"他抓住卡尔的手,在最后的时刻又从墙上揭下那张挂在床上方的圣母像,塞进他胸前的口袋里,提起行李箱,与卡尔一起匆匆离开这间舱室。

"我现在去办公室,把我的想法告诉那些先生们。船上的人都走光了,不必顾忌什么。"司炉以各种方式一再重复着这句话。他走着走着一只脚踹向一旁,企图踩住一只横穿而过的老鼠,可惜只是更快地把它踢进了正好还来得及钻的洞里去。他动作异常迟缓。虽说他拖着两条长腿,可它们却不大听使唤。

他们经过厨房的一角时,看见几个系着脏围裙的姑娘——她们故意弄脏围裙——在大圆木桶里洗碗盘。司炉把一个名叫利纳的姑娘叫到跟前，手臂搂住她的腰，拥着她往前走了几步，姑娘偎依在他的怀抱里，一个劲地卖弄风情。"今天该发饷了，你愿意一块去领吗？"他问道。"干吗要我劳神呢？你最好代我把钱领来。"她说着挣脱开司炉的手臂跑掉了。"你从哪儿捡来这么个英俊小伙子？"她又喊道，但不再企望得到回答。姑娘们一个个被逗得停下手里的活儿捧腹大笑。

然而，他们继续往前走，来到一扇门前。门上方装着一个三角楣饰，由一根根细小的镀金女像柱支撑着。作为船上的一个装饰，这未免太富丽堂皇了。卡尔发现他从未到过这里。这里可能是旅途中供给一、二等舱的乘客用的，而现在为了大清扫，船上的隔门全都卸去了。他们确实也遇上了几个肩上扛着笤帚，并且跟司炉打招呼的男人。卡尔对这么大的场面感到惊讶。他在统舱里，对此当然知之甚少。沿着过道，是一条条的电线，一个小钟不住地叮当叮当响。

司炉毕恭毕敬地敲了敲门。当有人喊"请进"时，他向卡尔打了个手势，要他进去别恐慌。卡尔跟着走了进去，在门旁却停住了步。他透过这房间的三扇窗户望着大海的波涛，观赏着那汹涌澎湃的欢快，心潮起伏，仿佛他五天来从未看见过大海似的。巨轮相互交错着它们的航路，只是依照着它们的重力让步于波浪的冲击。如果人们微微眯起眼睛看，那些巨轮就好像在纯粹的重力下摇晃。它们的桅杆上挂着一面面长条旗，虽说在航行中张得紧紧的，但依然不停地来回飘舞着。或者从战舰那儿传来礼炮的轰鸣。一艘战舰从不很远的地方驶过，舰上的炮筒连同它们反射的钢甲闪耀着一道道光芒，就像得到了那安全顺利有惊无险的行程的精心宠爱。至少从这扇门往外看去，人们只能看到远处各式各样的小船成群结队地驶入那巨轮的空隙间。就在这一切的后面，纽约拔地而立，用它那摩天大楼上成千上万个窗口注视着卡尔。站在这间舱室里，你就会知道自己到了什么地方。

一张圆桌旁坐着三位先生，一位是穿着蓝色船服的军官，另外两位是身穿黑色美国制服的港口官员。桌上高高地堆着一叠各种各样的文件。那军官首先挥着笔把文件浏览了一番,然后递给了那两位官员。他们俩时而阅读,时而摘抄,时而把文件塞进自己的文件夹里,要不就是其中一位口授让另一位记录些什么,嘴里还不停地发出牙齿磨撞的响声。

在窗前一张办公桌旁,背朝门坐着一位矮小的先生,忙碌地翻阅着齐头高排放在面前书架上的大账本。他身旁立着一个打开的钱箱,一眼看去,里面是空空的。

第二个窗口毫无遮挡,可以让人极目远眺。可是靠近第三个窗口站着两位先生正在低声交谈,其中一位也穿着船服,倚靠在窗子旁边,手里抚弄着剑柄。同他谈话的那一位面向窗户,随着他一次次的晃动,不时地亮开了对方胸前佩戴的部分勋章。他身着便服,手里拿着一根细竹杖。由于他两手紧紧地插在腰间,竹杖翘立着犹如一把剑。

卡尔没有太多的时间去观看这里的一切,因为不大一会儿,一个听差朝他们走过来,问司炉究竟要来干什么。看他的目光,仿佛司炉就不是这儿的人。像听差问话一样,司炉也低声回答说,他想跟总会计先生谈谈。这听差履行了自己的职责,打着手势拒绝了司炉的请求,但还是踮起脚尖,避开圆桌绕了个大圈,走到那位忙碌着大账本的先生跟前。很显然,这位先生听到听差的话简直发起怔来。他终于转过身来望着这个要跟他谈话的人,接着挥挥手,毫不留情地拒绝跟司炉谈话,并且为了保险起见,连听差也撵开了。听差随之回到司炉跟前,似乎带着一种托付什么的口气说:"您赶快离开这个房间吧!"

司炉听了这话后,低下头看着卡尔,仿佛卡尔就是他的心,默默地向这颗心倾吐着自己的苦楚。卡尔不假思索地冲上去,横穿过屋子,甚至无所顾忌地从那军官的靠背椅旁擦过去。那听差弯着身子,张开准备抱缚的手臂跟上去,像是在追捕一只甲虫。可是卡尔已经抢先赶到了总出纳的桌旁，紧紧地抓住桌子，免得什么人会企图把他拽开。

不言而喻，整个屋子一下子变得热闹起来了。那个坐在桌旁的军官蹦了起来；两个港口官员平静而全神贯注地观望着；窗前的两位先生并排站到一起；听差觉得这些高贵的先生已经出面了，不再有他插手的地方，便退了回去；站在门旁的司炉紧张地等待着有必要让他助阵的时刻；总出纳坐在靠背椅里往右转了一大圈。

卡尔当着这些人的面，毫不迟疑地从内兜里掏出他的旅行护照，未做任何介绍，摊开放在桌上。总出纳似乎把这护照不当回事，用两根指头把它弹到一边。卡尔随之又把护照装进衣兜里，仿佛这手续已经圆满地办理完毕。"请允许我说几句话，"卡尔终于开腔了，"照我看，如此对待这位司炉先生是不公正的。这里有个叫舒巴尔的人骑在他头上作威作福。司炉先生已经在许多船上干过，他能给你们说出全部船名来。他干得无可挑剔，勤勤恳恳，恪尽职守。可真的让人不能理解的是，他为什么偏偏在这条船上左右不是人呢！更何况这里的差事并不比在商船上难多少。这里无非是恶意中伤在作怪，阻挠他晋升，使他得不到本来完全应该得到的承认。我只是笼统地说说这事，而司炉先生非同小可的境遇，他自己会讲给你们听的。"卡尔有意要把这事说给在场的先生们听听。他们确实也在竖耳静听，看来他们当中非常有可能站出一个主持公道的人来。而这个主持公道的人绝不会是总出纳。再说卡尔出于机智，闭口不谈他跟司炉只是刚刚认识。另外，他站在现在的位子上第一次瞥见了那位手持竹杖的先生。这人满脸通红，使卡尔感到迷惑，要不他还会讲得更是有板有眼，头头是道。

"他说的字字句句都是真的。"司炉还没等到有人问他就开口了，甚或人家看都没看他一眼。司炉的急不可耐险些酿成大错，幸而那位佩戴勋章的先生已经打定主意要听听司炉的说法。卡尔现在才明白这人肯定就是船长。这人伸出手，冲着司炉喊道："您过来！"这强硬的声音似乎能斩钉截铁。现在一切都取决于司炉的举动了。至于他的事,卡尔一点也不怀疑是正义的。

幸好司炉久经世故,见过大世面。他十分镇静自若,伸手从他的小箱子里取出一叠证件和一个笔记本,捧着走到船长跟前,摊在窗台上,仿佛这是不言而喻的事情。他完全不屑于理睬总出纳。总出纳无可奈何地自己搅了进去。"这人是出了名的常有理,"他解释说,"他守在出纳室的时间比在机房里还多。他把舒巴尔这个平心静气的人折腾得无所适从。你听着!"他说着转向司炉,"你这样胡搅蛮缠,实在太过分了。你没完没了地无理取闹,人们多少次把你从出纳室轰了出去,这完全是你自找的!你又多少次从那儿跑到总出纳室里来闹!人们一次次好心相劝说,舒巴尔是你的顶头上司,你一定要甘心当他的下属,跟他好好共事!而你现在得寸进尺,甚至追到这儿来纠缠船长先生,好不害臊!更有甚之,你恬不知耻地带来这个乳臭未干的小子,学着你那无聊透顶的腔调,为你鸣不平。这小子我还是第一次在船上看到。"

卡尔极力克制着自己,没有跳上前去。这时,船长开口说:"还是让他说给我们听听吧!不管怎么说,我看舒巴尔越来越变得过分专断了。但这话我可不是有意要顺着你说的。"后面这句话是说给司炉听的。船长自然不会马上替司炉说话,但一切似乎都已进入了正轨。司炉开始了他的一席话,一开始就克制自己,称舒巴尔为"先生"。卡尔站在被冷落的总出纳的办公桌旁喜不自胜,不停地把一个称信件用的天平压来压去,情不自禁。舒巴尔先生是不公正的。舒巴尔先生袒护外国人。舒巴尔先生把司炉赶出机房,让他打扫厕所,这本来就不是司炉的事。他甚至怀疑舒巴尔先生的干练也是不可靠的,与其说他干练,还不如说他善于装腔作势。司炉说到这里,卡尔全神贯注地凝视着船长。看那亲切可爱的样子,仿佛他是船长的同事,其实不过是为了使船长不要因司炉笨拙的申述方式对他产生不利的影响。无论怎么说,从司炉那一大堆谈话里,谁也没有听出个所以然来。虽然船长仍一直朝前望着,从他的眼神也看得出他决心这一次要听完司炉的陈述。但其他几位先生变得不耐烦了。司炉的声音顷刻间也失去威震这间房子的力量,这不免让人有点担心。首先是那个身着便装的先生,开始挥动他的竹杖敲击地板,尽管敲得很轻;其他先生当然也这儿望望,那儿看看;港口的两位官员显然已经心急火燎,又拿起那些文件,心不在焉地查阅着;那个海军军官又靠近自己的办公桌;以为胜券在握的总出纳嘲讽似的深叹了一口气。惟有那听差没有陷在这笼罩起来的心不在焉的气氛里,他一起感受着这个被置于大人物奴役之下的可怜人的种种痛苦,郑重其事地向卡尔点着头,似乎借此要说明什么。

这期间,窗前的港口上依旧是一片繁忙景象。一艘平底货船满载着堆积如山的圆桶从近旁驶过,遮得这屋子几乎陷入一阵黑暗。船上的圆桶摆放得实在了不起,纹丝不动。一艘艘小汽艇随着直立在舵盘前的掌舵人两手的抽动径直呼啸着驶去。要是卡尔现在有时间的话,他准会大饱个眼福。千奇百怪的漂浮物时而自由自在地从汹涌澎湃的海水中浮上来,时而又立刻被淹没下去,在惊奇的目光前消失。远洋轮船的小艇满载着乘客,由水兵们卖力地划向前去。乘客们好像被挤塞到那小艇上似的,无声而满怀期盼地坐在那里,即使也有人东瞅瞅西望望,不放过看看这变幻多端的情景。一种没完没了的动荡,一种由那动荡的自然力转嫁给无依无靠的人们及其创造物的不安。

然而,一切都告诫你要争取时间,要言简意赅,要完全准确地表述。可是这司炉干了些什么呢?他讲得不过是大汗淋漓。那颤抖的双手早已抓不住放在窗台上的证件,对舒巴尔的怨恨从四面八方涌上他的心头,而且在他看来,这其中的每一个细节都足够把这个舒巴尔彻底埋葬。然而他能够诉说给船长的,完全是一堆昏头昏脑杂乱无章的蠢话。那个手执竹杖的先生早已冲着天花板吹起口哨了。港口的两位官员已经把那军官拉到他们桌旁,看样子也不会再放过司炉。总出纳心里直痒得跃跃欲试，显然只是看着船长的沉静而沉住气了。那听差严阵以待，时刻期盼着执行船长发出涉及司炉的命令。

这时卡尔再也坐不住了。他从容不迫地朝这些人走过去，边走边越发迅速地思考着如何尽可能巧妙地来干预这事。现在确实到了最关键的时刻，仅仅还有短暂的一瞬间了，他们俩还能够体面地走出这间办公室。船长也许是个心地善良的人。在卡尔看来，船长正好现在更有理由充当主持公道的上司，但他毕竟不是任人随意玩弄的工具，——而司炉正是这样对待他的，当然这出于他内心深处极度的愤怒。

于是卡尔冲着司炉说："你要把事情说得简明扼要些。像你现在这样陈述，船长先生就无法断个是非曲直。难道他熟悉个个轮机长和小听差的名字甚或教名吗？难道你只要一说出这样一个名字他马上就能知道指的是谁吗？你好好理一理你的苦楚，先说最重要的，其他一语带过就行了，也许绝大多数无关紧要的枝节根本连提的必要都没有。你给我讲得一直是那么有条有理。"如果在美国有人可以偷箱子，那么偶尔说一次谎又何尝不可呢，他心想着解脱自己。

但愿这样做会于事有补！或许这样做是不是已经太晚了？司炉一听到这熟悉的声音，马上中断了自己的讲话，但他的眼睛完全给泪水蒙住了，连卡尔的面容一点儿也分辨不清。这是一个蒙受耻辱的男子的尊严之泪，往事不堪回首之泪，眼下困苦交加之泪。他现在怎么会——卡尔面对眼前这位沉默的人无疑暗暗地理会到了——他现在怎么会一下子改变他说话的方式呢？他好像觉得他想要说的都说过了，却未得到一丝一毫的承诺，又仿佛什么话还没有说过似的，眼下也不能指望这些先生再听他把事情原原本本地陈述一遍。而在这样的时刻，卡尔出面了，他依然是司炉惟一的支持者，想好好地开导一下司炉。然而，他非但没有做到出谋献策，反倒告诉他一切的一切都失去了。

要是我不去观看窗前的景致，早点站出来就好了，卡尔自言自语地说。他面对司炉低下头去,两手拍打在裤缝上,示意任何希望都破灭了。

但司炉误解了卡尔的意思,肯定揣摩着卡尔在暗暗地责怪他什么。他怀着让卡尔别责怪他的好意,开始跟他争吵,以圆满结束他的所作所为。这时,圆桌旁的先生们早就对这干扰他们要事的、无聊透顶的喧闹愤怒了;总出纳越来越觉得船长的耐心不可理解,恨不得立刻爆发出来;那听差完全又回到主人的势力范围里,瞪着凶狠的目光审视着司炉;最后是那位手执竹杖的先生,他对司炉已经全然麻木不仁了,司炉的言行令他作呕,于是他掏出一个小笔记本,显然做起了别的事情,目光不停地在笔记本和卡尔之间来回移动。甚至船长也不时友好地朝他望过去。

"你不用说,我知道。"卡尔说,竭尽全力去阻挡住司炉现在冲着他滔滔不绝地发泄。尽管如此,他在争吵中始终给司炉露出一副友好的笑容。"你是对的,一点没错,对此我始终坚信不疑。"他宁可装出害怕挨打的样子上去抓住司炉挥来舞去的手,当然更情愿把他挤到一个角落里,悄悄地对他说几句谁都听不到的安慰的话。但司炉完全失去了自制。卡尔现在甚至想从思绪中寻求一种安慰的办法,因为司炉在不得已的情况下会不顾一切地征服这七个在场的男人的。可是一眼看去,那办公桌上放着一个装着许许多多电线按钮的控制盘,只要一只手随便一按,这整个船连同它所有挤满敌对的人们的通道顿然就会被弄个天翻地覆。

这时,那个手执竹杖、如此漠然置之的先生朝卡尔走过来,声音不高不低,但清晰地压着司炉的叫喊问道:"你究竟叫什么?"这当儿有人敲起门,似乎就在门后等着这先生开口说话。听差朝船长看去,船长点了点头。于是听差过去打开门。门外站着一位身着老式帝王上衣的男人,中等身材,看外表不大像是跟轮机打交道的——他就是舒巴尔。连船长也不例外,都流露出满意的神色,要是卡尔不去注视着这些人的眼睛的话,他准会吃惊地看到司炉拉紧两臂,攥紧拳头,仿佛这凝结了他身上最重要的东西,随时准备为此牺牲自己的一切。现在他把全身的力量,也包括维持着他站立的力量统统都聚结在这拳头上。

而此时此地,这个仇敌身披节日盛装,自由自在,精神焕发。他腋下夹着一个业务本,大概是司炉的工资单和工作卡。他毫无惧色地逐一扫视着大家的眼神,首先坦然地断定每个人的情绪。这七个人全是他的朋友。虽说船长开始说过批评他的话,或者那也许只是推托之词,但司炉给他带来痛苦以后,他似乎觉得对舒巴尔没有了一丝一毫的指责,而对待司炉这样的人,无论采取什么严厉的方式都不过分。如果说舒巴尔要受到什么责备的话,那就是在这期间,他没有能够制伏司炉的蛮不讲理,使得他今天还在船长面前恣意妄为。

人们此刻或许还可以这样想象,如果司炉与舒巴尔的对质面对上苍理所当然地会产生作用的话,那么在这些人面前也是不会付诸东流的。固然舒巴尔善于伪装,但他绝不可能天衣无缝地坚持到底;只要他的卑劣行径稍一露出破绽,就足以使在场的先生们看清他的真面目。卡尔就是要达到这个目的。他对这里每位先生的洞察力、弱点和情绪都已有所了解。从这一点来说,在这里度过的时间可不是浪费了。要是司炉能应付得强一点就好了。但他显得全然无能为力。如果说有人把舒巴尔推到他面前的话,他准会把这个可恨的脑袋当作一颗薄皮核桃一样敲得开花。可是,他几乎没有朝舒巴尔走近几步的能力。为什么卡尔竟然没有预料到这谁都会预料到的事呢?舒巴尔最终肯定会来,即使不是出于自愿,也会被船长唤来。为什么他同司炉在来这里的路上没有商量好一个周密的对付方案,而实际上是一碰到门就毫无准备、冒冒失失、无可挽回地闯将进去呢?司炉还能说话吗?还能说出"是"和"不是"吗?可这在盘问中是必不可少的。当然,这样的盘问只是在最有利的情况下才有可能。司炉叉开两腿站在那儿,两膝微微倾屈,脑袋稍稍仰起,气流穿过那张开的嘴,仿佛胸膛里没有了呼气吸气的肺。

当然,卡尔感到浑身是劲,头脑清楚,他或许在家里从来就没有过这样的感觉。在异国他乡,他面对一群有名望的人物而维护善者,即使他还没有取得胜利,但准备着为赢得最后的胜利全力以赴。如果他的父母能看到这个场面,那该多好啊!那么他们会改变对他的看法吗?会让他坐到他们中间表扬他吗?会一次次看着他那恭从他们的眼睛吗?这全都是些捉摸不透的问题,而且提得根本不是时候。

"我之所以来,是因为我相信司炉在指控我怎样诡诈。厨房里一位姑娘告诉我,她们看见他到这儿来了。船长先生,诸位先生,我随时准备着拿我的书面材料,必要时通过在门前等候的、没有偏见和不受左右的证人的陈述来驳斥任何指控。"舒巴尔这样讲道。诚然,这是一个男子汉明确不过的演说。看听者面部表情的变化,人们会以为,他们等了好久之后第一次又听到了人的声音。他们当然不去议论这即便是再美妙动听的演说也有破绽。为什么他想起的第一个实质性的词就是"诡诈"?难道他在这儿不得不使用的"指控"二字不就是他那民族偏见的替代吗?厨房里一位姑娘看见司炉到办公室来了,而舒巴尔立刻就意识到会发生什么?难道这不是负罪意识使他的头脑异常敏感吗?而且他马上就带来了证人,并口口声声说他们没有偏见?不受左右?招摇撞骗,十足的招摇撞骗!而这些先生竟然容忍着,甚至把它看作无可挑剔的行为?为什么他肯定无疑地把厨房姑娘的报告和他来到这儿之间那么多的时间一语抹去了呢?他这样做是别有用心:他要让司炉把这些先生磨得精疲力竭,使他们逐渐丧失清醒的判断力。这种判断力首先是舒巴尔最害怕的。他无疑早就站在了门后,听到了那个先生提出的那个无关紧要的问题,期盼着司炉已经筋疲力尽。难道他不就是在这样的关头敲起门了吗?

一切都不言而喻,而且也是舒巴尔别有用心地表演给人们看的。而对这些先生必须换个方式说,说得更明确些。他们需要被唤醒。也就是说,卡尔现在要当机立断,起码要赶在证人出场淹没全部真相之前充分利用这个时机。

就在这时候,船长示意舒巴尔别再说下去了。舒巴尔立刻把身子挪到一旁——因为他的事好像要搁置一会儿——,和那个马上就跟他凑到一起的听差开始窃窃私语。他目光不时地瞥向司炉和卡尔,打着充满自信的手势。舒巴尔似乎以此来演练着他下一次非同小可的演讲。

"雅各布先生,您不是要问这位年轻人什么吗?"船长在一片寂静中问那位手执竹杖的先生。

"当然啰。"这位雅各布说,彬彬有礼地欠欠身,感谢船长的关照。接着,他又一次问卡尔:"你到底叫什么?"

卡尔心想,把这个执意要问到底的插曲快快应付过去,当然有助于大事的进行。于是这次他没有习惯式地出示护照来自我介绍,而是简单地答道:"卡尔·罗斯曼。"

"可是,"这个被称作雅各布的人说,开始几乎不敢相信地微笑着向后退去。船长、总出纳、海军军官,乃至听差也都对卡尔的名字明显地表现出一种过分的惊讶。只有那港口官员和舒巴尔对此漠然置之。

"可是,"雅各布先生重复说,迈着有点僵硬的步子朝卡尔走去,"这么说,我就是你舅舅雅各布,你就是我亲爱的外甥呀。我从一开始就猜想是这么回事。"他转向船长说。然后,他又是拥抱,又是亲吻,卡尔一声不响地听任着这一切。

"请问您尊姓大名?"卡尔感到被松开后问道,虽然很有礼貌,但显得完全无动于衷的样子。他竭力捉摸着这突如其来的事情会对司炉带来什么结果。暂且还没有任何迹象表明,舒巴尔会从这件事中捞到什么好处。

"年轻人,您要懂得这是您的幸运。"船长说,觉得卡尔的问话伤害了雅各布先生的人格尊严,身子转向窗口,用手帕轻轻地擦着脸面,显然是不愿让人看到他那非常激动的神色,"这是参议员爱德华·雅各布先生,他已经向您说明他是您舅舅。从现在起,等待您的是一条跟您迄今的期望完全相反的光辉灿烂的前程。您好好地想一想,您一开始就这么走运,您要好自为之。"

"诚然,我有一个叫雅各布的舅舅在美国。"他转向船长说,"但如果我没有弄错的话,只是这位参议员姓雅各布。"

"是这样。"船长充满期望地说。

"我是说我的舅舅雅各布,他是我母亲的兄弟,但雅各布是他的教名,而他的姓当然肯定跟我母亲一样。我母亲的娘家姓是本德迈耶。"

"我的先生们!"参议员喊道,离开在窗旁歇息的位子,兴冲冲地走回来,是冲着卡尔的解释而来的。除了港口官员外,大家都哈哈大笑起来,有人发自肺腑,有人讳莫如深。

我所说的绝对不至于那样可笑吧,卡尔心想。

"我的先生们,"参议员重复说,"你们违背我的,也违背你们的意愿参与了一场微不足道的家庭争论,因此我只好向诸位作一解释。我相信,这里只有船长先生——"提到船长,他们相互躬身致意——"知道事情的原委。"

现在我可不能轻易放过任何一个字眼,卡尔自言自语道,朝旁边瞥了一眼,发现生机又回到司炉的身上,不禁感到高兴。

"我在美国逗留这么多年以来——诚然'逗留'这个词对我这个全心全意的美国公民来说是很不贴切的——,也就是说,这么多年以来,我跟我在欧洲的亲属完全断绝了联系,原因之一与在座的无关;原因之二一言难尽。我甚至害怕有一天我不得不把实情告诉我这亲爱的外甥。遗憾的是,我同时还不可避免地要谈到他的父母及其亲戚。"

"他是我舅舅,一点儿没错。"卡尔一边自言自语地说,一边竖耳细听,"他可能是改名了。"

"我亲爱的外甥简直就是被他的父母——我所说的'父母'二字,实际上也不过是指名称而已——赶出家门的,就像把一只惹人生气的猫抛出门一样。我绝对不想在这里掩饰我外甥的所作所为,掩饰他受到这样的惩罚。掩饰不是美国人的习惯。而他的过错,只要简单一提就可足以让人宽恕。"

"这话值得一听。"卡尔心想,"但是我不愿意让他把事情说给大家听。可话说回来,他也不可能知道。他从哪儿知道呢?不过我们等着瞧吧,他终会知道一切的。"

"也就是说,他受到——"舅舅接着说下去,微微倾起身子,靠在支撑在面前的竹杖上。这样一来,其实也免去了这事本来无论如何都会少不了的一份庄重——"也就是说,他受到一个名叫约翰娜·布鲁默尔的女佣,一个三十五岁上下的女人的勾引。我用'勾引'这个字眼绝对无意要伤害我外甥的心,但是难就难在另外找到一个恰如其分的词来。"

已经走到舅舅近前的卡尔停步转过身来,想从在座的各位脸色上看出他们对这番话的反应。没有人笑,一个个都静心而严肃地听着。人们毕竟也不会在这千载难逢的机会来取笑一个议员的外甥。这里可以说的倒是,司炉面带微笑望着卡尔,哪怕是一丝一纹也罢。可这微笑是新的生命的象征,既值得高兴,又可以原谅。这时,舱室里的卡尔则试图从这个现在已经人人皆知的隐私里保守住一个特别的秘密。

"就是这个布鲁默尔,"舅舅接着说,"和我外甥生了一个孩子,一个健康的小子,洗礼时取名雅各布,这无疑联想到了鄙人。我的外甥肯定只是随便提到过鄙人,却给那个姑娘留下了很深的印象。这是值得庆幸的,我说。因此,我外甥的父母为了避免支付抚养费或者其他直至降临于他们头上的丑闻——我要强调的是,我既不懂那儿的法律,也不了解他父母的其他情况,而只是从他父母前些日子的两封乞求信里知道这些的。这两封信虽说没有回复,但保存着,这也是这么多年中我跟他们惟一的,并且也是单方的信件联系——也就是说,我外甥的父母为了不用支付抚养费和避免丑闻,就将他们的儿子,我亲爱的外甥不负责任地发落到美国来。正像大家所看到的,他孑然一身,连起码的必需品也没有。姑且撇开正好还存在于美国的奇迹不说,像这样一个小伙子,如果他全要凭自己来养活自己,马上就会在纽约的哪条胡同里堕落下去。多亏那个姑娘给我写了封信来,告诉我事情的原委,描述了我外甥的相貌,并且细心周到地连他乘坐的船名都写在了里面。这封信几经辗转,前天才好不容易到了我的手里。诸位先生,如果说我是存心要占用你们的时间的话,那我就可以把这封信里的几段"——他从口袋里掏出两大张写得密密麻麻的信纸晃了晃——"在这里念一念。这封信肯定会打动你们,因为它是带着颇为单纯的,但无论如何又怀着善意的狡猾和充满对孩子父亲的爱写成的。但是我不想占用你们更多的时间,只是借机作必要的解释罢了,更不愿意使我外甥听到后可能会伤害他现在的感情。如果他愿意的话,就可以在那间已经期待着他的房间里静静地阅读这封信,以吸取这个教训。"

但卡尔对那个姑娘并没有什么感情。在回顾那一段越来越使他厌恶的往事时,他感到很窘迫。她总是坐在厨房的碗柜旁,胳膊肘支在柜台上。当他进进出出厨房时,不是替父亲取只喝水杯子,就是帮母亲干什么事,她总关注着他。有时候,她以六神无主的样子在碗柜的一侧写信,从卡尔的脸上获取灵感。有时候,她用手捂着两眼,跟谁都不搭腔。有时候,她跪在自己位于厨房旁边的小房间里对着一个木十字架祈祷,卡尔走过时,只是羞怯地透过稍稍掩闭的门缝看看她。有时候,她在厨房里兜过来兜过去,卡尔一挡住她的路,她就像女妖一样笑嘻嘻地缩回去。有时候,卡尔一进来,她就关上门,手抓着把手,直到他央求要出去。有时候,她取来卡尔根本就不想要的东西,一声不响地塞到他的手里。可是有一次,她叫起了"卡尔",也不管卡尔对这出乎意料的称呼感到多么惊奇,她又是做鬼脸,又是唉声叹气地把卡尔拽进她那小房间里,随手关上了门。她疯狂地搂住他的脖子,一边求卡尔剥去她的衣服,一边把他的衣服剥得精光,将他按到床上,要抚摩他,温存他,仿佛从现在起决不把他让给任何人,直到世界的末日。"卡尔,噢,我的卡尔!"她喊着他,似乎在看着他,并且向自己证实占有着他。而他什么也不去看。他躺在那显然专门为他铺垫的、厚实温暖的被窝里感到不是滋味。然后,她也躺到他身边,想听听他的什么秘密。可他什么也不会给她说,她似真似假地生起气来,摇晃着他,倾听着他的心房,又把胸部挺过去让他也这样听。但是卡尔执意不肯听。她把赤裸裸的腹部压在他身上,用手在他的两腿间搜寻着,那么令人作呕,卡尔连头带脖子都摇得从枕头上滚将下来。接着她用腹部一次次地撞着他,他觉得她好像成了他的一部分。也许正是出于这个原因,一种可怕的需求协助的情感占据了他。他最终一次次地满足她幽会的欲望,又一次次地哭丧着脸回到他的床上。这就是所发生的一切。然而舅舅却会借题发挥,演绎出一个耸人听闻的故事来。而那个女佣偏偏也想到了他,并且把他抵达美国的日期告诉给了舅舅。这事她干得很漂亮,他有朝一日会报答的。

"那么现在,"参议员喊道,"我想当众听听你说,我是不是你舅舅。"

"你是我舅舅。"卡尔说着吻了吻他的手。舅舅随之吻了吻他的额头,"见到你我很高兴。但是,如果你以为我的父母只说你坏话,那你就弄错了。可除了这事以外,你的言语中也还有不妥之处。这就是说,我认为,事实上并非所有的事情都是那样发生的。可话说回来,你身在这儿,确实也不可能把事情判断得那么准确。另外,我觉得,如果这些先生对一件他们确实不会放在心上的事在细节上的了解有所出入的话,也不会出什么特别大不了的问题。"

"说得好。"参议员说,并且把卡尔领到显然关切着这事的船长跟前,"你看我不是有一个了不起的外甥吗?"

"很荣幸,"船长一边说,一边鞠躬致意,看来跟受过军事训练的人一模一样,"在这里结识了您的外甥,参议员先生。我这艘船能够充当这样一次相逢的场所,真是莫大的荣幸。不过,乘坐统舱的旅程也许太不尽如人意了。可是谁会知道那儿坐的是些什么人呢!比如有一次,匈牙利头号大贵族的长子乘坐过我们的统舱,他的名字和旅行的原因我已经记不起来了。这也是我后来才听说的。现在我们尽一切努力,要最大可能地使乘坐统舱的旅客在旅途中轻松舒适些,比如说要比美国的轮班强多了。但是要把这样的旅程变成一种享受,我们当然始终还办不到。"

"这对我没有什么不好。"卡尔说。

"这对他没有什么不好!"参议员大声笑着重复道。

"我只是担心我的箱子丢了……"卡尔不由想起了所发生的一切,想起了他现在还要做的一切。他看了看四周,发现所有在场的人都待在他们原先的位子上,关注和惊奇得一声不吭,一个个的目光都盯着他。惟有那两个港口官员,从他们严肃而自鸣得意的神色里可以看出,他们的遗憾来得那么不是时候。那块他们刚才放到面前的怀表对他们来说似乎比这屋里发生的一切和也许还会发生的一切都更为重要。

值得注意的是,随着船长之后,第一个表示关心的是司炉。"我衷心祝贺你!"他边说边和卡尔握手,借此也想表达出某些被人承认的感觉。当他接着转向参议员要表示同样的祝贺时,这位却向后退了去,仿佛司炉这样做超出了他的权利。于是司炉也立刻放弃了。

但其他人现在清楚地意识到该做什么:他们马上就围着卡尔和参议员挤成一团。这样一来,卡尔甚至得到了舒巴尔的祝贺。他心领了,并对此表示感谢。在其间又出现的宁静中,最后走向前来祝贺的是那两个港口官员,他们说了两句英语,给人留下了可笑的回味。

参议员神采奕奕,尽情地享受着这种欢乐,要把这些相对来说次要的瞬间插曲带进自己和其他人的回忆中。这一切自然被大家不仅容忍,而且也颇有兴味地领受了。这样,他特别告诉大家,他把那个女佣在信中提到的卡尔最突出的标志一一地记在了他的笔记本里,以备可能必要的时刻用。也正因为这样,当司炉喋喋不休的废话让人难以忍受时,他无非是为了转移自己的注意力,掏出这个笔记本,试图把女佣那当然并非侦探般确切的观察与卡尔的相貌联系起来,借此来开心。"哦,我就这样找到了我的外甥。"听他最后这句话的口气,似乎希望再一次得到大家的祝贺。

"现在司炉怎么办呢?"卡尔接着舅舅最后的讲述顺便问道。他觉得处在这新的地位上,心里想什么都可以说出来。

"司炉该怎么办就怎么办吧。"参议员说,"船长认为怎么好就怎么办。我相信,我们的耳朵都让司炉给灌满了,实在太满了。我想每位在座的先生都会赞成我的看法的。"

"可是涉及一个公正问题时不能以此来下定论。"卡尔说。他站在舅舅与船长之间,相信或许通过这个地位的影响会左右逢源。

尽管这样,司炉好像不再抱任何希望。他把两手插在裤带里,由于他激动得动来动去,花格衬衣边露在皮带外面。他对此一点儿也没在乎。他把自己全部的苦痛都吐露出来了。现在人们还会看到的,就是他挂在身上的那几件不得体的衣服,然后便会把他弄走。他想象着,这听差和舒巴尔是这儿地位最低的两位,他们将会向他表示这最后的宽容。从此以后,舒巴尔就会放下心了,而且不会再陷入无计可施的境地,正如总出纳说的那样。船长就有可能雇用一色的罗马尼亚人,四处都会听到讲罗马尼亚语,也许一切真的会更好。不会再有司炉来这总出纳室里没完没了地抱怨了。惟有他最后这场废话连篇的诉说将会留在人们相当美好的记忆里,因为——正如参议员特别说明的——它为认外甥提供了间接起因。另外,这位外甥先前一再力图要帮助司炉,因此对司炉在舅舅和外甥相认中的功劳早在这之前就已涌泉相报了。司炉现在一点儿也没想到还向他提什么要求。再说,尽管卡尔是参议员的外甥,但他毕竟远远不是船长,而最终从船长嘴里吐出来的用心险恶的话则举足轻重。同他的想法一样,司炉也没心思朝卡尔看去。可遗憾的是,在这间敌对者的房子里,哪里还有地方容得下他的眼睛呢!

"别曲解了实际情况。"参议员对卡尔说,"这也许涉及一个公正问题,但同时也涉及一个纪律问题。在这里,这两者,尤其是后者取决于船长先生的裁决。"

"原来是这样。"司炉喃喃自语道。谁觉察和理会了这话,谁就会笑得诧异。

"此外,这船刚到纽约,船长肯定公务成堆,我们已经这样妨碍了他的工作,现在该是我们离船的时候了,免得再节外生枝,再让某些丝毫也没有必要的干预把这两个轮机长之间不值一提的口角弄得纷纷扬扬。亲爱的外甥,我完全理解你的行为,而正是这个赋予我把你从这儿快快带走的权利。"

"我马上给您叫一条小船来。"船长说,而对舅舅的话没有表示一丝一毫的异议,这叫卡尔很吃惊。人们倒无疑会把舅舅的这番话当成是一种自谦。总出纳急不可待地跑到办公桌前,打电话向船工传达船长的命令。

"时间已经很紧迫了。"卡尔自言自语说,"要是不得罪任何人,那我就什么事也别做。我现在确实不能离开舅舅,他好不容易才把我找到了。船长虽然客客气气的,但充其量莫过如此而已。一说到纪律,他也就没有了客气;而舅舅肯定给他说的是心里话。跟舒巴尔没有什么可谈的,我甚至悔不该去跟他握手。而所有其他人都是一群废物。"

他这样思索着慢慢地走到司炉跟前,从裤带里拉出他的手,把它轻轻地握在自己的手里。

"你为什么一声不吭呢?"他问道,"你为什么一切都听凭自然呢?"

司炉只是皱了皱额头,似乎是在为他要说的话寻找表达,同时低头看着卡尔和他自己的手。

"在这艘船上,没有谁像你一样受到如此不公正的对待,这我知道得清清楚楚。"卡尔的手指在司炉的手指间来回移动着,司炉睁着闪闪发亮的眼睛看着四周,似乎一种幸福之感油然而生,但愿不会有人扫他的兴。

"但你必须起来抗争,说明是非,要么这些人就不知道事情的真相。你得向我保证,照我说的去做,因为我担心由于种种原因根本不可能再出面帮你了。"随之,卡尔吻着司炉的手不禁哭了起来,他捧起司炉那粗大而僵硬的手紧紧地贴在自己的面颊上,就像是一件舍不得放弃的宝贝。就在这时,参议员舅舅也已经来到他身旁,连说带拽地把他弄走了。"司炉好像让你着了魔似的。"他边说边心照不宣地从卡尔头顶上朝船长看去,"你感到很孤独,正好找到了司炉,你现在感激他,这是完全值得称道的。但是,看在我的分上,你别做得太过分了,要学着明白自己的身份。"

门外响起一阵喧闹声,听见有人在叫喊,甚至好像有人被粗暴地推撞到门上。一个水手走了进来,一副粗俗不堪的样子,身上系着一条女人的围裙。"外面有人!"他喊道,并且两肘四下撑来撑去,仿佛他还处在拥挤的人群里似的。最后他恢复了理智,打算向船长行礼。这时他发觉了那条系在腰上的女人围裙,一把扯了下来扔到地上说:"这真叫人作呕,他们把一条女人围裙系在我的身上。"说毕他"啪"的一声并拢脚跟行了个礼。有人想笑出声来,但船长却严肃地说:"我看这就叫作情绪高昂。是谁在外面呢?""我的证人。"舒巴尔抢先说,"我深切地请您原谅他们的失礼行为。这些家伙只要船一入港,有时候就像发疯了一样。""把他们立刻喊进来。"船长命令道,马上又转向参议员殷勤而迅速地说,"尊敬的参议员先生,劳驾您现在和您的外甥跟着这位水手走好吗?他会把您送到小船上。我要说的都是后话了。参议员先生,结识您使我欢乐不已,荣幸备至。我只希望不久会有机会与您参议员先生能够再一次接着我们中断了的关于美国远洋海运情况的话题,到时也许会像今天一样,又一次如此愉快地中断这样的话题。""眼下有这么一个外甥就够了。"舅舅笑哈哈地说,"请接受我对您的盛情致以最深切的谢意。多保重! 再说我们远非不再没有了可能，"——他把卡尔真挚地搂在怀里——"在下一个欧洲之行时会相处更长一段时间。""这叫我感到由衷的高兴！"船长说。两位先生相互握手道别，卡尔只是一声不响地稍稍跟船长握握手，因为大约有十五个人已经冲着他围上来。他们在舒巴尔的带领下虽然有些慌慌张张，却又吵吵嚷嚷着往里拥。那水手请求参议员跟在他后面，自己在前面为他和卡尔从人群里开出一条道，以便他们顺利地从躬身致意的人群里穿过去。看来这些素日心地善良的人把舒巴尔和司炉之间的争吵当作一件开心事，那可笑劲甚至当着船长的面也无所收敛。卡尔发现那个名叫利纳的厨房女佣也在人群里，她乐滋滋地向他眨眨眼，随手把水手扔给她的那条围裙系在腰间，因为那是她的。

  他们继续跟着水手走去，离开办公室，拐进一条狭小的过道，走了不几步便来到一扇小门前，穿过它，下几级台阶就是为他们准备好的小船了。这水手毫不迟疑地一步跳下船去，船上的水手顿时起身向他们的头头行礼。参议员正要提醒卡尔下台阶时要小心，只见还在最上一层的卡尔放声大哭起来。参议员右手托着卡尔的下颌，把他紧紧地搂在怀里，左手抚慰着他。他们就这样一级踩着一级地慢慢走下去，难舍难分地踏上了船。参议员正好在自己的对面为卡尔挑了一个好座位。他打了个手势，小船随之驶离大船而去，水手们马上全力投入工作。他们还没有离开大船几米远，卡尔出乎意料地发现，他们正好坐在对着总出纳室窗口的地方。三扇窗户前挤满了舒巴尔的证人，他们友好地频频挥手致意，甚或舅舅也向他们致谢。一名水手表演了他的绝招，他一面匀称地划动着桨，同时又借着手送去了一个飞吻。真的，似乎再也见不到那司炉了。卡尔的两膝几乎触到了舅舅的膝盖，他更仔细地观察着舅舅，不禁疑虑重重。这个人对他来说能不能替代得了司炉呢？舅舅避开了他注视的目光，朝摇晃着小船的波涛望去。

韩瑞祥 译

变形记

一

一天清晨,格雷戈尔·萨姆沙从一串不安的梦中醒来时,发现自己在床上变成一只硕大的虫子。他朝天仰卧,背如坚甲,稍一抬头就见到自己隆起的褐色腹部分成一块块弧形硬片,被子快要盖不住肚子的顶部,眼看就要整个滑下来了。他那许多与身躯比起来细弱得可怜的腿正在他眼前无助地颤动着。

"我出什么事了?"他想。这不是梦,他的房间,一间一点儿也不假的人住的房间,只不过稍微小了一点,仍稳稳当当地围在四片他熟悉的墙壁之间,桌上摊开着货品选样——萨姆沙是一个旅行推销员——,桌子上方的墙上挂着那张他不久前从一本画报上剪下来装在一个漂亮的金色镜框里的画,画上画着一位戴着裘皮帽围着裘皮围巾的女士,她端坐着,前臂整个插在厚重的裘皮手筒里,抬着手臂要将皮手筒递给看画的人。

格雷戈尔接着又将目光转向窗户,阴霾的天气——窗檐上雨滴声可闻——使他全然陷于忧郁之中。"如果我再继续睡一会儿,将所有这些蠢事忘个干净,这样会不会好一些呢?"他想,但他根本办不到,平时他习惯于向右侧躺着睡觉,在现在的状况下,他无法翻身侧卧,无论他用多大的气力翻向右侧,他总是又摇摇晃晃地转回仰卧的姿势。他试了大概有一百次,眼睛也闭上,以免看见那些动个不停的腿,直到在腰侧感到一种前所未有的轻微的钝痛他才停止。

"天啊,"他想,"我选了个多么累人的职业啊！日复一日奔波于旅途之中。生意上的烦人事比在家坐店多得多,还得忍受旅行带来的痛苦,倒换火车老得提着心,吃饭不定时,饭菜又差,交往的人经常变换,相交时间不长,感情无法深入。让这一切都见鬼去吧!"他感到肚子上有点痒,便用背将身躯蹭到靠近床柱处,这样才比较容易抬起头来看。他看见发痒的地方布满白色小点,说不出那是些什么东西,想用腿去摸摸,但立刻就缩回来了,因为一接触全身就起一阵寒战。

他又滑回原来的地方。"这种提早起床的事,"他想,"会把人弄傻的。人需要睡眠。别的旅行推销员过的是后妃般的生活。譬如说,上午当我找好订户回旅馆来抄写订单时,这些先生们才坐在那儿吃早餐;若是我敢和老板也来这一套的话,会马上就被炒鱿鱼的。谁知道呢,说不定那样的话对我倒好,如果不是为了父母而强加克制的话,我老早就辞职不干了,我会到老板那儿去把心底话一吐为快,他听了定会从桌子上摔下来！那也真是一种怪异做法,自己高高地坐在桌子上对底下的职员说话,而他又耳背,人家不得不靠到他跟前去。还好,我还没有完全失去希望,一旦把父母欠他的钱存够了——大概还得五六年时间吧——我一定要做这事,到时候会有个大转机的,不过暂时还是得起床,我的火车五点就要开了。"

他看看柜子上滴滴答答响着的闹钟。"天哪!"他想,时间是六点半,而指针还在毫不迟疑地向前走着,六点半已过了,已经接近六点三刻了。闹钟难道没有响？从床上看到闹钟是拨到四点钟的,这没错：它肯定是响过了,是的,但他怎么可能在那震耳欲聋的闹声中安静地睡着呢？噢,他睡得并不安宁,但可能因此睡得更熟吧。只是,现在该怎么办呢？下一班火车七点开,想搭上它,他就必须火速行动,而样品还没有收拾好,他自己也感到不怎么有精神,并且不怎么想动。就算他赶得上这班车,老板照样会大发雷霆,因为公司的差役等在五点那班车旁,早把他没赶上车的事报告上去了,那人是老板的走狗,没脊梁也没头脑。那么,请病假好不好呢?那将会很尴尬,而且也显得可疑,因为格雷戈尔工作五年以来还没生过一次病,老板一定会带着医疗保险公司的特约医生来,还会为他的懒惰而责怪他的父母。所有的借口都会因为医生的在场而被反驳掉,对这位医生而言,世界上根本就只有磨洋工泡病号的极为健康的人,况且,今天这事如果他这么认为的话,是不是就完全不对呢?除了昏昏欲睡,而这一点在睡了这么久之后简直是多余的,格雷戈尔感觉极佳,甚至感到特别饿。

他脑子里快速地想着这一切,下不了起床的决心——闹钟正敲六点三刻——这时靠他床头那边的门上传来小心翼翼的敲门声。"格雷戈尔,"有人叫他——那是妈妈——,"六点三刻了,你不是还得赶火车吗?"正是那柔和的声音!格雷戈尔听见自己回答的声音时吓了一跳,这明明是他原来的声音,可是里面夹杂着一种好像是来自下面的、压制不了的痛苦的尖声,正是这高音使得他说出的话只有初时还听得清,紧接着就被搅乱了,使人不知道自己到底听对了没有。格雷戈尔本想详细回答,还想一一解释,但是在这种情况下,他只说了:"是的,是的,谢谢,妈妈,我这就起床。"格雷戈尔声音的改变在木门外大概听不出来,因为母亲听了这一解释也就放心了,她踢踢踏踏地走开了,但是家里其他人由于这简短的对话注意到格雷戈尔还在家,这是出乎他们意料的。父亲这时已经在敲侧面那扇门了,轻轻敲,但用的是拳头。"格雷戈尔!格雷戈尔!"他叫道,"你怎么啦?"过了一会儿他用比较低沉的声音再次催促他:"格雷戈尔!格雷戈尔!"从另一侧的那扇门传来妹妹轻轻的带着担心的声音:"格雷戈尔?你是不是不舒服?你需要什么吗?"格雷戈尔同时回答着两边的话:"我这就好了。"他极为小心地注意发音,每个字之间停顿得比较久,竭力使话听不出有什么异常。父亲也回去接着吃他的早餐了,妹妹却低声地说:"格雷戈尔,开开门,我求你了。"格雷戈尔却一点也不想开门,反而高兴自己由于经常旅行养成小心的习惯,晚上在家也锁上所有通向他房间的门。

　　首先他想安静而不受打扰地起床穿衣,最要紧的是吃早饭,然后,好好地想想下一步怎么做,因为他很清楚,躺在床上想是想不出什么好结果的。他想起,或许是由于睡觉姿势不对,平时他躺在床上时,身上常有隐隐作痛的感觉,起床之后就明白那只不过是想象的,他很想知道,今天的幻想会如何渐渐地消失。他的变声不是因为什么别的原因,而是重感冒的先兆,这是旅行推销员的职业病,对此他深信不疑。

　　将被子掀掉并不难,他只需涨大肚子,被子就会自动滑下去,不过下一步就难了,特别是因为他的身躯非同一般的宽,想坐起来就得用手和肘来撑,但他只有好多细小的腿,它们不停地乱动,而他又控制不住它们,当他想屈起某一条腿时,这条腿首先就是伸直;如果他成功地让这条腿听自己指挥了,这时所有其他的腿也就都好似被释放了,痛苦地在极度兴奋中扑腾起来。"可千万别无所事事地待在床上。"格雷戈尔对自己说道。

　　起初,他想下半身先下床,可是他还没见过自己的下半身,想象不出它是什么样子,结果它是那么难以移动,整个进度十分缓慢,简直快把他急疯了。最后,当他不顾一切用尽全力向前冲去时,他选错了方向,重重地撞在床尾的柱子上。身上的灼痛让他明白,目前他身体最敏感的地方也许就是他的下半身。

　　因此,他就设法让上半身先下床,他小心地把头转向床沿。这事倒容易,而且身躯虽然又宽又重,终于也跟着转过来了。但是当他终于能够把头伸到床外时,他不敢继续这样向前挪动了,因为如果他最后让自己就这样掉下床的话,脑袋不摔伤才怪呢,恰恰是现在,他是无论如何不能丧失知觉的;他觉得还是待在床上比较好。

　　他又费尽力气恢复原来的姿势,喘着气躺着,当他看着自己那些细腿扑腾得更厉害,而他又毫无办法使这些胡来的东西安静下来时,他就再次告诉自己,不能就这么留在床上,最理智的做法是,只要有一线希望就要不顾一切离开床铺。同时他也不忘记不时提醒自己,冷静地、极其冷静地思考要远比乱拼瞎决定好。在这种时刻,他尽力注意看着窗外,可惜晨雾不能带给他多少信心和鼓励,它连窄窄街道对面的一切都遮住了。"已经七点了,"当闹钟又响起时,他对自己说,"已经七点了,雾还这么大。"他缓慢地呼吸着,静静地躺了一会儿,好似在这完全的寂静中或许可以期待一切恢复真实和自然的正常状态。

但是接着他又对自己说:"七点一刻之前我一定得下床。反正到那时候公司也一定会有人来找我的,因为公司在七点前开门。"现在他开始将整个身体完全均衡地向床边摇晃过去。如果以这种方式翻下床,而他在掉下去的一刹那用力抬起头的话,那么头部将不至于受伤。背部似乎是坚硬的,掉到地毯上大概也不会出事。他最大的顾虑是掉下地时会有很大的响声,这如果不使门外的人大吃一惊,也会令他们担忧的。不过也只好硬着头皮一试了。

当格雷戈尔半个身子伸出床外时——这新方法与其说是苦工,倒不如说是一种游戏,他只须一摇一晃地挪动就行——他忽然想到,如果有人来帮忙的话,一切会多么简单易行。只要两个强壮的人就够了——他想到他的父亲和女佣——他们只需将手臂伸到他隆起的背部下边,拉他离床,弯腰放下重负,然后小心而有耐心地等待他在地上翻个身就行了,但愿他的那些细腿到时会变得懂事。那么,先不说门都是锁着的,他是否真该叫人帮忙呢?虽然境况那么糟,但一想到这里,他就忍不住微微笑起来了。

当他用力摇晃时,身体已经快要失去平衡了,而他也必须马上做出最后的决定,因为还差五分就是七点一刻了——这时大门的门铃响起来了。"公司来人了。"他对自己说,身子几乎僵住了,而那些细腿却挥舞得更慌乱了。片刻之间家中一点声音也没有。"他们不去开门。"格雷戈尔怀着一种毫无道理的希望自言自语地说。但是,女佣自然还像往常一样踏着坚定的步子去开门。听到来客第一声问好的话,格雷戈尔马上就知道来的是谁了——法律全权代理亲自来了。怎么格雷戈尔就这么命定得到这么家公司干活,在这儿出了最小的差错马上就会遭受最大的怀疑。难道所有职员全都是无赖? 难道在他们当中就没有一个忠心耿耿的,早上几小时没有为公司干活就受尽良心的折磨,并真的是下不了床的? 难道叫个学徒来问问就真的不够吗?——假如真有必要来问的话——难道非得法律全权代理亲自前来,因而让无辜的全家都看到,这可疑的事情只有交给他这样有头脑的人才能调查清楚? 格雷戈尔越想越激动,出于这激动而不是经由正确的决定,他一用力将自己甩下床去。声音很大,但也不是那种震耳欲聋的响声,地毯使他跌落的声音减弱了,另外,他背部的弹性也比他想的要好些,因此,发出的声音是那种不引人注意的钝声。只是他不够小心,没把头抬好,头给撞了,他又气又疼,转转头在地毯上磨蹭着。

"房里有东西掉下来了。"全权代理在左边的房间说。格雷戈尔努力想象,今天发生在他身上的事,是不是有朝一日也会发生在全权代理身上呢? 严格说来,人们该承认是有这种可能的。但是,犹如给他的提问一个粗暴的回答,全权代理在隔壁房间走了几步,他的步子坚定有力,漆皮靴子在地板上踩得嘎嘎直响。妹妹在右边房间小声向他报信:"格雷戈尔,全权代理来了。""我知道。"格雷戈尔喃喃自语着,但他不敢说得让妹妹听得见。

"格雷戈尔,"现在父亲在左边的房间里说,"全权代理先生来了。他是来问,为什么你没有搭早班火车走,我们不知道该怎么回答,况且,他要和你亲自谈,你就把门打开吧,他会宽宏大量原谅你房间的凌乱的。""早安,萨姆沙先生。"全权代理也很友好地插话叫他。"他不舒服,"当父亲还在门旁说话时,母亲对全权代理说,"他不舒服,相信我吧,代理先生,要不然他怎会误车呢! 这孩子脑子里装的只有公司的生意。晚上从不外出娱乐,我都快为这生气了。最近这八天他都在城里,但他每天晚上都待在家。他和我们在一起,安静地坐在桌旁看报,要不然就研究火车时刻表,做做木工活对他已经就是消遣了。譬如说,他用了两三个晚上刻了一个小镜框;它真漂亮,您看到了也一定会惊奇;镜框就挂在他房里;等格雷戈尔开了门您马上就可以看到了。您来了真使我高兴,先生;我们自己真是没法叫他开门;他太固执,他一定是不舒服,虽然早晨他否认有病。""我马上就来。"格雷戈尔缓慢而谨慎地说,可是他一步不动,这样才能听清谈话中的每个字。"如果不是生病就无法解释了,"全权代理说,"希望不是什么大病。虽然另一方面我得说,我们生意人为了顾及生意往往顾不得一些小病,——这是福是祸,就看人们怎么想了。""全权代理现在可以进去了吗?"父亲不耐烦地问着,又敲起门来了。"不行。"格雷戈尔说。左边房间出现了一阵尴尬的静默,右边房里妹妹啜泣起来了。

妹妹为什么不和别人在一起呢?或许她是才起床还没有穿衣服吧。她为什么哭呢?是因为他不起床,不让全权代理进屋吗?因为他有失去工作的危险,而老板又会来向父母讨债吗?大概眼前还不必担心这些吧,格雷戈尔人还在这儿,他根本就没有离家出走的念头。眼下他躺在地毯上,如果人家知道他的状况,是不会真的要他开门让全权代理进来的。可是格雷戈尔不会因为这点小小的失礼行为马上就被辞退的,今天这事以后总会找到合适的借口解释过去的。在格雷戈尔看来,如果现在让他安静,不用眼泪和劝说来打扰他,是比较理智的做法。可是大家不明详情,他们这么做也是无可厚非的。

"萨姆沙先生,"全权代理提高嗓门喊道,"到底是怎么回事?您将自己关在房里,只用行或不行来回答,引起您父母的极大担忧,这是毫无必要的。您还疏忽了——这只是顺便提提——您在公司的职责,您的做法事实上是闻所未闻的。我以您双亲和您老板的名义对您说话,十分严肃地请您马上把事情解释清楚。真叫我惊讶,真叫我惊讶。我一向认为您是位冷静有理智的人,而现在看来,您似乎突然闹起莫名其妙的情绪来了,今早老板已暗示过我,您旷职的原因可能是什么——指的是不久前交给您管的收账权——,但是,我真是差不多是用我的名誉为您担保了,我说这是不可能的,而现在我亲眼看到您执拗得不可理喻,再也不会有兴趣为您说任何话了。您在公司的职位并不是那么牢固的,原本我打算私下里把这些事告诉您,但您既然在这儿白白浪费我的时间,我就看不出有什么理由不让您的父母也知道这些事。近来您的成绩令人非常不满意;虽说这不是特别好做生意的季度,这点我们承认,但是整整一个季度没有生意,根本是不可能的,萨姆沙先生,是不允许的。"

"但是,代理先生,"格雷戈尔焦急万分地喊道,他太激动了,忘记了其他一切,"我马上,立刻来开门。一点点不舒服,一阵晕眩,使我起不了床。我现在还躺在床上。不过现在我又感觉有精神了。我正在下床呢。请耐心地稍等片刻!看来状况没有我想的那么好,不过我已经感到能行了。一个人怎么就突然发生这样的事呢!昨晚我还好好的,我的父母亲是知道的,或者说得准确些,昨晚我已稍稍有些预感了,是该看得出来的,为什么我偏偏就没有去向公司报告呢!只是,人一般总是想,一点小病能够顶过去,不需要留在家里休息。代理先生!体谅体谅我的父母吧!您刚才对我的那些指责是没有什么理由的:没人告诉过我这些事。您大概还没看到我最近寄回公司的那些订单吧。我还要搭八点的火车出差呢,休息了几个钟头我精神好多了。别让我耽误您的时间了,代理先生;一会儿我就会上班去的,劳您驾先去说一声,还请您代我问候老板!"

格雷戈尔一面慌乱而快速地说着这些话,其实自己都不知道说的是什么,一面不费什么力气就靠近了柜子,这大概是因为有了床上的那些练习,现在他想撑着柜子站起来。他是真的想打开门,想露面,想和代理说说话;人家现在这么急于见到他,看到他的样子后他们会怎么说呢,这他很想知道。如果他们大吃一惊,那么责任就不再在他这边了,他可以心安理得;如果他们镇定自若接受一切,那么他就没有理由慌张,动作快一点的话,还真能赶上八点那趟火车。柜子很滑,起先他滑下来好几次,但是最后用力一提劲,终于站起来了;下身灼痛得厉害,但他顾不得那么多了。现在他将身体靠在旁边的椅背上,用他的细腿紧抓住椅背的边。这么一来他就把握住自己的身体了,他一言不发,因为这时他听见全权代理的声音了。

"您二位听懂一个字了吗?"代理问他的父母,"他不至于把我们当傻瓜吧?""天啊,"母亲声泪俱下地喊起来了,"说不定他病得很厉害,而我们还在折磨他。葛蕾特! 葛蕾特!"接着她大叫着。"什么事,妈妈?"妹妹从另一边喊道。她们就隔着格雷戈尔的房间对讲起来了。"你得马上去请医生,格雷戈尔病了,快去找医生。你听见他说话的声音了吗?""那是动物发出的声音。"全权代理说。他的声音同母亲的尖叫相比,显得特别低。"安娜! 安娜!"父亲对着前厅朝厨房那边喊着,还拍手叫人,"立刻找个锁匠来!"话刚说出口,两个姑娘就已穿过门厅,她们的裙子嗖嗖地响——妹妹怎么这么快就穿好衣服了?——,接着猛然打开单元门出去了,听不见关门的声音;她们大概是让门就这么开着,发生重大事故的人家总是这样让门开着的。

格雷戈尔现在则镇静多了。人家是听不懂他的话了,他自己听自己的话倒是很清楚,甚至比以前更加清楚,或许是因为耳朵适应了,不过至少现在人家相信他不完全对劲,而且准备来帮助他了。他们作这些初步的安排时显得很有把握,也充满信心,这使他感到舒服。他觉得自己重又被纳入人类圈子,但愿医生和锁匠能做出不寻常的成绩。事实上他并没有准确分清两者的差别。为了使在就要来到的关键性谈话中自己的声音尽可能地清晰,他清了清嗓子,自然是努力压低声音,因为很可能这声音听起来也不像人的咳嗽声了。这一点连他自己也没信心去分辨了。隔壁房里一片静默,或许是父母和代理正坐在桌旁低声谈话,或许大家都靠在门上听他的动静。

格雷戈尔撑着椅子移身向门口走去,到了门旁,放开椅子,将身体靠向门,借着门撑住自己——他那细腿的脚底有些黏性——,就这么休息了一会儿,接着他开始用嘴去转动锁孔中的钥匙,糟糕的是,他像是没有真正的牙齿——不用牙齿他能用什么去抓住钥匙呢?——不过下颚倒自然是很结实的;借助下颚他也真的转动钥匙了,但他肯定受了什么伤,因为从他嘴里流出了一些棕色液体,流过钥匙,滴到地上,对这,他一点也没去注意。"您二位听听,"代理在隔壁房里说,"他在转动钥匙。"这对格雷戈尔是个极大的鼓励;但是大家,连父亲母亲在内,都该为他高呼助威才对:"加油,格雷戈尔,"他们应该这样高喊,"不要放松,坚持弄开门锁!"他想象他们都聚精会神地在注视着他的努力,便用尽力气不顾一切昏昏然地咬住钥匙,随着钥匙转动,他也绕着锁转动,现在他只用嘴撑住身体站立着;他根据需要,时而将自己贴靠着钥匙,时而用全身的重量去压下钥匙。锁终于打开了,响亮的咔哒声使格雷戈尔清醒过来。他松了一口气自言自语地说:"那么我不用锁匠就打开锁了。"他把头靠在门把上去,想把门整个打开。

因为是用这种方式开的门,所以门已经开得很大而人家还看不到他,他得先慢慢地从那扇门后转出来,并且得十分小心,以免人们进房之前自己就四脚朝天摔倒在地。他还在忙于艰难地挪动,顾不上管别人,就听到代理"啊"的一声大叫起来——声音像刮风声——现在他也看得见他了。他靠门最近,手遮着张开的嘴正在慢慢地后退,好似有一股看不见的力量有规律地推动着他。母亲——虽然全权代理在场,她还披头散发——先是双手合起看着父亲,接着朝格雷戈尔走了两步就昏倒在地,她的裙子摊开在她的四周,脸垂到胸前完全看不见了。父亲充满敌意地握紧拳头,像是想把格雷戈尔推回房里,接着又疑惑不定地看看起居室,然后用手遮着眼睛哭了起来,哭得他壮实的胸膛也颤动起来了。

格雷戈尔并不进房去,他在里头靠在那半扇扣紧的门上,所以只能见到他半个身体和那侧探出来的头,他对着他们看。这时天亮了,可以清楚地看见街对面那幢没尽头的灰黑色房子——这是一家医院——房子临街的一边突出一排整齐一律的窗子；雨还在下着，不过只是一滴滴可见的落在地上的大雨点。桌上摆了许多早餐的杯盘，因为早餐是父亲最重要的一顿饭，他在早餐时看好几份报纸，一坐就是几小时。对面墙上挂着一张格雷戈尔服兵役时的照片，他穿着少尉军装，看他手握着剑，面带无忧无虑的微笑，样子像在要求人家尊敬他的姿势与制服。通往门厅的门是开着的，因为大门也开着，所以可以看到门前平台和通往下面的几级楼梯。

"好吧，"格雷戈尔说，他很明白他是惟一保持镇静的人，"我会马上穿好衣服，收拾好样品，然后动身上路。您愿意，您愿意让我去吗？是啊，代理先生，您看，我并非冥顽不化，我是很愿意工作的；出差旅行是苦差事，但我不出差就无法生活。您上哪儿去，代理先生？去公司吗？是吗？您会将所有事都照实报告上去吧？一个人可能暂时失去工作能力，但这时也是想着他以前做出的成绩的时候，还可以考虑到，当他排除障碍之后，他会比先前更加勤快更加尽力工作的。我对老板真是忠心耿耿，这您是很清楚的。另一方面我还得操心父母和妹妹。我还陷于困境中，但我会重新挣扎出来的。我已十分为难了，请不要再雪上加霜。在公司里请站在我这一边吧！我知道，公司里大家都不喜欢旅行推销员，以为他赚钱多日子美，他们没有什么特别的理由和机会可以比较仔细地去考虑这种成见的对错。但是，代理先生，您不同，您比其他同事更能全面掌握情况，私下说说，比老板本人更能通观全局，公司是老板的，因而他容易受误导而做出对职员不利的判断。您知道得很清楚，旅行推销员一年到头不在公司里，很容易成为流言蜚语和偶然事件的牺牲品，很容易受到无中生有的责怪，而他是根本不可能辩解自卫的，因为他对这些事一无所知，等到他精疲力竭结束旅行回到家里，这才亲身领会到那些可怕的后果，而原因是再也看不清摸不透了。代理先生，您先别走啊！总得说句话表示您觉得我还有一点儿是对的再走啊！"

可是全权代理才听了开头的几句话就转过身去了，他张大着嘴，颤抖着肩,侧过头去看格雷戈尔。在格雷戈尔说话时,他一刻也没站定,而是眼盯着格雷戈尔一小步一小步地朝门口走去,好像有一道神秘的禁令不准他离开房间似的。已经走入前厅了,他最后一脚踏离起居室时那种突然的快速动作,真让人以为他脚底着火了。在前厅,他把手长长地伸向楼梯,好像那儿有神灵等着救他似的。

格雷戈尔清楚,如果不想让自己的职位受到最严重的危害,无论如何是不能让代理带着这种情绪离开的。父母亲对这一切是不太清楚的,他们在这些年里已经建立起信心,以为格雷戈尔待在这家公司,生活一辈子都有保障,何况他们眼下还有那么多叫人忧虑的事得应付,一点也无力去想将来的事了。但是格雷戈尔有先见之明。必得留下代理,安慰他,说服他,最后赢得他的信任;格雷戈尔和全家人的前途就在此一举了!如果妹妹在这儿就好了!她很聪明;当格雷戈尔还镇静地仰躺在地上时,她就已经哭了。而且,代理是个色鬼,他肯定会听她指挥的;她肯定会关上大门,在前厅里对他说话,说得他不再惊恐。但是妹妹偏偏不在,格雷戈尔必须自己采取行动了。他对自己目前的活动能力根本心中无数,也没有去想,人家可能,甚至相当肯定又会听不懂他的话,这些他都没想,就离开了那扇门,挤身过去,想要走到代理那儿去,代理这时正在屋前平台上可笑地用双手紧紧抓住楼梯栏杆;格雷戈尔刚这么一动就立刻倒下,一边找着可以支撑的东西一边轻轻叫了一声,那许多细腿已着地了,还没有整个趴下,他就感到身体舒适了,在今天早上这还是第一次;细腿在地下站得很稳,他十分高兴地注意到,它们完全听话,努力带他朝他想去的地方走去;他已相信,根本好转的时候已经到来了,但是就在这时,当他在离母亲不远的地方,趴在她对面的地板上,摇晃着想慢慢动作起来时,原先看起来一动不动的母亲,突然一下子跳了起来,伸开手臂,张开手指,喊了起来:"救命啊,天啊,救命啊!"她低下头,好像想把格雷戈尔看得更仔细些,但却又事与愿违不知不觉地后退,忘了她后面有张摆满杯盘的桌子,到了桌旁,又恍恍惚惚地慌忙坐上去,似乎根本没有注意到桌上大咖啡壶已打翻，咖啡正在她身后大股地流到地毯上去。

"妈妈，妈妈。"格雷戈尔轻声地叫她，朝上望着她。此刻他已完全忘了全权代理；相反地，看到流下的咖啡时，他忍不住用嘴巴向空中咂了咂。这使他母亲重又尖叫起来，她逃离桌子，倒在急忙跑过来的父亲的怀里。但是格雷戈尔现在顾不上他的父母了；全权代理已踏上往下去的楼梯，下巴靠在栏杆上，还回头看了最后一眼。格雷戈尔想跑动起来，好尽可能追上他；代理一定是预感到什么，因为他一跳就跳下好几级楼梯，接着就消失了，但他还在发着"呼！"声，声音穿过整个楼梯过道。糟糕的是，到现在为止一直比较镇定的父亲由于代理的逃离也显得慌乱了，因为他不但自己不去追赶代理，或者至少不要阻挡格雷戈尔去追赶，反而右手抓住代理连同帽子、大衣和留在沙发上的手杖，左手抓起桌上的一大张报纸，一面跺着脚，一面挥动手杖和报纸要将格雷戈尔赶回房里去。格雷戈尔的恳求一点用也没有，他的恳求也不被理解，他再谦卑地转着头也没用，父亲反而把脚跺得更重。那边，母亲不管天气寒冷，用力打开一扇窗子，探身窗外，用手掩住脸。巷子和楼道之间刮起一阵穿堂风，窗帘吹起了，桌上的报纸簌簌地响，一张张被刮到地下去。父亲毫不松懈地赶着他，发出嘘嘘的叫声，像一个野人似的，只是格雷戈尔还没学过如何后退走路，实在走得很慢。假如情况允许他转身的话，他会马上退回到房间，但是转身很缓慢，他害怕这会使父亲不耐烦，而父亲手中那手杖随时都可能对着他背上或者头上给他致命的一击。最后格雷戈尔一点别的法子也没有，只有转身了，因为他惊恐地注意到，后退时连方向都弄不准，这样他就一边不断偷偷惶恐地侧眼盯着父亲，一边开始尽可能地快速掉转身体，事实上却转得很慢。也许是父亲注意到他良好的意愿了，因为他掉转身体时父亲不干扰他，而且还远远地用手杖尖端不时指挥他转身的动作。如果父亲不发出这无法忍受的嘘嘘声该多好啊！格雷戈尔快被这声音弄疯了。他一直用心地听着这嘘声,当他快要整个地转过身时,甚至于搞错了!又转回了一点。当他终于把头转到门口时,发现身躯太宽,要通过可不那么容易。父亲处在眼下这种心理状态中,自然一点也不会想到将另一扇门打开让格雷戈尔有足够的地方通过去。他心中只有一个念头,格雷戈尔必须尽快地进他自己的房间去,让他站立起来或许就进得去。但这得做许多麻烦的准备,父亲是绝不会允许的。他倒反而用更大的声音驱赶格雷戈尔向前走,好像什么障碍也不存在似的,在格雷戈尔后面的声音,听起来已一点也不像仅仅只是一个父亲发出的了;这可真不是闹着玩的了。于是格雷戈尔不顾一切挤进门去。他身躯的一边抬高起来,斜着身体躺在门洞里,身体的一侧擦伤了,白色的门上留下难看的斑迹,很快他就被夹紧了,靠他自己是一点也动弹不得了,向上一边的细腿挂在空中颤抖着,另一边的则被压在地上,十分疼痛——这时,父亲从后面重重地给了他解脱性的一脚,他跌进房间中间,身上流着血。门用手杖给关上了,屋里终于安静下来了。

二

直到暮色朦胧时,格雷戈尔才从他那昏厥似的沉睡中醒过来。如果没有干扰的话,他过一会儿也肯定会醒的,因为他感到自己休息过来了,觉也睡足了,不过他仍觉得好像是被一阵轻轻的脚步声和小心关闭通往前厅的门的声音给弄醒了。街灯的亮光,这儿一块那儿一块淡淡地映在天花板和家具的上半部,但是底下格雷戈尔那儿却是一片漆黑。他笨拙地用触角探索着,到这时他才知道触角之可贵。他慢慢地将自己朝着门口移去,想看看那儿到底发生了什么事。他身躯的左侧像是一条长长的、紧紧地绷得很不舒服的伤疤,他只能一瘸一拐地用那两排细腿走路,此外有一条腿在上午的事故中受了重伤——只有一条腿受伤,简直是个奇迹——,它毫无力气地被拖着走。

到了门旁他才发现,真正吸引他过来的是什么:那是食物的气味。因为那儿放了一个小钵,里面盛满甜牛奶,还有切成细块的白面包浮在上面。他高兴得快要笑起来了,因为他现在比早晨饿得更厉害,于是马上将头埋入牛奶中,连眼睛都快浸没了,但是,很快他又失望地把头抽了回来;不仅是因为那不好对付的左侧使他吃东西很困难——他只有在全身用力一起动作时才能吃到东西——,还因为牛奶一点也不好吃了。而牛奶一向是他最喜欢的,妹妹一定是因此才将牛奶放在这儿给他吃的;他简直是厌恶地转离钵子,爬回房间中央去的。

格雷戈尔从门缝里看到起居室已点起煤气灯,平常这时候,父亲总要高声把晚报读给母亲听,有时妹妹也听,但现在什么声音也听不到。妹妹经常把这事讲给他听或者写信告诉他,不过或许最近以来父亲不大朗诵了。但是周围都那么寂静,而家中肯定是有人的。"我们一家过的是多么平静的日子啊。"格雷戈尔对自己说,他一面不动地在黑暗中这么看着,一面觉得自己能让父母亲和妹妹在这么好的住房中过上这样的日子真值得自豪。可是,如果现在这一切的安静、富足、满意都可怕地结束了,那可怎么办呢?为了不让自己沉浸在这种思绪中,格雷戈尔宁愿活动起来,在房里爬来爬去。

在这个长长的夜晚中,有一边的门打开了一小道缝,后来有一次另一边的门也被打开了,两次都是接着马上就又关上了;显然是有人很想进来,但又顾虑太多。格雷戈尔现在紧靠着通往起居室的门停了下来,他决定想办法让那踌躇的访客进来,至少也该知道他是谁;但是门再也没有打开过,他只有徒劳地等待着。今天早晨,门锁着时,大家都想进来,现在,他已开了一扇门,白天其他的门锁显然也都被打开了,却再也没有人来,而且钥匙现在是插在外面的。

直到深夜起居室才熄了灯,现在可以很容易地确切知道,父母和妹妹是一直久久地守在那儿的,因为可以清楚地听见他们三人蹑手蹑脚走开了。到明天早晨是不再会有人来看格雷戈尔了;这样他就有一段长的时间可以不受打扰地考虑如何重新安排现在的生活。但是他被迫趴在地板上的这间高而空的房间使他害怕,他找不出害怕的原因,因为这可是他已住了五年的房间呀——他半无意识地转了身,带着一些羞愧急忙钻到长沙发底下,虽然背部有点被挤压着,头也抬不起来,但他立刻感到很舒服。可惜身躯太宽,不能整个藏进去。

整整一夜他就待在那儿,有时半睡着,可又时时被饥饿感弄醒,有时则沉在忧虑之中,时而夹杂着模模糊糊的希望,总的结论是,目前他必须镇定从事,要有耐心,要极端体贴家人,使他们比较容易忍受他在目前的状况下不得已给他们造成的烦恼、难堪。

清晨,其实那几乎还是夜里,格雷戈尔就已经有机会检验自己刚下的决心到底坚定不坚定了,因为,几乎穿戴整齐的妹妹从前厅那儿打开了他的房门,紧张地朝房里看。她没有立刻看到他,但当她发现他在长沙发底下时——天啊,他总得待在哪儿吧,他又不能飞走——吓了一大跳,便不由自主地将门从外头砰地关上。但是,仿佛对自己的行为感到后悔,她立刻又把门打开,踮着脚走进来,好像探望的是重病人,甚或是陌生人似的。格雷戈尔把头一直伸到长沙发边上注视着她。她是否会注意到他没喝牛奶,并且绝非因为不饿?她会不会拿来其他比较适合他的食物?如果她不自动地去做这事,他是情愿饿死也不会去促使她注意的,虽然他极想从沙发底下冲出来,趴在她的脚边,求她随便拿点什么好吃的来给他吃。但是妹妹马上就惊讶地发现钵子里牛奶还是满满的,只是四周洒了一点,她立刻拿起钵子端了出去,但不是用手直接拿,而是垫着一块抹布拿的。格雷戈尔极为好奇地想知道,她会拿什么来替换,他脑子里转着各种不同的想法。但是,善良的妹妹实际上做的,却是他无论如何也猜想不到的。为了让他试试口味,她带来了许多不同的东西,摊开在一张旧报纸上。有半腐烂的不新鲜蔬菜;有晚餐剩下的肉骨头,外面还蒙着一层汤汁的冰;几粒葡萄干和杏仁;有一块奶酪,就是两天前格雷戈尔说它已不能吃的那块；有一块没涂东西的面包，一块涂了黄油的面包，一块涂了黄油又撒了盐的面包。此外，她又放了一只钵，在里头倒了水，看来这钵是永远归格雷戈尔专用了。因为她知道，格雷戈尔当着她的面是不会吃的，出于体贴，她很快地退出房间，甚至还把钥匙转了一圈，只为了让格雷戈尔知道，他可以随心所欲舒舒服服地吃东西了。格雷戈尔的那些细腿飞快奔向食物。他的伤肯定是全好了，他没有再觉得有什么不便，对此他感到吃惊；他想起一个多月前手指头让刀子给切伤了，那伤口到前天还在疼呢。"难道我现在感觉不那么灵敏了？"他想，接着就津津有味地吮吸起奶酪来了，在各种食物中，奶酪立刻并且一直吸引着他。他很快地一样接着一样把奶酪、蔬菜和肉汁都吃了，眼中含着满意的泪水；相反地，新鲜的食物他觉得不好吃，他甚至不能忍受它们的气味，把他想吃的东西拖得离它们远一点。当妹妹慢慢转动钥匙给他一种信号让他退走时，他早已吃完，正懒洋洋地躺在原处。这立刻将他吓了一跳，虽然他差不多正打着瞌睡，于是他又急忙回到长沙发底下。可是这要他有很大的自我克制力才行，即便是在妹妹留在房里这短短的时间内，因为吃了这么多东西，他的肚子鼓起来了，挤在那狭窄的地方快要不能呼吸了。忍着一阵阵憋气的难受，他用有些突出的眼睛看着那毫不知情的妹妹。看她用扫帚不只将他吃剩的，也将那些他碰都没碰的食物扫在一起，好像连这些也不能再要了，然后急忙将所有东西倒入一个桶里，用木盖子盖住，接着全提走了。她刚转过身，格雷戈尔就从沙发底下爬出来，伸伸腿，打打呃。

　　格雷戈尔就是这样每天得到他的食物的，早晨一次，那时父母亲和女佣都还在睡觉，第二次是在大家吃过中饭之后，因为这时父母也还得睡上一小觉，而女佣则会被妹妹支开去随便买点什么。他们肯定也不愿意他饿死，但或许是有关他吃东西的事，他们只听人说说，还能忍受，更多的就受不了了，或许是妹妹想尽可能地一点也不让他们伤心，因为，事实上他们已经够痛苦的了。

那天上午他们是用什么借口把医生和锁匠打发走的,格雷戈尔一点儿也不知道,因为人家既然听不懂他的话,也就没有人会想到,连妹妹也没想到,他能够听懂别人的话。这样,每当妹妹在他房间时,他就只能时而听到她叹息和念着神明的声音了。到后来,当她对一切稍微习惯了——完全习惯自然是绝不可能的——,格雷戈尔才偶尔听到她的评论,总是善意的或者是可能那样理解的。"今天他可吃得香呢。"如果格雷戈尔在底下把食物打扫得一干二净,她就这么说,如果情况相反,而相反的情况越来越常出现,她就会近乎忧伤地说:"又是什么都剩下不吃。"

格雷戈尔虽然无法直接得到什么新消息,但有时也能从隔壁几个房间里偷听到一些事。只要一听到哪儿有声音,他就立刻往那边的门跑去,全身紧贴着门。特别是在最早那些日子里,没有一次谈话不多多少少与他有关,即使只是秘密地谈着。足足两天,一到饭桌上大家就商量现在该怎么应付;但是,不在吃饭时他们也在谈论同一题目,因为家中总是至少有两个人在,想必是没人愿意单独留在家中,而全家都走光更是不可能的事。还有,马上在第一天女佣——对这事故她知道些什么,知道多少,这都不大清楚——就向母亲苦苦哀求,要母亲立刻辞退她,一刻钟之后,她来告别,泪水汪汪,为她得以走掉感谢不尽,简直就像人家为她做了件最大的善事。她还发了毒誓,绝不对任何人讲起任何一点有关的事,其实并没有人要求她这么做。

现在妹妹也得帮母亲做饭了;不过这不太费事,因为大家几乎什么也不想吃。格雷戈尔老是听到家里一个人劝另外一人吃,可总是徒然,得到的回答不外是"谢谢,我吃够了"或者类似的话。或许酒也不喝了。妹妹时常问父亲要不要喝啤酒,她还真心诚意地站起来要亲自去买,当父亲沉默不答时,她就说也可以让管房子的女人去买,好免去他的顾虑,但父亲最后会重重地说一声"不",这事就不再谈了。

在最初的几天里，父亲就向母亲和妹妹讲明了家里全部财产的情况以及对未来的企盼。他不时从桌旁站起来，从一个小小的保险箱里取出某一张单据或某一本记事簿，这保险箱是五年前他公司破产时他抢救出来的。可以听得见他如何打开那把复杂的锁，取出所要的东西后又如何锁上的声音。在父亲的这些解释中，有些话是自从格雷戈尔被困以来最先令他高兴的事。他本以为父亲原先的生意什么也没留下，至少父亲未曾对他说过相反的话，不过格雷戈尔也没专门问过这事。那时格雷戈尔惟一关心的事是竭尽全力让家人尽快忘记生意上的失败，那场不幸的事使全家人都陷于绝望的境地。于是他就开始特别热情地投入工作，很快地从小伙计成为推销员，自然赚钱的机会也就不大相同了，他的工作成绩马上就以回扣的形式变为现款，让他可以在家中当着惊讶而欣喜的家人放到桌上去。那曾是美好的时光，这样的时光在那之后从未再有过，至少没有那么光辉灿烂，虽然后来格雷戈尔赚的钱很多，使他能够负担全家的开销，而且真的负担起了全家的花费。大家反正都习惯了，家人和格雷戈尔都习惯这事了。家人感激地收下钱，他乐意地交出钱，但是那种特殊的温暖之感却再也出不来了。只有妹妹还很亲近，他暗地里有个计划，明年送妹妹去音乐学院学习；妹妹同他不一样，她喜欢音乐，小提琴拉得很动听。他不考虑上音乐学院必定要花一笔庞大的费用，那总可以用其他什么方法凑齐的。格雷戈尔留在城里家中的短暂时间里，在与妹妹的聊天中，经常会提到音乐学院，不过总是将它当作一个美梦，不能想象它能实现，对这些天真的议论，父母亲连听都不想听；但是格雷戈尔想法坚定，他打算在圣诞节之夜隆重地宣布这件事。

当格雷戈尔直立着贴在门上倾听时，他脑海里始终翻腾着这些目前状态下一点用也没有的想法。有时候他疲乏不堪实在没精神听了，头便无意间碰到门上去，但他立刻就又把头撑住，因为头碰在门上会发出声音，即使是最小的声音隔壁房里也听得见，于是大家就不出声了。"他又在搞什么名堂了?"过一会儿父亲会这么说,显然是对着门说的,慢慢地,被打断的谈话才又重新继续下去。

格雷戈尔现在知道得不少了——因为父亲在说明事情时总是重复,这一方面是由于他长期不做这些事了,另一方面则由于母亲不能听一遍就弄懂所有的事——格雷戈尔得知,家中当初虽遭受灾难,还是留下了一笔小小的财产,这几年的利息也没动用,钱就有所增加了。另外,格雷戈尔每月带回家的钱——他自己只留下几个古尔登零用——也没有全花完,已积攒成一小笔资金了。格雷戈尔在门后使劲点头,为这没有料想到的谨慎和节约而感到高兴。他原本可以用这些多出来的钱把父亲欠老板的债多还掉一些,那么他甩掉现在这个工作的日子就会近得多,但是父亲的做法现在无疑是更好的。

不过,如果家人要靠利息生活,这笔钱是绝对不够的;它能维持全家一年,至多两年的生活,再长就不行了。事实上它只是一笔为不时之需而留起来的钱,是不能动用的;维持生活的钱得去挣,而父亲虽还健康,但年龄已大,他有五年没有上班了,自己可能也不大有信心了;在父亲劳累而又没有什么成就的一生中,这五年是他第一次过上自由自在的生活,他胖起来了,因此行动也变得相当不便了。那么难道让老母亲去挣钱? 她患有气喘病,在屋里转一圈就累得不行,而且每隔一天就因气喘发作,得打开窗户坐在窗口边的沙发上透气。难道叫妹妹去挣钱? 她还只是个十七岁的孩子,至今为止受着宠爱,她的生活内容就是将自己打扮得整齐漂亮,睡懒觉不起床,帮忙做点家务,参加点不太花费的娱乐生活,而最主要的事是拉小提琴。每当他们谈到挣钱的必要性时,格雷戈尔总是先放开门,扑到靠门的冰凉的沙发上,他会因为羞愧和伤心而面红耳赤。

他时常整宿不眠,几小时几小时地抓着刨着沙发。或者不惜费力气把一张沙发椅推到窗旁,接着往窗台上爬,底下抵住椅子,身体靠向窗子,显然是在回忆那种自由的感受,以前他向窗外眺望为的就是得到那种感受。因为事实上只要是稍远一点的东西,他看起来就一天比一天模糊了；对面的医院他已一点儿也看不见了，而以前他为了老要看到这医院而咒骂过，如果不确切知道自己住的夏洛蒂街虽然幽静却完完全全是市区的话，他真会以为窗外见到的是一片灰蒙蒙天地不分的荒漠呢。细心的妹妹只有两次看到椅子在窗前放着，便每次在打扫完房间之后重又把椅子推到窗前原来的地方去，甚至从那时开始将里面的一扇窗子开着。

如果格雷戈尔能和妹妹说话，能感谢她为他所做的一切，那他就可以比较安心地接受她的服务；而像现在这样则非常痛苦。妹妹自然是尽可能不让他得知整个事情的尴尬难堪，而时间越久她也越能做到这一点。不过，随着时间的推移，格雷戈尔也越来越看得清楚了。她能进屋就已使他受惊了。一进来她就直奔窗户，连用点时间把门关上都顾不到，而平时她是十分注意不让别人看到格雷戈尔的房间的；她像快要窒息似的，慌忙用双手使劲打开窗子，天气再冷也要在窗口停留一会儿，深深地呼吸着。她的跑动和弄出的响声每天两次惊吓着格雷戈尔；在这整段时间里，他颤抖着躲在长沙发底下，而他又深知，如果她在窗户关闭着的情况下能有一点可能和格雷戈尔一起待在一个房间里，她是一定会乐意保护他，不让他受这种罪的。

大约已是格雷戈尔变形后一个月的光景，妹妹该已没有什么特别理由为看到他的样子而吃惊了，有一次她来得比平时早了一些，正好见到格雷戈尔一动不动地直起身子朝窗外看，样子真是吓人。如果她只是止步不前，格雷戈尔也不会感到意外，因为他在那儿挡着使她不能马上去打开窗子，但她不只是不进屋，甚至于还吓得往后一跳，关上了门；陌生人简直会以为格雷戈尔埋伏在那里伺机要咬她呢。格雷戈尔自然马上就躲到了长沙发下面，但他一直等到中午才见妹妹重又进来，她看来比往常更加紧张不安。由此，他看出妹妹仍然不敢看到他的样子，而且以后也必定不会改变，如果她看到他的身体露出长沙发而不跑掉，即使只看到一点点，她必须十分克制才能做到。为了不让她看见他，有一天他用背驮了一张床单——为此他用了四个小时——到长沙发上去，把它弄得可以将他整个地遮住，妹妹即使弯下腰也看不到他。如果觉得无此必要，她完全可以把床单拿掉，因为格雷戈尔这样完完全全把自己蒙住自然不是为了好玩，这是很清楚的事，但是她就让床单那样挂着。有一次格雷戈尔小心地把床单拉开一点，想看看妹妹对这新设施有些什么反应，他甚至于相信在妹妹的眼神中捕捉到一点感激之情。

最初十四天中，父母亲不敢到他房里看他，他常常听到他们对妹妹现在所做的表示认可，而在这以前他们常为她生气，因为在他们眼中她是个没用的女孩子，而现在，每当妹妹在格雷戈尔房里收拾时，父亲和母亲两个人就等在门外，她一出来，他们就让她仔细叙述一遍，房间里现在是什么样子，格雷戈尔吃了什么，这一次他表现如何，还有，就是能否看出有点好转。其实母亲在较早的时候便想看看格雷戈尔了，但是，最初父亲和妹妹用种种合情合理的理由劝阻她。格雷戈尔十分留意地听着，他完全赞同那些理由。后来他们只好拼命用力阻止她进去，她就叫喊："让我去看看格雷戈尔，他是我可怜的儿子呀！你们难道不懂吗？我非得看他不可呀！"每当这时，格雷戈尔就想，说不定母亲进来也好，当然不是每天，或许可以一星期一次，对这一切她会比妹妹懂得多得多。妹妹虽然胆大，但只是个孩子，说到底不定只是由于天真轻率而接过这样艰巨的任务。

格雷戈尔想要见到母亲的愿望不久就实现了。白天里因为顾虑到父母，格雷戈尔并不去窗口，以免让人看见，但在那几平方米的地板上他又不能多爬，夜间一动不动地躺在那儿已够他受的了，不久他对吃东西一点乐趣也没有了，这样，他就养成了一种新的消遣习惯，在墙上和天花板上纵横交错地爬来爬去。他特别喜欢倒挂在天花板上，这样可以更轻松地呼吸，有一阵轻轻的振动通过全身；当他高高挂在上面沉浸在一种几乎是快乐的心不在焉的境界中时，有时可能不自觉地放开腿重重地摔到地板上去。但是他现在控制身体的能力和以前自然是完全不同了,这么重重地摔下来也不会受伤。妹妹很快便注意到他新发现的这种消遣方式——他在爬行时总要在一些地方留下黏液的痕迹——于是她暗自下定决心,让格雷戈尔能在最大范围内爬动,因此她要把挡道占地的家具全搬走,特别是那个柜子和那张写字台。只是她无法一人单独做这些事情;她不敢请父亲帮忙,而女佣是绝不会帮她的,因为自从女厨子辞工不做之后,这个十六岁的女孩虽说鼓足勇气留下来了,但她要求得到点照顾,就是允许她把厨房门锁住,只有在特别叫她时她才开门。妹妹不得已,只好有一次趁父亲不在时请母亲来帮她。母亲兴奋得很,嘴里念念有词地过来了,但是到了格雷戈尔的门口她就突然不作声。妹妹自然是先进屋看看情况,然后才让母亲进屋。格雷戈尔急忙把床单拉得更低,又弄出更多褶子,看起来像是随便往沙发上一扔的一条床单。格雷戈尔这一次也不准备从床单底下偷偷向外窥望了;他放弃这一次就见到母亲的想法。母亲终于来了,这就使他高兴了。"来吧,看不见他的。"妹妹说,显然她拉着母亲的手进来了。这时,格雷戈尔听见,这两个荏弱的女子如何在搬动那个沉重的老柜子,妹妹总是揽去大多数的活,母亲担心她太劳累,但她并不听从母亲的告诫,这样过了很长的时间,大约已经搬了一刻钟后,母亲说,其实让柜子留在这儿也好,因为,一则它太重了,在父亲回家之前她们是搬不走的,而柜子搬一半放在房间的中央会阻塞格雷戈尔所有的路,二则没人确切知道,搬走家具是否就真的帮了格雷戈尔的忙,为他做了件他喜欢的事。她觉得情况恰恰相反,看看光秃秃的墙壁她心里很不舒服,而格雷戈尔难道就不会也有这种感受吗?他已长期用惯了这些家具,在一个空荡荡的房间里会有孤单被遗弃的感觉。"再说,"母亲最后低声说,她其实一直都是用耳语说着话,她这么做似乎是连声音也想避免让他听见,因为他藏身何处她并不知道,她也深信他是听不懂话的,"再说,事情会不会这样:搬走家具好像借此向他表明我们放弃了他会好转的希望,毫不在乎地让他自生自灭?我想,最好还是让房间维持原状。这样,格雷戈尔回到我们中间来的时候,就会发现什么都没有变,可以比较容易忘记其间发生的一切。"

听着母亲说的话,格雷戈尔认识到,两个月里缺乏与人直接交谈,又在家中过着单调的生活,一定已把他的判断力搞乱了,因为不是这样的话,他就无法解释,他会真的希望让房间整个空出来。难道他真的有意把那温暖的、摆着祖传家具的舒适房间改变成一个洞穴?当然,那样的话,他就可以在那里四面八方不受干扰地爬行,但同时,也会迅速而完全地忘记他做人的过去时光,这是他所要的吗?他现在已到了忘记过去的地步了,只不过是长久以来未听到的母亲的声音使他清醒过来而已。什么都不该搬走,所有东西都得留下,他需要家具对他的处境产生好的影响;有家具阻挡他,使他不能毫无意义地到处乱爬,这并不是坏事,反而大有益处。

可惜妹妹意见不同;她在父母面前,每当谈到有关格雷戈尔的事情时,已惯于摆出一副专家的姿态了,这当然并非全无道理。所以,现在母亲的意见反而使妹妹更觉得有理由坚持自己的主张了,不但要搬走柜子和书桌,这是她原先想到的,还要搬走所有的家具,只留下那张不可或缺的长沙发。使她坚持这种主张的,自然不只是出于孩子气的倔强和她近来出乎意外艰难地获得的自信心;她的确确观察到,格雷戈尔需要许多地方爬行,相反地,就见到的情况来说,他并不使用家具。或许也有她这种年龄的女孩那一股疯劲,做什么事都要发痴,并且随时要找机会过这个瘾,葛蕾特正是因此而想把格雷戈尔的情况弄得更令人害怕,借此可以为他做更多的事。因为一间由格雷戈尔一个人控制着四片空墙的房间,除了葛蕾特是不会有人敢进去的。

就这样,她并不因母亲而放弃决定,而母亲在这房间里也因心绪不宁而显得不知所措,很快就不再作声,并且力所能及地帮着妹妹把柜子弄出去。好吧,万不得已时格雷戈尔也可以没有柜子,但是写字台是必须留下来的。两个女人刚刚喘着气抵住柜子出了房间,格雷戈尔就把头从长沙发底下伸出来,想看看他能做点什么,自然他得小心谨慎并且尽可能顾及别人。糟糕的是,先回到他房间的人,刚好是母亲,妹妹这时正在隔壁房间里,她一人围抱着柜子摇晃着,却一点儿也挪不动它。可是母亲还没有看惯他的样子,他会把她吓病的,所以格雷戈尔慌忙往后退,爬到沙发的另一头,但在此之前床单还是动了一下。这已足够引起母亲的注意了。她停顿住,静静站了一会儿,就回到葛蕾特那儿去了。

虽然格雷戈尔一直对自己说,其实没有发生什么了不得的事,只不过搬动几件家具而已,但他很快就不得不承认,女人们跑过来跑过去,她们小声地呼叫,家具在地板上的摩擦,这些动作所起的作用就像有一股巨大的乱哄哄的力量从四面八方向他袭来,尽管他把头和脚都紧紧地收缩起来,身体紧贴在地板上,他还是不得不对自己说,这一切他再也忍受不了多久了。她们把他的房间洗劫一空,拿走所有他喜爱的东西;她们已搬走了装着他的钢丝锯和其他一些工具的柜子;她们现在正在松动那牢牢嵌入地板的写字台,他上商学院,上中学,甚至还在上小学时便是在这张写字台上写作业的——这下他真的是没有时间去检验两位妇女的良好动机了,另外,他几乎忘了她们的存在,因为她们累得干活时已不再说话,只能听见她们沉重的脚步声。

于是他冲了出来——两位妇女现在在隔壁房里正靠着写字台喘气——,他跑动时换了四次方向,他真不知道应该先救什么,这时他看见那已光秃秃的墙上醒目地挂着那张穿皮衣的女士像,便急匆匆地爬上去,紧贴在玻璃上,玻璃吸住他,也使他那热得发慌的肚子感到舒服些。至少,这张他以全身遮盖住的画,现在是不会被拿走了。他把头转向起居室的门,在两位妇女回来时好监视她们。

她们没让自己休息多久就又回来了;葛蕾特用手臂拥着母亲,几乎是抱着她。"好了,现在我们搬什么?"葛蕾特说,朝四周看了看。她的目光与格雷戈尔来自墙上的目光相遇了。大概是因为母亲也在,她保持镇静,低下头对着母亲,以免她四处张望,接着她说道:"来吧,我们是不是再到起居室待一会儿更好?"只是她的声音颤抖着,话也显得欠考虑。格雷戈尔清楚葛蕾特的意图,她是想先把母亲撤到安全的地方,然后再把他从墙上赶下来。好吧,她要试就来试试吧!他会守住他的那张画,绝不让出。他宁可对着葛蕾特的脸扑过去也不放弃。

但恰恰是葛蕾特的话使母亲更加不安了。她跨向一旁,看到印花墙纸上那巨大的棕色斑块,还没有真正意识到她看到的是格雷戈尔,就用沙哑的声音大喊着:"啊,上帝,啊,上帝!"接着整个人瘫倒在长沙发上,一动不动,双臂张开,仿佛放弃一切不管了。"你呀,格雷戈尔!"妹妹挥着拳瞪着眼对他喊道。这是自他变形以来她第一次直接对他说话。她跑到隔壁房间,想随便拿一种什么香精,好让母亲从昏迷中醒过来;格雷戈尔也想帮忙——抢救图画还有时间——,但是他牢牢地粘在玻璃上,得费很大气力才使自己挣脱下来;他跟着她跑到隔壁房间,仿佛他能够像以前一样给妹妹出点什么主意,但他却只能无济于事地站在她后面;她在一些小瓶子间翻来翻去时,偶一回过头又吓了一跳,一个瓶子掉到地上摔碎了;一块碎片弄伤了格雷戈尔的脸,一种有腐蚀性的药水在他周围流开了;现在葛蕾特不再耽搁了,她尽可能多地拿起一大堆瓶子向母亲那儿跑去,并用脚把门砰地关上。格雷戈尔现在和母亲隔离开了,他的过失或许已把她推到了死亡的边缘;如果他不想吓走必须留在母亲身旁的妹妹,他就不能去开门;现在,他除了等待没别的事好做。受着自责和忧虑的折磨催迫,他开始爬起来,墙壁、家具、天花板到处爬;他陷入绝望之中,最后当整个房间在他四周旋转起来时,他终于掉了下来,落在了大桌子的中间。

时间过去了一小会儿,格雷戈尔疲乏无力地躺在那儿,周围寂静无声,说不定这是个好迹象。这时门铃响了,女佣自然是自己锁在她的厨房里,葛蕾特只好出来开门。是父亲回来了。"出了什么事?"

是他说的第一句话。肯定是葛蕾特的样子使他看出了什么。葛蕾特答话时声音低沉,她显然是把脸埋在父亲的胸前:"母亲刚才晕过去了,不过现在已经好些了。格雷戈尔跑出来了。""我早就料到了,"父亲说,"我不是老对你们说吗,可你们女人就是不听。"格雷戈尔很清楚,是父亲把葛蕾特过于简短的说明往坏处理解了,他以为格雷戈尔有了什么暴力行为,所以现在格雷戈尔得先设法让父亲的怒气平息下来,因为他既没有时间也没有可能向他解释清楚。于是他逃向自己房间的门旁,身体紧贴着门,这样父亲一进家门便可以从门后那儿看到他,知道他怀着最良好的意愿,要马上回自己房间去,人家无须驱赶他,只要打开门,他就会立刻躲进房里去的。

可是父亲没有心情去注意这种细微处。"啊!"他一进门便马上喊了起来,声音听起来既怒又喜。格雷戈尔把头从门那儿缩回去,抬起来对着父亲。这样站在那儿的父亲,真不是他想象的那样了;当然,最近他忙于到处乱爬,不再像以前那样关心家里其他房间发生的一些事了,对遇到的一些新情况原该估计得到才对。然而,这难道还是父亲吗?以前,每当格雷戈尔动身出门时,他还疲倦地裹在被窝里;晚上他回家时父亲穿着睡衣坐在安乐椅上不怎么站得起来,只是抬抬手臂表示欢迎。一年中有那么几个星期日,还有就是在最大的节日里,在难得的几次全家一起散步中,他走在格雷戈尔和母亲中间,他们实际上已走得很慢了,他则还要更慢,他裹在他那件旧大衣里,小心翼翼地拄着拐杖艰难地向前走,当他想说点什么话的时候,他就站住不走,让陪伴的人围拢他。难道他与现在站在这儿的是同一个人吗?现在他站得相当直,穿着一件笔挺的蓝色制服,上面有金色扣子,就是银行仆役穿的那种衣服;从上装那又挺又硬的领子里露出了他壮实的双下巴;在他浓浓的眉毛下,精力充沛神情专注的目光从他那双黑色的眼睛里射出来;他平时乱蓬蓬的白发如今过于整齐地梳成分头,头发油亮发光。他的帽子上有金色字母,那大概是一个银行的标志,他把帽子向房间另一边的长沙发上一抛,把长长的制服上衣的下摆往后一甩,双手插在裤袋里,一脸愠怒直朝格雷戈尔走去。打算做什么,可能他自己也不清楚;不过他至少把脚抬得很高很高。那巨大的靴底使格雷戈尔感到惊讶。不过他不敢在这上面耽误时间,从他新生活的第一天起,父亲就认为只有以最严厉的方法对待他是合适的。于是他在父亲前头跑了起来。父亲停下来时他也停下,只要父亲一动,他就又急忙向前跑。他们就这样绕着房间跑了几圈,并没有发生什么决定性的大事,因为速度慢,整个看起来也不像是在追赶。所以格雷戈尔暂时也就留在地板上,因为他还害怕,如果逃到墙上或天花板上,父亲会认为那是一种特别的恶意。但是,格雷戈尔不得不告诉自己,甚至连这样跑他也快要支持不住了,因为父亲每走一步,他就得动无数次。呼吸已经开始感到困难了,从前他的肺也不是很好的。当他这么跌跌撞撞地往前跑时,为了集中所有的力量,他的眼睛几乎睁不开;在这种麻木状态下他根本没有想到除了跑还有其他解救方法,几乎忘记他是可以上墙的,不过这儿的墙反正也被一些凹凸起伏的精致镂花家具挡住了——这时有一样不是很用力丢过来的东西紧挨着他落在地上,又滚到他前面。那是一个苹果;接着第二个苹果也向他飞过来;格雷戈尔吓得站着不动;继续跑是没有用的,因为父亲决心轰炸他了。他把碗柜上水果盘里的苹果装在口袋中,一个接一个地扔出去,只是眼下还没有好好地瞄准。这些小小的红苹果像带电似的在地板上滚来滚去,又互相碰撞着。有一个不大用力扔过来的苹果擦过格雷戈尔的背,没有伤到他就滑下去了。相反地,紧跟着来的一个简直就嵌入他的背里去了;格雷戈尔想拖着身体继续前进,好像换个地方这突如其来的难以想象的剧痛就会消失似的,然而他觉得自己像被牢牢钉住了,他昏瘫在地,三魂七魄通通出窍。只是最后一眼他还看到他的房门突然打开,母亲冲到尖叫着的妹妹前头,身上穿着内衣,因为妹妹在她昏倒时为了让她呼吸畅通为她把上衣脱了,母亲跑向父亲,一路跑,松开了的裙子一路一层层地往地板上滑去,她被裙子绊得跄跄跄跄,直冲进父亲怀中,抱住他,全身与他紧紧相贴——这时格雷戈尔的视力已经消失——双手搂住父亲的后脖子,求他保住格雷戈尔的性命。

三

格雷戈尔重伤受罪有一个多月了——那个苹果作为明显的纪念物还嵌在他的肉里,因为没有人敢去取出来——就连父母也因此而想起格雷戈尔是家庭的一员,虽然他目前的形象可怜且可厌,也不应当把他当敌人对待,相反地,家庭有义务把厌恶情绪忍住,要容忍,除了容忍别无其他选择。

即便格雷戈尔很可能因伤而永远失去行动能力,目前他穿越房间就需要长长的几分钟时间,像个伤残老人——往高处爬则是想都不用想——,可是他认为,他的状况虽然很糟糕,但他却得到了完全足够的补偿。现在,每到晚上,起居室的门就打开了,他总是一两小时前就专注地对着门看,门开了,他躺在自己房间的暗处,从起居室那儿看不到他,而他则可以看见全家坐在点着灯的桌旁,可以听他们的谈话,在一定程度上这是大家允许的,所以说,情况和以前是完全不同了。

自然,他们的谈话已不是从前那种气氛活跃的谈天说地了,以前,每当格雷戈尔在旅店狭小的客房里,疲惫不堪而只能倒在发潮的床褥上时,他总是带着几分渴望想着那种家人聊天的活跃情景。现在他们多半是悄然无声。父亲吃过晚饭不久就在他的沙发椅上睡着了;母亲和妹妹互相提醒别作声;母亲在灯下,离着灯很远,弯腰低头为一家时装店缝制精致的内衣、床单之类的东西;妹妹已干上了售货员的工作,为了以后能找到更好的工作,她晚上学习速记和法语。有时候父亲醒了,像是根本不知道自己睡过了,他会对母亲说:"你今天又缝了这么久了呀!"之后就立刻又睡着了,这时母亲和妹妹便疲倦地相视而笑。

父亲固执得很,连在家也不肯脱下制服;睡衣高高地挂在衣架上,而他则穿戴整齐地坐在他的位子上打瞌睡,好像随时准备去上班,在家也在等着上司的吩咐似的。这样一来,虽有母亲和妹妹的仔细照料,他那件原先就不是新的制服便渐渐地不那么干净了,格雷戈尔常常整晚整晚地望着这件布满油渍而金色钮扣擦得锃亮的衣服,老人穿着它极其不舒服却又安静地睡着了。

每当时钟敲响十下,母亲就轻声叫醒父亲,劝他上床去睡。因为在这儿根本睡不好,而父亲则非常需要睡眠,他早晨六点就得去上班。但是,出于一种自从当了仆役就染上的偏执症,他总是执意要在桌旁再多待一会儿,虽然他总是又睡着了,到后来不得不极其费事地才能把他从沙发椅转移到床上去;无论母亲和妹妹如何不断地轻声催促告诫,他就是闭着眼睛慢慢地摇着头,甚至摇上一刻钟也不肯站起来。母亲扯扯他的袖子,对着他的耳朵说些讨他喜欢的话,妹妹放下功课过来帮助母亲,但是这些对父亲都起不了作用。他在沙发椅上越坐越往里靠,直到两个妇女叉着他的胳肢窝,他才看看母亲,又看看妹妹,并且总是说:"这是什么生活呀,这就是我平静的晚年啊。"于是他靠着两个妇女的支撑非常费事地站了起来,仿佛他自己对自己是个极大的重担似的。她们两人扶着他走到门口,他在那儿挥手让她们离开,独自继续向前走,而随后母亲则会慌忙丢下针线,妹妹慌忙丢下笔,追着跑上去再助父亲一臂之力。

在这个劳累不堪过度疲倦的家里,除了非做不可的事情之外,谁还有时间来关心照料格雷戈尔呢?家庭预算越来越紧;女佣终于也给辞退了;一个个头极高而瘦骨突出白发蓬乱的老妈子每天早晚来干些粗重活;其他所有一切都由母亲在繁忙的针线活之外去照管了。甚至于连变卖家传首饰这种事也发生了。往昔有娱乐活动时或在节庆日子里,母亲和妹妹总要欣喜万分地戴上它们的,变卖首饰是格雷戈尔晚上在大家谈论变卖所得时听来的。不过,家人最大的苦恼则是不能搬离就目前状况来看过大的住房,因为想象不出该如何把格雷戈尔搬运过去,但是格雷戈尔很清楚,搬家一事之所以不成,并不只是顾虑到他,因为他们完全可以用个合适的木箱打上几个通气孔搬运他,这事并不难;阻碍家人搬家的主要原因是他们完全绝望了,他们认为,在所有的亲朋好友们中间,没有人像他们这样遇到如此的不幸。世界对穷人所要求的一切都最大限度地落到了他们的身上,父亲为银行的小职员跑腿买早点,母亲为陌生人的内衣出力卖命,妹妹随着顾客的命令在柜台后跑来跑去,再多就是他们这个家庭力所不及的了。每当母亲和妹妹把父亲送上床返回来后,她们就放下工作脸挨着脸靠得紧紧地坐着;而当母亲指着格雷戈尔的房门说:"把那边那扇门关上吧,葛蕾特。"格雷戈尔便又处在黑暗之中了。这时,隔壁两个妇女就泪眼相向,甚或欲哭无泪,干瞪着眼看着桌子;每当这种时候,格雷戈尔背上的伤又会疼痛起来。

格雷戈尔几乎是不眠地度过日日夜夜,有时候他想,等下一次门开的时候,他要完全像以前那样管起家中的事;在这么长时间之后,他脑海里又出现了老板和代理,伙计们和学徒工,那个迟钝的勤杂工,两三个在其他公司做事的朋友,一个偏僻地区旅店的侍女,这是一个稍纵即逝的甜蜜回忆,一个帽店的女取款员,他曾认真地向她求过婚,但是太晚了——他们都出现了,或和陌生人或和一些他已经忘却的人夹杂在一起,但他们并不帮助他或他的家人,全是无法接近的样子,当他们消失时,他会感到高兴。但有时候他一点也没有心情去为家人担忧,反而为得不到好的照料而恼怒不已,虽然他自己也想象不出来对什么东西有胃口,他还是计划着如何溜到食物储藏间去,即使不饿,也要取走他分内应得的食品。妹妹现在已不再费心去想,什么东西会使格雷戈尔特别欢喜,她只在早晨和中午上班之前匆匆地用脚随便把一样食物推入格雷戈尔的房间,晚上就挥动扫帚,一把扫出,不管食物只尝了几口或者——这是最常有的情况——连碰都没碰一下。打扫房间现在都放在晚上了,并且匆忙得不能再匆忙了。墙上有一道道脏痕,地上到处是成团的尘土秽物。起初,格雷戈尔在妹妹来的时候,总是跑到这种特别脏的角落去,以此多少表示责备之意,但是他即使在那儿待上几个星期也不能使她有所改进;对这些肮脏状况她看得同他一样清楚,但她决心让它们脏下去,同时又以一种她从未有过的敏感守护着她打扫格雷戈尔房间的权利。其实全家都染上了过敏症。有一次母亲为格雷戈尔的房间做了一次大扫除,只用了几桶水就弄好了——不过房间潮湿也使格雷戈尔很不舒服,他摊开身体,愤愤不平,一动不动地躺在长沙发上——但是母亲没能逃过惩罚。因为那天晚上妹妹一发觉格雷戈尔的房间变样了,就立刻怒气冲天跑到起居室去,她不理会母亲抬起双手对她恳求,号啕大哭起来了,她的父母——父亲当然是从沙发上惊跳起来——起初只是惊愕无助地看着,后来他们也待不住了;父亲朝右边责怪母亲没把打扫格雷戈尔房间的事留给妹妹做,他又朝左边对妹妹嚷叫,说以后再不准她打扫格雷戈尔的房间了;而母亲则努力想把父亲拖到卧室去,因为他已激动得不能控制自己了;妹妹抽泣得全身发抖,用她的两个小拳头捶着桌子;格雷戈尔气得大声嘶嘶作响,因为没有人想到把门关起来,免得他看到听到这吵闹的一幕。

但是,就算妹妹因为上班而疲惫不堪,厌倦于像以前一样照料格雷戈尔,母亲也完全没有必要取而代之,而格雷戈尔也无须落到这样被疏忽的地步。因为现在有那个老妈子了。这个老寡妇在她长长的一生中,可能凭着她粗壮的骨架,最可怕的事也挺住了,她并不真的厌恶格雷戈尔。有一次,她并不是出于好奇,而是偶然地打开了格雷戈尔的房间,看到了他,格雷戈尔大吃一惊,虽然没有人追赶他,他还是来来回回地跑起来了,她就双手交叉放在腿上惊讶地站在那儿。自从那次之后,她每天早晚总不忘匆匆地把门打开一点看看格雷戈尔。起初,她还用很可能她自认为是友善的话招呼他去她跟前,譬如"过来呀,老蜣螂!"或"看看那只老蜣螂!"对这种招呼格雷戈尔一概不予理会,他一动不动地待在原来的地方,就像门根本就没开一样。他们与其让她这样兴之所至一无是处地干扰他,倒真不如命令她每天打扫他的房间呢!一天清晨——一阵急雨打在窗玻璃上,大概已是春天将至的征兆——,当老妈子又开始对他唠叨起来时,格雷戈尔恼火之极,就对着她而去,像是要袭击她似的,只是他爬得慢而且显得衰弱无力。可是那老妈子并不害怕,她仅仅把靠近门的那把椅子高高举起,她张大嘴巴站在那儿的样子,目的明确,要等到她手中的椅子砸到格雷戈尔背上时,才会闭上嘴巴。"哼,怎么不再过来了?"当格雷戈尔转身回去时,她这么问道,接着就若无其事地把椅子放回角落去。

格雷戈尔现在几乎一点也不吃东西了,他只有在偶尔经过食物时才会为了好玩咬上一口,把东西含在嘴里几小时之久,然后多半再吐掉。起先,他以为是房间的状况使他分心,因而不想吃东西,然而,他很快就和房间的各种变化和平相处了。大家已经习惯于把别的地方放不下的东西往这房里搁了,而这样的东西现在多得很,因为家里有一间房间租给三个房客了。这些不苟言笑的先生——三个人都留了大胡子,这是格雷戈尔一次透过门缝看到的——十分注意整齐清洁,不只是他们住的房间,因为他们既然已租住这房子了,所以整个家的一切也都要整洁,特别是厨房。多余的,甚或是肮脏的东西他们无法忍受。此外,他们自己把大多数家具都带来了。这就使家里许多东西成为多余,这些东西既不好卖,丢掉也可惜。所有这些都到了格雷戈尔的房间。还有煤灰箱和厨房的垃圾箱也来了。只要是眼下不用的东西,老妈子干脆就匆匆地扔进格雷戈尔房间;还好,格雷戈尔多数只见到东西和拿着东西的那只手,那老妈子或许想有时间有机会时把东西拿走,或许想全部一次扔出去,事实上却是,东西扔到哪儿就留在哪儿,除非格雷戈尔迂回穿行于废物堆时挪动了它们,起初他被迫这么做,因为没有其他地方空出可以让他爬,后来他则越来越感兴趣,虽然在这样的迂回曲折的爬行之后,他总是累得要死并且感到忧伤,又是几小时不动地待着。

因为房客们有时候晚饭也在家里公用的起居室吃,所以起居室的门有几个晚上是关着的,但是格雷戈尔并不在乎,有时候门开着,他也不去利用机会,而是蜷缩在他房间最暗的角落里,家人对此一无所知。一次,老妈子没把通往起居室的门全关上,到晚上房客进入起居室灯也点上时,门还是开着一点。他们坐在桌子的上首,这是以前父母和格雷戈尔坐的地方,打开餐巾,拿起刀叉。很快母亲就端着一盘肉出现在门口,紧跟在她身后的妹妹端着一盆堆得高高的土豆,饭菜冒着浓浓的热气。房客们向前低头对着放在他们面前的盘子,像是吃之前先要检查一番,而事实上坐在中间仿佛对其他两人具有权威的那位,真的在盘里切下一块肉,他显然是为了看看肉煮得烂不烂,要不要退回厨房重做。他满意了,在一旁紧张地看着的母亲和妹妹才松了一口气,露出笑容。

家里人自己在厨房里吃饭,虽然这样,父亲在去厨房之前还是要先进来一下,他总把帽子拿在手中,鞠着躬绕桌走一圈。房客们全都站起来,嘴里含糊不清地说点什么话。接着,当没有别人在场时,他们就几乎完完全全一言不发地吃饭。令格雷戈尔感到古怪的是,在各种不同的吃饭声中,听来听去总能听出牙齿的咀嚼声,似乎是借此向格雷戈尔指出,想吃东西就得有牙齿,没有牙齿的嘴巴,即使再好也成不了事。"我是有胃口的呀,"格雷戈尔忧心忡忡地自言自语,"但是对这些东西没胃口,这些房客吃得有滋有味,而我却要死了。"

就是在这一个晚上——变形以来这整段时间内,格雷戈尔记不得听过小提琴声——厨房里传来了小提琴声。房客已吃完晚饭,坐在中间的那位抽出一份报纸,给另外两个人一人发一张,现在他们向后靠着看报,一边还抽着烟。提琴一拉起来,便引起他们的注意,他们站起来,踮着脚走到前厅门口,挤成一团站在那儿。厨房里的人一定听到他们了,因为父亲喊道:"先生们是不是不喜欢有人拉琴?可以马上停止的。""恰恰相反,"中间的那位先生说,"小姐要不要上我们这儿来,在房间里拉?这儿方便舒适多了。""噢,好的。"父亲喊道,好像拉小提琴的人是他似的。几位先生退回房里等着。很快,父亲拿着琴谱架子,母亲拿着琴谱,妹妹拿着提琴进来了。妹妹镇静地做着演奏前的一切准备;父母亲以前从未出租过房间,因此对房客礼数过多,竟不敢坐到自家的椅子上去;父亲靠在门上,右手插在扣得好好的制服上的两颗纽扣之间;母亲坐在一位房客端来请她坐的椅子上,那位先生正好把椅子放在一旁角落里,母亲也就不加挪动而坐在那儿了。

妹妹开始拉小提琴;父亲和母亲各自从自己的一侧全神贯注地注视她操琴的动作。格雷戈尔被琴声吸引住了,他大着胆子向前来了一点,头便已经伸进起居室了。最近一段日子他为别人考虑得很少,对此他竟毫不以为怪;而以前他是很为能够体谅他人而备感骄傲的。正是像目前这种状况,他该更有理由将自己藏起来才对,因为他的房间到处是灰尘,即使最轻微的动作也会使尘土飞扬,他的身上也因此沾满灰尘,他到哪儿,就把背上和两侧的线头、毛发和食物渣也拖到哪儿;他现在对一切都太无所谓了,不再像以前那样一天要翻过几次身用背在地毯上蹭了,尽管情况如此,他却毫无怯意地在一尘不染的地毯上前行了一段。

不过,也没有人注意到他就是了。家里人全神贯注于小提琴演奏;房客们则相反,起先他们手插在裤袋中站在妹妹琴谱架后面,他们靠得实在太近,全都看得见乐谱,这肯定是要干扰妹妹的,很快他们就低着头一边压低声音谈着话一边退回到窗口那边去,父亲担心地注视着他们。现在看来事情真是再清楚不过了,他们原本以为可以听到优美或是可以助兴的小提琴演奏,而他们失望了,对整个表演厌倦了,只是出于礼貌才让自己的宁静受到干扰。他们全都从鼻子和嘴里朝高处喷着烟,从他们的样子就可以看出他们已十分烦躁不耐烦。然而妹妹却是拉得那么好,她把脸侧向一旁,眼光慎重而忧郁地循着一行行的乐谱看着。格雷戈尔又前进了一点,他把头紧贴着地面,想尽可能地接触到妹妹的目光。既然音乐这样感动他,他难道是动物吗?他觉得,通向他所渴望的不知名食物的道路展现在他面前了。他下定决心要挤到妹妹面前去，拽拽她的裙子，向她表示，请她带着小提琴到他房间去，因为这儿没人会像他想做的那样对演奏予以回报，他不会再让她离开他的房间，至少，只要他还活着；他的可怕的样子将第一次对他有用处；他要同时守在房间的所有门口，对闯入的人吼叫；不能要妹妹勉强留在他房里，而是要自愿的；她应该和他一起坐在长沙发上，低下头听他说话，而他要告诉她，他已下定决心送她去音乐学院，要不是这期间发生了这不幸的事，他早在去年的圣诞节——圣诞节大概早已过了吧？——就会对全家宣布了，而且他不会理会任何反对意见的。听了这样的表白，妹妹肯定会感动得号啕大哭起来，格雷戈尔就会抬高自己的身体，凑近妹妹的肩膀去吻她的脖子；自从她到店里做事以来，她的脖子就露在外面，既不系带子也没领子包着。

"萨姆沙先生！"中间的那位先生朝父亲叫着，然后没有再多说一句话，而是用食指指着缓慢行进的格雷戈尔。小提琴声戛然而止，中间那位房客先是摇着头对他的朋友微笑了一下，接着又朝格雷戈尔那边看去。在父亲看来，先去安抚房客比赶走格雷戈尔更加迫切，虽然房客们根本就没有不安，并且看来他们对格雷戈尔比小提琴演奏更有兴趣。父亲赶紧跑向他们，想用张开的双臂催赶他们回房间去，同时用身体挡住他们的视线，不让他们看见格雷戈尔。这时他们有点生气了，不知道是因为父亲的举止，还是因为现在突然明白过来，原来他们有格雷戈尔这样一个邻居却被蒙在鼓里。他们要求父亲做出解释，也举起了手臂，并不安地扯着胡子，慢慢地朝自己的房间退去。演奏突然打断之后，妹妹惘然若失；这时，她清醒过来了，本来她漫无意识地把琴和弓拿在垂着的手中，眼睛继续看着琴谱，好像还在拉琴似的。这样过了一会儿，然后她一下子振作起来，把琴放在呼吸困难重重喘着气还坐在椅子上的母亲腿上，跑进隔壁房间里去；那几位房客在父亲的催赶下也快靠近这房间了。只见被子和枕头在妹妹熟练的手中向高处掀起又整齐放好，在房客们回到房间之前她就铺好床铺溜出来了。父亲的倔强脾气似乎又发作了,完全忘了他对房客该有的尊敬。他一味地赶着他们,直到门口,中间那位房客用脚重重地跺着地板,这才使他停了下来。"我宣布,"这位房客说,他抬起手,眼睛也扫向母亲和妹妹,"鉴于这房子里和这家人的可憎状况"——说到这儿他断然朝地上啐了一口——"我马上退房,这些天的房租我自然是一分也不给。相反地,我还要考虑一下,是否对您提出些什么要求——请相信我——理由是很容易找到的。"之后他一言不发,眼睛看着前方,好像在等待什么似的。他的两个朋友果然马上就想到要说"我们也立即退房",接着他抓住门把砰的一声把门关上。

父亲步履蹒跚,用手摸索着走到他的沙发椅前,一下子跌坐在上面,看起来似乎是像平时晚间那样,摊开身体小睡一会儿,但他不停地点头的样子又表明他根本不是在睡觉。格雷戈尔一直静静地趴在刚才房客发现他的地方。对计划失败的失望,或许还有因他经常饥饿造成的虚弱,使他动弹不得。他心知不妙,等一会儿大家肯定要指责他的;他等待着,连小提琴从母亲颤抖的手指上滑出,从她腿上掉下来发出的响声也没惊动他。

"亲爱的爸爸妈妈,"妹妹说,她用手在桌上拍了一下作为提示,"再不能这样下去了,或许你们还看不清楚,可我是看得很清楚了。在这怪物面前我不愿意说出我哥哥的名字,所以我只说:我们一定得设法弄走它,我们已尽我们的所能去照料它容忍它了,没有人可以对我们有丝毫的指责。"

"她说得很对。"父亲自言自语地说道。母亲仍一直喘不过气来,她用手捂着脸低声咳起来了,眼睛的表情像精神失常。

妹妹赶紧跑到母亲那儿,扶住她的额头。父亲似乎因为妹妹的话心里有了一定的想法,他坐直了身子,玩弄着那顶放在房客晚饭后留下的杯盘之间的仆役帽子,眼睛间或看看静静待着的格雷戈尔。

"我们一定得设法把它弄走,"这时妹妹对父亲一个人说道,因为母亲咳着,听不见她说什么,"它终究会把你们两个人都搞死,我预见这事一定会发生的。像我们这样必须辛苦工作的人,是无法再在家中忍受这种折磨了,我再也不能忍受了。"说着,她号啕大哭起来,泪水流到母亲脸上,她机械地用手抹掉。

"孩子,"父亲充满同情地说,他表现出异乎寻常的理解,"可我们该怎么办呢?"

妹妹耸耸肩膀表示她也不知道该怎么办,刚才那么有把握,现在则相反,哭着的时候她就没主意了。

"假如他能懂我们的意思,"父亲半说半问;妹妹一边哭一边猛摇着手,表示这是不可能的。

"假如他能懂我们的意思,"父亲重复一遍,接着闭起眼睛,接受了妹妹对此认为不可能的想法,"那么还可以同他有个协定。但是像这样子——"

"它必须离开,"妹妹喊了起来,"爸爸,这是惟一的法子。你只有设法不去想它是格雷戈尔,可我们一直相信它是,这才是我们真正的不幸。但它怎么是格雷戈尔呢?如果它是格雷戈尔,他老早就会明白,人和这样一只动物是不可能共同生活的,他就会自动走掉;虽然我们会失去一位哥哥,但我们可以继续生活下去,并且会怀着敬意纪念他。但是像现在这样,这只动物追踪我们,赶走房客,显然想霸占整套房子,让我们在巷子里过夜。看呀,父亲,"她忽然大叫起来,"他又来了!"格雷戈尔完全不能理解妹妹为何如此惊慌。在这惊慌中,她甚至不顾母亲,突然离开母亲的坐椅,简直就是跳离椅子,仿佛她宁愿牺牲母亲也不愿留在格雷戈尔近旁似的;她跑到父亲背后,父亲因为她的举止而激动不安,他也站了起来,像是为了保护她似的半举起手。

可是格雷戈尔根本就没想到要吓唬任何人,更别说吓唬自己的妹妹了。他只不过是想转过身回自己的房间去,但这动作看起来十分特别;由于他多灾多难的身体状况,他转身十分困难,必须借助头部的力量,并且多次抬起头再把它往地板上一撑。这时,他停了下来回头看了看。大家似乎看出他的善意了;刚才的惊慌一下子就过去了。全家人现在沉默而忧伤地看着他。母亲躺在沙发椅上,双腿靠在一起伸出来,她的眼睛因为疲惫而几乎睁不开了;父亲和妹妹坐在一起,妹妹的手围搭在父亲脖子上。

"现在我大概可以转身了吧。"格雷戈尔想,于是又行动起来。他因行动艰难而气喘吁吁,不得不时而停下来休息,当然并没有人来催他,一切都随他自己的意愿。完全转过身之后,他立刻径直爬向房间。他很惊讶,他和房间的距离居然这样长,真不知道刚才他以如此羸弱之躯是如何在不知不觉中走过那段路的。他一心想快爬点,根本没注意到家人并未用话语或喊声来干扰他,直到进门了,他才转过头去;因为脖子僵硬,他没能完全转过去,但也还是看得见身后一切都没有改变,只有妹妹站了起来。他最后扫了母亲一眼,她已经完全睡着了。

他刚一进入房间,门就忙不迭地给关上,闩紧,还锁了起来。格雷戈尔被身后突如其来的响声吓得腿都发软了。那个急急忙忙的人是妹妹。她事先已站在那儿等着了,然后灵敏地向前跳去,格雷戈尔一点儿也没听见她过来,她一面转动钥匙把门锁上,一面对父母亲喊道:"终于进去了!"

"现在又怎么办呢?"格雷戈尔自问道,在黑暗中向四周看了看。很快他就发现,自己现在一点儿也动不了了。对此他并不奇怪,而对自己至今为止一直是用那些细细的腿在爬动,看来倒并不是那么自然了。除此之外,这会儿他还是觉得比较舒服的。虽然全身都在作痛,但他好像感到疼痛逐渐逐渐地在减轻,最后终于完全消失。对他背上的烂苹果和周围发炎的还蒙着轻软灰尘的地方,他已不怎么感到难受了。他满怀感动和爱意地回想着家人。他认为自己应该消失,这想法很可能比妹妹还坚决。他处在这种茫然而平静的沉思之中,直到钟楼的钟敲响三下。窗外破晓的天色他还依稀看到了一点,接着他的头就不知不觉地垂了下去,他的鼻孔无力地呼出最后一口气。

清晨女佣来的时候——她力气大又匆忙,开关所有的门都是砰然作响,不管对她说了多少次请她不要这样也没用,她一来谁都甭想睡安稳觉——照常去看格雷戈尔一眼。起初她没发现有什么特别的现象,她以为他故意一动不动地躺在那儿装作不爱理人的样子;她相信他什么事都懂,这时她手上正好拿着一把长柄扫帚,她就从门口用它拨弄格雷戈尔。可是拨弄了半天也没有反应,她就恼怒了,使劲往格雷戈尔身上戳,直到她把他从原地推开而他还毫无反抗时,她才留意起来。很快她就看出事情的真相,她睁大了眼睛,吹起口哨,但她没多停留,而是推开卧室的房门对着黑漆漆的房间大喊道:"你们来看呀,它死了,它就躺在那儿,真的死了。"

萨姆沙夫妇直挺挺地坐在大床上,被女佣的喊叫声吓了一大跳,稍稍镇静下来以后,他们才弄清楚女佣报告的是什么意思。他们匆忙下床来,萨姆沙先生往身上披了条毯子,萨姆沙太太则只穿着睡衣;他们就这样走进格雷戈尔的房间。这时起居室的门也打开了,自从有了房客后葛蕾特晚上就睡在这儿;她衣服穿得好好的,好像整夜未眠,她苍白的脸也可证明这一点。"死了?"萨姆沙太太说,还用疑问的眼光望望女佣,虽然她可以自己一一查看,纵然不查看,一切也是很清楚的。"那还有错。"女佣说着用扫帚把格雷戈尔的尸体远远地向旁边推出去,证明她说的没错。萨姆沙太太动了一下,好像想挡住扫帚,但她没那么做。"那好,"萨姆沙先生说,"现在我们可以感谢上帝了。"他在胸前画了十字,三位妇女也照他的样做了。葛蕾特一直看着尸体,她说:"你们看,他多瘦啊,他已有那么长时间什么也没吃了。放什么东西进去,拿出来还是那些东西。"格雷戈尔的躯体确实又干又瘪;因为现在他不再由那些细腿支撑起来,也没有其他什么事使人分神,所以到现在才看清楚他是这么干瘪。

"来吧,葛蕾特,到我们这儿来待一会儿。"萨姆沙太太带着忧郁的微笑说。葛蕾特便跟着父母到卧室去了,而且一面走还一面回过头来看着那尸体。女佣关起门,把窗户敞开,虽然是清晨,清新的空气里却带着一丝暖意。毕竟已经是三月了。

三位房客从他们房里出来,他们惊讶地找着早餐;人家把他们给忘了。"早餐呢?"当中的那位先生不高兴地问女佣。女佣则把手指头放到唇边,不说一句话,急忙地向他们招招手,让他们到格雷戈尔房里来。他们来了,手插在已有些磨痕的外衣口袋里,围着格雷戈尔的尸体站着。现在房间里已经很亮了。

这时卧室的门打开了,萨姆沙先生穿着制服,一边搂着他的夫人,一边搂着女儿出来了。他们三人眼睛都有点哭过的样子;葛蕾特时而把脸靠在父亲手臂上。

"诸位马上离开我的房子!"萨姆沙先生一边说,一边指着门,也不放开身边的两位女人。"您这是什么意思?"中间的那位先生有点惊愕地说,还虚情假意地笑了笑。另外两位先生把手放在背后不停地搓着,好像很高兴地期待着一场大争吵,而且相信他们这一方稳操胜券。"我的意思就像我说的那样。"萨姆沙先生回答道,接着就和旁边两位女伴排成一列走向这位房客。那位房客起初静静地站在那儿,眼看着他,脑子里似乎正在重新掂量着事情的轻重。"那我们就走了。"然后他说道,同时望着萨姆沙先生;他突然变得那么谦卑,好像连决定离开也需要新的许可似的。萨姆沙先生只是睁大眼睛对他们草草地点了几下头,于是这位先生马上就真的大步向门厅走去;他的两位朋友已经有好一会儿停止搓手并用心听着了,这时简直就是跟着他跳了出去,仿佛生怕萨姆沙先生会在他们之前进入门厅而切断他们与自己的领头人之间的联系似的。在前厅,他们三人从衣架上取下帽子,从手杖筒中拿了手杖,一言不发地鞠了个躬就离开了房子。萨姆沙先生带着一种完全没有来由的怀疑,和两位女人也向楼梯口走去;他们靠在栏杆上,看着这三位先生缓慢但不停地走下长长的楼梯,他们走到每一层楼梯口的拐弯处就消失不见了,过了一会儿他们就又出现了;他们越往下走,萨姆沙一家对他们的兴趣也就越小,当一个昂首挺胸头上顶着东西的肉店伙计迎着他们,接着又同他们擦肩而过走上楼来的时候,萨姆沙先生和两位女人便很快离开栏杆,像松了一口气似的返回屋里。

他们决定,今天要用来休息和散步;他们应该歇歇工了,而且也实在有这种必要。因此他们就坐到桌旁去写假条,萨姆沙先生给管理人,萨姆沙太太给她的订户,葛蕾特给店老板。他们写的时候,女佣进来说,早上的事做完了,她要走了。三位正在写信的人起初只是点点头,并没有看她。当她总也不走时,他们不悦地抬头看着她。"你有什么事?"萨姆沙先生问道。女佣笑笑站在门口,好像有大喜事要报告似的,但要等到人家好好问她时她才准备说。她帽子上那根插得笔直的鸵鸟羽毛前后左右轻轻地颠摆着,从她开始受雇到现在,萨姆沙先生就一直讨厌这羽毛。"好吧,你到底想说什么呢?"萨姆沙太太问,对她这个女佣还是比较尊重的。"是的,"女佣回答,她那么友善地笑着,笑得不能马上接着说话,"就是你们不必担心怎么搬掉隔壁那东西了。都已弄好了。"萨姆沙太太和葛蕾特埋下头,做出要继续写信的样子;萨姆沙先生看出,女佣现在想详细地把一切好好描述一番,就伸出手断然阻止她。因为没法叙述了,她想起了自己也很忙,就气呼呼地大声说:"再见了,各位!"接着猛然转过身去,在震耳的关门声中离开了屋子。

"今晚就辞掉她。"萨姆沙先生说,但是他的妻子和女儿谁也没搭腔,因为女佣好像把她们刚获得的宁静又给搅乱了。她们站起身走到窗口,在那儿紧紧地拥抱在一起。萨姆沙先生坐在沙发椅上朝她们转过身去;他静静地向她们注视了一会儿,然后叫道:"好了,你们过来,事情过去了,就别再想了,你们也该为我操操心了。"两个女人马上听从,赶紧跑到他跟前,亲热地抚慰他,接着很快把假条写完。

随后,他们三人一起离开住所,坐上电车到郊外去,好几个月来他们没有一同出过门了,暖暖的阳光照满车厢,车厢里除了他们没有别人。他们舒适地靠着椅背谈论着对未来的展望，他们发现，仔细想想事情并不算糟，因为三个人的工作都相当不错，特别是以后还会有发展，关于这些事他们彼此间原先就没好好谈过。目前最能改善他们处境的当然是搬家；他们现在想搬到一个比较小比较便宜但位置比较好也比较实用的房子里去，现在的房子还是格雷戈尔选的呢。当他们这么谈着的时候，萨姆沙先生和太太看着变得越来越活泼的女儿，几乎同时注意到，虽然由于种种折磨女儿的脸色苍白，但最近这段时间里她已出落成一个身材丰满而美丽的少女了。他们变得沉默起来，不知不觉间用默契的眼神看着对方，他们在想，到时候了，也该为她找个好丈夫了。电车到达目的地时，他们的女儿第一个站起来，舒展了一下她那年轻的身体，在他们看来，这恰恰是对他们新的梦想和良好心愿的一种肯定。

谢莹莹　译

作家生前未发表的作品

乡村婚礼筹备

(一稿)

当爱德华·拉班穿过走廊，跨进门洞时，发现下雨了。雨下得不大。

他眼前的人行道上人来人往，迈着各种各样的步伐。有时会走出一个人来，横穿马路。一个小女孩，双手平伸，捧着一只疲惫的小狗。有两位先生正互相告诉对方什么事情，其中一个双手掌心向上，平稳地摆动着，好像托着什么东西。还可以看到一位女士，她的帽子上缀满了饰带、别针和花朵。一位拄着细手杖的年轻人匆匆走过，他的左手像是瘫了似的平放在胸前。偶尔有抽着烟的男人走过，细长的烟雾在他们面前袅袅上升。三位先生——其中两位把薄外套搭在弯曲的小臂上——不时从房屋的墙边走到人行道边，看看那里发生的情况，然后又说着话退回原处。

透过来往行人的空隙，可以看见马路上铺得整整齐齐的石子。马匹伸长脖子拉着车，车轮精致而高大。车里靠在软座上的人，默默地看着行人、店铺、阳台和天空。当一辆马车要超过另一辆时，马匹们就挤在一起，缰绳晃来晃去。牲口们拉着车辕，车子摇晃着滚滚向前，直到完全超过前面的车，马才重新分开，只有瘦长、安静的马头还凑在一起。

有几个人快步向房门走去，在干燥的马赛克地板上停下来，慢慢转过身，然后注视着被挤进这条窄巷的雨点纷乱地落下。

拉班感到疲倦。他的嘴唇苍白,就像他那绘有摩尔人图案的厚领带上已消退了的红色。马路对面门前的女士正看着他。她漫不经心,而且,她可能只是在看他面前的雨,或者是他头顶上门边钉着的那一小块公司招牌。拉班认为,她正吃惊地看着。"那么,"他想,如果我要是能告诉她,她就根本不会觉得奇怪了。某人工作过度,累得甚至不能好好享受自己的假期。而且,即便做了所有的工作,他还是不能要求所有的人都善待他,相反,他对所有人来说都是完全陌生的。而且,只要你不说"我"而说"某人",那就不算什么,别人可以说这个故事是虚构的,而一旦你承认讲的就是你自己,别人就会盯着你看,把你看得发毛,感到惊恐。

他把缝有格子布面的手提箱放到地上,同时弯了弯膝盖。雨水已经在马路旁汇成一股水流,几乎是奔涌着流进低处的下水道里。

可是,如果我自己把"某人"和"我"区分开,那我还怎么埋怨别人呢。他们也许不是不公正,可是我太累了,没法去弄明白一切。我甚至累得无法轻松走到火车站的这一小段路。我为什么不在这个短短的假期待在城里,好好休息一下呢。我太不理智了。——我明明知道这趟旅行会把我弄病的。我将要住的房间不会太舒适,乡下也没有别的可能性。现在刚是六月上旬,乡下的空气通常还很凉。虽然我会注意多穿衣服,可是我不得不跟别人一起晚上去散步。那里有许多池塘,他们将沿着池塘散步。那我肯定会着凉的。但在聊天时,我却不大能插上话。我没法把那个池塘与一个遥远地方的其他池塘相比较,因为我从未旅行过,至于谈论月亮,感受幸福和兴致勃勃地去登瓦砾堆,我又年纪太大了,不愿意干,免得招人笑话。

人们微微低着头走过,头顶上撑着深色的伞,摇摇晃晃。一辆运货车驶过,在铺了干草的车夫座上,一个男人漫不经心地伸着两条腿,一只脚几乎拖到地上,另一只脚则好好地放在干草和破布片上。他那神情像是在晴朗的天气里坐在田野上。不过他还是全神贯注地拉着缰绳,所以这辆载着铁棍的马车能自如地穿过拥挤的街道。在湿漉漉的地上,可以看到铁棍的倒影,弯弯曲曲,慢慢地从一排排铺路石上掠过。马路对面那位女士身边的小男孩穿戴得像个种葡萄的老农。他那皱巴巴的外衣下摆围成一个大圆形,只在腋下系着一根皮带。他的半圆形帽子一直压到眉毛上,帽尖上的一个流苏一直垂到左耳边。下雨使他很高兴。他从门里跑出来,睁大眼睛望着天空,好接住更多的雨点。他不停地蹦起来,溅起许多水,过往行人都生气地指责他。于是,那位女士叫住他,此后便拉着他的手;他倒并没有哭。

拉班猛地一惊。是不是已经晚了?他的大衣和上装都敞开着,所以他赶紧去掏表。表停了。他懊恼地向一个站在过道稍靠里一些的人问时间。那人正跟别人谈笑,就带着谈话的微笑回答道:"四点刚过。"就又转过头去了。

拉班赶紧撑开伞,提起箱子。他刚要跨到马路上去,却被几个急匆匆走过的女人挡住了去路,他让她们先过去。同时,他低头看见一个小姑娘的帽子,是用染红的麦秸编的,波浪形的帽檐上有一个绿色的小花环。

他走到马路上时,刚才的景象还留在他的记忆里。通往他要去的那个方向的路有点上坡,他得费点儿劲,于是,他很快把刚才的事忘了;那个小箱子对他来说并不轻,而且风迎面吹来,掀起他的外衣,从前面顶着雨伞的伞骨。

他不得不大口喘着气;附近一个广场的钟敲响了四点一刻,声音低沉;他从伞下可以看到迎面走来的路人的步伐轻快而细碎,拉了闸的车轮吱吱响着,慢慢滚动,马匹伸着它们细瘦的前腿,像山间冒险的羚羊。

这时,拉班觉得,他将能熬过未来十四天漫长而可怕的时间。因为只有十四天,一段有限的时间,就算是恼人的事越来越多,但时间却会不断减少,而在这段时间里必须忍受。因此,勇气无疑会与日俱增。所有想折磨我,并且现在已经占据了我周围所有空间的人,会由于对我有利的时光的流逝而被挤走,我无需帮他们一丁点儿忙。于是,自然而然的结果是,我可以软弱,默不作声,任人摆布,但是,仅仅因为这些日子会过去,所以,一切必定会好起来。

再说,我不能像童年时遇到危险时那样做了。我根本用不着亲自去乡下,没有必要。我只需把我穿了衣服的躯体打发去就行了。如果这躯体摇摇晃晃地走出我的房门,那么这摇晃并非表示胆怯,而是表示这躯体的虚空。若是这躯体跌跌绊绊地走下楼梯,抽泣着乘车去乡下,哭着在那里吃晚餐,这也并非表明他心情激动。因为我,此刻正躺在自己的床上,平平地盖着棕黄色被子,任凭从微微开启的窗户透进来的风吹拂。

我觉得,我躺在床上的形态像一只大甲虫,一只麋螂或一只金龟子。

他在一个橱窗前停了下来,湿漉漉的玻璃后面陈列着挂在小棍上的男用小帽,他嘬着嘴唇往里看。我的帽子度假够用了,他想着又继续向前走,如果有人因为我的帽子而无法忍受我,那就更好了。

一只甲虫的巨大体形,对。然后,我就做出甲虫冬眠的样子,我把我的小细腿紧贴在鼓起的肚子上。我低声说出几句话,这是对我那悲伤的躯体的吩咐,它弯着腰站在我身边。我很快就吩咐完了,它鞠了一躬,匆匆离去,在我休息期间,它将会把一切妥善处理好。

他走到一个敞开着的圆拱形大门前,大门位于一条通向一个小广场的陡峭小巷的高处,广场四周有许多商店,都已点上了灯。由于四周有灯光而显得有些昏暗的广场中央,竖立着一座纪念碑,是一个若有所思的男人的坐像。行人像是在灯光前移动的细长挡光板,由于地上的水洼把所有的亮光都扩展得又远又深,使广场的景象不停地变化着。

拉班走进广场深处,急促地躲过飞奔而过的马车,从一块干石板跳到另一块干石板,将撑开的伞高高举起,以便看清周围的一切。一直走到一根路灯柱旁,他才停下来,灯柱立在一块四方形小石礅上,它同时是个公车站。

有人正在乡下等着我呢。他们会不会已经担心了？但是，自从她到乡下以来，我已经整整一个星期没有给她写信了，只是今天早晨写了一封。这样，人们最终会把我的外貌想象成另外的样子。他们也许会以为，我跟谁打招呼，就会向谁冲过去，但这不是我的习惯，或者，他们以为，我一到那里就会跟他们拥抱，可我也不愿这样做。如果我试图劝慰她，就会惹她生气。要是我在劝慰她时真能惹得她大怒就好了。

这时，一辆敞篷马车缓缓驶过，两盏点燃的车灯后面，两位女士坐在深色皮面的小长凳上。其中一个往后靠着，脸被面纱和帽子的阴影遮住了。而另一位女士则挺直上身；她的帽子不大，边上嵌着细细的羽毛。每个人都能看见她，她微抿着下嘴唇。

正当这辆马车驶过拉班身边时，一根什么柱子挡住了右边那匹马的视线，然后，一个什么车夫——他头戴一顶大礼帽——坐在极高的车夫座上，被推到女士们面前。这时，车子已经驶远了，随后，他们的车子自己绕过一所现在变得很显眼的小房子拐角，从视线中消失了。

拉班的目光尾随着那辆车，他歪着头，伞柄靠在肩上，以便看得更清楚。他把右手的拇指伸进嘴里，蹭着牙齿。他的箱子侧立在他身边。

马车们从小巷里出来，驶过广场，又进入别的小巷，马匹的躯干像是被甩出去似的，沿水平方向飞奔，但头颈的上下起伏表明它们动作的激烈和费力。

在三条马路汇合处的人行道上，四处站着许多无所事事的人，用小手杖敲击着石子路面。在这些一堆一堆的人中间，是一些尖顶小亭子，姑娘们在里面卖着汽水，然后是挂在细柱子上的笨重街钟，还有前胸和后背挂着大牌子的男人们，牌子上用五颜六色的字母写着许多娱乐广告，此外还有仆役们，坐在淡黄色的椅子上，手里拿着一张晚——

〔此处缺一页〕

一小堆人。两辆横穿广场、驶入下坡小巷的华丽马车,使这伙人中的几位先生后退了几步,但第二辆马车刚过——其实,第一辆马车过后,他们就曾小心翼翼地尝试过——这几位先生就又和其他人聚成一堆了,然后,他们排成一长排,走上人行道,拥进一家咖啡馆的大门,大门上方的灯光匆匆洒落在他们身上。

近处,巨大的有轨电车车厢驶过,另外几辆静静地停在远处的街上,模糊不清。

"她的背驼得多厉害呀,"拉班这时看着照片想,"她从来没有挺直过,也许她的背是圆的。我以后必须好好注意一下。她的嘴那么宽,下嘴唇无疑是突出来的,没错,我现在想起来了。还有那身衣服。当然,我对衣服一窍不通,但是,那两只勉强缝起来的袖子肯定是很难看的,看上去像条绷带。那顶帽子的边缘从脸部向上翘起,每个地方的弧度都不一样。但她的眼睛非常漂亮,是棕色的,如果我没搞错的话。所有的人都说她的眼睛漂亮。"

这时,一辆电车停在拉班面前,他周围的许多人都拥上了车厢的台阶,被紧紧挤在肩膀边的手中举着微微张开的带尖的雨伞。拉班胳膊底下夹着箱子,被挤下人行道,重重地踩进一个看不见的水坑里。电车里,一个小孩跪在凳子上,双手的指尖贴在嘴唇上,仿佛在同一个正离去的人告别。几个乘客下车后,不得不沿着车厢走几步,才能挤出人群。一位女士踏上了第一级台阶,她双手提着裙子下摆,刚刚超过脚面。一位先生抓着车厢里一根黄铜扶杆,仰头向那位女士说了几句什么。所有要上车的人都很不耐烦。售票员在大声嚷嚷。

拉班这时站在等车人群的边缘,他转过身去,因为有人喊他的名字。

"啊,雷蒙特。"他慢慢说道,向一个走过来的年轻男人伸出拿伞那只手的小拇指。

"这就是正要去见未婚妻的新郎啊。他看上去真是在热恋。"雷蒙特说,然后闭嘴一笑。

"是的,请你原谅,我今天就得走了,"拉班说,"我今天下午给你写了封信。我当然非常愿意明天跟你一起走,可明天是星期六,车都很挤,而且,旅途又长。"

"没关系。尽管你答应过我;但人家要是正在热恋——那我就得一个人走了。"雷蒙特一只脚站在人行道上,另一只脚站在石子路上,上身的重心一会儿在这条腿上,一会儿移到另一条腿上。——"你现在是想上电车吧;刚开走一辆。来,我们走着吧,我陪你。时间还够。"

"不是已经晚了吗,请告诉我。"

"你有点儿担心,这不奇怪,但你确实还有时间。我就是因为不着急,所以耽误了跟吉勒曼见面。"

"吉勒曼?他不是也要住到城外去吗?"

"是的,他和他夫人,下星期他们想出去一趟,所以我才答应吉勒曼,等他今天从办公室出来后跟他见面。他想就他们住宅布置的事吩咐我几句,所以要我见他。可我不知怎么来晚了,我去买东西来着。我正考虑要不要去他们的住宅一趟,就看见你了,一开始我对你提着箱子感到奇怪,于是叫住了你。可是现在已经太晚了,不宜去拜访人家了,我再到吉勒曼那儿去是不太可能了。"

"当然,不过,这么说,他们将是我在城外的熟人了。可是,我还从没见过吉勒曼夫人呢。"

"她非常漂亮。头发是金黄色的,生了一场病之后,现在脸色苍白。她有一双我所见过的最美丽的眼睛。"

"不过请问,美丽的眼睛是什么样的?眼睛本身是不可能美丽的,不是吗?是目光美丽吗?我从不认为眼睛会美丽。"

"好吧,我可能有些夸张了。不过她真是个漂亮的女人。"

透过一家位于一层的咖啡馆的玻璃窗,可以看见紧靠窗户的一张三角形桌子边,围坐着几位正阅读和吃东西的先生;其中一个把报纸放在桌子上,手里举着一个小杯子,正睁大了眼睛用眼角朝小巷里看。靠窗的这几张桌子后面,整个大厅里每件家具和每件用具都被客人占满了,他们围坐成一个一个小圈。他们还弓着身子坐在大厅深处——

〔此处缺一页〕
碰巧这不是一家不舒服的店,是吧。我觉得许多人会愿意承受这个负担。"

他们走到一个相当昏暗的广场上,这个广场在他们刚才所在的马路一侧就延伸开了,因为马路另一侧的地势还在继续升高。他们沿着广场一侧接着往前走,这一侧,是一排一幢紧挨一幢的房子,这排房子的拐弯处,有两排房屋向远处延伸,开始时相互隔得很远,后来似乎在无尽头的远方合为一体。这些房屋大多很小,它们前面的人行道也很窄,这里看不到店铺,也没有车辆驶过。距离他们走出来的那条小巷尽头处不远的树叶下,立着一个带有玻璃女像柱子装饰的铁架子,上面有几盏灯,灯固定在两个上下水平挂着的套环里。在宽阔的塔楼形黑暗中,梯形的火苗在玻璃嵌成的罩子中燃烧,就像在小房子里,几步之外的地方依然黑暗。

"可是现在肯定已经太晚了,你瞒着我,让我误了火车。为什么?"
〔此处缺两页〕
是的,至多是皮尔克斯霍甫,这个人。"

"我想,这个名字在贝蒂的信里出现过,他是个铁路实习工,对吗?"

"是的,铁路实习工,是个令人讨厌的家伙。你要是看见他那肉乎乎的小鼻子,就会知道我说的没错。我告诉你,要是跟这个人一起走过单调的原野的话。不过,他已经调走了,我想,而且我希望,他下个星期就离开那儿。"

"等等,你刚才说,你建议我今天夜里还留在这儿。我考虑过了,这恐怕不太好。因为我写信说过我今天晚上到,他们会等我的。"

"这很简单,你打个电报。"

"是的,这也行——可是,我不走还是不太好——而且我也累了,我还是走吧——要是他们接到电报,还会吓一跳——何必呢,再说我们去哪儿呢?"

"那你还真是走比较好——我刚才只不过那么想想——而且,今天我也不能跟你在一起,因为我困了,没精神,刚才我忘了告诉你。我这就跟你告别吧,我不想再陪你穿过这个潮湿的公园了,因为我还是想去吉勒曼家看看。现在是差一刻六点,还可以到老熟人家串个门。那么,再见,祝你旅途愉快,替我问大家好。"

雷蒙特向右转身,同时伸出右手告别,这么一来,有一刹那,他朝着与他伸出的胳膊相反的方向走。

"再见。"拉班说。

雷蒙特从不远处喊道:"嗨,爱德华,听得到我吗,把你的伞收起来,雨早就停了。我刚才没来得及告诉你。"

拉班没有回答,把伞收了起来,苍白而昏暗的天空阴沉沉地笼罩在他的头顶。

要是我至少上错了火车也好,拉班想。那样,我就会觉得旅途似乎已经开始了,如果我以后弄清楚误会后又回到这个站,心里就会觉得舒服多了。要是那个地方真像雷蒙特说的那么没意思,那也绝不是什么坏事。这样,人们肯定将更多地待在屋子里,就根本不会确切地知道其他人在哪儿,因为,如果附近有一个废墟,大家肯定会一起去那儿散步,而且去之前一段时间就肯定约好了。那么,大家就不得不为这个活动感到高兴,所以也不许去。但是,如果没有这种名胜古迹,也不会有事先的商议,因为大家知道,让所有人聚集起来是很容易的，要是有人突然一反惯例，觉得一次长途远足不错，那他只需派侍女去别人家，这些人正在家写信或读书，听到这个消息会欣喜万分。拒绝这样的邀请并不困难。但我不知道我能不能做到，因为这并不像我想象的那么容易，我现在还是一个人，做什么都行，如果我愿意，还可以回去。因为那里将没有一个我可以随时去拜访的人，没有可以一起作劳累远足的人，没有人指给我看他那儿庄稼的长势，没有人让我看看他在那儿经营的采石场。就算是老熟人，也没有把握。雷蒙特今天不是对我很友好吗，他给我讲了一些情况，他把一切描述得像展现在我面前一样。他跟我打招呼，又陪伴我，尽管他不想知道我的任何情况，而且还有别的事。现在他突然走了，可我没说过一句能伤害他的话。虽然我拒绝今晚在城里过夜，可这是很自然的，这不会冒犯他的，因为他是个理智的人。

　　火车站的钟敲响了，差一刻六点。拉班停下来，因为他感觉到心跳得厉害，然后他沿着公园的水池匆匆走去，走进一条两边种着高大灌木丛的狭窄的、灯光昏暗的路，冲进一个小树旁有许多空长凳的广场，然后稍微放慢脚步，穿过栅栏间的一个出口，来到大街上，穿过马路，大步跨进火车站大门，片刻之后找到了窗口，他不得不敲了一会儿铁皮窗。然后，一个铁路职员探过头来说，这是最后一秒钟了，他收了钞票，把车票和找的零钱重重地扔到窗台上。拉班本来想赶快点一下找他的钱，因为他觉得很可能多找了，但是，一个在附近走动的服务员把他从一扇玻璃门推上了站台。拉班一边在站台上左顾右盼，一边朝服务员喊"谢谢，谢谢"，由于找不到检票员，他就自己登上了最近的一节车厢踏板，他总是先把箱子放到上一级，然后自己再迈上去，一只手挂着伞，另一只手提着箱子把手。他上的这节车厢被他刚才还待过的车站大厅里众多的灯照得通亮；所有车窗都被推到最高处关上，有些窗玻璃前能看见挂着一盏嗤嗤作响的弧形灯，玻璃上的雨点发白，一滴一滴地不断往下淌。即使拉班关上了车厢门，坐到一条浅棕色木长椅的最后一个空位子上，他仍然能听到从站台上传来的嘈杂声。他看见许多人的脊背和后脑勺，从他们的缝隙间，可以看见他们对面长椅上的人们向后仰的脸。有几个地方盘旋着烟斗和香烟冒出的烟雾，有时还缓缓掠过某个姑娘的脸。乘客们经常互相商量着调换座位，或者把放在长椅上方一个窄小的蓝网套里的行李移到另一个网套里。要是一根棍子或一个箱子包的铁角突了出来，别人就会提醒它的主人。主人便过去把东西整理好。拉班也想了一下，然后把他的箱子塞到了自己座位底下。

他的左侧窗户边，面对面坐着两位先生，正谈论商品价格。"他们是旅行推销员。"拉班想，他平稳地呼吸着望着他们。老板派他们去乡下，他们就去，他们乘火车，在每个村庄，他们从一家商店走到另一家商店。有时他们乘马车在各个村庄之间奔走。他们不需要在任何地方久留，因为一切都要迅速进行，他们必须不断地谈论商品，只谈论商品。从事这么舒适的一个职业，人们会带着怎样愉快的心情去努力工作啊。

那个年轻一些的猛地一下从裤子后兜里抽出一个笔记本，很快在舌头上蘸湿了食指，翻动着，找到一页，一边用指甲从上往下捋着，一边读。他抬起目光时，就盯着拉班，现在他又谈起了棉线的价格，视线仍然没有从拉班脸上移开，就好像人们死盯着某一个地方看，以免忘记想说的话。他紧紧皱着眉头。他左手拿着半合着的笔记本，拇指夹在刚读过的那页，以便需要时能很容易翻到。笔记本不停地抖动着，因为他的这只胳膊没有地方支撑，而行驶中的火车就像锤子一样敲打着铁轨。

另一个推销员靠在椅背上，认真听着，不时以不同的间歇点着头。显而易见，他并不同意那个人所说的一切，过一会儿肯定会说自己的意见。

拉班把握成空拳的手掌放在膝盖上，往前探着身子，从这两位推销员的头中间看着窗户，透过窗户看着一闪而过和向后飞向远方的灯光。那个推销员说的话他根本听不懂，另一个人的回答他也不能明白。那需要先进行一番充分准备才行,因为这些人都是从年轻时候起就跟各种商品打交道的。要是某人手里这么经常摆弄着个线轴,又这么经常地给顾客看,那他就会知道它的价格,能够谈论它。人们可以谈论这些,而与此同时,一个个村庄向我们迎面扑来,又匆匆掠过,转向大地的深处而去,从我们的视野中消失。可是,这些村庄是有人住的,也许那里也有推销员从一家商店走到另一家商店。

车厢另一头的角落里站起来一个大个子男人,手里拿着纸牌喊道:"嘿,玛丽,你把细纹衬衫装上了没有?""装上了。"坐在拉班对面的那个女人说。她刚睡着了一会儿,当她被问话唤醒时,就嘟囔着回答了一句,好像她在对拉班说话。"您是去容本茨劳的集市吧?"那个活泼健谈的推销员问她。"是的,去容本茨劳。""这回是个大集市,对吧。""对,一个大集市。"她昏昏欲睡,把左胳膊肘支在一个蓝色包裹上,头重重地压在手上,手紧贴着脸颊的肉,直压到颧骨上。"她多么年轻啊。"推销员说。

拉班从背心兜里掏出售票员找给他的钱点着。他把每一枚钱币都久久地竖在拇指和食指之间,并用食指尖把它在拇指内侧翻来翻去。他长时间盯着皇帝的像看,然后又注意到用丝带扣和蝴蝶结固定在脑后的桂冠。最后,他确认,钱数是对的,然后把钱放进一个黑色的大钱包里。他刚想跟那个推销商说:"这是一对夫妻,您说对吗?"火车停了,行驶时的噪音停止了,列车员大声喊出一个地方的名字,拉班什么也没说。

火车又非常缓慢地启动了,人们可以想象出车轮的转动,但不一会儿,它就飞快地驶入一块洼地,之后,人们又冷不防地看见,窗外掠过的一座大桥的长长护栏,似乎忽而被拆开,忽而又被合到一起。

现在火车开得这么快,拉班很高兴,因为他是不会愿意在上一个地方停留的。如果那个地方那么黑,又没有认识的人,离家又这么远。那么,那里白天一定很可怕。下一站的情况是不是会有所不同,或者前几站或以后的几站,或者我将要去的那个村庄是另外的情形?

那个推销员说话的声调突然提高了。还远着呢,拉班想。"先生,您和我一样清楚,这些工厂主派人去最偏僻的小地方,他们低三下四地去找最无耻的小商贩,您以为,他们给小商贩的价格会与给我们这些大批发商的不一样吗?先生,告诉您吧,完全一样,我昨天才看见,白纸黑字,写得清清楚楚。我认为这是卑鄙行径。他们压榨我们,现在这种状况,我们根本不可能做生意;他们压榨我们!"他又看着拉班,并不为眼睛里含着的泪水而难为情;他把左手手指关节压在嘴唇上,因为他的嘴唇在颤抖。拉班把身子往后靠,左手轻轻捋着他的小胡子。

对面的女商贩醒了,微笑着用双手摸了摸额头。那个推销员放低了声音。那女人挪动了一下身子,像是还要睡觉,她半躺地靠在包裹上,叹了口气。她右侧臀部的裙子绷得紧紧的。

她后面坐着一位先生,头戴一顶旅行帽,正在读一张大报纸。坐在他对面的女孩可能是他的亲戚,请求他——她说话时把头歪向右肩——把窗户打开,因为她觉得太热了。他头也不抬地说,他马上就开,但他得先把报纸上这一段看完,他指给女孩看,他说的是哪一段。

女商贩再也睡不着了,她坐直身子,向窗外望去,然后,她久久地盯着挂在车厢顶上的煤油灯火苗。拉班闭了一会儿眼睛。

他抬眼看时,女商贩正在咬一块涂了棕色果酱的点心。她身边的包裹打开了。那推销员默默地抽着一支雪茄,他不断地做着好像要把烟头上的烟灰弹下来的动作。另一个推销员则用刀尖在一块怀表的齿轮上划来划去,人人都能听到那声音。

尽管拉班的眼睛几乎闭上了,但他还是模模糊糊地看见那个戴着旅行帽的先生在拉车窗皮带。凉爽的空气涌了进来,一顶草帽从一个挂钩上掉了下来。拉班觉得自己醒着,所以他的脸颊那么清凉,或者是有人打开门,把他拉进房间,或者是他自己不知怎么弄错了,很快,他就睡着了。

当拉班踩着车厢的扶梯下车时,扶梯还有些抖动。雨点打在他那刚从车厢空气里出来的脸上,他闭上眼睛。——雨点噼噼啪啪地落在车站建筑物前的铁皮屋顶上,而落在广阔田野上的雨声,却让人觉得是听到了有规则地刮着的风。一个光着脚的男孩跑过来——拉班没看见他是从哪儿出来的——,上气不接下气地请求拉班让他帮着提箱子,因为正在下雨,可是拉班说:是的,正在下雨,所以自己要去乘公车。他不需要他。听了这话,那男孩做了个鬼脸,仿佛他觉得,让别人提着箱子在雨中走比乘车更体面,然后他转身跑了。拉班想叫住他时,已经太晚了。

两盏灯亮着,一个铁路职员从一扇门里出来。他毫不犹豫地冒着雨走到机车前,两臂交叉,静静地站在那儿等着,直到火车司机从栏杆上探出身来跟他说话。一个服务员被叫出来,接着又被打发回去了。有些车窗旁站着乘客,由于他们看见的只是一幢很普通的车站建筑,所以他们的目光暗淡,眼皮像在火车行驶时那样直往一块儿合。一个打着花太阳伞的女孩从乡间公路匆匆来到站台上,把撑开的伞放到地上,坐下来,为了让裙子快点儿干,她把两腿叉开,用指尖在撑开的裙子上捋水。只有两盏灯亮着,看不清她的脸。从她面前走过的服务员抱怨雨伞底下积了一摊水,还用胳膊围成圈,比划着那摊水有多大,然后,又像往深水下沉的鱼一样,双手在空中挥动着,想说明,这把伞还阻碍了交通。

火车启动了,像一扇长长的推拉门似的消失了,铁轨另一侧的白杨树后面,是令人喘不过气来的大片地方。那是一片漆黑还是树林,是一个池塘还是一幢里面的人已经入睡的房屋,是一个教堂的塔尖还是山丘之间的沟壑;没有人敢去那儿,但谁又能控制得住自己呢。

拉班又看见了那个铁路职员——他已经走到了他办公室的台阶前——便跑到他面前拦住他:"请问,这儿离村子还远吗,我想去那儿。"

"不远,一刻钟,但是如果乘公车——正下着雨呢——您五分钟就到了。"

"下雨了。这不是个美好的春天。"拉班接着说。

那个职员把右手叉在胯上,通过他的胳膊和身体形成三角形,拉班看见那个女孩坐在长椅上,伞已经收起来了。

"如果人们现在去避暑了,并且待在那儿,那就一定会感到后悔。本来我以为会有人来接我的。"他四处张望,使这显得可信。

"我担心您会误了公车的。车不会等很长时间。不用谢。那边那条灌木丛之间的路。"

车站前的街道没有照明,只有从房子一层的三个窗户里透出些许昏暗的光,但是照不了多远。拉班踮着脚尖在泥泞的地上边走边不停地喊着"车夫""喂""公车""我在这儿"。他总是不断踩进昏暗的马路边一个接一个的积水中,于是他只得整个脚掌踩地,继续往前挪动,直到一个马鼻子突然触到他的前额〔让他感到一阵清凉〕。那就是公车,他迅速跨进空车厢,在车夫座位后面的玻璃窗旁坐下,把上身弯下来,他已经做了所需的一切。因为,如果车夫是睡着了,那他清晨前后会醒来,如果他死了,那会来一个新车夫,或者老板,如果没人来,那么,会有乘早班火车的乘客来,都是匆匆忙忙的人,喧闹嘈杂。不管怎么说,可以静下心来,自己把窗帘拉上,等待车子开动时必有的那一下晃动。

在我已经做了这么多之后,我明天肯定会到贝蒂和妈妈那儿的,谁也阻挡不了。只有这样是对的,而且,事先应该估计到,我的信明天才能到,我本该留在城里,在埃尔维那儿舒舒服服地过一夜,用不着为第二天的工作而担忧,这种担忧总是会败坏我所有的兴致。可是看,我的脚都湿了。

他从背心口袋里掏出一根蜡烛头点燃,放在对面的长椅上。烛光足够亮了,车厢外的黑暗使人能看见没有玻璃窗的、涂成黑色的车厢内壁。用不着马上就想到地板下面是轮子,前面有套好的马。

拉班在长椅上仔细地擦着脚,穿上干净的袜子,坐直了身子。这时他听见有人从火车站那边朝这儿喊。"嘿,"还说,要是车里有乘客,就回答一声。

"有,有,他希望现在就走。"拉班打开车门探出头去,右手紧紧抓住门柱,左手拢在嘴边回答。雨水猛烈地灌进脖领子里。

车夫裹着两个剪开的麻袋片走过来,他的马灯的反光在他脚下的积水中跳跃着。他闷闷不乐地开始解释。听着,他和雷贝达玩牌来着,火车到达的时候,他们玩得正起劲。所以当时他根本不可能出来看看,但他也不想把不理解这一点的人骂一通。另外,这里是个脏得要命的地方,想不到这么一位先生会来这里有事,而且他很快就进车子了,所以也没什么可抱怨的。刚才皮尔克斯霍弗先生——对不起,他是助理先生——进来说,好像有一位金黄头发的矮个子先生要乘公车。他马上就问了究竟,或者他也许没有马上就问。

马灯被挂在辕杆顶上,车夫闷声闷气地吆喝了一声马,马拉动了车,车顶棚上被晃动的水透过裂缝慢慢滴进车厢里。

道路可能起伏不平,泥浆肯定溅到车辐上了,溅起的积水的扇形水面在滚动的车轮后发出哗哗的声音,车夫手中驾马的缰绳大多时候是松松的。难道不能把这一切看成是对拉班的谴责吗?一摊一摊的积水突然被挂在辕杆上晃动的马灯照亮,承受了马蹄,在车轮下碎成水波。这一切之所以发生,都是因为拉班要去他未婚妻贝蒂那儿,一个不很年轻的姑娘。就算有人愿意谈论这事,谁又会赞赏拉班在这儿的功劳呢,即使这些功劳只不过是他所受到的、没有人能当面向他说出的谴责。他当然愿意这么做,贝蒂是他的新娘,他爱她,要是她为此而感谢他,那才令人讨厌呢,但她肯定会谢的。他不时下意识地用头碰他倚靠着的那面车厢壁,然后又抬头看了一会儿车顶棚。有一次,他的右手从大腿上滑下来,他的手本来是放在腿上的。但胳膊肘还留在肚子和腿之间的弯角里。

车子已经驶入房屋之间,偶尔,车厢里会射入某间屋子的灯光,一个台阶——拉班得站起身来,才能看见最下面几阶——通向一座教堂,一个公园门口点着一盏灯,火苗很大,可是,一座圣像只凭借一家杂货铺的灯光才显出黑黢黢的影子,现在,拉班看到他的蜡烛烧完了,凝固住的蜡油一动不动地从长椅上挂下来。

马车停在客栈前,可以听见雨下得很大,还有——可能是一扇窗户开着——客人们的声音,这时,拉班心里问自己,是马上下车好呢,还是等客栈老板到车前好。这个小城的习俗是怎样的,他不知道,但是,贝蒂肯定谈到过她的未婚夫,那么,他的亮相出色与否,会使她和他自己在此地的声誉相应地更高或更低。但是,他既不知道她现在的声誉如何,也不知道她跟别人说了些关于他的什么,所以他就感到更加不舒服和困难。美丽的城市和美丽的归途。城里下雨的时候,大家都乘电车穿过湿淋淋的石砖路回家,而在这儿,却坐着这么一辆破马车,经过烂泥地来到一家客栈。——城市离这儿很远,就算我现在想家想得要死,今天也没人能把我送回去了。——我也不会死的——可是在城里,会有人给我把今晚想吃的菜端到桌上来,右边,盘子后面是报纸,左边是灯,这里,他们会给我端来一份非常油腻的饭菜——他们不知道我的胃不好,就算他们知道,又能怎样呢——一份陌生的报纸,许多我现在已经听到他们声音的人会在场,一盏供所有人用的灯。那会是什么样的光线呢,玩牌够了,可是看报呢?

店主没有来,对他来说,客人们无关紧要,他可能是个不友好的人。或者他知道我是贝蒂的未婚夫,而这就是他不来我这儿的理由,那么同样,马车夫也因此让我在火车站等了那么长时间。贝蒂常说,她经常受到下流男人们的调戏,又如何拒绝他们的纠缠,也许这里也是如此。

(二稿)

当爱德华·拉班穿过走廊,跨进门洞时,就看见正在下雨。雨下得不大。

他眼前的人行道比他站的地方不高也不低,尽管下雨了,还是有许多行人。有时会走出一个人来,横穿马路。

一个小女孩,双臂前伸,捧着一只灰色的狗。有两位先生正互相告诉对方一件什么事情,他们时而面对面,然后又慢慢转开身去;这让人联想起在风中被吹开的门。其中一个双手掌心向上,平稳地摆动着,好像托着什么东西,在掂它的重量。然后看到一位苗条的女士,她的脸轻轻地抽搐着,就像一闪一闪的星光,她扁平的帽子用什么东西装饰着,一直到帽檐儿,堆得高高的;并非有意,但对所有过往的人,她都显得很陌生,像是有一种法定的东西在起作用。一位拄着细手杖的年轻人匆匆走过,他的左手像是瘫了似的平放在胸前。许多人是去上班;尽管他们走得很快,但人们看见他们的时间却比看见别人的长,他们一会儿在人行道上走,一会儿又下去走,他们的外衣不合身,不注意举止,他们任自己被别人碰撞,也去撞别人。三位先生——其中两位把薄外套搭在弯曲的小臂上——不时从房屋的墙边走到人行道边,看看马路和对面人行道上的情况。

透过来往行人的空隙,有时粗略地,有时可以清楚地看见车行道上铺得整整齐齐的石子,石子路上,马车在车轮上摇摇晃晃,由伸长脖子的马拉着快速前进。车里的人靠在软座上,默默地看着行人、店铺、阳台和天空。当一辆马车要超过另一辆时,马匹们就挤在一起,缰绳晃来晃去。牲口们拉着车辕,车子摇晃着滚滚向前,直到完全超过前面的车,马才重新分开,只有瘦长、安静的马头还凑在一起。

一位上了些年纪的先生快步向房门走去,在干燥的马赛克地板上停下来,慢慢转过身,然后注视着被挤进这条窄巷的雨纷乱地落到地下。

拉班把缝有黑色布面的手提箱放到地上,同时稍微弯了弯右膝盖。雨水已经在马路旁汇成一股水流,几乎是奔涌着流进低处的下水道里。

拉班微微倚着那扇木门,那位上了年纪的先生在离拉班很近的地方随意地站着,不时朝拉班看上几眼,尽管他得为此使劲扭转脖子。不过他这样做仅仅是出于自然的需要,因为他正好没事干,所以要仔细观察至少他周围的一切。他这样毫无目的地东张西望,结果是很多东西他都没看见。比如他没有发现,拉班的嘴唇非常苍白,不亚于他领带上完全褪了的红色,那领带原本有着显眼的摩尔式图案。倘若他察觉到这一点,那他肯定会在内心对此发出一声叫喊,但这又不对了,因为拉班一向很苍白,尽管最近可能是有一些事情弄得他特别疲惫。

"这鬼天气。"那位先生小声说着,摇了摇头,虽然是有意识的,但也有点儿由于衰老。

"是啊是啊,尤其是还要出门。"拉班说,赶紧站直身子。

"这天气不会好转的,"那位先生说,同时,为了在最后一刻再考证一遍所有情况,他探身向前,往巷子前后看看,又看看天空,"可能持续几天,可能持续几个星期。我记得,预报说六月和七月初的天气也不会更好。这不会使任何人愉快,比如我,就不得不放弃散步,可散步对我的健康非常重要。"

接着他打了个哈欠,显得很疲乏,因为他听到了拉班的话,只顾着谈话,对别的都不再感兴趣,甚至对谈话也不感兴趣。

这给拉班的印象相当深刻,因为是那位先生先向他打招呼的,因此他试图稍微自我炫耀一下,即便根本不会引起别人的注意。"是的,"他说,"在城里完全可以放弃于自己健康不利的事情。如果不放弃,那只能因其不良后果而谴责自己。人们会后悔,并由此才明白,下次该怎么办。可是如果已经在个别

〔此处缺一页〕

"我这样说没什么意思。我没有任何意思。"拉班急急地说,他愿意原谅那位先生的心不在焉,因为他还要稍微自我炫耀一番。"这都只是我刚才提到的那本书里的,这是我最近晚上读的一本书,我像其他人一样,晚上读书。我以前常常是一个人。我的家庭状况曾经如

此。但是，除了其他一切，晚饭后读一本好书，也是我最喜欢的事。很长时间以来就是这样。不久前，我在一份宣传册中看到摘录的某位作家的一段话：'一本好书是最好的朋友。'这真是千真万确，是这样的，一本好书是最好的朋友。"

"是的，要是年轻的话——"那位先生说，他的话并没有特别的意思，只不过是想说，在下雨，雨又大了，根本没有停的意思，但是拉班听起来却像是，这位先生六十岁了还认为自己年轻力壮，反倒把拉班这样三十来岁的人不放在眼里，而且，如果允许，他还想说，他三十岁的时候绝对比拉班理智。他认为，比如他，一个老人，就算是无所事事，站在过道里看雨，那是浪费时间；但是如果除此之外再加上闲聊来打发时间，那就是双倍地浪费时间。

此时拉班觉得，一段时间以来，不管别人怎样议论他的能力和观点，都丝毫不能触动他；相反，他刚刚正式离开了那个他曾一切听命于斯的职位，所以，不管人们现在反对他还是支持他，他们的话都等于白说。所以他说："我们说的不是一回事，因为您没有耐心等待听我想说的话。"

"请讲，请讲。"那位先生说。

"也不是那么重要，"拉班说，"我只是认为，不论在哪方面，书都是有用的，尤其是人们想不到它有用的时候。因为，要是打算做一件事，那么，恰恰是那些内容与这件事毫无共同之处的书最有用。对，最有用。因为，想要做这件事的读者，不知怎么被激起了热情（就算完全是那本书的作用能使他如此激动），那本书激发起他许多与他那件事有关的想法。而由于那本书的内容又毫不相干，读者的想法便不会受到阻碍，他可以带着这些想法通读全书，我想说，就像当初犹太人渡过红海一样。"

拉班觉得，那位老先生整个人的样子现在变得令人讨厌。他似乎觉得自己靠得非常近，——不过这只是无关紧要的

〔此处缺一页〕

报纸也是。——但是我还想说,我只是去乡下,只去十四天,我休假,很长时间以来第一次,再说这也是必要的,但尽管如此,一本比如我刚才提到前不久读过的书,就我这次短暂旅行所给予我的教益,比您能想象的要多得多。"

"我听着。"那位先生说。拉班不说话,把双手插进外衣口袋里,因为他直着身子站着,所以口袋有些高。

过了一会儿,那位老先生才说:"看来这次旅行对您具有特别重要的意义。"

"您看,您看。"拉班说着,又把身子靠到门上。这时候他才看见,过道里挤满了人。甚至连门前的台阶上也站着人,一个跟拉班在同一位女房东那里租了一间房的公务员,当他下台阶时,不得不请人家给他让路。他隔着几个脑袋喊了拉班一声,拉班只用手指了指雨,那几个脑袋现在都回头看着拉班,那个公务员冲拉班说了声"旅途愉快",又重复了一遍在此之前的约定,下个星期天肯定去看望拉班。

〔此处缺一页〕

有一个他自己也很满意的职位,这个职位一直等待着他。他有毅力,内心快乐,所以他不需要任何人就能消遣,而所有人都需要他。他总是那么健康。哎,您不说话。"

"我不会争吵的。"

"您不会争吵的,但您也不会承认您的错误,您为什么要如此坚持呢。如果您现在还这么清晰地记得,我敢打赌,假如您跟他谈话,就会忘掉一切。您会责备我现在没有更好地驳倒您。如果他只是谈论一本书。一切美好的事物都会立刻使他欢欣鼓舞。"

(三稿)

当身穿蓝灰色外套的爱德华·拉班穿过走廊,跨进门洞时,就看见正在下雨。雨下得不大。

拉班看着一座塔楼上的钟,那座塔楼位于一个地势较低的巷子里,相当高,看上去离得很近。塔楼上的一面小旗子有一刹那被吹到表盘上。一群小鸟飞下来,它们紧密地连成一个整体,扩展开来。现在是五点刚过。

拉班把缝有黑色布面的手提箱放到地上,把雨伞靠在门边的一块石头上,然后掏出他的怀表来,那是一块女式表,系在一根挂在脖子上的黑色细带子上,他开始跟塔楼上的钟对表,几次低头抬头看两个表。有一小会儿,他完全专注于此事,脸一会儿低下,一会儿抬起,除此之外,世界上其他事情都不想。

最后,他把表装起来,高兴地舔了舔嘴唇,因为他有足够的时间,不用冲到雨里去赶路。

他眼前的人行道比他站的地方不高也不低,还有许多行人,他们或者聚在一起,沿着房子走,或者打着伞,彼此间保持着距离。一个小女孩,双臂前伸,捧着一只灰色的狗,狗盯着女孩的脸看。

有两位先生正互相告诉对方什么事情,他们敞开的外套被风吹动着,他们有时完全面对面,其中一个双手掌心向上,平稳地摆动着,好像托着什么东西,在掂它的重量。

然后看到一位苗条的女士,她的脸轻轻地抽搐着,就像一闪一闪的星光,她扁平的帽子用不知道什么东西装饰着,一直到帽檐儿,堆得高高的;并非有意,但对所有过往的人,她都显得很陌生,像是有一种法定的东西在起作用。

一位拄着细手杖的年轻人匆匆走过,他的左手像是瘫了似的平放在胸前。

许多人是去上班;尽管他们上身前倾,走得很快,但人们看见他们的时间却比看见别人的长,因为他们一会儿在人行道上走,一会儿又像从汽车踏板上跳下来似的,下到马路上去继续走,因为他们到处挤,从不让别人,所以经常被别人碰撞,也撞别人。

三位先生——其中两位把薄外套搭在弯曲的小臂上,站在一位蓄着白胡子的高个先生两旁——不时从房屋的墙边走到人行道边，看看车行道和对面人行道上的情况。

一个小孩，一只手被家庭女教师牵着，另一只胳膊伸着，迈着小步跑过，每个人都能看见，他的帽子是用染成红色的麦秸编成的，波浪形的帽檐儿上有一个绿色的小花环。

拉班双手指着那顶帽子让一位老先生看，那位先生站在他身边的过道里躲雨，雨被毫无规律的风刮着，一会儿聚在一起急速降下，一会儿又孤零零地漂浮着，犹犹豫豫地落下。

拉班笑了。孩子穿什么都合适，他喜欢孩子。这不奇怪，要是不经常跟孩子打交道的话。他很少跟孩子打交道。

那位老先生也笑了。那个家庭女教师却不一定有这种乐趣。如果人们年纪大一些，也不会马上就感到激动。年轻时容易激动，可是上了年纪就明白，这没有任何益处，所以人们甚至

〔三稿到此结束〕

任卫东 译

一场斗争的描述

(一稿)

　　辽阔的天空下
　　人们穿着衣裙
　　摇摇晃晃地在石子路上散步，
　　天空从远处的山丘
　　向远方的山丘延伸。

I

　　十二点左右,就有几个人站起来,躬身致意,互相伸出手来,说着过得非常愉快,然后穿过高大的门框来到前厅穿外衣。女主人站在屋子中间,灵活地向各处欠身致意,她裙上的褶子显得很不自然。
　　我坐在一张由三条可折叠的细腿支撑的小桌旁,正在呷第三小杯甜药酒,同时打量着我那一小堆小点心,那是我自己挑选出并摞起来的,因为它们的味道好极了。
　　这时,我的新相识走过来,有些心不在焉地对我做的事笑了笑,用颤抖的声音说:"请您原谅我来找您。但是我和我的姑娘一直单独坐在隔壁一个房间里。从十点半开始,这还没多久。请原谅我跟您说这事。我们彼此不认识。不是吗,我们在楼梯上遇到了,互相说了几句客套话,而我现在就向您谈起我的姑娘,但是您必须原谅我,我请求您,我憋不住我的幸福,我没办法。由于这里没有其他我可以信赖的熟人——"

　　他就这么说着。我却难过地看着他,——因为我嘴里那块果料点心味道不好——冲着他那涨得通红的脸说:"您觉得我值得信赖,让我很高兴,但您跟我讲这事,却使我难过。而且您自己——要是您不这么糊涂的话——也会感觉到,向一个独自坐着喝酒的人讲述一个正在恋爱的姑娘,是多么不合适。"

　　我说完,他便一屁股坐下来,身子往后一靠,两只胳膊垂下来。然后,他又支起胳膊肘,把胳膊收回来,开始相当大声地自顾自讲起来:"只有我们两人在那间屋里——坐着——和小安娜,我吻她了——我——吻了——她的嘴唇,她的耳朵,她的肩膀——"

　　几位先生站在附近,猜到这里正进行一场热烈的谈话,就打着哈欠向我们走来。于是我站起来大声说:"好吧,如果您愿意,我就去,不过,现在上劳伦奇山是愚蠢的,因为天还冷,由于下了一点雪,所以路像冰道一样滑。但是,如果您愿意,我就一起去。"

　　他先是吃惊地看着我,那宽厚、红润、湿漉漉的嘴唇张开着。继而,当他看到那几位已经站在周围的先生时,便笑了,站起来说:"噢,是的,冷点儿好,我们的衣服里都是热气和烟味儿,我尽管喝得不多,可能也有点儿醉了,对,我们去告别,然后就走。"

　　于是,我们走到女主人面前,当他吻她的手时,她说:"真的,您的脸今天看上去这么幸福,这真让我高兴,往常,您的脸总是那么严肃、烦闷。"她这番话的好意打动了他,他又吻了吻她的手;她笑了。

　　前厅里站着一个侍女,我们现在是第一次见到她。她帮我们穿上外衣,然后拿上一只小手电,准备给我们照亮楼梯。是的,这个姑娘很漂亮。她的脖颈裸露着,只是在下巴下面系着一条黑丝绒带子,当她在我们前面下楼梯,向下照着手电时,她那宽松衣服里的身体好看地弯着。因为刚喝过酒,所以她脸颊泛红,双唇半张。

　　在楼梯下,她把手电放在台阶上,有些蹒跚地走近我的相识,拥抱并亲吻他,没有松开。直到我把一枚硬币放到她手里,她才懒洋洋地松开他，慢吞吞地打开那扇小门，让我们走进黑夜。

被均匀照亮的空旷街道上方，一轮巨大的月亮高挂，天空由于有些许云彩而显得更加广阔。地上铺着薄薄一层雪。走路时脚直打滑，所以不得不迈小步。

我们刚一来到外面，我的情绪就立刻变得明显地异常兴奋。我纵情地踢着腿，让关节轻快地响着，我朝巷子里喊着某个名字，仿佛一个朋友从我这儿溜走跑到拐角后去了，我跳着把帽子高高抛起，然后大叫着接住它。

我的相识却漠不关心地在我身边走着。他低着头，也不说话。

我觉得奇怪，因为我以为，周围没有了聚会时的那些人，他的快乐会使他发狂。我也变得安静了。我刚才在他背上兴奋地打了一掌，就觉得窘迫，于是笨拙地收回手。由于我用不着手，就干脆插进大衣口袋里。

我们就这么默默地走着。我注意听我们的脚步声，不明白为什么我不可能和我的相识步伐一致。这使我有些恼怒。月亮很亮，看东西很清楚。偶尔有人靠在窗户上看我们。

当我们走上费尔迪南街时，我发现我的相识哼起了一首曲子；声音非常小，但我听见了。我认为这是对我的侮辱。他为什么不和我说话？如果他不需要我，那他当时为什么来找我。我生气地想起那堆好吃的甜食，我是为了他才把它们丢在桌子上的。我还想起了甜药酒，于是心情快乐了一些，甚至可以说傲慢起来。我双手叉腰，想象我是一个人在散步。我刚才在一群人中间，把一个忘恩负义的年轻人从窘境中解救出来，现在在月光下散步。这是一种本身就无拘无束的生活方式。白天工作，晚上聚会，夜间在巷子里走走，没有任何出格的事。

不，我的相识还走在我后面，当他发现他落在了后面时，甚至加快了步伐，他装作这是自然的事。我却在考虑，我是否拐进一条小巷更合适，因为我没有义务陪别人共同散步。我可以独自回家，没有人能阻止我。在我的房间里,我会点燃立在桌上铁架子上的灯,我会坐进我那把放在破旧的东方地毯上的扶手椅里。——当我想到这里,全身袭过一阵软弱无力的感觉,只要我一想到又回到我的房子,又要一个人在涂了色的四壁之间和地板上熬时间——从后墙上挂的那面金框镜子里看去,那地板显得是下斜的——,就会有这种软弱无力的感觉。我的两腿累了,我已经决定,无论如何要回家,躺到床上去,这时,我犹豫不决,离开时是否应该跟我的相识道个别。但是我太胆小,不能不打招呼就走,又太软弱,不能大声告别,所以我又停下来,靠在一面洒满月光的墙上,等着。

我的相识迈着轻快的步伐走来,但也有些忧虑。他做了充分的准备,现在眨了眨眼,把胳膊平伸到空中,使劲把他那戴着一顶黑色硬壳帽的头朝我伸上来,似乎想用这一切表明,他非常懂得赞赏我为了让他开心而在这儿开的玩笑。

我无助地轻声说:"今天晚上很开心。"与此同时,我做出一个失败的微笑。他回答说:"是的,您看见了,那个侍女也亲吻我了。"我无法说话,因为我的嗓子里充满了眼泪,因此,为了避免默不作声,我试着发出像一只邮车号角似的声音,他先是竖着耳朵听,然后,他满怀感激地友好地握着我的右手。我的手肯定摸起来冰凉,因为他很快就松开我的手说:"您的手真凉,那个侍女的嘴唇要温暖些,是的。"我明智地点点头。我一面请求亲爱的上帝赐予我坚强,一面说:"是的,您说得对,我们要回家了,已经很晚了,我明天早上还得上班;您想想,是可以在那里睡觉,但那是不合适的。您说得对,我们要回家了。"说着,我把手伸给他,好像事情已经最终解决了。他却微笑着接着我的口气说:"是的,您说得对,这样一个夜晚可不能在床上睡过去。您想想看,要是独自一人在他的床上睡觉,会用被子闷死多少幸福的想法,又会用它温暖多少噩梦。"由于对自己这一想法感到高兴,他使劲抓住我大衣前胸——再高他也够不着了——兴奋地摇晃着我;然后,他眯起眼睛,亲密地说:"您知道您是怎样的人吗,您很怪。"说着,他开始继续走,我跟着他,自己并没有发觉,因为我还在想他的话。

开始,我感到高兴,因为这似乎表明,他猜测我身上具有什么东西,尽管我并不具备这种东西,但是,由于他的猜测,已经使我引起了他的重视。这种情况使我高兴。我对我没有回家感到满意,我的相识对于我非常重要,因为他在别人面前给予我很高的评价,而用不着我自己去争取!我充满爱意地看着我的相识。我想象着自己保护他免受危险的伤害,特别是在情敌和嫉妒的男人面前保护他。对我来说,他的生命变得比我自己的更宝贵。我觉得他的脸很漂亮,我为他的桃花运感到骄傲,我分享他今晚从那两个姑娘那里获得的吻。噢,今晚真开心!明天我的相识会和安娜小姐谈话;开始当然是谈些平常的事,但之后他会突然说:"昨天夜里我跟一个人在一起,亲爱的小安娜,你肯定从没见过他。他看上去——我该怎么描述他呢——他看上去像根摇摇晃晃的棍子,上面挑着一颗不太协调的黄皮黑发的脑袋。他的身体上挂着许多很小的、很显眼的发黄的布料,这些布料昨天把他完全盖住了,因为夜里没有风,布都贴着他的身体。他怯生生地走在我身边。你,我亲爱的小安娜,你亲吻得多么好啊,我知道,要是你的话,你会笑出声来,你会有点儿害怕,可是我,我的魂由于对你的爱已飞到了九天外,我倒高兴有他做伴。他可能不高兴,所以默不作声,但是,在他身边,就会处在一种无休止的幸福的不安中。我昨天被自己的幸福所折服,可我几乎忘了你。我觉得,随着他那扁平的胸脯的呼吸起伏,繁星密布的天空那坚硬的穹隆似乎正在升起。地平线展开了,在燃烧的云彩下,景色变得一望无际,就像它带给我们的快乐也无边无际。——我的天,我多爱你,小安娜,我爱你的吻胜过美景。我们不谈他了,我们彼此相爱。"

当我们迈着缓慢的步伐走上码头时,我尽管嫉妒我的相识得到了亲吻,但我高兴地感觉到他内心的羞愧,他在我面前,就像我在他面前的样子,肯定会感觉到这种内心的羞愧。

我就是这样想的。但我的想法当时很混乱,因为莫尔多瓦河及河对岸的城区笼罩在黑暗中。只有几点灯光在闪烁,与看着它们的眼睛戏耍。

我们站在栏杆边。我戴上手套,因为水面吹来的风很凉;然后,我像人们在傍晚的河边可能会做的那样,无缘无故地叹了口气,想继续走。但是我的相识望着河水,一动不动。然后,他更靠近栏杆,把胳膊肘支在铁杆上,额头埋进手掌里。我觉得这很蠢。我感到冷,把大衣领子竖起来。我的相识伸展身体,把本来靠在弯曲的胳膊上的上身伸到栏杆上面。为了抑制住打哈欠,我羞怯地急匆匆说道:"不是吗,真奇怪,只有黑夜能使我们完全沉浸到回忆中。比如现在,我正想起这件事:一个傍晚,我斜坐在河边的一条长椅上。我的一只胳膊搭在长椅的木靠背上,头靠在胳膊上,望着对岸云层般的山峦,听着河畔旅馆中有人轻柔地拉小提琴。两岸不时有冒出闪亮烟雾的火车慢吞吞地驶过。"——我就这么说着,同时在这话语后拼命试图编造怪异的爱情故事;其中不能缺少些许的野蛮和暴力的强奸。

但是我刚说出前几句话,我的相识就漠不关心地、对我还在这里感到吃惊地——我是这么觉得的——朝我转过身来说:"您看,事情总是这样的。当我今天下楼梯,想在去聚会之前再做个晚间散步时,我发红的双手在白色的衣袖里晃来晃去,异常快活,我对此惊异不已。当时我就估计会有艳遇。事情总是这样的。"他说这话时,已经往前走了,他说得漫不经心,像是说对一件小事的观察。

我却深受感动,而且我感到难过,因为我颀长的身材可能会使他觉得不舒服,在我身边他可能显得太矮。尽管现在是夜里,我们几乎遇不到任何人,但这种情形使我感到非常痛苦,所以我弓着背,走路时两手都触到膝盖了。为了不让我的相识发觉我的意图,我只是非常缓慢、极其小心地改变我的姿态,并让他看安全岛上的树和桥上路灯在河中的倒影,试图将他的注意力从我身上引开。但他突然转身,脸冲着我宽厚地说:"您为什么这样走路?您现在整个佝偻着,差不多和我一样矮。"

因为他是出于好心说的,我就回答说:"有可能。但是我觉得这种姿势舒服。我身体很弱,您知道的,让我挺直身子很困难。这不是一件小事;我很高——"

他有些不相信地说:"这只不过是个情绪问题。我觉得您以前一直是挺着身子走路的,在社交聚会中,您的举止也还过得去。您甚至还跳舞来着,不是吗?没有?不过您肯定是挺着身子走路的,您现在也能这样。"

我做了个拒绝的手势坚持说:"是的,是的,我以前是挺着身子走路的。但是您低估我了。我知道什么是得体的举止,所以我才驼着背走路。"

但是这对他并不那么简单,他已经被他的幸福冲昏了头,不能理解我的话的意义,只是说:"那,随您的便。"他抬头看磨房塔楼上的钟,指针已经快指向一点了。

我却对自己说:"这人多没心肝啊!他对我那些谦恭的话所表现出来的无所谓态度是多么典型和明显!这是因为他很幸福,幸福的人都是这样的,他们认为周围发生的一切都是理所当然的。他们的幸福是使一切变得美好的原因。就算我现在跳到水里,或者就在他眼前,在这桥拱下的石子路上,痉挛把我撕成碎片,我也得乖乖地适应他的幸福。是的,要是他的火气上来——这样一个幸福的人是危险的,这毫无疑问——他也会像个街头行凶者一样把我打死。肯定是这样的,而我由于胆小,会吓得都不敢喊一声。——天哪!"——我害怕地四处张望。远处一家镶着方形黑色玻璃的咖啡店前,一个保安人员正在石子路上遛来遛去。他的马刀有点儿妨碍他,他于是把它拿在手里,这样,他走起来就好看多了。当我在我与他之间有这么一段距离的情况下还听到他低低的欢呼声时,我就明白了,就算我的相识要打死我,这个保安员也不会救我。

不过我现在也知道我该做什么了,因为恰恰在面临可怕事件时,我会有很大的决心。我必须跑开。这很容易。现在,向左拐上卡尔大桥时,我可以向右跑进卡尔街。这是一条弯弯曲曲的小巷,里面有一些昏暗的门洞和还开着门的酒馆;我用不着绝望。

当我们从码头尽头的桥拱下走出来时,我张开双臂跑进小巷;可是当我正要跑向一个教堂的小门时,我摔倒了,因为我没看见那儿有一个台阶。发出的响动很大。下一个路灯还离得很远,我趴在黑暗中。从对面一个酒馆里走出一个肥胖的女人,提着一盏烟雾腾腾的小灯,想看看巷子里发生了什么事。弹钢琴的声音停止了,一个男人把半开的门完全打开。他朝台阶上吐了一大口痰,一边摸着女人的胸脯一边说,发生的事丝毫没有意义。接着,他们转过身去,门又关上了。

我试着站起来,又摔倒了。"冰面太滑。"我说,同时感觉到膝盖一阵疼痛。但我仍然很高兴,因为酒馆里的人看不见我,所以我觉得,在这儿躺到天亮是最舒服的事了。

我的相识肯定是一个人走到桥上,也没有察觉到我的不辞而别,因为他过了一阵才到我跟前。我没有看见,当他同情地朝我弯下身子,伸出柔软的手抚摩我时,脸上不无惊讶。他来回抚摩着我的面颊,然后把两个胖胖的手指放到我扁平的额头上:"您摔疼了,是吧?冰面很滑,要小心——头疼吗?不疼?噢,膝盖疼,是这样。"他用一种唱歌般的声调说话,好像在讲述一个故事,讲述一个非常遥远的膝盖被摔疼的事。他也晃动着他的胳膊,但他并没有想到把我扶起来。我把头支在右手上——胳膊肘支在路面的石子上——为避免忘记,赶紧说:"我不太知道我为什么往右拐了。但是我在这个教堂的树下——我不知道教堂的名字,噢,请您原谅——看见一只猫在跑。那是一只小猫,浅色的毛。所以我注意到它。——噢,不是,不是这样的,请您原谅,但是,人们要付出足够的努力,才能在白天控制自我。所以人们得睡觉,为这种努力而加强自己的力量,要是不睡觉,我们就会做不少这种无目的的事情,不过,我们的陪伴者如果对此表示大惊小怪,那就不够礼貌了。"

我的相识双手插在口袋里,望着空荡荡的桥,然后又望着天主十字教堂,之后又看着晴朗的天空。因为他没有听我说,所以他担心地说:"您为什么不说话呢,亲爱的;您不舒服吗——您为什么不站起来呢——这儿很冷,您会着凉的,我们不是还要去劳伦奇山嘛。"

"当然,"我说,"请您原谅。"我自己站起来,但身上疼得要命。我摇摇晃晃,不得不死死盯住卡尔四世的立像,才能确定自己站立的位置。可是月光却不相宜地使卡尔四世晃动起来。我感到惊奇,我担心,要是我行动不稳,卡尔四世就会倒塌,所以我的双脚变得有力多了。后来,我觉得我的努力毫无用处,因为,当我忽然想起我被一个穿着美丽的白色连衣裙的姑娘爱着时,卡尔四世还是倒了。

我做了无用的事,误了不少事。突然想起那个姑娘是多么幸福啊!——月亮也照耀着我,它真好,当我看出,月亮照耀一切只是非常自然的事,出于谦卑,我想站到桥头堡支柱拱穹下去。所以我快乐地伸展双臂,尽情享受月亮。——这时,我突然想起那句诗:

> 我跳跃着跑过小巷
> 像一只喝醉酒的走兽
> 步履沉重地穿行于空气中

当我懒散的双臂做着游泳的动作,毫不疼痛、毫不费力地前行时,我感到轻松了。我的头舒服地躺在凉爽的空气中,白衣姑娘的爱使我沉浸在忧伤的欣喜中,因为,我觉得我好像正在水中游着离开我的爱人,也离开她那地方的云雾般的山峦。——我想起来,我曾经恨过一个幸福的熟人,他可能现在还走在我身边,我的记性这么好,还记得这些无关紧要的事,这使我感到高兴。脑子要记的东西很多。于是,我一下子知道了所有这么多星星的名字,尽管我从没学过。是的,这都是些奇怪的名字,很难记,但我都知道,而且知道得一清二楚。我伸出食指指向高空,大声地一个个说出它们的名字。——但我没有继续说星星的名字,因为我还得接着游,我不想潜得太深。为了避免以后人们对我说,在石子路上谁都能游泳,这不值一提,我便加快速度,跃上栏杆,环绕着我遇到的每一个圣者雕像游泳。——到第五个雕像的时候,正当我以从容的划水动作在石子路上方游动时,我的相识抓住了我的手。于是,我又站到石子路上,感到膝盖一阵疼痛。我忘了星星的名字,对那个可爱的姑娘,也只记得她曾穿了一件白色的连衣裙,但是我怎么也想不起来,我有什么理由相信姑娘的爱。所以,我心里升起一股对我的记忆力的强烈的怒火,我害怕会失去那个姑娘。于是,我费力地不停重复着"白裙子,白裙子",以便至少通过这个标志记住那个姑娘。但是这没用。我的相识说着话,不断逼近我,在我开始听懂他的话的意思的那一瞬间,一道白光沿着桥栏杆轻盈地跳跃着,掠过桥头堡,跳进黑暗的巷子。

"我曾一直喜欢,"我的相识指着圣女鲁德米拉的雕像说,"这个天使的双手,左边这个。它们无比柔嫩,张开的手指在颤抖。但是,从今天晚上开始,这双手对我来说已经无所谓了,我可以这么说,因为我吻过手了——"这时,他拥抱我,吻我的衣服,用头顶着我的身体。

我说:"是的,是的。这我相信。我毫不怀疑。"同时,我用被他松开的手指拧他的小腿肚。但他没有感觉。于是我对自己说:"你为什么跟这样一个人一起走?你不爱他,也不恨他,因为他的幸福只在一个姑娘身上,甚至她是否穿一件白连衣裙都不肯定。这么说,这个人对你来说无所谓——再说一遍——无所谓。不过他也并不危险,这一点已经得到证明。那么,继续跟他一起上劳伦奇山去,因为在这美好的夜晚,你已经走在这条路上了,但尽管这样,你要随他去说,你按你的方式去消遣,这样——小声说——你也可以最好地保护自己。"

Ⅱ 取乐或证明不可能生活

1. 骑

我已经异常敏捷地跳到我的相识的肩膀上,用拳头捅他的背,使他漫步小跑起来。但当他稍有不情愿,踏着步子,有时甚至停下来时,我就用靴子戳几下他的肚子,好让他更有精神。这样做卓有成效,很快,我们就不断深入到一个很大的,但还未完成的地带内部,那里正是傍晚时分。

我骑行于上的公路有很多石头,而且非常陡,可是这正合我意,我还让它变得石头更多些,更陡些。只要我的相识步履一踉跄,我就揪住他的头发往上提,他一叹气,我就给他脑袋几拳。与此同时,我感觉到,这种心情愉快的晚间骑游对我的健康是多么有益,为了使之更狂放,我让一股劲风长久地迎面吹着我们。现在,我又在我的相识那宽大的肩膀上夸张地做着骑马的跳跃动作,我双手紧紧抓住他的脖子,头使劲往后仰着,看着那形形色色的云,它们比我更软弱,慢腾腾地随风飘浮。我大笑,为我的勇敢而战栗。我的大衣在风中展开,给了我力量。同时,我的双手用力攥在一起,装作好像不知道这样会把我的相识掐死。

我让路边长出树木,弯曲的树枝渐渐遮住了天空,我骑得身上发热,朝着天空喊道:"我还有其他事情要做,不能总听爱的废话。他为什么来找我,这个多嘴多舌的恋人?他们都是幸福的,要是别人知道这一点,他们就会更幸福。他们以为度过了一个幸福的晚上,所以就高兴地期盼着未来的生活。"

这时,我的相识倒下了,当我检查他时,发现他的膝盖受了重伤。因为他对我不再有用,我便把他丢在石头上,用口哨从空中招来几只老鹰,它们长着严厉的尖嘴,顺从地落到他身上,守护着他。

2. 散　步

　　我无忧无虑地继续走着。但是,因为我是步行,担心走起伏不平的山路太累,所以我让路变得越来越平坦,最后在远处通向一个低处的山谷。

　　按照我的意志,石头都消失了,风也停了,融入傍晚中。我快步走着,因为我是下山,所以我仰着头,挺直了身子,胳膊放在脑后。我喜欢杉树林,所以我穿行于杉树林中,因为我喜欢默默地凝视繁星密布的天空,所以,在辽阔的天空中,星星也像平时一样,缓慢而平静地为我升起。我看见只有几片扯长了的云,被一阵在同样高度吹动的风拉着穿行于空气中。

　　在我的路对面相当远的地方,可能跟我还隔着一条河,我让一座高山拔地而起,山顶长满了灌木,与天相连。就连最高的树枝上的枝杈和树枝的摇动,我都能看得很清楚。这个景色,不管它是多么平常,竟让我高兴得像一只在那远处纷乱的灌木枝条上晃动的小鸟,甚至忘了让月亮升起,它已经落到了山后,可能是因为我的拖延生气了。

　　现在,月亮升起前的那种清冷的光洒满山上,突然,月亮自己从一束晃动的灌木后升上来。而我在此时正朝另一个方向看,当我往前看时,一下子看见它那几乎浑圆的球体散发着光亮,这时,我的眼睛模糊不清,我停了下来,因为我这条很陡的下坡路似乎正是通向那个可怕的月亮的。

　　但过了一小会儿,我就习惯了它,我沉思地看着它,看它升上来是多么艰难,一直到我和它相向走了一大段路,我感到一阵舒适的困倦,我觉得,这是因为白天太累,当然,我已想不起白天干了什么事。有一小段时间,我闭着眼睛走,我只能靠有规律地大声拍手让自己保持清醒。

　　可是后来,当路要从我脚下滑脱,一切都像我一样累得快要消失时,我就加快速度,用尽全力攀登路右侧的山坡,想及时到达那片高大纷乱的杉树林,我打算今天夜里睡在那里。我加快速度是必要的。星星已经暗了下来,月亮像在摇曳的水中,在天空中缓缓下沉。山已经成了夜的一部分,公路在我转上山坡的地方令人不安地终结了,我听到,从树林深处传来越来越近的树木倒下的声音。我本来是可以立刻倒在青苔上睡觉的,但是我怕蚂蚁,所以我两腿攀着树干,爬到一棵树上,风虽停了,但那树还在晃,我躺在一根树枝上,头靠着树干,很快就睡着了,此时,一只像我一样快乐的小松鼠正竖着尾巴,坐在晃动的树枝顶端摇晃着。

河很宽,河中响亮的小浪花被照亮了。河对岸也是草地,草地逐渐过渡成灌木,灌木后面很远的地方,可以看见白亮的果树大道,通向绿色的山丘。

看到这一景象,我很高兴,我躺下来,一边用手堵住耳朵,以免听到那可怕的哭声,一边想,在这里,我可以满意了。"因为这里孤寂而美丽。在这里生活不需要太多勇气。在这里也会像在别处一样有烦恼,但人们用不着采取什么行动。这没有必要。因为这里只有群山和一条大河,我足够聪明,可以把它们看成是无生命的。是的,如果我独自一人在傍晚跟跄跄地走在草地的上坡路上,我并不会比山更孤独,只不过我将会感觉到孤独。但是我相信,这也会过去的。"

我就这样把玩着我未来的生活,并顽固地尝试着遗忘。同时,我眯起眼睛望着天空,天空呈现出一种异常幸福的色彩。我已经很长时间没见过这样的天空了,我被感动了,回想起那些我曾认为见到过这样天空的日子。我把手从耳边拿开,伸开双臂,让它们垂到草丛里。

我听到远处有人低声抽泣。起风了,我先前没看见的许多干枯树叶沙沙地飞扬起来。尚未成熟的果实昏头昏脑地从果树上落到地下。一座山的背后升起丑陋的云。河里的浪花发出声响,躲避着风。

我迅速站起来。我的心在痛,因为现在看来不可能从我的痛苦中解脱出来。我已经想转身离开这里,回到我从前的生活方式中去了,这时,我突然想起:"这多么奇怪啊,在我们这个时代,竟还有高贵的人用这种方式被运过河去。只能说这是一种古老的习俗,除此之外,没有别的解释。"我摇摇头,因为我感到奇怪。

3. 胖男人

(1)对风景的讲话

从对岸的灌木丛中,猛地走出四个浑身赤裸的男人,他们肩上抬着一副木担架。担架上有个以东方姿势坐着的异常肥胖的男人。尽管他被抬着穿过根本无路的灌木丛,但他并不把带刺的枝条推开,而是平静地用他那纹丝不动的身体冲破它们。他那一身布满褶皱的肥肉随便地平摊着,不仅覆盖住整个担架,而且,两边还像一条黄色地毯的贴边一样耷拉下来,但这并不妨碍他。他那秃脑袋很小,闪着黄色的亮光。他的面部表情单一,是那种正在沉思,并对此毫不掩饰的人的表情。他有时闭上眼睛,等他又睁眼时,下巴就变形。

"风景干扰我的思考,"他轻声说,"它使我的思绪摇摆不定,像奔腾的激流上的索桥。风景非常美丽,所以希望被观赏。

"我闭上眼睛,说:你,河畔的青山,你的山石滚向流水,你是美丽的。

"但是它不满意,它希望我睁开眼睛看它。

"但是,如果我闭着眼睛说:山,我不爱你,因为你让我想起云,想起晚霞和升腾的天空,这些都是几乎能使我落泪的东西,这是因为,如果人们坐在一顶小轿里被人抬着,它们就永远不可及。你让我看这些,诡计多端的山,同时挡住了能令我开心的远眺的视野,因为远眺能让我对可及的东西一目了然。所以我不爱你,水边的山,不,我不爱你。

"但是,对它来说,这番话就像我以前没有睁开眼睛说的话一样无所谓。要不然,它就是不满意。

"我们不必让它对我们友好,以便我们能维护它,它对我们的脑浆有着古怪的偏爱。它会把它锯齿形的影子压到我身上,它会一声不吭地把寸草不生的光秃秃的山壁推到我面前,我的轿夫们就会被路上小小的石子绊倒。

"可是,并非只有山如此自负,如此强求于人,如此报复心重,其他所有事物都是如此。所以,我必须睁圆双眼——哦,眼睛疼——不断重复:

"是的,山,你是美丽的,你西山坡的树林让我高兴。——还有你,花,我对你也满意,你的玫瑰色使我的灵魂快乐。——你,草坪上的青草,你已经高大而强壮,能带来清凉。——还有你,奇特的灌木丛,你会出其不意地刺人,使我们的思绪呈跳跃性。——对你,河,我是那么喜欢,所以我会让人抬着穿过你那弯弯曲曲的水流。"

他几次谦卑地挪动身体,大声说了十遍这篇赞颂之辞后,垂下头,闭着眼睛说:

"但是现在——我请求你们——大山,鲜花,青草,灌木和河流,给我一点空间,让我能呼吸。"

这时,周围的群山急忙移动起来,在低垂的云雾后互相碰撞着。那些林阴大道尽管还固守不动,守护着它们的宽度,但它们也提前变得模糊了:天空中,太阳前挂着一片边缘被阳光照得略微透明的潮湿云彩,在它的阴影中,大地在下陷,所有一切都失去了它们美丽的界线。

轿夫们的脚步声一直传到我所在的这岸,但是,我在他们四方形的脸上什么也看不清。我只看见,他们把头歪向一边,弓着背,因为他们肩负的重量非同一般。我为他们担心,因为我发现他们已经累了。所以,我便紧张地盯着看他们踏上岸边的青草地,然后,迈着还算均匀的步伐穿过潮湿的沙滩,直至他们最后陷进泥泞的芦苇塘中,后面两个轿夫把腰弯得更低,以便使轿子保持水平。我双手紧紧握在一起。现在,他们每走一步都要把脚高高抬起,结果,在这个多变的下午的凉爽空气中,他们的身体在流淌的汗水中闪闪发亮。

胖子静静地坐着,双手放在大腿上;每当芦苇在前面两个轿夫身后弹起,那长长的芦苇尖就会划到他身上。

轿夫们离河水越近,动作就越不协调。有时,轿子晃得像是在浪尖上。他们得跳过芦苇中的小水坑,或者绕过它,因为它有可能很深。

有一次,野鸭群惊叫着飞起,直冲向雨云。这时,我稍微移动了一下,看到了胖子的脸;它非常不安。我站起来,笨拙地跳跃着匆匆跑过隔在我与河水之间那多石的山坡。我没有注意到这是危险的,我只想着,要是胖子的仆人们抬不动他了,我就助他一臂之力。我不假思索地跑着,以至于在下边的河边没能刹住脚,不得不又水花四溅地往河里跑了一段,直到水没了膝盖才停下来。

对面,仆人们已经歪歪扭扭地把轿子抬到水中,他们一只手放在不平静的水面上,另外四只多毛的胳膊把轿子抬高,胳膊上那非同一般地隆起的肌肉清晰可见。

开始,河水拍打着下巴,后来升到嘴边,轿夫的头向后仰着,轿杆落到了肩膀上。水已经在鼻梁周围荡漾,他们仍未放弃努力,尽管他们还没到河中央。这时,一个低浪打到前面两个人头上,四个男人无声地被淹没了,他们粗壮的胳膊把轿子也拉了下去。河水接着涌上来。

这时,夕阳淡淡的光芒透过那一大片云的边缘,给地平线边缘的丘陵和山峦披上一层美丽的色彩,而云底下的河流和地区却光线模糊不清。

胖子慢慢转向河水奔流的方向,被带着顺流而下,像一尊因为多余而被扔到河里的浅色木质神像。他在雨云在水中的倒影上行进着。长条的云拖着他,小的卷云推着他,所以,他内心异常激动,这一点,即使在河水拍打着我的膝盖和河岸的石头的同时也还能察觉到。

我又迅速爬上斜坡,以便能在路上陪陪胖子,因为我大概是爱他的。而且我可能了解一些有关这一看似安全的地方的危险性。这样,我走上一条沙地,首先必须适应的是它的狭窄,我双手放在口袋里,头转向右边,冲着河的方向,这样,下巴几乎靠到肩膀上。

岸边的石头上立着柔弱的燕子。

胖子说:"岸边亲爱的先生,您不要试图救我了。这是水和风的报复;我输了。是的,这是报复,因为我们曾经多少次侵犯过这些东西,我和我的祈祷者朋友,在我们的刀剑歌唱时,在钹镲的闪烁中,在长号的灿烂光泽和定音鼓跳跃的光亮中。"

一只小海鸥伸展着翅膀飞过他的肚皮,速度丝毫没有受到影响。

胖子继续说:

(2) 与祈祷者开始的谈话

有一段时间,我每天都去一座教堂,因为我爱上的一位姑娘每天傍晚都在那里跪祷半小时,这时,我就可以静静地观赏她。

有一次,姑娘没有来,我不耐烦地朝祈祷的人们望去,这时,一个年轻人引起了我的注意,他消瘦的身子整个匍匐在地上。有时,他用尽全身的力气举起头来,又叹息着重重撞进摊在地上的手掌中。

教堂里只有几个老妇人,她们不时把包着头巾的头转向一侧,去看这个祈祷的人。引起了别人的注意看来让他很高兴,因为他每次虔诚的祷告爆发前,眼睛都四处张望,看看是否有很多人注意他。

我认为这样不妥,所以决定,等他走出教堂时跟他攀谈,问他为什么以这种方式祈祷。对,我生气了,因为我的姑娘没来。

但是,他一个小时之后才站起来,认真地画了个十字,然后走走停停地来到圣水盆旁。我站到圣水盆和大门之间的路上,我知道,他不做解释我是不会放他过去的。我撅着嘴,这是每当我肯定要说话前总会做的准备动作。我右腿迈前一步,把重心放在上面,左脚尖漫不经心地点着地;这也能使我坚强。

可是,这个人在往脸上洒圣水时,有可能就已经瞥见我了,也许他在此之前就不无忧虑地注意到我了,因为他现在出乎意料地向大门奔去,并跑了出去。玻璃门关上了。当我立即随后跑出门去时,已经看不见他了,因为那里有几条小巷,来往车辆也很多。

之后几天,他没出现,但我的姑娘来了。她穿着黑色连衣裙,肩部有透明的钩织花边,——花边底下是半圆形低胸领口——从花边的下部边缘垂下裁剪细致的丝质领子。因为姑娘来了,我就忘了那个年轻人,而且后来,当他又有规律地来并按照他的习惯祈祷时,我也没顾上为他费心。但是,他总是急匆匆地从我身边走过,脸扭向一边。这可能是因为,我只想象他运动中的样子,所以,就算他站着,我也觉得他在蹑手蹑脚地走动。

有一次,我在屋里耽搁了,但我还是去了教堂。在那里我没有找到姑娘,打算回家。这时,那个年轻人又趴在那儿。于是,旧事突然浮现在我脑海中,使我感到好奇。

我踮着脚尖悄悄溜到门口,给坐在那儿的瞎乞丐一个硬币,然后挤进他身旁开着的那扇门后。我在那里坐了一个小时之久,可能面部表情狡诈。我觉得那里很舒服,决定以后经常来。但是,在第二个小时,我就觉得,为那个祈祷者坐在这里毫无意义。尽管如此,我仍在第三个小时恼怒地忍受着蜘蛛在我衣服上爬来爬去,这时,最后一批人才大声喘着气从教堂的暗处走出来。

他也来了。他小心翼翼地走着,他的脚落地之前,总是轻轻地探触地面。

我站起来,向前迈出一大步,抓住那个年轻人的脖领子。"晚上好。"我边说边用我抓在他领子上的手把他推下台阶,走向灯光明亮的广场。

当我们下到广场上时,他用一种毫不坚定的声音说:"晚上好,亲爱的,亲爱的先生,您可别生我的气,我是您最忠实的仆人。"

"好的,"我说,"我想问您几个问题,先生,上一次您溜走了,今天您可办不到了。"

"您是慈悲的,先生,您会放我回家的。我是个可怜的人,这是真的。"

"不,"我冲着驶过的有轨电车发出的嘈杂声喊道,"我不放您。我就喜欢这种故事。您是我的意外收获。我祝贺我自己。"

这时他说:"哦,上帝啊,您有一颗充满活力的心和一个榆木脑袋。您说我是意外收获,您得是多高兴啊!因为我的不幸是一种摇摇欲坠的不幸,一种在一个细小的尖上摇晃的不幸,谁碰它,它就会倒向提问的人。晚安,先生。"

"好吧,"我紧紧抓住他的右手说,"如果您不回答我的问题,我就在巷子里开始大喊。所有正在离开店铺的女售货员和所有正高兴地等待着她们的情人就会跑过来,因为他们以为是一匹驾车的马摔倒了,或是发生了这类事情。到时候,我就会让他们看您。"

他哭着交替亲吻我的双手。"我会说出您想知道的一切,但我请求,我们最好去那边的小巷里吧。"我点点头,我们朝那里走去。

但是,尽管巷子里只有相距很远的昏黄路灯,他还是对这种昏暗不满意,他把我带到一座老房子的低矮过道里一盏小灯下,那油灯挂在木台阶前,蜡油不断滴落。

在那里,他煞有介事地掏出他的手帕,边把它铺到台阶上边说:"请坐下,亲爱的先生,这样您能更好地提问,我站着,这样可以更好地回答。但您别折磨我。"

于是我坐下,眯着眼睛向上看着他说:"您是个奇怪的神经病,您就是的!您在教堂里的举止像什么样子!多么可笑,让旁观者多么不舒服!要是别人不得不看您,还怎么能虔诚祈祷呢。"

他的身子紧紧贴在墙上,只有头自由转动着。"您别生气——您为什么为与您无关的事生气呢。如果我自己举止不当,我会生气;

但是,如果是别人举止恶劣,那我不会生气。所以,如果我说,我那样祷告的目的就是让别人看我,您别生气。"

"您在说什么呢,"我喊道,我的喊声对这低矮的过道来说太大了,但我就怕减弱我的声音,"真的,您在说什么呢。是的,我已经猜到了,是的,从我第一次见到您,我就已经猜到您是什么状况了。我是有经验的人,如果我说这是陆地上的一种晕船病,我并不是在开玩笑。这种病的实质是,你把东西的真正名称忘记了,现在,在匆忙中随意给它们安一些名称。只要快,只要快!但是,你刚一离开它们,就又把它们的名称忘记了。你曾把田野上的杨树称作'巴比伦塔',因为你不知道,或者不愿意知道,那是一棵杨树,现在,它又没有了名称,在那里摇曳,于是,你又得称呼它'诺亚,看他醉成什么样子了'。"

他说:"我很高兴,没听懂您说的话。"这使我感到有些震惊。

我生气了,很快地说:"您对此感到高兴,就表明您听懂了。"

"我当然表明了,尊贵的先生,不过,您说得也很怪异。"

我把双手放到高一些的一级台阶上,身子向后靠,以这种几乎是攻不破的、摔跤运动员们最后一招获胜的姿势说:"您解救自己的方式很有趣,您是把您自己的状况假设成别人的。"

这时,他变得有了勇气。为了使自己的身体协调一致,他双手握在一起,有些勉强地说:"不,我这样做并非跟所有人作对,比如说也不是跟您作对,因为我做不到。如果我能做到,我会非常高兴,因为那样,我就不再需要教堂里那些人的注意了。您知道我为什么需要他们的注意吗?"

这个问题让我措手不及。我当然不知道,而且我觉得我也不想知道。当时我对自己说,我本来也不想来这儿的,但是这个人非逼我听他说。所以我现在只需要摇头,向他表明我不知道,可是我的头动不了。

站在我对面的那个人微笑着。然后他蹲下身子,带着一脸困倦的怪相讲道:"我还从未有过使自己对自己的生活充满信心的时候。因为我对周围事物的理解,都是基于毫无根据的想象,以至于我总以为,这些东西曾经存活过,不过现在正在逝去。亲爱的先生,我总怀着一种自我折磨的兴趣,去看事物展现在我面前之前会是什么样子。那时,它们肯定是美丽、安静的。肯定是这样的,因为我经常听人这样谈到它们。"

由于我默不作声,只是通过脸上不由自主的抽搐表明,我非常不高兴,所以他问:"您不相信人们这么说吗?"

我觉得必须点点头,但我却不能动。

"真的,您不相信?哦,您听着:我还是孩子的时候,有一次,从短暂的午睡中睁开眼睛,还没完全醒来,我听见我妈妈在阳台上用很自然的声调向下问道:'亲爱的,您在干什么呢。天真热。'一个女人从花园里答道:'我在园子里吃茶点。'她们就这么不假思索地说着,而且说得不太清楚,好像是理所当然的。"

我觉得我被问倒了。所以我把手伸到裤子后兜去,做出在那里找什么东西的样子。但我什么也没找,我只想改变一下我的样子,以表现出我对这次谈话的关心。同时,我说,这件事太奇怪了,我根本不能理解。我还补充说,我不相信这件事是真的,这肯定是他出于某种目的编的,只是我还没看穿他的目的。然后,我闭上眼睛,因为我觉得眼睛疼。

"噢,您跟我看法一致,这真好,您拦住我告诉我这些,不是为了个人私利。

"不是吗,我身体不挺拔,步伐沉重,不用手杖敲打石子路,没有轻掠那些大声谈笑着擦肩而过的人的衣裙,对此,我为什么要羞愧——或者我们为什么要羞愧。相反,我是否应该更有理由抱怨,因为我作为影子,肩膀不灵活,沿着房子蹦跳着走,有时会消失在陈列橱窗的玻璃里。

"我度过的是什么日子啊!为什么所有的房子都建得那么差,

以致有时高楼会倒塌,而人们根本找不出外部原因。于是,我就得爬过瓦砾堆,问我遇到的每一个人:'怎么会发生这种事!在我们的城市里。一座新房子,——这已经是今天的第五座了。——您想想。'没人能回答我。

"经常有人在巷子里倒下,就死在那儿。这时,所有店主就会打开他们挂满商品的大门,敏捷地跑过来,把死者抬到一所房子里,然后,嘴角和眼中带着微笑走出来说:'日安——天空真苍白——我出售许多头巾——是的,战争。'我跳进房子,在几次胆怯地抬起弯着一个手指的手之后,我终于敲响了管家的小窗户。'亲爱的,'我友好地说,'有个死人被抬到您这儿了。您让我看看,我请求您。'当他摇着头,好像犹豫不决时,我肯定地说:'亲爱的。我是秘密警察。您马上让我看看那个死人。''一个死人?'他问道,几乎感到受了侮辱。'没有,我们这里没有死人。这是一户规矩人家。'我告辞后走了。

"但是后来,如果我要穿过一个大广场,我就会忘记一切。穿越广场这件事的难度,使我糊里糊涂,我常想:'如果人们仅仅出于自负建这么大一个广场,那为什么不再修建一条能贯穿广场的石栏杆呢。今天刮西南风。广场上风吹得呼呼响。市政厅的塔楼尖画着小圈。为什么人们不在拥挤中安静下来?这是什么嘈杂声啊!所有窗玻璃都哗啦哗啦地响,路灯柱弯得像竹子一样。柱子上圣母马利亚的斗篷被吹得鼓起来,狂风撕扯着它。这没人看见吗?本应在石子路上走的先生和女士们飘浮在空中。当风要喘口气时,他们就停下来,互相说几句话,彼此躬身致意,可是,当风又刮起来时,他们无法与之对抗,于是,大家都同时抬起脚来。尽管他们必须紧紧抓住自己的帽子,但他们的眼睛却快乐地四处张望,仿佛风和日丽。只有我感到害怕。'"

我受到这么不好的待遇,我说:"您刚才讲的您母亲和那位花园中妇人的故事,我觉得一点儿都不奇怪。这不仅因为我听过和经历过很多这类事情,而且,我甚至参与过一些。这种事是非常自然的。您认为,要是当时是我在阳台上,我不会说同样的话,不会从花园里做出同样的回答吗?这么简单的一件事。"

我说完这番话,他显得很高兴。他说,我穿得很漂亮,我的领带他也很喜欢。我的皮肤是那么细腻。当人们要否认已承认的东西时,它们才最清楚明了。

(3) 祈祷者的故事

然后,他在我身边坐下,因为我变得胆小了,我把头偏向一边,给他让出地方。尽管如此,我还是察觉到,他坐在那儿,也有些尴尬,总试图跟我保持一小段距离,他费力地说:

"我过的是什么日子啊!"

昨天晚上我参加了一个聚会。我刚在煤气灯下朝一个姑娘躬身致意说:"冬天快要到了,我真高兴。"——正当我边鞠躬边说这番话时,我生气地发现,我的右大腿关节脱臼了。膝盖骨也有些松动了。

于是我坐下来说话,因为我总是试图控制我说出的句子:"因为冬天要省力多了;人们举止可以轻松一些,说话也用不着字斟句酌。不是吗,亲爱的小姐?但愿我在这个问题上说得有道理。"此时,我的右腿让我非常恼火。因为,一开始,它像是完全散架了,后来,我通过所谓的推拿和按压才逐渐使它勉强恢复正常。

那位姑娘出于同情,也坐了下来,这时,我听见她轻声说:"不,您不能使我佩服,因为——"

"等一下,"我满意而充满希望地说,"亲爱的小姐,您也不应该光为了跟我说话而花费五分钟时间。您边吃边说吧,我请求您。"

我伸出胳膊,从一个黄铜小天使塑像举着的托盘里拿了一串饱满的葡萄,在空中举了一会儿,然后放到一个蓝边的小碟里,也许不失优雅地递给姑娘。

"您不能使我佩服,"她说,"您所说的一切都很无聊,令人费解,而且还不是真的。我认为，先生——您为什么总称我亲爱的小姐——我认为，您之所以不说实话，是因为实话太累人。"

上帝啊，这下我可来神了！"是的，小姐，小姐，"我几乎是在喊了，"您说得多么正确啊！亲爱的小姐，您理解吗，这是一种被撕裂的快乐，如果人们能不经意地就被理解。"

"实话对您来说太辛苦了，先生，因为，看看您的样子吧！您的整个身子是用薄纸，黄色的薄纸剪成的，像个影子，您一走路，别人就能听见您发出沙沙声。所以，对您的举止或意见发怒是不公平的，因为您得根据当时屋里的气流弯腰。"

"我不懂。这屋子里站着几个人。他们或者把胳膊搭在椅子背上，或者把身子靠在钢琴上，或者犹豫着把杯子举到嘴边，或者胆怯地走进旁边的屋子，等他们在黑暗中在箱子上碰伤了右肩后，就在敞开的窗户旁喘着气想：那是金星，长庚星。我却在这人群的聚会中。如果这之间有什么联系，那我是弄不懂的。但我根本不知道，这之间到底有没有联系。——您看，亲爱的小姐，所有这些人都稀里糊涂，所以他们的行为犹豫不决，举止可笑，这其中只有我似乎还配听到关于我的清楚的议论。为了使这议论令人愉快，他们用讽刺的语气说话，所以，就令人惊奇地有所保留，就像一座内部已经烧毁，只剩下承重墙的房子。此时，人们的视线已毫无障碍，白天，可以透过窗洞看见天上的云，夜里能看见星星。但是，云彩还是经常逃离灰色的石头，星星会构成不自然的图案。——这样好吗，为了表示对您的谢意，我透露给您一个秘密，总有一天，所有想活的人，都会成为我这个样子；是用黄色的薄纸剪出来的，像剪影似的，——就像您说的——他们一走动，别人就会听到沙沙声。他们不会与现在有什么不同，但他们的外表会是这样的。就连您，亲爱的——"

这时我发现，那位姑娘已经不坐在我身边了。她肯定是一说完她最后几句话就走了，因为她现在站在离我很远的一扇窗户旁，被三个身着白色高领衣服、谈笑风生的年轻人包围着。

为此,我高兴地喝了一杯葡萄酒,向弹奏钢琴的人走去,他独自一人,此时,正摇头晃脑地弹着一首悲伤的曲子。我小心翼翼地朝他的耳朵俯下身,以免吓着他,然后和着那首乐曲轻声说:

"劳您驾,尊敬的先生,现在请您让我弹奏,因为我打算高兴一下。"

因为他没有听我说话,所以我尴尬地站了一会儿,然后,克制住自己的胆怯,从一个客人向另一个走去,顺便说着:"今天我要弹钢琴。是的。"

似乎所有人都知道我不会弹琴,但他们都因为自己的谈话被愉快地打断而友好地笑着。然而,当我大声对弹琴人说:"劳您驾,尊敬的先生,现在请您让我弹奏,因为我打算高兴一下。这是一次胜利。"这时,大家才开始注意我。

弹琴人尽管停止了弹奏,但他并没有离开他棕色的琴凳,而且好像也没有明白我的意思。他叹了口气,用他修长的手指捂住脸。

我已经有点儿同情他,想鼓励他继续弹奏下去了,这时,女主人带着一群人走过来。

"这是个奇怪的想法。"他们说着,还大声笑着,仿佛我要做什么不自然的事似的。

那个姑娘也凑过来,蔑视地看着我说:"尊贵的夫人,请您让他弹吧。他可能想逗大家乐乐。这是值得赞扬的。我请求您,尊贵的夫人。"

所有的人都高兴地大声附和,因为他们显然跟我一样,认为那姑娘说的是反话。只有弹琴人默默不语。他低着头,左手食指在琴凳的木板面上轻抚着,好像在沙滩上画画。我颤抖起来,为了掩饰,我把双手插进裤兜。而且我也不再能清楚地说话了,因为我整张脸都想哭。所以,我不得不字斟句酌,以使听众觉得我要哭的想法是可笑的。

"尊贵的夫人,"我说,"我现在必须弹奏,因为——"由于我忘记了理由,我索性一屁股坐到钢琴旁。这时,我又明白了我的处境。弹琴人站起来,体贴地跨过琴凳,因为我挡了他的道。"请您把灯关了,我只能在黑暗中弹奏。"我直起身来。

这时,两位先生抓住琴凳,把我抬得离钢琴远远的,抬向餐桌,他们一边用口哨吹着一支歌,一边轻轻摇晃着我。

看来,所有的人都赞成这种做法,那位姑娘说:"您看,尊贵的夫人,他弹得多好。我早就知道的。您还那么担心来着。"

我明白了,潇洒地躬身表示感谢。

有人给我倒了一杯柠檬汽水,一个涂着红嘴唇的小姐端着杯子喂我喝。女主人用银碟子递给我一块蛋白甜饼,一个身穿雪白连衣裙的女孩把甜饼送进我嘴里。一个满头金发、身材丰满的小姐在我头顶上举着一串葡萄,我只需摘下来就行了,她则盯着我那躲躲闪闪的眼睛。

因为所有的人都对我那么好,所以,当他们再次一致阻止我走向钢琴时,我当然觉得很奇怪。

"够了。"男主人说,在此之前,我一直没注意到他。他走出去,旋即又回来,拿着一顶巨大的礼帽和一件有花朵图案的铜褐色大衣。"这是您的东西。"

这尽管不是我的东西,但我不愿意麻烦他再去找一次了。男主人亲自给我穿大衣,他几乎要贴到我的身体,大衣正合适。一位面目慈善的女士逐渐弯下身子,从上到下给我扣上大衣扣子。

"那么,您多保重,"女主人说,"欢迎您不久后再来。您知道,我们随时愿意见到您。"这时,所有的人都躬身致意,好像真有必要似的。我也试着鞠躬,但我的大衣太瘦。所以我拿起帽子,极其笨拙地走出门去。

但是,当我迈着小步走出房门后,我的眼前突然出现了明月高悬、繁星密布的苍穹,市政厅前的环形广场,马利亚石柱和教堂。

我平静地从阴影里走到月光下,解开大衣扣,让自己暖和起来;然后,我举起双手,让夜的嘈杂沉寂下来,开始思考:

"这是怎么回事,你们装得好像你们真的存在似的。你们想让我相信我不是真的,滑稽地站在绿色的石子路上。但那已经是很久以前的事了,那时,你,天空,曾是真的,而你,环形广场,从不曾真过。

"这是真的,你们总是比我优越,但也只是在我不打扰你们的情况下。

"感谢上帝,月亮,你不再是月亮了,不过,这可能是我的疏忽,我给你取名叫月亮,现在仍称你为月亮。为什么当我把你叫作'颜色奇怪的、被遗忘的纸灯笼'时,你不再那么高兴了呢。为什么当我叫你'马利亚柱'时,你几乎要缩回去呢,而且,当我称你为'洒出黄光的月亮'时,我再也看不到你那咄咄逼人的姿态了,马利亚柱。

"看来的确如此,如果有人对你们进行深思,就会让你们不舒服;你们就会减少勇气和健康。

"上帝,如果思考者能向醉酒者学习,那才会多么有益于健康啊!

"为什么一切都变得安静了。我觉得没有风了。那些小房子,那些常常像装着小轮子一样在广场上滑来滑去的小房子,也结结实实地定住了——寂静——寂静——根本看不见那条通常把房子和地面分开的黑色细线。"

我跑了起来。我毫无阻碍地绕着大广场跑了三圈,由于我没有碰到醉汉,所以我无需减速,丝毫不觉得费力地朝卡尔街跑去。我的影子比我小,常常在我旁边的墙上跑着,就像是在墙和路基之间的狭路上。

当我经过消防队的房子时,听到从小环形路那边传来嘈杂声,我拐上那条路后,看见一个醉汉站在喷泉的栏杆旁,他两臂平伸,用拖着木拖鞋的双脚在地上跺着。

我首先站住,想让我的呼吸平稳下来,然后,我走向他,从头上摘

下礼帽,自我介绍:

"晚安,柔弱的贵人,我二十三岁,但我还没有名字。而您肯定有着一个奇怪的、可以吟唱的名字,来自那伟大的城市巴黎。那正在失衡的法国宫廷的极其不自然的气息包围着您。

"您那双有色的眼睛肯定看见了那些高贵的女士,她们已经站在高大、明亮的平台上,讥讽似的扭动着纤细的腰肢,而她们那也是展开在台阶上的彩绘拖裙后裾还摊在花园的沙地上。——不是吗,到处都有身穿裁剪粗俗的灰色燕尾服和白色裤子的仆人们往长杆上爬,他们的双腿环绕着长杆,上身经常弯向后方和侧面,因为,他们必须扯着粗大的绳子,把许多巨大的灰色幕布从地下挂到高处去并撑开,因为高贵的女士希望看到一个雾蒙蒙的清晨。"

他打了个嗝,差点儿吓着我,我说:"真的,这是真的吗,先生,您来自我们的巴黎,来自那狂风暴雨的巴黎,来自那个热情奔放的冰雹天?"

当他再次打嗝时,我尴尬地说:"我知道,这是我的极大荣幸。"

我用敏捷的手指扣上大衣,然后热烈而又腼腆地说:

"我知道,您认为不值得回答我,但是,如果我今天不问您,我就将过一种凄惨的生活。

"我请求您,装扮入时的先生,别人告诉我的都是真的吗。巴黎有没有只用漂亮衣服做成的人,那里有没有只有大门的房子,夏天,城市上方的天空真的是流动的蓝色吗,点缀着朵朵白云,它们全都是心形的。那儿有没有一个门庭若市的蜡像馆,里面只有挂着小牌的树,上面写着最著名的英雄、强盗和情人的名字。"

"还有这则消息!这则显然虚假的消息!"

"不是吗,巴黎的那些大街突然出了岔道;它们不安静了,不是吗?并不总是一切井然有序的,那怎么可能呢!如果发生一次事故,人们就会迈着几乎脚不沾地的大城市的脚步,从各个小巷涌出来,聚集在一起;尽管大家都好奇,但也担心会失望;他们急促地喘息着,往前伸着他们的小脑袋。如果他们相互碰了一下,就会深鞠躬,请求原谅:'非常抱歉——这不是有意的——太挤了,我请您原谅——我太笨手笨脚了——我承认。我的名字是——我的名字是耶洛默·法罗赫,我是卡波丹街上卖调料的——请允许我明天请您吃午饭——我的妻子也会非常高兴的。'他们这么说着,巷子里充满了喧闹声,烟囱里冒出的烟在房屋之间沉落下来。就是这样的。有没有这种可能,在一个富贵街区的一条繁华大街上,会停下两辆车。仆人庄重地打开门。八条高贵的西伯利亚狼狗跳下车,狂吠着在马路上跳跃追逐。这时,有人说,这是些化了装的巴黎时髦青年。"

他的眼睛几乎闭上了。当我沉默不语时,他把双手伸进嘴里,撕扯着下巴。他的衣服肮脏不堪。他可能是被别人从一个小酒馆里扔出来的,而他自己还不清楚。

这可能是白天与黑夜之间那短暂而宁静的休息,这时,我们没有料到,脑袋会垂在脖子上,我们也没有发觉,一切都静止不动,而且,由于我们不去观察,这一切又消失了。我们蜷缩着身子独自待着,四处张望,但什么也看不见了,也不再能感觉到空气的阻力,然而我们内心深处却牢牢记着,在离我们一定距离的地方,矗立着带房顶的房屋,所幸还有四方形的烟囱,通过烟囱,黑暗流进了房屋,又通过阁楼流进各种各样的房间。幸运的是,明天又是一个白天,人们将能看清存在的一切,这真令人难以置信。

这时,那醉汉扬起眉毛,眉眼间显出一道光彩,他断断续续地解释说:"是这样的——我困了,所以我要去睡觉了——我有个内弟在文策尔广场——我去那儿,因为我住在那儿,那儿有我的床——那么我走了——我只是不知道他叫什么,住在哪儿——我觉得我给忘记了——不过这没关系,因为我根本不知道,我是否真有个内弟——我现在走了——您认为我会找到他吗?"

我不假思考地回答说:"肯定能。不过您来自异乡,您的仆人们不巧又不在您身边。请让我带您去吧。"

他没有回答。于是我把我的胳膊伸给他,让他挽着。

(4)胖子和祈祷者之间的继续谈话

而我早就试着让自己高兴起来。我搓着自己的身体对自己说:

"是你说话的时候了。你已经很尴尬了。你感到困窘了吗?等一等!你了解这样的局势。别着急,慢慢想!环境也会等待的。"

"就像上星期的聚会时一样。有人朗读着一本手抄本上的什么东西。有一页是我应他的请求自己抄的。当我读到他抄写的那几页上的字迹时,吃了一惊。那是毫无根据的。人们从桌子的三面探过身子来。我哭着发誓说,这不是我的笔迹。"

"但是,它为什么要跟今天的事相似呢。都是因为你,才会有这番限制范围的谈话。一切都那么平和。加把劲儿,我亲爱的!——你会发现不同意见的。——你可以说:'我困了。我头疼。再见。'快点儿,快点儿。让别人注意你!——这是什么?又是重重障碍?你想起什么了?——我想起一个高原,它作为大地的一块牌子,面向天空高耸而起。我从一座山上看见它,已经做好准备横穿它了。我开始唱歌。"

我的嘴唇干燥,不听指挥,我说:

"是否应该能换一种活法?"

"不。"他询问地微笑着说。

"但是您为什么傍晚在教堂里祈祷呢?"我问道,这时,我一直犹如在睡梦中一样支撑着的我与他之间的一切,都倒塌了。

"不,我们为什么要谈这个呢。晚上,独自生活的人都不承担责任。人们担心一些事情。也许肉体会消失,可能人真的是他在黄昏中的样子,人也许没有拐棍就不能走路,也许最好去教堂,大声喊叫着祈祷,引别人注目,得到肉体。"

因为他就这么说着,然后不说话了,我从口袋里掏出我的红色手绢,弯下身子哭起来。

他站起来,吻着我说:

"你为什么哭?你身材高大,我喜欢,你双手修长,它们几乎可以按照你的意愿动作;你为什么不为此而高兴呢。我建议你总穿深色袖边。——不,我在恭维你,你还哭?你非常理智地承担着生活的这种艰难。"

"我们其实是在造无用的战争机器、塔楼、城墙和丝绸窗帘,要是有时间,我们会对此大感惊讶的。我们保持飘浮,我们不会掉下来,哪怕我们比蝙蝠还要丑陋,我们也要翩翩飞舞。已经没有人能阻止我们在天气好的日子说:'上帝啊,今天是个好日子。'因为我们已经被安置在我们的地球上了,我们生活在我们共同看法的基础上。"

"我们其实就像雪中的树干。它们看上去只是平躺在地上,好像轻轻踹一脚就能推动。其实不然,人们推不动,因为它们是跟地面紧紧连在一起的。不过,你看,连这也只是表面现象。"

思考阻止了我的哭泣:"现在是夜里,没有人会在明天责备我现在可能说的话,因为那有可能是睡梦中说的。"

然后我说:"是,是这样,不过我们说什么来着。我们不可能谈论天空的照明,因为我们是站在房子过道深处。不,——是的,我们本可以谈论这事的,因为我们在谈话中并非完全独立,我们不想达到什么目的或真理,只想开心和消遣。不过,您不能再给我讲一遍那个花园里女人的故事吗?那个女人是多么令人佩服、多么聪明啊!我们的行为应该以她为榜样。我是多么喜欢她啊!我遇到您,并抓住您,这也很好。跟您谈过话,这对我来说是非常大的享受。我听到了一些我迄今为止也许有意不去了解的东西,——我很高兴。"

他看上去很满意。尽管人与人的身体接触总让我觉得不好意思,但我还是得拥抱他。

然后我们从过道里出来,站到天空下。我的朋友吹散几片零散的云彩,于是,我们头顶展现出完整的星空。我的朋友吃力地走着。

4. 胖子的灭亡

这时,一切都被飞快的速度所控制,到了远处。河水被拖向一处悬崖,它想停住,还在碎裂的岩石棱角上犹豫着,但随后就大团大团地卷起雾花落了下去。

胖子不能再说话,他不得不转过身子,消失在轰鸣而湍急的瀑布里。

知道了这么多趣事的我,站在岸边看着。"我们的肺应该做什么,"我喊着叫着,"它们若呼吸得快,就会因自身、因体内中毒而窒息;如果呼吸得慢,它们则会因不能呼吸的空气和令人气恼的东西而窒息。如果它们想找好呼吸的速度,那么在寻找的过程中就会灭亡。"

这时,河岸无限延伸,我的手掌触到了远处一个非常小的路标的铁牌。这事令我无法理解。因为我个子很矮,比一般人矮,一丛快速晃动的有白色无花果的灌木也高过了我。这我看见了,因为那丛灌木刚刚还在我旁边。

但是,尽管如此,我还是弄错了,因为我的胳膊像连阴雨的乌云一样大,只不过我的胳膊动作更急促。我不知道,它们为什么想压碎我可怜的脑袋。

我的脑袋是那么小,像一个蚂蚁卵,它只不过受了点儿损伤,不那么浑圆。我转动它,做出请求的表示,因为我的眼睛太小,它们表示的意思是不会被注意到的。

可是我的双腿,我那不像话的腿放在树木茂盛的山上,遮盖着遍布着村庄的山谷。它们长着,长着!它们已经伸到了没有自然风景的地方,它们的长度早已超出了我的目力所及的范围。

但是,不,不是这样的,——我个头很小,暂时很小,——我滚动着,我滚动着,我是山中的雪崩!路过的人们,请你们告诉我,我有多高,请你们量量我的胳膊,我的腿。

Ⅲ

"这是怎么回事,"我的相识说,他跟我从聚会中出来,在劳伦奇山的一条路上安静地走在我身边,"您停一下,让我弄明白是怎么回事。——您知道吗,我有一件事要办。这事很艰难,——这个寒冷又明亮的夜,这心怀不满的风,它有时甚至好像要改变那合欢树的位置。"

园丁的房屋在月光下的影子,投在略微隆起的路上,点缀着少许白雪。当我看见门边的长凳时,我抬手指了指它,因为我没有勇气,怕有人会指责我,所以把左手放在胸前。

他毫不顾及那漂亮的衣服,厌烦地坐了下来,他用胳膊肘支在胯上,前额放在弯曲的指尖里,这使我大吃一惊。

"好了,现在我要说这件事了。您知道,我生活有规律,无可指摘,所有必需的、值得称道的事都做了。我交往的那个圈子中人们所习惯的不幸,我也未能幸免,这一点,我周围的人和我都满意地看到了,就连那种一般的幸福也没有抛弃我,所以我可以在小范围内谈论它。在此之前,我从来没有恋爱过。我有时觉得很遗憾,但必要时,我也使用那种说话方式。不过现在我要说:是的,我恋爱了,而且因为恋爱而万分激动。我是个感情热烈的情人,姑娘们都喜欢。但我是否应该想想,恰恰是这一从前的不足,给我的情况带来了独特的、有趣的、特别有趣的转变呢?"

"安静,安静,"我漠不关心地说着,只想着我自己,"我听说,您的恋人很漂亮。"

"是的,她很漂亮。当我坐在她身边时,我就只想:'这种冒险——我这么大胆——那么我去航海——成加仑地喝酒。'但是,她笑的时候,并不像人们期望的那样露出牙齿,人们只能看见那黑洞洞的、又窄又弯的、张开的嘴。就算她笑的时候往后仰着头,看上去仍是奸诈狡猾、老态龙钟。"

"我不能否认,"我叹着气说,"我可能也看见过,因为那肯定很显眼。但不仅是这些。姑娘的整体美丽!我经常看见有很多褶裥和饰物的衣裙,合适地穿在美丽的身体上,于是我就想,它们不会长时间保持这样的,它们会起褶,不再这么平整,会落上灰尘,厚厚地落在饰物上,拂不去,没有人会让自己这么可悲又可笑地每天早晨穿上这贵重的衣服,晚上又脱下它。不过我也见过有的姑娘,她们漂亮,有着迷人的肌肉和小腿,紧绷绷的皮肤和细密的头发,可她们每天都穿戴着同样一套自然的面具服装,总把同一张脸放在同样的手掌中,照她们的镜子。只是有时候,晚上,当她们从一个聚会晚归时,她们会在镜子里看到,她们的面具已经用旧了,肿胀了,落满灰尘,被所有人看过,不能再戴了。"

"但是,我在路上好几次问您,是否觉得那个姑娘漂亮,可您总是把头转向另一边,不回答我。您说,您是不是有什么恶毒的打算?您为什么不安慰我?"

我把脚伸进阴影里,专注地说:"您用不着安慰。您不是被爱着吗。"说话时,我用我那有蓝色葡萄图案的手帕挡在嘴前,免得着凉。

这时,他转向我,把他那肥胖的脸靠在长椅低矮的靠背上:"您知道,总的来说我还有时间,我还可以结束这段刚开始的爱情,通过一件丢脸的事、通过不忠行为或者用动身到一个遥远的地方旅行的方法。因为,真的,我非常怀疑,我是否应该投入到这种激情中去。这不是什么保险的事,没有人能肯定地断定它的发展方向和持续时间。我如果抱着喝醉的意图进一家酒馆,那我就知道,这个晚上,我肯定会喝醉,可是我现在这种状况!一个星期后,我们想和一家朋友去郊游,这不会使内心深处产生十四天长的激烈斗争。今晚的吻让我昏昏欲睡,所以能给梦提供无限驰骋的空间。我抵住了这种诱惑,夜间出来散散步,于是成了这样,我情绪激动,无法安定下来,我的脸忽凉忽热像被风吹了似的,我不得不总摸口袋里的一根玫瑰色带子,为我自己忧心忡忡,但又不能弄清楚到底为什么担心,我甚至还容忍您,我的先生,往常,我决不会跟您聊这么长时间。"

我觉得有些冷,天色已经有点儿泛白了。"这种情况下,丢脸的事、不忠的行为或远途旅行都没有用。您肯定得自杀。"我说,还微笑着。

我们对面,大道另一边,有两棵矮灌木,树后的下面是城市。城里还有些许灯光。

"好,"他大声喊道,还挥起他那结实的小拳头捶打着长椅,不过随即就停止了,"可您活着,您不自杀。没人爱您。您什么也无法实现。您不能掌握下一个时刻。所以您这样跟我说话,您这个卑鄙的人。您不能爱,除了恐惧,没有什么能使您激动。您看,我的胸膛。"

于是,他飞快地解开他的外衣、背心和衬衫。他的胸膛真的宽阔而优美。

我开始讲述:"是的,我们有时会遇到这种不顺利的情况。比如今年夏天我在一个村子里。村子位于一条河边。我记得很清楚。我经常斜坐在岸边的长椅上。那儿也有一个沙滩旅馆。常常可以听到那里的小提琴声。健壮的年轻人在花园里喝着啤酒,谈论着打猎和冒险的经历。而河的另一岸是云雾般的山峦。"

这时,我站起身来,嘴疲惫地撇着,我转到长椅后的草坪上,还踩断了几根修剪下来的小树枝,然后,我咬着我的相识的耳朵小声说:"我订婚了,我承认。"我的相识对我站起身来并不感到惊奇:"您订婚了?"他的确是万分虚弱地坐在那里,只靠长椅的靠背支撑着。然后,他摘下帽子,我看见了他的头发,他的头发散发出好闻的味道,梳理得整整齐齐,从圆圆的头一直到脖子,最底下形成一条弧线,这是今年冬天流行的发型。

我很高兴自己给了他一个这么机智的回答。"是的,"我对自己说,"他在聚会中脖子灵活,手臂自如。他会与一位女士愉快地交谈着从大厅中央走过,而且,不论屋外下雨,还是那儿站着一个腼腆的人,或者发生了任何不愉快的事,都不会使他不安。不,不论发生什么,他都会同样优雅地向女士们鞠躬致意。可是,他现在坐在那儿。"

我的相识用一块麻纱手帕擦着额头。"请,"他说,"请您把您的手放到我额头上一会儿。我请求您。"我没有马上照他说的做,于是他合拢双手求我。

似乎我们的忧虑使一切变得暗淡了,我们坐在山顶上,就像在一间小屋里,尽管我们刚才已经感觉到了清晨的阳光和微风。我们离得很近,尽管我们彼此不喜欢,而且,我们不能隔得太远,因为四周的墙严密而坚固。但是,我们可以举止可笑,毫无人的尊严,因为在头顶的树枝和对面的树木面前,我们不必害羞。

这时,我的相识毫不迟疑地从他的口袋里掏出一把刀子,若有所思地打开它,然后像是玩游戏一样,把它捅进自己的左上臂,不拔出来。血立刻涌了出来。他那圆圆的面颊煞白。我把刀子拔出来,割开大衣和燕尾服的袖子,撕开衬衣袖子。然后,我又沿着路往前后各跑了一段,看看是否有人能帮我。所有树枝都清晰可见,它们纹丝不动。然后,我在深深的伤口上吸了一会儿。这时,我想起了园丁的小屋。我沿着台阶往上跑,台阶通向小屋左侧那片略高的草坪,我急匆匆地察看了门窗,恼怒地按铃跺脚,尽管我一眼就看出,那房子没人住。之后,我又察看伤口,它汩汩地流着血。我把他的手绢在雪地中弄湿,笨手笨脚地包扎他的胳膊。

"你,亲爱的,亲爱的,"我说,"你是为我把自己弄伤的。你的处境那么好,周围都是好人,大白天,如果桌子间远处近处或山路上有许多穿着讲究的人,你就可以去散步。你只要记着春天时,我们要去森林公园,不,不是我们要去,可惜这是真的,但是你和你的小安娜会高兴得蹦蹦跳跳着去的。噢,是的,我请你相信我,阳光会让你们以最美的形象出现在所有人面前的。噢,那是音乐,远处传来马的嘶鸣声,不必再有忧虑,林阴道上是喊叫声和手摇风琴的声音。"

"上帝啊,"他说着,站起来,靠在我身上,我们走着,"没有用。

这不能使我高兴。请您原谅。已经很晚了吗？也许我应该明天早上做些什么。上帝啊。"

围墙附近的一盏灯还高高地亮着，把树干的影子投在路上和白雪上，而各种各样的树枝的影子则像断了一样，弯弯曲曲地落在山坡上。

（二稿）

I

十二点左右，就有几个人站起来，躬身致意，互相伸出手来，说着过得非常愉快，然后穿过高大的门框来到前厅穿外衣。女主人站在屋子中间，灵活地向各处欠身致意，她裙子上不自然的褶子随之晃动。

我坐在一张由三条可折叠的细腿支撑的小桌旁，正在呷第三小杯甜药酒，同时打量着我那一小堆小点心，那是我自己挑选并摞起来的。

这时，我看见我的新相识有些衣冠不整、手足无措地出现在隔壁一间房的门柱边，但是我想把目光移开，因为这与我无关。然而他却朝我走来，心不在焉地对我做的事笑了笑，用颤抖的声音说：

"请您原谅我来找您。但是，我和我的姑娘一直单独坐在隔壁一个房间里。从十点半开始。天哪，这是一个美妙的晚上。我知道，我跟您说这事不太合适，因为我们彼此不认识。不是吗，今晚我们在楼梯上遇到了，作为这家的客人，我们互相交谈了几句客套话。可是现在——但您必须——我请求您——原谅我，我不能把我的幸福憋在心里，我没办法。由于这里没有其他我可以信赖的熟人——"

我难过地看着他，——因为我嘴里那块果料点心味道并不太好——冲着他那涨得通红的脸说：

"您觉得我值得信赖,当然让我很高兴,但您向我吐露心里话,却使我不满意。而且您自己——要是您不这么糊涂的话——也会感觉到,向一个独自坐着喝酒的人讲述一个正在恋爱的姑娘,是多么不合适。"

我说完,他便一屁股坐下来,身子往后一靠,两只胳膊垂下来。然后,他又支起胳膊肘,把胳膊收回来,开始相当大声地自顾自讲起来:

"就在刚才,那间屋里只有我们两个人,小安娜和我,我吻她了——我——吻了——她的嘴唇,她的耳朵,她的肩膀——我主上帝啊!"

几位客人猜到这里正进行一场热烈的谈话,就打着哈欠向我们靠近了一些。于是我站起来,用所有人都能听到的声音说:

"好吧,如果您愿意,我就一起去,不过,我的意见还是,现在,在冬天的夜里上劳伦奇山是愚蠢的。而且天气变冷了,还下了一点雪,所以外面的路像冰道一样滑。不过,随您的便——"

他先是吃惊地看着我,那湿漉漉的嘴唇张开着;继而,当他看到那几位已经站在周围的先生时,便笑了,站起来说:

"噢,是的,冷点儿好,我们的衣服里都是热气和烟味儿,我尽管喝得不多,可能也有点儿醉了,对,我们去告别,然后就走。"

于是,我们走到女主人面前,当他吻她的手时,她说:

"噢,不,您今天看上去这么幸福,这真让我高兴。"

她这番话的好意打动了他,他又吻了吻她的手;她笑了。我不得不拉走他。

前厅里站着一个侍女,我们现在是第一次见到她。她帮我们穿上外衣,然后拿上一个小手电,准备给我们照亮楼梯。她的脖颈裸露着,只是在下巴下面系着一条黑丝绒带子,当她在我们前面下楼梯,向下照着手电时,她那宽松衣服里的身体弯着,又不时地伸展开。因为刚喝过酒,所以她脸颊泛红,在充满了整个楼梯间那昏暗的手电光中,她的双唇颤抖着。

在楼梯下,她把手电放在台阶上,朝我的相识迈了一步,拥抱并亲吻他,没有松开。直到我把一枚硬币放到她手里,她才懒洋洋地松开他,慢吞吞地打开那扇小门,让我们走进黑夜。

被均匀照亮的空旷街道上方,一轮巨大的月亮挂在由于有些许云彩而显得更加广阔的天空。在冻结了的雪地上,只能迈小步走。

我们刚一来到外面,我的情绪就立刻变得明显地极其兴奋。我踢着腿,让关节响着,我朝巷子里喊着一个名字,仿佛一个朋友从我这儿溜走跑到拐角后去了,我跳着把帽子高高抛起,然后大叫着接住它。

我的相识却漠不关心地在我身边走着。他低着头,也不说话。

我觉得奇怪,因为我估计,如果我带他离开那群人,他的快乐会使他发狂。现在连我也变得安静了。我刚才在他背上兴奋地拍了一掌,就突然觉得不理解他的状态,于是收回了手。由于我用不着手,就干脆插进大衣口袋里。

我们就这么默默地走着。我注意地听我们的脚步声,不明白为什么我不可能和我的相识步伐一致。这时,空气清新,我能清楚地看见他的腿。偶尔有人靠在窗户上看我们。

当我们走上费尔迪南街时,我发现,我的相识哼起了《美元公主》中的一首曲子;声音非常小,但我听得非常清楚。这算怎么回事?他想侮辱我吗?这样的话,我可以立刻放弃这音乐,另外还有整个这次散步。他为什么不和我说话?如果他不需要我,那他当时为什么来找我,让我留在温暖的屋里,喝着甜药酒,吃着小甜点。我真的不是争着非要来散步不可。另外,我也可以一个人来散步。我刚才在一群人中间,把一个忘恩负义的年轻人从窘境中解救出来,现在在月光下漫步。这也行。白天工作,晚上聚会,夜间在巷子里走走,没有任何出格的事。这本身就是一种无拘无束的生活方式!

不,我的相识还走在我后面,当他发现他落在了后面时,就加快了步伐。没有人说话,人们也不能说我们在走路。我却在考虑,我是否拐进一条小巷更好,因为从根本上来说我没有义务跟别人共同散步。我可以独自回家,没有人能阻止我。我将会看到,我的相识一无所知地走过我的小巷口。再见,亲爱的相识。我到家时,会感到我的房间里很温暖,我会点燃立在桌上铁架子上的灯,做完这事之后,我会坐进我那把放在破旧的东方地毯上的扶手椅里。多么美好的景象!为什么不呢?可是然后呢?没有然后。灯光照在温暖的屋子里,照着我坐在扶手椅里的胸膛上。然后,我的身体会变冷,又要一个人在涂了色的四壁之间和地板上熬时间,——从后墙上挂的那面金框镜子里看去,那地板显得是下斜的。

　　我的两腿累了,我已经决定,无论如何要回家,躺到床上去,这时,我犹豫不决,离开时是否应该跟我的相识道个别。但是我太胆小,不能不打招呼就走,我又太软弱,不能大声告别,所以我又停下来,靠在一面洒满月光的墙上,等着。

　　我的相识穿过人行道,朝我走来,速度很快,好像要我接住他。他眨了眨眼,为一个什么共识,但我已经忘了。

　　"怎么了,怎么了?"我问。

　　"没什么,"他说,"我只想问问您对那个侍女的意见,那个我在过道里吻过的侍女。那个姑娘是谁?您以前见过她吗?没有?我也没见过。她真的只是个侍女吗?她在我们前面下楼梯时,我就想问您。"

　　"她是个侍女,而且还不是个头等侍女,这我一看她那通红的手就看出来了,当我把钱塞到她手里时,我感觉到她那粗硬的皮肤。"

　　"可是这只能证明,她干这个工作已经有一段时间了,这我也相信。"

　　"您可能是对的。在当时那么昏暗的灯光下,不可能把一切分辨得很清楚,我也觉得她的脸像我认识的一个军官的不太年轻的女儿。"

"我没觉得。"他说。

"这不能阻止我回家;已经很晚了,我明天早上还得上班;是可以在那里睡觉,但那是不对的。"说着,我伸出手向他告别。

"噢,这么凉的手,"他喊道,"我可不想带着这样的手回家。我亲爱的,您当时真该让她吻一下,您错过了,不过您以后可以补上。可是睡觉?在这样的夜晚?您想起什么了?您想想,要是独自一人在他的床上睡觉,会用被子闷死多少快乐的想法,又会用它温暖多少噩梦。"

"我既不闷死也不温暖什么。"我说。

"您就别管我了,您是个滑稽演员。"他结束了谈话。同时,他开始继续走,我跟着他,自己并没有发觉,因为我还在想他的话。

我觉得,从他的话里能看出,我的相识猜测我身上具有什么东西,尽管我并不具备这种东西,但是,由于他的猜测,已经使我引起了他的重视。还好,我没有回家。谁知道呢,这个人,这个现在在我身边,在寒冷中嘴里呼出白气的人,也许能在别人面前给我很高的评价,而用不着我自己去争取。可千万别让那些姑娘给我把他毁了!她们可以亲吻他、搂抱他,那是她们的义务,他的权利,但是她们不能从我这儿拐走他。要是愿意这么说的话,她们亲吻他时,也就亲吻了我一点儿;用嘴角,有那么一点儿;但是,她们要是拐骗他,就是把他从我这里偷走了。而他应该永远待在我身边,永远,如果不是我,谁能保护他呢。他那么笨。二月天,如果有人对他说:你,上劳伦奇山,那他就跟着去。他要是现在摔了怎么办,他要是着凉了怎么办,要是有嫉妒的人从邮政巷跑出来袭击他怎么办?那我会怎么样,我是否该被抛出这个世界?我想看到这个,不,他将不再能摆脱我。

明天他会和安娜小姐谈话;开始当然是谈些平常的事,但突然,他会忍不住地说:昨天,小安娜,夜里,我们的聚会之后,你知道,我跟一个人在一起,你肯定从没见过他。他看上去——我该怎么描述他呢——他看上去像根摇摇晃晃的棍子,上面挑着一颗长着黑发的脑袋。他的身体上挂着许多很小的、暗黄色的布料,这些布料昨天把他完全盖住了,因为夜里没有风,布都贴着他的身体。怎么,小安娜,你没胃口了?是的,这是我的错,是我没把这一切讲述好。你要是看见他就好了,他那么怯生生地走在我身边,他看着我恋爱,那也不是什么艺术品,为了不打扰我恋爱,他独自走出去一大截。我觉得,小安娜,你可能有点儿笑他,有点儿害怕,我却喜欢有他在。因为,你当时在哪儿,小安娜?你在你的床上,而非洲都不会比你的床更遥远。有时候,我真觉得,随着他那扁平的胸脯的呼吸起伏,繁星密布的天空会上升。你觉得我夸张了吗?没有,小安娜;以我的灵魂发誓,没有;以我那属于你的灵魂发誓,没有。

我丝毫不让我的相识——这时,我们刚刚走上弗兰茨恩码头——停止羞愧,他在这种谈话中,肯定也会感觉到羞愧。只不过我的想法当时有些混杂,因为莫尔多瓦河以及河对岸的城区同样笼罩在黑暗中。只有几点灯光在闪烁,跟看着它们的眼睛戏耍。

我们穿过马路,来到河岸栏杆边停下来。我找到一棵树,靠上去。因为水面吹来的风很凉,我戴上手套,像人们在傍晚的河边可能会做的那样,无缘无故地叹了口气,然后,我想继续走。但是我的相识望着河水,一动不动。然后,他更靠近栏杆,把胳膊肘支在铁杆上,额头埋进手掌里。怎么了?我感到冷,不得不把大衣领子竖起来。我的相识伸展身子、后背、肩膀和脖子,把本来靠在弯曲的胳膊上的上身伸到栏杆上面。

"回忆,是不是?"我说,"是啊,回忆过去本身就是悲伤的,就像回忆的对象!如果您完全沉浸到这种事里去,那对您和对我都没有好处。这样,人们会削弱他现在的位置——不会有任何事情比这更明白——,而以前的位置也不会得到加强,更不用说,加强以前的位置已毫无必要。您以为我没有回忆吗?您有一个,我就有十个。比如现在,我就能回忆起,我坐在 L 城的一条长椅上。那是一个傍晚,也是在河边,当然是夏天。我有个习惯,在这样的傍晚,把腿收回盘起来。我把头靠在长椅的木靠背上,望着对岸云层般的山峦。河畔旅馆中传出轻柔的小提琴声。两岸不时有冒出闪亮烟雾的火车慢吞吞地驶过。"

我的相识打断我,他突然转过身来,看上去对我还在这里感到很吃惊。"我还能讲得更多。"我说,然后不再说了。

"您以为,事情总是这样,并且只是这样的,"他开始说,"当我今天下楼梯,想在去聚会之前再去散会儿步时,我惊奇地发现,我发红的双手在衣袖里晃来晃去,异常快活。当时我就想:等着吧,今天会有什么事。果然。"他说这话时,已经往前走了,微笑着用大眼睛看着我。

我已经做到这一步了。他可以跟我讲这些事,还微笑着用大眼睛看着我。我呢,我必须控制住自己,不把胳膊搭到他肩上,不去亲吻他的眼睛,作为对他可以不需要我的奖励。最糟糕的是,就连这也无法损害什么,因为它不能改变什么,因为我现在一定要走,无论如何要走。

当我还在想办法至少能在我的相识身边待一会儿时,我突然想到,我颀长的身材可能会使他觉得不舒服,在我身边他自己会觉得显得太矮。这种情形非常折磨我——尽管现在是夜里,我们几乎遇不到任何人——所以我弓着背,直到走路时两手都触到膝盖了。为了不让我的相识发觉我的意图,我只是非常缓慢地改变我的姿态,并试图将他的注意力从我身上引开,为此,我甚至让他转过身子,面朝河,伸长手指给他看安全岛上的树和桥上路灯在河中的倒影。

但他突然转身,看着我——我还没全部完成我的动作——说:"这是怎么回事?您整个佝偻着!您在干什么呢?"

"没错,"我说,我的头靠在他的裤缝边,所以我不能好好朝上看,"您的眼睛真尖!"

"哎哟!您站起来!这种蠢事!"

"不,"我说,同时看着近处的地面,"我是什么样,就什么样。"

"我不得不说,您真会惹人生气。您留在这儿是多余的!您停止吧!"

"您这么大声嚷嚷!在这安静的夜里。"我说。

"另外,完全随您的便。"他还补充道,过了一小会儿说:"现在是差一刻一点。"他显然是从磨房塔楼的钟上看的时间。

我像是被人拽着头发揪起来似的站在那里。有一小会儿,我张着嘴,好让不安通过嘴离开我。我明白他的意思,他在打发我走。他身边没有我的位置了,就算可能有一个,那也至少找不到了。我为什么顺便说出了,非要待在他身边不可。不,我只想走——而且马上——去找我的亲戚、朋友,他们已经在等我了。如果我没有亲戚、朋友,那我就得自己帮自己离开(抱怨有什么用!),我只是不能放慢离开这里的速度。因为,在他身边,没有什么能帮我了,我颀长的身材、我的胃口、我冰凉的手,都不行。如果我的看法是,我必须待在他身边,那这就是个危险的看法。

"我并不需要您的通知。"我说,事实上也是这样的。

"谢天谢地,您终于站直了。我只不过是说,现在差一刻一点。"

"好了,"我说,把两个指甲塞进我正打冷战的牙齿缝隙间,"如果我连您的通知都不需要,那就更不需要解释了。除了您的慈悲,我什么都不需要。我请求您,请您收回您说过的话!"

"收回差一刻一点?非常乐意,而且早已过了差一刻。"

他举起右胳膊,手抖动着,倾听袖口金属链的响动。

这时,月亮显然出来了。我将待在他身边,而他肯定在口袋里抓着刀柄,沿着大衣往上移动刀子,然后向我捅来。他不太可能对此事如此容易感到惊讶,不过也可能会,谁能知道呢。我不会喊的,我只会看着他,直到我的眼睛坚持不住。

"怎么了?"他说。

远处一家镶着黑色玻璃的咖啡店前,一个警察正像滑冰一样在石子路上遛来遛去。他的马刀妨碍他,他于是把它拿在手里,往前走了一大段,在路尽头,他几乎是绕了个大弯才转过身来。终于,他低低地欢呼了一声,脑子里想着曲调,又开始遛来遛去。

就是这个警察,这个距离一桩马上就要发生的谋杀只有二十步远、但却只看见和听见自己的警察,才让我感到一种恐惧。我确定,我肯定完了,不管我是束手让自己被捅死还是跑掉。跑掉是否比遭受这种繁琐的,也就是痛苦的死法更好。眼下,我手头没有理由证明这种死法的优点,但是,我不能用寻找理由来度过我剩下的最后时刻。以后,如果我只能做出这个决定,那还有时间找理由,现在,我有了决定。

我必须跑开。这很容易。现在,向左拐上卡尔大桥时,我可以向右跑进卡尔街。这是一条弯弯曲曲的小巷,里面有一些昏暗的门洞和还开着门的酒馆;我用不着绝望。

当我们从码头尽头的桥拱下走上天主十字广场时,我张开双臂跑进小巷。可是,在神学院的一个小门前,我摔倒了,因为那儿有一个台阶,这我没想到。我发出了一些响动,下一个路灯还离得很远,我趴在黑暗中。

从对面一个酒馆里走出一个肥胖的女人,提着一盏小灯,想看看巷子里发生了什么事。里面弹钢琴的声音变小了,因为弹钢琴的人转身朝门外看着,刚才一直半开的门,现在被一个大衣一直扣到脖子的男人完全打开了。他吐了一口痰,把那女人紧紧搂在怀里,她不得不把小灯举起来,以防碰坏。"什么事也没有。"他朝屋里喊道,接着,他们转过身去,走进屋里,门又关上了。

我试着站起来,又摔倒了。"冰面太滑。"我说,同时感觉到膝盖一阵疼痛。但我仍然很高兴,因为酒馆里的人没看见我,我可以在这儿静静地躺到天亮。

我的相识肯定是一个人走到桥上,也没有察觉到我的不辞而别,因为他过了一阵才到我跟前。我没有发现,当他朝我弯下身子——他像条鬣狗一样,几乎只低下脖子——伸出柔软的手抚摩我时,脸上不无惊讶。他来回抚摩着我的面颊,然后把手掌放到我的额头上:"您摔疼了,是吧?冰面很滑,要小心——不是您自己跟我说的吗?头疼吗?不疼?噢,膝盖疼,是这样。这不好。"

但我并没有想到要站起来。我把头支在右手上——胳膊肘支在路面的石子上——说:"现在我们又在一起了。"因为我又感觉到那种恐惧,于是我用双手推着他的胫骨,想推走他。"走开,走开。"我边推边说。

他双手插在口袋里,望着空荡荡的巷子,然后又望着神学院,之后又看着天空。终于,当附近的一条巷子里一辆车隆隆驶过时,他想起了我:"您为什么不说话呢,亲爱的;您不舒服吗?您为什么不站起来呢?要我找辆车吗?如果您愿意,我从酒馆里给您弄点儿酒来。但是您不许这么躺着,这儿很冷。我们不是还要去劳伦奇山嘛。"

"当然。"我说着自己站起来,但身上疼得要命。我摇摇晃晃,不得不死死盯住卡尔四世的立像,才能确定自己站立的位置。可是,就连这也差点儿帮不了我,要不是我突然想起,我被一个脖子上围着丝绒带的姑娘爱过,尽管不热烈,但忠诚。月亮真好,它也照着我,出于谦卑,我想站到桥头堡支柱拱穹下去,这时我看出,月亮照耀一切只是非常自然的事。所以我快乐地伸展双臂,尽情享受月亮。——这时,当我用懒散的双臂做着游泳的动作,毫不疼痛、毫不费力地前行时,我感到轻松了。我以前怎么从来没试过!我的头躺在凉爽的空气中,恰恰是我的右腿飞行得最好,我敲了敲它,以示表扬。我想起来,我曾经不太能容忍一个熟人,他可能现在还在我下边走着,整个这件事情让我高兴的是,我的记性这么好,还记得这些事。不过,我不能想这么多,我还得继续游,我不想潜得太深。但是,为了避免以后人们对我说,在石子路上谁都能游泳,这不值一提,我便加快速度,跃上栏杆,环绕着我遇到的每一个圣者雕像游泳。

到第五个雕像的时候——我正以察觉不到的划水动作在石子路上方游动——我的相识抓住了我的手。于是,我又站到石子路上,感到膝盖一阵疼痛。

"一直,"我的相识一手拉住我,另一只手指着圣女鲁德米拉的雕像说,"我曾一直对这个天使的双手赞赏不已,左边这个。您看,它们多么柔嫩!您见过类似的吗?您没见过,可我见过,因为我今天晚上吻过手了——"

对我来说,这时有了第三种完蛋的可能性。我用不着被捅死,也用不着跑开,我可以干脆跳到空气中去。让他上他的劳伦奇山去吧,我不会打扰他,甚至不会用跑开来打扰他。

于是我喊道:"开始讲故事吧!我不想再零零碎碎地听了。您把一切都讲给我听,从头至尾。少一点儿我都不听,我告诉您。但我迫不及待地要听全部。"

当他看着我时,我不这么叫喊了。"您可以放心,我会保持沉默的!把您心里的一切都说出来吧。您还从未有过像我这么沉默的听众呢。"

靠近他的耳朵,我小声说:"您不必害怕我,这真的是多余的。"

我听见他还在笑。

II

1

我已经——敏捷地,好像这不是第一次似的——跳到我的相识的肩膀上,用拳头捅他的背,使他慢步小跑起来。但当他稍有不情愿,踏着步子,有时甚至停下来时,我就用靴子戳几下他的肚子,好让他更有精神。这样做卓有成效,很快,我们就深入到一个很大的,但还未完成的地带内部。

我骑行于上面的公路上石头很多,而且非常陡,可是这正合我意,我还让它变得石头更多些,更陡些。只要我的相识步履一踉跄,我就揪住他的头发往上提,他一叹气,我就给他脑袋几拳。与此同时,我感觉到,这种在清新空气中的骑游对我的健康是多么有益,为了使之更狂放,我让一股劲风长久地迎面吹着我们。

现在,我又在我的相识那宽大的肩膀上夸张地做着骑马的跳跃动作,我双手紧紧抓住他的脖子,头使劲往后仰着,看着那形形色色的云,它们比我更软弱,慢腾腾地随风飘浮。我大笑,为我的勇敢而战栗。我的大衣在风中展开,给了我力量。同时,我的双手用力攥在一起,不过这样就掐得我的相识透不过气来。

我让路边长出树木,弯曲的树枝渐渐遮住了天空,这时,我才开始思索。

"我不知道,"我无声无息地喊道,"我不知道。要是没人来,那就没人来好了。我没有对任何人做过坏事,也没有人对我做过坏事,但是,没有人愿意帮助我,真的没有人。可是不是这样的。只是没有人帮助我,否则,没有人真是太好了,我非常愿意(您对此有何看法?)跟一群没有人出去郊游。当然是去山里,还能去哪儿呢?这群没有人相互拥挤着,那许多横伸或相挽的胳膊,那许多被小碎步分隔开的脚!大家都穿着燕尾服,这是不言而喻的。我们懒懒散散地走着,一股清风穿过我们的身体和我们的四肢间的空隙。在山里,嗓子变得毫无束缚。奇怪,我们都不唱歌。"

这时,我的相识倒下了,当我检查他时,发现他的膝盖受了重伤。因为他对我不再有用,我便把他丢在石头上,用口哨从空中招来几只老鹰,它们长着严厉的尖嘴,顺从地落到他身上,守护着他。

2

我无忧无虑地继续走着。但是,因为我是步行,担心走起伏不平的山路太累,所以我让路变得越来越平坦,最后在远方通向一个低处的山谷。按照我的意志,石头都消失了,风也停了。

我快步走着,因为我是下山,所以我仰着头,挺直了身子,胳膊放在脑后。我喜欢杉树林,所以我穿行于杉树林中,因为我喜欢默默地凝视繁星,所以,在辽阔的天空中,星星也像平时一样,缓慢地为我升起。我看见只有几片扯长了的云,被一阵在同样高度吹动的风拉着穿行于空气中,让散步者大感意外。

在我的路对面相当远的地方,可能与我还隔着一条河,我让一座高山拔地而起,山顶上的平台长满了灌木,与天相连。就连最高的树枝上的枝杈及其摇动,我都能看得很清楚。这个景色,不管它是多么平常,竟让我高兴得像一只在那远处纷乱的灌木枝条上晃动的小鸟,甚至忘了让月亮升起,它已经落到了山后,可能是因为我的拖延生气了。

现在,月亮升起前的那种清冷的光洒满山上,突然,月亮自己从一束晃动的灌木后升上来。而我在此时正朝另一个方向看,当我往前看时,一下子看见它那几乎浑圆的球体散发着光亮,这时,我的眼睛模糊不清,我停了下来,因为我这条很陡的下坡路似乎正是通向那个可怕的月亮的。

但过了一小会儿,我就习惯了它,我沉思地看着它,看它升上来是多么艰难,一直到我和它相向走了一大段路,我感到一阵强烈的困倦,我觉得,这是由于这次不寻常的散步太累造成的。有一小段时间,我闭着眼睛走,我只能靠有规律地大声拍手让自己保持清醒。

可是后来,当路要从我脚下滑脱,一切都像我一样累得快要消失时,我就加快速度,用尽全部力气攀登路右侧的山坡,想及时到达那片高大纷乱的杉树林,我打算在很可能即将降临的夜里睡在那里。

我加快速度是必要的。没有阴云,星星已经暗了下来,我看见,月亮也像在摇曳的水中,在天空中缓缓下沉。山已经成了黑暗的一部分,公路在我转上山坡的地方破碎般地终结了,我听到,从树林深处传来越来越近的树木倒下的声音。我本来是可以立刻倒在青苔上睡觉的,但是我害怕在林中地上睡觉,所以我——树干在我的腿和胳膊的缠绕间迅速下滑——爬到一棵树上,风虽停了,但那树还在晃,我躺在一个树枝上,头靠着树干,很快就睡着了,此时,一只像我一样快乐的小松鼠正竖着尾巴,坐在晃动的树枝顶端摇晃着。

3

我睡着了,全身心地进入第一个梦里。我满怀恐惧和痛苦地在梦中辗转反侧,使它无法忍受,但又不能唤醒我,因为,我之所以睡觉,是因为我周围的世界已经结束了。于是,我穿过被拽进深处的梦,像获救了似的——逃离了睡梦——回到我故乡的村庄。

我听到一些车从院子的栅栏前驶过,有时还能透过树叶间的缝隙看见它们。在那炎热的夏天,木质的车辐和辕子发出了多么大的轰鸣声啊!劳动者从地里回来,笑着说这真丢脸。

我坐在我们的小秋千上,正在我父母花园里的树间休息。

这一切在栅栏前没有停止。孩子们跑着,一转眼就过去了;运粮车上,男男女女坐在粮食垛上,周围的花坛逐渐变暗。傍晚时分,我看见一位先生拄着一根手杖在慢慢散步,几个姑娘手挽手迎面走来,向他打着招呼,走进旁边的草地。

然后,鸟群突然间冲天飞起,我的目光追随着它们,看见它们在一瞬间升上天空,直到我不再相信是它们在上升,而是我在下降,所以,我紧紧抓住秋千绳子,由于虚弱,开始微微晃动。立刻,我晃动得更厉害了,这时,空气更加凉爽,飞翔的鸟群已不见了踪影,天空出现了闪烁的星星。

烛光下,我开始吃晚餐。我常常把两个胳膊都放到桌面上,疲倦地啃着黄油面包。网眼窗帘被和煦的风吹得鼓起,有时,窗外有人走过,如果他想看见我,和我交谈,就用双手抓住窗帘。这时,蜡烛通常会被吹灭,在黑暗的蜡烛烟中,刚才聚集在一起的蚊子还会再摸不着头脑地乱飞一会儿。如果这时有人从窗边问我话,那么,我看着他的样子,就像是看着远处的群山或是虚无的空气,不过他也不太注意我回答什么。

如果有人跳过窗台告诉我说,其他人已经在房前了,那我就会叹着气站起来。

"不,你为什么这样叹气呢?出什么事了?是一个特别的、永远无法弥补的不幸吗?我们真的不能摆脱它吗?真的一切都失去了吗?"

什么也没有失去。我们跑到房前。"谢天谢地,你们终于来了!——你总是来得晚!——为什么是我?——就是你,你要是不愿意一起来,就待在家里。——不原谅!——什么,不原谅?你怎么说话呢?"

我们用脑袋捅开傍晚。没有白天和夜间时光。有时,我们背心上的扣子像齿轮一样相互摩擦,有时,我们又相互间保持等距离跑着,口中含着火,就像热带的动物。像古代战争中的重骑兵一样重重跺着脚,高高地跳跃着,我们互相追逐着跑出短巷,然后继续跑上乡间公路。有个别人掉进路边沟里,他们刚一消失在黑暗的斜坡后,就已经马上像陌生人一样站在田间小路上,朝这边俯视着。

"你们下来!——你们先上来!——让你们把我们扔下来吗,没门儿,我们还不那么傻。——你们是不是想说,你们是胆小鬼。过来,过来!——真是你们?恰恰是你们会把我们扔下来?你们是什么样子?"

我们开始进攻,胸部被撞击,我们躺到路边沟里的草丛中,阵亡了,但心甘情愿。一切都被均匀加热,我们在草丛里既感觉不到温暖,也感觉不到寒冷,只是变得疲倦。

如果人们向右翻转身子,把手放到耳朵下,那就是想入睡。尽管人们还抬起下巴,吃力地想站起来,但却跌入一个更深的沟里。然后,又向前平伸着胳膊,腿被吹歪了,想顶着风前进,但肯定又是掉进一个更深的沟里。人们就这样永不停止。

人们还没想到该如何在最后一个沟里伸展身体,特别是膝盖,真的准备睡觉,只是像病了似的躺着,想要哭。当偶尔有个年轻人,弯起胳膊,脚底漆黑地越过我们头顶从斜坡向公路上跳时,人们就眨眨眼。

　　这时,人们看到,月亮已经升高了,一辆邮车在月光下驶过。遍地吹起一阵微风,在沟里也能感觉得到,附近的树林开始沙沙作响。此时,人们并不在乎是否独自一人。

　　"你们在哪儿?——过来!——统统过来!——你躲什么,别再干这没意义的事了!——你们不知道吗,邮车已经过去了?——不!已经过去了?——当然,你睡觉的时候过去的。——我睡觉了?不,怎么会这样!——别吭声,别人能看出来。——噢,我求你了。——过来!"

　　我们紧挨在一起跑着,有些人还相互拉着手,因为是下坡,所以不能把头扬得太高。一个人喊了一句印第安人打仗时的话,我们的双腿开始以从未有过的速度飞奔,遇到沟坎要跳跃时,风就会托起我们的臀部。没有什么能使我们停下来;我们就这么跑着,直到我们相互超越时自己抄起手来,平静地四处张望。

　　在无名小溪的桥上,我们停了下来;继续往前跑的人也掉头返回。桥下的流水冲击着石头和树根,仿佛现在还不是晚上。无法解释,为什么没有人跳上桥栏杆。

　　灌木丛后的远方,驶来一列火车,所有车厢都灯火通明,车窗肯定都放下来了。我们中间的一个开始唱起一首流行小曲,可是我们都想唱。我们唱的比火车开的快得多,因为音量不够,我们就摇晃着胳膊,我们的声音感到吃力,但我们觉得舒服。把自己的声音与别人的混在一起,就像是被一只鱼钩抓住了。

　　就这样,我们背对着树林唱着,歌声传入远处旅行者的耳中。村里的成年人还醒着,母亲们在为即将来临的夜铺床。

　　还有时间。我吻了吻站在我身边的那人,同近处的三个人只握了握手,就开始往回跑,没人喊我。在第一个路口,他们已经看不见我了,我又拐上田间小路,继续跑进树林。我匆匆穿过巨大的林区,一会儿是阳光,一会儿是月光,一会儿照在背上,一会儿照在脸上。

我奔向那座南方的城市,我们村里谈起它时会说:
"那儿的人哪!你们想想,他们不睡觉!"
"为什么不睡呢?"
"因为他们不会累。"
"那为什么不会累呢?"
"因为他们是傻子。"
"傻子不会累吗?"
"傻子怎么会累呢!"

4

在那里,有一段时间,我每天都去一座教堂,因为我爱上的一位姑娘每天傍晚都在这里跪祷半小时,这时,我就可以静静地观赏她。

有一次,姑娘没有来,我不耐烦地朝祈祷的人们望去,这时,一个年轻人引起了我的注意,他消瘦的身子整个匍匐在地上。有时,他用尽全身的力气举起头来,又叹息着重重撞进摊在地上的手掌中。

教堂里只有几个老妇人,她们有时把包着头巾的头转向一侧,去看这个祈祷的人。引起了别人的注意看来让他很高兴,因为每次虔诚的祷告爆发前,他的眼睛都四处张望,看看是否有很多人注意他。

这让我觉得不妥,所以决定等他走出教堂时跟他攀谈,问他为什么以这种方式祈祷。因为,自从我来到这个城市,我就认为,弄清事情真相是最重要的,尽管我现在其实在为我的姑娘没来而生气。

但是,他一个小时之后才站起来,长时间地掸他的裤子,以至于我都忍不住想喊:"行了,行了,我们大家都看见你有裤子。"然后认真地画了个十字,像个水手似的,步履沉重地走到圣水盆旁。

我站到圣水盆和大门之间的路上,我非常清楚,他不做解释我是不会放他过去的。我撇着嘴,因为这是我肯定要说话前最好的准备动作。我把重心放在伸出的右腿上,左脚尖漫不经心地点着地,因为我经常感觉到,这能使我坚强。

可是,这个人在往脸上洒圣水时,有可能就已经瞥见我了,也许在此之前,我的目光就已经让他感到忧虑了,因为他现在出乎意料地向大门奔去,并跑了出去。为了截住他,我又往前跃了一大步。玻璃门关上了。当我立即随后跑出门去时,已经看不见他了,因为那里有几条小巷,来往车辆也很多。

之后几天,他没出现,但那个姑娘来了,在侧面一个祈祷厅的角落里祷告。她穿着一件黑色连衣裙,肩部有透明的钩织花边——花边底下是半圆形低胸领口——从花边的下部边缘垂下裁剪细致的丝质领子。因为姑娘来了,我就乐得忘了那个年轻人,而且后来,当他又有规律地来并按照他的习惯祈祷时,我一开始也没顾上为他费心。

但是,他总是突然加快速度从我身边走过,脸扭向一边。然而在祈祷时,他却总是看我。看上去,他似乎生我的气了,因为我那次没跟他说话,而他似乎认为,我既然尝试了要跟他说话,就有义务真的跟他说话。当我在布道后,在昏暗中跟在那个姑娘后面,总是跟他撞在一起时,我觉得我看见他在微笑。

我当然没有跟他说话的义务,但是,我也不再有跟他说话的要求。就连有一次,时钟已经敲响七点,我跑着赶到教堂广场,那个姑娘早已不在教堂,只剩那个年轻人在圣坛的栏杆前不停地费劲祈祷,我还犹豫了一下。

终于,我踮着脚尖悄悄溜到门口,给坐在那儿的瞎乞丐一个硬币,然后挤进他身旁开着的那扇门后。在那里,我为我将带给那祈祷者的意外而兴奋了半个小时之久。但这并没有持续下去。很快,我就不得不恼怒地忍受着蜘蛛在我衣服上爬来爬去,而且,每当有一批人大声喘着气从教堂的暗处走出来,我就得向前探出身子,这很烦人。

他也来了。我发现,刚开始敲响的大钟声让他不舒服。他的脚真正落地之前,总是用脚尖轻轻地探触地面。

我站起来，迈出一大步，就截住了他。"晚上好。"我边说边用我抓在他领子上的手把他推下台阶，走向灯光明亮的广场。

当我们下到广场上时，我还在后面抓着他，他却转过身来，这样，我们就胸贴胸地站着。"您要是能放开我就好了！"他说，"我不知道您怀疑我什么，不过我是无辜的。"然后他又重复了一遍："我当然不知道，您怀疑我什么。"

"这里既谈不到怀疑，也谈不到无辜。我请求您不要再提这个。我们彼此不认识，我们相识的时间并不比教堂台阶的高度长。要是我们这就开始谈我们的无辜，那结果会是什么呢？"

"我完全同意您的意见，"他说，"另外，您说'我们的无辜'，您的意思是，要是我证明了我的无辜，也就必须证明您的无辜，您是这个意思吗？"

"或者这样，或者是别的，"我说，"您记住，我之所以跟您说话，是因为我想问您点儿事！"

"我想回家。"他说着微微转了一下身。

"这我相信。否则我还会跟您说话吗？您不应该认为，我是因为您漂亮的眼睛才跟您说话的。"

"您是不是太直率了？是吗？"

"还要我再跟您说一遍，这里根本谈不到这些事吗？直率或者不直率又怎么了？我问，您回答，然后再见。之后，您就可以回家了，如您所愿，尽快回家。"

"我们下次再聚，是不是更好？找个合适的时间？在咖啡馆，行吗？另外，您的新娘小姐几分钟前刚走，您还能追上她，她等了好长时间。"

"不，"我冲着驶过的有轨电车发出的嘈杂声喊道，"您躲不过我。我越来越喜欢您。您是我的意外收获。我觉着值得庆幸。"

这时他说："哦，上帝啊，您就像人们说的，有一颗健康的心和一个榆木脑袋。您说我是意外收获，您会是多高兴啊！因为我的不幸是一种摇摇欲坠的不幸,一种在一个细小的尖上摇晃的不幸,谁碰它,它就会倒向提问的人。所以:晚安。"

"好,"我说,他感到很意外,我抓住他的右手,"如果您不愿意回答我的问题,那我就要强迫您了。我会跟着您,您去哪儿,我去哪儿,不离左右甚至跟着您上台阶,到您的房间,在您的房间里,我会随便找个地方坐下来。肯定的,您尽管盯着我看吧,我受得了。但是,您怎么会——"我靠近他,因为他比我高出一头,所以我正对着他的脖子说话——"您怎么会有勇气阻止我呢?"

这时,他边往后退,边交替亲吻我的双手,他的泪水打湿了我的双手,"对您,什么也不能拒绝。就像您知道我想回家一样,我也早就知道,我什么也不能拒绝您。我只请求,我们最好去那边的小巷吧。"我点点头,我们朝那里走去。当一辆车把我们隔开,我落到了后面时,他冲我摇动双手,让我快点儿。

但是,尽管小巷里只有相距很远、几乎两层楼高的路灯,他还是对那里的昏暗不满意,他把我带到一座老房子的低矮过道里一盏小灯下,那油灯挂在木台阶前,蜡油不断滴落。

他把他的手绢铺在一阶被踩坏的台阶的低凹处,请我坐下:"您坐着能更好地提问,我站着,这样可以更好地回答。但别折磨我。"

我坐下来,因为他把这事看得这么严肃,我不得不说:"您把我带到这个窟窿里,好像我们是同谋,而实际上,我和您是通过好奇,您跟我是用畏惧联系在一起的。其实,我只想问您,您为什么在教堂里那样祷告。您在教堂里的举止像什么样子!像个地地道道的傻瓜!多么可笑,让旁观者多么不舒服,让虔诚的教徒觉得无法忍受。"

他的身子紧紧贴在墙上,只有头自由转动着。"完全是误会,因为虔诚的教徒觉得我的举动是非常自然的,而其他人认为我是虔诚。"

"而我的恼怒是对此的反驳。"

"您的恼怒——我们暂且认为这是真的恼怒——只能证明,您既不属于虔诚的教徒,也不属于其他人。"

"您说得对,要是我说,您的举止让我恼怒,那是有点儿夸张;不,还是我开始时说得对,您让我有些好奇。但是您呢,您属于什么人?"

"哦,我只不过觉得被人看着挺高兴,也可以说,不停地把影子投在圣坛上。"

"高兴?"我问道,我脸上的五官抽到了一起。

"不,如果您想知道的话。我表达得不准确,请您别生气。不是高兴,对我来说,这是一种需求,需要在一小段时间内,让这些目光紧紧捶打我,而我身边的整个城市——"

"您说什么呢,"我喊道,我的喊声对这点儿意见和这低矮的过道来说太大了,但我就怕沉寂减弱我的声音,"真的,您在说什么呢。我现在真的发现,我一开始就已经猜到你是什么状况了。这不是那种发烧吗,那种陆地上的晕船病,一种麻风病吗?您是不是有时候也会因为酷热而不满足于事物的真正名称,会觉得不够,于是匆匆忙忙地给它们安一堆偶然想起的名称。只要快,只要快!但是,您刚一离开它们,就又把它们的名称忘记了。您曾把田野上的杨树称作'巴比伦塔',因为您不愿意知道,那是一棵杨树,现在,它又没有了名称,在那里摇曳,于是,您又不得不称呼它'诺亚,看他醉成什么样子了'。"

他打断我说:"我很高兴,没听懂您说的话。"

我生气了,很快地说:"您对此感到高兴,就表明您听懂了。"

"我没有说过吗?对您,什么也不能拒绝。"

我把双手放到高一些的一级台阶上,身子向后靠,以这种几乎是攻不破的、摔跤运动员们最后一招获胜的姿势说:"请原谅,但您把我给您的解释又用到我身上,这可不够坦率。"

这时,他变得有了勇气。为了使自己的身体协调一致,他双手握在一起,有些勉强地说:"您一开始就已经排除了关于坦率的争论。

真的,除了让您理解我祈祷的方式,我什么也不操心了。您知道我为什么要那样祈祷吗?"

他在考我。不,我不知道,也不想知道。当时我对自己说,我本来也不想来这儿的,但是这个人非逼我听他说。所以我现在只需要摇头,一切都很好,可是此刻,我的头偏偏动不了。

我对面的那个人微笑着。然后他蹲下身子,带着一脸困倦的怪相讲道:"现在我终于可以向您透露,我为什么让您跟我搭话。出于好奇和希望。已经很长时间了,您的目光抚慰我。而我希望从您那里知道,我周围的事物总像雪片般纷纷飘落,这到底是怎么回事,因为在别人面前,一个小玻璃酒杯就能像一座纪念碑一样稳稳地立在桌上。"

由于我默不作声,只是面部不由自主地抽搐着,所以他问:"您不相信其他人是这样的吗?真的不相信?哦,您听着;我还是孩子的时候,有一次,从短暂的午睡中睁开眼睛,还没完全肯定我是否活着,我听见我妈妈在阳台上用很自然的声调向下问道:'亲爱的,您在干什么呢。这么热的天。'一个女人从花园里答道:'我在园子里吃茶点。'她们就这么不假思索地说着,而且说得不特别清楚,好像那个女人正等着别人问,而我妈妈也正等着这个回答。"

我觉得我被问倒了,所以我把手伸到裤子后兜去,做出在那里找什么东西的样子。但我什么也没找,我只想改变一下我的样子,以表现出我对这次谈话的关心。同时,我说,这件事的确太奇怪了,我根本不能理解。我还补充说,我不相信这件事是真的,这肯定是他出于某种目的编的,只是我还没看透他的目的。然后,我闭上眼睛,以便避开那恶劣的光线。

"您看,勇敢些,比如这里,您就跟我看法一致,您拦住我告诉我这些,并非出于个人私利。我失去了一个希望,同时又获得了一个。

"不是吗,我身体不挺拔,步伐沉重,不用手杖敲打石子路,没有轻掠那些大声谈笑着擦肩而过的人的衣裙,对此,我为什么要羞愧。

相反,我是否应该更有理由抱怨,因为我作为影子,没有界限,沿着房子蹦跳着走,有时会消失在陈列橱窗的玻璃里。

"我度过的是什么日子啊!为什么所有的房子都建得那么差,以致有时高楼会倒塌,而人们根本找不出外部原因。于是,我就得爬过瓦砾堆,问我遇到的每一个人:'怎么会发生这种事!在我们的城市里。——一座新房子,这已经是今天的第几座了!——您想想。'没人能回答我。

"经常有人在巷子里倒下,就死在那儿。这时,所有店主就会打开他们挂满商品的大门,敏捷地跑过来,把死者抬到一所房子里,然后,嘴角和眼中带着微笑走出来,开始说着废话:'日安——天空真苍白——我出售许多头巾——是的,战争。'我匆匆溜进房子,在几次胆怯地抬起弯着一个手指的手之后,我终于敲响了管家的小窗户。'好人,'我说,'我好像觉得刚才有个死人被抬到您这儿了。您能否行行好,让我看看他。'他摇着头,好像不能决定,我又补充道:'您要当心!我是秘密警察,想马上看那个死人。'这时,他不再犹豫不决。'滚出去!'他喊道。'仆人都习惯了每天在这儿爬来爬去!这儿没有死人,可能隔壁有。'我告辞后走了。

"但是后来,如果我要穿过一个大广场,我就会忘记一切。如果人们出于自负就建了这么大一个广场,那为什么不再修建一条贯穿广场的栏杆呢?今天刮西南风。市政厅的塔楼尖画着小圈。所有窗玻璃都哗啦哗啦地响,路灯柱弯得像竹子一样。柱子上圣母马利亚的斗篷缠绕在一起,风撕扯着它。这没人看见吗?本应在石子路上走的先生和女士们飘浮在空中。当风要喘口气时,他们就停下来,互相说几句话,彼此躬身致意,可是,当风又刮起来时,他们无法与之对抗,于是,大家都同时抬起脚来。尽管他们必须紧紧抓住自己的帽子,但他们的眼睛却快乐地四处张望,对天气毫不抱怨。只有我感到害怕。"

对此,我说:"您刚才讲的您母亲和那位花园中妇人的故事,我觉得一点儿都不奇怪。这不仅因为我听过和经历过很多这类事情,而且,我甚至参与过一些。这种事是非常自然的。您真的认为,要是在夏天,当时是我在那个阳台上,我不会问同样的话,不会从花园里做出同样的回答吗?这么平常的一件事!"

我说完这番话,他看上去终于平静下来了。他说,我穿的很漂亮,我的领带他也很喜欢。我的皮肤是那么细腻。当人们要否认已承认的东西时,它们才最清楚明了。

很长时间,我试着让自己高兴起来。我想赶紧说几句话,哪怕只是为了让他的脸离我的远一些。因为他的脸就在我的脸上方,近得使我不得不往后仰着头,否则我的额头就要和他的碰在一起了。但我暂且还张着嘴,不出声地冲他的脸笑着,然后就望向别处,直到笑容隐去,又把目光移回来一次,还是帮不了我,于是,不得不又重新开始笑,又转过头去。在做这一切时,我只想待在自己的床上,面前是墙,其他一切都在背后。

现在,过道里也热起来了,我的脸因此而开始发热。为了让我能轻松一些,我又往后仰了仰头,直到帽子从头上掉了下来。楼梯间的拱顶上绘着粉红色的天使和花朵。我端详着它们,用那只光着的手抹去额头和脸颊上的汗水。

我还想站起来,用我全身的力量推开面前这个人,打开大门,呼吸外面的空气,我非常需要它。我也的确站起来了,鞋跟重重地跺着地面,他双手手掌向前伸着,往后跳了一小步,我抓住木栏杆,在那里活动了一会儿,使自己适应站立的姿势,他却像以前一样,长时间地倒在台阶上,弯着上身,又趴下去,伸出腿去,又把胳膊完全伸展到高一级的台阶上,使左手手指靠墙立着,右手手指敲打着台阶的地面。

我靠在外面的栏杆上,握紧双手堵住自己的嘴。他慢慢在一级台阶的边缘转过头来,直到他能直视我,然后说:"你站在那儿就像个码头上的懒蛋,而我像喝醉了似的躺在这儿。"

"这也并不坏。"我想着,抬起头来说:"你真让自己舒服。"我的嘴唇干燥得令我难以置信,于是去抓它。

他不理睬我的话,说道:"以前正好反过来,只不过我不像你现在这样如此漠不关心地站在那儿。"

我继续我的话题:"我说,你真让自己舒服。"同时,被这话逗得笑了起来。

"是不是让你觉得难受了?"他说,并突然闭上眼睛,"如果你觉得难受,就打开门,呼吸一下外面的空气,要是你需要的话。"

"你!"我喊道——这是一种指责——,我像在搏斗中,迈着小步,围着栏杆跑着,最后,倒在他身边,才开始在他胸前哭泣。

"好了!好了!"他边说边抚摸着我的头发,"你这个傻瓜,我站不起来!你是不是无论如何也要压死我!不,如果你不是傻瓜的话!"

但是,在急促的哭泣中,我不知道哪儿还有更好的地方放我的脸,所以就让它待在它在的地方。

"你没发现哪!"他继续说,"从一开始,我就想把你弄哭。我说的话里,没有一个字不是为了这个目的,直到我最后几乎要放弃能成功的希望了。于是,我在最后又开了个玩笑,而你真的让我高兴,开始哭了。走开!为你自己去害臊吧!"

"我不再哭了,"我说,并看着他,把下巴支在他身上,"我要是有个像你这样的朋友,我就不会哭。"但我还在哭着,因为我不可能马上停下来。

"这也很傻,"他说,为了能看见我,他把脖子弯得差点儿脱臼,他从我手中拿过手绢,替我擦干眼泪,"不满还远不是哭的理由,世界上哪里还能找到不满的理由呢!是什么样,就应该一直是什么样。我万不得已承认的是,害怕会发生变化。"

"因为,你看——我跟你说——我们其实是在造无用的战争机器、塔楼、城墙和丝绸窗帘,要是有时间,我们会对此大感惊讶的。我们保持飘浮,我们不会掉下来,哪怕我们几乎比蝙蝠还要丑陋,我们也要翩翩飞舞。已经没有人能阻止我们在天气好的日子说:'哦,不,这美好的一天!'因为我们已经被安置在我们的地球上了,我们生活在我们共同看法的基础上。"

这时,他给了我背上重重一击,我吓了一跳,抬起身子,非常乐意地弯在他身体上面,双手撑在他腋窝处。"你必须更加当心,"他说着笑起来,把我也带得晃动起来,"你知道了吗,我们这样就像雪中的树?它们看上去只是平躺在地上,好像轻轻踹一脚就能动。其实不然,人们踹不动,因为它们是跟地面紧紧连在一起的。好了,不过,就连这也只是表面现象。"

"不,你看。"我说。这时,他突然用力推开我的双手,我倒下去,嘴碰到他的嘴,立刻就被他吻了一下。

"好了,现在我们走吧。"他说,我们两个人都站起来。

"可是你的母亲!"我还说,"那肯定是个女的!我要是有这样一个母亲就好了!"

"她对我有过什么好处?忘了那个故事吧!"他说着,用我的手绢给我掸去大衣上的土。

"是的,你连这也禁止我吧!"我说着又迈了一步,使他不得不拿着手绢跟在我身后。

"你想干什么?"他说,"那只不过是个虚构的故事。人们从远处就能看出它是虚构的。"

"我知道。"我说。

"你什么也不知道!"他说,"那个你今晚应该去的聚会呢?"

"真的,那个聚会!你以为,我完全忘了那个聚会吗!这种健忘!另外,这种健忘对我来说还是新鲜事。"

"我的功劳!"

"会是的!你至少会陪我去的吧?不远。对吗?"

"当然。"

"还陪我走上去?求你了!"

"这还是不行。"

"为什么不行？如果我苦苦求你呢？那就行了,是吗？"

"先走吧！已经很晚了！"

"我根本不知道,没有你,我还去不去那个聚会。"

"好了,走吧！走！本来就没什么能帮你,因为好像你最喜欢这里。"

"差不多。"我说,咬着下嘴唇,看着他。他用一只胳膊拥着我的背,打开大门,把我先推出去。

于是,我们从过道里出来,来到天空下。我的朋友吹散了几片零散的云彩,这样,我们面前就呈现出完整的星空。他相当吃力地走着,样子却不好看,而是看上去更像个生病的农民。他把手搭到我肩膀上,好像是为了跟我靠得很近,其实是想有个支撑;我容忍了,甚至还拉着他的指尖把他的手往我的肩膀上拽了拽。

在我被邀请参加聚会的那栋房子前,我和他停了下来。

"那么,再见。"我说。

"是这里吗？"

"是,是这里。"

"不太远。"

"我本来就这么说的嘛。"

……

"你,"我说着,并用膝盖撞了他一下,"别睡着了。"当他睁开眼睛时,我的目光从他的脸上四处下滑;不管我如何努力想把目光停留在上部,我总是立刻就看见他的脖子。"你差点儿睡着了。"我说,由于我不想触摸我那漫不经心的脸,但又想怎么能固定住它,所以我就微笑,这样就显得,我所说的,只不过是个玩笑。我马上就发现了这一点,在大衣里感到一阵寒冷,而此时,我并没有失去对黑夜的凉爽和对大衣的温暖的感受。于是,下一个世界在我认出它的那一刻,想从我身边走开,或是从我头上飞走,而我得相信,似乎是我用膝盖那一撞,把它唤醒了。

"你真粗鲁,"他说,他的下嘴唇比上嘴唇略缩进去一些,可能是刚才睡觉的缘故,"他用膝盖弄醒我。你对我总是这么粗鲁。"

"你太敏感了!真是那么严重吗?现在,你在大家面前抱怨过我了。那我也得在他们面前露面了。"我转身面向小巷,摘下帽子。

"可你不该撞我。"

"我当然不应该。但是,我要是不叫你,你就睡着了。"

"我是真的睡着了,你连这也看不出来了嘛。"

任卫东 译

乡村教师

那些人，我就属于此列，那些觉得一只一般的小鼹鼠就非常恶心的人，要看见那只几年前在一个小村子附近被看到的巨鼹，很可能会恶心得要死，那个村子也曾因此而名噪一时。现在，这个村子当然又早已被遗忘了，只能分享整个这一现象的不光彩，这个现象，到现在还根本未被解释清楚，不过人们也没有太花费精力去解释它，那些本来该关心此事的人，实际上却把精力花费在一些非常微不足道的事情上，于是，由于这些人令人费解的松懈，这一现象就未经进一步调查而被忘记了。对此，村子远离铁路也绝不能成为借口，许多人出于好奇而从远方，甚至从国外赶来，只有那些本该表现出比好奇更多的兴趣的人没有来。是的，要不是那一个个最普通的人，那些被日常劳作压得不能舒舒服服喘口气的人，要不是他们无私地关心这件事，那么，关于这一现象的传言很可能根本传不出临近的地区。这里，必须承认，就连通常根本阻挡不住的传言，在这件事上恰恰步履艰难，如果不是强硬地推动它，它就不会传播开。但是，这也不是对此事置之不理的理由，相反，对这一现象也本应该进行调查。然而，人们把对此事的惟一文字记录工作委托给年迈的乡村教师，尽管他在本职工作中是个出色的人，但他那有限的能力和同样欠缺的知识，使他无法提供一份全面细致的、今后也可以使用的描述，更不用说解释了。那份小册子印出来了，在当时来村子里的观光者中卖出不少，而且也获得了一些好评，但是，那位教师的聪明足以看出，他那得不到任何人支持的个人努力归根到底是毫无价值的。如果说，他在这种情况下仍然对此事毫不松懈，尽管这件事就其性质来说一年比一年无望，而且,还把它当作自己的毕生事业,那这就会一方面证明,这个现象能产生如此大的作用,另一方面证明,在一位年迈的、不受重视的乡村教师身上,会蕴藏着怎样的毅力和对信念的忠诚。他附在小册子后面的一份简短的补充材料证明,他曾饱受那些权威人士的拒绝之苦,当然,那是几年之后,在没有人还能记起那是怎么一回事的时候,他才附上去的。在这份补充材料中,他也许不是用技巧,而是用诚实,对他所遭遇到的不被理解进行了令人信服的抱怨,而且恰恰是在那些最不应该表现出不理解的人那里。关于这些人,他一针见血地说:"不是我,而是他们,说起话来像年迈的乡村教师。"此外,他还引用了一位学者的话,他曾为自己的事特意去拜访过这位学者。这位学者的名字没有被提到,但是从各种附带情况中,可以猜出他是谁。在老教师克服了巨大困难,终于获准进入这位他数星期前就预约了的学者家后,他在寒暄时就察觉到,对他的事业,这位学者抱有一种不可克服的成见。他是那么心不在焉地听着老教师按照自己的小册子作的长篇介绍,从他经过一阵装模作样的考虑后说的话中就能看出。"当然有各种鼹鼠,小的、大的。它们出没的那个区域的土地特别黑,特别重。所以,它也能给鼹鼠提供营养特别丰富的食物,那么,鼹鼠就长得特别大。""那也不会那么大。"教师喊道,由于气愤,他有些夸张,在墙上比划出两米长。"哦,会的,"学者回答道,他显然觉得整个事情很开心,"为什么不会呢?"带着这个答复,教师回家了。他在补充材料里讲道,那个傍晚,他的妻子和六个孩子是如何冒着雪在路上等他,他又是如何不得不向他们承认,他全部的希望最终破灭了。

当我读到那位学者对待教师的态度时,我还没看到教师那本小册子的正文。但我立刻做出决定,亲自搜集整理我能找到的有关这件事的所有材料。由于我不能用拳头去威胁那个学者,那我至少可以用我的文章为那位教师辩护,或者说得更确切些,与其说是为那位教师,不如说是为一个诚实,但没有影响力的人的良好愿望而辩护。

我承认，后来我为这个决定后悔了，因为我马上就感觉到，实施这个决定肯定会使我陷入一种奇特的境地。一方面，我的影响力也远远不足以改变那位学者或者公众舆论的看法，使他们赞成教师，另一方面，那位教师肯定会发现，我更关心的是维护他的正直，而不是他的主要意图，即，关于巨鼹现象的论证，而他认为，他的正直是理所当然的，用不着去维护。那么结果必然是，我想和教师联合，却得不到他的理解，而且，我可能不但帮不了忙，自己还需要一个新助手，而这位助手的出现恐怕很不可能。此外，这个决定使我自己担负起一项重大的工作。如果我想说服别人，就不能引证那位教师，因为他没能说服过人。那么，了解他的文章只能使我迷惑，所以，在我自己的工作结束前，我避免去读它。是的，我甚至不跟那位教师联系。当然，他通过中间人知道了我的调查，但他不清楚，我的工作是与他一致的还是与他对着干的。是的，他的估计很可能是后者，尽管他后来矢口否认，因为我有证据证明他曾给我设置了各种障碍。这他很容易做到，因为我不得不把他已经做过的所有调查都再做一遍，所以他总能抢在我前面。但这是对我的方法能进行的惟一有道理的指责，另外也是无法避免的指责，不过，由于我的结论小心谨慎，同时自我否定，因而它在很大程度上被削弱了。除此之外，我的文章没有受那位教师的任何影响，也许我在这一点上甚至过于谨慎了，仿佛在此之前没有人调查过这件事，好像我是第一个向那些耳闻目睹此事的证人们取证的人，是第一个把材料编排起来的人，第一个得出结论的人。当我后来读到那位教师的文章时——他的文章有一个非常啰嗦的标题：一只鼹鼠，其体形之巨大，还没人见过——我确实认为，我们在一些基本问题上意见不一致，尽管我们两人都认为已经证明了最主要的事，即那只鼹鼠的存在。然而，那些意见分歧妨碍了我和教师之间建立一种友好关系，我其实一直期望，尽管存在各种问题，我们之间能有这样的关系。教师那方面，几乎产生了一种敌意。虽然他对我一直谦逊恭顺，但这样就更能清楚地看出他的真实情绪。他认为，我极大地损害了他和他的事业,而我认为,我帮助了他,或者能帮助他,也至多不过是幼稚,很可能还是狂妄或诡计。特别是,他经常指出,他以前的所有反对者都根本未曾表现出过敌意,或者只是在两个人的时候表现过,或者仅仅只是口头表明过,而我却认为有必要把我所有的批评立刻印出来。此外,他还说,那为数不多的、真正研究过这件事的——哪怕是很肤浅的——反对者,在发表自己的意见之前,至少都还听过他这位教师的意见,也就是说有关此事的权威意见,而我却从零散收集到的,而且有些部分纯属谬误的材料中得出了结论,就算这些结论在主要问题上是正确的,但它们仍然是不可信的,不管是对大众还是对受过教育的人而言。而即使是表现出最微弱的不可信,也是这里所能发生的最糟糕的事。

对于这些尽管形式上隐蔽得非常好的指责,我本来可以很容易给予答复的——比如,恰恰是他的文章才展现了不可信的最高峰——但是,要对付他的其他疑心就不这么容易了,这也是我在整体上对他采取克制态度的原因。因为他私下里认为,我是想剥夺他作为第一个承认鼹鼠存在的人的荣誉。而现在对他来说,根本没有什么荣誉,只有可笑,而且只局限于一个越来越小的圈子里,我当然不会想去争这份可笑。此外,我在我文章的引言中强调说明,这位教师在任何时候都理所当然是鼹鼠的发现者——但他连发现者也不是——仅仅是对这位教师遭遇的同情,才促使我写这篇文章的。"本文的目的在于,"——我在结尾时过于慷慨激昂地写道,不过这与我当时的激动心情相符——"帮助那位教师的文章得到应有的传播。一旦做到这一点,那么,我的名字,暂时并且只是表面上与此事牵连在一起的我的名字,应当立即被从中抹除。"我恰恰是拒绝每一种与此事有较大牵连的可能性,好像我已经预感到这位教师会对我进行这样令人难以置信的指责。尽管如此,他还是偏偏在这一点上抓住了攻击我的把柄,我不否认,在他所说的,更确切地说是所暗示的话中,似乎有一丝合理的东西,我已经几次注意到,在对付我时,他在有些方面表现得比在他的文章中更敏锐。因为他说,我的引言是虚伪的。如果我的目的真的只是传播他的文章,那我为什么不只研究他和他的文章,为什么我不指出文章的长处和不容置疑性,为什么我不把重点放在强调并让人们认识到这一发现的重要意义,为什么我完全忽视他的文章,而自己却热衷于巨鼹的发现本身。难道发现巨鼹不是已经发生了吗?在这一方面还有什么事要做吗?可要是我真的认为必须再重复一遍发现,那我为什么要在引言中那么郑重地宣布我跟这一发现毫无关系呢。这其中可能有虚伪的谦虚,但这是令人气愤的。我贬低这一发现,我让人们注意它的目的只是为了贬低它,我研究了它,又将它置之不理,本来这件事可能已经有些平息了,而我又把它弄得沸沸扬扬,同时使那位教师的处境比以往任何时候都艰难。对于那位教师来说,维护他的正直有什么意义呢。他所关心的是这件事情,只有这件事情。而我出卖了这件事情,因为我不理解它,因为我没有正确地估价它,因为我对它没有感受力。它超出我的理解力九重天高。他坐在我面前,带着他那张苍老的、布满皱纹的脸静静地看着我,的确,只有这才是他的看法。但是,说他只关心事情本身是不对的,因为他甚至相当虚荣,也想赚钱,不过,考虑到他家人口多,也就可以理解了,尽管如此,他仍觉得我对这事的兴趣相对来说太小了,所以他认为,他完全可以做出绝对无私的样子来,而且这也不算撒了太大的谎。而实际上,就算我对自己说,这个人之所以指责我,归根到底是,他像是用双手紧紧抓住他的鼹鼠,每一个哪怕只是想用一根指头靠近他的人,都被他称为出卖者。事情不是这样的,他的行为不能用贪婪,至少不能只用贪婪来解释,倒是更适宜用神经质来解释,是神经质唤起了他的巨大努力,也导致了他最终毫无成效。但是,神经质也不能解释一切。也许我对这事的兴趣真的太小了,对那教师来说,陌生人毫无兴趣已经是很正常的事了,总体上来说,他对此容忍,但具体到某个人,则不然了,这里终于出现了一个人,他以独特的方式研究这件事,可是,就连他也不理解此事。我根本不想否认,我是被迫走到这条路上的。我不是动物学家,假如是我自己发现了这件事,那我也许会从心底里激动万分,但是我没有发现它。这么巨大的一只鼹鼠肯定是个奇观,可是,也不能因此就要求全世界一直关注它,特别是,还不能完全肯定地证明那鼹鼠的存在,还根本不能把它展示给大家。而且,我也承认,就算我是鼹鼠的发现者,我为它恐怕也不会像为这位教师这样心甘情愿地付出精力和心血。

假如我的文章获得成功,那么,我和教师之间的分歧也许很快会消除。但是,它偏偏没有成功。也许它写得不够好,不足以令人信服,我是个商人,撰写这样一篇文章大大超出了给我划定的圈子,超出的程度也许比那位教师那里还要大,尽管我所掌握的相关知识远远超过他。对这次失败,还可以作另外的解释,可能是发表的时间不利。发现鼹鼠的消息未能传播开,但一方面,它过去还不太久,所以,人们还没有把它彻底忘记,也就不会对我的文章感到大吃一惊;另一方面,流逝的时间又足够把最初还存在的那一点点兴趣全部耗尽。那些对我的文章进行思考的人,用一种在几年前就笼罩着这场讨论的绝望语气对自己说,又要为那件无聊的事开始瞎费力气了,有些人甚至把我的文章和那位教师的弄混了。在一份权威性农业杂志上,刊登出下面这样的评论,幸亏它是在最后,而且印得很小:"那篇关于巨鼹的文章又寄给我们了。我们还记得,早在几年前,它就让我们痛痛快快地大笑过一次。从那以后,它没有变得更聪明,我们也没有更愚蠢。只是,我们不能再笑第二次了。而且,我们要问问我们的教师联合会,除了追逐巨鼹,一个乡村教师是否就找不到更有意义的工作了。"这简直是不可原谅的混淆!他们既没有读过第一篇,也没有读过第二篇文章,只不过匆忙间偶尔听到巨鼹和乡村教师这两个可怜巴巴的词,那些先生们就觉得足以让他们作为公众利益的代表来出出风头了。针对这种情况,本来可以采取一些有效的措施,但是,由于与教师之间缺乏理解,使我没能这样做。我只能尽量不让他看到这份杂志,能瞒多久就瞒多久。但是,他很快就发现了这份杂志,我从他写给我的、预计圣诞节来看我的那封信中能看出来。他写道:"这个世界是恶劣的,而人们使它容易变得恶劣。"他是想说,我属于这个恶劣的世界,而我还不满足于我本身所具有的劣性,还要使世界容易变得恶劣,也就是说,我做的事,是为了引出普遍的劣性,并帮助它取胜。现在,我已经做出了必要的决定,可以平静地等着他,平静地看着他到来,他问候时不像以往那么有礼貌,然后,一声不吭地在我对面坐下,小心翼翼地从他那独特的棉外套的胸兜里掏出那份杂志,打开,推到我面前。"我知道了。"我说,然后一眼未看地又推了回去。"您知道了,"他叹了口气说,重复别人的回答,是他当教师的老习惯,"我当然不会不做任何反抗就容忍了。"他继续说着,一面激动地用一个手指敲着杂志,一面目光锐利地看着我,好像我的观点与他截然相反;他肯定感觉到我想说什么了;通常,我也不认为,从他的语言中比从其他迹象中更能察觉到,他对我的意图的直觉常常是对的,而他却不服从于这种直觉,不使自己分心。我当时对他说的话,我几乎能逐字复述出来,因为在那次谈话后不久,我就把它们记录下来了。"您想做什么就做吧,"我说,"从今天开始,我们分道扬镳。我相信,对此,您既不会感到意外,也不会觉得不合适。这本杂志上的那条简讯不是使我做出这个决定的原因,它只不过最终坚定了我的决定。真正的原因是,我原本以为,我的出现会对您有所帮助,而我现在却不得不认识到,我在各个方面都损害了您。为什么会变成这样,我也不知道,成功和失败的原因都是有多义性的,别净找那些对我不利的解释。想想您自己吧,如果看看整个事件,您也是曾有最好的意愿,然而也失败了。我这不是开玩笑,如果我说,与我的联系也属于您的失败之列,那么,这也是针对我自己的。我现在退出此事,既不是胆怯,也不是背叛。甚至,若不能战胜自我,是做不到这一点的;我的文章已经表明,我是多么尊敬您个人,在某种程度上,您已经成了我的老师,我甚至觉得那只鼹鼠都几乎变得可爱了。尽管如此，我还是要退出，您是发现者，不论我本来是想干什么，我总是妨碍您得到有可能得到的荣誉，而我还引来失败，并把失败继续引向您。至少这是您的看法。够了。我惟一能进行的忏悔是，我请求您的原谅，如果您要求，我还可以公开重复我刚才对您所做的表白，比如在这本杂志上。"

这就是我当时说的话，它并非完全真诚，但很容易从中推断出真诚。这段话对他的影响和我估计的一样。大多数老年人，在面对年轻人时，本性里都会有一些迷惑性和欺骗性，人们在他们身边平静地生活着，以为与他们之间的关系已经有了保障，了解了主导看法，不断得到和平的证实，因而认为一切都是理所当然的，但是，一旦突然发生了什么决定性的事件，而早已准备好的宁静应当发生作用时，这些老人却像陌生人一样站出来，发表更深刻、更强有力的观点，此时，他们才正式亮出他们的旗帜，人们惊讶地看见上面写着新的口号。这种惊讶首先源于，老人们现在所说的，的确更合理、更有意义，似乎那理所当然的事升级了，更加理所当然了。这种炉火纯青的欺骗性在于，他们现在说的，其实都是他们一直在说的，而这恰恰是一般来说根本无法预料的。我肯定是对这位乡村教师了解极深，所以他现在并未使我感到特别吃惊。"孩子，"他说，把手放到我的手上，亲切地摩挲着，"您是怎么会想到参与这件事的。当我第一次听说时，我马上就和我的妻子谈论。"他离开桌子，伸展开双臂，看着地面，仿佛地下矮矮地站着他的妻子，而他正和她说话。"'这么多年了，'我跟她说，'我们一直是独自奋斗，现在，城里好像有位高贵的赞助人替我们说话，一个城里的商人，名字叫某某。现在我们该大大地高兴，不是吗？一个城里的商人可非同小可，如果只是个低贱的农民相信我们，并表明他的看法，那对我们毫无用处，因为农民做的事总是不体面的，不管他是说：那位乡村老教师是对的，还是不得体地吐几口痰，两者的作用是一样的。如果不是一个农民，而是成千上万个农民站出来，那效果可能会更坏。而城里的一个商人就不一样了，这种人有关系,哪怕他随口说起点儿什么,也会在一个很大的范围内被说来说去,就会有新的赞助人关心这件事,比如某个人会说:也可以向乡村教师学习嘛,第二天,就会有许多人私下议论这话,而从他们的外表,人们绝不会想到他们会持这种观点。现在,这件事有资金了,有一个人筹款,其他人把钱交到他手里,大家认为,必须把乡村教师从村里接出来,于是,大家都来了,根本不在乎他的外貌,把他簇拥在中间,因为他的妻子和孩子们都离不开他,所以就连他们一起带上了。你观察过城里人吗?他们总是唧唧喳喳说个不停。如果有一堆城里人聚在一起,那么,唧唧喳喳声就会从右传到左,再传回来,循环往复。所以,他们唧唧喳喳着把我们扶进车里,根本来不及跟所有人点头致意。坐在车夫座上的先生扶正了他的夹鼻眼镜,挥动鞭子,我们上路了。所有的人都向村子挥手告别,好像我们还留在那里,而不是在他们中间。从城里出来几辆车向我们驶来,车上坐着几位特别性急的人。当我们靠近时,他们就从座位上站起来,探长了身子看我们。筹集款子的那个人安排着一切,提醒大家保持安静。当我们驶进城时,已经排成了长长的一队马车。我们以为,欢迎仪式已经过去了,可是,到了旅馆门口才刚开始。一声召唤,城里立刻就聚集了许多人。一个人关心什么事,另一个人马上也会关心。他们用呼吸彼此抢夺对方的观点,并据为己有。这些人并不能都乘马车,于是他们等在旅馆门前。另一些人尽管本来能乘车,但他们出于自信没有这样做。他们也等着。真是不可思议,那个筹款的人是如何控制所有人的。'"

我一直安静地听他讲着,是的,他说话的时候,我变得越来越安静。桌上,我把尚存的所有我那篇文章的小册子都堆在一起。只有极少几份散落在外,因为前一阵,我发出一封通函,要求把所有寄出的小册子退还给我,大部分都退回来了。另外,不少人礼貌地回信告诉我,他们根本记不起来收到过这么一篇文章,就算收到过,那么非常遗憾,肯定是丢了。这也就行了,我其实也没要求别的。只有一个人请求我允许他将这篇文章作为稀有品保留下来，并保证，按照我通函中的要求，在今后二十年内，不给任何人看。这封通函，乡村教师还根本没有看过，我很高兴，他的话使我感到很轻松，我可以把那封信给他看了。我本来也可以毫无顾虑地这么做，因为我在写这封通函时非常谨慎，从未忽视过乡村教师和他的事业的利益。通函的主要内容是："我之所以要求退回我的文章，并非因为我已经放弃了文章中所支持的观点，也不是因为我认为它可能在某些部分是错误的或无法证明。我的请求完全是出于个人原因，但却非常紧迫，所以，绝不能从我的这一请求中推断出我对此事的态度，我特别请求大家注意这一点，并且，如果愿意，请相互转告。"

暂时，我还用双手遮着那封通函说："因为事情没有这样进行，所以您要指责我，是吗？您为什么要这样做？我们不要使我们的分歧变得那么痛苦。您真的应当试着看清楚，您虽然有了一项发现，但是，这项发现并没有超过其他一切，所以，您所经历的不公正，也不是超过其他一切的最大不公正。我不了解学术界的规矩，不过我不相信，根本不可能为您举行一个哪怕是近似于您向您那可怜的妻子所描述的欢迎仪式。如果说我自己期待这篇文章能有什么作用的话，那么我认为，可能会有某位教授注意到您这件事，他也许会委派一个年轻的大学生来调查这件事，这个大学生会去找您，在您那里，他会以他的方式，把您的和我的考察结果再审核一遍，最后，如果他认为结论还值得一提，——这里，有一点是确定的，所有年轻大学生都疑心重重——那么，他会发表一篇自己的文章，在那里，您所描写过的东西将得到科学的论证。然而，就算这一愿望得以实现，收获也不会很大。那个大学生的文章由于为这么特别的一件事辩护，会遭到嘲笑。您可以从这份农业杂志的例子上看到，这种事是多么容易发生，在这一方面，科学杂志更加无所顾忌。这也是可以理解的，教授们对自己、对科学、对后世，承担着很多责任，他们不可能立刻投入每一个新的发现中去。在这方面，我们其他人就比他们有优越性。不过我不谈这个,我现在想假设,那个大学生的文章取得了成功。那又会怎样呢?您的名字可能会荣耀地被提到几次,这也许对您的处境会有好处,人们会说:'我们的乡村教师们独具慧眼。'如果杂志还有记性和良心的话,应该公开向您道歉,随后,还可能会有一位好心的教授,为您争取到一份奖学金,而且,人们的确有可能设法把您迁到城里去,给您在城里的一所大众学校找个职位,使您有机会用市里给您提供的科学资助金进一步深造。但是,如果我要是坦诚的话,那我得说,我认为,人们顶多也只是试试而已。假设,人们召您来,您也来了,像许许多多人一样,只是个普普通通的请求者,没有任何隆重的欢迎仪式,人们也会跟您谈话,承认您诚实的不懈努力,但是同时也看到,您是个上了年纪的人,这么大年纪再开始科学研究是没有前途的,而且,您取得的发现更多是出于偶然,而不是有计划的,除了这个个别事件,您也不打算继续干下去。人们有可能出于这些原因让您留在村子里。当然,您的发现会被继续研究,因为它并没有小到得到一次承认,之后就被遗忘的地步。不过,您不会再得到太多关于它的情况了,而且,您了解到的,也理解不了。每一项发现都会被立刻纳入科学的整体中去,因而在一定意义上,也就不再是发现了,它融入整体中,消失了,必须有经过科学训练的眼光才能辨认出它来。它马上被与各种我们闻所未闻的原理联系在一起,在科学争论中,它和这些原理一起,一直被扯到云霄上。我们该怎样理解这些?如果我们听一次这样的讨论,我们或许会以为,这是在谈发现,但发现的是完全不同的东西。"

"好了,"乡村教师说,他掏出烟斗,开始往里塞烟丝,他的所有口袋里都散装着烟丝,"您是自愿来关心这件费力不讨好的事的,现在又自愿退出。这都完全正确。""我不是个固执的人,"我说,"您认为我的建议中有什么可以指责的吗?""不,一点儿都没有。"乡村教师说,他的烟斗已经在冒烟了。我受不了他的烟味,所以站起来,在屋里来回走着。从以前的几次谈话中,我已经习惯了乡村教师在我面前沉默寡言,而且,他一旦来了,就不愿意离开我的房间。这使我有时感到很奇怪,我总是想,他还想从我这儿得到些什么,我曾给他钱,他也经常接受。但是,每次他都是想走时才离开。一般都是烟斗抽完了,他围着椅子转几圈,然后规规矩矩、恭恭敬敬地把它移到桌子边,拿起放在墙角的手杖,热烈地和我握手,离开。但是今天,他沉默地坐在那里,却让我烦透了。要是对某人表示过最终告别,就像我做的那样,而且对方也说这是完全正确的,那就应该尽快处理完还要共同解决的那点儿事,可别因为你沉默地待在那儿,而让别人毫无目的地受罪。如果从背后观察一下这个矮小而结实的老人是怎样坐在我的桌子边的,人们就会相信,要想让他从我的房间出去,是根本不可能的。

任卫东 译

布鲁姆费尔德,一个上了年纪的单身汉

一天晚上,布鲁姆费尔德,一个上了年纪的单身汉,上楼到他的住处去,这是一件费力的事,因为他住在七层。爬楼的时候他想——近来他经常这样想——,这种完全孤独的生活真是难受,现在,他简直是得偷偷爬上这七层楼,为的是到达他那空无一人的房间,然后在那里,又简直是偷偷穿上睡袍,叼上烟斗,看几眼那份他几年来一直订阅的法文杂志,边看边饮着一杯他自己酿制的樱桃酒,最后,半小时之后上床睡觉,之前还一定要把被子彻底重新铺一遍,那个怎么教也不改的女佣总是随心所欲地把被子往床上一扔。如果随便有个人能陪他或看他干这事,布鲁姆费尔德会非常欢迎的。他已经考虑过,是否该买只小狗。这种动物总能让人高兴,最主要的是知恩图报和忠实可靠;布鲁姆费尔德的一个同事有这么一条狗,除了它的主人,它谁也不跟,要是它一会儿没见到主人,再见到时,就会大声叫着来迎接他,显然,它想以此来表达它重又找到主人——那位极其慈善的人的喜悦。不过,狗也有坏处。就算注意使它保持清洁,它也会把房间弄脏的。这是不可避免的,因为不可能每次带它进房间前,都给它洗个热水澡,而且,狗的身体也经不住这么折腾。但是,房间里的不干净又是布鲁姆费尔德无法忍受的,对他来说,房间的干净是不可缺少的,每个星期,他都要跟在这一点上可惜不很讲究的女佣吵好几次。因为她耳背,所以他通常都拉着她的胳膊,把她拽到房间里他认为不太干净的那些地方去。通过这种严格要求,他才使房间里的整洁程度大致符合他的愿望。要是来一条狗,那他就恰恰把迄今为止一直小心翼翼地抵御的肮脏自愿引进自己房间里来了。跳蚤,那些狗的随身伴侣,也会随之而来。要是有了跳蚤,那么,离布鲁姆费尔德把自己舒适的房间让给狗,自己再另找一间房的时刻也就不远了。而不干净只不过是狗的缺点之一。狗还会生病,而狗的疾病实际上没人懂。那时,这个畜生就会蜷缩在一个角落里,或者一瘸一拐地走来走去,哀鸣,不断轻咳,因某种疼痛而干呕,你用一条毯子裹住它,对它吹口哨,把牛奶推到它面前,简而言之,照顾它,希望它得的是很快会痊愈的病,这也是可能的,但是,这也可能是一种严重的、讨厌的传染病。即使那狗一直不生病,那它以后总会变老,而你又没能做出决定,把这忠实的畜生及时送人,那么会有一天,从泪汪汪的狗眼里盯着你看的,就是你自己的衰老。这时,你就不得不和这个眼睛半瞎、肺部虚弱、胖得几乎不能动弹的畜生一起受罪,以此为这条狗以前带给你的快乐而付出昂贵的代价。不管布鲁姆费尔德现在多么想有一条狗,他还是宁愿独自爬三十年的楼梯,也不愿意以后受这么一条老狗的纠缠,那条狗会在他身边艰难地一阶一阶往上爬,呻吟喘气声比他还大。

这样,布鲁姆费尔德还将继续独自生活,他倒是没有老处女常有的那些要求,老处女要身边有一个隶属于她的活物,她可以保护它,对它温柔,希望一直伺候它,所以,一只猫,一只金丝鸟或者就连金鱼都能满足她。如果不能这样,那么,在窗前养些花,也能让她满意。但是,布鲁姆费尔德只想要个伴儿,一个动物,一个用不着他操太多心去照顾的动物,偶尔踢它一脚也没有关系,必要时,它也可以在胡同里过夜,而在布鲁姆费尔德需要它的时候,它就应该马上又叫又跳,舔着主人的手,听候使唤。布鲁姆费尔德想要这么一个东西,可是他看出来,不承受巨大的弊端是不可能有这么个东西的,所以就放弃了,可是,由于他天性细致,所以还会不时涌起同样的念头,比如今天晚上。

当他站在楼上自己的房门前,从兜里掏钥匙时,房间里传出的一种声音引起了他的注意。这是一种奇怪的、啪嗒啪嗒的声音,不过很有力,很有规律。因为布鲁姆费尔德刚才正在想狗,所以这种声音让他联想起狗的爪子交替拍打地面发出的声音。可是狗爪子不会有啪嗒啪嗒的声音,这不是爪子。他急忙打开门,扭亮电灯。眼前的景象是他没想到的。这简直是魔术,两个白底蓝条的赛璐珞小球并排在木地板上上下跳着;一个球着地,另一个就跳到高处,它们就这样不知疲倦地继续着它们的游戏。上中学时,有一次做一个著名的电学实验,布鲁姆费尔德曾看见一些小球这样跳过,可是,这两个球相比来说很大,在一个空房间里跳着,这可不是做电学实验。布鲁姆费尔德朝它们俯下身去,想看个清楚。毫无疑问,它们是普通的球,也许球里面还有几个更小的球,是它发出的啪嗒啪嗒声。布鲁姆费尔德朝空中抓去,看看它们是否吊在什么线绳上,没有,它们完全是在独立运动。可惜,布鲁姆费尔德不是小孩子,否则这两个球对他来说会是个惊喜,而现在,这一切却给他一个不愉快的印象。作为一个不引人注目的单身汉秘密地生活着,这并非毫无价值,现在有人,不管他是谁,揭开了这个秘密,给他送来了这两个奇怪的球。

他想抓住一个,但它们躲开他,向后退去,并引诱他跟在它们后面在房间里跑。"这样跟在球后面跑来跑去,"他想道,"真是太笨了。"于是他停下来,看着它们,由于好像没有了追赶,它们也停在原地不跑了。"我还是得设法抓住它们。"他又想,于是又去追它们。它们立刻逃开,可是,布鲁姆费尔德叉开双腿把它们逼进一个墙角,在墙角那个箱子前面,他终于抓住了一个球。这是一个凉凉的小球,在他的手里旋转着,显然是极力想逃脱。另一个球仿佛看到了同伴的困境,跳得比先前更高了,放慢了跳跃的节奏,直至它碰到了布鲁姆费尔德的手。它撞击着那只手,以越来越快的跳跃撞击着,并改变着撞击点,由于它对那只把另一个球握在手心里的手无可奈何,于是就跳得更高了,可能是想够着布鲁姆费尔德的脸。布鲁姆费尔德本来也能抓住这个球,把两个球都关在什么地方,但是此刻,他觉得对两个小球采取这样的措施太丢脸。而且,有这么两个球也挺有意思的,过不了一会儿,它们也会累得够呛,滚到一个柜子底下安静下来。尽管这样想着,布鲁姆费尔德还是恼火地将那个球往地上一摔,奇怪的是,那脆弱的、几乎透明的赛璐珞壳居然没有碎。立刻,那两个球又开始了先前那种低低的、相互协调的跳跃。

布鲁姆费尔德平静地脱衣服,整理柜子里的衣服,他习惯了每次都仔细检查,女佣是否把一切都收拾整齐了。他回头看了那两个球一两次,它们现在没有受到追踪,反过来倒好像是追踪他了,它们已经靠近他,紧跟在他身后跳着。布鲁姆费尔德穿上睡袍,想到对面的墙那里去拿一只烟斗,他的烟斗都挂在那儿的一个架子上。转身之前,他不由自主地往后踢了一脚,可那两个球却知道躲开,没被踢到。当他去取烟斗时,那两个球马上跟了上来,他趿拉着拖鞋,故意迈着节奏混乱的步子,可是,他每迈出一步,球就立刻跳跃一下,它们跟他步调一致。布鲁姆费尔德突然转过身来,他想看看这两个球是怎样做到这一点的。可是,他刚转过身,两个球就划了个半圆,又到了他身后;不论他何时转身,球都重复这样做。它们就像他手下的陪同一样,尽量避免在布鲁姆费尔德面前停留。到现在为止,它们似乎只是为了作自我介绍,才斗胆到过他面前,而现在,它们已经上任了。

在此之前,每当遇到自身力量不足以控制局面的特殊情况,布鲁姆费尔德总是采取装聋作哑的办法。这种办法常常奏效,多数情况下,至少会使局面好转。他现在也采取这种态度,站在烟斗架前,噘着嘴,挑选出一只烟斗,仔仔细细地从准备好的烟袋里取出烟丝装到烟斗中,无动于衷地任那两个球在身后跳跃。只是要走到桌子跟前去时,他犹豫了,听到球的跳跃声和自己的脚步合成一拍,这几乎使他痛苦。所以他站着不动,不必要地拖长装烟的时间,估算着他与桌子之间的距离。终于,他战胜了自己的软弱,使劲跺着脚走完了那段路,以便让自己丝毫听不见球的跳跃声。他坐下后,它们就又在他的椅子后跳跃,声音像刚才一样清晰可闻。

桌子上方的墙上,在伸手可及的地方安了一块木板,上面放着那瓶樱桃酒，周围是几个小杯子。酒瓶旁边有一摞法国杂志。布鲁姆费尔德并没有把他所需要的东西都拿下来，而是静静地坐着，看着那一直没点燃的烟斗。他在暗暗等待时机，突然，他猛地一下不再发愣，连同椅子一起转过身去。但是，那两个球也保持着相应的警觉，或者说，它们是不假思索地遵循着支配它们的法则，在布鲁姆费尔德转身的同时，它们也改变了自己的位置，藏到他身后。这样，布鲁姆费尔德就背朝桌子坐着，手里拿着那冰凉的烟斗。那两个球现在在桌子底下跳跃，因为那里有一块地毯，所以它们的声音很小。这是个很大的好处；现在只有非常微弱而低沉的响声，得非常注意才听得见它们。布鲁姆费尔德当然非常注意，所以听得很清楚。不过，这只不过是现在才这样，过一会儿，他可能就根本听不到它们了。这两个球会在地毯上发不出什么声响，这在布鲁姆费尔德看来，是它们的一大弱点。只要把一块，或者更好些，把两块地毯垫到它们底下，它们就几乎无能为力了。当然这只不过是一段时间之内，此外，它们的存在本身就意味着某种力量。

现在，布鲁姆费尔德倒是需要一条狗，这么一个年轻的、野性的动物很快就会制服那两个球的；他想象着那狗怎样追逐着用前爪抓它们，怎样用爪子驱赶它们，怎样追得它们满屋子乱跑，最后终于用牙咬住它们。布鲁姆费尔德很可能不久之后就会买一条狗。

不过目前，那两个球只需害怕布鲁姆费尔德，而他现在没有兴趣毁掉它们，或许他也是下不了决心。他晚上下班回家，疲惫不堪，正需要安静的时候，竟出其不意地来了这么一件事。他现在才感觉到，他其实有多么累。他肯定会毁掉那两个球的，而且很快，不过眼下还不，也许明天再说。如果不带成见地看这整个事情，那么，那两个球的举止其实是够谦逊的。比如说，它们完全可以不时地跳出来，露露面，再退回去，或者，它们可以跳得更高些，撞击到桌面下方，以补偿被地毯压低的声响。但它们没有这样做，它们不想必要地惹布鲁姆费尔德生气，它们显然只限于做必不可少的事。

不过,这必不可少的事也足以败坏布鲁姆费尔德坐在桌边的兴致了。他刚在那儿坐了几分钟,就想去睡觉了。这样做的原因之一是,他在这儿不能抽烟,因为他把火柴放在床头柜上了。这样,他就得去取火柴,可是,他既然已经到了床头柜那儿了,那么肯定是最好就待在那儿,躺下。这里,他内心还有一个想法,他认为,那两个球会盲目地一直跟在他身后,最后跳到床上去,这样,他一旦躺下来,不管有意还是无意,都会把它们压碎。他不接受球的碎片也还会跳跃的说法。就算是不同寻常的事,那也得有个限度。整个的球本来就会跳跃,尽管不是不停地跳,而球的碎片从来就不会跳跃,所以在这里也不会跳。

"起来!"他这么想着,于是几乎变得故意地喊起来,然后跺着脚,带着身后的球走到床前。他的希望似乎得到了证实;当他故意靠床很近时,一个球立刻跳到床上。而未曾料想到的是,另一个球钻到床底下去了。布鲁姆费尔德根本没想到过球也有可能会在床底下跳。他对那个球非常恼火,尽管他也感到这是不公平的,因为那个球在床底下跳,也许会比床上的那个能更好地完成它的任务。现在,一切都取决于那两个球决定选择哪个地方了,因为布鲁姆费尔德不相信它们会长时间分开工作。果然,不一会儿,床下那个球也跳到床上来了。"现在我可抓住它们了。"布鲁姆费尔德想道,他兴奋得有些燥热,一把扯下身上的睡袍,准备躺到床上。但是,那个球偏偏又跳到床下去了。布鲁姆费尔德极度失望,简直是瘫倒到床上。那个球可能只是在上面看了看,觉得不喜欢。于是,另一个球也跟着它跳下去,当然就待在下面了,因为下面更好些。"这下我整夜都得听这两个鼓手了。"布鲁姆费尔德想着,他咬紧嘴唇,点点头。

他闷闷不乐,其实他并不知道,那两个小球在夜里会怎样损害他。他的睡眠极好,这点小小的声响他会很容易克服。为了有充分的把握,根据已获得的经验,他给它们下面塞了两块地毯。就好像他有一只小狗,他正给它铺一个软和的床。而那两个球仿佛也累了,困了,它们的跳跃比先前低了,也慢了。当布鲁姆费尔德跪在床前,用床头灯往下照时,他有时就以为,那两个球会永远待在地毯上不动,它们软弱无力地落到地上,慢悠悠地滚动一小段。当然,它们随后又尽职地跳起来。如果布鲁姆费尔德早上往床下看时,很可能会发现两个安静听话的儿童玩具球。

但是,那两个球看来都不能坚持跳到第二天早上了,因为当布鲁姆费尔德躺到床上时,就已经听不见它们的声响了。他竭力想听到些什么,从床上探出身子去倾听,——毫无声息。地毯不可能有这么大的作用,惟一的解释是,那两个球不跳了,它们要么是在柔软的地毯上得不到足够的反弹力,因而暂时停止了跳动,要么,更有可能的是,它们永远不会再跳了。布鲁姆费尔德本可以起来看看到底是怎么回事,但他对终于安静下来了感到满意,所以宁愿躺着不动,他连用目光去触动那两个安静下来的球都不愿意。他甚至乐意放弃抽烟,翻了个身,很快便睡着了。

然而,他并非不受干扰;和往常一样,这次他也没做梦,但他睡得很不安稳。夜里,他无数次被惊醒,误以为有人在敲门。他自己也肯定地知道没人敲门;谁会在深更半夜敲门呢,而且是敲他这么个孤独的单身汉的门。尽管他清楚地知道这一点,但他还是会每次都惊起来,紧张地盯着门看一会儿,张着嘴,睁大着眼,几缕头发在汗湿的额头上抖动。他试着数出被惊醒了几次,但是,得出的数字巨大,把他弄得晕晕乎乎,又睡了过去。他觉得自己知道那敲击声是从哪里发出来的,不是敲在门上,完全是别的地方,可是他睡得稀里糊涂,想不起他是根据什么这样推测的。他只知道,有许多细小而讨厌的拍打声聚集在一起,汇成了强大的敲击声。不过,要是能避免这敲击声,他愿意忍受那细小拍打声的所有讨厌之处,但是,出于某种原因,现在已经晚了,他不能进行干预,时机错过了,他连话都说不出来,只是张开嘴,无声地打着哈欠,他感到气愤,猛地把脸埋进枕头里。夜就这么过去了。

清晨,女佣的敲门声唤醒了他,他以一种解脱般的叹息欢迎这轻柔的敲门声,而以往,他总是抱怨敲门声小得听不见。他刚要喊"进来",这时,他又听到还有另外一种轻快的,虽然微弱,但却像打仗般的敲打声。这是床下那两个球。它们醒了?难道它们和他相反,经过一夜又积聚了新的力量吗?"马上就好。"布鲁姆费尔德冲女佣喊道,同时从床上跳下来,他非常谨慎,以便让球待在他背后,然后,他始终以背对着球,猛地倒在地上,扭头去看那两个球——这一看,让他差点儿骂出来。就像孩子在夜里踢掉了讨厌的被子一样,那两个球很可能是通过整夜不停的轻微拱动,把地毯从床下拱出来一大截,所以它们下面又露出了光地板,它们又可以发出声响了。"回到地毯上去。"布鲁姆费尔德阴沉着脸说。当那两个球由于地毯的作用重又安静下来后,他才叫女佣进来。当女佣,一个迟钝的、总僵直着身子走路的胖女人,把早餐摆到桌上,并做一些必要的事情时,布鲁姆费尔德穿着睡袍,一动不动地站在他的床边,好让那两个球待在床下。他的目光紧跟着女佣,想看她是否发觉了什么。这是不大可能的,因为她耳背,布鲁姆费尔德觉得他看见女佣有时还是停下来,扶住某一件家具,扬起眉毛偷听,他把这归结于由于睡眠不好而引起的神经过敏。如果他能让女佣稍微快一点干活,他会很高兴的,但是她几乎比平时还要慢。她笨手笨脚地抱起布鲁姆费尔德的衣服和靴子,拿到走廊去,好长时间没进来,她在外面拍打衣服的声音单调而零星地传进来。这段时间里,布鲁姆费尔德不得不守在床上,一动不能动,如果他不想把身下的球引出来的话,他不得不眼睁睁地看着咖啡变凉,而他本来是最愿意喝热咖啡的,他没有别的事情可做,只好盯着垂下的窗帘,窗帘后面,渐渐放亮的天色阴沉沉的。女佣终于干完了,道过一声早安,就想走了。但是,她最终离开之前,还在门口停了一会儿,嘴唇动了动,盯着布鲁姆费尔德看了半天。布鲁姆费尔德已经想问她怎么回事了,她却走了。布鲁姆费尔德真想拉开门冲她喊,她是个愚蠢迟钝的老女人。可是,当他考虑她究竟有什么可指责时,他只不过觉得,她无疑什么都没发觉,却想做出发觉了什么的样子,这很荒谬。他的思想多么混乱啊!而这只不过是因为一夜没睡好觉!他为没睡好觉找到了一个小小的原因,那就是他昨晚没按自己的习惯去做,没抽烟也没喝酒。"我一旦不抽烟不喝酒,就会睡不好。"这是他思考的最后结论。

从现在起,他将更多地注意自己的身体,并且他立即就从挂在床头柜上方的药箱里拿出药棉,把两个棉球塞进耳朵里。然后,他站起来,试着走了一步。那两个球虽然还跟着他,但他几乎听不见它们了,他再塞了些药棉,就完全听不见了。布鲁姆费尔德又走了几步,没觉得有什么特别不舒服。布鲁姆费尔德和那两个球,各自都自成一体,虽然他们相互联系在一起,但互不干扰。只有一次,布鲁姆费尔德转身转得比较快,而有一个球向相反方向的运动不够快,布鲁姆费尔德的膝盖碰到了它。这是惟一的意外事件,其他时候,布鲁姆费尔德平静地喝着咖啡,他饿了,好像这一夜他不是在睡觉,而是走了很长的路,他用能很快让人清醒的凉水洗了洗,然后穿上衣服。在此之前,他没有把窗帘拉开,而是出于谨慎宁愿待在昏暗中,他不希望陌生人的眼睛看见这两个球。但是,他现在准备出门了,他得想个什么办法,防备那两个球万一胆敢——这一点他不相信——跟着他上街。他想出了一个好主意,他打开大衣柜,背朝它站着。那两个球好像预感到他的打算,便非常留神不到柜子里去,它们充分利用布鲁姆费尔德与它们之间的每一个小空隙,实在没别的办法时,就跳到柜子里去待一小会儿,随即,又因里面太暗而立刻逃出来,根本没法把它们弄进柜子里去,它们甚至宁愿违背它们的义务,几乎跑到了布鲁姆费尔德的身体侧面。但是,它们的小伎俩根本无济于事,因为布鲁姆费尔德现在自己倒退着进到衣柜里了,这样,它们就不得不跟进去。于是,它们的下场也就决定了,因为衣柜的底板上放着各种小东西,比如靴子、盒子、小箱子,这些东西虽然全都——布鲁姆费尔现在为此感到惋惜——放得整整齐齐,但它们还是妨碍了那两个球。布鲁姆费尔德这时已经几乎把柜门拉上了，他以多年来未曾有过的大步跳出柜子，关紧柜门，转动钥匙，把两个球锁在了里面。"成功了。"布鲁姆费尔德想着，擦掉脸上的汗。那两个球在柜子里发出多么大的声响啊！给人的印象是，它们好像要拼命了。布鲁姆费尔德却很满意。他离开房间，就连空荡荡的走廊都让他感到愉快。他取出耳朵里的棉球，正在醒来的楼里发出的许多声响让他欣喜。只是还看不见什么人，时间还很早。

楼下过道里，通往女佣所住的地下室那扇低矮的门前，站着女佣那十岁的小男孩。他跟他妈妈长得一模一样，大人的所有丑陋都无一遗漏地再现在这孩子的脸上。他弯着两条罗圈腿，双手插在裤兜里，站在那儿呼哧呼哧地喘气，因为他小小年纪就得了甲状腺肿，呼吸困难。往常，布鲁姆费尔德要是在路上碰见这孩子，都会加快脚步，尽量避免看到这一幕，而今天，他几乎想在他身边停下来。即使这个男孩是那个女人生的，带着他母体的所有标记，但他目前还是个孩子，在这颗奇形怪状的脑袋里还是些孩子的想法。要是人们好好跟他说话，问他点儿什么，那他很可能用清脆而天真的声音恭敬地回答，而人们经过一番思想斗争后，也会伸手摸摸他的脸颊。布鲁姆费尔德这么想着，但还是从那孩子身边走过去了。到了街上，他发现，天气比他在房间里时想象得好。晨雾正散去，劲风吹过，天空露出一块块湛蓝色。布鲁姆费尔德今天出门比往常早很多，这多亏了那两个球，他甚至把报纸也放在桌上忘了看，不管怎么说，他因此而赢得了许多时间，现在可以慢慢走。奇怪的是，自从甩掉那两个球后，他很少为它们操心。只要它们跟在他身后，就会被看成是属于他的某种东西，那么，在评判他这个人时，就必须把它们也考虑在内，而现在，它们只是家中衣柜里的玩具。这时，布鲁姆费尔德突然想到，让那两个球发挥它们本应有的作用，这样也许才能不把它们损坏。那个男孩还站在那儿的过道里，布鲁姆费尔德要把球送给他，不是借，而是真的赠送，不过这也就跟下命令消灭它们的意思差不多。而且，就算它们会完好无损,但它们在那孩子手里,比待在柜子里还没有意义,整个楼里的人都会看到,那男孩是怎样跟那两个球玩的,其他孩子也会参与进来玩,一般人都会认为,那是两个玩具球,不是什么布鲁姆费尔德的生活伴侣,这种看法是无法动摇、不可抗拒的。布鲁姆费尔德又跑回楼里。那个男孩刚走下地下室楼梯,正要打开下面的门。布鲁姆费尔德必须叫住那孩子,叫出他的名字,那名字跟一切与这孩子有关的东西一样可笑。布鲁姆费尔德喊那孩子。"阿尔弗雷德,阿尔弗雷德。"他喊道。那男孩迟疑了很久。"过来呀,"布鲁姆费尔德喊道,"我给你点儿东西。"房管员的两个小女儿从对面的门里跑出来,好奇地站到布鲁姆费尔德左右。她们比那男孩明白得快得多,她们搞不懂,他为什么不马上过来。她们朝他招手,同时眼睛一刻也不离开布鲁姆费尔德,但是她们猜不透,阿尔弗雷德会得到一件什么礼物。好奇心折磨着她们,她们双脚交替地跳着。布鲁姆费尔德既笑她们,也笑那个男孩。那男孩看来终于弄明白了这一切,正僵硬而艰难地上楼梯。就连走路的姿势他都跟他妈妈一模一样,她这时也已经出现在地下室门口了。布鲁姆费尔德故意放大声音,好让女佣也能听清,而且如果必要的话,还能监督他做这件事。"在我楼上的房间里,"布鲁姆费尔德说,"有两个漂亮的球。你想要吗?"那男孩只是无声地撇了撇嘴,他不知道应该采取什么态度,他转过身,带着询问的目光看着下面的妈妈。那两个女孩却立刻开始围着布鲁姆费尔德又蹦又跳,请求他把球给她们。"你们也可以玩球。"布鲁姆费尔德对她们说,却在等着男孩的回答。他本来可以立刻把球送给女孩,但他觉得她们太轻率,他现在更信任那男孩。与此同时,男孩虽然没跟妈妈说话,就已经从她那儿讨到了主意,当布鲁姆费尔德再次问他时,他便同意地点了点头。"那你就注意听着,"布鲁姆费尔德说,他很乐意地忽视了,他不会因为送了礼物而得到感谢,"你妈妈有我的房间钥匙,你得从她那儿借出来,我现在把我的衣柜钥匙给你,那两个球就在衣柜里。然后,你要把衣柜和房门再好好锁上。那两个球,你愿意怎么玩就怎么玩,不用再送回来。你听明白了吗?"遗憾的是,那男孩没听明白。布鲁姆费尔德本来是想给这个无比迟钝的榆木脑袋把一切都解释得清清楚楚,但正因为如此,他才重复得太多,颠来倒去地说钥匙、房间和衣柜,所以,那男孩盯着他看,不像是看一个做好事的人,倒像看一个诱骗者。而那两个女孩却立刻就全明白了,她们拥到布鲁姆费尔德面前,伸出手要钥匙。"等等。"布鲁姆费尔德说,他已经对她们都感到恼火了。时间也渐渐过去,他不能再久呆了。要是那女佣能说,她明白了他的意思,会替男孩把一切弄好的,那该多好啊。然而,她仍旧站在底下的门边,像个难为情的重听者那样不自然地微笑着,她可能以为,布鲁姆费尔德在上面突然喜欢上了她的儿子,正听他背诵乘法口诀表呢。而布鲁姆费尔德又不能跑下地下室楼梯,对着女佣的耳朵大声喊出他的请求,愿她的儿子看在上帝慈悲的分上,让他摆脱那两个球吧。他愿意一整天把自己的衣柜钥匙交给这一家人,就已经够克制自己的了。他在这里把钥匙交给那男孩,而不亲自带他上楼,在那里把球给他,这并不是因为爱惜自己的身体。但他总不能先在楼上把球给出去,然后,又从男孩那里夺走吧,因为可以预料到,那两个球会跟在他身后走的。布鲁姆费尔德又开始重新解释,但立刻被那男孩空洞的目光打断了。"你没听懂我的意思?"布鲁姆费尔德几乎是悲伤地问。如此空洞的目光能使人毫无抵御能力。它能诱使一个人说出比想说的更多的话,因为人们想用理智去填满这空洞。

"我们去帮他把球拿来。"那两个女孩喊道。她们很机灵,已经看出,只能通过这个男孩做中介才能拿到球,而且她们必须自己使这个中介起作用。房管员的房间里传出时钟敲响的声音,提醒布鲁姆费尔德要快点儿了。"那你们就拿着钥匙吧。"布鲁姆费尔德说,那钥匙与其说是他递出去的,不如说是从他手中夺走的。要是把钥匙交给那男孩,就会保险多了。"房间钥匙到下面那位太太那里去拿,"布鲁姆费尔德还在说,"你们拿了球回来,必须把两把钥匙都交给她。""知道了,知道了。"两个女孩喊着跑下楼梯去了。她们什么都知道,真是一切都知道,布鲁姆费尔德好像是传染上了那男孩的理解迟钝,现在他自己倒不明白,她们怎么会这么快就从他的解释中弄清楚了一切。

现在,她们已经在下面拉扯着女佣的裙子,但是,不管这一幕多么诱人,布鲁姆费尔德也不能再继续看,她们是怎么完成任务的了,这倒并不完全是因为时间已经晚了,而是因为,球被放出来时,他不想在场。他甚至想在女孩们刚打开楼上他的房门时,就已经走出几条巷子去了。他根本不知道,那两个球还会怎么样!于是,他在今天早上第二次来到外面。他还看见那女佣简直是在竭力抵抗着两个女孩,男孩则挪动着罗圈腿去帮他妈妈。布鲁姆费尔德不理解,为什么像女佣这样的人要在这个世界上生长繁衍。

在去他工作的那家内衣厂的路上,对工作的思考逐渐压倒一切,占了上风。他加快了脚步,尽管那男孩耽误了他的时间,他还是第一个到了办公室。这是一个用玻璃隔开的房间,里面有一张供布鲁姆费尔德用的写字台和两张供他手下的两个实习生用的立式斜面桌。尽管斜面桌又小又窄,像是给小学生用的,办公室里还是非常挤,所以实习生们不许坐下来,否则布鲁姆费尔德的椅子就没地方放了。所以,他们就整天懒洋洋地靠着斜面桌站着。这对他们来说当然很不舒服,而且,也使布鲁姆费尔德很难观察他们。他们常常急切地凑到桌边,但不是为了工作,而是为了相互窃窃私语,有时甚至是为了打瞌睡。布鲁姆费尔德常跟他们生气,在摊派给布鲁姆费尔德承担的大量工作中,他们对他的支持远远不够。他的工作是负责处理与在家干活的女工们的所有货款往来,这些女工是工厂雇来制作某些比较高级的产品的。要评判这项工作的工作量,就必须对整个情况有一个比较深入的了解。但是,自布鲁姆费尔德的顶头上司几年前去世以来,就没有人再了解这一情况了,所以,布鲁姆费尔德也就不能赋予任何人评判他的工作的权力。比如工厂主奥托玛先生就显然低估了布鲁姆费尔德的工作，他当然也肯定布鲁姆费尔德在厂里二十年来所做出的成绩，他这样做不是因为他必须如此，而是因为他尊重布鲁姆费尔德是个忠诚的、值得信赖的人；但他还是低估了布鲁姆费尔德的工作，他认为，这项工作可以比布鲁姆费尔德现在做得更简单些，因而在各个方面带来更多的益处。大家都说，奥托玛之所以很少来布鲁姆费尔德的科室，就是为了免得看见布鲁姆费尔德的工作方法而生气。被人如此误解肯定使布鲁姆费尔德很难过，但也没别的办法，因为他总不能强迫奥托玛连续在自己的科室待上一个月，让他好好研究一下这里所要完成的各种各样的工作，并运用奥托玛自己认为所谓更好的方法，这种做法的后果必然是使科里的工作瘫痪，这时再让奥托玛相信布鲁姆费尔德是对的。因此，布鲁姆费尔德坚定不移地同以往一样完成他的工作，如果隔了很长时间，奥托玛突然来一次，在略感吃惊之余，布鲁姆费尔德仍会本着下级人员的责任感稍微试着给奥托玛讲解这个或那个设备，后者则默默地点点头，低着眼睛继续走他的路，另外，使布鲁姆费尔德难过的倒不是受到这种误解，而是他想到，要是一旦他不得不离开这个岗位，立刻就会出现任何人都应付不了的混乱局面，因为他不知道厂里有谁能代替他，能接替他的职位，使厂子能连续几个月哪怕仅仅避免最严重的生产停滞。要是上司低估某个人，那么其他职员当然就会做得更甚。因此，每个人都看不起布鲁姆费尔德的工作，没有人认为在自己的培训中有必要到他的科室去工作一段时间，如果新招聘了职员，也没有人会自愿要求分到布鲁姆费尔德那里去。所以布鲁姆费尔德的科室后继乏人。此前，科里只有布鲁姆费尔德一个人，还有一个勤杂工相助，所有事情都要自己干，而当他要求雇一名实习生时，竟苦苦论争了几个星期。布鲁姆费尔德几乎每天都去奥托玛的办公室，心平气和地详细给他解释，为什么他那个科室需要一个实习生。需要一个实习生，并不是布鲁姆费尔德自己想偷闲，布鲁姆费尔德不想偷闲，他干着他那份繁重的工作，并不打算停止不干，但是奥托玛先生该想一想，工厂的业务随着时间的推移增加了许多，所有部门都相应地扩大了，只有布鲁姆费尔德的科室总是被遗忘。而恰恰是那里的工作增加了那么多！布鲁姆费尔德刚来的时候，奥托玛先生肯定记不起那个年代了，这个科室只管十个左右的女工，而现在有五六十个了。这种工作量是需要人手的，布鲁姆费尔德可以保证全身心地投入到工作中去，但是，从现在起，他不能再保证全部完成自己的工作。奥托玛先生是从不直截了当地拒绝布鲁姆费尔德的请求的，他不能对一个老雇员这样做，但是，他那根本不认真听的态度，把正在请求的布鲁姆费尔德搁在一边去和别人说话，含含糊糊地答应了，几天后又全都忘了，——这种态度是相当伤人的。其实布鲁姆费尔德倒无所谓，布鲁姆费尔德不是幻想家，不管荣誉和赞扬有多好，他可以不要，无论如何，只要还有一点儿可能性，他就会坚持自己的立场，不管怎么说，他是有理的，而有理最终就会得到承认，哪怕有时需要很长时间。就这样，布鲁姆费尔德最后真的得到了两名实习生，可这是两名什么样的实习生啊。人们简直可以认为，奥托玛已经看出来，他通过答应提供实习生能比拒绝提供实习生更清楚地表示他对布鲁姆费尔德那个科室的蔑视。甚至，奥托玛之所以那么长时间敷衍布鲁姆费尔德，很可能是因为他在找两名这样的实习生，而可以想象，他很长时间找不到这样的人。布鲁姆费尔德现在没法抱怨了，他能料到老板会怎么回答他，他不是得到了两个实习生嘛，尽管他只要求一个；奥托玛把这一切做得如此巧妙。当然布鲁姆费尔德还是在抱怨，但那是被他所处的困境逼的，并不是因为他还需要帮手。他也不是使劲抱怨，只不过是有合适的机会时顺便提一下。尽管如此，在那些怀有恶意的同事中间，不久就流传开这样一个谣言，说有人问过奥托玛，布鲁姆费尔德现在有了这么非同寻常的帮手却还在不停地抱怨，是真的吗。奥托玛回答说，是的，布鲁姆费尔德还在不停地抱怨，但他抱怨得有理。他，奥托玛，终于认识到了这一点，并打算逐步做到，每有一个缝纫女工就给布鲁姆费尔德配备一个实习生，也就是说，总共配备六十个左右。如果这样还不够，他还将派更多的人去，他会一直派下去，直到那所精神病院彻底变成精神病院为止，几年来，布鲁姆费尔德的那个科室已经正在变成一所精神病院。而且说这番话时，奥托玛的说话语气被模仿得惟妙惟肖，但是，奥托玛本人是绝对不会以这种方式谈论布鲁姆费尔德的，哪怕只是相似的方式也不会用，对此，布鲁姆费尔德毫不怀疑。这一切都是二层那帮懒蛋们编造出来的，布鲁姆费尔德对此置之不理，他要是对那两个实习生的存在也能如此平静地视而不见就好了。但是，他们站在那儿，再也赶不走了。他们是脸色苍白、身体孱弱的孩子。根据他们的档案材料，他们已经到了中学毕业的年龄，而实际上，这根本无法让人相信。人们甚至都不愿意把他们托付给老师，他们显然还离不开妈妈。他们还不会正确地活动身体，尤其是刚开始的时候，长时间的站立使他们疲惫不堪。一会儿不注意他们，他们就会因身体虚弱而站不住，斜着身子，弯着背，站在一个角落里。布鲁姆费尔德试图让他们明白，要是他们老是这么贪图舒服，那他们就会落下终身身体畸形。让实习生去办点儿事，是要冒风险的，有一次，一个实习生只需走几步路，但他却过于热心地跑了起来，结果在斜面桌上把膝盖撞伤了。当时房间里满是缝纫女工，斜面桌上堆满了衣服，但布鲁姆费尔德却不得不把一切工作都放在一边，带那个哭哭啼啼的实习生到办公室里简单包扎一下。然而，实习生的这份热情也只是表面现象，他们像真正的孩子一样，有时想出出风头，但更多的时候，或者他们几乎总是想迷惑上司的注意力，欺骗他。有一次，工作最繁忙的时候，布鲁姆费尔德汗水淋漓地从他们身边匆匆走过，发现他们正躲在一包包衣服中间交换邮票。他真想举起拳头给他们的脑袋几下，对他们这种行为，这是惟一可行的惩罚，但他们是孩子，布鲁姆费尔德可不能把孩子打死。于是，他继续忍受着他们带给他的折磨。他本来设想，实习生可以在具体的工作中帮他一把，比如现在正分发活计，这非常费力，而且需要留神。他曾想，他可以站在中间，斜面桌后面，始终可以统观全局，负责登记，那两个实习生则根据他的指示来回奔走,分发活计。他的设想是,在如此拥挤的情况下,不管他的监督多么严格,也还是不够的,那么,实习生们的留心便可以弥补他的疏忽,而他们也可以逐渐积累经验,不用每件小事都得依赖他的指示,最终学会区分出缝纫女工们在活计需求量和可信赖程度上的不同。但是,就这两个实习生而言,这些希望完全落空了,布鲁姆费尔德不久就看出,他根本就不能让他们跟缝纫女工说话。从一开始,他们就不到某些女工跟前去,因为他们讨厌或是害怕她们,而对另一些他们偏爱的女工,他们则常常迎过去,一直到门口。她们想要什么,他们就给送过去,用一种偷偷摸摸的方式塞到她们手里,哪怕那些女工有权接受这些东西,他们在一个空架子上为他们偏爱的女工们搜集各种碎布头和无用的边角料,但也有有用的小东西,他们在布鲁姆费尔德的背后欣喜地挥动着这些东西,大老远地就冲她们示意,他们为此得到的回报是,女工们给他们嘴里塞糖吃。布鲁姆费尔德不久就结束了他们这种胡闹,女工们一来,他就把他们哄进小隔间里。但是,他们一直认为这是一种极大的不公正,他们反抗,故意弄断钢笔,虽然不敢抬起头来,但他们却不时大声敲打玻璃窗,以便让女工们注意到他们的恶劣待遇,他们认为,是布鲁姆费尔德让他们遭受这种待遇的。

而他们自己做的无理之事,这一点他们却不明白。比如,他们到办公室总是迟到。布鲁姆费尔德,他们的上司,从青少年时代起就认为,比上班时间至少早到半个小时是理所当然的,——促使他这样做的不是向上爬的野心,也不是过分的责任感,而是对规矩的某种感觉——多数情况下,布鲁姆费尔德得等一个多小时,他的实习生们才来。通常,他都是一边啃着早餐小面包,一边站在斜面桌后对女工们小账本里的账目进行结算。不一会儿,他便专心致志地埋头于工作,其他什么都不想了。这时,他会被突然吓一跳,惊得连手里的笔都抖动好一会儿。一个实习生闯了进来,他好像要跌倒似的,一只手紧紧扶住什么东西,另一只手捂住胸口剧烈地喘气——但这一切无非表示,他在为他的迟到而道歉,而这道歉是如此可笑,布鲁姆费尔德只得装听不见,因为如果他不这样做的话,他就非得揍这小伙子一顿不可。所以,他只是盯着那家伙看了一会儿,然后伸手指了指隔间,就又扭头去忙他的工作了。这时,人们以为那实习生会看出上司的好意,赶紧走到自己的位置上去。可是不,他不着急,他踮着脚尖,一脚前一脚后,像跳舞似的挪动着。他是想嘲笑他的上司吗?也不是。这只不过又是畏惧和自我满足这两种感觉的混合心理,对此,人们毫无办法。否则,下面的事该怎么解释呢,今天布鲁姆费尔德自己就比平常到办公室晚了,在等了很长时间之后——他没有兴趣去查账——,透过那个愚蠢的勤杂工用扫帚在他面前扬起的灰尘,他看见那两个实习生正从小巷里慢慢悠悠走来。他们紧紧搂抱在一起,好像在讲述什么重要的事,而那些事即便和厂里的生意有关,肯定顶多也是一种不合法的关系。越靠近玻璃门,他们的脚步越慢。终于,其中一人握住了门把手,但并不往下压,而是继续讲述着,倾听着,笑着。"给我们的先生们把门打开。"布鲁姆费尔德举起双手冲勤杂工喊道。但是,实习生们走进来后,布鲁姆费尔德却不想跟他们吵架了,他没有回答他们的问候,便走到自己的写字台前。他开始算账,偶尔抬起头来,看看那两个实习生在干什么。其中一个似乎很疲倦,边打哈欠边揉眼睛;他把外套挂到衣钩上时,还利用这个机会在墙上靠了一会儿,在巷子里时他还精神抖擞,但一开始工作他就疲惫不堪。另一个实习生倒是有兴趣工作,但只是对某些工作感兴趣。比如他一直希望能扫地。但是这不是他该干的活儿,扫地是勤杂工的工作;实习生要扫地,本来布鲁姆费尔德也没什么好反对的,就算他扫地,也不会比勤杂工干得更差,但是,如果实习生想扫地,那他就得早来,在勤杂工开始打扫之前来,不许用处理办公室事务的时间来扫地。如果这个小伙子已经不能进行任何理智的思考了,那么那个勤杂工,那个除了在布鲁姆费尔德的科室,不会被老板安排在其他任何部门的,仅仅靠上帝和老板的恩赐活着的半瞎老头儿,他至少会好说话,让这小伙子拿一会儿扫帚,但这小伙子笨手笨脚的,一会儿就会失去对扫地的兴趣,于是就会拿着扫帚去追勤杂工,劝他再去扫地。而事实上,那勤杂工似乎恰恰对扫地特别尽职尽责,能看出来,那小伙子刚一接近他,他就用颤抖的双手把笤帚握得更紧了,他情愿站着不动,以便让所有人都注意到,笤帚是在他手中。那个实习生不是用语言去请求,因为他害怕表面上正在算账的布鲁姆费尔德,而且,一般的语言也没有用,只有大声喊叫,勤杂工才能听见。于是,实习生先是拽勤杂工的衣袖。勤杂工当然知道是怎么回事,他阴沉着脸看着实习生,边摇头边把笤帚往自己身边移,一直移到胸前。实习生又双手合十请求。他当然也不指望能通过请求达到什么目的,他只是觉得这样请求挺好玩,所以才请求。另一个实习生一直观察着这整个过程,边看边轻声地笑,他显然以为布鲁姆费尔德听不见他,尽管他这么以为是令人费解的。请求对勤杂工丝毫不起作用,他转过身,以为现在又可以安全地使用笤帚扫地了。但是,那实习生踮着脚尖在他身边跳来跳去,恳切地搓着双手又到这边来请求他了。勤杂工又转身,实习生又跟着跳,这样重复了好几次。终于,勤杂工觉得四处都被堵住了,他发觉,这样下去,他会比实习生先累的,其实,这一点,他只要稍微用点儿脑子,一开始就该发觉。于是,他就寻求别人的帮助,用手指指着布鲁姆费尔德威胁实习生,要是实习生再纠缠下去,他就去告状。实习生现在看出,他要是想得到笤帚,就得赶紧下手了。于是,他粗暴地伸手去夺笤帚。另一个实习生下意识的尖叫预示了他做出的决定。这一次,勤杂工尽管后退一步,把笤帚往后移了一下,保住了笤帚。但是,实习生不再让步了,他张着嘴,两眼冒光,冲上前来,勤杂工想跑,但他那两条老腿直抖,根本跑不动,实习生抓到了笤帚,尽管他也没抓到手里,但他使笤帚掉到了地上,这就等于勤杂工把笤帚丢了。但是,实习生看来也丢掉了笤帚,因为笤帚掉到地上时,三个人,两个实习生和勤杂工,都一下子惊呆了,因为他们想,布鲁姆费尔德现在肯定什么都看见了。的确,布鲁姆费尔德抬头从观察口看出来,好像他现在才注意到这事,他用严厉、审视的目光打量着每一个人,连掉到地上的笤帚都没放过。也许是沉默的时间太长了,也许是那惹祸的实习生抑制不住自己想扫地的愿望,总之,那实习生弯下腰,当然是极其小心翼翼地拿起笤帚,好像他拿的不是笤帚,而是一只动物,他用笤帚轻掠地面,但是,当布鲁姆费尔德跳起来,从隔间走出来时,他立刻惊恐地扔掉了。"两个人都去干活,不许再胡闹了。"布鲁姆费尔德吼道,一边伸手指着路,让那两个实习生到他们的斜面桌那里去。他们马上就听从了,但不是惭愧地低着头,而是直挺挺地旋转着身子从布鲁姆费尔德身边走过,死死盯着他的眼睛,仿佛想以此来阻止布鲁姆费尔德打他们。然而,凭经验他们完全可以知道,布鲁姆费尔德从来不打人。但是他们过于害怕了,因而没有任何温情,总是试图维护他们那些真实或虚假的权利。

任卫东 译

〔桥〕

我僵硬而冰冷,我是一座桥,架在深渊之上,这一头用我的脚尖,那一头用我的双手插入地里,在碎泥中我咬紧牙关坚守着。衣摆吹向一旁。底下冰凉的溪水在咆哮,没有游客会走到这崎岖的山路上来,桥还没有画进地图。——我就这么躺卧着,等待着。我必须等待。没有一座建成的桥在崩塌之前能够停止作为桥而存在。除了崩塌,一座建成的桥只能作为桥而存在。

有一次接近黄昏的时候——我不知道是第一个还是第一千个黄昏——我的思路老是乱成一团,又老是绕着圈转。夏天里接近黄昏的时候,溪水声较为深沉。这时我听到一个男子的脚步声!到我这儿来,到我这儿来,伸展你的身体。桥,打起你的精神,没有栏杆的梁木,好好守护住交托给你的人,在他不知不觉中平衡他不稳的步履,如果他摇晃欲倒,那么就显出真身,像山神一般把他抛上陆地。

他来了,用他手杖包铁的尖端试探地敲击着我。接着,他用它挑起我的衣摆,整齐地搭在我身上,又把它插在我蓬乱的头发中,久久不拿出来,可能同时急躁地四处张望着。可是接着——正当我想象着跟他越过高山和低谷时——他纵身一跳,双脚踩到我身上。毫无准备的我在可怕的疼痛中战栗着。那是谁?是个孩子?是个体操运动员?是个大胆冒失的人?是个想自杀的人?是个诱人上钩者?是个毁灭者?我转着身想看看他。——桥会自己转身!我还没有完全转过身就塌陷了。我陷落着陷落着,就已粉身碎骨,被底下急流中一向安静和平地凝视着我的尖尖的小石子刺穿了身子。

谢莹莹 译

〔猎人格拉胡斯〕

　　两个男孩骑在码头的矮墙上掷骰子玩。纪念碑前的石阶上，一个男人坐在那挥舞着宝剑的英雄的阴影下看报。井边有个姑娘在往自己的桶里灌水。水果小贩躺在他的货堆旁，眼睛朝湖上望去。透过没有玻璃的门框窗框，看得见酒店的深处有两个汉子在喝酒。店老板坐在前面的一张桌子旁打盹儿。一叶仿佛被托在湖面上的小舟游游荡荡地漂进小港里。一个穿着蓝上衣的汉子跳上岸，将缆绳穿进岸边的锚环里。另外两个身穿缀着银纽扣黑上衣的男子抬着一副担架随着船主上了岸。担架上盖着一块饰有缨穗的大花丝巾，下面显然躺着一个人。码头上，没有人去留意这些新来的人，就连他们放下担架等着仍在拴缆绳的船主时，谁也不凑上前去，谁也不去问一问，谁也不仔细瞧瞧他们。这时，从舱里钻出一个披头散发的女人来，怀里抱着吃奶的孩子，船主又让她耽搁了一会儿。他随后走过来，指了指左边一座临湖矗立的三层黄房子，于是这两个汉子又抬起担架，穿过那道低矮的、由几根又细又长的圆柱支撑着的大门。一个小伙子打开窗户，刚巧看见这一行人消失在楼房里面，便赶忙又关上窗户。那扇用厚实的栎木精心拼成的大门现在也关上了。一群一直绕着钟楼飞来飞去的鸽子这会儿纷纷落在楼前面。这些鸽子一个个聚集在楼门前，好像楼里储藏着它们的食物。有一只鸽子飞到二层楼上冲啄着窗玻璃。这是些浅色的、饲养精良活泼可爱的鸽子。船上那个女人使劲地向它们撒去谷粒，它们一一地啄净地上的谷粒，然后又朝那女人飞去。一条条又窄又陡的小胡同通到码头上。从其中一条胡同里走下来一位老人，头上戴着围有黑纱的大礼帽。他十分留意地东瞧瞧西望望，惟恐错过了什么的样子。他看见一个墙角上有堆垃圾，脸都气歪了。纪念碑的台阶上零零散散地扔着果皮，他走过时用手杖一一将它们拨下去。到了那圆柱门前，他一边敲门，一边把帽子摘下来拿在戴着黑手套的右手上。门立刻就开了。长长的过道上，约摸有五十来个男孩夹道鞠躬迎候着这位先生，船主从楼梯上走下来欢迎他，领他上楼去。二楼上，他们一起沿着那环绕庭院建得十分轻盈的柱廊走去，两人最后跨进楼房后边一间凉飕飕的大屋里。孩子们保持着敬畏的距离跟着拥过去。楼背面没有房舍，看到的只是一面光秃秃的灰黑色的岩壁。这时，两位抬担架的汉子正忙着给担架的两头插上几支长长的蜡烛点燃起来。然而，屋里并没有因此生出光亮来，充其量不过把先前静止不动的阴影吓得跳了起来，颤颤抖抖地在墙壁上摇晃。盖在担架上的丝巾拉开了，上面躺着一个男子，头发和胡须乱糟糟地长在了一起，皮肤黝黑，看上去像个猎户。他一动不动地躺在那里，似乎喘不上气来，双眼紧闭。尽管如此，光是那周围的布置就告诉说，这也许是个死人。

那先生走到担架跟前，一只手摸着这位躺在担架上的人的额头，然后跪下来祈祷，船主示意两位抬担架的人离开房间。他们走出屋子，赶走了那群聚集在门外的男孩，并且拉上了门。这位先生似乎对这随之而来的静寂还不满意；他眼睛盯着船主，船主明白了他的意思，便从侧门退进隔壁房间去。这时躺在担架上的人立刻睁开眼睛，苦笑着把脸转向这位先生问道："你是谁？"这位跪在旁边的先生面无惊色地挺起身来回答说："里瓦市市长。"躺在担架上的人点点头，有气无力地伸开手臂指着一把椅子，等市长应邀坐定后，他说道："这我知道，市长先生，可是在刚一睁开眼的瞬间，我总是把什么都忘得一干二净，我觉得一切都在兜圈子，所以尽管我什么都知道，还是问一问更好。您大概也知道，我是猎人格拉胡斯。""当然知道了，"市长说，"我是昨天夜里得知您要光临。我们早都睡了。快到午夜时分，我妻子叫醒我说：'萨尔瓦托'——这是我的名字——'你瞧窗前有只鸽子。'我一看确实有只鸽子,可大得像只公鸡。它飞到我耳边说:'已故猎人格拉胡斯明天要来,你以全城的名义去接待他吧!'"猎人点点头,舌头在唇间伸来伸去:"是的,那些鸽子先我飞来了。可是,市长先生,您认为我该不该留在里瓦呢?""这个我还不能说,"市长回答道,"您死了吗?""死了,"猎人说,"正如您所看到的。许多年前,这肯定是许多许多年前的事了,我在黑森林——这是德国的一个地方——里追赶一只羚羊时从悬崖上掉了下去。从那时起我就死了。""可您不是还活着吗?"市长说。"在某种程度上可以这么说,"猎人说,"在某种程度上说我还活着。我的死亡之舟走错了航向,我不知道是怎么回事,是扳错了舵,还是向导一时心不在焉,或者让我家乡那美丽迷人的风光弄偏了方向。我只知道一点,那就是我留在了人间,我的小舟从此便航行在这尘世的河流上。这样一来,我这个只愿意生活在深山里的人死后便在人间各地漫游。""难道说您就跟天堂无缘吗?"市长皱着额头问道。"我,"猎人回答说,"我始终踏在通向天堂的大梯上。我在这无限漫长的露天阶梯上徘徊着,时而在上,时而在下,时而向左,时而向右,永不停息地运动着。然而,每当我使出最大的气力眼看着天堂的大门已在向我频频招手时,我却在自己那破旧的、孤零零地停滞在某条尘世的河流上的小舟里苏醒过来。在我的舟舱里,我那一次死去的根本错误在嘲笑着我,而船主的妻子则会敲敲门走进来,把我们正航行在其岸边的国度的清晨饮料送到我的尸架前。""一个厄运啊,"市长打着拒绝的手势说,"难道您对此没有一点错吗?""没有,"猎人说,"我是猎人,这难道是错吗?我作为猎人栖息在黑森林里,那里当时还有狼哩。我埋伏以待,开枪射击,打中后就扒下皮,这难道是错吗?我的工作得到了赞扬,人家称我是黑森林里的伟大猎手,这难道是错吗?""我不是奉命来评说是非的,"市长说,"可我也觉得错不在其中。那么,究竟又是谁错了呢?""船主,"猎人说——

〔此处有缺失〕

"那么您现在打算留在我们里瓦吗?"市长问道。"我们没有这个打算,"猎人一边微笑着说,一边把手搭在市长的膝盖上,以抹去这话里的嘲讽意味,"我眼下在这儿,更多的就不知道了,更多的也无能为力了。我的小舟没有了舵;它随着呼啸在死亡最底层的风漂行着。"

韩瑞祥 译

中国长城建造时

　　中国长城的最北端已经竣工。修城工程当时是同时从东南和西南方向此地一路伸展过来的，最后连为一体。这种分段修城的方式也体现在东西两路劳动大军的具体施工当中。做法是这样的，大约二十个民工组成一个修城小分队，每一个小分队负责承修约五百米长的一段城墙，相邻的一个小分队则在相对的方向修建一段同样长的城墙。可是在两段城墙合龙之后，不是在这一千米城墙的末端再接着修下去，民工们相反被派往全不相干的地方。这样自然就留下了许多大的缺口，这些缺口只能逐渐地慢慢地填补起来，有些甚至是在整个工程宣告完工以后才补上。而且据说有些缺口根本就没有再被堵塞起来，当然这只是一种说法，很可能属于那类围绕着长城而产生的各种传说，由于长城工程的漫长，这些传说至少对我们每一个人来说是无法用自己的眼睛和标准去证实的。

　　人们或许一开始就会相信，无论从哪方面看，连成一体的修城方式或者至少在两大主要部分内连成一体来修要有利得多。按一般流行和众所周知的说法，修长城是为了防御北方民族。一个不连贯的长城又怎么能起到防御作用呢？当然不能，一个这样的长城非但不能防御，修城工程本身就处在不断的危险之中。那一段段孤零零立在荒凉地带的城墙会很容易一再遭到游牧民族的破坏，尤其是当时这些游牧民族出于对长城工程的恐惧，以令人不可思议的速度像蝗虫般地改换他们的住地，所以对工程的进度也许比我们这些修墙的人了解得还要清楚。尽管如此长城大概非这样修不可。要想明白这一点，就得考虑下面这一事实：长城应当为今后几百年乃至上千年提供防御，所以最精心的施工、利用所有以往时代和民族的建筑智慧以及修城工人始终怀有的个人责任感，是整个工程必不可少的前提。虽然可以从民间调用一些没有知识的民工来从事一些下等的工作，比如那些愿意为了较好的报酬出来工作的男人、妇女和儿童；然而，仅是指挥四个民工就需要一个有头脑、学过建筑业的人；这个人要能够对整个工程的关键所在心领神会。责任越大，要求也就越高。而这样的人还真找得到，即使没有长城工程本应需要的那么多，数量却也相当可观。

人们不是轻率地就动手修建长城的。工程开始五十年前，那时已决定修墙将整个中国围起来，在全国，建筑艺术，特别是泥瓦匠手艺就被宣布为最重要的科学，而一切其他领域只有在与其有关的情况下才被予以承认。我还很清楚地记得，当我们还是小孩子的时候，连站都还站不稳，我们是如何不得不立在老师的小花园里用小石子堆砌一种墙，而老师又是怎样提起长袍，跑着冲向那墙，当然把那墙全撞翻了，尔后他又是怎样为了我们的墙修得不好而狠狠地责备我们，以至于我们号哭着四散奔去找我们的父母。一件极小的事情，可是却很典型地表现了当时的时代精神。

我很幸运，当我二十岁通过小学毕业考试时，长城工程刚好开始。我说幸运，是因为从前许多人达到了他们所能享受到的最高教育后，多少年学无所用，脑子里幻想着最宏伟的筑城计划，却无所事事，四处闲逛，大批人就此潦倒一生。而那些终于以领队的身份加入修城大军的人，哪怕是最低级别的，也确实是当之无愧。那是些对修城进行过许多思考，而且从不停止思考的泥瓦匠，在让民工把第一块石头埋入土中时，他们就感到同工程融为一体了。当然这些泥瓦匠的动力除了一丝不苟工作的欲望外，还有那盼望有朝一日能看到整个长城完工后的全貌的迫切心情。民工们是没有这种迫不及待的心情的，他们的动力只是工钱。级别高的领队们，就是那些中等级别的领队们，对多方面进展的工程也能够有足够的了解，从而得到精神上的支持。可是对那些级别低、精神上远高于他们表面从事的工作的民工们,则必须采取另外的预防措施。譬如不能让他们在一个远离他们家乡几百里的荒凉山区几个月,乃至几年之久一块接一块地堆砌城砖。这种艰辛的,然而就是劳累一生也无望达到目标的工作会使他们绝望,而且首先是会使他们对所从事的工作变得渐无价值。所以选择了分段修建的方式。五百米城墙大约可以在五年中修成,那时,在一般情况下队长们自然已是精力衰竭了,失去了所有对自己、对长城、对世界的信任。所以当他们还处在欢庆一千米城墙合龙的高昂激情中时,就把他们派往很远很远的地方。旅途中他们不时在这里或那里看到耸起一段段已经完工的城墙,他们经过级别更高的领队们的驻地,接受向他们馈赠的荣誉勋章,他们听到从内地省份涌来的新的劳动大军的欢呼,看到大片森林被砍伐用来做修墙的脚手架,看到一座又一座山被凿成城砖,他们在神圣的宗教场所听到虔诚的信徒咏唱,祈祷长城的完工。经历了这一切,他们的焦躁心情渐渐平息下来。他们在家乡住上一段时间,那里安静的生活使他们恢复了体力。所有修城工人享有的威望,人们聆听他们报告时所表现出来的笃信和恭敬,普通安分的百姓对长城终会完工怀有的信任,所有这一切又绷紧了他们的心灵之弦。于是,像永远希冀着的孩子那样,他们向故乡告别,重新投身全民工程的心情已是急不可待。他们假期未满便提前返回,半个村子的乡亲远远地送他们上路。一路上到处都是人群、彩旗。在这之前他们从未看到过他们的国家是这样的辽阔、富饶、美丽和可爱。每一个同胞都是兄弟,修一道防御的长城就是为了他们,而他们则尽其所有,以自己的全身心终生感谢。统一!统一!胸贴胸,跳起民众的轮舞,热血不再被禁锢在每个人微不足道的躯壳内,而是甜甜地奔流着,却又是反反复复地循环在广阔无垠的中国大地。

　　也就是说这样来看的话,分段修建方式是可以理解的,不过大概还是有其他的原因。我在这个问题上耽搁这么久也不足为怪,这是整个长城工程的核心问题,虽然乍看起来它似乎无关紧要。如果我想介绍一下那个时代人们的想法和经历,而且又要讲得明白,恰恰是在这个问题上我怎么深究都不为过。

首先我们大概还是得承认,当时人们所付出的努力不逊色于修建巴别塔的时候,然而在敬神方面的表现,至少按一般人的看法,却恰恰与那次建筑时相反。我之所以提到这一点,是因为在长城工程的开始阶段有一位学者写过一本书,书中他很详细地做了这样的比较。他试图证明,巴别塔绝不是由于一般公认的原因而未能竣工,或者至少在这些已知的原因中没有包含最重要的原因。他的证明材料不仅仅有文献和报告,而且他还自称实地做过调查,调查中发现,塔的建造失败在,也必然失败在地基太弱上。在这一方面我们的时代当然要比那早已逝去的时代优越得多。几乎每一个受过教育的人都学过泥瓦匠,在打地基问题上是内行。可是那位学者想说明的并不是这一点,他断言,只有长城才会在人类历史上第一次为一座新的巴别塔创造一个坚实的基础。也就是说先修长城,然后再建塔。这本书当时广为流传,可是我承认,直到今天我还不大明白,他是怎样设想那塔楼的建造的。本身连个圆都不是,而只是一种四分之一或半圆的长城,能成为一座塔楼的基础吗?这恐怕只能是指精神方面。可是那又为什么要修长城呢?它是实实在在的东西,是几十万人劳瘁和生命的结果。为什么要在书中绘出修造塔楼的,当然是模模糊糊的草图,做出那些详细入微的建议,即该怎样在庞大的新工程中把民众的力量汇集到一起呢?

当时——这本书只是一个例子——人们的头脑十分混乱,或许正是因为这么多人试图为了尽可能达到一个目的而聚集在一起。人的本性是轻率的,天生就像飞扬的灰尘,忍受不了束缚;如果是自己给自己戴上了枷锁,他就会马上开始疯狂地扯动锁链,把城墙、锁链和自己撕碎,抛向四面八方。

有可能这些同修建长城甚至相悖的想法领导层在决定分段修建

时也是考虑到了的。我们——我在这里大概是以许多人的名义说——实际上是在揣摩最高层领导的指示时才认识了我们自己,才发现,如果没有领导,我们的学问和见识都不足以使我们胜任我们在整个伟大工程中所承担的渺小的职务。在领导的工作间里——这工作间在哪儿,谁坐在那里,我所问过的人中,过去没有,现在也没有一个人知道——旋转着大概所有人类的思想和愿望,在相反的方向则旋转着所有人类的目标和满足。而透过窗户,神灵世界的光辉返射在领导人正描着图的手上。

所以,对于不囿于成见的旁观者来说不能想象,领导人们若是真心愿意的话,会克服不了修建一座连在一起的长城可能出现的困难。那么就只能得出这样的结论了:领导们是有意决定分段修建的。可是分段修建只是一种应急措施,很不实际。再余下的结论便是:领导们想要的就是一种不实际的东西。奇怪的结论!显然是的,但是这一结论从另一方面看却又有些道理。人们今天可以谈起这些也许不至于冒什么风险。而当时许多人,甚至是最优秀的人的秘密原则是,尽己所能来理解上边的指示,但是只能到一定的程度,然后就得停止思考。一个很明智的原则,这个原则还可以通过一个后来常被人引用的比喻得到进一步的解释:不是因为会对你有害而让你停止思考,而且也完全不能肯定就会对你有害。这里根本谈不上有害还是无害。等待着你的就像那春天的河流。河水涨起来,水面变得越来越宽,更有力地滋养着长长两岸的土地,它保留着自己的本性继续流向海洋,变得同海洋越来越接近,越来越受到海洋的欢迎。——对领导指示的思考就到此为止。——但是随后河水就会漫过堤岸,失去它的轮廓和形状,减缓向下游的流速,并试图违反自身的规律在内陆继续形成许多小湖,损坏成片的田野,可是河水却也不能长久地维持着这种泛滥的状况,而是又重新流回堤岸,甚至在接下来的炎热季节可怜地枯竭。——对领导指示的思考不要到这个程度。

这个比喻在修建长城的时候可能非常贴切,可是对我现在的论述它的准确性就很有限了。我所做的不过只是一种历史性的调查；早已消散了的乌云中不再有电闪雷击，所以我可以就分段修建来寻找一个解释，一个要比当时所能令人满意的更进一步的解释。我思维能力的范围已是相当狭窄，而这里要涉及的领域却是漫无边际的。

修长城是为了防御谁呢？是为了防御北方民族。我的家乡在中国的东南部。没有北方民族能在那里威胁我们。我们是从古人的书中了解到有关他们的情况的。读到他们那些由天性所决定的残暴行为，我们会禁不住在自己安静的花园小屋里大声叹息。在艺术家逼真的画卷上我们可以看到那些可诅咒的脸，看到那大张着的嘴、龇露着的长牙，那细眯着的眼睛，好像已在瞟视着猎物，就待用嘴来碾碎撕烂了。如果孩子们不听话，我们就拿出这些画来给他们看，而他们就会马上哭泣着扑向我们的怀抱。可是关于这些北方民族的情况，更多的我们也就不知道了。我们没有见过他们，而且如果我们一直待在村子里，也就会永远见不到他们，就算他们骑着野马径直向我们扑来，追逐我们。——国土无垠，他们到不了我们这里，他们将四处奔逐，直至烟消云散。

情况既然是这样，那我们为什么还要离开家乡，离开那里的河流和桥梁，离开母亲和父亲，离开哭泣着的妻子、需要教导的孩子，到远处的城里去上学，而我们的思想则已飞到了更远的北方的长城呢？为什么呢？去问领导吧。他们了解我们。他们，满怀忧虑，知道我们的情况，知道我们的小本经营，看见我们大家一起坐在低矮的茅屋里，父亲晚上带领家人做的祷告有时令他们满意，有时也会引起他们的反感。如果允许我这样来想我们的领导人的话，那我就得说，我认为我们的领导层早就存在着了，它的产生不是像那些朝廷的高级官员，这些人会在一个清晨美梦的感召下，匆匆忙忙召集开会，匆匆忙忙做出决议，当天晚上就把老百姓从床上敲起来去执行这些决议，哪怕只是为了举行一个灯会来纪念一位昨天向他们显灵的神，而在第二天早上，灯刚一灭，就在一个黑暗的角落里殴打他们。事实是领导层大概是自古以来就有，修长城的决定也是如此。无辜的北方民族以为修城是因了他们的缘故，可敬无辜的皇帝，他以为修城是他的旨意。我们修城的人知道不是这样，可是我们缄口不言。

早在修长城的时候，后来直至今天我几乎只在潜心研究比较民族史——有些问题只有用这种方法才能触及实质——，研究中我发现，我们中国人有着某些机构异常清楚的民间及国家设施，另外有一些又是异常模糊。探究其中的原因，特别是这第二种情况，一向就是我的兴趣所在，现在依然如此，而这些问题也在很大的程度上涉及长城的修建。

无论从哪方面看，帝国制度就属于我们那些最不明确的机构。当然在北京，乃至宫廷官僚当中对这个问题人们多少还是有些明白的，即使这种明白与其说是真的还不如说是表面上的。高等学堂的国家法和历史老师们也声称，对这方面的事情了如指掌，能把这些知识继续传授给学生。学校的级别越低，不言而喻人们对自己知识的怀疑也就越小，围绕着几百年来留传下来的很少几句名言泛滥着山一样高的浅薄和无知，这些至理名言虽然没有失去它们永恒的真实性，然而在这迷雾的包围中也就永远不会被人真正发现。

可是在我看来恰恰是就帝国本身应该问一下老百姓。因为帝国的最后支柱正是他们。这里我当然又是只能谈谈我的家乡。除了土地神以及一年四季为了供奉它们而进行的种种丰富多彩的祭祀仪式外，我们的思想就只围绕着皇帝转。但不是当今的皇上；或者更确切地说，如果我们能认识他或者知道一些有关他的事情的话，我们会想到当今的皇上。我们当然——这是我们心中惟一的好奇——一直在试图打听到任何一些这样的事情，可是，虽然听起来奇怪，却几乎没有可能去了解到什么，从香客那儿打听不到，尽管他们云游四方，在远近的村庄打听不到，向船夫也打听不到，虽然他们不仅在我们家乡的小河上航行，而且也在神圣的大江上来往。我们虽然听到很多事情，可是从中却得不出什么结论。

我们的国家是如此幅员辽阔,没有一个童话能够得上它的广袤,就是天空也几乎遮不住它,——而北京不过只是一个点,皇宫不过是点中之点。皇帝本人当然又因为是居于世界大厦的顶层而高大。可是那活着的皇帝,像我们一样的人,却跟我们一样躺在一张沙发榻上歇息,这床榻虽然算是相当宽绰,可是毕竟可能还是又窄又短。像我们一样,他有时伸伸懒腰,如果他很累,他就张着那线条柔和的嘴打呵欠。然而我们——在几千里之外的南方——怎么会知道这一切呢,我们住的地方差不多已与西藏高原接壤。另外,就算每一个消息能传到我们这儿,可等到了这里也已是太晚、早就过时了的。皇帝的周围拥满了服饰华丽却内心阴暗的侍臣——侍从和朋友的外衣之下隐藏着恶毒和敌意——,这是些同帝国相抗衡的力量,总是在企图用毒箭把皇帝从权力的天平上射下来。帝国是不朽的,可是每一个皇帝都会陨落、倒台,甚至整个朝代会最终灭亡,会挣扎着咽下最后一口气。这些明争暗斗和痛苦老百姓永远也不会知道,他们就像来迟了的人、像乡下佬一样站在挤满了人的小巷巷尾,静静地嚼着带来的干粮,而在市场中央,在远靠前面的地方,对他们的君主的处决正在进行。

有一个传说很能表达出这一关系。传说皇上给你个人,你这可悲的臣民,你这渺小的、在皇上的阳光照耀下逃到了最远的远方去的影子,恰恰皇上在临终前从他的卧榻上给你下了一道谕旨。他让使者在榻前跪下,好把这旨令悄悄地说给他。这旨令对他来说是如此要紧,以至于他让使者在耳边再重复给他听。他点点头,表示使者所说的是正确的。临死前他当着全体朝臣的面——一切有碍视线的墙壁被拆毁,在宽阔的、高高向上延伸的露天玉阶上帝国的大人物们围成一个圈——当着所有这些人的面他遣走了使者。使者随即就上了路,这是一个强壮的、不知疲倦的人;他一会儿伸出这条胳膊,一会儿伸出另一条胳膊,在人群中为自己开路;遇到了抵抗,他就指指胸前那有着太阳标志的地方;他快步向前,比任何一个人都容易。可是人是这样多;他们的住宅一间接一间,望不到边际。要是敞开一块空地,他将会怎样的健步如飞,而你就会马上听到他的拳头敲打你的门的美妙声音。可是事实正相反,他是多么白费力气,他依旧还在试图挤出最里层皇宫的房舍;他永远也征服不了它们;就算他成功了,也无济于事,他还得挤下台阶;就算他成功了,也无济于事,还得穿过众多的庭院;而出了庭院则是第二层宫阙;随后又是台阶和庭院;又是一层宫阙;就这样几千年地延续下去;就算他终于冲出了最外面的宫门——然而这永远永远也不会发生——,横亘在他面前的还有整个的京城,这世界的中心,密密麻麻地居住着社会最底层的沉渣。没有一个人能从这儿冲得出去,更不用说还揣着一个死者的旨令。——可是,每当傍晚降临的时候,你却坐在你的窗前,梦想着这个谕旨。

我们的人民正是这样看待皇帝,这样的毫无希望而又充满希望。他们不知道正在当朝的是哪个皇帝,甚至对朝代的名称也存在着怀疑。学校里学生们按前后顺序学习着许多有关这些朝代的知识,但是人们普遍对此感到没把握,以至于连最好的学生都受到了影响。早已死去了的皇帝在我们的各个村庄里被认为还在当朝,而那个仅仅活在歌谣中的皇帝不久前却发来了一道诏书,由牧师在祭坛上宣读。我们最古老历史上的某些战役现在刚刚打响,邻居满脸兴奋地带着这个消息冲进你的家里。皇妃们倚靠在丝枕上,在狡诈侍从的诱惑下忘掉了贵族的礼仪,她们统治欲膨胀,贪婪粗暴,荒淫无度,她们无休止地一再干着坏事。时间过去得越久,她们的种种恶行在人们的眼里就越显得可怕。终于有一天,当村民们听到一个皇后是如何在几千年以前大口地吮吸她丈夫的血时,才不由得大放悲声。

人民就是这样对待过去的统治者,却把当今的君主们同死人混在一起。假如人的一生中能遇到过那么一次,一个在省里巡视的钦差大臣偶然来到我们的村庄,以执政者的名义提出一些要求,审查税单,在学校里听课,并向牧师询问我们的作为,然后在登轿之前将所有这一切归纳进他的长篇训话,向被赶拢来的村民们宣读。那时大家的脸上便掠过一丝微笑,人们偷偷地相互看看,或者向孩子们俯下身去，为了不让那钦差大臣看见自己。他们在想，他怎么谈到一个死人像在谈一个活人一样，那个皇上不是早就死去了吗，那个朝代也是早就灭亡了的，这位大臣先生在笑话我们，可是我们得装得好像什么都没发现，好别得罪了他。我们真正服从的只有我们眼前的君主，因为若不这样的话，我们就会犯罪。在那钦差大臣匆匆离去的轿子后面，人们随便从一个早已腐烂了的骨灰盒里扶起来的一位，跺跺脚就晋升为一村之主。

与此相似，我们那儿的人在一般情况下也很少受到国家变革、各个时代战争的影响。这里我想起了发生在我青年时代的一件事情。在一个邻近的，可当然还是相当远的省份爆发了一次起义。原因我记不起来了，在这里也不重要，起义的原因那个地方每天都会产生，那是一群好激动的民众。一次，一个途经那个省的乞丐把起义者的一份传单带到了我父亲的家。那天正是一个节日，我们家里坐满了客人，牧师坐在房间的正中央，仔细地看那传单。忽然大家都笑了起来，那一纸传单在喧闹中被撕得粉碎，那个乞丐，当然已得到了丰厚的馈赠，被推搡着赶出门外，大家四散开来，各去安排自己轻松愉快的一天。为什么呢？邻省的方言同我们的区别很大，而这也表现在书面语言的某些形式上，在我们听来就有点古文的味道。牧师还没读完两页，人们的结论就已经下了。老掉牙的东西，早就听说过了，那些痛苦早就不再放在心上了。虽然——我现在回忆起来好像是这样——乞丐的身上明明白白地显示着那可怕的生活，人们却笑着摇摇头，什么也不想再听。在我们那儿人们就是这样情愿忘掉现实。

如果有人想根据这些现象得出结论，我们实际上根本没有皇帝，那他离真情也就不太远了。我必须一再声明：或许没有比我们南方的百姓更忠实于皇帝的了，可是这忠诚没给皇帝带来什么好处。虽然在村口的小柱子上蟠踞着一条神龙，有史以来就朝着北京的方向喷吐火焰，表示忠心，可是北京本身对村民们来说要比来生来世还陌生得多。真有那么一个村庄，那里的房屋鳞次栉比，一望无际，比站在我们村里的小山上望得到的还要远,街上昼夜人头攒动吗?对我们来说与其想象一座这样的城市,还不如相信,北京和皇帝是一回事,就像一片云,在阳光下随世纪的更迭静静地浮游。

这类看法的结果则是一种某种程度上的自由和无约束的生活。绝不是放荡不羁,在我众多的旅行中我还几乎从来没见到过像我们家乡那样纯洁的道德风尚。——然而这却是一种不受任何一条当今法律制约的生活,只信服从古代流传下来的训诫和铭文。

我不想一概而论地断言说,在我们省一万个村庄里,甚至在中国所有五百个省情况都是这样。可是或许我可以根据我就这一题目读过的许多文章及我自己的观察——特别是在修建长城的时候,人这种原材料使敏感的观察者有机会在几乎一切省份人们的心灵中遨游——根据所有这一切我或许可以说,关于皇帝存在着的看法各处同我们家乡的总是有着某种共同的特征。我绝不是认为持有这种看法就是一种美德,正相反。虽然产生这种看法主要应由政府自己负责,它至今都未能在地球上最古老的国家或者是因了别的事情疏忽了就帝国的机构建立起一个明确的体系,从而也能使帝国最遥远的边疆处于其直接的和不间断的控制之下。另一方面这里也存在着人民在想象力和信仰力方面的弱点,他们未能把帝国从北京的梦幻中活生生地、真实地拉到自己臣民的胸前,虽然臣民们梦寐以求的就是哪怕只感觉一次这种接触,沉醉于这一幸福之中。

也就是说这种看法算不上一种美德。然而更为奇特的是,恰恰这一弱点却似乎是统一我们人民最重要的手段之一,是的,如果允许我这样大胆地说的话,这种看法恰恰是我们赖以生存的土壤。在这一点上详加论述,批评责难,那不是在向我们的良心呼吁,而是要糟糕得多,那是在摇撼我们立足的根基。所以我在调查这个问题时暂时不想再深究下去。

薛思亮 译

〔敲　门〕

　　那是夏季燠热的一天。我和妹妹在归家途中经过一家宅院的门口。我不知道她是出于轻率鲁莽还是因为心不在焉，拍了一下宅院的大门，或者她只是比划了一下而未曾真的打到门。我们大约走了百步远，到了公路左拐处，那儿正是村头。我们不认识这个村庄，可是，过了第一家人家便立刻有人出来，他们或是友善地或是带着警告地招呼我们，他们显得很惊恐，因为惊恐而弯腰低头。他们指着我们刚才经过的大院，让我们别忘了刚才敲过院门。院子主人会控告我们，很快就要审讯。我很沉着，还安慰着妹妹。她很可能根本就未曾敲门，即使她敲了，全世界也不会有个地方为此而开庭审判。我也尽量想让围着我们的那些人明白事情的原委，他们听着我说话，但不加评论。后来他们说，不但我妹妹，连我作为兄弟也将会被控告。我微笑着点点头。我们大家回头望着那大院，就像人家注视着远处的浓烟，等待着看大火出现一样。而我们很快就真的看见一队骑兵进入敞开的院门。尘土飞扬，什么都被遮住了，只有长矛的尖端闪烁着。骑兵队伍好像是一进入院里就立刻转身往我们这边来了。我叫妹妹赶紧走，我会独自把事情澄清的。她不愿意把我一人留下。我说，那她至少也得换件衣服，在大人物面前该穿得比较得体些。她终于听了我的话，上路回家。回家的路很远，骑兵一下子就到了我们这儿。他们还未下马就问起我妹妹。她眼下不在这儿，过一会儿就来。人们胆怯不安地回着话。他们几乎是漠不关心地听着，看来重要的是找到了我。带头的有两位先生，一位年轻活泼的法官和他那个不言不语名叫阿斯曼的助手。他们要我走进那家农舍，我摇晃着头，拉拉裤子的吊带,在先生们严厉的目光下晃悠悠地走起来。我几乎还相信,只要一句话,我这城里人就能从这些乡下人群中被解救出来,甚或还能光彩地获得自由。但是,当我踏进房舍的门槛时,那位先我而入、已等待着我的法官说:"我觉得这人真可怜。"毫无疑问,他所指的并非我目前的状况,而是行将发生在我身上的事。这房间看起来不像是农舍而更像是监牢,大石板地,光秃秃又黑乎乎的墙,有个铁环嵌在墙里,房间正中的木床像是手术台。

（我还有机会呼吸监牢以外的空气吗？这是个大问题。更确切地说,这可能是个大问题,如果我还有希望被释放的话。）

谢莹莹 译

〔邻　居〕

　　我生意上的事全部由我独自负责。前厅有两位小姐管打字和会计工作，我的办公室里放有书桌，钱柜，咨询桌，小沙发，还有电话，这就是我全部的工作装备。一目了然，工作方便。我很年轻，生意做得很顺利。我没得埋怨，没得埋怨。

　　新年伊始，有一个年轻人一下子租下了隔壁那套小小的空房。那套房我一直犹豫着没有租下，着实太笨了。那也是一室一厅的一套房，不过还带有一间厨房。——房间和前厅我倒是有用——我那两位小姐有时候已感到太挤——，但厨房对我有什么用呢？就因为这小小的顾虑，我眼看着本可租下的房子给别人租去了。如今，这个年轻人就坐在那里，他名叫哈拉斯。他到底在那里面做些什么我不知道。门上挂着"哈拉斯办公室"的牌子。我查探过，人家告诉我，那是一家公司，它做的生意和我做的类似。贷款给他不必过分担心，因为他毕竟是个力求上进的青年，他的事业或许是有前途的，然而，又不能轻易贷款给他，因为，从一切迹象看，他没有什么财产。当人们什么也不知道时，一般就给人家这样的信息。

　　有时在楼梯上我会与哈拉斯相遇。他肯定总是极为匆忙，在我面前简直就是急闪而过，我还从未好好看过他。他总是把办公室钥匙预先拿在手中，一刹那间就开了门，像老鼠尾巴似的溜了进去，而我又一次站在"哈拉斯办公室"这牌子前，而它实在不值得我看那么多次。

　　薄得可怜的墙出卖勤劳诚实的君子，却保护无耻的小人。我的电话正好安在连着邻居房间的墙上。我着重指出这一点，只不过因为它是特别具有讽刺性的事实。即使电话挂在对面那片墙上,隔壁的人也仍然什么都能听见。我已经不再在电话中提起顾客的姓名了。但是,从特征明显但又不可避免要说的用语中猜出姓名并不需要多大的本事。——有时候,我耳朵听着耳机,脚尖顶着电话,不安地跳来跳去,还是避免不了暴露秘密。

当然,因此我生意上的决策变得毫无把握,我的声音会发抖。我打电话的时候哈拉斯在做什么呢?如果要夸大其词的话——要弄清楚事情,你就必须这么做——我可以这么说:哈拉斯不需要电话,他用我的电话,他把他的长沙发搬到靠墙的地方窃听着,而我则电话一响就得跑去接,接受顾客的要求,做出重要的决定,长篇大论地劝说,——最主要的是,我打电话时就在无意间通过房间的墙壁把消息都传给哈拉斯了。

或许他根本就不等到通话完毕,而是在得到足够信息后就起身,接着像他惯常那样飞奔到城里,到处乱窜,在我挂电话之前,说不定就已开始在我背后耍起阴谋了。

谢莹莹 译

〔一只杂交动物〕

　　我养了一只奇怪的动物,半像小猫,半像羔羊。它是我从父亲手里继承来的,然而它可是在我手里才长成这个样子。以前它更多是羔羊而不是小猫,现在二者却不相上下。它长着小猫的脑袋和爪子,大小和身材却像羔羊。那对闪烁而温顺的眼睛,那身柔软而紧绷的毛皮,那一个个既像蹦蹦跳跳又似缓慢爬行的动作,二者平分秋色。在阳光照耀的窗户上,它蜷缩成一团,呼噜呼噜地叫着;而一到草地上,它便发疯似的活蹦乱跳,让人难以捉住;它一见猫就躲开,而看到羔羊就想突袭;月夜里,屋檐是它最喜欢走的道,它却不会喵喵叫,见了老鼠就恶心;它会在鸡舍旁一直埋伏好几个钟头,然而它从来还没有利用过一次谋杀的机会。我喂它甜蜜的牛奶,那是它最可口的食物。它大口大口地吮吸着,牛奶穿过它那食肉动物的牙齿流进肚里。当然喽,它是孩子们十分宠爱的观赏物。每逢星期六上午是观赏的时刻,我就把这小动物抱在怀里,左邻右舍的孩子们都来围着我。这时,他们便会提出各种各样稀奇古怪的问题,叫谁也无法答得上来。我也不去费那份心思,而是知道多少就说多少,一点也不多说。有时候,孩子们会带着小猫来,有一次甚至带来了两只羔羊。然而出乎他们意料的是,它们之间没有出现相互识别的情形;它们用动物的眼睛相安无事地打量着。显而易见,它们相互承认对方的存在是天经地义的事实。

　　在我的怀抱里,这小动物既不知道什么是害怕,也没有兴趣去扑捉。它偎依在我的怀里,觉得再舒心不过了。哪家养大了它,它就守着那家不舍。这肯定不是随便一种非凡的忠诚,而是一个动物真正的天性。它在这地球上虽说有无数的亲缘,但也许找不到一个亲近的血亲,因此,它在我们这里找到的庇护对它来说便是神圣的。有时候,见它围着我嗅来嗅去,一点儿也离不开我的样子,我就不由得笑起来。可它并不满足于当小猫和羔羊,几乎还想当狗。因此,我当真也相信有相似的地方。它的心里存在着两种不安,有小猫的不安,有羔羊的不安,二者是那样的迥然不同。所以,它觉得自己的皮绷得太紧了。对动物来说,也许屠夫的刀是一种解救,但作为一个遗产,我肯定不同意这样来解救它。

韩瑞祥 译

〔一样每天都发生的事〕

　　一样每天都发生的事：它的后果就是一种日常的英雄事迹。A 和邻村 H 的 B 要签订一笔重要的生意。为了先碰个头他到 H 地去了一趟，来回各花了十分钟，回来后，为了这种神速还在家自我吹嘘了一通。第二天，他又为了最终签订合约再度去了 H 地，因为预计要好几个钟头才能到达，所以他一大早就出发了。虽然一切情况和昨天一模一样，至少 A 是这么认为的，他却用了十个钟头才到达 H 地。当他晚上精疲力竭到达时，人家告诉他，因为他未出现，B 十分不快，半小时前已经出发往 A 住的村子去了，其实他们在路上是该遇上的。人家劝 A 留下，但是 A 担心生意做不成，就立刻动身赶路回家。

　　这次，他没特别在意，却一眨眼就到了家。家人告诉他，B 一早就到了——他是在 A 离开之前到的——他甚至在大门口碰到了 A，向他提起生意上的事，但是 A 说他现在得赶着出门，没时间谈。

　　虽然 A 的行为莫名其妙，B 还是留下来等他了。他虽也多次问过，A 是不是已经回来了，不过现在还耐心地在楼上 A 的房间等着。知道还有机会当面对 B 说明一切，A 欣喜万分，他径直跑上了楼梯。眼看就要到楼上的时候，他绊了一跤，扭伤了筋，疼得几乎要昏过去了，连喊都喊不出声，只能在黑暗中啜泣着，就在这时，他在黑暗中听见 B，也看见 B——不清楚离他很远还是就在他的身旁——忿忿然顿足下楼，从此不见踪影。

谢莹莹　译

〔桑丘·潘沙〕

　　桑丘·潘沙——他倒是从来没有为此吹嘘过——由于长年累月从晚上到深夜与许多游侠小说和绿林好汉故事为伴,竟然能够把他的魔鬼——他后来为他取名堂吉诃德——的注意力从他的身上转移掉,魔鬼因而毫无顾忌地在外头做了许多疯狂的事,不过因为缺乏一个预定的对象——这对象原该是桑丘潘沙——,他的狂妄行为并未伤害到什么人,而桑丘·潘沙这个自由人,或许是出于责任感,平静地跟着他东征西战,从而得着很多娱乐,而且还从中受益匪浅,直到他死。

谢莹莹 译

〔塞壬的沉默〕

不完善甚至幼稚的方法能使人得救,这个故事是个证明:
为了保护自己不至于受塞壬的诱惑,奥德赛用蜡塞住耳朵,还让人把他牢牢铐在桅杆上,如果这么做有用的话,从一开始所有旅人也都会这么做,除了那些老远就被引诱去的人之外,但是,世人都知道,这样做根本没有用。塞壬的歌声穿透一切,蜡丸更不在话下了,受诱惑者的激情足以使他们挣断比铁链和桅杆更牢固的东西。这一点奥德赛或许也听说过,不过他并不多加考虑。他完全信任那一小团蜡和那些铁链,并为找到如此绝妙的计策而兴奋不已。他朝着塞壬迎面驶去。
然而,塞壬有比歌唱更为可怕的武器,那就是沉默。虽说这样的事从未发生过,但可以想象得出,或许有人曾经躲过塞壬的歌声,但绝没有人能够躲过她们的沉默,用自己的力量战胜她们。那种由此产生的横扫一切的高傲的感觉,是世上没有任何东西抵挡得住的。
当奥德赛来到的时候,这群魔法无边的歌唱家果真并没有唱。或许她们以为,只有沉默才能赢得这个对手,或许因为奥德赛一心只想着蜡和铁链而喜形于色,她们见了就忘记了唱歌。
但是奥德赛,让我们这么说吧,并没有听见她们的沉默。他以为她们唱着歌,只有他一个人受到保护而听不见。他瞟了她们一眼,看见她们转动粉颈,深呼浅吸,眼里含泪,朱唇半起,他以为她们正展喉高歌,而歌声在他周围消失。他眼望远方,一切很快就远离他的眼底。塞壬们简直就是在他眼皮底下消失的。当他靠她们最近的时候,他就一点都不知道她们在哪儿了。

比任何时候都更加美丽的塞壬们,却伸展着、转动着身体,任海风吹着她们令人生畏的松散的长发,将伸张着的利爪搁在岩石上。她们不再想诱惑人,只想尽可能多地捕捉一些从奥德赛巨目中射出的光芒。

如果塞壬们有意识的话,她们当时就会遭灭门之祸。而因为情况不是那样,她们存留下来了,只不过奥德赛逃离了她们的魔掌。

关于这个故事还有一段补遗。传说奥德赛诡计多端,是只老狐狸。他的内心深处就连命运女神也侵入不了。虽说正常人无法理解他的这种做法,但说不定他真的觉察到塞壬们沉默着,而他将计就计,演出上面说的那一幕,以之作为盾牌,抵挡塞壬和诸神。

谢莹莹 译

〔普罗米修斯〕

这传说试图解释那不可解释的。因它的根据来自真理,它就必定又终于不可解释。

关于普罗米修斯的传说有四种:

根据第一种传说:他为着人类而背叛了诸神,因而被罚铐在高加索山脉的岩石上,诸神派老鹰去啄他的肝,而他的肝不停地重新生长。

根据第二种传说:普罗米修斯被啄而疼痛万分,不停地靠紧岩石而越来越深地嵌入岩石里,最终他和岩石结为一体。

根据第三种传说:经过几千年,普罗米修斯的背叛被忘却了,诸神忘却了,老鹰忘却了,他自己也忘却了。

根据第四种传说:人们对这毫无道理的事厌倦了。诸神厌倦,老鹰厌倦,伤口也厌倦地合上了。

留下的是那无可解释的岩石山。

谢莹莹 译

〔夜〕

　　深深沉陷在夜里。就像我们偶尔低头沉思时一样,整个人完全沉陷在夜里,周围都是睡着的人。这是一出小小的戏,一种没有恶意的自欺,人们以为他们睡在屋里,睡在结实的床上,屋顶密不透风,床上被褥齐全,他们或是摊开或是屈起身子自由舒适地睡着。事实上,他们现在像从前曾经经历过的、像以后也将要经历的那样,聚集在荒漠旷野里,风餐露宿,数不清的人挤在一起,有一支军队,还有一群百姓,他们就这样被抛在他们从前站立的地方,在天寒地冻中,头埋在臂弯里,脸朝着地,均匀地呼吸着。而你在守望,你是诸多守卫中的一名,挥动手中的火把就看见下一个守卫在你身旁。你为何守望?按规矩必须有人守望,必须有人守在那儿。

谢莹莹　译

〔拒　绝〕

　　我们的小城不靠近边境,根本不靠近,它离边境还非常远,所以,小城里还没有一个人到过边境,到边境去得穿过荒凉的高原,当然也有广阔的富饶地区。只要想象一下这条路的一部分,就够让人疲惫的了,更长的路就根本不堪设想了。路上还有一些大城市,比我们的小城大得多。十个我们这样的小城并排摆开,上面再加上十个这样的小城,也赶不上一个这种庞大而拥挤的城市。就算是在去边境的路上不会迷路,那么也肯定会迷失在这些城市里,而想绕过它们是不可能的,因为它们太大了。但是,比边境离我们更远的,如果可以拿这种距离进行比较的话——就像有人说,一个三百岁的人比一个二百岁的人更老——比边境离我们小城还远得多的是首都。我们偶尔还能听到边境战事的消息,但是,首都的事我们几乎一无所知,我是说我们这些平民百姓,因为政府官员当然与首都保持着密切联系;每两三个月,他们就能得到一次那里的消息,至少他们是这么说的。
　　奇怪的是,我们小城中的人,竟然一声不响地遵从来自首都的所有命令,这一再令我感到震惊。几个世纪以来,我们这里从未发生过由市民自己发起的政治变革。在首都,最高统治者相互取代,甚至连王朝都被消灭或推翻,新的王朝又重新开始,上个世纪,甚至连首都也被摧毁了,在离它很远的地方建了一座新的,后来,新首都也被摧毁了,旧都城又恢复了,这一切,对我们的小城其实毫无影响。我们的官员一直待在他们的职位上,高级官员们都来自首都,中级官员们至少是外面来的,最低级的官员才出自我们当中,此事历来如此,我们也满意。最高官员是最高税务官,他有上校军衔,大家也这么称呼他。现在,他已经是个老人了,但我认识他已多年,因为当我还是个孩子的时候,他就是上校了,开始,他升迁得很快,后来就似乎停滞不动了,但对我们这座小城来说,他的军衔已足够高,再高的军衔,我们就无力接纳了。每当我想象他的样子时,眼前总是出现他家那幢位于集市广场上的房子,他坐在平台上,身体向后靠着,嘴里叨着烟斗。他头上的屋顶上飘扬着帝国的国旗,平台非常大,甚至有时能在那里举行小型军事演练,四周晾着洗好的衣物。他的孙儿们穿着漂亮的丝绸衣服,在他周围玩耍,他们是不许到下面的广场去的,其他孩子不配跟他们玩,但是,广场吸引着他们,他们至少可以把头从栏杆之间伸出去,当下面的孩子吵架时,他们就在上面跟着吵。

这个上校统治着这座小城。我想,他从没给任何人看过他的那份委任书。他肯定也没有这么一份文件。也许他真的是最高税务官,但这就是一切吗?难道这就使他有权力掌管所有行政部门吗?他的职位对国家是很重要,但对于市民却不是最重要的。我们这里,人们几乎都有这样的感觉,好像大家说过:"你已经把我们所有的一切都拿去了,那么请把我们也一块拿去吧。"实际上,他并不是自己抢来这个统治权的,他也并非暴君。最高税务官就是最高官员,只是长期以来自动形成的,上校只不过是遵从了这个传统,像我们一样。

然而,他虽然生活在我们中间,等级的差别也不算太大,但他的确与一般市民截然不同。如果有个代表团带着一个请求去见他,他就会像世界的墙壁一样站在那里。他后面什么也没有,人们猜测着那里还继续有几个声音在低声说话,不过那很可能是错觉,因为他就是一切的终结,至少对我们来说是这样的。人们得见过他在这种接见时的样子才能明白。当我还是孩子的时候,有一次,一个市民代表团去向他请求政府资助,因为最贫困的城区被一把火烧毁了,那次我也在场。我父亲是个马掌匠,在当地很受人尊敬,当时也是代表团的成员,便把我带去了。这没什么奇怪的,像这样的热闹,人人都争着去看,因为人多,几乎分辨不出谁是代表团;由于这种接见通常都是在平台上举行,所以有些人就从集市广场攀着梯子爬上来,隔着栏杆了解上面事情的发展。当时是这样布置的,平台大约四分之一是留给上校的,其余地方挤满了人。几个士兵密切注意着一切,同时在上校周围站成一个半圆。实际上,一个士兵就足够应付一切了,因为我们非常惧怕他们。我不知道这些士兵是从哪里来的,反正是很远的地方,他们长得非常相像,甚至用不着穿制服。他们个子矮小,并不强壮,但十分敏捷,他们身上最显眼的,是那口粗壮的牙齿,把口腔塞得满满的,还有就是他们那细小的双眼发出一种不安的光。由于这两点,他们就成了让孩子们害怕的人,但同时也是孩子们的乐趣,因为孩子们总想被那牙齿和眼睛吓唬一下,然后再惊恐地跑开。这种童年时代的惊吓,很可能到成年以后也没有消失,至少它还在继续起作用。当然还有其他因素。那些士兵说着一种我们根本听不懂的方言,而且他们也不能适应我们的语言,这使他们变得隔绝,不可接近,不过这也符合他们的性格,他们沉默、严肃、呆板,他们其实不做任何坏事,但却让人觉得他们坏得无法忍受。比如说,一个士兵走进一家商店,买个什么小东西,靠在柜台边站着,听别人谈话,很可能什么也听不懂,但他做出听懂了的样子,自己却一言不发,只是直勾勾地盯着说话的人,然后又盯着听的人,手放在腰带上那把刀的刀柄上。这令人十分厌恶,于是大家都没有了聊天的兴致,纷纷离开商店,直到店里完全空了,那士兵才走。所以哪里有士兵出现,我们活跃的百姓就会变得沉默寡言。那一次也是如此。像在所有隆重场合一样,上校站得笔直,向前平伸的双手握着两根长竹竿。这是一个古老的习俗,大概的意思是:他这样支撑着法律,而法律也这样支撑着他。其实每个人都知道平台上将会发生什么事,但人们却习惯于每次都重又大吃一惊,那次也是,那个被指定发言的人不愿意开口,他已经站在上校对面了,却又失去了勇气,找出各种借口又挤回人群中。另外就再也找不出愿意发言的合适人选——而不合适的人中却有几个毛遂自荐——当时混乱不堪,人们于是派人去找各种以能说会道著称的市民。这整个期间,上校一动不动地站在那里,只是随着呼吸,他的胸部剧烈起伏。他并不是呼吸困难,只是他的呼吸非常明显而已,就像青蛙呼吸一样,只不过青蛙总是这样呼吸,而在他这里就不同寻常了。我悄悄从两个大人中间钻过去,通过两个士兵之间的空隙观察着他,直到一个士兵用膝盖把我踢开。在此期间,那个原来选出来发言的人又打起精神,由两个同来的市民紧紧搀扶着,开始讲话。令人感动的是,他在这个描述那场大灾难的严肃讲话中,一直微笑着,那是一种最谦卑的微笑,它徒劳地试图在上校脸上唤起哪怕一丝微小的反应。最后,他提出了请求,我想他只是在请求减免一年的赋税,可能还请求能以低廉一些的价格购买皇家森林的木材。然后,他深深一躬不起,除了上校、士兵和后面站着的几个官员,所有人都弯腰鞠躬。作为孩子,我觉得好笑的是,站在平台旁梯子上的那些人不得不下几阶横木,以免在这具有决定性的间歇时刻被看见,同时,他们还好奇地把头稍稍探出平台的地面,随时打探情况。这样持续了一会儿,然后,一个官员,一个个子矮小的男人,走到上校面前,努力踮起脚尖,而上校除了深深地呼吸之外,仍然一动不动,他朝那官员耳语了几句,于是,官员拍了拍手,大家都直起了身子,他宣布道:"请求已被拒绝。你们走吧。"一种不可否认的如释重负感掠过人群,大家都往外拥去,没有人特别注意上校,他又变成了一个人,一个和我们大家一样的人,我只是看到,他疲惫地扔掉竹竿,竹竿掉到地上,然后,他倒在一张几个官员抬来的靠背椅上,急忙将烟斗塞进嘴里。

  整个事并不是偶然的,一般来说都是这样。虽说偶尔也会有一些小小的请求被满足,但那就好像是上校作为有权力的个人,自己承担责任这样做的,所以,要对政府保守秘密,——当然,这话并没有直说,但整个气氛如此。在我们的小城里,据我们的判断能力,上校的眼睛就是政府的眼睛,但是也有一种区别,而这种区别是不能深入探究的。

在重要事情上，市民们肯定会遭到拒绝。然而奇怪的是，没有这种拒绝，人们就过不下去，所以，去找上校获取拒绝，绝对不是一种形式。人们一次又一次精神饱满，严肃认真地去那里，然后离开，虽然不是群情振奋，兴高采烈，但也不感到绝望和疲惫。

据我的观察，有某个年龄层的人感到不满，这是些十七到二十岁之间的年轻人。他们都是非常年轻的小伙子，不可能早早地就预感到最无足轻重的事情的影响，更何况某种革命思想的影响。正是在他们中间，不满情绪在悄悄蔓延。

任卫东 译

关于法律的问题

我们的法律并非人人清楚，这些法律是一小群统治着我们的贵族的秘密。我们深信，这些古老的法律被严格遵守着，但是，被自己所不清楚的法律统治着，到底是一件叫人痛苦万分的事。我这么说时，所想到的并不是法律可以有那么多不同的解释，以及当法律只由个人解释，全体百姓对此没有发言权时所引发的种种弊端。这些弊端或许也并不十分严重。我们的法律实在很古老，几百年来对它们的阐释工作一直未曾中断，阐释条文大概也已变为法律了。虽然对法律还存有阐释的余地，但已很有限了。此外，贵族们解释法律时，显然不至于受自己利益所驱使而做出对我们不利的事，因为从一开始法律就是为贵族的利益而立的，他们不受法律制约，也正是出于此。法律完全由贵族掌管，这么做自然有其明智之处。——谁会怀疑古老法律的明智呢？但这也正是我们痛苦之所在，这大概是避免不了的。

另外，这些伪法律是否存在，我们其实也只能猜测。传统上，大家认为法律存在，并且作为一种秘密交于贵族掌管，但是除了是老传统，加上因为老而可信之外，法律什么也不是，也不可能是什么，因为根据这些法律，它们本身的存在必须严守秘密。我们民间很早就密切关注贵族的行为举止，先人记录下的笔记，我们都保存着，而且十分认真负责地续写着，以为在纷纭错综的事实中看出了某些规则，某些历史现象也能从中得到解释，但当我们想根据这些精心筛选整理出的结论安排我们的现在和未来时，我们毫无把握。这一切或许只是一种理智的游戏，因为我们在此试图猜测的法律或许根本不存在。

有一小派人士真的有这种看法,他们企图证明,如果有法律,那么它只能是:贵族的行为即法律。这一派人士只见到贵族行为的任意性,他们驳斥民间传统,认为这种传统或许偶尔凑巧有点小小用处,而它带来的弊病却极为严重,因为它使得老百姓对将要发生的事抱一种错误虚假的安全心理,这会使得他们麻痹大意。人们无法否认这种弊病,但是绝大多数人认为,事情之所以会这样,是因为传统还远远不足用,还得加大力度去研究。而资料看起来虽然庞大,实际上还是太少太少了,想要得到足够的资料,还得再有几百年的时间。这样看待未来使得当今的日子黯淡无光。只有靠一种信念,我们才能重抱希望,就是相信总有那么一天,传统和传统研究会终结,我们可以松一口气,一切会变得清清楚楚,法律只属于民众,贵族会消失。这么说并非痛恨贵族,反对贵族,完全不是,没人这么想。我们痛恨的是我们自己,因为我们还不配有法律。正因为这样,那一派根本不相信有法律的人,虽然在某种意义上很具吸引力,但他们人数仍然很少,因为他们也完全承认贵族以及贵族存在的权利。

　　实际上只能以一种矛盾的说法来形容这一事实:如果有一个派别既对法律抱有信念又弃绝贵族,那么它立刻就会受到老百姓的支持,但是,这样的派别不可能产生,因为没有人敢于弃绝贵族。我们就生活在这刀刃上,一位作家曾经如此总结过,我们必须接受的惟一可见的法律就是贵族,难道我们要使自己连这惟一的法律也失去?

谢莹莹　译

〔征 兵〕

征兵往往是必要的,因为边境的战事从未停止,征兵的过程如下:

首先下达指令,在某一天,某个城区的全体居民,不管男女老少,必须待在自己家里。通常要到中午时分,负责征兵的那个年轻贵族才出现在城区的入口处,而一小队士兵,有步兵也有骑兵,从破晓时分起就已经守候在那里了。这是个年轻人,身材瘦削,个子不高,体质虚弱,衣着不整,眼神疲惫,浑身焦躁不安,就像是个病人总在打寒战。他对任何人都不屑一顾,只用他身上惟一的装备——鞭子示意了一下,几个士兵跑到他身边,他走进第一所房子。一个认识这个城区所有居民的士兵宣读了这所房子住户的名单。通常所有人都在,已经在屋里站成一排,眼睛注视着那位贵族,好像他们已经是士兵似的。但是也有可能偶尔缺一个人,而且总是男人。这时,没有一个人敢说出个借口,或者甚至撒个谎,大家只是默不作声,垂下眼睛,这所房子里的人违抗了命令,这个命令带给人的压力几乎无法承受,但是,那位贵族一声不吭地站在那里,使所有人都不敢动。贵族示意了一下,那简直算不上是点头,只能从他的眼睛里读懂他的意思,两个士兵开始寻找那个没到场的人。这根本用不着费力。他从没有出过这所房子,他也从没真想逃避兵役,他只不过是因为害怕才没来,然而,使他未能到场的恐惧,也不是对服兵役的害怕,而是他就是怕见人,这道命令对他来说简直是太大了,大得令人疲乏,他不能靠自己的力量到场。但也是因此他没有逃跑,他只不过是藏起来了,他听见贵族进了房子后,肯定是悄悄从藏身之处溜了出来,走到屋门口,立刻就被那些出来的士兵抓住了。他被带到贵族面前,贵族用双手握住鞭子——他太虚弱了,一只手什么也干不成——抽打这个男人。这并不太疼,然后,一半是出于筋疲力尽,一半是出于厌恶,他扔掉了鞭子,被鞭打的人必须捡起鞭子,交还给他。之后,这个人才可以站到其他人的队列中去;而且,几乎可以肯定,他不会被招募。但是,也有可能,甚至更经常的是,在场的人比名单上的多。比如说,可能会有个陌生的女孩站在那里,望着那贵族,她是从外边来的,可能是外省的,是征兵把她吸引来的,有很多女人无法抵御这种外地征兵的诱惑,——家乡的征兵则意义完全不同。奇怪的是,如果一个女人屈服于这种诱惑,大家并不认为那是什么丢脸的事,恰恰相反,有些人认为,这正是妇女必须经历的事,这是一种债务,是一种她们向自己的性别偿付的债务。另外,事情的进行也总是相似的。一个女孩或妇人听说某个地方,或许离得非常远,她的亲戚或朋友那里,正在征兵,她就请求家人允许她前往,家人同意了,这种事是不能拒绝的,于是,她穿上自己最好的衣裳,比平日任何时候都快乐,同时又表现出与往常一样的镇静、友好和冷淡,而在这所有的镇静和友好后面,她又是难以接近的,就好像一个正在回乡途中的陌生人,此刻什么也不再想。在那即将进行征兵的家里,她受到完全不同于寻常客人的接待,一切都围着她转,她得把所有房间都看一遍,从所有窗户探出身去看看,如果她把手放在某个人头上,那意义真是超过天父的祝福。当这家人准备应征时,她得到的是最好的位置,那是靠近门边的位置,在那里,她会被那个贵族看得最清楚,也能最清楚地看见他。但是,她所得到的礼遇,只是到贵族进门为止,从那以后,她就黯然失色了。他根本不看她,也不看其他人,即便他把目光落到某个人身上,那人也不会感觉到。这是她没有料到的,或者,更有可能的是,她肯定料到了,因为情况不可能是别的样子,但是,促使她到这里来的,也并不是与此相反的期望,而只不过是现在将要完结的东西。她感觉到巨大的羞愧,一种我们的妇女通常可能永远不会体会到的羞愧,到现在她才意识到，自己是硬挤进了一场别处的征兵，于是，当那个士兵宣读名单，而她的名字没有出现，趁着那片刻的沉默，她缩着身子战栗地溜出大门，背上还挨了士兵一拳。

如果多出来的是个男人，那他惟一的愿望就是一起被征募，尽管他不是这所房子里的。但这也是完全不可能的，像这种多出来的人，以前从未被征入伍，今后，这类事情也绝不会发生。

任卫东 译

〔**海神波塞冬**〕

波塞冬坐在书桌旁仔细计算着。管理全部水域的工作着实繁重。他本来能够要多少助手有多少,而他也的确有许多助手,可是因为他对工作十分认真负责,什么都要亲自再计算一遍,助手们便帮不了他多少忙了。倒不能说这工作给他带来什么乐趣,其实他处理这些事,只不过因为这是他分管的工作,他也曾多次要求换个如他所说的叫人高兴一点的工作,但无论提议给他什么工作,他总是感到不如原先的合他的意。事实上,要给他找份别的工作也不容易。随便把某一片海域划归他管是行不通的事。一则,如此一来计算的工作并不减少,只是更加琐碎罢了,更主要的是伟大的波塞冬永远只能坐在要位上,海域之外的职位更不能请他担任。只要想到这个,他就觉得痛苦难当,这位神就会呼吸困难,他那尊贵的胸膛就会颤动不已。其实人家并不认真对待他的诉苦,当一位大人物痛苦的时候,别人当然要假装努力顺着他的意思去做,尽管事情根本不可能做成。没有人想过要把波塞冬从他的位置上换下来,从开天辟地起。他就被任命为海神,这一点可是改变不了的。

令他最为恼怒的事是——主要就是这件事引起他对现任职位的不满——他听说人们有不少关于他的传说。比如想象他总是手握三叉戟驾着马车在水上到处闲逛,而这时他正坐在大洋之底不停地计算着,日子单调无趣,惟一的调剂就是偶尔到朱庇特那儿去走一趟,而这种造访每每使他大怒而归。就这样,他简直就未好好看过大海,只有匆匆上奥林波斯山时瞟上一眼,更不要说真正地逛逛大海了。他常说,他就这样等着世界末日的到来,那时,当他检验过最后一项计算，就在终结之前的一刹那，该会有片刻的安宁，那么他就可以抓住机会快速地游览一遍大海了。

谢莹莹 译

〔集　体〕

　　我们五个人是朋友。一次我们一个接着一个从一座房子里出来，最先出来的一个站到门旁去，接着出来第二个，他就像水银珠一样轻轻从大门里溜了出来，出来后，就站到离第一个人不远的地方去。跟着，第三个、第四个、第五个也都陆续出来了，最后我们大家排成一排。人们注意到我们了，他们指着我们说："这五个人现在从这座房子出来了。"自那时起，我们就生活在一起，如果不是有第六个人老是要掺和进来的话，我们的生活会很平静。他不招惹我们，但我们讨厌他。这就足够了，他为什么非要挤到人家不欢迎他的地方去呢？我们不认识他，也不想收留他。我们五个原先也互不相识，就是现在也可以说仍然互不相识，但是，在我们五人间行得通的、能被容忍的事，在第六个人那儿就不行了。还有，老是黏在一起到底有什么意思呢？就是我们五个老在一起也没什么意思。但我们既然已经在一起了，就这么着了，但是，恰恰因为我们已有了经验，我们便不要成立新的集体。怎么才能让这第六个人明白这一切呢，详细冗长的解释几乎意味着我们已接纳他进入我们的圈子，所以我们不想解释，我们就是不接纳他。即使他把嘴皮磨破，我们还是用手臂把他推开，但我们无论怎么推他，他仍然来找我们。

谢莹莹　译

〔城　徽〕

　　初建巴别塔的时候一切都还相当有规可依。细则甚至于可能是太多了,人们过于注重路标、翻译、工人住处以及路与路之间的连接,就好像有几百年的时间可以用来建塔似的。当时具代表性的意见甚至于认为,塔建得越慢越好,按照这种意见行事,不必刻意夸张就可以说,就连地基也别想打。他们提出的论点是这样的:整个事情中最重要的一点是造一座通天塔这一想法,与这想法相比,其他任何事都是次要的。这想法一旦成型,就再也不会消失,只要有人存在,就会有强烈愿望,要把塔建成。就这一点而言,人们不必为将来担忧。相反,人的知识越来越多,建筑工艺现在比以前有所进步,以后还会继续进步,我们需要一年才能完成的工程,一百年后也许只需半年,而且会做得更好、更坚固。为什么现在要把自己弄得精疲力竭呢?如果有希望用一代人的时间把塔建成,那么,这么做还有意义。但是,这是绝对做不到的。比较有可能的是,下一代人有更丰富的知识,会觉得上一代人所建造的不好而把它拆了重建。这样的思路使人无力行动,大家更关心的是建造工人生活的城区,而不是塔。各地的人都为自己争取最好的住宿地。因而争端纷起,甚至大打出手,演出流血事件,这样的争端从此再也没有停止过。这些争端又成为领导者的借口,他们认为大家既不能以全副心力建塔,那么缓慢建造,或者等到全面和平时再来建造,是理所当然的。然而不只是争斗花费了时间,在休战的时候,人们把自己的城区修建得更美丽,因而招来妒忌,引出新的争端。第一代人的时间就这样度过了,继之而来的每一代人所做的毫无二致,只不过他们的技巧越来越高明,也就越来越好斗了。再加上从第二代或第三代开始,他们就看出建造通天塔之无稽,然而彼此纠缠在一起且陷得已深,离不开这个城市了。

所有从这里产生的传说和歌谣都充满一种渴望,渴望预言中那一天的降临。那一天,一只巨大的拳头将连续五次击打这座城,把它打得粉碎。因此之故,这座城的城徽上便有了一只拳头。

谢莹莹 译

〔舵 手〕

"我不是舵手吗?"我喊道。"你?"一个肤色黝黑个头高高的男人问,他还用手擦了一下眼睛,好像在抹掉一个梦似的。我在黑夜里掌着舵,昏暗的灯光从头顶上照下来。现在来了这么一个人,想把我推开。因为我不退让,他就当胸踢了我一脚,把我慢慢踩到地上去。而我还抓紧舵把,倒下时带着舵毂转了一圈。那人握住舵,把它转回原处,我则被他一脚踢开。还好,我脑筋转得快,跑到通往船员睡舱的入口处大喊:"船员们!同伴们!快来呀!一个陌生人把我赶开,他抢占了船舵!"他们从船舱里慢慢爬上来,一些摇摇晃晃强壮而疲倦的家伙。"我是舵手吗?"我问。他们点点头,但他们的眼睛只盯着那个陌生人。他们站成半圈围着他,他用命令的口吻对他们说:"别妨碍我。"他们就聚拢在一起,对我点点头,就下楼梯回船舱去了。这是一群什么样的家伙啊!他们也思考吗?或者他们只是失魂落魄踯躅于大地之上。

谢莹莹 译

〔考 验〕

　　我是个仆人，但是我没事做。我胆子小，什么事也不凑到前面去，甚至也不凑到众人中间去，但这只是我没事做的一个原因，也有可能与此一点关系也没有，主要原因还在于，人家并不喊我做事，别的仆人被叫去做事，但他们并没有比我更多地去谋求，或许连想都不想被叫，而我偶尔倒还有很强烈的被叫的愿望。

　　所以我就这样躺在仆人睡房的木板床上，无聊地看着屋顶的横梁，睡了醒，醒了睡。有时我到对过卖酸啤酒的小酒店喝喝酒，酒太难喝了，有时整杯被我倒掉，过后仍然喝它。我喜欢坐在那里，因为在那里我坐在关着的小窗户后面，没有人看得到我，而我可以看到我们那栋房子的窗户，不过看不到什么动静。我相信，对着街这边的是走廊的窗户，而且还不是通向主人居室的走廊，我也有可能弄错，不过有个人是这么说过的，也不是因我问他他才这么说的，况且，这房子的正面给人的印象也证实这一点。这些窗户极少打开，如果开了，也是个仆人打开的，为的是可以靠着栏杆往下瞧瞧。可见，这是他不至于别人撞见的地方。我不认识这些仆人，老在楼上忙活的仆人不睡我们屋里，他们睡在别处。

　　一次我到小酒店时，我的观察座上已坐了一个客人。我不敢多看，在门口就立刻转身要走。但那位客人招呼我和他一起坐，原来他也是个仆人，我不知在哪儿见过他，只是没有同他说过话。

　　"你为什么要走呢？坐过来喝一杯吧！我请客。"我就这么坐下了。他问了我一些事，但我回答不了。我甚至连问题也搞不清楚，所以我说："你现在大概后悔请我了吧？那我走吧。"说着，我就要站起来,但他把手伸过桌子按我坐下。"留下来,"他说,"刚才只是一次考验,回答不了问题的人及格了。"

谢莹莹 译

〔兀　鹰〕

　　一只兀鹰啄着我的脚,靴子和袜子都已撕开了,现在它已经啄到脚上的肉了。它总是先进攻,接着急躁地绕着我飞几圈,然后再继续下一轮的进攻。有一位先生经过这儿,他看了一会儿后问我,对这种事为什么忍让。"我根本无法抵抗,"我说,"它一来就啄我,我自然想把它赶走,甚至试图把它掐死。但这样一只猛禽力大无比,它还想来抓我的脸。如此一来,我就情愿牺牲脚了,现在两只脚都快给撕碎了。""您怎能让自己受这样的折磨,"这位先生说,"给它一枪,鹰就完蛋了。""真是这样吗?"我问,"您愿帮我这个忙吗?""愿意,"这位先生说,"只是我得先回家拿枪,您还能等半小时吗?""我不知道,"我说,有好一会儿我疼得整个人僵硬地站在那儿,接着我说,"求您无论如何试试吧。""好的,"这位先生说,"我会快去快回。"我们说话时,鹰静静地听着,目光不住地在我和那位先生之间来回游移着。现在我看出,它什么都明白了,它振翼而起,绕了一个大圈,而后借力冲了下来。它的喙像只标枪从我嘴里深深刺入我的身体。我向后倒下时带着一种解脱的感觉,感觉到它如何在我身体深处被那能淹过一切岸边的血无可救药地淹死了。

谢莹莹　译

〔小 寓 言〕

　　"啊!"老鼠说,"世界天天在变,变得越来越窄小,最初它大得使我害怕,我不停地跑,很快地在远处左右两边都出现了墙壁,而现在——从我开始跑到现在还没多久——我已经到了给我指定的这个房间了,那边角落里有一个捕鼠器,我正在往里跑,我径直跑进夹子里来了。"——"你只需改变一下跑的方向。"猫说,说着就一口把老鼠吃了。

谢莹莹　译

〔陀　螺〕

　　有个哲学家老是在孩子们玩耍的地方转悠,只要见到哪个孩子有陀螺,他就跟在后面伺机而动。陀螺一转动,他就追着去抢。孩子们大叫大闹,不让他靠近他们的玩具。他却一点儿也不在乎,每当他逮住一个还在转动的陀螺时,他就大喜过望。不过只高兴那么一下子,接着他就把陀螺扔到地下走开了。他相信,认识了任何一件小事物,例如认识了转动着的陀螺,就足以认识一般事物。因此他不研究大问题,认为那太不经济了。如果最小最小的事物真正被认识了,那么所有的事物也就都清楚了,因此他只研究旋转着的陀螺。每当有人准备转陀螺时,他就心怀希望,觉得这次一定会成功。而当他气喘吁吁跟着陀螺跑的时候,对他来说就已成功在握,但当他手中拿着那不起眼的小木块时,他就感到极不舒服。孩子们的吵闹声他原先听不见,现在突然直冲着他的耳朵而来,将他赶跑。而他则像一个没被抽好的陀螺一样,蹒跚而行。

谢莹莹　译

〔出　发〕

　　我叫人从马厩把马牵出来。仆人听不懂我的话,于是我自己到马厩去,给马上了鞍,骑了上去。远处传来喇叭声,我问他这表示什么。他什么也不知道,什么也没听见。到了大门口,他把我截住,问我:"主人,你骑马要到哪儿去?""我不知道,"我说,"只要离开这里,只要离开这里。只有持续不断地离开这里,我才能到达目的地。""所以你是知道你的目的地的?"他问。"是啊,"我回答,"我不是说了:离开这里,这就是我的目的。""你没带着口粮。"他说。"我不需要,"我说,"旅途这么远,如果中途得不着吃的,我肯定会饿死。带什么口粮都救不了我。谢天谢地,这是一次真正不寻常的旅行。"

谢莹莹　译

〔辩 护 人〕

我真不知道自己到底有没有辩护人。我无法得知详情。所有人都摆出一副拒人于千里之外的面孔。那些比较肯接受我的人，也就是我老在走道上见到的那些人，看起来像臃肿的老太婆。他们戴着蓝地儿白条能遮住全身的大围裙，摸着肚子，很笨重地来回转着。我连我们是不是在法院里都无法得知。有些迹象让人觉得这是法院，很多别的迹象又让人怀疑。在许多事情中，最让我觉得这里像法院的是一种不停地从远处传来的喧嚣声，说不清来自哪个方向，所有空间都充满这种声音。你可以假设，它来自四面八方，而显得更准确的是喧嚣声的来源恰恰就是你正站着的地方，但这绝对是幻觉，因为它的确来自远处。这些覆盖着简单拱顶的狭窄纡曲的过道两旁的门很高，没有什么装饰，好像为了极端的安静而设。这是博物馆或者图书馆的过道。如果这不是法院，我为什么在这儿找辩护人呢？因为我到处都在找辩护人，到处都需要辩护人。我在别处比在法院更需要他，因为法院根据法律判决。我们应该如此假设，如果我们假设法院办事草率不公，那么我们根本就活不下去。我们应该信任法院，相信法院赋予庄严的法律足够的活动余地，因为这是它惟一的任务。但在法律之中，只有起诉、辩护、判决，任何人为的干预都是一种亵渎行为。不过判决的决定过程则不同，判决根据调查而定。到处都得去调查，亲人或陌生人，朋友或仇敌，家中或公共场合，城市或乡村，总之，到处都得问。这时，我们就大大需要有人为我们说话了，我们需要许许多多的辩护人，需要最好的辩护人。一个紧连一个，筑成一道活生生的墙，因为辩护人生性不好动,而起诉人则狡猾如狐,迅速如鼬,他们还像看不见的小老鼠,能穿过最小的间隙,穿过辩护人的大腿缝,所以要小心,所以我在这儿,我来收集辩护人。可是我连一个也还没找到,只有这些老太婆在这儿不停地来回走着。如果我不是在寻找,我一定昏昏欲睡了。我没找对地方,可惜我无法不得出这样的印象。我没找对地方,其实我应当到一个有各式各样的人聚集的地方去,不同地区,不同阶层,各种职业,各种年龄的人都有的地方,我应当得到机会,从一大群人中间仔细选出那些能看中我、对我有用、对我友善的人。最为合适的地方也许是一个热闹的大庙会,而我却在这些过道里闲逛。这儿只能见到这些老太婆,就是她们也为数不多,并且永远是同样的那几个人。就连这为数不多的走得很慢的几个人我也逮不住,她们从我身旁溜走,像乌云一样随风飘走。她们专心致志地不知在忙些什么。我为什么盲目闯入一栋房子,不先看看大门上的牌子就进到过道里,并且如此死死守在这儿,弄得自己一点儿也记不得是何时到大门口的,何时上楼的。但是我不能走回头路,这样浪费时间,这样承认自己的错误,是我无法忍受的。什么?在这由一种焦急的喧嚣声伴着的短促的生命中跑下楼去?这是不可能的事。你命中注定拥有的时间是这么样的短,浪费一秒钟就等于浪费一生,因为生命永远只有你浪费掉的那么长,多一点儿都没有。你如果开始走上一条路,那么无论如何一定要继续走下去,你只会有所得,你不会有危险,也许最终你会倒下,但是如果你走了一步之后就回头,即使只是下了楼梯,那么你就等于一开始便倒下了,而且并非也许会,而是确定无疑会倒下的。因而,如果你在过道上找不到所要的,就打开门,门后找不到所要的,还有另一层楼,如果你在上面找不到所要的,这也不打紧,你可以飞奔上新的楼梯。只要你不停止上楼,阶梯永远不会完结,在你向上走的脚步下,梯子不断向上衍生。

谢莹莹 译

〔荆 棘 丛〕

　　我误入一块穿不过的荆棘丛,大声喊公园管理员,他立刻就来了,但是他到不了我跟前。"您是怎么到那荆棘丛中去的呀,"他叫喊着,"您不能从原路走出来吗？""不可能,"我喊着回答他,"我一边静静散步,一边想事情,忽然就发觉自己陷在这里面了,简直就像是我到这儿以后树丛才长起来似的。我出不来了,我完了。""您简直像个孩子,"管理员说,"自己先从一条禁止通行的路挤到这野树丛中,现在又诉苦。您又不是在原始森林里,您是在公园里,有人会把您弄出来的。""公园里就不应该有这样的树丛,"我说,"人家怎么救我呢,谁也进不来。要救我的话,就得马上动作,天已很晚,夜里在这儿我可受不了,我已经被刺刮得伤痕累累了,我的夹鼻眼镜掉到地上去了,找也找不着,没有眼镜我等于半瞎。""是没错,"管理员说,"不过您还得耐心稍等一会儿,我怎么也得先找来工人砍出一条路,而在这之前得先拿到公园管理处主任的许可。所以,您得有点耐心,还得有点男子汉气。"

谢莹莹 译

〔一条狗的研究〕

我的生活发生了怎样的变化啊,可从根本上看又没什么变化!现在回首往事,怀想我还生活在狗类中的时光,那时我忧他们之所忧,是他们中的一员,现在细细观察却发现,这从一开始就有些不对头,就有一个小小的断痕,当我置身于最可尊敬的狗民族的活动中时,总有些不自在,有时甚至在很熟悉的圈子里,不,不是有时,而是经常,我只要看见一位可爱的狗同胞,仅仅是看见,只要发现他有什么新鲜之处,就觉得难堪、惊骇、手足无措,甚至感到绝望。我做了一些努力来宽慰自己,听我吐露过这心事的朋友们也帮助我,于是岁月过得安宁些了。——其中虽然不乏意外,但我较从容地面对他们,较从容地将之纳入生活,他们可能使我感到忧伤疲惫,另一方面却使我挺了过来,表明我有些冷漠、拘谨、胆怯、精打细算,总体上看却是条不折不扣的狗。假若没有这些休养间隙,我怎么可能活到这把年纪,安享天年?我怎么可能最终达到这种安宁,以这种平静的态度观察我年轻时的恐惧并承受我年老时的恐惧?我怎么可能从我自己所承认的不幸或者——说得谨慎些——不很幸运的天性中得出结论,并几乎完全依据这些结论生活?我离群索居,形影相吊,只从事我的毫无希望却不可或缺的小研究,我就这样生活着,但并没有因为相距遥远而失去对本民族的宏观把握,经常有消息传到我这儿来,我也时不时地让他们听到我的消息。大家对我很尊敬,不理解我的生活方式,却并不介意,就连我偶尔看见的远远跑过的小狗们也毕恭毕敬地向我问好,他们是新的一代,我一点儿也想不起他们小时候的样子。可别忘了,我虽然有种种怪异之处,却并没有完全脱离狗类。我细加琢磨——我有时间、兴致和能力这样做——,发现狗类真奇妙。除了我们狗之外,周围还有多种多样的生物,可怜的、微小的、闷声不响的、只会叫几声的生物,我们中有许多狗研究他们,给他们命了名,试图帮助他们、优化他们等等。我对他们则漠不关心,只要他们不试图打搅我,我分不清他们,看也不看他们一眼。有一点却很显眼,就连我也注意到了:与我们狗类相比,他们太不团结了,彼此形同陌路,既没有高级也没有低级利益将他们联系起来,任何利益反倒使他们互相之间比在通常的平静状态更疏远。我们狗类则相反!可以说,我们确实全都抱成一团,不管岁月所造成的无数深刻差异使我们之间怎样千差万别。全都抱成一团!我们都往一处挤,什么也阻止不了,我们的所有法律和机构,不管是我还记得的少数几个,还是我已忘记的无数个,都源于我们所能达到的这一最高幸福、这种温暖的聚集一处。这却有其对立面。据我所知,没有任何生物像我们狗一样生活得如此分散,没有任何生物在等级、种类和职业上有如此众多、不可胜数的差别,我们想抱成一团——不管怎样,激情澎湃时我们屡次达到了这种状态——却偏偏生活得遥遥相隔,我们各自所从事的职业就连比邻而居的同胞也常常无法理解,我们所恪守的规章并非狗类的规章,甚至与之相悖。这是多么麻烦的情形,大家宁愿避而不谈——我也理解这种观点,甚于理解我自己的观点——可我已完全沉迷其中了。我为什么不像别的狗一样,与民族和谐共处,对有损和谐的事悄然接纳,视之为大计算中的小错而忽略不计,始终着眼于将我们幸福地联系在一起的事,而不是不可阻挡地把我们拽出民族圈的事?我想起了少年时的一件事,我当时处于那种莫名而飘飘然的兴奋状态,大家小时候恐怕都经历过这种激动,任何事我都喜欢,任何事都与我有关,我觉得身边正发生着大事,我是这些事的指挥者,必须为之摇旗呐喊,我若不为之奔走,不为之晃动身躯,他们必定会可怜巴巴地匍匐在地,哎,这些孩子的幻想随着岁月的流逝而烟消云散,当时却十分强烈,把我完全迷住了,当然也确有非同寻常的事发生，似乎印证了这种疯狂的期待。其实事情本身并无异常之处，类似的，甚至比这更奇怪的事我后来屡见不鲜，当时却对我触动很大，给我留下了头一个深刻、不可磨灭、对许多接踵而来的事具有指导意义的印象。我当时遇到一小群狗，说得确切些，不是我遇到他们，而是他们朝我走来。我当时在黑暗中跑了许久，怀着对大事的预感——这种预感当然很容易落空，因为我老有这种预感——我在晦暗中漫无目的地跑了许久，完全被朦胧的渴求所驱使，我突然停住脚步，觉得就是在这儿，抬头一看，天已大亮，只是有些雾蒙蒙的，我乱吠几声问候清晨，就在这时——仿佛是我的叫声招来的——随着一阵可怕的喧闹声，不知从哪个黑暗之处走出来七条狗。若不是我已看清他们是狗，已听出是他们发出了这喧闹声——尽管我并不知道他们是怎样发出这声音的——肯定撒腿就跑了。于是，我待着没动。我当时对狗类所特有的音乐天赋还几乎一无所知，我的观察力尚处于萌芽阶段，没有注意到这一点，大家只是试图对我暗示过，因此对我来说，这七位伟大的音乐艺术家的出现更为意外，简直惊心动魄。他们不说，不唱，全都像是憋足了劲保持沉默，却从这空荡荡的地方幻化出了音乐。一切都是音乐，他们的抬脚落脚，头部的某些转动，他们的奔跑与止步，他们相互间摆出的姿势，他们轮舞般的相互交错，一位把前爪搭在另一位的背上，所有七位依次这样做，第一位就肩负着所有其他各位的重量；或者他们伏地而行的身体交相缠绕，他们从不会出错，就连最后一位也不会，尽管他还有些拿不准，不是总能马上跟上其他几位，旋律响起时有时有些摇晃，这也只是相对于另几位高超的万无一失而言，即便他很拿不准，甚至一点儿也拿不准，也于事无损，因为另几位大师牢牢地掌握着节奏。然而我几乎看不见他们，看不见他们中的任何一位。他们走了出来，我打心眼里把他们当作同胞来问候，尽管伴随他们而来的喧闹声把我弄糊涂了，但他们确实是狗，和你我一样的狗，我习惯性地观察他们，就像观察路上碰到的狗，想接近他们，与他们互致问候，他们也的确近在咫尺。他们虽然比我年长许多，不是像我这种毛茸茸的长毛狗，但对他们的个子和体形我倒也不很陌生，甚至相当熟悉，我见过不少这种或类似的狗。但是，当我还这样左思右想时，音乐愈来愈势不可挡，紧紧抓住了我，把我从这些实实在在的小狗身边拽开，我不情愿地拼命反抗，嚎叫，仿佛疼痛难忍，却无可奈何，只能沉浸在音乐里，音乐从四面八方铺天盖地般涌来，把听众置于中心，向他倾泻，向他压来，将他压垮之后，还从那已远得不大听得见的地方传来号角声。我重新获释，因为我已被彻底击垮，精疲力竭，虚弱不堪，什么也听不了，我重新获释，看这七条小狗的列队表演，看他们蹦跳，不管他们看上去怎样不乐意，我还是想跟他们搭话，向他们请教，问他们究竟在这儿做什么——我是个孩子，以为任何时候都可以向任何一条狗发问——但我刚要开口，刚要感觉到与这七位之间亲密美好的同胞关系，他们的音乐又响了起来，使我不知不觉地兜着圈子，仿佛我自己也是乐师之一，而我其实不过是他们的牺牲品，不论我怎样求饶，音乐还是把我抛来甩去，终于将我推进一团乱糟糟的树丛中，使我摆脱了它的淫威。我这才注意到，这一带遍布着这种树丛，我此时身陷其中，耷拉着脑袋，虽然那边空地上音乐还震天响，我毕竟有了片刻的喘息之机。说真的，使我感到惊异的，不仅是他们的艺术——这种艺术是我无法理解也无法推想的，它完全超出了我的能力——更是他们的勇气，他们敢于堂而皇之地摆出自己的创作，还有他们的力量，他们能泰然承受自己的创作而不被它压垮。当然，当我这时从藏身之处更仔细地观察一番，却发现他们的表演与其说是泰然，不如说是极度紧张。乍一看，他们的腿运动得十分稳健，其实每走一步都不住地颤抖着，战战兢兢地抽搐着，他们用近乎绝望的目光彼此呆望着，一再被收回嘴里的舌头旋即又耷拉出来了。使他们如此紧张不安的，不可能是对成败的担心；谁要是敢于这样做并且做到了，就没什么可担心的，究竟还有什么可担心的呢？到底谁在强迫他们现在这样做？我再也忍不住了，尤其因为我不知怎的觉得他们这时需要帮助，于是我不顾所有的喧闹声,大声质问他们。他们却——不可思议!不可思议!——不回答,仿佛我根本不存在,而狗对同胞的问题置之不理,这是与良好风俗相悖的行径,不管是在什么情况下,无论是最小的还是最大的狗这样做,都不会得到原谅的。难道他们不是狗?但他们怎么可能不是狗呢?我更仔细地倾听,甚至听到了他们在轻声呼喊,以此相互加油,提醒注意困难,告诫别犯错误,这些话大多是针对最后那条小狗的,我看见他不时地瞟我几眼,似乎很想回答我的问题,却又竭力忍住,因为回答是不允许的。然而为什么不允许呢?我们的法律一贯要求无条件做到的事,这次为什么不允许呢?我怒火中烧,几乎忘记了音乐,这些狗触犯了法律。不管他们是多么了不起的魔术师,也必须遵守法律,这是我这个小孩也很清楚的道理。从树林里望出去,我看到了更多。假如他们是出于负罪感而沉默,那他们确实应该沉默。我之前完全沉溺在音乐中,一直没注意他们的表演,这些可怜的家伙全然不顾羞耻,做出了最可笑而且最不正经的举动,用后腿直立行走。呸,见鬼去吧!他们赤裸裸的,还炫耀自己的裸体;他们对此洋洋自得,一旦某一刹那在良好的天性驱使下放下前腿,就大为惊骇,仿佛犯了错,仿佛天性是个错误,他们立刻抬起前腿,目光似乎在请求原谅,原谅他们暂时中断造孽。世界颠倒了吗?到底是怎么回事?虑及自身的处境,我不能再犹豫了,我从团团围住我的灌木丛里一跃而起,朝那些狗跑去。我这个小学生必须当老师了,必须让他们明白自己在干什么,必须阻止他们继续造孽。"这些老狗!这些老狗!"我不停地说着。但我刚刚离开树丛,离他们只有两三跳远时,喧闹声又把我制服了。我原本可能甚至挡住这我已熟悉的喧闹声,它虽然充盈在天地之间,很可怕,也许却是可被战胜的。然而,穿过这铺天盖地的喧闹声,从远方传来一种清晰、严厉、均衡、一成不变的声音,或许是这喧闹声中的真正旋律,它迫使我屈服。哎,这些狗的音乐多么令我着迷!我无能为力,再也不想教训他们了,随他们叉开双腿造孽,随他们诱惑别的狗犯下静观的罪孽吧!我是条微不足道的小狗,谁能要求我承担如此艰巨的任务呢？我哀鸣着，使自己显得更微不足道，倘若他们这时征求我的意见，我也许会说他们做得对，不一会儿他们就带着所有的喧闹声和光亮重新消失在黑暗中了。

我刚才已说过，整个事件并无奇特之处，在漫长的生命历程中，谁都会遇到一些事，如果把这些事孤立起来并从孩子的眼光来看，更会觉得不可思议。另外，像对所有事一样，大家当然可以把这件事"说走样"——这个词切中要害——，说成这样的：七位音乐家聚在一起，想在静谧的清晨演奏音乐，一条小狗瞎闯进来，他们试图用特别可怕和庄严的音乐赶走这名讨厌的听众，却是枉然。他用一个又一个问题打扰他们，音乐家们对这位不速之客的出现就已很厌烦了，难道还应当烦上加烦回答他的问题吗？尽管法律规定对每条狗都应有问必答，但这条瞎闯进来的小不点儿也算是一条值得认真对待的狗吗？而且，他提问时口齿不清，相当费解，他们可能根本就没听懂。也可能他们听懂了他的问题，并克制自己做了回答，但这个小不点儿，这个音盲，无法将他们的回答从音乐声中分辨出来。至于后腿嘛，或许他们那天确实破天荒地只用后腿行走。这是罪孽，没错！但他们私下聚会，又是朋友关系，就像在自己家里一样，就像独处一样，因为朋友并非公众，既然没有公众，一条四处乱跑的好奇的小狗也算不上公众，这不就跟什么事也没发生一样吗？并非完全如此，却也差不多。另外，做父母的应当教育孩子少在外面乱跑，遇到这种事最好保持沉默，尊敬长辈。

如果到这个地步，这件事也就解决了。当然，在大狗们看来已解决的事，对小狗来说还没有。我四处奔走，讲述，询问，控诉，研究，遇到一条狗就想把他带到事发地点，指给他看我当时站在哪儿，那七位又在什么位置，他们是怎样跳舞奏乐的，如果有谁跟我过来，我为了描述清楚，兴许会不惜牺牲我的纯洁，也试着用后腿直立行走，但他们无一例外地甩掉我，嘲笑我。大家虽然对孩子所做的一切都看不惯，最终却会原谅他。而我一直这样天真未泯，就这样步入了老年。

对这件事，我现在当然已不觉得那么了不得了，那时我没完没了地高声谈论，分析它的各部分，衡量当事者，丝毫不顾及我所处的社会，一天到晚就忙这事，我对它的厌烦程度丝毫不亚于其他同胞，但正因如此，我——这便是区别所在——试图通过研究弄个水落石出，以便有朝一日又能把目光转向普通、宁静、幸福的日常生活。那以后，尽管工作方式少了些孩子气——不过区别并不很大——我始终像当时那样工作，到现在仍然如此。

事情是从那场音乐会开始的。对此我并无怨言，我的天性在此起了作用，即使没有那场音乐会，它肯定也会找到另一个突破之机的。只不过事情来得太快了，这时常令我感到遗憾，因为它夺走了我的大部分童年时光，小狗的幸福生活，有些同胞能使之持续数年之久，我却只有短短几个月。这倒也罢了！世上还有比童年更重要的东西。说不定我在老年时——这是艰辛生活的结果——会迎来更多的童年幸福，并且我有力量承受这种幸福，而一个真正的儿童则缺少这种承受力。

我那时是从最简单的东西开始我的研究的，材料并不匮乏，可惜，材料的浩繁使我上下求索时陷入了绝望。我首先研究狗类以什么为食。大家会说，这当然不是一个简单的问题。从远古时代起，我们一直在研究它，它是我们思考的主要对象，我们在这一领域所做的观察、试验以及所持的观点，可谓不计其数，它成了一门科学，其规模之宏大，不仅超出了个体的理解力，而且超出了全体学者的理解力之总和，最终只能由整个狗类来承担，即便整个狗类也承担得唉声叹气，不能完全胜任；这笔早已被占据的古老财富里不断出现纰漏，狗类不得不吃力地修修补补，至于新研究所面临的困难以及难以具备的前提条件，就更不用提了。大家无需以此来反对我的研究，这一切我都知道，和任何一条正常的狗一样。我无意涉足真正的科学，我对它怀着应有的尊敬，却缺乏为之添砖加瓦所需的学识、勤奋、安宁和胃口，后者最近几年尤其缺乏。我找到食物就一口吃进肚子里，没觉得吃之前值得做一些有条理的农业观察。在这方面，我认为掌握一切科学的精髓就够了，就像母亲让孩子断奶走入生活时所说的小规则："尽你所能，把一切弄湿。"一切不都尽在其中了吗？从我们的远祖就已开始的研究，对此做过什么举足轻重的补充呢？细节，细节，这一切多么靠不住！而只要我们仍然是狗，这个规则就颠扑不破。它涉及我们的主食；诚然，我们还有别的辅助食物，但在危急关头以及年景不太糟时，我们可以以主食为生，我们在土地上觅食，土地则需要我们的水，它以此为生，只有我们付出这一代价，土地才给予我们食物，还有一点不可忘记，我们可以通过某些咒语、歌唱和动作来加速食物的出现。我认为这就是全部了，从这方面对这个问题没有什么根本性的东西可说了。在这一点上，我与大多数狗看法一致，任何与此相左的异端邪说，我都严加排斥。说实在的，我并不想独树一帜或强词夺理，能与同胞们看法一致，我深感欣慰，在这个问题上就是这样的。但我自己的研究走的是另外一条路。从现象可以看出，如果按科学规则来浇灌和耕作土地，土地就能提供食物，并且在质量、数量、方式、地点和时间上符合那些完全或部分由科学所确定的法则。这一点我承认，但我要问的是："土地从哪儿得来这些食物？"对这个问题，大家往往佯装听不懂，顶多回答一句："你要是不够吃，我们可以分给你一些。"这个回答值得注意。我知道：把到手的食物分给同胞，这并非我们狗类的美德。生活艰难，土地贫瘠，科学中充满了丰富的认识，却缺乏实际成果；谁有食物，就留着自己享用；这并非自私，恰恰相反，这是狗类的法则，是民众的一致决定，它源于对私欲的克服，因为拥有食物者总是少数。所以，"你要是不够吃，我们可以分给你一些"这个回答是句口头禅，一句玩笑话、打趣话。我没有忘记这一点。对我来说意义更为重大的是，当我满世界询问时，大家并没有跟我开玩笑；尽管他们总是没东西给我吃，——话说回来，他们上哪儿去弄食物呢？即使他们恰好有可吃的，自然因为饥肠辘辘而顾不上考虑同胞了，但他们说这话是真心诚意的，我要是抢得快,有时还真能得到点小东西。他们为什么对我这样特别,这样爱护我、优待我呢?难道是因为我瘦骨嶙峋,营养不良,很少为食物操心?但营养不良的狗到处都是,他们哪怕有一丁点可怜的食物,也会被从嘴边抢出,这并非出于贪婪,而往往是出于原则。不,他们是在优待我,我虽然难以举出实例,却有这种确凿的印象。这么说是因为我的问题?是因为我的问题使他们感到高兴,他们认为我的问题特别聪明?不,他们并不高兴,认为一切问题都是愚蠢的。尽管如此,引起他们注意我,只可能是我的问题。似乎他们宁愿做出难以置信的事,拿食物堵住我的嘴——他们没有这样做,但他们有这种意图——也不愿忍受我的问题。不过如果真是这样,他们尽可以把我赶走,禁止我提问题,这岂不更省事。不,他们不想这样做,虽然不愿听见我的问题,却也恰恰因为我的这些问题而不想把我赶走。尽管他们对我百般嘲弄,把我当作一头愚蠢的小动物来对待,将我推来搡去,那段时间却是我声望鼎盛之时,之后再也没有出现类似情形,那时我可以到处随意出入,不受任何阻拦,他们表面上对我很粗暴,其实是在对我溜须拍马。而这一切都只是因为我的问题,我的急躁和我的研究欲。他们是不是想以此麻痹我,不用动武,以近乎慈爱的方式使我迷途知返,而他们又不能完全确信我走的是歧路,因此不敢使用暴力,而且,一定的尊敬和畏惧也阻止他们这样做。我那时已有这种感觉,现在则是一清二楚,比那时这样对待我的狗更清楚,不错,他们想把我从我的道路上引开。他们没有成功,结果适得其反,我的注意力更集中了。我甚至发现,是我想引诱他们,而且我的引诱在某种程度上还真取得了成功。多亏狗类的帮助,我才开始明白我自己的问题。比如,当我问"土地从哪儿取得食物"时,我是在——看起来可能是这样的——关心土地吗?关心土地的烦忧吗?根本不是。我很快就认识到,土地与我毫不相干,我关心的只是狗,别的什么也不关心。因为除了狗还有什么呢?在这茫茫无边的世界上,除了狗我还能呼唤谁呢?一切知识,所有问题和答案的总和,都蕴含在狗之中。倘若能使这些知识产生效用,将其展示出来,倘若他们所知道的并不比他们承认并对自己承认的多得多,那该有多好!就连最健谈的狗也比美味佳肴通常所在之处更难接近。他们围着别的狗转悠,欲火中烧,用尾巴打着自己的身子,询问,请求,嚎叫,撕咬,得到的却是不费吹灰之力就能得到的:深情的聆听,友好的触摸,毕恭毕敬的嗅闻,热烈的拥抱,我的嚎叫与你的嚎叫混成一片,一切都是为了在迷醉中找到忘却,然而最想得到的还是得不到:承认知识。无论这个请求是无声还是大声提出来的,如果诱惑已达极限,它所得到的回答充其量不过是麻木的表情,乜斜的目光、低垂无神的眼睛。这跟我小时候呼唤那些音乐狗,他们却沉默不语的情形差不多。可能大家会说:"你责怪你的同胞,责怪他们在关键问题上保持沉默,你声称,他们知道的比他们承认的多,比他们想运用到生活中的多,他们的缄默——对其原因和秘密,他们当然也保持缄默——毒化了生活,让你无法忍受,你要么改变要么放弃这种生活,你说的可能也对,但你自己也是条狗,同样拥有狗的知识,那你就说出来吧,不仅以提问方式,还要做出回答。你要是把它说出来,谁会阻拦你?众狗会齐声附和,仿佛他们期待已久。这样你不就得到了真理、明确性、承认?想要多少就有多少。你所深恶痛绝的这种低贱悲惨生活的屋顶就会敞开,我们所有的狗都将一条接一条升上自由的天空。即使这最后一点没能实现,即使情况比先前更糟,即使全部真理比部分真理更不堪忍受,即使事实证明,沉默者作为生活的维护者做得对,即使我们现存的一线希望将变成彻底的绝望,试试把话说出来还是值得的,既然你不愿过这种你可以过的生活。总之,你为什么指责别的狗沉默不语,自己却保持缄默呢?"回答很简单:因为我是狗。我在本质上与别的狗一模一样,也三缄其口,抗拒自己的问题,由于恐惧而态度生硬。我向狗类提问——确切地说,至少从成年时起——难道是为了得到回答吗?我会存有如此愚蠢的希望吗?难道我一边目睹着我们生活的根基,感觉到根基之深厚,看见劳动者在建造,在忙着晦暗不明的活儿,一边仍希冀这一切随着我的问题而被终止、毁灭、摈弃吗？不，我确实不再这样希冀了。我的问题只会让我自己忙个不停，我想用沉默这个我从周围得到的惟一回答给自己以鼓劲。倘若你的研究使你越来越清楚地意识到，狗类缄默并将永远缄默，你将忍受多长时间呢？你将忍受多长时间，这就是我的超越于所有个别问题之上的真正的生命之问；它只是对我自己提出的，不烦扰任何别的狗。可惜，对此我回答起来比个别问题更容易：我将忍受到我寿终正寝之日，老年的安宁会越来越抗拒不安宁的问题。我大概会在沉默的包围中沉默安详地死去，我会从容地面对死亡。仿佛是命运的恶意安排，我们狗类天生就有一颗强壮的心脏，一对不过早衰竭的肺，我们抗拒一切问题，包括我们自己的问题，沉默的堡垒就是我们自己。

最近一段时间，我越来越频繁地思考我的生活，试图找出我可能犯下的那个贻害无穷的关键错误，却又找不到。我一定犯过这样的错误，因为倘若我没犯过这种错误，我这长长一生的辛勤工作还是没能使我得到我所想得到的，那就说明我想要的东西是可望而不可即的，结果就会导致彻底的绝望。看看你毕生的事业吧！最初是研究"土地从哪儿为我们取得食物"这一问题。一条年轻的狗，心底里自然十分渴望享受生活，却放弃一切享受，避开所有娱乐，遇到诱惑就把头埋在两腿之间，一心扑在工作上。我的工作无论就学识、方法还是意图而言，都不是学者的工作。这大概就是错误所在，但这不可能起过关键作用。我学识浅薄，因为我早早就离开了母亲，很快就习惯了自立，过着独立的生活，而过早的自立是不利于系统地学习的。可我耳闻目睹了不少，与各种各样、各行各业的狗交谈过，自以为对所有事的悟性还不算差，能把个别观察有机地联系起来，稍稍弥补了学识的欠缺。另外，独立性虽然不利于学习，对独自的研究却大有裨益；它对我来说尤为重要，因为我没有研究科学的正规方法可遵循，既利用前辈的成果并与当代的研究者取得联系。我自力更生，白手起家，时刻意识到，有一天我将偶然画上的句号必定是最终的句号，这种意识在年轻时使我振奋,到了老年却令我沮丧。我真的这样单枪匹马地在从事我的研究吗?现在和以往一直如此?既是又不是。无论过去还是现在,偶尔总有个别的狗处于我的境地,不可能不是这样的。我的境况还不至于糟到这种地步。我丝毫没有脱离狗的天性。每条狗都和我一样爱提问,我和每条狗一样爱沉默。每条狗都爱提问。否则我的问题不会引起一丝涟漪的。目睹我所引起的震动,我常常感到迷醉和飘飘然的喜悦。至于我爱沉默,可惜这一点无需特别的证明。我与任何别的狗本质上并无二致,因此,不管我们之间有多少意见分歧,存在着多深的反感,大家其实都会承认我,我对他们各位也会如此。我们的不同只是因为元素的混合千差万别,这对个体来说是重大区别,对整个狗类而言则无关紧要。如果这些始终存在的元素的混合从古至今从未产生过与我相似的情形,而且我的混合堪称不幸,这样一来不就更不幸了吗?这似乎与所有别的经验相悖。我们狗所从事的职业千奇百怪,要不是消息极为可靠,谁也不会相信的。说到这儿,我最喜欢举的例子就是空狗。当我第一次听说有这样的狗时,不禁哈哈大笑,怎么也不肯相信。这是什么样的狗呢?据说这种狗个子极小,比我的脑袋大不了多少,到了老年也不会变大,他自然身体虚弱,看上去像造出来的玩意儿,发育不完全,皮毛梳理得过分精细,像样地跳一下也不会,据说他通常在高空活动,却并不从事看得见的劳动,而是安歇。不,要让我相信这种无稽之谈,我觉得简直是在滥用小狗的天真烂漫。然而没多久,我又从别处听到了有关另一条空狗的传闻。莫非大家串通好了来捉弄我?可我接着就碰见了那些音乐狗,从此我便相信,一切都是可能的,我的理解力不再受任何偏见的局囿,再荒诞的谣言我也竖起耳朵听,穷追不舍,我觉得在这荒诞的生活中,最荒诞的事比最有意义的事更有可能发生,并且对我的研究特别有启发。空狗也是如此。我听到了许多有关他们的传闻,虽然至今未能亲眼见到一条,但对他们的存在我早已深信不疑,他们在我对世界的想象中占有重要位置。就像在大多数情况下一样,这里最引我深思的当然也不是艺术。谁也不能否认,这些狗能飘浮在空中,这真是不可思议,我和狗类一样对此惊讶不已。但我觉得更不可思议的是这种存在物的荒诞,缄默的荒诞。总体上大家并没有探究这种荒诞,他们飘浮在空中,仅此而已,生活一如既往地按其规律继续,大家偶尔说起艺术和艺术家,仅此而已。可是天性善良的狗类,这些狗为什么只飘浮在空中?他们的职业有什么意义呢?为什么得不到对他们的任何解释?他们为什么飘浮在空中,让四条腿——这是狗类的骄傲——萎缩?他们为什么脱离滋养他们的土地,不劳而获,据说甚至靠狗类养着,吃得特别好?我深感荣幸的是,我的问题引起了一些反应。大家开始论证,开始收集理由,他们开始做了,仅此而已。不管怎样,毕竟有所行动了。他们虽然没有揭示出真理——这是永远不可能达到的——却揭示了谎言的某些深刻根基。我们生活中的所有荒诞现象,尤其是最荒诞的现象,均可得到解释。当然不是全部——这是天大的笑话——却也足以应付难堪的问题了。不妨再举空狗为例。他们并不像大家起初可能认为的那样高傲,反倒特别依赖同胞,只要设身处地地想想他们的处境,就会明白这一点。他们不能坦言——这会违反缄默义务——就不得不以某种别的方式为自己的生活方式寻求谅解,或者至少分散大家对这种生活方式的注意,使之被忘却,据说他们的做法是使大家难以忍受的喋喋不休。他们滔滔不绝,一会儿大谈自己的哲学思考——由于完全放弃了体力劳动,他们得以持续不断地从事哲学思考——一会儿大谈他们在高空的观察所得。尽管他们的智力不很出众——这是游手好闲的生活的必然结果——而且他们的哲学和他们的观察一样毫无价值,对于科学毫无可取之处,况且科学并不依赖这点可怜的帮助,尽管如此,你若问起空狗究竟是干什么的,得到的回答总是:他们在为科学做出巨大贡献。你若再说一句:"不错,但他们的贡献毫无价值,很讨厌。"得到的回答就是耸肩、转移话题、满脸愠怒或哈哈一笑,你若过会儿再问,回答仍然是他们在为科学做贡献,最后当你自己被问到时,稍不留神也会给出同样的回答。或许还是少些固执、多些让步为好,既然不承认业已存在的空狗的生存权——承认是不可能的——姑且容忍他们吧。但不能提出更高的要求,否则就太过分了。然而大家还不肯罢休,要求容忍不断涌现的新空狗。大家根本不清楚这些狗来自何方。他们是通过繁殖来增加成员的吗?难道他们还有繁殖的能力?他们不过是张漂亮的毛皮,怎么可能繁殖呢?纵然不可能的事也可能发生,这是在什么时候发生的呢?大家总是看见他们独自待在空中,怡然自得,即使偶尔下到地面,也只是短短一会儿时间,装模作样地跑几步,他们总是独来独往,沉浸在思索——他们自称竭尽全力也无法摆脱——之中。然而如果他们不繁殖,会有狗甘愿放弃平地上的生活,甘愿变成空狗,牺牲舒适和某种技能,选择空中垫子上的那种荒凉生活吗?这是不可想象的,无论繁殖还是自愿加入都是不可想象的。而明摆着的事实是,新的空狗层出不穷;由此可见:即使存在着我们理智所认为无法逾越的障碍,一种业已存在的狗,不管他有多古怪,都不会灭绝,至少不会轻易灭绝,至少在任何一类狗中都不乏长期成功地对抗灭绝的因素。既然像空狗这样古怪、荒诞、奇形怪状、缺乏生活能力的狗类尚且如此,我这类狗不也应这样吗?何况我长得一点儿也不古怪,一副普普通通的样子,至少在这一带很常见,既无特别出众之处,也无特别可鄙之处,在我的青少年时期以及壮年的某些时期,我只要修修边幅,多活动活动,甚至称得上一条相当漂亮的狗呢,特别是我的正面形象备受赞赏,修长的腿、优美的头部姿态,就连我那身灰白黄三色相间、顶端微微卷曲的皮毛也很受喜爱,这一切并不古怪,古怪的只是我的性格,不过它也扎根于狗类的普遍性格,这是不容忽视的。既然空狗都不是独一无二的,在狗的大千世界中时不时地找得到这种狗,他们甚至无中生有地不断产生新的后代,那我也可以坚信,我不是孤孤单单的。当然,我的同类一定有着特殊的命运,仅仅因为我几乎认不出他们,他们的生存永远不可能助我一臂之力。我们是被沉默压得喘不过气来的狗,出于对空气的渴望,我们想打破沉默,别的狗却似乎对他们的沉默感到很满意。即便这只是表面现象,就像那些音乐狗,他们看上去是在镇定自若地奏乐,其实心里紧张不安,但这种表面印象十分强烈,我试图克服它,它则对一切攻击加以嘲讽。那我的同类是怎样自救的呢?他们为了生活做着怎样的努力呢?做法可能各种各样,我年轻时就一直以我的问题在做努力。或许我可以看准那些频频提问者,将他们认定为我的同类。有一阵子,我确实克制自己努力这样做了,之所以克制自己,因为我最关心的是那些应当回答问题者,而那些老用问题——我大多答不上来——来烦我的提问者是我所讨厌的。再说了,谁年轻时不爱提问题呀,我该如何从众多提问者中找出同类呢?所有问题听起来都差不多,关键在于其意图,而意图总是深藏不露的,往往连提问者自己都不清楚。说穿了,提问是狗类的一大特征,众狗七嘴八舌地都在提问,似乎这样就抹去了真正的提问者的蛛丝马迹。不,在提问者、年轻的狗中,我找不到同类,而在沉默者、年老的狗中——我现在也属此列了——我同样找不到。那我的问题还有什么用呢?我的问题以失败而告终。我的同类大概比我聪明得多,采取了截然不同的手段来忍受这种生活,这些手段——我按亲身体会补充一句——在危急时刻对他们可能有所帮助,起到镇定、麻醉、变异的作用,但总的来说,这些手段同我的一样无济于事,因为我四处观望,也没有看到一点成效。我担心,要认出我的同类,从其他任何方面倒比从成效上更容易些。我的同类究竟在哪儿呢?是的,这的确是我的悲哀。他们在哪儿呢?无所不在,无处可寻。也许那位与我只有三步之遥的邻居就是,我们经常互相打招呼,他有时还来拜访我,我却没去过他那儿。他是我的同类吗?不知道,从他身上我看不出这种迹象,但可能性是存在的。然而没有比这更不可能的事了;当他在远处时,我可以尽想象力之所能,在他身上找出某些惺惺相惜之处,一旦他站在我面前,我的所有臆造就显得十分可笑了。他是一条老狗,个子比中等身材的我还小,棕色短毛,无精打采地耷拉着脑袋,步子拖拖拉拉,左后腿因有疾患而一瘸一拐的。我已很久没有跟谁走得这么近了,我很高兴自己还能勉强忍受他,每当他离开时,我就在他身后对他大声说些最友好的话,当然不是出于爱,而是在生自己的气,因为当我目送他走远时,看他拖着那条病腿、吊着屁股蹒跚离去,又只会觉得他很恶心。有时我觉得,脑子里有认他作同类的念头,简直是在嘲弄自己。在我们的交谈中,他也从未显露出某种同类性,虽然他很聪明,而且在我们这儿算是很有学问了,我本可以从他那儿学到很多东西,但我所寻找的难道是聪明和学问吗?我们通常谈论的是地方上的问题,我惊异地发现——孤身独处使我在这方面观察得更敏锐了——哪怕是一条普普通通的狗,哪怕是在不太恶劣的一般情况下,为了维持生存,为了在司空见惯的巨大危险面前保全自己,也得具备多少智慧啊!科学给出了规则,但光是粗略地理解这些规则就已不易,即便理解了,真正的困难却才开始,即把规则运用到地方的情况中去是很困难的,在这方面谁也帮不上忙,几乎每小时都会出现新任务,每一寸新土地都有其特殊的任务;谁也不能断言,他已做好了长期的安排,可以听凭生活自行运转,就连我这样的清心寡欲者也不能这样断言。所有这些无穷无尽的努力究竟目的何在?只是为了使自己在沉默中越陷越深,永远不被拽出来。大家常常津津乐道狗类随着时代的发展所取得的普遍进步,大概主要是指科学的进步,这是不可阻挡的,它甚至在加速进步,突飞猛进,可这有什么可夸赞的呢?这就像夸赞某条狗,就因为他随着年岁的增加越来越老,也就越来越快地接近死亡了。这是一个自然而且丑陋的过程,我觉得没什么可夸赞的。我从中只看到了衰落,但这并不是说,我们的前辈本质上比我们好,他们只是年轻一些而已,这是他们的长处,他们的记忆还没有像我们现在这样负荷过重,要让他们说话还比较容易,尽管谁也没有成功过,可能性毕竟要大些,正是这较大的可能性使我们倾听那些古老而幼稚的故事时激动不已。我们时不时地听到一句暗示,简直要欢呼雀跃,不再感觉到几个世纪的重压。

不，尽管我对我的时代颇有微词，上几代并不比年轻的几代好，是的，在某种意义上比年轻的几代差得多、弱得多。那时候，奇迹当然也并非遍布街头、俯拾可得的，但那时的狗还不像现在这么——我找不出别的词来表达——狗性十足，狗类的组织还比较松散，真话还能起作用，还能对事物加以确定、修改、随意改动、使其转向反面，那时真话还在，至少近在咫尺，就在嘴边上，谁都能知道它，现在它到哪儿去了呢？就是搜索枯肠也找不到它。我们这一代可能完了，但我们比那一代更无辜。我们这一代的犹豫我能理解，其实根本不再是犹豫，而是忘却一个梦，这梦一千夜前做过，已被忘记一千次了，谁会偏偏因为这第一千次忘却而生我们的气呢？我想我也能理解我们祖先的犹豫，我们要是处在他们的位置，恐怕也会这样做，我几乎想说，我们真幸运，无需把罪责加在自己头上，可以在这个已被别的同胞弄得乌烟瘴气的世界里，带着近乎沉默的无辜，奔向死亡。我们的祖先走上歧路时，大概没有想到这是一条永无尽头的迷途，他们还真看见了十字路口，随时都可以轻而易举地返回，他们犹豫不决是否返回，只是因为还想享受片刻的狗类生活——那时还没有真正的狗类生活，可这种生活已令他们心醉神迷了，以后，至少片刻之后，这种生活一定会更美好——于是他们继续迷途。他们不知道我们观察历史进程时所能感觉到的：心灵的变化先于生活的变化，当他们开始喜欢狗类生活时，一定已经有了老狗的心灵，离出发点已经根本不像他们所感觉的或他们沉浸在狗之喜悦中的眼睛让自己所相信的那么近。今天谁还能说起青少年时代？那时他们是真正年轻的狗，可惜他们的惟一抱负就是变成老狗，他们当然不会失败，这不仅为随后几代所证明，而且我们这最后一代是最好的证明。——所有这些我当然不会与我的邻居谈起，但每当我坐在他这条典型的老狗对面或把嘴埋进他的皮毛（他的皮毛散发出剥下来的皮毛的那种气味）时，常常不由得想到这些。本来谈这些事就毫无意义，不光是跟他谈，跟任何别的狗也是如此。我知道这样的谈话会是什么样子。他会间或提出几个小小的异议，最终还是会表示赞同——赞同是最好的武器——这样就算盖棺论定了，与其这样，何必费劲把它从坟墓中挖出来呢？尽管如此，我与我的邻居之间也许有一种超越单纯言辞的深刻共性。我不停地这样宣称，尽管我并无证据，或许这只是一个简单的错觉，因为他是我很久以来惟一的交往对象，我不得不抓牢他。"你可能真是我的同类吧？按你自己的方式？你是因为一事无成而感到羞愧吗？瞧，我也和你一样。当我孤身独处时，我常为此号啕大哭，来吧，两条狗在一起毕竟要甜蜜些。"有时我一边这样想，一边目不转睛地望着他。他并不垂下目光，从他的目光中却看不出任何东西，他木然地看着我，奇怪我为什么突然沉默了，为什么停住不说话了。也许这种目光正是他提问的方式，而我令他失望了，就像他令我失望一样。倘若我还年轻，倘若我不觉得别的问题更重要并且过得自得其乐，可能就大声问他了，并将得到一个有气无力的赞同，也就是说，还不如现在他的沉默。但大家不都在沉默吗？我为何不相信大家都是我的同类？我不仅时不时地有过从事研究的同行，他们随着微薄的成果而被埋没和遗忘，而由于以往时代的黑暗或当代的拥挤，我无法再找到他们，我宁愿相信，大家一直就是我的同类，他们全都以各自的方式做着努力，都以各自的方式毫无成效，都以各自的方式保持沉默或狡辩不休，这是这种无望的研究所导致的。既然如此，我也根本不必离群索居，尽可以安心地置身于狗群之中，不必像个淘气的孩子一样从成年者的行列里往外挤，成年者也想往外挤，理智——这是他们身上惟一令我感到困惑的地方——却告诫他们谁也挤不出去，一切往外挤的行动都是愚蠢的。

这些想法显然受了我的邻居的影响，他使我迷惘，令我忧郁；他自己却很快活，至少我听到他在自己的领地里喊叫和歌唱，这很惹我烦。最好把这最后一点交往也放弃掉，不再沉湎于模糊的梦想——不管大家自以为多么久经风雨，狗与狗的交往难免会导致这种梦想——，把我仅存的短暂时光全都用于我的研究。如果他再来，我就躲起来装睡,一再这样做,直到他不再来找我。

我的研究中也出现了混乱,我没那么干劲十足了,动不动就觉得累,不再像以前那样精神抖擞地奔跑,而是机械地慢慢走着。我回想起开始研究"土地从哪儿取得我们的食物"这一问题的时候。那时我当然生活在民众之中,哪儿狗最密集就往哪儿钻,一心想让大家都成为我的工作的见证者,这种见证对我来说甚至比工作本身更重要,因为我还期望产生某种公众效应。从中我当然大受鼓舞,而这对于现在离群索居的我来说,已成过眼云烟。那时我却敢作敢为,做过一些闻所未闻、与狗类的所有原则相悖的事,每位当时的见证者肯定都把它们当作可怕的事来回忆。科学总是追求永无止境的专业化,可我发现,科学在某一点上有值得寻味的简单化倾向。科学告诉我们,主要是土地为我们提供食物,确定了这一前提之后,它又告诉我们获取各种精美丰富的食物的方法。土地为我们提供食物,这当然是对的,这一点毋庸置疑,但也并非通常所说的那么简单,无需做进一步的研究了。就拿天天重复发生的最显而易见的事来说吧,我们如果无所事事——我现在差不多已经是这样了——,草草耕作土地之后,就蜷成一团、静候结果,那么还是——前提是真有结果出现——会在土地上找到食物的。但通常情况并非如此。只要头脑还没有完全为科学所束缚——这样的同胞当然为数不多,因为科学所占的地盘日益扩大——即便不进行任何特殊观察,也会很容易发现,土地上的食物大多是从天而降的,好在我们身手敏捷、垂涎欲滴,甚至在食物落地之前就已抓住了其中的大部分。我这样说并不是与科学作对,食物当然仍是土地提供的,至于土地是否从自身中取出一部分,从天上唤下来另一部分,这也许并非本质区别,科学既然已经断定两者都需耕作土地,恐怕就不必研究这种差别了,常言道:"口中有食,问题全消。"不过我觉得,科学以隐蔽的形式至少在对这些事进行局部的研究,因为它知道获取食物的两种主要方法,即真正的土地耕作和补充性的精耕细作,后者表现为咒语、舞蹈和歌唱。这种区分不够全面,却很清晰,我认为它与我所做的区分是一致的。在我看来,土地耕作是为了获取这两种食物,因而永远不可或缺,咒语、舞蹈和歌唱则不大涉及狭义的土地耕作,主要是为了从天上拽下食物来。传统使我更坚信这种看法。在传统中,民众似乎在不知不觉地纠正科学,科学并不敢与之对抗。如果按照科学所说,那些仪式完全是为土地而举行的,以便它有力量从天上获取食物,那么这些仪式理应只在地面举行,理应对土地低语、舞蹈和歌唱。据我所知,科学大概也正是这样要求的。然而奇怪的是,民众的所有仪式都是朝天而行的。这并不违背科学,科学对此并未加以禁止,在这方面给予农民完全的自由,它在创立学说时只考虑土地,只要农民贯彻它的有关土地的学说,它就心满意足了,但我认为按照它的思路,它本应提出更多的要求。我对科学一向知之甚浅,根本无法想象学者们怎能容忍我们富于激情的民众朝天呼喊咒语,向苍天哀唱我们的古老民歌,跳跃着舞蹈,仿佛要把土地抛在脑后,一心只想永远向上飞腾。我以强调这些矛盾为出发点,每当按照科学学说收获季节来临时,我就把自己完全局限于土地,一边跳舞一边刨地;我还扭歪了头,以便尽可能靠近土地,后来我挖了一个坑,以便把嘴凑近坑里歌唱,这样只有土地能听到,我身旁和上边的狗都听不见。我的研究成果甚微。有时我得不到食物,正想为自己的发现而欢呼,食物却又出现了,仿佛大家起初被我的古怪表演弄糊涂了,后来却认识到了这表演的益处,乐于舍弃我的喊叫和跳跃,由此而来的食物常常比先前丰盛,接着却又杳无踪影了。我以年轻的狗前所未有的勤奋,精确地列出了我做过的所有试验,刚以为在某处已找到了引我走向深入的蛛丝马迹,这踪迹却又变得模糊了。在这里,我在科学上的准备不足无疑也是一大障碍。我从哪儿能得到确切的证实,比如说,食物之所以不出现并非由于我的试验,而是因为不科学的土地耕作?如果真是这样,那我的所有结论都站不住脚了。假如我完全不进行土地耕作,只靠朝天的仪式让食物从天而降,然后只靠地面仪式使食物不出现,那我就在一定条件下完成了一项相当精确的试验。我也曾做过这种尝试，却缺乏坚定的信念和完善的试验条件，因为我坚信至少一定的土地耕作始终是必要的，即便对此不以为然的异端邪说者有道理，他们也无法加以证明，因为土地浇灌是不由自主的，在一定程度上是不可避免的。我的另一项试验有些怪僻，要顺利些，引起了一些轰动。既然大家通常都是从空中抓取食物，我决定不仅不让食物落下，而且食物从天而降时也不去抓它。于是，每当食物落下时，我就往上轻轻一跃，这一跃算得刚好够不着；食物往往扑通一声落在地上，我怒气冲冲地扑向它，这怒气不仅因为饥饿，而且出于失望。不过，个别情况下也出现另外一种现象，一件很奇怪的事：食物并不落地，而是随我一起往上跳，食物追随着饥饿者。追随距离并不长，只是一小段，接着食物落地或消失得无影无踪，或者——这是最常见的情形——我在食欲的驱使下提前终止了试验，把食物一口吞下了。不管怎样，当时我觉得很幸福，我的周围在窃窃私语了，大家开始感到不安，开始注意我了，我发现认识我的同胞们比以前能够接受我的问题了，他们眼中闪烁着某种求助的光芒，即便这只是我自己的目光的反射，我别无所求，心满意足。直到我后来得知——别的狗也与我一起得知——这种试验在科学上早已有过记载，而且比我所做的成功得多，虽然因为它所要求的自制力太高，已经很久未做了，但由于它在科学上被视为毫无意义，也就没有重复的必要了。它只不过证明了众所周知的事，即土地从天上拽下食物不仅呈直线、斜线，甚至还呈螺旋形。这就是我当时的研究状况，不过我并不气馁，因为我还年轻，这反倒鼓励我去取得我一生中也许最大的成就。我不相信科学对我的试验的贬低，但关键并不在于相信与否，而在于证据，我想提出证据，使这项当初有些怪僻的试验完全展现出来，并使之成为研究的中心。我想证明，当我避开食物时，不是土地斜着往下拽食物，而是我吸引着它跟在我身后。但我当然无法将这试验引向深入，一边瞧着眼前的食物一边做科学试验，这是难以持之以恒的。可我想另辟蹊径，尽我所能彻底绝食,这期间当然也要避免看见任何食物,避开各种诱惑。如果我就这样深居简出,日日夜夜闭目养神,既不从地上捡食,也不从天上抓食,我不敢断言,但我暗暗希望,不采取任何别的措施,只是靠在所难免、不假思索的土地浇灌以及默念咒语和歌曲(为了不消耗体力,舞蹈我就不跳了),食物就会从天而降,而且丝毫不理会土地,径直敲敲我的牙齿要求入口,倘若发生这事,尽管科学不会被驳倒,因为它对例外和个别情况有足够的伸缩性,但是民众——好在没那么大的伸缩性——会说什么呢?这毕竟不同于历史上流传下来的例外情况,比如某条狗由于疾病缠身或性情忧郁而拒绝准备、寻找和接受食物,狗类便会联合起来齐声念咒,使食物偏离通常的路线,直接落入生病者口中。而我精力充沛、身体健康、食欲旺盛,以至于整天不想别的只想着胃口,不管大家信不信,我是自愿绝食的,我自己有能力获取食物,并且想这样做,所以无需狗类的帮助,甚至严禁他们帮助我。我在一片偏僻的灌木丛里找了一个安身之处,这里听不到谈吃谈喝,听不到吧嗒吧嗒的咀嚼声和啃骨头的声音,我再次饱餐一顿,便在这里躺了下来。我想尽量一直闭着眼睛度过这段时间;只要食物不出现,对我来说就是漫漫长夜,不管这会持续几天还是几周。我当然只可以小睡一会儿,最好根本不睡,这实属不易,因为我不仅得念咒语让食物从天而降,还得留心,以免睡过了食物到来的时刻;另一方面,我又巴不得睡觉,因为我睡着能比醒着饿得更久。由于这些原因,我决定慎重安排时间,多睡觉,但每次只睡一小会儿。为此,我想出了一个办法:睡觉时把头靠在一根细弱的树枝上,树枝过不多久就会折断,这样我就醒了。我就这样躺着,时睡时醒,时而做梦,时而低吟浅唱。起初没发生什么事,也许食物的来源地尚未察觉我在对抗食物的正常运转,因而一切太平。惟一干扰我的努力的是,我担心众狗会发现我的失踪,会很快找到我,采取对付我的措施。我还担心,尽管科学表明这是块不毛之地,但仅仅因为土地浇灌也会产生出所谓的意外食物,食物的气味会诱惑我。幸而目前尚未发生这种事,我可以继续绝食。除了这些担心，起初那段时间我感到前所未有的安宁。尽管我其实是在从事扬弃科学的工作，但我心里充满了惬意，感到近乎科学工作者的那种有口皆碑的安宁。我梦见自己取得了科学的谅解，我的研究在科学中占了一席之地，我的耳畔回响着这样的话：无论我的研究多么成功，而且成功时尤其如此，我决不会被逐出狗类的生活，科学对我抱着友好的态度，将亲自阐释我的研究成果，这一许诺本身即已意味着它的实现，这些话让我深感欣慰，之前我内心最深处一直觉得受排斥，像只无头苍蝇一样直往民众的墙壁上撞，而现在，我将很体面地被民众所接纳，浑身洋溢着我渴盼已久的那种众狗聚在一起散发出的温暖，我将在民众的肩膀上摇晃，备受赞赏。这是绝食初期造成的奇特效果。我觉得自己成绩斐然，出于感动和自怜，不禁在那安静的灌木丛里哭了起来，这当然有些费解，因为，如果我期望得到这应得的报偿，那我为何哭泣呢？大概只是由于惬意。我从来就不喜欢我哭。我总是在感到惬意时——这种时候相当少——才会哭。当然好景不长。随着饥饿的日益加剧，美梦逐渐消逝，没多久，当一切幻想和所有感动都匆匆远去后，就只有烧灼肺腑的饥饿与我为伴了。"这就是饥饿。"我当时无数次地这样自言自语，仿佛想让自己相信，饥饿与我仍是两回事，我可以像甩掉一个讨厌的情侣一样甩掉它，然而我俩其实已极为痛楚地融为一体了，当我向自己解释"这就是饥饿"时，实际上是饥饿在说话，是它在嘲笑我。那真是一段不堪回首的时光！我一回想起来就不寒而栗，这当然不仅仅因为我那时所遭受的痛苦，而主要是由于我那时尚未大功告成，我若想有所收获，还得再次饱尝这种痛苦，因为我至今仍把绝食视为我的研究的最后和最有力的手段。路是绝食踏出来的，假如最高真理是可以达到的，那也只有通过最大的成就才能达到，而最大的成就便是自愿绝食。当我仔细琢磨那段岁月——我在其中翻捡，乐此不疲——时，也就是在思考迫在眉睫的岁月。要从这样一项实验中恢复过来，几乎要耗尽一生，从那次绝食到现在，我已走完了整个壮年时期，却仍未恢复过来。下次我若再绝食，可能会比以前坚决，因为我的经验更丰富了，更认识到了这种试验的必要性，但我的力量由于那次已减弱，至少一想到那熟悉的恐怖即将来临，我就感到瘫软无力了。我的食欲减退也无济于事，只会稍许减少试验的价值，很可能会迫使我饿得比那次所需的时间更长。对于这些和其他前提，我想我很清楚，在那时至今的这段漫长的间隔期里，不乏试验准备，我咬紧牙关开始绝食的次数也够多了，但我缺乏挺到极限的力量，青少年时期那种无拘无束的攻击欲当然一去不复返了。它在我那次绝食期间就已渐渐消逝。好几种想法折磨着我。我觉得我们的祖先是一种威胁。我虽然认为——尽管不敢公之于众——他们是这一切的始作俑者，是狗类生活的罪魁祸首，对他们的威胁我尽可以以牙还牙，对他们的知识却肃然起敬，这些知识的来源我们已无从知晓，因此，不管我多么迫不及待地要与他们斗争，我永远不会明目张胆地违反他们的法则，而只是凭着特殊的嗅觉，钻这些法则的空子。说到绝食，我引用一次著名的谈话，在谈话中，我们的智者之一主张禁止绝食，另一位智者用一个问题劝阻了他："究竟谁会绝食呢？"第一位被说服了，收回了禁令。然而又出现了一个问题："绝食不是本来就被禁止了吗？"对此，大多数评论者给出了否定的回答，认为绝食是允许的，他们与第二位智者的意见一致，所以并不担心错误的评论会导致严重后果。这一点我在绝食前就已深信不疑。但现在，当我饿得缩成一团，精神已经有些错乱，不停地求助于后腿，绝望地舔着、咬着、吮吸着，一直到肛门时，这才发现对那次谈话的通常阐释是完全错误的，我诅咒评论这门科学，诅咒我自己，因为我竟为它所迷惑，连小孩都能——当然是嗷嗷待哺的小孩——看出，那次谈话不仅是对绝食的惟一禁令，第一位智者想禁止绝食，而一位智者所想做的就是已经发生的事，也就是说，绝食已被禁止，第二位智者不仅表示赞同，甚至认为绝食是不可能做到的，这就在第一道禁令上又加了一道，即禁止狗的天性，第一位智者对此表示认可，收回了那道明确的禁令，也就是说，他要求众狗按照对这一切的阐释,豁然醒悟,自己禁止绝食。这就成了三重禁令,而不是通常所理解的一道,而我触犯了它。尽管为时已晚,我现在仍可以听从禁令,停止绝食,可这痛苦之中贯穿着一种继续绝食的诱惑,我贪婪地跟随着它,仿佛跟随一条陌生的狗。我欲罢不能,或许也是由于我已精疲力竭,无法站起身,走到有狗居住的地方拯救自己。我在灌木丛的落叶上翻来滚去,再也无法入睡,听见到处都是喧闹声,在我以前的生活中一直沉睡着的世界似乎由于我的绝食醒了过来,我简直觉得自己再也不可能进食了,因为我只要吃东西,就必须使这刚刚获得解放的喧闹世界重归沉寂,而我没这么大能耐。当然,我听到的最大喧闹声来自我的肚子,我常把耳朵贴在肚子上听,听得目瞪口呆,因为我几乎不敢相信我所听到的。这时我饿得很凶了,我的天性似乎也变得迷迷糊糊了,徒劳地试图拯救,我开始嗅食物,我已很久不知其味的精美食物,我童年的欢乐,我闻到了母乳的芬芳;我忘了抗拒气味的决心,或者说得确切些,我并未忘记,而是下定决心——仿佛它与先前的决心是一回事——到处爬,老是爬几步就嗅一嗅,似乎我寻寻觅觅只是为了敬而远之。我当然一无所获,可我并不失望,食物是有的,只不过还在几步之外,而我的腿走不了那么远。同时我也知道,根本就没有食物,我之所以稍稍活动活动,不过是因为担心自己会倒在这儿,永远也不会离开。最后的希望、最后的诱惑渐渐消逝,我将在此悲惨地走向毁灭,我的研究有何用?我的来自童年般幸福时期的天真努力有何用?此时此地,形势严峻,我的研究的价值本应得到证明,然而研究在哪儿呢?这里只有一条无助地四处空咬的狗,尽管他还在不由自主、动作痉挛般迅急地不停浇灌土地,但在他的记忆中,从乱糟糟的咒语里再也翻腾不出一字半句,就连新生儿念叨着钻到母亲腹下的小诗也找不出来了。我觉得,我与同胞之间并非只有一箭之遥,而是遥相阻隔的,我其实根本不是死于饥饿,而是死于孤独。显然,没有谁关心我,地下没有,地上没有,空中也没有,他们的无动于衷使我走向毁灭,这种无动于衷说:他死就死了呗。我不是也这样认为吗？我不是也这样说吗？我不是就想要这种孤寂吗？不错，你们这些狗，但我不是为了就这样了此一生，而是为了抵达真理的彼岸，走出这个谎言的世界，在这个世界上，从谁那儿都无法获知真理，从我这儿也无法获知，因为我是谎言之国土生土长的公民。也许真理并不十分遥远，只是对于我这个失败者和死亡者来说显得遥不可及。也许它并不十分遥远，我也并不像我所想象的那么孤寂，并没有被大家所抛弃，只是自己抛弃了自己。神经紧张的我觉得自己那时就要一命呜呼了，可我并没有死得那么快，只是晕过去了，当我苏醒过来时，睁开双眼，看见一条陌生的狗站在我面前。我并不觉得饿，只觉得浑身是劲，关节充满活力，尽管我并未站起来试试。我定睛看着，与往常没什么两样，一条漂亮、不太异常的狗站在我面前，我看到的就是这些，没有别的，但我觉得从他身上看到的比往常多。我的身下是血，起初我还以为是食物，可我马上看清那是自己吐的血。我把目光从血上移开，投向那条陌生的狗。他很瘦，长长的腿，棕色皮毛里夹杂着白斑，探究的目光美丽而有神。"你在这儿干什么？"他说，"你必须离开这儿。""我现在不能离开。"我说，没有做进一步的解释，因为我该如何向他解释这一切呢？而且他看上去急匆匆的。"请你离开！"他说着，不安地抬抬这条腿又抬抬那条腿。"别管我，"我说，"你走吧，别管我，别的狗不是也不管我吗！""我是为你好才请你离开的。"他说。"不管你出于什么原因请我走，"我说，"我就是想走也走不了。""这不成问题，"他微笑着说，"你走得了。正因为你看起来很虚弱，我才请你现在慢慢走开，你要是还犹豫不决，到时候你就不得不跑了。""这是我的事，你就别操这心了。"我说。"我要操这心。"他说，并为我的固执感到难过，显然已准备让我暂时待在这儿，却又想借此机会跟我套近乎。要是换个时候，我会乐于容忍一条漂亮狗的这种做法，当时却莫名其妙地感到恐慌。"走开。"我喊道，由于没有别的自卫方法，喊的声音就更大了。"那就随你的便吧，"他一边说一边慢慢后退，"你真古怪，你难道不喜欢我吗？""你要是走开,让我安安静静地待着,我就会喜欢你。"我说,但不再像我想让他相信的那样肯定。我的感官由于饥饿而变得敏锐起来,从他身上看到或听到了某种东西,这种东西刚刚萌生,逐渐滋长,向我靠近,我知道了:这条狗有力量把你赶走,尽管你现在还无法想象自己怎么可能站起来。他对我的粗暴回答只是微微摇了摇头,我注视着他,心中的渴望越来越强烈。"你是谁？"我问道。"我是一名猎手。"他说。"你为什么不让我待在这儿？"我问道。"你妨碍我,"他说,"你在这儿,我就没法打猎。""你试试看,"我说,"说不定你还能打猎。""不,"他说,"很抱歉,你必须离开。""那你今天就别打猎了！"我请求道。"不,"他说,"我必须打猎。""我必须离开,你必须打猎,"我说,"全都是必须。你明白我们为什么必须吗？""不明白,"他说,"这也没什么好明白的,这是不言而喻、理所当然的事。""未必吧,"我说,"你为必须把我赶走感到抱歉,却还是这样做了。""就是这么回事,"他说。"就是这么回事,"我恼火地重复道,"这可不是回答。对你来说,放弃哪一个容易些？是放弃打猎还是放弃赶我走？""放弃打猎。"他毫不犹豫地回答。"既然如此,"我说,"这就是个矛盾了。""到底什么矛盾？"他问道,"我亲爱的小狗,你难道真不明白我必须这样吗？你难道连理所当然的事都不明白吗？"我不再吭声,因为我发现——与此同时,一种新的生命,一种由恐惧而生的生命涌遍我全身——从难以理解的细节中(可能除我之外,谁也不会注意到这些细节)我发现,这条狗正做深呼吸准备歌唱。"你要唱歌了。"我说。"是的,"他严肃地说,"我要唱歌了,马上就唱,但现在还没唱。""你已经开始唱了。"我说。"没有,"他说,"还没有。不过你做好听的准备吧。""尽管你否认,但我已听到你在歌唱了。"我颤抖着说。他沉默了。当时,我觉得认识到了以前谁也未曾知晓的事,至少历史记载中对此只字未提,我感到无比恐惧和羞愧,急忙把脸埋进面前的那摊血中。我觉得我认识到的是,这条狗已经开始唱歌,他自己却还不知道,尤有甚者,歌曲的旋律与他相分离,按自己的法则在空中飘荡,掠过他的头顶,仿佛与他毫不相干,飘向我,完全是冲我而来的。今天我当然否认这一切认识,将之归咎于我当时的神经过敏,不过,这虽然是个谬见,却有伟大之处,即便这只是假象而已,毕竟是我从绝食时期救到这个世界里来的惟一的实在物,它至少表明,我们在完全失态的状态下会达到什么地步。我那时确实完全失态了。从正常情况来看,我已身患重病,动弹不得,可我无法抗拒这旋律,那条狗似乎随即就认定这是他自己的旋律。旋律越来越强;也许在无休止地增强,震耳欲聋。然而最糟糕的是,它仿佛只是为我而出现的,这庄严之声使森林悄无声息,只是为我而出现的,我是谁?胆敢一直待在这儿,大模大样地躺在污秽与血泊中聆听这声音?我颤抖着站起身,低头瞧了瞧自己,"这样可走不了路。"我还这样想着,身子已在旋律的驱赶下,无比轻快地蹦蹦跳跳飞跑而去了。对我的朋友们我只字未提,刚回来时我本来很可能向他们和盘托出,但那时我太虚弱,后来又觉得难以启齿。我禁不住做出的暗示毫无声息地消失在谈话中了。另外,我的身体几个小时就恢复了,精神上却至今仍有后遗症。

我把我的研究扩展到了狗类的音乐上。即使在这一领域,科学也绝非无所建树的,据我所知,音乐科学可能比食物科学更包罗万象,至少基础更坚实。这是因为与食物科学领域相比,在这一领域更能从容冷静地进行研究,它更多地涉及纯粹的观察和系统化,而在那一领域主要是要得出实际结论。因此,音乐科学比食物科学更受尊重,但前者永远不可能像后者那样深入民众。就我来说,在听到森林里的声音之前,我对音乐科学比对其他任何科学都更陌生。虽然与音乐狗的相遇使我注意到了音乐科学,但我那时还太年轻,而且,这是一门特别艰深的科学,单单略窥门径已非易事,要入其堂奥就是难上加难了。那些狗最先引我注意的是他们的音乐,但我觉得,比音乐更重要的是他们的缄默性格,他们的音乐之可怕,可能很难找到能与之相比的,我干脆不去注意它,但从那时起,我无论在哪儿遇到的狗都有这种性格。在我看来，要探究狗的本性，最合适而且最直截了当的做法就是研究食物。也许我的看法错了。而这两门科学的边缘领域当时就已引起了我的怀疑，这就是关于使食物从天而降的歌唱的学说。这里又很妨碍我的是，我对音乐科学也从未认真研究过，在这方面甚至远不如那些向来为科学所特别鄙视的半吊子。这一点我必须牢记。在学者面前，我——可惜我有证据——连最简单的科学考试也很难通过。撇开已经提到的生活状况不谈，原因当然首先是我在科学上的无能，缺乏思维能力，记忆力差，尤其是不能时刻铭记科学的目标。这一切我都毫不讳言，甚至乐于承认。因为我觉得，我在科学上无能的更深刻原因在于一种本能，而且那确实不是太差的本能。我要是想自夸，就可以说，正是这种本能毁掉了我的科学能力，因为面对日常生活的一般事物——这些事绝非最简单的——时，我所表现出的理解力也还过得去，而且最重要的是，尽管我不谙科学，却十分理解学者们，这可以从我的研究结果来加以检验，而我居然从一开始就没有能力，连科学的最低一级台阶都踏不上去，这至少是个很奇怪的现象。或许正是为了科学——一种与大家今天从事的科学不同的科学，一种最终的科学——，本能使我把自由看得高于一切。自由！当然我们今天所能获得的自由，是个发育不全的新生物。但它毕竟是自由，毕竟是一笔财富。

王炳钧 译

一个评语〔算了吧！〕

那还是清晨,街道干净,行人稀少,我向火车站走去。途中我拿我的表和钟楼的钟对了对,发现时间比我想象的晚多了,我得赶紧赶路。这么一唬,我连路是不是走对了都没有把握了,对这城市我不很熟悉。幸好附近有个警察。我跑到他那儿,气喘吁吁向他问路。他微笑着说:"向我问路?""是的,"我说,"因为我自己找不到路。""算了吧!算了吧!"说着他猛一下子转过身去,好像不愿让人看到他在笑。

谢莹莹 译

〔论比喻〕

许多人埋怨智者的话总是一些比喻,在日常生活中一点也用不上。而我们拥有的只是日常生活。当智者说"到那边去",他的意思并不是叫人走到街道的另一边去。不过如果值得的话,这至少还是做得到的事。他说的是神话般的不知所指的彼岸,是我们所不知而他自己也无法详细描绘的处所。因而对我们在此也就一点儿帮助也没有。所有这些比喻所要说明的,其实就是,不可理解的事物就是不可理解;而这是我们本来就知道的,我们每日为之劳心劳力的是一些其他的事。

对此有个人说过:"你们为什么不愿接受呢?假若你们照着比喻做,那么你们自己也就成为比喻,如此一来,你们就不必每天辛苦劳累了。"

另一个人说:"我打赌,这也是一个比喻。"

第一个人说:"你赢了。"

第二个人说:"但可惜只是在比喻中。"

第一个人说:"不,在现实中,在比喻中你输了。"

谢莹莹 译

夫　妻

　　生意行情普遍糟糕透了。有时候，我在办公室里腾出了空儿，便不得不拿上样品包亲自登门拜访顾客。再说我早就考虑过要到 K 那里走一趟。我以前一直跟他保持着生意上的联系，可去年不知出于什么原因却中断了。对这样的挫折来说，压根儿也不一定存在着真正的原因；在而今这动荡不定的情势下，常常是某种微不足道的东西，或者某种情绪会坏了事。同样某种微不足道的东西，或者某句话也能使整体重新恢复秩序。但要想见上 K，那得费点神了。他是个老人，近来又体弱多病，虽说还掌管着生意上的事，可自己几乎不再到公司里去；如果要跟他谈生意，就得去他家里。而这样一种形式的生意交往，人们总喜欢一推再推。

　　然而，昨晚六点过后，我真的动身去了。这当然不是拜访人的时候，可这事也不能看成是人与人之间的交往，而是商人之间的。幸好 K 在家里。有人在前厅里告诉我，K 刚刚跟妻子散步回来，此刻在他儿子房间里，因为儿子有病卧在床上。人家也请我进里面去，起初我犹犹豫豫，可到后来，那渴望尽快了结这难堪的拜访的心理占了上风，便让人领着穿过一道黑洞洞的过厅，来到一间灯光昏暗的房子里。屋里坐着几个人。

　　或许是出于本能吧，我的目光首先落在一个我再熟悉不过的业务代理身上。他在一些生意场上是我的竞争对手。这么说，他倒悄然捷足先登了。他无拘无束地紧坐在病人的床边，就像是大夫。他坐在那里，敞着那宽松而漂亮的大衣，气势逼人。他的厚颜无耻到了无以复加的地步。或许病人心里也同样在这么想；他躺在那里，面额烧得微微发红,时而朝他看去。再说这儿子也不年轻了,跟我一般大小,留着不长的络腮胡子,因为生病显得乱糟糟的。老 K 体高肩宽,但令我吃惊的是,由于慢性病痛的折磨,身子已相当瘦削,背也驼了,步履也不稳了。他依旧是刚才进屋时的样子,穿着大衣站在那儿,对着儿子在嘟哝着什么。老 K 的妻子身子矮小,弱不禁风,但异常活泼,不过只是对老 K 这样,——我们其他在场的人,她几乎看也不看一眼。她正忙着给他脱去皮大衣,但由于两人个头相差太大,让她费了一番劲儿,可最终还是脱下来了。另外,真正的困难也许在于 K 显得十分不耐烦,他焦急不安地打着探问的手势,不断地要人拿来靠背椅。等脱去皮大衣后,她又迅速地将椅子推到他跟前。她自己抱着那皮大衣连拖带拉出了屋,几乎连人都消失在大衣里。

此时此刻,我觉得我的时机终于来了,或者也许是,它就没有来过,现在似乎也绝对不会来的。但是,如果我真的还想试一试的话,那就要当机立断,因为凭我的感觉,在这会儿谈生意,气氛只会变得越来越糟糕。但要把自己一直耗在这儿,这可不是我要干的。那位代理显然用心就在于此。另外,我丝毫也不想顾及他了。于是我不假思索地开始说起我的事,尽管我察觉到,K 正好要兴致勃勃地跟自己的儿子聊天。可惜我有个毛病,一旦话说到激动的时候——这很快就会出现的,而在这间病房里比平日来得更快些——,就会站起来,一边说话,一边踱来踱去。在自己的办公室里,这是一种相当有效的自我调节,而在一个陌生的人家里,便有点讨人生厌。然而我无法控制自己,尤其是我缺少习以为常的烟来抵挡。好啦,人人都有自己的坏毛病,比起那位代理的毛病来,我的又算得了什么呢。比如说吧,他把礼帽放在膝盖上,漫不经心地推过来推过去,时而又一下子完全出乎意料地戴到头上;他虽说立刻又把它摘下来,仿佛是疏忽而为之,但礼帽确实在头上戴了一会儿。他不时地一再重复着这样的动作。对此该说什么呢?这样的行为说来确实是要不得的。这倒与我无妨。我踱来踱去,一门心思在想着我的事情,无视他的存在。但是会有那么一些人，这种礼帽把戏会使他们完全失去自制。当然，我激动中不但不在意这样的打扰，而且也不理睬任何人。我虽然眼看着面前发生的一切，但我只要没有说完话，或者没有直接听到异议，几乎就不予理睬。比如我似乎觉察到，K 充耳不闻；他将搭在扶手上的两手不自在地翻来翻去，也不抬头看我一眼，而是毫无意义地寻思着，脑子里一片空虚。他显得心不在焉的样子，似乎我的话一句也没有灌到他的耳朵里，他甚至连我的存在都没有感觉到。我看到了这一切令我无望的举止，但我依然说下去，仿佛我真的还有希望，用我所说的，用我带来好处的供货——我连自己都为我做出了没有人要求做出的让步而感到吃惊——把一切最终重新恢复到平衡。我瞬间发现，那位代理终于让他的礼帽安静了，并且将两臂交叉在胸前，这也给了我某种欣慰感。我的一番表演好像严重地刺伤了他的计划，对此他也是有所预料的。要不是那个我直到此刻都把他当作无关紧要的人物而置之不顾的儿子突然从床上半仰起身子，挥着咄咄逼人的拳头不让我说下去的话，我也许会在这由此而来的惬意中一直讲下去。这儿子显然还想说些什么，指指什么，可他却没有足够的气力。我开始把这一切当成发烧性的谵妄，可当我不由自主地随即将目光朝老 K 投去时，我就明白多了。

K 坐在那里，瞪着呆滞的、肿胀的、片刻前还听使唤的眼睛，身子战栗地向前倾去，仿佛有人在背上扶着他或是给了他一击。他的下唇，也就是下巴连同裸露的牙床不听使唤地耷拉下来，整个面目都不成样子了。他依然喘着气，尽管已经十分困难了，然后像解脱了似的倒在靠背椅里闭上了眼睛，某种极力挣扎的表情掠过他的脸庞，最后一动不动了。我迅速地跳到他跟前，抓住那只耷拉着的、冷冰冰的、令我不寒而栗的手，却摸不着脉搏了。生命就这样结束了。当然，这里走的是一个老人。但愿这死亡别使我们的心情变得更沉重。可现在有多少事情要做呀！而匆忙之中先做什么呢？我四下寻求着救助，只见那儿子把被子蒙到脑袋上，一个劲地抽泣着；那代理露出一副冷若冰霜的神气,无动于衷地坐在面对着 K 两步远的沙发里,显然决心除了这样来消磨时间外什么都不做。那么只剩下我去做点事了。现在立刻先做最难做的事,那就是用什么样的方式把这个消息告诉 K 的妻子。用一种可以忍受的方式,一种前所未有的方式。就在这时,我听见从隔壁房间里传来急急忙忙踢踢踏踏的脚步声。

她——依旧穿着日常便服,还没有来得及换衣服——拿来了一件在炉子上烤得热乎乎的长睡衣,现在要给老伴穿上。"他睡着了。"她微笑着说。她发现我们如此不动声色时,便摇了摇头。然后,她怀着少女般纯真而无限信赖之情抓住我刚才勉勉强强战战兢兢地抓过的那只手亲吻着,就像表演着一场恋爱小剧。接着——尽管我们其他三个人都眼睁睁地看着呢! ——K 动了起来,大声地打着哈欠,让人给自己穿上长睡衣。妻子体贴入微地责怪他散步时走得太远,劳累过度,他露出生气而嘲讽的神色听任着。相反,他对自己睡着了则另有一番解释。奇怪的是,他说是出于百无聊赖。然后,他暂且躺到儿子的床上,免得去另一间屋里时伤风。他的脑袋就放在儿子的脚旁,枕在由妻子急急忙忙拿来的两个枕头上。在这一切发生之后,我没有再发现什么奇怪的东西。现在,他要来晚报捧在面前,置客人们于不顾。但他并没有看报,只是眼睛时而扫一扫报页。他投以惊人的、生意场上的尖锐目光,就我们的供货说了几句令人相当难堪的话。他用另一只自由的手不停地打着轻蔑的手势,舌头在嘴里咂来咂去,表明我们的生意行为捣坏了他的味觉。那位代理按捺不住地发了几句牛头不对马嘴的议论。他甚或抱着自己的小人之见,觉得一定要在这儿为所发生的事创造某种均衡气氛。可是照他那样子,当然只能是成事不足,败事有余。于是我马上告辞,我对他几乎怀有感激之情;他要不在场的话,我哪里会有说走就走的勇气呢!

前厅里,我又碰上了 K 的妻子。一见她那可怜巴巴的身躯,我打心底里说出:她使我想起了我妈妈。而由于她一声不吭,我就借机说道:"不管怎么说吧,她能创造出奇迹来。凡是我们损坏了的东西,她都又修复好了。我小时候就没有了妈妈。"我故意说得特别慢,一字一板,我猜这老夫人耳背,但她可能耳聋了,因为她没头没脑地问道:"说我丈夫的仪表吗?"另外,从几句告别的话里,我发现她把我同那个代理弄混了;我宁愿相信,她以往会比现在亲切些。

然后我顺着楼梯往下走去。先前上楼就够不容易了,下楼则越发艰难。唉,生意的道上布满了荆棘,人们只有背负着荆棘继续走去。

韩瑞祥 译

〔回　家〕

　　我回来了,我越过田野,四处张望着。这是我父亲的老院子,院子中央积了一洼水,一些旧的不能用的用具乱七八糟堆在一起,挡住了通向台阶的路。猫伺守在栏杆上。一度裹在杆子上用于游戏的头巾,现在成了碎布随风飘扬着。我到了。谁来招呼我呢?厨房门后有谁等候着呢?炊烟袅袅,炉子上正做着晚餐喝的咖啡,你感到亲切吗?觉得到家了吗?我不知道,我毫无把握。是的,这是我父亲的房子,但是一样样的东西好像互不相干,各忙各的。所忙之事,有些我已忘却,有些则是我从不知道的。我对他们有何用处,即使我是老主人的儿子,我对他们来说算老几。我没有勇气敲厨房的门,我只敢远远地仔细听着,只敢远远地站在那儿仔细听着,站在人家看不见我的地方。因为在远处听,所以我听不到什么,只听到轻轻的钟声,或者以为听到了那儿时耳熟的钟声。厨房里的事,是坐在那儿的人对我保守的秘密。在门外踟蹰越久,就越是陌生。如果现在有人开门问我有什么事,那会怎么样呢。我难道不会像个要保守自己秘密的人那样做?

谢莹莹　译

地　洞

　　我造好了一个地洞,似乎还满不错。从外面看去,它只露出一个大洞,其实这个洞跟哪里也不相通,走不了几步,便碰到坚硬的天然岩石。我不敢自夸这是有意搞的一种计策。不妨说,这是多次尝试失败后仅留的一部分残余。但我总觉得不要把这个洞孔堵塞为好。当然,有的计策过于周密,结果反而毁了自己,对此我比任何人都知道得更清楚。而由于这口洞孔引起人们的注意,发觉这里可能有某种值得探索的东西,这也确是勇敢的表现。但如果谁以为,我是怯懦者,仅仅因为胆怯才营造了这个地洞,这就看错我了。离这个洞口约千把步远的地方,有一处上面覆盖着一层可移动的苔藓,那才是通往洞内的真正入口处。它搞得这样万无一失,世界上所能做到的安全措施也莫过于此了。诚然,也可能有什么人踩到那层苔藓,或者把它踩塌,那么我的地洞就暴露了。倘若谁有兴趣,也可能闯将进去——请格外注意,非有精于此道的稀有本领不可——把里面的一切进行永久性的破坏。这我是明白得很的。我现在正处于我的生命途程的顶点,就是在这样的时候,也几乎得不到一个完全安宁的时刻。在盖着苔藓的那个幽暗的地方,正是我的致命之所在。我经常梦见野兽用鼻子在那里贪婪地来回嗅个不停,也许有人会认为,我满可以把洞口堵死,上面覆以一层薄薄的硬土,下面填上松软的浮土,这样我就用不着费多大气力,每次进出,只要挖一次洞口就行了。但那是不可能的事。为了防备万一,我必须具备随时一跃而出的可能性,为了谨慎行事,我必须随时准备冒生命的风险,可惜这样的风险太频繁了。这一切都得煞费苦心,而神机妙算的欢乐有时是促使人们继续开动脑筋的惟一原因。我必须做好随时能够冲出去的准备,有了高度的警惕性,难道我就不会受到完全突如其来的袭击了吗?我安安稳稳地住在我的家的最里层,与此同时,敌人却从某个什么地方慢慢地、悄悄地往里钻穿洞壁,向我逼近。我不敢说他的嗅觉比我更灵,很可能他对我就像我对他一样,知道得很少。但有些不顾死活的盗贼,不管三七二十一把地乱掘乱挖一通,由于我的地洞的范围广大,他们说不定在什么地方碰上我的许多途径中的一条,也未始不可能。当然,我在自己的家里,自有谙熟所有途径和方向的长处,盗贼会很容易地成为我的牺牲品和美餐。但我正在变老,有许多同类比我更强,而且我的敌人多得不可胜数,我逃避了一个敌人,又落入另一个敌人之手,这种事情不是不可能的。唉,有什么事情不可能发生呢!但无论如何,我非有一个比较容易到达的、不费什么力气就可以出去的、完全敞开的出口做保障不可,这样就不至于在我没命地挖掘时(不管土层多薄),突然——天呀,保佑我!——感到后腿被追踪者的牙齿咬住了。而且威胁我的不仅有外面的敌人,地底下也有这样的敌人。我虽没见过,但传说中讲到它们,我是坚信不疑的。那是地底下的生物,传说中也说不清它们是什么样的。甚至做了它们的牺牲,还几乎没见过它们。它们来的时候,就在你站立的地底下——它们生活的世界——当你刚刚听到它们的爪子发出抓东西的响声的时候,你就没救了。遇到这种场合,与其说你在自己的家中,毋宁说你在它们的家中。在这种情况下,那条通往出口的通道也救不了我,可以说,那根本就不是救我的东西,而是毁我的东西。但它是一种希望,没有它我就活不下去。除了这条大道以外,还有几条很狭窄的,但相当安全的小道,它们使我与外界保持联系,向我提供自由呼吸的空气。这些路本来是鼹鼠筑成的,我因势利导,把它们引进了我的地洞里,我通过这些途径可以嗅得很远,使我得到保护。也有各种各样的小动物经由这些途径来到我跟前,成了我的食物。这样,我根本用不着离开地洞,就可以进行一些小小的狩猎活动,以维持一种简朴的生活;这是十分宝贵的。

我的地洞的最大优点是宁静。当然,这是没有准的。说不定什么时候突然中断,一切告终,也未可预料。不过就目前来说总算是宁静的。我可以在我的通道上蹑着脚走好几个钟头,有时听到个把小动物的声音,不一会儿这小动物也就在我的牙齿间安静下来了;或者泥土掉落的沙沙声,它告诉我什么地方需要修缮了;除此以外便是寂静。树林中的空气透进来,既暖和又清凉。有时我惬意地伸展身子,在通道上打起滚来。当秋天到来的时候,有这样一个住所可以安身,这对于一个渐近老年的人,算是美好的了。通道上每隔一百米的地方,辟一个圆形的小广场,在那里我舒舒服服地蜷曲着身子,一边休息,一边使自己暖和暖和。在那里我可以甜甜蜜蜜地睡上一觉,这是和平宁静的睡眠,是满足安全感的睡眠,是实现了建立安心之所的愿望的睡眠。不知是由于过去的习惯,还是这座家屋确实存在着足够的危险,唤起我的警觉,我常常有规律地从酣睡中惊醒,肃然谛听着那日夜支配着这里的宁静,然后宽慰地微微一笑,旋即又舒展四肢,沉入更为香甜的梦乡。那些无家可归的可怜虫们啊,他们在马路上、在树林中流浪,至多只能匍匐在堆积的树叶底下,或者与同类结伙,暴露在天地间的一切灾厄之中!我则躺在这各方面都安全的广场上——这样的广场在我的地洞里有五十几处之多——在瞌睡和熟睡之中来消磨那任我选定的时间。

缜密地考虑到极端危险的情况——不是直接的追踪,而是包围——在洞穴的近中心处修建了一个中央广场。在一切其他场合,都是极端紧张的脑力劳动多,体力劳动少,这个城郭则是我的艰巨的体力劳动的成果,比地洞里的所有别的部分都艰巨。有好几次,我由于身体疲乏不堪,濒于绝望,想弃绝一切,仰卧着翻过来,滚过去,诅咒这地洞,并艰难地爬出洞外,任穴口洞开着。之所以这样做,因为我不想再回去了,直到几小时或几天后我后悔了,回去一看,见地洞完好无损,我恨不得引吭高歌,并以发自内心的喜悦重新开始劳动。

这个城郭的工程之所以增加了不必要(说不必要,是因为地洞从那种无效劳动中并未得到真正的益处)的困难,是由于照计划安排所确定的这个场地恰恰土质很松,而且充满砂粒,因此必须把这地方的土层夯实,才能建造起美丽的大穹顶和圆形广场。从事这样一种劳动,我只能靠额头。所以,我不分白天黑夜,成千成万次地用前额去磕碰硬土,如果碰出了血,我就高兴,因为这是墙壁坚固的证明,而且谁都会承认,我的城郭就是用这样一种办法建成的。

我利用这个城郭来贮藏我的食物:凡是洞内抓获而目前还不需要的一切,和外面猎获的全部,我统统把它们堆放在这里。场地之大,半年的食物都放不满。于是我把东西一件一件铺了开来,在其间漫步,同时玩赏着它们,悦目于其量之多,醉心于其味之杂。任何时候,只要我想看一看储藏品,都能一目了然,而且我还可以随时进行重新排列,根据不同季节,做出必要的预计和狩猎计划。有这样一些时候:由于洞里食物富足,我对饮食漠不关心,因而对这些出没的小动物根本不去理会,当然从别的理由考虑,这也许是欠慎重的。由于经常从事防御准备工作,我原想充分利用地洞来进行防御的主张有了小幅度的改变和发展,于是我常常觉得以城郭为防御基地是危险的。地洞的复杂性确实也向我提供了采用多种防御办法的可能性。而我觉得将存粮稍加分散,利用某些小广场来分批贮藏,似乎更为周到些。于是我决定约每隔两个广场设一个预备储粮站,或者每隔三个设一正储粮站,每隔一个设一副储粮站,如此等等。再则,为了迷惑敌人,我划出几条道路不堆贮藏品,或者,各按它们通向主要出口的位置,挑选少数广场错杂其间。自然,每一项这样的新计划都要求艰巨的搬运工作,我必须做出新的安排,然后就是来回搬东西。当然啰,我不用着急,可以慢慢地干,把珍贵的东西衔在嘴里搬运,高兴在什么地方歇一歇,就在什么地方歇一歇。遇到可口的东西就吃它几口,这是满不错的。糟糕的是,我每每从梦中惊醒,就仿佛觉得目前的这种粮食分贮法是完全失算的,它会招致严重的危险,非立即加以纠正不可,睡意和疲劳也在所不顾。于是我急忙就走,快步如飞,连考虑一下的工夫都没有。为了实施这一新的、全新的计划,我不顾一切,凡是碰到嘴边的东西,就只管逮住,用牙齿咬着,拖呀,背呀,喘息着,呻吟着,跟跟跄跄地前进。只要对目前这种我感到过于危险的状况有任何些微的改变,我就心满意足了。直到睡意渐渐地消除,脑子完全清醒过来,我几乎不理解何以有这一番极度的紧张活动,对于被自己扰乱了的家里的和平长长地舒了一口气,重新回到我的卧所,由于新造成的劳累而立即睡着了。醒来时,作为这几乎像梦一般出现的夜间劳动的无可辩驳的证据,是牙缝间还挂着的一只耗子。此后又有一些时候,我觉得还是把所有的食粮集中于一个场地为上策。贮藏在小广场上对我会有什么好处呢?那里到底放得下多少东西呢?无论你拿什么放到那里去,都会堵塞道路,一旦有防务活动,奔跑起来,说不定反而成为我的障碍。再说,不把所有的储藏品集中在一起,因而不能对自己的财产一目了然,势必损伤自己的自尊心,这种想法固属可笑,却是难免。分成这么多摊,不会散失很多吗?我总不能老在纵横交错的通道上四处奔跑,以便看看是否一切仍然原封未动。分散贮藏的基本想法是对的,但必须有个前提:拥有好几个像我的城郭这样的场地。好几个城郭!一点不假!但是谁能够把它们建筑起来呢?在我的地洞建造的总计划中,现在也没有增添的余地了。我承认,这一点正是我的地洞的缺陷,就好比任何东西如果只有一种样品时,都有缺陷一样。而且我也承认,在建设整个地洞期间,我对于拥有几个城郭的要求在自己的意识中是模糊不清的,如果说我有过这一良好愿望,那就清清楚楚了。我没有按照那种要求去做,对于这项巨大的工程,我感到自己太弱了,甚至,我就是想象一下这项工程的必要性也感到自己太弱了。我以同样模糊的感觉聊以自慰,这在平常是难以做到的,但在这一场合我却做到了,这是一种例外,也可能是一种神的恩赐,因为保留我的前额以代替铁锤正是天意所使然。现在我只拥有一个城郭,但觉得一个不够用的那种模糊感觉,已经消失了。不管如何,我只得满足于一个。想用许多小广场来代替它是代替不了的。所以,当这种想法在我心中热起来的时候,我就又动手把各个小广场上的所有东西重新搬回城郭里。于是所有的场地和通道又空出来了,看见城郭里的肉类成堆,连最边远的便道都闻得到许多种肉类混杂的味道,我老远就能把它们一一辨别出来,而每一种味道都使我喜欢。有一阵子我对这一派气象真感到宽慰。这以后出现了一段和平时期。我利用这些太平时日,把我的卧所从外围慢慢地、一步一步地往里移,因而沉浸于越来越重的气味之中,以致再也忍耐不住了。于是一天夜里我冲进城郭,从肉堆里挑出我所爱吃的上等品,扎扎实实地、如醉如狂地大嚼了一番,把肚子塞得饱饱的。这是幸福的时期,也是危险的时期;只要有人了解个中奥秘,充分利用这个时机,无须冒什么风险,就可轻而易举地将我毁灭,这与缺少第二、第三个城郭的弊害不无关系。我之所以受诱惑,正是由于食物集中堆在一起造成的。我正准备通过各种途径来抵御这种诱惑,保护自己,把粮食分散储藏在各个小广场上,也就是这类措施之一。可惜的是,它也像其他类似的策略一样,由于感到缺乏而引起了更大的欲望,这欲望压住了理智,听凭欲望的驱使,任意改变防御计划。

这以后,在对地洞进行了一些必要的修缮之后,我经常离开地洞——虽然只是很短的时间——去外面溜达,以便让自己冷静冷静,同时检查一下地洞是否坚固。要是长时间离开地洞,我会感到受惩罚似的难以忍受,但短时间出去走动走动,我以为也是很有必要的。每当我走近出口时,我总有一种庄严感。住在家里时,我是避免到那里去的,甚至连通向它的任何一条最小的岔道儿我都是不迈步的;再说到那一带去转悠也并不容易,因为我已经在那里建筑了一套完善的、小规模的迷津暗道;我的地洞就是从那里起始的,但当时我还不能指望能够如愿以偿地按照我的计划去完成,我开始半游戏似的从这个小犄角干起来,在迷津的建筑中,我第一次充分领略到劳动的愉快；这项迷津建筑在我当时看来是一切建筑之冠，但以今天的眼光看，说它气派太小，与整个地洞建筑不相称，该是比较公允的，虽然在理论上它也许堪称宝贵——"这是去我家的入口。"我当时讥讽地对那些看不见的敌人们说，并仿佛看到了他们全部窒息在入口迷津里的景象——可是事实上，一种墙壁非常单薄的草率工事，对于认真进攻或者孤注一掷的亡命之徒是很难进行抵抗的。但我因此就应该把这一部分重建吗？我犹豫不决，大概要永远维持这样的现状了吧。且不说重建需要我付出巨大的劳动，而且也是一件人们能够想象的最危险的事情。在我刚开始挖掘地洞的时候，我是能够比较安心地在那里劳作的，那时风险并不比别的地方大多少。但在今天已经是不可能的事了，因为今天那样做就未免轻举妄动了，那就等于要把社会的注意力引向整个地洞上来。我感到高兴的是，眼下这一处女工程也具有一定的敏感性，比方说吧，一旦发生大规模的进攻，什么样的入口构造才能救我呢？在使进攻者迷惑、错愕、困扰这一点上，这个入口是可以应急的。但如果遇到真正大规模的进攻，那我就必须设法使用整个地洞的一切手段和身心的全部力量来对付，——这是理所当然的啰。所以这个口子就让它维持原样不动好了。尽管地洞有着这样多的天然强加于它的缺陷，但毕竟是我亲手所创；虽然事后才认识到这些缺点，却认识得这样精确，那就让它保留着吧。但这并不是说，这个缺点没有经常地或者也许是始终使我感到不安。平日散步时，我都要避开地洞的这一部分，之所以如此，主要是因为我一看见它就感到不舒服，既然这个缺点已经在我的意识中发出噪音，我就不愿意让它老是在我的目光中浮现。那上面入口处的缺点是无法匡正了，但只要能够回避，我就尽可能不去看它。我只管朝着出口的方向走。虽然我与入口处之间隔着通道和广场，我依然感到我已经陷入一种巨大危险的氛围之中。有时候我好像觉得我的皮变薄了，不久就仿佛我只能以赤裸裸、光溜溜的肉身站立在那里，这时候，我的敌人以吼叫来欢迎我。说实在的，这样一种感觉足以致使出口本身失去对我的家屋的保护作用,但使我格外苦恼的,仍是入口的构造。有时我做梦,梦中我已经把它重建了,一夜之间以巨人般的力量,神不知鬼不觉地,迅速而彻底地把它改造了,这下谁也攻不破了。我做梦的这一觉睡得比任何时候都香甜,醒来时我的胡子上还滚动着欢乐和宽慰的泪珠。

所以,如果我要外出的话,还得克服这条迷津给我肉体上造成的苦痛。而我有时一度迷失在自己的创造物中,因而显得这工程似乎还须不断奋斗下去,以便向我这个早就对它下了坚定不移的判断的人证明它的存在权利,这时候我又气恼又感动。接着我就来到青苔盖底下,在我留在家里这段时间,它与树林中毗连的地皮长在一起、互相衔接了,现在,只要我用头一顶,就可以到外边的天地去。这个小小的动作我已经很久没敢使用了,若不是今天又得克服入口的迷津,我一定会从这里折回,逛回家去。为什么呢?你的家闭关自守,固若金汤。你的生活安宁、温暖,良肴佳馔不断,你是无数通道、广场的主人,独一无二的主人。这一切你不希望牺牲,但有一部分你打算放弃,虽然你有信心把它们重新夺回来,但你有胆量下一个危险的、非常危险的赌注吗?对此有没有合适的理由呢?没有,在这类问题上不会有合适的理由。但接着我小心翼翼地掀起门盖,到了外面,又轻轻把它盖上,并赶紧跑离这个正在暴露的地点。

然而,我的本意并不是要在野外生活,虽然我不再憋在通道里行走了;而是要在大森林中狩猎,我感到身上有一种在地洞里没有任何地盘包括城郭——哪怕它再扩展十倍——让它施展的新的力量。外面的伙食也更好吃,狩猎固然比较困难,很少成功,但其收获从任何方面讲都是价值更高的。这一切我并不否认,并且懂得如何领略并享受它们。至少也得和别的动物一样,说不定比它们还强得多,因为我狩猎时,不像流浪汉那样轻率和绝望,而是目的明确,从容不迫。我也并不是非过野外生活不可,我知道,我的时间有限,不允许我永远狩猎下去,等到有人向我发出召唤,而我也愿意,并对这里的生活感到厌倦时,我将不能抵御人家的邀请。这样的话,我就能够充分领略这里的时光,无忧无虑地度日。其实却不尽然,许多本来可以做到的事情并没有做到,地洞的事情忙得我团团转。我很快跑离洞口,不一会儿又赶回来。我在寻找一个合适的藏身之所,并守望着我的家门——这一回是从外面——一连几天几夜。让人家去说我傻好了,我可是有一种说不出的快乐,并从中得到安慰。于是我仿佛不是站在我的家门前,而是站在我自己的前面,觉得自己既能一边熟睡,一边机警地守护着自己,这未尝不是一种幸福。我有一定的长处,不仅能在睡眠时的那种只身无助和妄自轻信的状态中看得见夜间的精灵们,而且同时能以完全清醒时的力量和沉着的判断力与它们在实际中相遇。我发觉很怪,情况并不像我通常所认为(并且只要下洞回到家里也许还会那么认为)的那样糟。从这一方面看是如此,从别的方面看也不例外,但尤其是从这一方面看来,这次外出确是必不可少的。

的确,我把入口处选在斜坡上是经过慎重考虑的。那里的交通情况——根据一周来的观察所得——确是熙来攘往,十分频繁。然而凡是能够居住的地方,恐怕都是这样的。再说,选在一个往来频繁的地方,由于频繁,大家跟着川流,这说不定比十分冷僻的地方更保险;在冷僻的地方反而会有精明的入侵者慢慢找了来。这里有着许多敌人,有着更多的敌人的帮凶,他们之间也互相争斗,在紧张追逐中从地洞旁边跑了过去。在这全部过程中,我没有看见任何人在靠近入口的地方搜寻过,这对己对敌都是一种幸运,因为要不然,我会为了我的地洞着想不顾一切地朝他的喉咙扑过去。诚然,也出现过一些兽类,我不敢接近它们,只要远远预感到它们在,我便立即警觉,拔腿就跑。关于它们对地洞的态度,我本来实在是很难确定的。但当我不久回到家来,发现它们中没有一个在场,入口处也完好无损,于是我总算满意地放心了。也有一些幸福的时期,我很想对自己这样说:世界对我的敌意也许停止或者平息了吧,或者地洞的威力把我从迄今为止的毁灭性战斗中拯救出来了吧。地洞所起的保护作用也许比我以往所想象的,或者当我身临其境之际所能想到的还要大。有时甚至产生这样幼稚的想法:压根儿就不回地洞,而就在这里的洞口附近住下,专门观察洞口以打发日子,并不断想象着:假如我置身洞中,它能够多么坚固地保护着我的安全;在这样的想象之中获得我的幸福。但幼稚的梦想很快就惊破了。我在这里所观察的到底是一种什么样的安全呢?我在地洞中所遇到的危险到底能不能根据我在外边得到的经验来判断呢?要是我不在地洞中,我的敌人到底能不能根据气味准确地嗅出我来呢?他们对于我肯定有几分嗅得出来,但完全嗅出那是不可能的。要是能完全嗅出,岂不经常成为正常危险的前提了吗?因此,我在这里所进行的试验只有一半或十分之一能够使我放心,而放松警惕又导致极度的危险。不,我所观察的与其说是我的睡眠(如我以为的那样),毋宁说是在坏家伙醒着的时候,我自己却在睡觉。也许他就混在那些疏忽大意地走过入口处的人们之中,无非像我那样,只想证实门户仍安然无恙,静候袭击,就走了过去。因为他们知道主人不在家里,或者也许他们清楚得很,主人就埋伏在附近灌木丛中,天真地守候着家门。而我呢,户外的生活已经厌倦了,遂离开我的观察哨,仿佛觉得无须再在这里学什么了,现在和将来都不必了。我愉快地向这里的一切告别,走下地洞,永远不回到外面去了,外界的事情听其自然吧,不再作无用的观察来阻止它们了。可是,这段时间,我一任自己看了入口上面所发生的一切,现在又用了极为惹人注意的办法下了地洞,而不知道在我的背后以及在按原来样子关好的入口的顶盖后面的整个周围将发生什么,感到十分不安。起初,我曾在几个风雨大作的夜晚,试着把猎获物快速地掷进去。这一行动看起来是成功的,但是否真的成功,得等我自己进去以后方能知道,但那时对我来说已搞不清楚了,或者即便清楚,也已太晚。于是放弃了这项试验,不进里面去。我挖了一个——当然是在距离真正的入口处足够远的地方——试验性的坑,其大小和我的身体相仿，也用一个青苔盖封口。我爬进坑里，把背后掩蔽好，认真等待着，计算出一天中长短不一的各个不同时刻，然后掀开青苔，爬了出来，记下我的各种观察，取得了种种好坏不一的经验，却找不到一种下地洞的一般法则或安全可靠的方法。因此，我至今还没有从真正的入口处下去过，而不久又不得不下去，这真使我焦躁不已。我并非完全没有到远方去回复往日那种惨淡生活的念头，那种生活虽无安全可言，却是诸种危险无区别的连续，因而个别具体的危险就不明显，不必为之恐惧，这正是我的较为安全的穴居生活与其他地方的生活对照之下，不断启示给我的道理。诚然，这样一种念头是由于毫无意义的自由自在生活过得太久而产生的，也许是完全愚蠢的；现在地洞还属于我，只要再迈出一步，我就安全了。我摒除了一切犹豫，在大白天径直向洞门跑去，这次可一定得把门完全打开了吧。然而我却没能做到。我跑过头了！我特意倒进荆棘丛中，以惩罚自己，惩罚一种连我自己都不知道的罪过。但到头来我还是不得不承认，我的想法是对的，即不把我所有最宝贵的东西公开舍弃——哪怕只是短暂的，交给周围所有那些地上的、树上的和空中的飞禽走兽，则我要下去是不可能的。危险并不是想象的东西，而是非常实际的事情。那种兴致勃勃地跟着我来的，并非真正的敌人，倒很可能是某种身份清白而又不知好歹的渺小家伙，某种令人讨厌的小生物，它好奇地尾随着我，从而不知不觉地当了我的敌人的向导。或者不是那么一回事，说不定是——而这并不比别的情况好，在某些场合甚至是最糟的——说不定是跟我同一种类型的人，是地洞营造的行家，或者某个森林隐士，或者和平的热爱者，但也可能是个想不劳而获的粗野的无赖。假如现在他真的来了，带着肮脏的贪欲发现了入口，动手去掀苔藓，而且居然掀开了，挤身进去，拟巢而居，甚而至于弄到这种地步：有一瞬间他屁股正好对着我的脸儿，假如这一切真的发生，我就会像疯了一般，不顾一切地从后面向他扑去，把他咬个稀巴烂，咬成一块块，撕得粉碎，喝干他的血，并立即把他的尸骸拖到别的猎获物当中。

但最最要紧的是,我好不容易又重新回到了我的洞穴,这回甚至对迷津起了赞赏之意,可我首先得把我头顶上的苔盖盖好,然后安下心来休息,恐怕我全部的,或部分的余生都要在这里度过了。然而事实上谁也没有来,我依然单独一人度日。我始终一心扑在各种困难的事情上,恐惧倒减轻了不少。我不再回避走近入口处了,在那里绕着圈子走动成了我最喜欢的活动内容,以致仿佛我自己成了敌人,窥视着顺利突入的良机。假如我有某个值得信赖的人,可以把观察哨的任务交给他,那我就可以放心地下去了。我会跟这个我所信赖的人约定,在我下去的时候,在下去以后的长时期内,严密观察形势,一旦发现危险迹象就敲打苔藓盖子,没有情况就不敲,这样我头顶上面的心腹之患便为之一扫而光,连一点残余都留不下,惟一留下的便是那个我所信赖的人了。——难道他不要求报酬吗?最起码的,他连地洞也不想看一看吗?自动让什么人进我的地洞可是我的最大忌讳啊。地洞我是为自己,而不是为访问者而挖掘的,我想,我是不会让他进去的,哪怕他以让我能够进得地洞里面为交换条件,我也不会让他进去的。但我之所以压根儿不让他进去的原因是:让他独自下去吧,这绝无考虑之余地;我跟他同时下去呢,则他在我背后放哨给我带来的益处便成泡影了。那么信赖如何维持呢?在面对面的时候,我信赖他,假如我见不到他,假如苔盖把我们隔开,我还能同样信赖他吗?信赖一个人,在同时监视着他,或至少能够监视他的情况下是比较容易做到的,甚至远隔两地,多半也是可能的。但是从地洞的内部,亦即从另一个世界去完全信赖一个外面的什么人,我以为这是不可能的。甚至连这样一种疑问都是没有必要的,只要这样想一想就够了:在我下去期间或下去以后,人生道路上的无数偶然事件,都能阻碍所信赖的人履行他的义务,而他的任何一个最小的障碍都会给我造成不可估量的后果。总而言之,我无须抱怨找不到堪与信赖的人,而只能孑然一身。这样,我肯定丧失不了什么利益,而且还可能使我避免损失。但堪信赖的,只有我自己和我的地洞了。这一点我早点想到就好了，对于我现在为之忙碌的事情也是早该虑及的，至少，在地洞的建筑开始阶段就应该实现一部分的。第一条通道应该这样设计才行：它需有两个彼此间隔适当距离的入口，这样，我经过各种不可避免的周折通过这个入口下去后，马上经由第一条通道跑到第二个入口，稍稍掀开一点为此目的而建造起来的苔盖，从那里以几天几夜的工夫试着观察情况。这看来是惟一正确的方法了吧。固然，两个入口使危险增加一倍，但这一忧虑此刻是不必要的，仅仅作为观察哨设想的那个入口做得很狭窄就行了。于是我一头扎进技术研究中去，重温起一个完美无缺、万无一失的地洞建筑的旧梦，稍稍聊以宽慰。我悠然自得地闭上眼睛，眼前便浮现出那各种可能的图像，我可以在那里悄悄地、神不知鬼不觉地进进出出。

当我这样躺着，想象着以上各种情景时，对那些建筑方案给予很高的评价，但仅仅是从技术角度，而不是从实际效用角度出发的。这种不受阻拦的溜进溜出是什么意思呢？它意味着你心神不定，缺乏自信，意味着卑污的欲念，邪恶的个性，这个性面对地洞时还要坏得多。地洞仍然存在，只要向它完全敞开心扉，便可注入和平。现在我显然还在它的外面，正在寻找一种回去的可能性；为此，很想掌握必要的技术设施，但也许并不见得那么重要。如果把地洞仅仅看作一个想尽可能安全地爬进去的洞穴，那么像眼下这样神经质似的恐惧，岂不意味着大大贬低了地洞的价值了吗？的确，它也是一个安全的洞穴，或者应该是那样的洞穴，而当我设想我是处于危险之中时，我就要咬紧牙关，用尽意志的全部力量来证明这地洞不是别的，而仅仅是为拯救我的生命而存在的一个窟窿，它必须尽可能完美地完成这个明确地赋予它的任务，而别的一切任务我都给豁免了。可是现在的情况是这样：地洞在实际上——而处于巨大困境之中的人们是顾不上观察实际的，甚至在岌岌可危之际，也必须经过努力方能投以一瞥——虽然是相当安全的，但绝对是不够的，难道在其中什么时候停止过忧虑了吗？那是另一种的、更为骄傲、内容更为丰富的、深深压抑着的忧虑,可是它对于身心的消耗并不亚于生活在外面的时候所产生的忧虑。就算这个地洞仅仅为了我的生活保障而建造,就算我为此没有受别人的骗,然而付出的巨大的劳动与得到的事实上的保障相比,至少就我所能感觉到的和从中所能得到的利益而言,对我来说,是一件得不偿失的事情。承认这一点是极为痛苦的,但是面对前面的入口不得不这样做,这个入口现在把我——他的建造者和所有者——关在外面,不,让我在外面挣扎。但是地洞确实也不仅是一个救命之窟。当我站在周围堆积着高高的肉类贮藏品的城郭之中时,纵览从这里伸展出去的十条通道,每一条都根据中央广场的地势或低或高,或直或曲,或宽或窄;条条宁静而空阒,它们各自以不同的方式把我引向同样宁静而空阒的各个广场——于是我心目中关于安全的观念淡忘了,因为我清清楚楚知道,这里是我的城堡,是我用手抓、用嘴啃、用脚踩、用头碰的办法战胜了坚硬的地面得来的,它无论如何也不能归任何人所有,它是我的城堡啊,我最终也要在这里安然地接受我的敌人的致命的一击,因为我的血渗透在我自己的这块土地里,它是不会丧失的。在和平中半睡着,在愉悦中半醒着;经常在这些通道上度过的这种美好时辰的意味,除此以外,怕是没有地方再有了;这些通道是为了我舒畅地伸展身子,孩子般地打滚,蒙蒙眬眬地躺着,甜甜蜜蜜地睡着,经过精心设计而建造的。那些小广场的每一个我都了如指掌,尽管彼此相像,但是我闭上眼睛也能根据墙壁的形状把它们辨别得一清二楚,它们和平地环抱着我,那种温暖,任何鸟儿在它的窝巢里都得不到。一切的一切宁静而空阒。

但是,既然是这样,那我又为什么踌躇呢?为什么我害怕入侵者甚于害怕永远不能返回我的洞穴的可能性呢?好了,现在这后一点谢天谢地成为不可能了,地洞对我意味着什么,搞清这个问题,压根儿是不必要的;我和地洞这样相依为命,不管我遇到多大恐惧,我都能泰然自若地留在这里,无须设法说服自己,打消一切顾虑,把入口打开。我只要清闲地等着就完全够了。因为没有任何力量能够把我们永远分开,无论如何,到最后我是肯定要下去的。但当然,到那时还需有多长时间呢?在这段时间里,在这里的上面,在那边的下面,将有多少事情发生呢?而我的责任在于:缩短这段时间,并立即着手从事必要的事情。

好了,我已累得想都不能想了,我耷拉着脑袋,步履踉跄,半醒半睡,与其说在走路,毋宁说在摸索,这样才渐渐接近入口处,缓缓掀开苔盖,慢慢往下挪动身子,因为神思恍惚,让入口无故敞开了很久,及至想了起来,又上去把它关好。但为什么又爬到上面去呢?我只要把苔盖拉上就行了,好吧,我又下去,这回到底把苔盖给合上了。只有在这种状况下,只有在这种例外状况下,才能下洞穴。——于是乎我躺在猎获物的堆垛之上,仰面是苔藓,周遭是血水和肉汁,总算开始睡上渴望的一觉了。没有东西打扰我,没有谁跟踪我。苔藓上面看来是平静的,至少直到现在是平静的,即使不平静,我想现在也不能对它进行监视了;我已换了地点,从上面的世界来到了我的地洞,我立即感觉到了它的作用。这是一个新的世界,具有新的力量;在上面的那种疲惫不堪,在这里却没有。我是旅行回来的,累得几乎晕倒,我省视旧日的住处,着手积压着的修缮工作,匆匆巡视一下所有的场地,但首先是赶紧冲向城郭;这一切把我的劳累变成了不安与焦急。刚走进地洞那一瞬间,我仿佛死死地酣睡了一大觉。第一步工作是非常吃力的,任务十分繁重:猎获物须通过狭窄而墙壁单薄的迷津搬运。我竭尽全力向前推进,走是能走的,但我感到太缓慢。为了加快速度,我从肉垛上拉回了一部分肉块,然后从肉垛的上面跨过去,从它的中间穿过去,于是我的面前只剩下一部分了,把它们搬到前面去,就容易一些了。但是在一条堆满着肉类的狭窄通路上,尽管只有我一个人,也不总是很容易通过的,以致有时我简直要被窒息在自己的贮藏品中,只有边走边吃边喝,才不致被肉块压伤。但运输完成了,我没有花太长时间就结束了这一工作,迷津被克服了。我站在一条正规的通道上喘了口气,通过一条联结支线,把猎获物搬到一条专为这类项目特设的中心大道,它以很大的坡度向下直通城郭。这下再没有工作可做了,这全部东西都由它自行往下滚动或流动。于是终于到了我的城郭了,我终于可以休息了。一切都没有改变,似乎并没有发生什么大不了的不幸,至于我一眼便发现的那些细小的破损不久即可修复。再有就是在此之前在各通道上的徜徉了,但这并不费力,等于跟朋友聊天,我过去常是这样做的,或者——我并不算老,但许多记忆已完全模糊了——是我听人这样说的。在我看到了城郭以后,我就开始有意慢慢地走第二条通道,我有的是时间——在地洞里面我总是有的是时间——因为我在那边所做的一切都是重要的好事,并使我得到一定的满足。我从第二条通道出发,半路上中断了视察,转向了第三条通道,并循着它折回城郭。这样,第二条通道显然还得重新再去,我就是这样又劳又玩,自得其乐,独自发笑。工作很多,头绪纷繁,但永不脱离工作,不断增加着工作量。你们通道、广场和城郭啊,我为了你们而来,尤其是为了城郭的问题我连生命都在所不惜,可是长期以来,我却愚蠢得为生命而战栗,犹犹豫豫不敢回到你们当中。现在,我置身于你们当中了,危险又算得了什么呢!你们是属于我的,我是属于你们的,我们结合成一体了,有什么奈何得了我们呢。即使上面那些家伙已经迫近并准备好用嘴巴拱穿苔盖也不在乎了。而洞穴又以他的沉默和空阔来迎接我,证实着我所说的话。——但是,一种懒洋洋的情绪向我袭来,在一个我最喜爱的广场上,我微微蜷曲着身子躺了下去,我还远没有把一切都视察完毕呢,但我要继续视察下去,直到最后,我不想在这里睡觉,只是经不起在这里躺一躺卧一卧的引诱,想试试看,在这里睡觉是否始终还像过去那样安稳。成了!可我一躺下就不想起来了,我就在这里进入了深沉的梦乡。

我大概睡了很久很久,直到最后实在睡足了,我才自然而然地开始醒过来,最后睡意一定是十分淡薄了,因为一种几乎无法听到的"曲曲曲"的微弱响声把我唤醒了。我立刻明白,这是一种我过去对它太不注意、过分宽容的小东西,趁我不在,在什么地方钻通了一条新路,与我的一条旧路相交,风一吹就发出"曲曲"之声。好一个埋头苦干的家伙啊,而它的勤奋又多么叫人讨厌啊,我非得把耳朵贴在通道的墙上听一听,在墙根试着挖一挖,把骚扰的地点找出来不可,然后才能消除响声。此外,新挖的洞孔如果符合地洞的某项建筑要求,就作为新的通气孔,这对我也是需要的。但那些小东西我要比以前加倍严密注意,一个也不饶恕。

由于我对这类检查工作训练有素,说干就可以干起来,也无须多长时间即可完成,虽然手头有别的工作要做,但这是当务之急,我的每条通路都应保持宁静才是。这一种响声说起来并没有什么了不得;虽然我刚回来时这响声就早已有之,但我一点儿都没有听见;直到重新在家里完全安顿下来之后,也就是说只有当你用主人的耳朵去听的时候,才能听得到。而这种响声并非常有,中间有很长时间的间隔,那显然是气流受到阻碍时发出的。我开始检查,却找不到下手的地方,虽然挖了几个洞,但那是漫无目标的乱挖一气,当然不会有任何结果;挖的工程固然巨大,但白白花费的填堵和平整的工夫则更为巨大。我压根儿就没有接近过发出响声的地点,每隔一定的间歇,一会儿传来微弱的"曲——曲"的声音,一会儿又传来"呼——呼"的声音。这个,目前暂且不去管它,响声固然恼人,但我所认定的原因是无可怀疑的,所以声音几乎没有怎么提高。相反,倒有可能——迄今为止我显然从来没有等待过这么久——那小东西在继续钻小孔的过程中,这样一种响声会自行消失的。往往有这样的情况:一种偶然的机会使你毫不费力地找到骚扰的踪迹,而有目的有计划去寻找却长久找不着。我这样安慰着自己,很想再到各条通道上去徜徉,看看那回来后还没有去看过的许多广场,其间也到城郭去转转。但不行啊,我得继续寻找才是。大好大好的时光被这伙小东西所耗费,它本来是可以利用在更好的场合的。在检查纰漏方面,通常吸引我的是技术上的问题,例如我的耳朵具有辨别任何细微差异的能力,能够绘形绘色地使我想象出产生响声的原因,而这原因是否符合实际,这回我很想搞个水落石出。只要这方面没有得出可靠的结论,我就没有足够的理由在这里感到安全,即使从墙上掉下的一粒沙子,不弄清它的去向我也不能放心。何况是这样的响声,它在这一方面绝不是无关紧要的事情。但重要也好,不重要也好,无论我怎样寻找,也没有发现任何东西,或者反过来说,发现的东西太多了。事情一定是恰恰发生在我那最喜爱的广场上!我一边这样想着,一边远远地离开那儿,几乎走到通往下一个广场的中间。这整个事儿简直是一种笑话,仿佛我想要证明,并非正好是我最心爱的广场才有这种骚扰,别的地方也有种种骚扰,于是我微微笑了起来,倾耳谛听着,但不久我就敛起笑容,因为果不其然,这里也有同样的"曲曲"声。这么说来什么也没有——有时我这样想——除了我以外,谁也听不见,我的经过训练的耳朵显然是敏锐的,现在分明听得越来越清楚了,虽然事实上到处都有完全相同的"曲曲"声,跟我通过比较所证实的一模一样。只要站在通道之中,而不必耳朵贴墙,便可听得出来,那声音并不更大。那场合,我非得用心,不,全神贯注才能时不时听到一丝儿声息,不过,与其说是听到的倒不如说是猜到的呢。但正是这处处有之的相同响声叫我最为挠头,因为这跟我最初的推断不能吻合。假如我对响声的原因的推测是正确的,即是说响声确是从某一个场所——这场所是非找出不可的——以最大音量向周围发放,那么它必定是越来越小。但如果我的解释是不准确的,那么别的解释是什么呢?也有可能存在着两个发音的中心,直到现在我都是从距离中心很远的地方进行监听的,而当我一步步接近这个中心时,它的响声固然逐渐加强,而另一个中心的响声则渐次减弱,故传到耳朵里的两个中心的音量的总和就老是一个样了。当我洗耳谛听的时候,我几乎以为听出了那与我新的推测相符的声音差别来,尽管那声音非常模糊不清。无论如何,我必须把检查区域在检查过的基础上大加扩展。于是我循着通道直达城郭,从那里开始监听。——奇怪,这里也有同样的响声。哦，这是某些微不足道的动物们趁我不在家的时候，放肆地掘洞所产生的声音。不管怎样，它们是不会有反对我的企图的，它们无非是致力于自己的工作罢了。只要中途不发生障碍，它们是要朝着既定的方向搞下去的。这一切我全明白，虽然并不理解它们何以要这样做，弄得我焦躁不安，扰乱了我的对于工作非常必要的理智；它们竟敢趋近我的城郭。但经我观察，迄未发现城郭周围的墙壁有被掘穿的情况。是由于城郭地处深奥范围广大呢，还是由于因广大而引起的强劲的气流把掘洞的家伙们吓住了呢？或者城郭的存在这一事实的本身使这些感觉迟钝的家伙闻之也不能不有所慑服呢？无论如何我不想去鉴别究竟是哪种原因使这些挖掘者踌躇不前。动物受了强烈的气味的吸引，成群结队而来。这里本是我的可靠的狩猎场。但那时它们是从上面某个地方挖穿顶壁，进入通道的，虽然战战兢兢，却经不起强烈的引诱，终于从通道上跑了下来。现在呢，他们却在通道里钻洞。假如我至少完成了青年时期和壮年早期那些最重要的计划，或者说我有过实行那些计划的力量就好了，因为我并不缺乏意志。我最心爱的计划之一，是把城郭跟它周围的泥土隔开，就是说，城郭四壁留下约与我的身高相等的厚度，然后沿着城墙的外围，在那道可惜无法与泥土分开的墙基外面，挖一层腔室，其大小与城墙的体积相同。我总是不无理由地把它设想为我所能有的最上等的寓所。在这个圆形体的上面，我悬吊呀，攀缘呀，下滑呀以及翻滚呀，最后又站在地上。所有这一切游戏都是在城郭的本体上面做的，没有真正到它的室内去。现在能避开城郭就避开，能不进去看就不看，把看的快乐留在以后，不必因此而为之怅然，那是为了把它牢牢掌握在手里，不过假如仅仅拥有一条通往那里的普通的公开通道那是不大可能做到的；但好在可以为它放哨，这就补偿了看不见它的内部这一缺憾。要是让我在城郭和腔室之间选择一个我的终身寓所的话，我一定要选择后者，宁可不断地上上下下巡逻，以守备城郭。这样一来墙壁里就不会有响声了，不会有东西向城郭大胆挖掘了；于是那里的和平有了保证,而我成了和平的守护者;我用不着怀着反感情绪去倾听小动物们的挖掘,而是带着我现在完全消失了的如痴如醉的情怀,沉浸在城郭的一片宁静的气氛之中。

但是这一切美妙的情景眼下毕竟还不是现实,我还得干,而我目前所干的也是和城郭直接相关的,我真要为之高兴,因为它鼓舞着我。事情越来越明显,这件起初看起来微不足道的工作,显然需要我全力以赴了。我现在所做的是全神贯注地细听城郭周围的墙壁,不论高处还是低处,也不论墙上还是地面,入口还是内里,我无处不听,而我所听见的到处是同样的声音。长久倾听这断断续续的声音,得付出多少时间,经历多少紧张的场面。只要你愿意自己欺骗自己,也可以从这当中得到一点小小的安慰,即城郭这地方与通道不同,由于它范围大,只要你耳朵一离开地面,便什么都听不到了。仅仅为了休息,为了保持冷静,我往往做这样的试验:聚精会神地听着,结果什么都听不见,这使我欣幸。可是,这到底是怎么一回事呢?用我最初那些说法来解释这种现象完全讲不通,但我所能设想的别的解释又不得不加以排斥。我所听到的,也许就是那种小畜生自己干活时的声音。但这是同所有的经验相矛盾的。凡是我从未听到过的,虽然它一直都存在,但我总不能突然一下就听到了。我在洞穴中对于骚扰的敏感性也许与年俱增,但听觉绝不会变得更敏锐。听不见它们的声音,这正是那些小畜生的本质特征。不然,我过去怎么容忍得了呢?哪怕冒着饿死的危险,我也恨不得把它们彻底铲除掉。但是我渐渐产生了这样的想法:这也许是一种我现在还不认识的动物,这不是不可能的。虽然我已经观察了很长时间,在下面生活我是够小心谨慎的,但世界是千变万化的,那种突如其来的意外遭遇从来就没有少过。然而那不会是个别的动物,必定是大群大群的吧,它们乘我不备突然侵入我的范围。这一大群听得见的小动物,其地位固然在那种小玩意之上,但超出很有限,因为它们干活的声音本身就很微弱。所以有可能是一些不熟悉的动物,它们成群结队地外出漫游,仅仅从这里经过一下，惊动了我，但它们的队伍不久便会过去。所以我只要等待便可以了。多余的工作是不会有的。可是，既然都是陌生的动物，为什么我见不到它们呢？我挖了好些陷阱，想逮它一只，但我什么也没有发现。我想，可能那是小而又小的动物，比我所认识的那种还要小得多，只是它们发出的响声却大得多。于是去检查挖出来的泥土，把土块抛入空中，让它们砸得粉碎，还是看不见噪音的制造者。我渐渐明白了，这样小规模地偶然挖几下，是不可能取得任何效果的，这种搞法，只不过在洞穴里的墙壁上挖了一些洞，手忙脚乱地这里挖一下，那里掘一通，连堵洞的工夫都没有，许多场地泥土成堆，阻碍道路，挡住视线。当然，这一切对我的妨碍并没有什么了不得，我现在既不能出外徜徉，也不能去各地巡视，也不能休息。我常常干着干着就在某个洞窟里睡着了，一只前脚的爪子扎进了上面的土层里，那是在半醒半睡的状态下想从那里抓下一把泥土来。我权且改变一下办法吧，今后就朝着响声的方向挖一个正规的大洞，摆脱任何理论，不找到响声的真正根源就不停止挖掘。一旦找到根源，只要我力所能及，我就要把它消除；倘若力不从心，我至少也掌握了确实的情况。这种确实的情况不是给我带来安宁，就是给我带来绝望。但安宁也罢，绝望也罢，二者必居其一；总有一种结果是无可怀疑的，而且是合乎情理的。这个决心一下，我的精神为之一爽。我迄今所做的一切，弊在操之过急；回到家来，心情激动，还没有摆脱上面世界所笼罩的那种不安全感，还没有与地洞里的和平气氛相融合，脱离洞穴中的和平生活那么久，神经变得十分过敏，只要遇到一点特殊现象，我就会惊慌失措。到底有什么呢？一种轻轻的"曲曲"声罢了，间隔好久才听得见，微不足道也，但我愿意承认它能使我成为习惯，不，那是习惯不了的。但目前不要与之针锋相对，我且观察一段时间再说，那便是：经常花几个钟头凝神谛听一番，耐心地把结果记录下来，但不能像我以前那样，听的时候耳朵挨着墙壁轻轻移动，而且差不多一听到有点什么动静就急忙挖掘起来，那样做原本并非想发现点什么，而是内心不安的一种必然举动罢了。今后不那样干了,这是我所希望的。但还是下不了决心——这是我闭上眼睛不得不承认的,虽然同时为此对自己光火——因为不安在我的心中颤动,仍像在此之前几个钟头一样,要不是理智抑制着我,很可能我会不论什么地方,不管在那里是否听到了什么,迟钝地、执拗地去挖掘,仅仅为了挖掘而挖掘,几乎就像那些小畜生那样,它们不是毫无意义地掘地,就是仅仅为了啃泥而挖土。合乎理智的新计划又吸引我,又不吸引我。计划本身是无懈可击的,至少在我是提不出异议的,据我理解,照它做去,肯定会达到目的。尽管这么说,我还是不相信这个计划,因为不相信,所以,我对于实行计划的结果可能带来的可怕性并不担心,对于结果的可怕性我也是不相信的;是的,我觉得,从最初发现响声以来就想到这样一个彻底的挖掘计划就好了,只是由于我信不过它,一直都没有付诸实施。尽管如此,今后我自然是要着手挖掘的。因为对我来说舍此没有别的办法,不过我不打算马上就开始,我将把这项工作稍稍往后挪一挪。如果理智应该重新受到尊重,那么它就应该得到完全的尊重,今后我不再一头扎进这一工作中去。无论如何我要事先弥补一下由于我的乱掘乱挖给地洞造成的损失;这需要花费不少时间,但这是必要的。新的开挖计划如果真的要达到某种目标,时间上它将会拉得很长;要是它达不到任何目标,它就会变得无休无止。不管如何,这项工作意味着更长久地远离地洞,环境不像上面世界那么恶劣,只要我愿意,我可以随时中断工作,回家来看看。要是不这样做,则城郭的风将向我吹拂,在我工作的时候围绕着我,但这仍然意味着远离地洞,把自己交给一种不可预料的命运。因此我想把地洞整顿好了再走,为了地洞的安宁而战的我,总不该让人说:是我自己把它搞乱,而又不立即把它恢复。于是我开始把泥土加以集中,送回到一个个洞孔中去。这是我的拿手活计啰,几乎还没有意识到,这种活计就已经干过无数次了,特别是最后这道夯实抹平工序——确实不是自夸,那是实情——我可以做得比谁都好。可这一回我却感到难了,我的注意力太不集中,干活时一再让耳朵贴着墙壁倾听,而刚刚提起来的土希哩沙啦地又掉回到土堆里去,我都不闻不问。最后这些完善性的工作,要求注意力更要集中,我却几乎干不了。留下一堆堆难看的疙瘩,碍眼的裂缝,更不用说,旧的墙壁的动摇是不能以这样草率的修修补补使其恢复原状的。这仅仅是一种权宜之计,我以此自慰。等我回来,恢复了和平,再作全面彻底的修缮,那时一切都将进行得很快,君不见,童话里就是一切都进行得很快的,这种慰藉也是属于童话世界的。最好当然是,现在马上把工作圆满地完成,这比老是把它中断,在通道上漫游,寻找新的声音来源要有益得多;寻找新的声音来源其实是轻而易举之事,随便找个地方,停下来听一听,仅此而已,我的毫无益处的发现还要多呢。有时候好像觉得响声没有了,很长时间寂然无声,这样的"曲曲"声往往是会听漏了的,因为自己的脉搏在耳朵里跳动得太厉害了,于是两种间隔时间正好相重,遂合而为一,顷刻间你就以为那"曲曲"声似乎永远消失了。这一来就不用再监听下去了,我高兴得跳了起来,整个生活为之改观,仿佛泉源突然打开了,从中流泻出来的是地洞的宁静。我没有急着去检验这一发现,而去找一个我能与之推心置腹的人倾谈一番,于是就直奔城郭而去,我一生为之奋斗的新生活终于苏醒了!我这才想起已经很久没有吃东西了,便从半埋在土里的粮食贮藏品中随便抽出些东西,狼吞虎咽起来。同时我利用这点吃饭时间,赶回那不敢全然置信的发现的地点,想再证实一下这件事的可靠性如何。我的这一举动不过是顺便为之,原想一带而过,谁料侧耳一听,立刻表明,我大错特错了:那老远的地方明白无误地响着"曲曲"声。我恨不得把吃的东西统统吐出来,踩进地里去,回头继续工作吧。但到哪里去呢?全无头绪。有的地方像是需要,而这样的地方有的是,就着手干点什么吧,但动作机械得很,就好像看见监工来了,不得不做做样子。但这样的活没干多久,又出现新的情况。响声好像加强了,当然强不了多少,但这里的问题往往就发生在最细微的差别上,响声确实有了些许的加强,强到耳朵可以清晰地听得出来。而这种声音的渐强像是由于距离渐近之故,因为渐近,就听得更加清楚,仿佛可以目睹它走进来的脚步似的。我跳离墙壁,想居高临下看一看这一发现将引起的种种可能的后果。我产生一种感觉,好像我的地洞本来就不是为了防御进攻而建造的。防御的意图虽然是有的,但抛却一切生活经验,则进攻的危险以及由此产生的防御的设施对一个人来说仿佛都成为遥远的事情——或者,虽不遥远(这怎么可能),但在轻重缓急上,次于和平生活的设施,这类设施在地洞里是处处给予优先地位的。许多防御设施本来是可以在不干扰总体计划的情况下建立起来的,却是由于一种不可理喻的原因被耽误了。这些年头我享尽幸福,幸福使我麻痹,虽有过不安,但幸福之中的不安是无关宏旨的。

现在要做的第一件事不外乎是,把地洞的建设放在防御及根据防御所设想的一切可能性上进行详细而周密的考察,制订出防御及所属的建设计划,然后像青年人那样,朝气蓬勃地立即开始工作。这是必不可少的工作,当然——顺便说一句,搞得太晚了点,但那是不可或缺的工作啊。然而,那种试探性的随地大挖其洞的做法,绝对不能搞了,那样做,原来的惟一目的是让自己的全部精力毫无防御意义地用于寻找险情上,干着一种杞人忧天的傻事,危险迟迟不来,而时时担心着它来。突然,我不理解以前的计划了,以前那样理路分明的计划,变得完全不可思议了。我又把工作撂下,也不去监听,此刻我不想去发现声音的加强了,我的发现已经够可观了。我把一切都撇开,只要把内心的抗辩平息下去,我就太平了。我又沿着我的条条通路到了更遥远的地方,从野外回来后我还没有到那里去看过,我的前爪还一点也没有碰到过,那里的宁静等待着我,我一到便被它完全笼罩了。我不想在那里耽着,匆匆穿了过去。我压根儿就不明白,我究竟在寻找什么,也许仅仅是为了拖延时间吧,我越走越迷路,以致来到迷津暗道。我很想在苔盖附近谛听一番,那遥远的事情——眼下是这样遥远——吸引着我的兴趣。我挤到上面去听了听,万籁俱静。这里多叫人称心如意呀,外边谁也不注意我的地洞,每个人都有跟我无关的工作,这正是我为之努力的结果。现在,这苔盖旁边几个钟头之久也听不到响声,这在我的地洞边缘也许是独一无二的场所了。——这同地洞里的情况形成鲜明的对照,于是:昔日的危险之地反成了和平之乡,而城郭呢,却被卷进了吵闹的世界及其危险之中。尤为糟糕的是,这里其实也没有和平,这里的情况什么也没有改变,宁静也罢,吵闹也罢,危险一如既往潜伏在苔藓之上。不过我对于危险已变得感觉迟钝了,那是由于我的墙壁的"曲曲"声使我用心过甚之故吧。我是为此用心了吗?那响声越来越强,步步逼近。但我绕来盘去通过了迷津,来到入口通道的高处,躺在苔藓底下,这一来就几乎把家交给那"曲曲"声了,只要在这上面稍稍休息一会儿,我就心满意足了。让给了"曲曲"声?难道我对那响声的原因有了某种新的明确看法了吗?那响声不就是那些小玩意挖洞时产生的吗?难道这不就是我的明确的见解吗?这种见解我到现在似乎还没有放弃呢。假如这声音不是直接从它们的洞中发出的,那也是跟那些洞有某种间接关系的。即便跟它们毫无联系,那就说明从一开始什么蛛丝马迹也没有找着,只好等着,直到把原因找到,或者它自行暴露为止。眼下这会儿人们自然也可以虚构各种说法来戏谑,比如,说:远处某地方水漏进来了,而我所听到的"嘟嘟"声或"曲曲"声,原来就是漏水声。但这方面我是毫无经验可言的,姑且不谈了吧——地下水我是一开始就发现的,马上把它排引开了,此后这沙土地里就没有再发现水——之所以姑且不谈,因为那到底是"曲曲"声,不能当作水的声音。但是多多勉励自己平静是会有好处的,虽然想象力不会静止,而事实上我也那么认为——自己加以否认也是徒然——那声音就出自一种动物,不是许多动物,也不是小动物,而是一头大动物。也有一些反对的理由。那就是响声随处可闻,强弱始终相同,而且不分昼夜,有规律地传来。的确,最初我满以为那是许多小动物。但我在发掘时本来是会找到它们的，结果却什么也没有找到。剩下的惟一解释就是有一头大动物的存在了，同时也有似乎与这种解释相矛盾的说法，它所涉及的东西倒不是证明上述动物不可能存在，而是它们越出了一切可以想象的界线，变成耸人听闻的了。因此，我反对这一种说法。我排除了这种自欺欺人的东西。很久以来我就玩味着这样的想法：之所以老远也听得到那声音，就是因为那动物在迅猛地工作；它以人们在外面路上散步的速度，在迅速地钻掘前进，大地为之震颤，即使钻掘已经过去，那余震和工作本身的响声也在远处汇成一片，我仅仅听到这行将消逝的余音，觉得到处听起来都是相同的。再者，那动物不是朝着我这个方向前进的，因此声音没有变化。多半它已有一项计划，其意向我不得而知，我只认为，该动物——我决不想断言它知道我的情况——正在我的周围绕圈子，自从我对它进行观察以来，它在我的地洞周围已经绕了好几圈了。——声音的种类，"曲曲"声或"嘘嘘"声引起我许多想法。我若以自己的方法来刨地或掘土时，听起来却完全不同。我对"曲曲"声只能作这样的解释：动物的主要工具不是它的爪子（爪子大概仅作辅助用），而是它的嘴和鼻，且不说这两样东西有着巨大的力气，只看它们的锐利也是显而易见的。它钻地时兴许用鼻子朝地里猛力一撞，一大块土就掘起来了，这期间我什么也没有听见，是间歇吧，但接着又是一撞，并吸一口气。这吸气的动作就使地面发出噪音，这不光是它使了气力，而且还由于它的匆忙，它的劳动热情；这噪音在我听起来，就成了轻微的"曲曲"声了。它那不倦劳动的能力显然不是我所能理解的；也许那片刻的间歇就把短暂的休息包括在内了吧，可真正像样的休息似乎它还不曾有过。它夜以继日地挖掘着，始终气力十足，精神饱满，一心要赶紧完成它的计划，又拥有实现这一计划的一切能力。好家伙，这样一个敌人我想都没有想到过。但是，这头巨兽的特点且不提了吧，现在发生的那不过是我本来一直都在提心吊胆、随时准备对付的一件事：有人接近了！蹊跷的是，为什么这么长的时间里我能够一切平安无事,而且幸福度日呢?是谁控制着敌人的行动路线,使它们避开我的驻地,让它们拐了个大弯走了过去的呢?为什么这样长期地保护着我,而现在又让我受着这样的威胁呢?比起这一危险来,我一直所思虑着的那些小的危险又算得了什么!作为地洞的主人,我能有足够的力量来对付任何来犯者吗?我作为这样一个既宏大又脆弱的建筑物的主人,面对任何比较认真的进攻,我深知自己恰恰是没有防御能力的。主人的幸福感使我骄纵;地洞的脆弱性使我敏感。只要地洞受到伤害,我就会有切肤之痛,如同我自己受到伤害一样。而正是这一点我应该事先就预见到的,不应只为我个人的防御着想——就是在这方面我过去做得多么草率和无效——而应从地洞的防御着想。尤其需要事先筹划的是,当有人来进攻的时候,能把地洞的一个一个部分——尽可能把许多这样的部分——在极短时间里做到用土堵死,使它们与受威胁较轻的部分分割开来,通过大量泥土的堵塞和由此达到的卓有成效的分割,使得进攻者万万料想不到在这后面才是真正的地洞。还有,用泥土堵塞,不仅掩蔽了地洞,而且还能埋葬来犯者。诸如这样一些事情,我没有采取过任何步骤,这方面一丝一毫的工作也没做过,我以前轻狂得像个小孩,我以孩子般的游戏度过了我的成年岁月,甚至在设想危险的时候,也当作儿戏,对于真正的危险,我也没有认真地想过。我把事情耽误了,虽然这期间不断有情况向我发出警告。

堪与目前这样的情况相比的事情当然没有发生过,但在地洞初创时期,类似的事情却频频有之。所不同的主要就在那是初创时期……那时我还是个正式的小学徒,从事第一条通道工作,迷津的设计才有了一个初步的轮廓,我已挖出了一个小广场,但在大小的设计和墙壁的筑造方面却完全失败了;总之,一切就是这样开始的,那只能当作一种尝试,当作一种一不满意便立即报废而不足为惜的事情。有过这么一件事:在一次劳动间歇——平生劳动间歇的时间花费得太多了——时,我躺在我的许多土堆之间休息,忽然远处传来一种响声。像我这样的小伙子,听到这声音与其说害怕,毋宁说新奇。我撂下活儿,竖起耳朵来听,我总是就地谛听,并不需要跑到苔藓底下的高处,躺在那里去听,却什么也听不到。我在这里至少是听到了的,我能准确地鉴别出,那是挖掘的声音,同我这里的情形相仿,听起来比较微弱一些,但离这里有多远,我估计不出来。我也紧张过,不过通常是冷静、平和的。我想过:也许我进了别人的地洞了吧,它的主人现在正朝着我挖过来呢。假如我的这一想法属实,则我立即离开,到别的地方去营建,因为我从未有过占领欲或进攻心。不过,自然啰,我还年少,还没有一个地洞为家,我还能够做到冷静与平和。后来事态的发展过程中也没有引起我真正激动过,只是要说清楚这过程的事情并不容易。如果那边的挖掘者听到了我在挖掘,真的向我这边推进,或者它中途又改变方向(像现在已发生的那样),那也无法确定,它是否真的在这样做,因为,这可以是由于我的劳动间歇使它失去了目标,也可以是由于它自己改变了意图。但说不定是我自己完全搞错了,此君根本就没有以我为直接目标;不过那声音倒确实加强了一会儿,仿佛那挖掘者越来越接近我。那时我还是个小伙子,倘看见它突然从地里冒出来,也许是不会感到不快的。但这类事情什么也没有发生,挖掘声从某一点开始转弱了,听起来越来越轻微,挖掘者像是渐渐改换了最初的方向,及至突然中断,好像它现在下决心来了个一百八十度的大转向,背着我的方向往远处推移。在我重新开始劳动以前,还静静地听了很久。这一次警告是够明显的吧,但我很快就把它忘了,它对我的建设计划几乎没有产生过影响。

从那时到今天这一段正是我的壮年时期;但这期间不是看来什么也没有发生吗?劳动时我仍一直安排长时间的间歇,贴着墙壁谛听,发现那个挖掘者新近改变了主意,来了个向后转。它正旅行回来,它以为,这期间它给了我足够的时间做好迎接它的准备。然而从我这方面说,整理工作一切都不如当时,偌大的地洞毫无防御设施,而今我已不再是小学徒,而是老建筑师了,我身上还留存的那点力量已无法支持我做出对敌行动的决断了。但不管我多么老,我似乎还希望活得比现在更老,老到在我的青苔底下的卧榻上一卧不起。因为在青苔底下其实我是忍耐不住的,只要一起来,就去狩猎,好像我在这里并不是休息,而是充满新的忧虑,于是又跑回下面的家里去。——那么这以前情况是怎样的呢?"曲曲"声减弱了吗?没有,它变强了。我随便找了十个地方听了听,发觉我明显搞错了,"曲曲"声依然如故,丝毫未变。对面的情况仍是老样子,人家在那儿安闲自在,时间任由支配;而这里却每一瞬间都在振荡着监听者。于是,我又沿着漫长的道路回城郭去,我感到周围的一切都很激动,都凝望着我,但旋即又把视线移开,以免扰乱我。但又竭力想从我的表情上看出保卫家园的决心。我摇了摇头,我还没有那个决心呢。我去城郭也并不是为了在那里实施什么计划。我经过一个原来打算建立研究室的地方,我又把它检查了一遍,那可真是个好场所啊,那洞穴朝着有许多小气孔的方向,有了这些气孔,我的工作似乎会轻松许多。看来根本用不着挖得那么远,不必挖到响声的策源地,只需把耳朵贴在出气孔上监听就行。但考虑来考虑去,始终没有足够的勇气来鼓励我从事这一挖掘工作,这个地洞能给我带来安全保障吗?我的心情已经是这样:安全保障根本就不想要了。到城郭里挑它一块上等的去皮的鲜红的肉,拿着它一起钻进一个土堆里,那里无论如何该是宁静的吧,如果说这地洞里还存在着真正的宁静的话。我舔了舔肉,咬了一口咀嚼着,不时想着远处那头正在行进的陌生动物。只要我还有可能,我何乐而不尽情享受一番自己的贮藏品?此举大概是我的计划中惟一切实可行的一项了吧。此外,我很想破那头动物的计划的谜。它是在漫游的途中呢,还是在营造它自己的地洞呢?如果它是在漫游,那么和它取得谅解也许是可能的。如果真的在朝我这边挖掘,就把我的贮藏品分一些给它。这样它准会离开这儿,继续往前走的吧。在土堆中我自然可以梦见各种各样的事情,包括梦见和它取得谅解这件事,虽然我心中有数,诸如此类的事情是不可能见之于现实的,而且就在我们相遇的那一刹那,甚至就在我们仅仅感到彼此距离已很接近的那一瞬间,会立即互相——分不出谁先谁后——以一种新的异样的饥饿向对方扑过去,尽管双方肚子本来都是填得满满的。这种情况任何时候都是没有例外的,因为一个人即使在漫游途中,难道会由于一见地洞就改变他的旅行和未来的计划吗?但说不定那头动物在掘它自己的洞穴呢,要是这样,那么要取得谅解连做梦也不能了。纵使这头动物是这样特殊,它能够容忍其洞穴与别人为邻,则我的地洞也不能与之相容,至少一种咫尺相闻的近邻它是忍受不住的。现在,那动物好像明显地去得很远了,只要它哪怕继续往回走几步,那响声也会消失得无影无踪的吧,那样一来,昔日的美好生活都会恢复如初,因而此事就成为一种虽然不祥,却颇为有益的经验,它将激发我进行各方面的改善。只要我获得安宁,没有危险直接威胁着我,我一定还能做出各种像样的事情,庶几那头动物就是鉴于它自己在能力上具有巨大的潜力,才放弃了朝我这边来扩展它的洞穴的打算,转向别的方面去谋取补偿。这种事当然不是通过交涉所能达到的,而只有通过那动物自己的智力,或由我这方面施加压力。这两方面起决定作用的是,动物是否知道我,并且知道我的什么。这些事我思考得越多,就越觉得动物听到我工作的声音一说之不可能。尽管我难以想象,但它也许风闻到关于我的某种消息,那倒未始不可。但它不可能听到了我的声音,这是毋庸置疑的。在我对它的事一无所知的情况下,它就不可能听得到我,因为我在这里是保持寂静的,没有人做到比我重返地洞时更寂静的了。后来,当我进行了一些探究性挖掘时,它听到了我也说不定,虽然我的挖掘方法是很少发出声音的;不过假如它听到了我,我也一定会有所觉察的,那它至少得经常停下工来谛听,——但是一切始终毫无改变。

叶廷芳 译

附　录

致父亲的信

最亲爱的父亲：

你最近曾问我，我为什么说怕你。一如既往，我无言以对，这既是由于我怕你，也是因为要阐明这种畏惧，就得细数诸多琐事，我一下子根本说不全。我现在试图以笔代言来回答这个问题，即便如此，所写的也仅仅是一鳞半爪，因为就在写信时，对你的畏惧及其后果也阻塞着我的笔头，而且材料之浩繁已远远超出了我的记忆力和理解力。

对你来说，事情一向都很简单，至少你在我面前或不分场合在许多其他人面前是这样说起这事的。在你看来，事情大致是这样的：你一辈子含辛茹苦，为了儿女们，尤其为了我，牺牲了一切，因而我一直过着"花天酒地"的生活，享有充分的自由，想学什么就学什么，不愁吃穿，什么也不用操心；你并没有要求回报，你知道"儿女的回报"是怎么回事，但他们至少应该有一点配合，有一点理解的表示；我却从来都躲着你，躲到我的房间里、书本里，躲到一帮疯疯癫癫的朋友那里，躲到玄而又玄的思想里；我从未对你倾吐过肺腑之言，从未陪你去过教堂，从未去弗兰岑温泉探望过你，在其他方面也从未有过家庭观念，对生意以及你的其他事漠不关心，把工厂的一摊子事扔给你，就一走了之了，我支持奥特拉固执己见，我从未为你出过一点儿力（连戏票也没替你买过），却为外人赴汤蹈火。总结一下你对我的评价，可以看出，你虽然没有直说我品行不端或心术不正（我的最后一次结婚打算可能是例外),但你指责我冷漠、疏远、忘恩负义,你这般指责我,仿佛这都是我的错,只要我洗心革面,事情就会大有改观,而你没有丝毫过错,即使有,也是错在对我太好了。

你的这一套描述我认为只有一点是正确的,即我也认为,我俩的疏远完全不是你的错。可这也完全不是我的错。倘若我能使你认同这一点,那么——开启崭新的生活已不可能,因为我俩年岁已大——我们就能获得某种安宁,即便不会终止,毕竟能缓和你那无休止的指责。

奇怪的是,你对我想说的话总有种预感。比如,你不久前对我说:"我一直是喜欢你的,尽管我表面上对你的态度跟别的父亲不一样,这只是因为我不会像他们那样装腔作势。"父亲,我总体上从未怀疑过你都是为我好,但我认为你这话不对。你不会装腔作势,这是真的,但是仅仅因此就想断定别的父亲装腔作势,这要么是强词夺理、不容商量,要么就是暗示——我认为就是这样的——我们之间有点不对头,造成这种局面的原因你也有份,只不过你没有过错。你若真是这个意思,那我们的看法就一致了。

我当然并不是说,我成为今天这个样子都是你造成的。这样说未免太夸张了(我甚至倾向于这样夸大其词)。即便我在成长过程中丝毫未受你的影响,很可能也长不成你所中意的样子。我多半会很羸弱、胆怯、优柔寡断、惴惴不安,既不会成为罗伯特·卡夫卡,也不会成为卡尔·赫尔曼,不过一定与现在的我截然不同,这样我们就会相处得极其融洽。假如你是我的朋友、上司、叔伯、祖父,甚至岳父(尽管已有些迟疑),我会感到很幸运。惟独作为父亲,你对我来说太强大了,特别是因为我的弟弟们幼年夭折,妹妹们都比我小很多①,这样,我就不得不独自承受你

---

① 卡夫卡是家里的长子,他的两个弟弟都幼年夭折(海因里希两岁时死去,格奥尔格只活了一岁半),六年之后,卡夫卡的三个妹妹(艾丽、瓦莉和奥特拉)才相继出世。

的头一番重击,而我又太弱,实在承受不了。

比较一下我俩吧:我,简言之,一个洛维①,具有某种卡夫卡气质,但是使这种气质活跃起来的,并非卡夫卡式的生命意志、创业雄心、征服愿望,而是洛维式的刺激,这种刺激在另一个方向上比较隐秘、虚怯地起作用,甚至常常戛然而止。你则是一个真正的卡夫卡,强壮、健康、食欲旺盛、声音洪亮、能说会道、自鸣得意、高人一等、坚韧沉着、有识人之明、相当慷慨,当然还有与这些优点相连的所有缺点与弱点,你的性情以及有时你的暴躁使你犯这些毛病。如果与非力普叔叔、路德维希叔叔、海因里希叔叔相比,你在世界观上可能并非真正的卡夫卡。这很奇怪,对此我也想不大明白。他们全都比你快活爽朗、无拘无束、逍遥自在,不像你那么严厉(顺便说一句,这方面我继承了你不少,而且把这份遗产保管得太好了,但我的天性中缺乏你所具备的必要的平衡力)。另一方面,你在这点上也经历了不同时期,或许曾经很快乐,直到你的孩子们,尤其是我,让你失望,使你在家闷闷不乐(一来外人,你就是另一个样子),你现在可能又变得快乐了,因为孩子们——瓦莉可能除外——没能带给你的温暖,现在有外孙和女婿给你了。

总之,我俩截然不同,这种迥异使我们彼此构成威胁,如果设想一下,我这个缓慢成长的孩子与你这个成熟的男人将如何相处,就会以为你会一脚把我踩扁,踩得我化为乌有。这倒是没有发生,生命力是难以估量的,然而,发生的事可能比这还糟糕。在这里,我一再请你别忘了,我从不认为这是你那方面的错。你对我产生影响是不由自主的,只不过你不应当再认为,我被你的影响压垮了是因为我心存恶意。

---

① 洛维是卡夫卡母亲的娘家姓,根据马科斯·布罗德的传记《弗兰茨·卡夫卡》,"如果我们再来看他母亲的前辈,就会见到截然不同的情形。这里有学者,耽于梦幻、喜欢孤独的人,还有一些人对孤独的这种热衷把他引向冒险、玄妙或怪僻、离群索居"。

我小时候很胆小,当然,既然是孩子,我肯定还很倔,母亲肯定也很溺爱我,可我不认为自己特别难调教,我不相信,一句和善的话、一次不动声色的引导、一个鼓励的眼神不能使我乖乖地顺从。你其实是个善良仁慈的人(下面所说的与这并不矛盾,我讲的只是你在孩子心目中的形象),但并非每个孩子都具有坚韧的耐心和无畏的勇气,都能一直寻觅,直至得到你的慈爱。你只可能按你自己被塑造的方式来塑造孩子,即通过力量、大叫大嚷和发脾气,这种方式之所以很合你的心意,还因为你想把我培养成一个强壮勇敢的男孩。

我现在当然无法直接描述你在我的生命之初所采用的教育方法,不过,从之后的情形以及你对待菲力科斯①的方式,我可以大致想象出来。尤其要考虑到的是,你那时更年轻,也就更精力充沛、更狂暴、更随心所欲、更肆无忌惮,而且,你整天为生意奔忙,一天也难得露一次面,因此,你给我留下的印象没有淡化为习以为常的事,而是深刻得多。

最初几年的事,只有一件我仍记忆犹新,你可能也还想得起。一天夜里,我老是哭哭啼啼地要水,绝对不是因为口渴,大概既是为了怄气,也是想解闷儿。你严厉警告了我好几次都没能奏效,于是,你一把将我拽出被窝,拎到阳台上,让我就穿着睡衣,面向关着的门,一个人在那儿站了一会儿。我并不是说这样做不对,当时为了让我安静下来,可能确实别无他法,我不过是想借这件事说明你的教育方法以及它对我的影响。从这以后,我确实变乖了,可我心里有了创伤。要水喝这个举动虽然毫无意义,在我看来却也是理所当然的,然而结果是被拎出去,我无比惊骇,按自己的天性始终想不通这两者的关联。那之后好几年,这种想象老折磨着我,我总觉得,这个巨人,我的父亲,终极法庭,会无缘无故地走来,半夜三更一把将我拽出被窝,拎到阳台上,在他面前我就是这么渺小。

---

① 菲力科斯是卡夫卡的外甥,艾丽的儿子。

这在当时只是个小小的开端，然而，经常涌上我心头的这种渺小感（换个角度看，这却也不失为一种高尚和有益的感觉）来自你的影响。我原本需要些许鼓励，些许和善，我的路需要些许余地，你却把它堵死了，当然是出于好意，你认为我应当走另一条路。可我走不了别的路。比如，我敬礼和走正步的动作很标准时，你会鼓励我，而我并非当兵的料，要不然，我狼吞虎咽、边吃还边喝点啤酒时，或者我哼哼着自己也不懂的歌，学说你的口头禅时，你会鼓励我，可这一切与我的将来毫无关系。很说明问题的是，就连现在也只有当你自己被牵累，你的自我感觉被我破坏（例如我结婚的打算）或因我遭到破坏时（例如佩帕骂我），你才会真正鼓励我。这种时候你鼓励我，提醒我别忘了我的价值，指出我有资格做的事，把佩帕贬得一无是处。且不说按我现在的年岁，我已不为鼓励所动，关键是这种鼓励并非首先着眼于我，对我有什么用呢？

那时候，我在各方面都需要鼓励。单单你的体魄就已把我压倒了。比如，我还记得我们经常一起在更衣间脱衣服的情景。我瘦削、羸弱、窄肩膀，你强壮、高大、宽肩膀。在更衣间里我已觉得自己很可怜了，不单单在你面前，在整个世界面前也是如此，因为你是我衡量万物的尺度。接着，我们走出更衣间，走到众人面前，我抓着你的手，一副小骨头架子，心惊胆战，光着脚站在木板上，怕水，学不会你的游泳动作，你好心好意地一再为我做示范，我却恨不得有地缝可钻，万分绝望，在这样的时刻，我各种各样的糟糕经历都融会到一起了。我觉得最好的情况是，你有时先脱了衣服，我独自待在更衣间里，可以尽量拖延当众出丑的时刻，直到你终于过来看是怎么回事，把我赶出更衣间。我很感激你，因为你似乎没有察觉我的窘迫，而且，我也为父亲的体魄感到骄傲。顺便说一句，我俩的这种差异至今仍然没有什么改变。

与这种差异相应的是你在精神上占有绝对的优势。你完全凭自己的本事干成了一番事业，因此，你无比相信自己的看法。这种情形我小时候就有所感觉,但没有我长大成人后感觉到的那么突出。现在你是坐在躺椅里主宰世界。你的观点正确,任何别的观点都是荒谬、偏激、疯癫、不正常的。你如此自信,根本不必前后一致,总是有理。有时,你对某件事毫无看法,因此,对这件事的任何看法必定都是错误的。比如,你可以骂捷克人,接着骂德国人,接着骂犹太人,不仅挑出某一点骂,而且方方面面全都骂,到头来,除你之外所有的人都被骂得体无完肤。在我眼里,你具有所有暴君都具备的神秘莫测,他们的正确靠的是他们本人的存在,而不是思索。至少我觉得是这样的。

在我面前,你居然果真常常是对的,谈话时当然如此——因为我俩几乎没有谈过话——生活中也是这样。这并不特别费解。我的所有思考都处在你的重压之下,我的想法与你的不一致时也是如此,而且尤其如此。所有看上去不依赖于你的想法从一开始就被你的贬斥压得很沉重;承受这样的评判,以致完整而连贯地阐明我的想法,都几乎是不可能的。我这里并不是指什么高深的思想,而是指小时候的任何一个小举动。只要孩子为某件事满心欢喜,一心念着它,回到家里说起这件事,得到的回答便是一声嘲讽的叹息,摇头,手指敲着桌子:"我还见过更棒的呢",或者"你已经跟我说过你的心事了",或者"我可没这份闲心",或者"可真是件大事",或者"拿这去买点东西吧!"我当然不能要求含辛茹苦的你为孩子的每一件芝麻小事而兴高采烈。问题也不在这儿。问题在于你的逆反心理,你总是非得让孩子失望不可,而且,你所反对的事不断增多,你的逆反心理不断增强,最后成了习惯,即使你与我的看法相同,这样,孩子所感到的失望就并非日常生活的失望,由于它牵涉到你,而你是衡量万物的尺度,这种失望就使他一蹶不振了。对桩桩事的勇气、决心、信心、喜悦都坚持不到底,只要你反对或仅仅是料想你会反对;而差不多我所做的任何事,料想你都会反对的。

这不仅涉及想法本身,而且涉及人。只要我对某人稍有好感——按我的性格,这种情形并不常发生——你就会丝毫不顾及我的情感,不尊重我的判断,以斥责、诽谤、侮辱横加干涉。像德国的犹太演员洛维这样纯真可爱的人也因此而遭罪。你并不认识他,却将他比作甲虫,比喻的方式很可怕,我已忘了,只要谈到我喜欢的人,你随口就有狗和跳蚤之类的谚语①。我尤其记得这个演员,因为我当时对你的议论写下了这样的评语:"我的父亲之所以这样说我的朋友(此人他根本不认识),仅仅因为他是我的朋友。如果他将来指责我没孝心、忘恩负义,我就可以拿这来反驳他。"我始终想不明白,你怎么丝毫感觉不到你的话和你的评价会给我带来多大的痛苦和耻辱,似乎你对自己的威力一无所知。我肯定也经常说些让你伤心的话,但我总是意识到了对你的伤害,这让我心痛,可我忍不住要说出来,我说的时候就已经后悔了。你却毫无顾忌地恶语伤人,不为任何人感到歉疚,说的时候不会,说完之后也不会,你让人根本无法招架。

而你的全部教育都是如此。我想你具有教育天才;倘若被教育者是你这种类型的,你的教育一定很有好处;他会明白你的话的明智所在,不在乎其他方面,安心地照你的吩咐把事情完成。而我小时候,你对我的大声嚷嚷简直就是天条,我永志不忘,它们一直是我评判世界,首先是评判你本人的最重要的手段,而你根本经不起这种评判。由于我小时候大多是吃饭时与你在一起,你的大部分教诲便是用餐的规矩。桌上的饭菜必须吃光,不准谈论饭菜的好坏——你却经常抱怨饭菜难吃,称之为"猪食",是那"畜生"(厨娘)把它弄糟了。你食欲旺盛,喜欢吃得快,吃得热,狼吞虎咽,因此,孩子也必须赶紧吃,餐桌上死气沉沉,悄无声息,打破这寂静的只有你的规劝声"先吃饭,后说话",或"快点儿,快点儿,快点儿",或"你瞧,我早就吃完了"。不准咬碎骨头,你却可以。不准咂咂地啜醋,你却可以。切切要注意的是,面包必须切得整整齐齐,而你用滴着调味汁的刀切,

---

① 指谚语:"谁和狗躺在一块儿,起来时身上便有了跳蚤。"

就无所谓了。务必当心饭菜渣掉地上了,而你脚下掉的饭菜渣最多。吃饭时不准做别的事,你却修指甲,削铅笔,用牙签掏耳朵。父亲,请你理解我,这都是些鸡毛蒜皮的小事,它们之所以使我感到压抑,只是因为你,我心中衡量万物的尺度,自己并不遵守为我立的许多戒律。所以,世界在我眼里一分为三,一个是我这个奴隶的生活世界,其中布满了条条框框,这些法规是专为我制定的,可我,不知道为什么,总是无法完全符合这些法规,然后是第二个世界,它与我的世界有天渊之别,这就是你的生活世界,你一刻不停地统治着,发号施令,因命令不被遵循而动怒,最后是第三个世界,你我之外的所有人都幸福地生活在其中,不受任何命令和戒律约束的世界。我始终感到耻辱,要么服从你的命令,这是耻辱,因为只有我必须遵守它们;要么执拗,这也是耻辱,因为我怎么可以在你面前执拗;要么我达不到法规的要求,比如说因为我缺乏你的力量、你的胃口、你的敏捷,而在你看来,你所要求的都是我理所当然应当具备的;这便是最大的耻辱了。这些并不是孩提时的我思考出来的,而是感觉到的。

把我当时的处境与菲力科斯比较一下,可能就更清楚了。你对待他的方式也很类似,甚至采用一种特别严厉的教育手段,当他吃饭时的举止你看不顺眼时,你不仅会像当时对我那样说声"你是头蠢猪",还要加上一句"一个地道的赫尔曼",或"跟你爸一模一样"。然而对于菲力科斯,这或许——只能说是"或许"——确实没有造成很大的伤害,因为对他来说,你毕竟只是个他必须特别当心的外祖父,并非像你对于我那样意味着一切,而且,菲力科斯性格沉静,现在就已有种男子汉气概,雷鸣般的吼声可能会使他一时目瞪口呆,却不能让他长久地惟命是从,最重要的是,他较少和你在一起,还受其他人的影响,在他眼里,你亲切好玩,他可以从中选取他所喜欢的方面。而对于我,你可不是什么好玩的,我无从选择,我只能全盘接受。

对你的反对,我也不能提出任何异议,因为只要你不同意或只要某件事不是你首先提出来的,你就不可能心平气和地谈论它;你的专横容不得人们说起它。近几年,你说这是你的心绪烦躁症所致,可我觉得你从未与此截然不同,心绪烦躁症不过是你实行更严厉统治的一个手段,因为大家一想到这病,再大的异议肯定也不好说出来了。这当然不是指责,只是陈述一桩事实。比如说到奥特拉:"根本没法跟她谈事儿,她一开口就凶神恶煞的。"你总是这样说,其实她压根儿没有凶神恶煞的;是你把事与人混为一谈了;是事情对你凶神恶煞的,你听也不听别人说什么,立即就下了定论;别人再说什么,只会使你火气更大,绝不可能说服你。然后你只会说:"你爱怎么做就怎么做吧;随你怎么做,我可不管你;你已经长大了;我没有什么好规劝你的。"这些话都是用可怕而嘶哑的语气说出来的,带着愤怒和彻底的贬斥,现在我听到这语气没有小时候战栗得那么厉害了,这只是因为我已认识到我俩都很无助,这多少取代了童年时纯粹的负疚感。

我俩不可能平心静气地交谈,这还有一个其实很自然的后果:我连话都不会说了。即便情形不是这样,我恐怕也不会成为大演说家,不过,像一般人那样流畅地说话我总还是可以的吧。你早早就禁止我说话了,你警告我"不要顶嘴",一边说一边举起手,这些都一直伴随着我成长。我在你面前说话——只要说到你的事,你总是滔滔不绝——断断续续,结结巴巴,就这样你还觉得我说得太多了,我终于哑口无言,开始时可能出于执拗,后来则是因为我在你面前既不会思考,也不会说话了。加之你是我的真正的教育者,这影响到了我的生活的各个方面。如果你认为我从来没有顺从过你,这真是让我啼笑皆非的谬见。你认为我"总是反着来",并对此指责不断,可这的确不是我在你面前的准则。恰恰相反:我要是不那么顺从你,你肯定会对我满意得多。你的所有教育措施无一不中的;我一项也没能躲过;我成为现在这个样子,是(当然撇开先天条件及生活的影响不谈)你的教育和我的顺从的产物。尽管如此,这个产物让你很难堪,你下意识地拒绝承认这是你的教育的结果,原因就在于,你的手与我这块材料彼此格格不入。你说:"不要顶嘴!"试图以此使我心中惹你不快的反抗力沉默下来，这对我影响太大，我太听话，我就完全闭嘴了，在你面前噤若寒蝉，直到已离你很远，你的威力至少不能直接够到我时，我才敢有说有笑。你却还是不满意，觉得我又是在"反着来"，其实这只是你的强大与我的羸弱所造成的必然后果。

你在教育时所用的言谈手段影响尤其深远，至少在我面前从未失灵过，这就是：咒骂、威吓、讽刺、狞笑以及——说来也怪——诉苦。

我想不起你曾直截了当地用脏话骂我。你也没有必要这样做，你有很多别的方式，在家，尤其是在店铺里谈话时，你随口骂人，骂人话铺天盖地，把小小年纪的我都快吓呆了，我没法不把这些话跟自己联系起来，因为你所咒骂的人肯定不比我差，你对他们肯定不会比对我更不满。这又是你的神秘的无辜和凛然不可侵犯之处，你随心所欲地骂人，却不仅谴责，而且禁止别人骂人。

你以威吓来加重咒骂，骂我时也是如此。让我胆战心惊的话比如："我要把你像鱼一样撕碎。"尽管我知道，这只是说说而已（我小时候可并不明白这一点），这却几乎符合我对你的威力的想象，我想象中的你连这也做得到。你喊叫着绕桌子跑着逮人，也很可怕，你显然根本不想逮住，只是做出这个样子，最后是母亲做出救人的样子来搭救。孩子又一次觉得，是你的恩赐让他又捡了一条命，只要他活着，就时刻觉得他的生命是你功德无量的馈赠。还有就是，你威吓倘若不听从你，会有怎样的后果。如果我开始做某件你不喜欢的事，你威吓我说这事会失败，那么，由于我太敬重你的看法，失败就已在所难免了，即便这可能过一段时间才会出现。我丧失了自信心。我动摇不定，疑虑重重。我年龄越大，你可以用来证明我无能的材料也就越多；在某些方面，逐渐证明你确实是对的。我又要注意别断言说我这样完全是你造成的；你只是加重了原本的状况，但你加重得很厉害，因为你在我面前就是很强大的，而且你用上了全部威力。

你特别相信讽刺所产生的教育效果，讽刺也最适合表达你在我面前的优越感。你的警告通常是这样的："你就不能那样做吗？这对你恐怕太难了？你当然没时间？"诸如此类。每提一个这样的问题，你就狞笑一声，一脸愠怒。被问的人还不知道自己做了错事，就已受到了一定程度的惩罚。如果被训斥者只是作为第三人称被提到，也很伤人，因为这样一来，他连直接被你骂都不配；你表面上在对母亲说话，实际上是说给坐在旁边的我听的，比如："我们当然不能指望儿子先生这样。"等等。（然后有了对台戏，比如，只要母亲在，我不敢直接问你，后来习惯性地根本想不到这样做。孩子觉得通过坐在你身旁的母亲打听你的情况，危险就小多了，于是他问母亲："父亲好吗？"这样就不怕惹出事来。）当然，我也有对你最尖刻的讽刺深表赞同的时候，即遭到讽刺的是别人时，比如艾丽，我与她有好几年关系一直很糟。几乎每顿饭都听到你说她，这让我大出了一口恶气，幸灾乐祸得很："她非得坐得离饭桌十米远不可，这个胖丫头。"说完，你气势汹汹地坐在你的扶手椅里，面无表情，俨然一个愤怒的敌人，试图夸张地模仿她的坐姿，表示你对此多么反感。你老得重复类似的讽刺手段，而你由此所取得的实际效果何等微弱。我想，这是因为你的大发雷霆与事情本身显得不成比例，孩子不会觉得是"远离桌子坐"惹你生气的，而是你原本就有一肚子火，只是碰巧借这件事把火发出来。孩子深信，要找碴儿发火随时都能找到的，因此不是特别当心，而且，你的警告成了家常便饭，孩子也就觉得无所谓了；孩子逐渐拿准了一点，觉得不会挨打的。就这样，孩子变得阴沉、心不在焉、不听话、一心想着逃遁，大多是一种内心的逃遁。你痛苦，我们也痛苦。怪不得你咬紧牙关，喉咙里发出咕噜咕噜的笑声，这笑声使孩子头一次想象出了地狱的景象，你苦涩地说道（就像最近由于一封君士坦丁堡的来信）："这是一群混蛋！"从你的立场出发，你这样做完全正确。

与你对孩子的这种态度极不协调的是，你经常当众诉苦。我承认，我小时候（后来大概好些）对此无动于衷，而且不理解，你怎么竟会期望得到同情。你在任何方面都是巨人；你怎么会在乎我们的同情甚或帮助？对此，你心底里保准会嗤之以鼻，正如你常常瞧不起我们本人。因此，我不相信你的诉苦，想看看诉苦后面隐藏着什么意图。后来我才明白，你确实为儿女吃了很多苦，然而当时——在另外的情形下，诉苦可能会打动一颗坦率、无所顾虑、乐于助人的童心——在我眼里，这必定又不过是极其明显的教育和侮辱手段而已，手段本身并不很厉害，只是它的副作用很有害，使得孩子习惯于把应当严肃看待的事偏偏不怎么当回事儿。

幸运的是也有例外，这大多是你默默吃苦时，以爱与善的力量克服一切对立因素，直接拥有了爱与善。这种情形很罕见，却妙不可言。特别是以前当我看见：盛夏的中午，你在店铺里吃完饭后，疲惫地打个盹儿，胳膊肘支在桌子上；星期天，你精疲力竭地赶往我们所在的避暑地；母亲身患重病时，你紧紧抓住书箱，哭得浑身打颤；我上次生病时，你蹑手蹑脚地走到奥特拉的房间来看我，在门槛上站住了，伸长脖子看看躺在床上的我，怕打搅我，只挥挥手表示问候。每当这种时候，我便扑到床上，幸福得哭了起来，此刻我写到这儿时，眼泪又夺眶而出。

你的脸上也会绽出一种特别美丽、十分罕见的微笑，一种沉静、满意、赞许的微笑，你向谁这样一微笑，他就会深感幸福。我不记得你曾明确地对孩提时的我这样微笑过，不过多半有过，你当时怎么会吝啬向我微笑呢，因为我那时在你心里还是无辜的，还是你的厚望。顺便说一句，这种和善的印象久而久之只加重了我的内疚，使我感到世界更加不可理解。

我情愿去想我记得清清楚楚而且一贯发生的事。仅仅为了在你面前稍稍能站住脚，部分也是出于报复心理，我很快就开始观察、收集和夸大在你身上发现的小笑料。比如，你轻易就对表面显赫的人崇拜得五体投地，津津乐道某位宫廷枢密顾问之类的人物（另一方面，你，我的父亲，认为自己的价值需要这种一钱不值的认可，并到处炫耀，这使我感到很难过）。我还观察你爱说猥亵的话，而且说得震天响,边说边笑,仿佛妙语连珠,其实不过是平庸的猥亵之辞罢了(同时,这使我感到羞辱,因为这又是你的生命力的表露)。这种观察多种多样,不胜枚举;我为之而欣喜不已,我有理由在你背后窃窃私语、开玩笑了,你有时有所觉察,大为恼火,认为这是坏心眼、目无尊长,不过相信我吧,这对我来说无非是维护自我的一个手段而已,一个毫无成效的手段,这都是些玩笑,就像人们对神与国王开的玩笑,这样的玩笑不仅与最深的敬意相连,甚至本身就是敬意的表现。

与你在我面前的类似情形相应,你也试图反戈一击。你时常说,我过得好得不得了,大家对我真是太好了。这是对的,但我并不认为,在当时的情况下,这使我的状况大为改观了。

确实,母亲对我再好不过了,然而对我来说,这一切都与你相关,因而也就不是好事了。母亲无意识地扮演着狩猎时的围猎者角色。如果说你的教育使我心中充满了执拗、反感甚或憎恨,在某种可能性极小的情况下,我会因此变得独立,那么,母亲以她的慈爱、谆谆教诲(在我们纷乱的童年里,她就是理智的化身)、求情,又和上了稀泥,我就又被赶回你的圈子,否则我可能会冲出这个圈子,这对你对我或许都是件好事。要不就是,我俩并没有达成真正的和解,于是母亲只能背着你保护我,悄悄给我东西,应允我,结果,我在你面前又是鬼鬼祟祟的,又成了骗子,深感内疚,因为我太渺小,就连我自认为有权得到的东西也只能偷偷摸摸地取得。当然,我后来习惯了以这种方式寻求我自以为无权拥有的东西。这又加重了我的内疚。

确实,你没有真正打过我。可是你的叫嚷,你的涨得通红的脸,你急匆匆地解下裤子背带,把背带放在椅背上随时待用,对我来说比真打我更可怕。我就像行将被绞死的人。若是真被绞死,一死也就没事了。而他如果不得不亲眼看见被绞死的所有准备工作,一直到绳套已吊在面前了,才得知获赦,那他可能会为此痛苦一生。再说,你明确说过,我好多次都该挨打的,每次都因为你的恩赐而幸免,这又只会使我感到强烈的内疚。各方面我都对你有负疚感。

你一向指责我(单独对我说或者当着其他人的面,对于后一种情况我所感到的羞惭你毫无感觉,你的孩子的事总是公之于众的),说我靠你的劳动,不愁吃不愁穿,过得安逸、舒服又富足。我想起了一些话,这些话肯定已在我额头上刻下皱纹了,比如说:"七岁时我就推着小推车走街串巷啦。""我们全得挤在一间屋子里睡。""有土豆吃我们就高兴得不得了。""我冬天没棉衣可穿,腿上好几年都是裂开的冻伤。""我小小年纪就得去皮赛克一家店铺当学徒了。""家里没有给过我一个子儿,连我当兵时也没给过,倒是我往家寄钱呢。""尽管如此,尽管如此,——在我心目中,父亲总是父亲。现在谁还懂这个!孩子们知道些什么呀!一个也没吃过这种苦!现在的孩子有能明白这个的吗?"换一种情形,这些故事可能不失为极好的教育方式,它们会给孩子打气,鼓励他承受父亲曾经历过的艰辛与困苦。可这根本不是你的初衷,正是你的辛劳使我们的生活状况大为改观,像你一样以这种方式出类拔萃,这样的机会已经没有了。要创造这样的机会,就非得通过暴力和彻底叛逆,非得离家出走(前提是孩子能当机立断并有力量这样做,而且母亲那方面不用别的方式加以阻挠)。你却根本不愿这样,把这说成是忘恩负义、走极端、不听话、背叛、发疯。你一方面举例子、讲故事,使我们深感羞惭,恨不得这样做,另一方面对此严加禁止。比如说奥特拉的曲劳①历险吧,撇开枝节问题不谈,你本应该感到欣喜的。她想去农村,而你就是来自农村的,她想劳动,想经历困苦,就像你曾承受的那样,她不愿坐享你的劳动成果,就像你也从未依赖过你的父亲。这些计划就那么可怕吗?那么违背你的例子和教诲吗?是的,奥特拉的计划以失败告终了,后来可能显得有些可笑,执行计划时搅得家里鸡犬不宁,她没有好好为父母着想。可这都是她的错吗?难道不也是她的处境造成的,尤其是因为你那么疏远她?难道她在店铺里的时候(你后来就

---

① 曲劳是原德属波西米亚的一个小镇,奥特拉曾在此经营一个小田庄。

想这样认为)与你不疏远,去了曲劳才与你疏远的吗？你难道不是绝对能(前提是你能克服自己)通过鼓励、建议和关心,也许甚至只要你肯容忍就行,使这次历险变成一件好事？

你讲完这些经历,总爱开个尖刻的玩笑,说我们过得太好了。这在某种意义上并非玩笑。你得奋斗才获取的东西,我们不费吹灰之力就从你手中得到了,但是,这场你早早就投入的生存斗争我们当然也不能幸免,我们要很迟,在成年人时才以孩子的力量进行这场斗争。我并不是说,我们的状况因此一定不如你的,毋宁说,二者恐怕不分轩轾(基本素质当然另当别论),我们所处的劣势就在于,我们不能像你那样炫耀自己的困苦,拿它来使人感到羞惭。我也不否认,我完全有可能好好享受、好好利用你伟大而辉煌的劳动所结出的硕果,并将它发扬光大,使你欣慰,然而,我们的疏远横亘其中。我可以享受你所给予的,可我享受时时刻感到的只是羞惭、疲惫、羸弱、内疚。因此,我对你只能有乞丐般的感激之情,无法以行动来回报。

整个这套教育的最直接的外在结果就是,只要稍微会使我想到你的事,我都避之惟恐不及。首当其冲的就是店铺。当它还是个沿街的小店时,尤其是在我的童年,它一定曾给我带来很多快乐,店里那么热闹,晚上灯火通明,总有可看可听的,还能不时地帮帮忙,显显身手,最主要的是欣赏你做生意的出众才干,看你怎样卖货,怎样跟顾客打交道,开玩笑,干劲十足,遇到麻烦事怎样当机立断等等;还有看你怎样包装或开箱,这都是值得一看的精彩戏,这一切绝对是不错的儿童课堂。可是,由于你的一言一行渐渐让我感到恐惧,而在我眼里,店铺跟你就是一回事,我觉得店铺也不再舒适了。店铺里有些事我起初觉得很自然,后来却使我感到痛苦、羞惭,特别是你对店员的态度。我不了解情况,或许大多数店铺里老板都是这样对待店员的(比如那家私人保险公司的情形确实差不多,我向经理提出辞呈,说是因为我受不了责骂,即便他根本不是在骂我;这不全是实情,却也不全是谎言;从小我就对这特别敏感,为之而痛苦),但孩提时的我并不在乎别的店是什么样的。我只听见并看见你在店铺里叫嚷、咒骂、发怒,我当时以为这样的情形满世界都是绝无仅有的。你不光咒骂,还有别的暴戾举动。比如,你发现有些货混放在其他货里了,一挥手就把这些货从桌子推到地下——你气得昏了头,只有这能稍稍为你开脱——店员就得重新拾起这些货。要不,你老是这样说一位患肺病的店员:"他早就该死了,这条病狗!"你称店员们是"领酬金的敌人",他们倒也是,不过,还没有等他们变成这样,我觉得你就已经是他们的"付酬金的敌人"了。在店铺里我也深刻体会到,你也可能做出不公正的事;从我自己身上我还不会这么快就察觉到这一点,因为我心里的内疚积得太重,我总觉得你是对的;而在店铺里,按照我孩童的观察——后来当然略有修正,不过改动并不太大——,为我们干活的都是陌生人,他们不得不生活在对你的无休止的恐惧中。我当然想得有些夸张,因为我马上就以为他们跟我一样很怕你。如果真是这样,他们可真是没法活了;然而他们是成年人,大多有着极其坚强的神经,只把你的咒骂当耳旁风,到头来,你因此吃的亏比他们大多了。我却受不了店铺,它总让我想起我与你的关系:撇开你的店主利益不谈,撇开你的统治欲不说,单单作为生意人,你就已远远胜于所有曾在你那儿当学徒的人,以至于他们的任何成绩都不能令你满意,就像我永远不能令你满意一样。因此,我必然站在店员一边,另外,由于我很胆小,不明白怎么能这样咒骂一个陌生人,所以,就为了我自己的安全,我也惴惴不安地试图使这些在我看来已被激怒的店员与你,与我们全家之间达成和解。要做到这一点,光是对店员采取一般的客气态度还不够,谦逊恭敬的举止也不行,我一定要低声下气,不仅得主动打招呼,还要尽可能不让他们回礼。即便我这个无足轻重的人舔他们的脚掌,仍然抵消不了你这个老爷对他们滥施的淫威。我与店员们形成的这种关系波及店铺之外,影响到了未来(类似的情形——不过没有我的那么危险和影响深远——比如奥特拉爱和穷人打交道,与女仆们坐在一块儿等等,这让你很恼火)。到后来，我简直怕起店铺来了，其实我还没上高级文科中学时，对此就早已不感兴趣了，上中学之后离它更远了。而且我觉得，我的那点本事根本应付不了它，因为如你所说，连你都为之殚精竭虑。我不热衷经商，不热衷你的事业，这让你很伤心，于是你（现在我为此既受感动，又深感羞愧）哄自己，说我缺乏经商的头脑，我脑子里有更高的思想，诸如此类。你的这个自欺欺人的解释，母亲听了当然很高兴，而我由于虚荣心作怪，加上身陷困境，也有些听信这种说法。然而，倘若真的仅仅或主要是因为"更高的思想"我才不愿经商（我现在，直到现在，才打心眼里真正厌恶经商），那么，这些思想必定已在其他方面表露出来了，我也就不会默默无闻、惴惴不安地读完文科高中，学完法学，最后在这公务员的办公桌前落脚。

我要想逃离你，就得逃离这个家，甚至逃离母亲。虽然在她那儿总能找到庇护，但这庇护始终牵连着你。她太爱你了，对你太忠心、太顺从了，因而在孩子的斗争中难以持久地成为一种独立的精神力量。这也是孩子的一种正确的直觉，因为随着年岁的增加，母亲更加依赖你了；当事情涉及她自己时，母亲总是温良而柔弱地维护着她那最低限度的独立，而且从不真正伤害你，随着年岁的增加，她却越来越——情感多于理智——全盘接受你对孩子们的看法和批评，在奥特拉这件麻烦事上尤其如此。当然，我们绝不能忘记，母亲在家中的角色是多么艰难，多么痛苦。她为店铺、为家务操劳，家中谁生了病，她就受加倍的煎熬，而最大的折磨莫过于，她夹在我们与你之间，苦不堪言。你一向对她很好很体贴，可是在这一点上，你和我们一样，都没有为她着想。我们都毫无顾忌地拿她当出气筒，你从你那边，我们从我们这边。这是一种排遣，我们并无恶意，只想着你与我们、我们与你进行的这场斗争，就对母亲发一通脾气。你——当然完全是无心的——因为我们而使她备受折磨，这对孩子也并非好的教育。这甚至像是为我们对她的原本不可原宥的态度做了辩解。她因为你受了我们多少苦，因为我们受了你多少苦，更不用说你有理时，她因为纵容我们而受的苦,即便这"纵容"有时不过是对你的那一套的不动声色、无意识的抗议罢了。母亲若不是从对我们大家的爱以及由爱而生的幸福感中汲取了力量,怎承受得了这一切?

妹妹们只在某些方面与我结成同盟。在与你的关系上,瓦莉是最幸运的。她最像母亲,也像母亲一样对你百依百顺,她没有付出多大辛劳,也没有受多少伤害。正因为她让你想到母亲,你也就比较和善地接受她了,尽管她身上缺乏卡夫卡气质。不过,或许正是这让你释怀;既然根本不具备卡夫卡的气质,即使你也强求不了,你也没有像对我们其他孩子那样,觉得她身上丢掉了什么,非得用暴力挽回不可。况且,你对女人身上表现出的卡夫卡气质大概从来没有特别喜欢过。要不是我们其他孩子有所干扰,瓦莉与你的关系可能还会更好。

几乎完全冲破了你的圈子的只有艾丽。看她小时候的样子,我怎么也想不到会是她做到了这一点。她小时候是那么迟钝、疲倦、胆怯、懊恼、内疚、低声下气、恶毒、懒惰、馋嘴、吝啬,我一看见她就难受,和她说话更受不了,她总让我想到我自己,她处于相同的教育桎梏中,与我那么相似。特别令我厌恶的是她的吝啬,因为我的吝啬有过之无不及。吝啬是深刻的不幸的最可靠的标志之一;我对万事万物都毫无把握,我真正拥有的仅仅是我已抓在手里或含在口中的,或至少是我马上就要抓住噙住的,而偏偏这样的东西,与我处境相似的她最爱从我这儿抢走。可这一切都变了,她小小年纪——这是最关键的——就离家了,结婚生子,她变得快乐、开朗、勇敢、慷慨、无私、乐观。令人难以置信的是,你对这么大的变化竟毫无察觉,反正你没有给予肯定,你对艾丽根深蒂固的恼怒竟让你对这一切视而不见,恼怒在根本上没有改变,只是现在很难再有发火的机会了,因为艾丽不再与我们住在一起,况且,你喜爱菲力科斯,对卡尔有好感,这份恼怒也就不那么重要了。只有盖尔蒂①有时还得因此吃苦头。

我几乎不敢提奥特拉,我知道,一写到她,很可能就会毁掉这封信的全部预期效果。一般情况下,也就是说只要她没有陷入特别的困境或危险中,你对她只有憎恨;你亲口对我说过,你认为她是存心老惹你伤心、生气,你在为她而痛苦,她却心满意足、兴高采烈。她简直就是魔鬼。你与她之间一定有很深的隔阂,比你我之间的还要大,否则怎么会有这么深的偏见。她离你很远,你看都看不见她,还没看见她,就认定她是个鬼怪。我承认,她特别让你头疼。她的事错综复杂,我也没有看得很透彻,不过,她身上绝对有一种洛维的气质,并且是用最精良的卡夫卡式武器装备起来的。我俩之间并没有真正的斗争;我很快就被解决了;剩下的就是逃遁、一蹶不振、悲痛、内心冲突。你俩却一直剑拔弩张、斗志昂扬、干劲十足。这场面让我既惊叹又心痛。你俩最初一定还很亲密,因为一直到现在,我们这四个孩子中可能还是奥特拉最完美地表现了你与母亲的婚姻以及婚姻中结合在一起的力量。我不知道是什么夺走了你们父女之间的融洽和乐,自然就认为情形与我的差不多。你那边是你暴戾的个性,她那边是洛维式的执拗、敏感、正义感、躁动,而且这一切还因为意识到自己具备卡夫卡的力量而有恃无恐。我对她恐怕也不无影响,不过这并非我刻意为之,而只是由于她看到了我的生存状况。况且,她是最小的孩子,面对这业已形成的力量对比,可以对众多现成的例子做出自己的判断。我甚至想象得出,她心里曾徘徊过一段时间,不知该投入你的怀抱,还是成为你的敌人,你当时显然错失良机,把她赶了回去,而假若真有可能,你俩会成为极其融洽的一对的。即便我因此失去一个同盟者,但只要看见你俩和和乐乐,我也就得到了足够的补偿,而且,至少有一个孩子让你十分满意,你因此感到无比幸福,兴许还会出现对我很有利的转变。今天想来,这当然只是一场梦。奥特拉与父亲

---

① 盖尔蒂是艾丽的女儿,卡尔是艾丽的丈夫。——译注

在感情上是不相通的,她不得不同我一样,独自寻觅自己的路,她比我乐观、自信、健康、无所顾忌,因此在你眼里,她比我更坏,更忘恩负义。这我明白;从你的角度来看,她只可能是这样的。她自己都能以你的眼光看自己,理解你的痛苦,并为此感到——并非绝望,我才会绝望——难过。与此似乎矛盾的是,你时常看见我俩凑在一块儿,窃窃私语,大笑,偶尔还听到我们谈论你。你觉得我俩是无耻的阴谋家。这样的阴谋家真稀奇。你向来是我们谈话的一个主题,正如我们的所思所想从来都围着你转,但我们坐在一块儿,确实不是为了想出对付你的招子,而是使尽浑身解数,或开玩笑或一本正经,怀着爱、执拗、愤怒、憎恶、顺从、内疚,使出全部智力和心力,一起细说我俩与你之间的这场可怕的诉讼,从每个细节、各个方面,借一切机会,远拉近扯,在这场诉讼中,你总是自诩为法官,其实你至少很大程度上(这里我姑妄言之,当然可能会有很多错)和我们一样,是同样羸弱、迷惘的一方。

一个从总体上看很说明你的教育效果的例子就是依尔玛。一方面,她是个外人,进你的店铺时已是成年人,与你之间主要是店员与老板的关系,因此只是部分地受你的影响,而且她已经到了能反抗的年龄;另一方面,她也是个亲戚,敬你这个叔父,你对她的威力就远远超出了一般老板的威力。她身体孱弱,却能干、伶俐、勤快、谦虚、可靠、无私、忠诚,爱你作叔父,敬你为老板,在这之前和之后她都很胜任其职,——即便如此,你还是认为她不是个优秀的店员。她在你面前——当然也是在我们的怂恿下——仿佛你的孩子,你的个性对她有那么大的改造力,以至于她身上(当然只是在你面前,但愿她没有因此深感痛苦)滋长了健忘、懈怠、辛酸的幽默,只要她能做到,可能甚至还有些执拗,且不说她当时体弱多病,本来就不很幸福,还肩负着沉重的家务。在我看来,你曾用一句话概括了你与她的关系,这句话对于我们已成经典,近于亵渎神明,不过恰恰证明了你待人的无辜:"这个虔诚的家伙给我留下了一堆麻烦。"

我还能描绘出你的影响所及的其他圈子以及为反抗你的影响而进行的斗争,但说到这些,我就不那么言词确凿,就得虚构了。而且,你一向是离店铺和家庭越远,就越和善、好说话、客气、体贴、富于同情心(我说的也包括表面上),就像一个暴君,一旦越出了他的国土,就没有理由老是那么暴戾,与再低下的人相处也和蔼可亲了。比如在弗兰岑温泉拍的集体照上,你站在一群愁眉苦脸的小人物中,确实总是那么高大、兴高采烈,宛若一个巡游的国王。孩子们本来也能从中获益的,只是他们小时候就必须认识到这一点,但这是不可能的。比如我就不应当在某种程度上一直蜷居于你的影响的最内在、最严厉的紧箍咒里,而我实际上就是如此。

不仅如你所说,我因此失去了家庭观念,相反,我倒是有家庭观念的,不过这种观念主要是负面的,即从内心与你脱离(这当然永远不会终结)。而我与外人的关系可能更因你的影响而遭殃。假如你认为,我对外人充满爱心、忠心耿耿,为他们做一切事,对你和家人冷漠无情、忘恩负义,什么也不做,那你就完全错了。我可以重复第十次:即使没有你的影响,我多半也会是很羞怯胆小的,不过,还要经过一段漫长黑暗的路,才会到达我如今这个地步。(至此为止,我在这封信中有意避而不谈的事还比较少,从现在起,我却不得不避而不谈某些事,我要承认这些事——在你和我面前——还太难。我之所以这样说,为的是假若我的整体描述这里那里有些模糊,你别认为这是由于缺乏证据,其实是有证据,只不过它们会使描述鲜明得刺眼。很难描写得恰如其分。)这里只需回想一下以前的事就够了:我在你面前失去了自信,取而代之的是无穷无尽的内疚。(有一次,我回想起这种无穷无尽内疚心情,这样贴切地描写了某个人物:"他担心他死了羞耻还会留存。"①)与其他人相处时,我不可能突然变成另一个人,对他们我反倒感到更深的内疚,因为正如我前面所说,我必须补

---

① 这是长篇小说《审判》的最末一句。

偿你在店铺里——对此我也有责任——对他们所亏欠的。而且,只要是与我交往的人,你都当面或背地里颇有微词,我也得为此请他们多多包涵。你在店铺和家里教我对大多数人不要信任(你能说出一个对孩提时的我很重要、却未曾被你骂得体无完肤的人吗?),奇怪的是,这种不信任并没有使你心情特别沉重(你很坚强,有足够的承受力,况且,这其实可能仅仅是统治者的一个标志罢了),——在我这个小孩的眼里,没有任何事能印证这种不信任,因为我到处所见的都是出类拔萃的人,于是在我心中,这种不信任变成了我对自己的不信任,变成了对所有其他人的持续不断的恐惧。当我与他人交往时,总体上无法摆脱你的影响。你之所以会有这种误解,可能是因为,你其实对我与他人的交往一无所知,怀着猜疑和嫉妒(难道我否认过你是喜欢我的?)以为,我既然摈弃家庭生活,必定会在别处寻找补偿,我在外面毕竟不可能像在家一样生活。另外,在这方面,恰恰是对自己判断的怀疑,给了小时候的我一丝慰藉;我对自己说:"你大惊小怪了,小孩总是这样的,把一丁点的事看成是了不得的例外。"可我后来见识愈来愈广后,连这丝慰藉也丧失殆尽了。

通过犹太教,我同样无法摆脱你的影响。这里原本可以指望解脱,而且不止于此,我俩可能通过犹太教发现彼此携手从那儿走出来。然而,我从你那儿得到的是什么样的犹太教啊!这些年来,我大致经历了三个过程。

小时候,我经常为去教堂不够勤,不过斋戒等等而自责,这与你的看法一致。我觉得这不是对自己,而是对你犯了过失,内疚感随时都会涌上心头。

后来,少年时的我不明白,你怎能以你对犹太教的走过场,责备我(哪怕是出于虔诚呢,你这样说)没有努力做出类似的样子。就我所见,这确实是在走过场,寻开心,甚至连寻开心都谈不上。你一年去四次教堂,在那儿并非郑重其事的教徒,倒更像无动于衷的人,你例行公事一般,耐心地念完祈祷文,有时居然能把祈祷书中正朗读到的地方指给我看,让我惊讶不已,此外,只要是在教堂里(这是主要的),我就可以随心所欲地四处闲逛。我哈欠连天,直打瞌睡,消磨那漫长的时辰(我想,后来只有在舞蹈课上我才觉得这样无聊),尽量拿那儿的几个小消遣来解闷,比如每当约柜①打开时,我总是想到了游艺靶场,在那儿如果打中一个黑靶,一扇柜门就会打开,只不过,从那里面出来的都是有趣的东西,这儿却老是破旧的无头娃娃。另外,我在教堂里总是惴惴不安,不仅因为要接触许多人,对此我自然感到害怕,还因为你有一次顺便提起,我也可能被叫到布道坛上诵经。我为此胆战心惊了好几年。除此以外,我在无聊中倒也不大受干扰,最多是因为坚信礼,这只要求可笑的背诵,也就成了一场可笑的成绩考查,别的干扰就是涉及你的无关紧要的小意外,比如你被叫到布道坛上诵经,顺利通过了这一对我来说纯粹社会性的事件,或者参加安魂礼时,你留在教堂里,我被打发走,显然因为我是被打发走的,而且我缺乏任何深切的同情心,所以我渐渐地恍惚觉得,你们在搞什么不正经的名堂。——这就是在教堂里的情形,在家就更差劲了,只在谕越节头夜有宗教仪式,这也一年比一年更成了一场嘻嘻哈哈的闹剧,与孩子们的长大不无关系。(你为什么非得顺从这种影响呢?因为你是始作俑者。)这就是你传给我的教义,此外最多还有伸出的手,指着"百万富翁福克斯的儿子们",在盛大的节日,他们与父亲一起来到教堂。我不明白,对这样的教义,除了尽快把它忘得一干二净,还能有什么更好的做法;在我看来,忘得一干二净恰恰是最虔诚的举动。

　　再往后,我对此的看法又有了改变,我明白了你为什么认为我在这方面也恶毒地背叛你。你从那个犹太人聚居的小村镇确实带来了些许犹太教,不很多,在城里和入伍时还失去了一些,尽管如此,年少时的印象和回忆还能勉强支撑起一种犹太教徒的生活,主要是因为

---

① 约柜是犹太人保藏刻有摩西十诫的两块石板的木柜,石板状如无头娃娃。

你不大需要这种帮助,你生于一个相当强健的家族,宗教观念若没有与社会观念交相混杂,是不大会震撼你的。归根结底,主导你的生活的信念就是,你相信某一个犹太社会阶层的观念千真万确,由于这些观念就是你的性格的组成部分,其实也就是相信你自己了。这之中也还不乏犹太教,但要把它继续传给孩子就太少了,当你传授时,它就只剩下微不足道的一小团儿了。这一方面是因为年少时的印象无法传授,另一方面是由于你的性格令人畏惧。而且不可能使一个由于害怕而观察入微的孩子理解,你以犹太教的名义漫不经心地走的一些过场会有更高的意义:对你来说,这些过场是对过去时光的小小缅怀,因此你想把它们传给我,但由于它们自身对你不再具有价值,你就只能靠说服或威胁来做;这不仅毫无成效,而且因为你根本没有认识到你在这方面所处的弱势,你必定会对我的冥顽不化大为恼火。

整个这件事并非孤立的现象,过渡时期的这一代犹太人大部分与此类似,他们从相对虔诚的农村移居到城市;这是很自然的结果,却给我俩原本就冲突不断的关系又增添了一重痛苦的分歧。在这一点上,你应当像我一样相信你的无辜,并且通过你的性格和时代状况来解释这种无辜,而不是仅仅找客观借口,比如说你有太多别的事要做,别的心要操,无暇顾及这种事。你老爱以这种方式从解释自己确凿的无辜突然矛头一转,开始不公平地指责他人。要驳倒这种指责总是轻而易举的,在这方面也是如此。问题倒不在于,你应当给孩子们上某堂课,而在于你要生活中以身作则;假若你的犹太教更强大些,假若你所做的榜样更让人信服,这就是自然而然的,根本不算指责,不过是对你的指责的一种反驳。你最近读了弗兰克林的青年时期的回忆录。这本书我确实是有意给你读的,但并非像你所嘲讽的,是因为其中有一小段讲到了素食主义,而是因为书中所描写的作者与他父亲之间的关系,以及在这本为儿子而写的回忆录中自然流露出来的作者与他儿子之间的关系。书中的详情我在这里就不细述了。

我对你的犹太教所持的这种看法后来又得到了某种证实,即当你最近几年发现我比较热衷于犹太教时,你所表现出来的态度。由于你不问青红皂白,对我所做的任何事,尤其是我的兴趣一概很反感,在这件事上也是如此。尽管如此,我还是希望你的态度会稍稍不同于以往。这里涉及的犹太教毕竟是你的犹太教,也就是说我俩有可能由此建立起新关系。我不否认,你要是对这些事表现出兴趣的话,我反倒会对它们起疑心的。我并不是想宣称自己在这方面比你强。不过话说回来,我们还根本没有较量过呢。一经我的介绍,你就觉得犹太教很讨厌,犹太经书不堪一读,你一读就觉得"恶心"。——这可能是说,你坚持认为,只有你给孩提时的我传授的犹太教是惟一正确的,除此以外全都不行。然而,这种看法你是坚持不下去的。如果按照你的看法,那么"恶心"(姑且不说它首先不是冲着犹太教,而是冲着我来的)就只能说明,你不自觉地承认了你的犹太教和我所受的犹太教育是有缺陷的,你绝对不愿他人提醒你这一点,于是对所有的提醒报以公开的憎恨。另外,你对我的新犹太教如此强烈地加以否定,未免夸张了;首先,它包含着你的诅咒,其次,对于新犹太教的发展,人与人的基本关系起着决定性作用,对我来说也就是致命的作用。

你对我的写作以及你所不知的与此相关的事所持的反感态度倒还有些道理。在写作中,我确实独立地离你远了一截,即便这有些让人想到虫子,它的后半截身子被一只脚踩着,它用前半截身子挣脱开,挣扎着爬向一边。我稍微舒坦些了,我舒了口气;你对我的写作当然也立即表示反感,这却破例地正中我下怀。你收到我的书时的反应我们已很熟悉:"放床头柜上吧!"(我拿着书走进来时,你多半在打牌。)这虽然挫伤了我的虚荣心、好胜心,我听着倒觉得很舒服,不仅因为心中涌起的恶意,不仅为找到了一个新的证据——证明我对我俩关系的看法是正确的——而窃喜,而且出于更根本的原因,因为这话在我听来就像是:"现在你自由了!"这当然是一种错觉,我并不自由,境况最佳时也还是不自由。我的写作都围绕着你,我写作时不过是在哭诉我无法扑在你的怀里哭诉的话。这是有意拖长的与你的诀别,只不过,这诀别虽是你逼出来的,却按我所确定的方向进行着。但这一切多么微不足道!之所以还值得一提,仅仅因为它发生在我的生活中了,若是出现在别人的生活中,恐怕根本就不会被觉察到,还因为它在我童年时作为预感,后来作为希望,再后来常常作为绝望主宰着我的生活,操纵着——可以说它又是你的化身——我的几个小决定。

比如职业的选择。毫无疑问,你以你的宽宏大度,甚至可以说耐心,在这方面给了我充分的自由。你这样做当然也是在遵照你奉为圭臬的犹太中产阶层普遍的教子方式,或者至少是这个阶层的价值观念。最后还有你对我的一种误解在起作用。你望子成龙,对我的生活实情并不了解,从我的羸弱做出推断,一直认为我特别勤奋。在你看来,我小时候学习学个不停,后来写作写个不停。其实根本不是这么回事。其实可以毫不夸张地说,我很少学习,什么也没学会;在这些年里,我凭着中等的记忆力、不算太糟的理解力把一些东西记在了脑子里,这没什么可奇怪的,总之,在表面上无忧无虑、平平静静的生活中,与我花费的时间与金钱相比,尤其是与我所认识的几乎所有人相比,我的知识整体,尤其是知识基础,极其薄弱。我的知识很薄弱,但我觉得这是可以理解的。自从我能思考时起,我就对精神的存在权忧心忡忡,对所有别的事都觉得无所谓了。在我们这儿的高级文科中学里,犹太学生往往很古怪,在他们那儿会见到最不可思议的情形,可我在别处再也没见过像我这样的无所谓,一个活在自己的世界里的孩子,对外界漠不关心,沉浸在胡思乱想中,他的无动于衷不加掩饰,不可摧毁,孩子般无助,近乎可笑,盲目地自鸣得意,可这也是惟一的庇护,以防恐惧和内疚引起神经错乱。我整天一心为自己担忧,我的担忧是各种各样的。比如为我的健康而担忧;这样那样的小病,消化不良、脱发、脊椎弯曲等等,动不动就会引起我的担心,这种担心无限地升级,终于以得一场真病告终。这一切是怎么回事?并非真正的身体疾病。由于我对什么都没有把握,对我的生存每时每刻都需要一种新的证实,没有什么是我真正拥有的,是确凿无疑、独属于我、明明确确由我来主宰的,我其实是个被剥夺了继承权的儿子,因此,我对最亲近的事物——自己的身体——也没有把握了;我早早就蹿得高高的,对这样的身高我却感到不知所措,脊背不堪重负变弯曲了;我简直不敢运动,更不敢做体操,我的身体一直很孱弱;对我还拥有的一切,我都惊讶不已,视之为奇迹,比如我的良好的消化系统;这一惊讶,我的消化系统就出问题了,什么样的疑病就都可能患上了,直到由于想结婚(我还会谈到这事的)而付出超常的艰辛,肺里出血,对这次出血,美泉宫①的住所——我之所以需要它,只是因为我以为我需要在那儿写作,所以在这里也提到它——可能是一大原因。这一切并非像你一向认为的那样,是因为工作太劳累。有好几年,我无病无恙、懒洋洋地躺在沙发上闲度的时间比你一辈子——包括你生病的时候——这样躺着的时间还长。当我急急忙忙地从你身边溜走时,多半是为了回自己的房间躺下歇会儿。我的全部劳动成果,不管是在办公室(在那儿,偷懒不大引人注意,况且我很胆小,不敢太过分了)还是在家的,都微乎其微,你要是通观一下,会大吃一惊的。我天性大概并不懒,但我无事可做。在我生活之处,我总是遭到抛弃、贬斥、压制,尽管我努力想逃往别处,但这份努力并非劳动,因为这是在做不可能的事,除了小小的例外,这是我力所不能及的。

就是在这种状况下,我获得了选择职业的自由。然而我真的还能运用这样的自由吗?难道我还相信自己能获得一份真正的职业吗?我的自我评价取决于你的程度远远大于任何别的因素,比如外

---

① 美泉宫,原为布拉格的一座贵族宫殿,后成为一家饭店,卡夫卡曾在那里住过。

在的成功。这种成功不过是片刻的强心剂罢了,而在另一边,你的砝码却总是往下拽我,力量强多了。我以为自己永远也通不过小学一年级,可我通过了,居然还得了奖学金;我想我绝对考不上高级文科中学,可我考上了;那么我在中学一年级保准会留级的,没有,我没有留级,而是一级级地升了上去。这并没有使我自信,相反,我始终确信——你不以为然的神情就是确凿的证据——我爬得越高,到头来必定跌得越惨。我脑海里常常浮现出老师们聚集一堂的可怕画面(高级文科中学不过是最突出的例子,我的生活中满是与此类似的情形),假使我通过了一年级,那就发生在二年级,假使我通过了二年级,那就发生在三年级,依此类推,老师们聚集一堂,以便调查这个独一无二、闻所未闻的事件,我这个最无能而且最无知的学生怎么竟溜到了这一级,现在我引起了大家的注意,他们当然会马上叫我滚蛋,以博得所有摆脱这个噩梦的正义者的欢呼。——一个老有这种想象的孩子活得可不轻松。在这种情形下,他怎么可能专心学习?谁还能在他心里击发出一丝兴趣的火花?功课对于我——在这个关键的年龄,不仅功课,我周围的一切都是如此——犹如银行的琐碎业务对于一个贪污犯,他还在那个职位上,作为职员仍然在处理银行业务,但他天天提心吊胆,时刻害怕被发现。与这件举足轻重的事相比,其他一切事都显得那么渺小,那么遥远。我就这样学下去,参加了中学毕业考试,我确实一部分是蒙混过了关,然后这一切戛然而止,现在我自由了。我在中学的高压政策下尚且只顾着为自己操心,更何况现在我自由了。我并不是没有真正的择业自由,我知道:与那件举足轻重的事相比,一切都像中学的所有课程一样无所谓,关键是找一份不太伤害我的虚荣心、能容许我持无所谓态度的职业。于是,学法律就是理所当然的了。由于虚荣心和无谓的希望作祟,我做了几次反向的小尝试,比如学了十四天的化学,学了半年的德语文学,这些尝试只使我更抱定了我的基本信念。于是我埋头学法律。这就是说,在考试之前的几个月里,我的神经绷得紧紧的,在我之前上千张嘴已咀嚼过的锯末就是我的精神食粮。而这在某种意义上还真的正合我的口味,正如之前的高级文科中学和后来的公务员职业,因为这一切完全符合我的处境。总之,我在这方面显示了惊人的预见力,小时候就已对大学及职业有了十分明晰的预感。我没有指望在这儿找到任何出路,在这方面我早已放弃了获救的希望。

而对婚姻的意义及可能性,我却几乎没有任何先见之明;我生活中的这件迄今为止最可怕的事几乎是突如其来地降临到了我头上。我成长得十分缓慢,这类事似乎离我远得很;偶尔才不得不想到它;而我始料未及的是,这里酝酿着一场持久的、决定性的,甚至最严酷的考验。实际上,结婚的打算成了最壮观、最有希望的摆脱你的尝试,当然与之相应,这一打算的未遂也是壮观的。

由于我在这方面事事不成,我担心现在也难以向你解释清楚我的屡次结婚打算。而这关系到整封信的成败,因为这些打算一方面积聚了我所有的积极力量,另一方面,我全部的消极力量恰恰也汹涌而至,这我已描述过了,它们是你的教育的副产品,即懦弱、缺乏自信、内疚,它们在我与结婚之间筑起了一道警戒线。我之所以很难解释清楚,还因为在许多个日日夜夜里,我已把这事的前前后后琢磨了无数遍,以至于现在一想起来就感到头晕目眩。由于我认为你对这事完全误解了,这才使我解释起来容易些;对完全的误解稍做修正,似乎不算太难。

你先是将屡次结婚未遂归入我的其他一系列失败;我对此并没有异议,但前提是你接受以上我对失败所做的解释。它确实属于这一系列失败,但你低估了这事的意义,过分低估了,以至于我俩谈起它时,说的其实完全是两码事。我敢说,你一生中从未遇到过像结婚的打算对于我那样重大的事。我并不是说,你没有经历过大事,恰恰相反,你的生活比我的丰富得多,操心得多,紧迫得多,但也正因如此,你没有遇到过类似的事。这就好比一个人要登上五级矮台阶,另一个人只登一级,但这一级至少对他来说有那五级加起来那么高;头一个人不仅会登上这五级，而且还会登上成百成千级台阶，他的生活会过得伟大而艰辛，不过对他来说，他所登上的任何一级台阶都没有那一级台阶对于第二个人那样重要，那是他要登的第一个高高的台阶，他竭尽全力也登不上去，登不上去，当然也就无法越过它往前了。

结婚成家，生儿育女，在这个动荡不安的世界上抚养儿女，甚至还加以引导，我坚信这是一个人所能达到的极限。乍一看，许多人似乎轻而易举地做到了，这并不足以引为反证，因为首先，真正做到的人为数并不多，其次，为数不多的成功者大多并非主动"为"之，这些事只是"发生"在他们身上了；这虽然不算那个极限，却也十分了不起，十分光荣了（尤其因为"为"与"发生"并非泾渭分明的）。话说回来，问题根本不在于这个极限，而只在于某种体面的遥相呼应；要取暖不必飞到太阳中心去，钻到地球上的一小块干净地方，阳光时不时地照进来就行了。

我在这方面准备得怎么样呢？不能更糟了。这从我上面所讲的也就看得出来了。不过，只要对某事有了具体的直接准备，而且普遍的基本条件也创造出来了，你表面上倒没有干预许多。也只可能是这样，在这里起决定性作用的是两性之间普遍的等级、民族及时代观念。你还是有所干预，不很多，因为这种干预的前提只能是强烈的相互信任，而我俩在关键时刻一直缺乏这种信任，你的干预碰了钉子，因为我们的需求截然不同；震撼我的事，你肯定无动于衷，反之亦然，在你那儿无咎可取的事，在我这儿可能是一种罪过，反之亦然，对于你毫无后果的事，可能是我的棺材盖。

我记得有一天傍晚我同你和母亲一起散步，我们走到了今天的联邦银行附近的约瑟夫广场，我开始煞有介事、目中无人、骄傲、淡然（这是假的）、冷静（这是真的）、结结巴巴地——我在你面前说话时大多如此——讲一些趣事，责备你们没有教导过我，多亏我的同学们点醒了我，说我处于很大的危险边缘（我这样说，是以我的方式在大言不惭地撒谎，想显得很勇敢，因为我很胆小，除了城市孩子很寻常的床上过失,我并不知道"很大的危险"到底是怎么回事),最后我却暗示,所幸我现在已经全知道了,再也不需要什么提醒,没有任何问题了。不管怎样我说起这了,因为我觉得把它说出来心里就很高兴,其次也是出于好奇心,最后还为了报复你们一下。你按你的本性认为这很简单,你大概只说了这样几句话:你可以给我出个主意,我怎样才能毫无危险地办这种事。这样的回答可能正是我想从你口中套出来的话,这很符合我这样一个脑满肠肥、四体不勤、总在琢磨自己的孩子青春期的心理。但这几句话却深深伤害了我表面的羞耻心,或者说我认为自己深受伤害了,以至于我无法再违心地跟你谈下去,傲慢而粗暴地中断了谈话。

要评价你当时的回答并不是一件容易的事,它一方面坦率得惊人,在一定程度上有一种原始性,另一方面,就教导本身而言,却又有一种现代人的无所顾忌。我记不清我当时是多大,肯定不会比十六岁大多少。对于这个年纪的男孩,这的确是个很奇特的回答,而这竟是我从你那儿获得的第一个直接的、指导生活的教诲,这也说明了我俩之间的隔阂。这个教诲的真正含义当时就已深埋在我心里,然而很久以后,我才朦胧地意识到:你劝我做的事在你看来是天下最龌龊的事,在当时的我看来,也是如此。而你想尽量避免我身上带着秽物回家,这是次要的,你无非是想保护你自己,保护你的家。关键倒在于,你始终置身于你的劝告之外,你是一个结了婚的男人,一个纯洁的男人,超越于这种事之上;当时,很可能还因为我觉得婚姻也是有伤风化的事,这种感觉就更强烈了,我所听到的关于婚姻的泛泛之言不可能符合我父母的关系。你因此显得更纯洁、更高大了。而你在结婚前可能也曾给自己出过类似的主意,这是我根本无法设想的。这样,你身上简直就没有一丁点世俗的龌龊了。但你说出这几句赤裸裸的话,把我一脚踢进这龌龊里,仿佛我就是这种人。我不由得认为,倘若世界仅由你我组成,那么,世间的纯洁便随你而终,而依照你的建议,世间的龌龊便因我而生。你这样判定我,着实让我费解,对此我只能用古老的罪愆以及你对我最深的鄙视来解释。这种解释使我内心最深处又受了一记重创。

这可能也最清楚地表明了我们双方的无辜。甲按照自己的生活观念给了乙一个赤裸裸的建议,这个建议不太文雅,不过在当今的城市中已司空见惯,也许还能使健康免受损害。它在道德上没怎么给乙鼓气,但乙随着时间的流逝为什么就不能从这泥潭自拔呢,况且,他并不是非得听从这个建议不可,不管怎样,单单这个建议并不会导致乙的整个未来世界崩溃。而这种事真的发生了,仅仅因为你就是甲,我就是乙。

我对这种双方的无辜之所以看得特别透,也是因为大约二十年后,在完全不同的情形下,我俩之间又发生了一次相似的冲突,冲突说起来很可怕,其实倒比上一次带来的伤害小多了,因为我已三十六岁了,还会受什么伤害呢。我指的是我俩的那次小口角,那是在我宣布了最近一次结婚打算后的那几天不平静的日子里。你大致是这样对我说的:"她多半是穿了件特别的衬衣,布拉格的犹太女人们就会来这一套,你一见这衬衣,自然就决定娶她了。而且越快越好,一星期后,明天,今天。我弄不懂你,你是个成年人了,生活在城市里,难道就没有别的办法,只能随便找一个就马上结婚?没有别的可能性吗?你要是害怕,我就亲自陪你去。"你讲得比这更具体、更清楚,但我已记不得细节了,当时可能一下子懵了,倒更留意母亲的反应,她虽然完全以你的看法为是,却从桌上拿起什么东西,走出了房间。

你从未说过这样羞辱我的话,也从未这么明显地表露出对我的鄙视。你二十年前对我说的那些话与此相似,不过从你的角度甚至能从中看出你对早熟的城市少年的某种尊重,你认为已经可以将他径直引入生活了。而现在,你一想到这,可能只会更鄙视我,因为这个当时就要起跑的少年一直停留在起跑线上,你觉得他没有增长任何经验,这二十年越过越糟了。对你来说,我对女孩的选择完全是扯淡。你一向(无意识地)压制我的决断力,现在却(无意识地)认为知道了决断力对于我多么重要。你对我在别的方向上所做的解脱努力一无所知,因此也根本不了解我为什么想结婚,只能揣测,于是按照你对我的总体评价,往最恶心、最粗俗、最可笑的地方猜。你毫不犹豫就这样对我讲了。在你看来,我的结婚将会辱没你的名声,与此相比,这话给我带来的耻辱根本算不了什么。

一提到我的结婚打算,你就有话可说了,你也确实这样说了:你没法尊重我的决定,我与 F. 两次订婚,又两次解除婚约,使得你和母亲白跑两趟,来柏林参加订婚,等等。这一切都是实情,但原因何在?

两次结婚打算的基本想法都很正当:我想成家,想变得独立。这个想法你很赞同,但它在现实中破灭了,就像儿童游戏里,一个人一边抓着甚至紧按着另一个人的手,一边喊道:"你走啊,走啊,你干吗不走?"而我俩的情形复杂就复杂在,你从来都是真心实意地说着"你走啊",但你以你的性格从来都是阻止我,或者说得确切些,从来都是抑制我这样做。

这两个女孩的选择虽然出于偶然,却是精选细挑的。你竟以为像我这样谨小慎微、优柔寡断、疑虑重重的人会因为喜欢一件衬衣而心血来潮要结婚,这说明你又完全误解我了。假使成了的话,两次婚姻更多倒是理智的结合,可以表明这一点的是,我第一次曾数年之久,第二次曾一连数月,日日夜夜冥思苦想结婚计划。

这两个女孩没有让我失望,是我让她们失望了。我现在对她们的看法与我当初想娶她们时的看法完全相同。

我在第二次打算结婚时也不是忘了前车之鉴,轻率为之。两次的情形截然不同,第二次本来就希望大得多,而且做第二次打算时,先前的经验恰恰给了我希望。细节我在这里就不想谈了。

那我为什么没有结婚呢?个别障碍是谁都会遇到的,生活就是越过这些障碍嘛。可惜根本性的、与个别情况无关的障碍却在于,我精神上显然没有能力结婚。这表现在,自从决定结婚的那一刻起,我就再也睡不着觉,脑袋白天黑夜都发烫,我没法再过日子,绝望地四处晃荡。这其实并非忧虑所致,尽管我的疑虑重重和迂腐也引来了无数忧虑,但这并非关键所在,它们只是像虫子一样将尸体打扫干净,关键的打击则来自别的方面。这就是恐惧、懦弱、自卑所造成的巨大压力。

我想做进一步的解释:在结婚这个问题上,我与你的关系中表面对立的两个方面碰撞在一起了,这种碰撞比任何时候都猛烈。结婚绝对能保障最大限度的自我解放和独立。我要是有一个家——成家在我看来是一个人所能达到的极限,也就是你所达到的极限——,那我就跟你平起平坐了,所有耻辱与暴戾,不管是过去的还是新出现的,就都成了历史。这简直恍若童话,然而问题也就在这儿。这个童话太美了,这么美是不可能的。这就像一个被囚禁的人,他不仅想逃出去——这可能还能实现——而且想同时把囚牢改建为一座供自己居住的逍遥宫。而他逃掉的话就不能改建,改建的话就不能逃掉。我若想在与你所处的这种特殊的不幸关系中变得独立,就必须做一些与你尽可能无关的事;结婚虽是最了不起的事,它会带来最体面的独立,但它同时也与你有着最紧密的联系。因此,想从这里逃出去就成了痴人说梦,几乎任何努力都会随即受到惩罚。

也正是这种与你的紧密联系在一定程度上使我渴望结婚。这样我俩就会平起平坐,这种平等关系你是最能理解的,我把这想象得十分美妙,因为结婚以后,我可能会变成一个自由、知恩图报、无辜、堂堂正正的儿子,你可能会变成一个不沉重、不暴戾、善解人意、心满意足的父亲。然而,要达到这个目标,一切往事都必须一笔勾销,也就是说,必须把我们自己抹掉。

而以我们现在这种情形看,婚姻对于我是块禁地,因为它恰恰是非你莫属的地盘。有时我觉得这就像一张铺展开的世界地图,你舒展四肢横卧在上面。于是我觉得,只有在你没盖住或鞭长莫及的地方,才可能有我的生活。根据我对你的身躯之高大的想象,这样的领域寥寥无几,不能给我多大慰藉,而婚姻尤其不在此列。

这个比喻已经证明,我绝对不是说,是你本身的婚姻例子将我赶出了婚姻,就像赶出了生意场一样。完全相反,尽管情形依稀有些相似。在我看来,你们的婚姻在许多方面——即忠诚、互助、子女数量——都堪称典范,即便孩子们长大,越来越搅乱了家中的安宁,婚姻本身却丝毫没有受到伤害。或许正是这个典范也使我对婚姻充满了向往;至于对婚姻的渴求不能化为行动,这是有其他原因的。这就是你与孩子们的关系,整个这封信谈的就是这种关系。

有一种观点认为,人们害怕结婚有时是因为担心自己的孩子们有朝一日会一报还一报,报复自己对父母曾作的孽。我想这对我并没有造成很大的影响,因为我的内疚其实是因你而生的,而且也太独特了,对这种独特的意识也正是我的痛苦所在,不可想象还会有与我相同的情形。不过我得承认,我要有一个如此沉默、迟钝、乏味、颓废的儿子,我也忍受不了,如果没有别的可能性,我恐怕会逃得离他远远的,移居国外,就像你因为我要结婚也想这样做一样。我没有能力结婚,可能也是受了这种影响。

在这件事上,远比这重要的是我对自己的担忧。是这么一回事:我已经提到过,我通过写作以及与此相关的事为争取独立、争取逃离做过些许努力,效果微乎其微,这些努力难以为继,这一点很多方面已向我证实了。尽管如此,我的义务甚或可以说我的生活就在于保护这些努力,不给任何我能排除的危险以可乘之机。而婚姻就可能招致这种危险,当然也可能带来最大的促进,但对我来说,它主要是可能带来危险,这就够了。假若婚姻真是一个危险,我该怎么办呢!假若我婚后感觉到这种危险,那婚姻生活我还怎能过下去!这感觉也许无法证明,然而绝对不可辩驳。面对这种局面,我可能会徘徊,但最终的结局是肯定的,我必须放弃。手中的麻雀与檐上的鸽子①,这个比喻不大切合我的情形。我手中一无所有,檐上应有尽有,我却

---

① 指谚语:"垂涎檐上的鸽子,不如握紧手中的麻雀。"

不得不选择——这是斗争形势以及生活困境所决定的——一无所有。在职业上我也不得不做出类似的选择。

而最重要的婚姻障碍却在于,我已根深蒂固地坚信,要抚养家庭,甚至仅仅是维持家庭,就必须具备我在你身上所看到的一切品性,优点缺点都不可缺,就像它们在你身上融为一体一样:强壮、对他人嗤之以鼻、健康、肆无忌惮、能言善辩、不随和、自信、对任何人都不满、优越感、专横暴戾、世故、不信任大多数人,另外也有绝对的优点,比如勤劳、坚韧、沉着、无畏。相比之下,我什么都不具备,要有也只是一星半点的,我明明看见就连你在婚姻中都步履维艰,对孩子们甚至束手无策,我这样就敢结婚吗?这个问题我自然没有明确向自己提出来过,也没有明确回答过,否则通常思维就会占上风,提醒我还有不同于你的男人(就近举出一个与你迥然不同的人来:理查德舅舅),他们也结婚了,起码没有被婚姻压垮,这就很说明问题,足以安慰我了。但我并没有提出这个问题,而是从小就在体验着它。不是面对婚姻时我才开始审视自己,而是面对每件小事时;正如我前面已试图描述的,在每件小事上,你都以你的例子和教育使我确信我很无能,既然每件小事都是一个印证,都证明你是对的,那么,这件重大的事——婚姻——当然必定更会证明你的绝对正确。直到打算结婚前,我的成长就像一个商人,他虽然忧心忡忡,感觉前景渺茫,却并不仔仔细细地记账,而是糊里糊涂地过日子。他有一些小赢利,物以稀为贵,他就在想象中不住地陶醉于这些赢利并加以夸大,此外就只有天天不断的亏损了。这一切都上了账,但从未结算过。而现在,也就是打算结婚时,就必须结账了。这里所记下的数目之庞大,简直让人不相信还曾有过小赢利,全部账目就是一笔大债务。现在要是结婚,那不是非发疯不可吗!

这就是迄今为止我与你共度的生活,其中蕴含着怎样的前景呢?

你听我讲明了怕你的原因之后,可能会回答道:"你说,我把我俩的关系说成是你的错,这样我就轻松了,我却认为,你虽然表面上在做努力,其实至少没有因为这个关系而感到心里更沉重,反而觉得大受裨益。一开始,你也矢口否认自己有任何过错和责任,在这一点上我俩的做法是一样的。然而接下来,我直言不讳、想啥说啥,把过错都推到你身上,你却想既'绝顶聪明'又'绝顶温柔',也为我开脱所有的过错。当然,后一点你只是表面上做到了(更多的你也并不想做),你的'说法'五花八门,什么性格、天性、对立、无可奈何,这封信的字里行间却分明是在说,其实我是攻击者,而你所做的一切不过是自卫而已。现在,你已经通过你的虚伪达到目的了,因为你证明了三点,第一,你是无辜的,第二,过错在我,第三,你完全出于宽宏大量,不仅愿意原谅我,而且或多或少也还想证明并使自己相信,我——这当然不符合实情——也是无辜的。这样你该满意了吧,可你还嫌不够。你是打好了主意要完全靠我生活的。我承认,我俩互相斗争着,不过斗争也分两种。一种是骑士的斗争,独立的双方在相互较量,各自为政,输得光明磊落,赢得正正当当。另一种是甲虫的斗争,甲虫不仅蜇刺,还吸血以维持生命。这是真正的职业斗士,而你就是这样的斗士。你缺乏生活能力;为了让自己过得舒舒服服、无忧无虑,而且不必自责,你就证明,是我夺走了你所有的生活能力并把它装进了我的口袋。你现在用不着为缺乏生活能力而发愁了,责任都在我,你尽可以心安理得地仰八叉躺着,身体和精神上都让我拖着过日子。举个例子:你最近想结婚,同时又不想结婚,这你在信里也承认了,你自己怕麻烦,就希望我帮你下这个台,即我因为考虑到这一结合会'玷辱'我的名声而不准你结婚。我当时却根本没有这种念头。首先,在这事上和其他事上一样,我从来不想成为'你幸福的绊脚石',其次,我从来不愿听到我的孩子这样指责我。我克制自己,结婚与否随你自便,可这有什么用呢?毫无用处。即使我不赞成,也阻止不了你结婚,相反,这倒会刺激你娶这个女孩,因为这样的话,'逃离的努力'——你是这样说的——就尽善尽美了。我允许你结婚,这也避免不了你的指责,因为你在证明,你不结婚无论如何都是我的错。实际上,你通过这事以及所有其他事无非是向我证明,我的一切指责都是对的,而且,其中还少了一个特别正确的指责,这就是指责你虚伪,为恋爱卑躬屈膝,是个寄生虫。如果我没怎么看错,你写这封信也还是为了当我的寄生虫。"

我对此的回答是,首先,这番驳斥——部分地也可以用来驳斥你——并非你所说的,而是我的杜撰。就连你对他人的不信任也没有我的不自信——这是你教育的结果——那么强烈。我不否认这番驳斥有一定道理,它也为描述我俩的关系增添了新的内容。而在现实中,事情当然不可能像这封信所举的例子一样协调一致,因为生活不只是一场锻炼耐性的游戏;但是,这番驳斥会导致某种修正——我不能也不愿细述这种修正——,在我看来,这就达到了某种十分接近于真理的认识,这样,我俩都会变得平和一些,生与死都会轻松一些。

弗 兰 茨
于舍勒森
(1915)

杨劲 译